U0898237

凤凰出版传媒集团
译林出版社

目　录

第一章　借尸还魂 …… 1

一　各路英豪聚会普迹市共图大业 …… 1
二　杨度独自来到牛石岭祭奠谭嗣同 …… 11
三　在圣公会牧师的帮助下，黄兴机智地逃出险境 …… 17
四　王闿运为初出茅庐的弟子出谋划策 …… 24
五　首战告捷，令张之洞刮目相看 …… 33
六　博爱丸上，杨度静下心对回国三个月来的经历做了一番清理 …… 42
七　千惠子向故国归来的英雄献上一束腊梅花 …… 45
八　初次会晤，杨度就认定孙中山是个磊落大丈夫 …… 55
九　杨度握着孙中山的手说：我事成，愿先生助我；先生事成，我将助先生 63
十　袁世凯为宪政出了一个极好的点子 …… 78
十一　熊希龄东渡日本找枪手 …… 88
十二　杨度道出借尸还魂的奥妙，终于说服了梁启超 …… 96

第二章　丁未政潮 …… 102

一　孙毓筠造反被捕，却意外地受到礼遇 …… 102
二　千惠子的眼泪，藤原勾画的蓝图，让准备回国的杨度的心迷乱了 … 113
三　梁夫人轻柔地对皙子说：兄弟，一腔热血不
洒在自己的国土上，算什么中华好男儿 …… 123
四　千惠子轻轻一曲《上邪》，直唱得杨度五脏六腑都翻腾起来 …… 126
五　丁未年北京城，政界风潮迭起，动荡不安 …… 130
六　张之洞与袁世凯商议奏调杨度进京 …… 139

第三章　投身袁府 …… 148

一　为接儿媳妇回家，老名士煞费心机 …… 148
二　王闿运为进京做官的弟子准备了两份特殊礼品 …… 156
三　儿子的情人转眼间做了老子的姨太太 …… 171

四　袁世凯要杨度转告梁启超，他不是戊戌政变的告密者 …………… 178
五　杨度踏遍西山，下定决心要寻到静竹的墓穴 ………………………… 186
六　静竹作出异乎寻常的抉择 ………………………………………………… 192
七　看到《大周秘史》的扉页题辞，袁世凯有意成全杨度 …………… 200
八　即使是秉承士为知己者死的古训，杨度也甘愿为袁世凯驱驰 …… 205

第四章　山雨欲来………………………………………………………………… 210

一　大喜之夜，杨度和亦竹双双来到静竹的房里 ………………………… 210
二　临终前夕，慈禧为中国选择了最后一位皇帝 ………………………… 215
三　徐世昌来到袁府，为把兄弟划策渡难关 ……………………………… 223
四　醇王府里，母子夫妻兄弟为争权夺利吵得不可开交 ……………… 234
五　锡拉胡同与肃王府的密谋在同时进行 ………………………………… 246
六　张之洞巧叙前朝旧事，救了袁世凯一命 ……………………………… 251
七　冷冷清清的前门火车站，前来给袁世凯送行的只有严修和杨度 … 260
八　江亭再题《百字令》：昨宵一梦兼春远，梦里江山更好 ………… 270
九　悟宇长老指明朝廷亡在旦夕的三个征兆 ……………………………… 283

第五章　洹上私谋………………………………………………………………… 292

一　奉内阁总理之命，杨度连夜奔赴彰德府 ……………………………… 292
二　野老胸中负兵甲，钓翁眼底小王侯 …………………………………… 297
三　张謇私下对袁世凯许诺：倒掉皇族内阁后由你来做总理 ………… 303
四　杨度没有料到，袁世凯居然想当大总统 ……………………………… 310
五　茶叶蛋里的四字情书：忍死须臾 ……………………………………… 317
六　袁世凯隆重宴请刚出牢门的汪精卫 …………………………………… 324
七　杨度和汪精卫联合发起国事共济会 …………………………………… 331
八　杨度对革命党人亮了底牌：袁世凯不是曾国藩 …………………… 339
九　静竹的鼓励，自我的检讨，使杨度相信自己的转变没有错 ……… 353
十　南下就职前夜，北京城闹起了兵变 …………………………………… 359

第一章　借尸还魂

一　各路英豪聚会普迹市共图大业

早在三个月前，刘揆一应黄兴之请，由东京匆匆赶回湖南。在东京时，他们为建立一个革命团体的事反复商讨过。刘揆一到了长沙后，便全副心思投入到组建这个团体的活动中。经过半个月的准备，各方面就绪了。这个团体取名华兴会，对外叫华兴公司，以办矿业为公司业务，在长沙城南门外租一间屋，正式挂牌营业。　华兴会，清末革命团体，光绪二十九年除夕在长沙成立。黄兴为会长，宋教仁、刘揆一、秦毓鎏为副会长，会员有五六百人，以留日归来者和国内学堂的学生为主，以“驱除鞑虏，复兴中华”为宗旨。先后创设华兴公司、东文讲习所、民译社等为活动机关，又设同仇会和兴汉会，分别联络会党和军界。入会者叫做入股，发给股票，股票即会员证。联络的暗号为：同心扑满，当面算清。这两句话，听起来像是生意场中的行话，其实隐喻“扑灭满清”之意。

黄兴当时公开的身份是明德学堂的体育教习。明德学堂的监督胡元倓也曾是留日生，明知黄兴在从事革命活动，他也不加干涉。为了更好地掩护自己，黄兴在回国途中，于上海参加了圣彼得堂的宗教仪式，并由该堂中国籍会长吴国光出具介绍信。一到长沙，他便转入长沙圣公会，与会长黄吉亭牧师成了朋友。

华兴会成立之初，会员近百人，黄兴被推举为会长，刘揆一为副会长，会员中有几个很活跃的人物。一个是章士钊，长沙人，二十岁。一个是宋教仁，桃源人，二十二岁。这二人都是激进的排满派。还有一个胡瑛，只有十六岁。胡瑛是湖北人，少时随父母来湖南。不久，父亲和兄长都去世，他便依父亲的一个故友长大。他那时在明德学堂读书，受黄兴的影响倾向革命。胡瑛人虽小，却聪明胆大，黄兴喜欢他，让他参加了华兴会。另有一个河北人张继，二十二岁。他也是留日生出身，与章士钊是好朋友，此时在明德学堂任历史教习。

华兴会的宗旨为“驱逐鞑虏，复兴中华”。黄兴和刘揆一认为不能仿效法国大革命发难于巴黎、英国大革命发难于伦敦的办法，因为英法为市民革命，而非国民革命，中国只宜采取雄踞一省，以一省带动数省，从而取得全国革命成功的办法。他们分析了湖南的情况，认为湖南具备首义之省的条件：一是湖南学界士绅界思想日见发达，二是湖南市民思想日见开通，三是湖南眼下荒情严重，易于号召。此外，湖南还具备一个较外省更为有利的条件，那便是湖南会党众多，其中势力最大的是哥老会。

湖南哥老会各派系纷纷占山结会，开堂放票。他们不仅互通声息，而且还和四川、湖北、江西、安徽、江苏等省的哥老会有密切的联系。黄兴、刘揆一根据各方面的调查，估计湖南各种山堂会党的徒众约有十二万人，若把四川以及长江中下游各省的人加起来，则有六七十万。这些会党的头目不少已和朝廷结下了大仇，愿意加入排满的行列。会党徒众多有武功，能开枪放炮，且不怕死，敢于铤而走险。若把他们组织起来，会很快成为一支推翻朝廷的强有力的军队。黄兴一向留心会党，知道长江流域各省的哥老会有一个众头领所共同钦服的首领，此人名叫马福益。

还在东京的时候，黄兴对刘揆一说起马福益的事，刘便将自己与马的那段往事告诉了黄兴。黄兴希望刘揆一利用这段关系。回国后，他们四处打听马福益的踪迹，却无法找到。一个多月后，刘道一从东京回来，将杨度所说的寻找方法告诉黄兴和哥哥。黄兴笑道："国内四方豪杰都不知道，国外的一介书生反而有他的联络暗号，真是有趣得很！"

按照杨度所提供的三马信号，刘道一在雷打石窑场里与马福益的部下马树德取得了联系，并通过马树德见到了马福益。在民族大义的激励下，马福益同意与黄兴见面。在一个寒冷的雪夜，马福益与黄兴在湘潭茶园铺的废煤洞里见了面。当马福益得知陪同黄兴一起来的那个年轻人，便是自己寻找了多年未曾谋面的救命恩人刘揆一时，激动万分，他向刘揆一恭恭敬敬地磕了三个头，以谢大恩，然后慷慨从命，义无反顾地与黄、刘歃血盟誓，共图大业。

鉴于马福益的哥老会内部复杂，良莠不齐，黄兴不让马部集体加入华兴会，而是在华兴会外建立一个名叫同仇会的外围组织，任命刘揆一为同仇会中将、马福益为少将，自任大将，并定于慈禧太后寿辰日——十月十日夜里在省城长沙起义。

正当黄兴、刘揆一等人为起义的钱款发愁的时候，杨度从东京汇来了两万银元。真好比雪中送炭，华兴会的同志们莫不为杨度的慷慨支持大为感动。他们也不去深究一个留日的穷学生怎么会突然有这样一笔巨款，发了一封感谢电后便把银元分派大用场。

首先要买枪支。他们计划买五百支长枪，一百支短枪，十万发子弹。当然，二万银元远远不够。于是拨出一万到汉阳兵工厂打通关节，先买五十支长枪，十支短枪，五千发子弹，再买一匹大白马，由道一派人悄悄送给马福益，叫他先行训练骨干。剩下一万元留做活动经费。黄兴派宋教仁和胡瑛去武昌建立华兴会支会，派章士钊去上海游说湘籍官商捐款，务必在八月底之前筹齐购买枪支弹药的银钱。又派陈天华去江西、安徽发展华兴会会员，派张继长住北京做暗探。

马福益接到华兴会的馈赠后，加紧训练。同时，他也派人分几路联络长江中下游的哥老会龙头们，将长沙起义的计划告诉他们，要他们做好准备，到时响应首义。

这段时间里，章士钊在上海多方努力，筹集了十二万银元军款。黄兴卖去了分在他名下的二十亩水田和五间瓦屋，得到五千银元。在黄兴的感召下，刘揆一和华兴会其他会员们都积极捐款，或变卖家产，或四处借贷，共得十二万五千银元。黄兴将这十二万五千银元全部用来购买枪支弹药。

人员的联络组织和武器装备都大致有了眉目，黄兴和马福益商量，为激励士气，将举行一个隆重的授衔仪式，地点定在浏阳县普迹市，时间就选择在八月十五中秋节这天。

十三日，黄兴、刘揆一得到一个意外的喜讯，杨度已回国，并于前几天来到长沙，寓居在北正街恒升杂货铺。

杨度为何突然回国呢?

就在黄、马于湘中密谋起义的时候，身居日本的留学生却在为粤汉铁路一事而大起骚动。

早在七年前，清政府督办铁路大臣盛宣怀与比利时银行签订了芦汉铁路借款合同。第二年，清政府驻美公使伍廷芳与美国美华合兴公司签订了《粤汉铁路借款合同》。这个合同共有二十六款，基本上仿照芦汉铁路的合同。主要内容有：借款总额为四千万美元，年息五厘，九折实付，偿还期五十年，以铁路财产担保，工程由美华合兴公司包筑，限五年完成，路成后每年给股份纯利五分之一。本利未还清之前，铁路由美华合兴公司代理。同时还规定，凡粤汉铁路及其支路经过的地区，不准筑造平行的铁路。清政府在合同中限定美华合兴公司不得将此合同转与他国及他国之人。

这个合同四年前在华盛顿正式签订，合同得利的明显是美方，尤其是不得在粤汉铁路所经过的湖北、湖南、广东三省建平行铁路这一条，是对主权国侮辱性的规定，政治腐败、财经窘迫的清朝廷也同意了。后来，美华合兴公司的股票被比利时银团收买，比利时银团变成了芦汉和粤汉两条铁路的老板，而比利时银团代表的是俄国和法国的利益。这样，俄、法两国便取得贯通中国南北大动脉的控制权，对中国的政治、经济都极为不利。特别是美华合兴公司将修筑权转让给比利时银团这一举动，明目张胆地违背了合同，软弱无能的清朝廷也不过问。

朝廷又一次丧权辱国的行为激起了留日学生的公愤，特别是鄂、湘、粤三省的留学生更有切肤之痛。除极少数人外，都主张立即废掉与美华合兴公司签订的合同，粤汉铁路由自己来修筑。

湘、鄂、粤三省留学生几乎占了全国留学生的三分之一，在留学生界里很有势力。留学生总会干事长杨度本人更是积极地主张废约自办。他以高昂的热情，组织了各式各样的论辩会。无论大会小会，他都要演说，慷慨激烈地发表自己的意见，赢得了留学生们空前的信任。留美学生的观点与留日学生一样。他们人少，便将此事委托给留日学生总会办理。杨度于是代表日本、美国两国留学生分别致电外务部尚书瞿鸿禨、湖广总督张之洞、署理湖南巡抚陆元鼎，指出外国人修建铁路对中国的危害性，毫不留情地揭露伍廷芳、盛宣怀接受美华合兴公司巨款贿赂的丑事，并说明废合同与废条约异，因为合同是与公司订的，条约是与政府订的，此事与邦交无关。希望瞿、张等人利用自己的职权和影响，为民族伸正气，为国家谋利益，自筑粤汉铁路。

据刘泱泱主编的《湖南通史》近代卷记载，1904年5月初，湖南爱国绅商率先正式提出废除清政府与美国美华合兴公司签订的《粤汉铁路借款合同》，而由粤汉铁路所经过的湖北、湖南、广东三省自行修筑。接着，鄂粤两省各界人士也纷纷提出同样的要求。粤汉铁路废约自办运动，在湘鄂粤三省蓬勃展开。三省人民的爱国正义斗争，博得全国各界和留日学生的同情与支持。1904年9月上旬，湖南留日学生杨度联络三省留日学生，发起成立“鄂湘粤铁路联络会”，开展废约自办活动。这年11月，杨度两次以留美留日学生代表人的身份，致电湖广总督张之洞等，主张废除合兴公司前约，将粤汉铁路收回自办。不久，留日学生又在留学生会馆开会，商量借款问题，公推杨度为总代表回国办理。

在留学生们群情鼎沸之时，杨度独能保持清醒的头脑，安下心来认真研究对此事的处理。他广泛搜集资料，运用自己来日本后所学到的法律知识，通过详尽的解剖，写成了一篇长达五万多字的《粤汉铁路议》。

刘晴波主编的《杨度集》中收有《粤汉铁路议》。这篇长文分为四篇。第一篇：绪论。第二篇：废合同议。第三篇：立公司议。第四篇：结论。文章最后一段说：“早已沉于海底而不复望其能出现者矣，乃忽然利用时机，竟将粤汉铁路收回，不仅将来之大利无穷也，即今日中国之民气，必因此而为之一振，群自知国势之犹可为，国权之不可失，而咸思保护之焉，则爱国之心油然而生，国民之气勃然而起矣，则又何其乐也！”

这篇文章分为两大部分，一为废合同议。从合同规定美公司所有之权利、义务及义务能否履行、权利应如何处分四个方面议论废合同的问题。二为立公司议。提出中国自立铁路公司，又建议铁路宜商办，不宜官办，由股东公推总理，而不由政府简放督办，宜兼用社债，而不宜专用国债等。文章统筹全局，高屋建瓴，详密周到，巨细兼备，既有严谨的法律裁决，又有行之有效的具体措施。当它在《新民丛报》上刊出后，立即引起了海内外知识分子和政界的高度重视，尤其是日本留学生界更是对杨度渊博的法律知识和精当的分析能力甚为服膺。

星期天，刚来东京不久的杨庄和代懿、杨钧一起来到田中寓所。杨庄笑着说她已细细地将全文读过两遍，从中学到了不少打官司的学问，称赞哥哥是个好法官。杨钧则说，东京留学生界都说哥哥能处理好这么复杂棘手的粤汉铁路案，今后办理国事，再没有什么难题不能解决了。说得杨度心里高兴，他也自认已具备了主宰天下之才。

就在这时，慈禧太后借光绪帝的名义下达了大赦令。大赦令表面上是为了表示对慈禧七十大寿的庆贺，骨子里是想借此缓和国内十分紧张的政治矛盾。

庚子年八国联军打进北京一事，使全国人民对清廷的腐朽进一步认清了，与此同时，也对两年前因变法图强而惨遭屠杀和迫害的爱国志士愈加怀念起来。慈禧自己也受了很大的震动，知道若再不应变，则国将不国。为此，在第二年回銮途中，便下达一连串变法的诏令。尽管有张之洞、袁世凯、刘坤一几个明智疆臣诚心拥护，但慈禧这种其实是自我检讨的行为并不能挽回人心。朝廷上下对戊戌变法的志士们普遍予以同情。迫于这种政治压力，慈禧不得已大赦天下：凡因变法之案而流放的可以回原籍，坐牢的释放回家,受牵连的免予处分,出逃海外的回国后不再追究。即使如此，也有三人不在赦免之列，那就是变法的首脑人物康有为、梁启超以及多次在国内组织暴动的兴中会首领孙中山。

大赦令传到东京后，杨庄姐弟为哥哥的获赦而欢欣鼓舞，全家连小澍儿在内五个人在东京神田酒家举行了一个小小的庆祝酒会。

“终于不是一个有国难投、有家难归的人了！”面对这一突然来到的喜讯，杨度在心里长长地舒了一口气。

在海外议论得热热闹闹的粤汉铁路自办一事，虽历时几个月，却并没有得到国内官方的满意答复。留学生总会早就想派一个得力的人回去游说当局，只是一直没有合适的人选。现在好了，杨度自由了，此事非他莫属。就这样，杨度回到阔别一年的祖国。

他在上海登岸后，立即改坐江轮沿长江上溯。到达武昌的第二天就去拜见张之洞。谁知张之洞身体不适，到武当山养病去了，什么人都不见，公事私事都要等到九月份回衙门后再说。杨度吃了一个闭门羹，于是离武昌回湖南。第一站先停长沙。

北正街的恒升杂货铺是他夫人黄氏的一个叔伯兄弟开的，楼上客房宽敞，杨度便下榻这里。第二天便去巡抚衙门拜会署理抚台陆元鼎。这个在官场上混了一辈子的政客是个圆滑透顶的人，对于废合同自办铁路这样一桩大事，他知道不是一个代理巡抚所能做得了主的。他客客气气地接待了杨度，至于杨度说得唇焦舌敝的那一番正题话，他几乎一句都没有往心里记，弄得肩负重任的干事长哭笑不得。

去年的八日榜眼公到巡抚衙门去了这么一趟，他回到长沙的消息便在全城不胫而走了。

黄兴、刘揆一得到消息的当天便去恒升杂货铺拜访，三个好友今日在家乡重聚，真有说不出的兴奋。杨度将为粤汉铁路一事回国的详情告诉黄兴、刘揆一。黄、刘也将拟在十月初十于长沙起义的机密告诉了杨度。

谈起废合同的事，黄、刘对杨度说，张之洞决不敢得罪洋人，废掉合同。因为他要仰慈禧的鼻息，而那个老妖婆自从拳乱后，是宁愿眼看洋人把中国蚕食瓜分尽，也不愿碰他们一根毫毛的，朝廷不是说过“宁赠友邦，不与家奴”吗？所以不必去见张之洞。退一万步说，即使张之洞同意废掉合同，以目前一盘散沙似的中国，能办成这样的大事吗？中国的出路只有革命，把满人推翻了，改朝换代了，合同自然而然地废了，铁路的修筑权也就自然而然地回到了中国人自己的手里。因此，他们竭力劝说杨度丢掉对满人朝廷的幻想，与他们一道起义暴动。

杨度正要借粤汉铁路一案来充分施展自己的治国才华，他当然不能赞同黄、刘的看法。他有他的道理。满人一旦被推翻，则直接影响洋人在中国的既得利益,那么洋人就会全力支持满人,革命不见得会成功。另一方面，汉人在与满人争天下的时候，国家会更乱，洋人则正好乘机肆无忌惮地瓜分中国。满汉战争如果旷日持久的话，中国就会被洋人彻底瓜分，中国也就灭亡了。这样的例子，古今中外都很多。中国只有走日本的道路，唤醒国民，召开国会，制定宪法，组织责任内阁，让国家避免流血混乱，平稳地走上富强的道路。粤汉铁路一案，正可以作为一个试金石。如果此事办得成，证明国事尚可为。

双方各执一端，谁都不能说服谁。最后，黄兴说：“你不参与起义，我们不勉强，但明天去浏阳授衔，你一定要去。”

杨度本有些犹豫。对他来说，正事尚无眉目，不能分心于自己不主张的分外事，但想到此去可以会会马福益，也是件很愉快的事。倘若没有他赠的那把古倭刀，哪有这笔巨款！应该亲口说给他听听，让他也乐一乐。

浏阳普迹市在浏阳河边，往东北走到浏阳县城与往西北走到长沙省城差不多远，都有一百三四十里，它位于浏阳、长沙、湘潭、醴陵四县交界之地。四县农民都来这里赶集会墟，使得普迹市成为一个很热闹的集镇。每年八月初十开始到二十日结束的普迹市牛马交易会，沿袭了两三百年之久，是闻名湘东的大集会。每年八月中旬，四县农民赶着自家的牛和马，从几十里路外来到普迹市买卖交换，牛贩子马贩子忙忙碌碌地在牛屎马粪中穿梭往来，四处撮合。各行商贩也趁此良机来这里做生意。时处中秋佳节，不买卖牛马的人也前来购置节日食品。于是普迹市这十天里便牛欢马叫，人来人往，熙熙攘攘，热气腾腾，成为一年中最为热闹的时候。

八月十五日是中秋节，又是牛马集市的中期。这一天，从四面八方前来普迹市的人更是络绎不绝。黄兴和马福益选择这一天大会各路英豪，有意将哥老会众头目的聚会淹没在喧闹的交易中，不为衙门捕快注意。

十四日黄昏，黄兴、刘揆一、杨度三人乘着小木船顺浏阳河来到普迹市码头，他们都打扮成一副商贩子的模样。马树德将他们带到离市镇中心二三里外的夏氏祠堂。夏氏是普迹市一带的大族，三四代以前也曾有人阔过，故祠堂造得很大，中间供祖宗牌位的正厅可以摆上二十桌酒席，东西共有二十四间客房，夏氏现在衰落下去了，祠堂里冷冷清清的。马福益三天前以湘潭来的大牛贩子身份，出二十块银元租用五天祠堂，寒伧的夏氏族长喜滋滋地答应了。

听说黄兴等人到了，马福益和大空一道出门迎接。一眼看见杨度居然也来了，二人惊讶不已。杨度看见马福益和已着俗装的大空，也很激动。大家都进了东边的第一间客房，小喽啰送来香茶果品。马福益告诉黄兴，所邀的各处会党龙头都基本到齐，全部住在祠堂里。黄兴不顾旅途劳累，立即要去见见他们。马福益便叫马树德陪着黄兴、刘揆一与各龙头相见，自己和大空则陪杨度在房间叙话。大家互道了别情。杨度将腰刀的传奇故事讲给他们听，马福益和大空简直不敢相信人世间真有这样的蹊跷之事。藤原的五万银元的赠款，杨度有意说成两万。如此无私地支持起义，又使两位江湖好汉十分敬佩。马福益说："起义若是成功了，你是首功之臣，我和黄先生一定要封你一个侯爵。"

杨度笑了笑，不置可否。

第二天一早，天尚蒙蒙亮，夏氏祠堂里便忙碌开了。垒砖筑灶，运碗抬酒，宰牛杀猪，炸鱼蒸肉，一股股浓厚的酒香肉香直传到普迹市街上。中秋节赶集的乡民，远远近近做买卖的商贾，都在传说湘潭的马大老板好大的气魄，在这里摆开了二十桌酒，宴请四方嘉宾。

马福益派了三十名精明的小喽啰在祠堂外游弋，凡对不上哥老会黑话的人都被拦阻在外。

正午时分，祠堂门口的大禾坪里，万字号的鞭炮一挂接一挂地放了起来。浏阳是个盛产鞭炮的地方，时正秋高气爽，这鞭炮声格外地尖脆响亮，将屋顶墙角边的麻雀惊得四处乱飞，炸得粉碎的红绿花纸混合着淡淡青烟飘到半空，散落在田边地角。赶集的人都伫立观看。夏氏族长感叹：老祖宗修建的祠堂，已经二十多年没有这样风光过了！

就在这震耳欲聋的响声中，湘中八方豪杰三十六路英雄，一个个拱手抱拳红光满面地依次入席。加上副龙头、副总堂、副会长以及随身喽啰等，整整齐齐坐满了十九桌，首席上坐的则是黄兴、刘揆一、马福益、杨度、大空等人。

一个个特大海碗端了上来，虽是鱼肉鸡鸭等日常菜，却道道美味可口；一碗碗酒斟满了，虽是农家自酿的土酒，却也醇和适口。这些好汉们，人人都是豪爽无度的海量，不须吩咐，也全不拘礼数，酒菜一上来，便痛饮大嚼起来。

马福益用拳头重重地敲了几下桌子，大声说："弟兄们，安静下来，授衔仪式开始！"

担负司仪的马树德走了进来。他头上包着一条黄布带，脑后插一支色彩鲜丽高高翘起的野雉毛，一张大嘴巴用鸡血涂抹得红红的，身上套一件脏兮兮的杏黄布长袍，脚上穿一双舞台上常见的厚底官靴。杨度见马树德这一身打扮，真有点滑稽可笑，转过脸望一眼席上的众头目们，他们却没有丝毫异样表情。

马树德面对大门，高声叫道："放炮！"

站在门口的一个小头目将命令传到禾坪："放炮！"

这时，禾坪上的三十六杆打猎用的土炮鸟铳对天鸣射起来。有的发出昏沉的轰鸣声，有的只轻轻地响了一下，也有的射手事先根本无准备，临时左搬右弄也放不响。炮声稀稀落落，很不如法。管事的小头目急中生智，赶快命人找来几个铜脸盆。"嘡嘡"的铜盆声虽不及炮声的威武庄重，到底把气氛给弄热闹了。

待炮声和铜盆声一停，马树德又高呼："拜大袍哥！"

一个小喽啰高举一面约五尺高、二尺宽的布画，神色庄严地走了进来，一直走到祠堂正前方夏氏祖宗牌位处才停下。再转过身，布画将这个小喽啰给挡住了。杨度看时，那布上画的是一个面白唇红身穿龙袍的少年，正是传说中的朱三太子的像。

接着便有几个小家伙提举十几个祭祖用的三座、五座烛台，后面是一箩大红蜡烛。烛台环绕着布画插在地上。蜡烛点着了，一根根地插在烛台上。烛光摇曳，烟焰缭绕。这道工序完成之后，不仅那幅粗劣的布画顿时变得神圣起来，就连整个祠堂的气氛也立即变得肃穆了，一切杂音都自觉停止。

一个小家伙走到马福益身边，在他的包头布上插三支又长又宽的野雉毛，又递上一支桃木剑。马福益离席走到画像前，右手举起桃木剑，左手掌五指合并抬到胸前，对着画像凝神片刻后，从嘴里发出一连串含混不清的词句来，然后边走边念边跳跃舞剑，绕着蜡烛走了七八圈。

当马福益重新来到大袍哥画像前伫立不动时，马树德高喊："拜大袍哥！"

马福益双膝跪下。黄兴、刘揆一、大空也离席跪下。杨度不知如何是好。他不是哥老会众，也不情愿跪在这个不明不白的小儿画像面前。回过头一看，大厅里三十六路英豪齐斩斩地跪了下来，有几个人还瞪着眼睛恶狠狠地盯着他。杨度觉得浑身不自在。入乡随俗，无可奈何，他也只得离席跪着。全体龙头、总堂们都随着马福益向布画磕了三个头后又重新坐好。

"请黄兴先生授衔！"马树德又扯开喉咙叫喊。

黄兴走到画像前。他今天换上了一套从日本带回的黑呢制服，又着意将胡须做了一番修理，微胖的四方脸庄重严肃，不大的双眼射出坚毅的目光，全身上下充满着奋进昂扬的堂堂正气，与头插野雉毛的马福益相比，完全是另一种形象。

"弟兄们！"衰微的夏氏祠堂里响起黄兴洪亮宽厚的男中音，"今天，我们华兴会和哥老会结成联盟，举行武装暴动，推翻满虏朝廷，光复我们汉人自己的河山。为了使起义计划得以顺利实现，几个月来我们与马大龙头一起商议，要把湘中哥老会各个山头、各个会堂团结起来，采取一致行动，并借用日本的建军制度，把弟兄们训练好。今天，我以同仇会会长的名义授予马福益大龙头少将军衔，过一会儿，由马少将分授各路英豪军衔，并公布具体训练计划和联络方法。"

刘揆一从随身带来的木箱里取出一套军装和一把三尺长的佩剑。这套军装是完全仿照日本陆军军服，在长沙秘密请人裁制的。它被折叠得整整齐齐的，裤在下，衣在上。衣裤均以黄呢为面料，做工很精细。衣服的肩膀上还有两块黄底红杠镶一颗银白色菊花星的肩章。一顶大盖镶红边的黄呢军帽放在衣服上。

刘揆一捧着它来到黄兴身边。这时马福益也已站起。黄兴从刘揆一手中接过军装，郑重其事地双手捧起，直捧到与肩齐平。

马福益很激动，脸涨得红彤彤的。这个放牛烧石灰出身的草泽英雄，从来没有经历过如此隆重庄严的场合。他双手使劲地往衣服上擦着，生怕手不干净，亵渎了这身黄澄澄光闪闪的少将军服，好半天，才从黄兴手里接过。

“大哥，穿上吧，穿上给我们看看！”

“大龙头，抖一抖吧！”

“大龙头，这是正宗东洋货，穿起来给我们开开眼界！”

底下的龙头总堂们起劲地吆喝，马福益捧着衣服，不知怎么办。

“穿上吧，让弟兄们看看！”黄兴很能理解这些江湖汉子们的心理：他们尽管天不怕地不怕，但心底深处仍有浓厚的自卑感。黄兴边说边亲自动手替马福益脱下头上的青布带，把大盖帽端端正正地戴在他的头上。马树德忙过来，帮大龙头把衣裤匆匆套在身上。

五大三粗的马大龙头穿上这身考究精美的日本式少将军服，显得分外的光彩威武。酒席上的山大王们都没有看到过这么好的军装，个个眼睛睁得大大的。看着他们的大龙头瞬息之间就像换了个人似的，既惊异又羡慕。

刘泱泱主编《湖南通史》近代卷是这样叙述华兴会向马福益授衔的——1904年9月24日（农历八月中秋节），浏阳普迹市沿旧例开牛马交易大会。此为湖南有名的圩集之一，会党常利用这样的机会开堂集会。马福益决定在这一天召集会党部众，实行开堂拜盟。黄兴也决定利用这一天举行仪式，授予马福益少将，同时对起义诸事作一番检查和布置。他命刘揆一、陈天华、徐佛苏、陈福田等学界、军界人士，于是日赶至普迹市，与马福益及其部属姜守旦、龚春台、冯乃左等会晤后，即以同仇会名义为马福益举行隆重的少将授予仪式。仪式由刘揆一代表会长黄兴主仪，并交给马福益所部长枪20支、手枪40支，又就地买马40匹，以备马福益部属使用。仪式庄严，观者如堵，众情极为兴奋。以黄兴为首的华兴会诸领导人缺乏经验，会中的各项活动缺少保密，起义的风声事先便已张扬在外，浏阳普迹市的授衔仪式亦是一场公共活动。这一切，必然引起了官方的注意。普迹市会议正在举行时，湖南当局便已侦知。后来，官方对华兴会进行侦缉和搜捕。在酷刑逼供下，有头领熬不过，供出了实情，华兴会的计划便完全泄露了。10月24日，官方下令逮捕黄兴，军警即刻包围了黄兴的住所。那时黄兴正不在家，得到消息，匿居在开明绅士龙绂瑞的家中。两天后，在长沙圣公会牧师黄吉亭的掩护下，逃出了长沙城。

“这才是真正的大官！”他们从心里发出感叹。

黄兴又把佩剑亲手给马福益挂在腰间，同仇会的少将益发变得威风凛凛。

“为我们的大龙头荣封少将干杯！”不知哪个堂的总堂大爷高叫了一声，望着满桌酒菜早已垂涎欲滴的汉子们迫不及待地响应。

“干杯！”

“干杯！”

“干杯！”

马福益开始讲话。他的部下们不停地举起大碗，干了一碗又一碗，对于新任少将的军事部署似乎并不热心。马福益虽有点不痛快，但他不想扫弟兄们的兴头，于是干脆招呼黄兴等人坐到席上来，一起喝几碗酒再说。

长期与读书人为伍，善于在书斋客厅里纵论天下兴亡的杨度，身处这种氛围觉得很不自在。他向四周扫了一眼，二十张桌子上一片杯盘狼藉，喝酒的人大都穿戴得不伦不类，脏话粗话夹杂着会党中的黑话，听得令人倒胃口，酒气烟气混合着汗臭味，熏得他直想呕吐。杨度实在不愿意在这里待下去了，他想寻一个清新安静的地方喘口气。看看黄兴、刘揆一与前后左右谈笑风生水乳交融，杨度不便邀他们，与大空耳语两句后，一个人悄悄离席出了祠堂。

从满屋混浊的祠堂里出来，草木禾苗间的清爽空气带给他透体舒适。他沿着田埂走着，一边是微微低垂的谷穗，一边是清亮流淌的渠水，信步走了几十步，发觉这里山清水秀，风景优美。

浏阳的风光原来这样好！杨度放眼欣赏着。猛地，他想起一件事来，急忙转身回祠堂。

二　杨度独自来到牛石岭祭奠谭嗣同

刚回头走几步，迎面走来了马福益的马夫，手里正牵着黄兴送的那匹大白马。

“杨先生，你怎么不进去喝酒？”马夫知道杨度是刚从东洋回来的大人物，忙主动打招呼。

“老兄弟，我请问你一件事。”

“什么事？”杨度这句客气的称呼，使马夫受宠若惊。

“浏阳的谭嗣同，你知道吗？”

“知道，知道。”马夫笑了起来。他觉得杨度有点小看了他，于是滔滔不绝地讲了起来："杨先生是说谭三公子吧，我哪能不知道！我虽是醴陵人，其实和他老人家是近邻。他老人家是浏阳南乡牛石岭人，我家在醴陵北乡鲤鱼冲，与他老人家的府第相隔不到十里。他老人家在北京被害后遗体运回老家，就葬在牛石岭，我还去坟上磕过头哩！"

谭嗣同遇难时只有三十三岁，即使活到现在也还不到四十岁，而这个马夫至少有五十岁了，却口口声声称一个比他小十来岁的人为老人家。仅仅凭这称呼，就可知谭嗣同在他心目中的地位了。

"老兄弟，南乡牛石岭离这里远吗？"

"不算远，三四十里，如果走小路还要近些。杨先生，你是不是想去看看？"

"谭嗣同的墓好找吗？"

"好找，好找！到了牛石岭，随便哪个放牛的小孩子都知道谭三公子的墓在哪里。你哪天去，我陪你！"马夫很热情。

"我现在就去。"杨度抬头看看太阳，估计现在还只两点多钟，一来一去七八十里路，要走十小时，"老兄弟，麻烦你告诉大龙头一声，我大概要半夜之后才回来。"

"你走路去？"马夫很惊讶，心想：别看这人文文雅雅的，真还能吃得苦。他扬了扬手中的缰绳，问："杨先生，你会骑马吗？"

"会。"早在归德镇时，杨度就跟着伯父学得了一身娴熟的骑术，虽然有十年没骑了，他相信仍不会生疏。

听说杨度能骑马，马夫更对他增加一分尊敬，随手将缰绳递了过来，说："杨先生，你就骑大龙头这匹马去吧，这匹马还驯服。刚喂的料，今天不会再吃东西了。骑它去，还可以回来赶夜饭。"

杨度接过缰绳问："怎么走？"

"就沿着这条石板路走，看见一座像刀劈开一样的山岭，那就是牛石岭。"马夫指了指前方。

杨度谢过马夫，纵身跨上了大白马。大白马果然性子驯服，驮着陌生的客人，不紧不慢地踏着古老的青石板向前走去。

好久没有骑马了，坐在这匹高大劲健的白龙马上，望着恬静萧疏的旷野，杨度胸中顿生一股豪情，两腿将马肚子一夹，左手在马屁股上猛地一拍，那马立刻扬起四蹄奔腾起来，青石板上发出急促清脆的马蹄声。耳畔风声呼呼，眼前田舍飞逝，自离开归德镇以来，杨度似乎很少这样惬意过了。

前面远远地现出一座石峰来。那峰壁立千仞，真像是神仙用斧劈开似的。褐色的岩石缝里间或长出几株倔犟的小松树，给拔地而起的山岩增添了几分生气。石壁下有一条两三丈宽的小河，时至秋天，山水枯竭，河中只有一条窄窄的水流。水边银白色的细沙，在阳光照耀下闪闪发光，几只细脚长颈的鹭鸶在沙岸上悠闲自在地徘徊着。杨度看在眼里，赞在心头：真是一块富有诗情画意的好地方，地灵人杰，怪不得这里出了谭嗣同！

杨度正要下马问路，忽听得马后传来两个人的对话：

"听说三嫂子来祭丈夫，哭得晕倒过去了。"

"可怜啦，整整六年了！戊戌年三公子被害时，正是中秋节前两天。"

"你年年中秋节都来祭吗？"

"三公子下葬以来过了五个中秋节了，我每年都带四色月饼来祭奠他老人家。"

杨度扭过头去，看见两个三十余岁书生打扮的人在边走边说话，手里都提着一个竹篮子，里面放着一些纸钱、线香和月饼。他知道他们也是去谭嗣同墓的，便有意将缰绳牵紧，让马走慢点。一会儿，两个书生走到前面去了，杨度跟在他们后面。走了两三里路后，书生向右转弯了。这是一条长满野草的小路，不便骑马，他下马牵着走。

沿着小路走不多久，眼前兀地现出一个又高又大的土堆子。土堆子正前方约有一二十个人在那里静悄悄地忙碌着，或烧纸点香，或装碟摆碗，或跪拜磕头，或肃立默哀。那两个书生也在土堆子前停下了脚步，杨度知道，这个土堆子一定是谭嗣同的墓冢了。他将马系在一棵较大一点的松树干上，怀着一股崇敬的心情，缓慢地走向墓冢。

墓冢前有一块打制粗糙的石碑，上面刻着九个隶书大字：谭公讳嗣同先生之墓。墓碑旁边另有一块石碑。这块石碑有一人多高，是乳白色大理石制成的，平面光滑，四周有精致的雕花，石碑上刻着两行楷书：亘古不灭，片石苍茫立天地；一峦挺秀，群山奔赴若波涛。左下方有一行小字：浏阳居士宋渐元敬立。

杨度默立在谭嗣同的墓前，脑海里浮想联翩。他想起与谭嗣同在长沙时务学堂第一次见面的情景，观其神采，听其谈吐，短暂的相晤，他就认定了这位名闻海内的谭公子是个非比等闲的义烈汉子，尤其是那一番铿锵有力的誓言，六年来一直萦绕在心头，似乎一时一刻都没忘记。京城的再次聚会，谭嗣同带来了徐仁铸的非常家书。在徐致靖家的一席话，既壮又悲，莫非已看到了罩在前途上的阴影？为新政的推行，谭嗣同密谋策划，奔走呼号，面对着十倍百倍的旧势力，毫不畏惧，寸步不让，终于以生命谱出一段感天动地的乐章。

想到这里，杨度虔诚地向墓冢三鞠躬。身旁那两个书生正在将带来的纸钱一片片地撕着焚烧，嘴里轻轻地念着："三公子，您老人家为了国家为了百姓英勇就义，含冤而死，想必天道有公，现在已是一方神灵了。您老人家精神不朽，英灵不散，请收下晚辈送来的一点心意。您老人家瞑目安息吧，戊戌年的事业总会有人继承的！"

"戊戌年的事业总会有人继承的！"两个书生无意间的这句话，给站在一旁的杨度以深深的震撼。是的，自己，还有梁启超、蔡锷、范源濂，不都是在继承戊戌年的未竟之业吗？黄兴、刘揆一、马福益等人要起义造反推翻满人的朝廷，建立汉人的政权，其目的也是为了国富民强，究其实，他们也是戊戌年事业的继承人。十八省有志之士，留学海外的热血之徒，可以说都是戊戌年事业的继承者。

报国献身的豪情再次在杨度心中奔涌起来。他要给英魂烧三炷香，以表达一个老朋友、一个后死者的敬意。但来时匆匆，什么也没带上，他向周围环顾一遭，见附近有一间小茅屋，一个人从屋里出来，手里拿着香烛。那里一定有祭品卖！杨度赶快来到茅屋边，屋子里的一张旧桌子上果然摆着一些纸钱、线香、蜡烛，一个须发皆白的老头木然坐在一旁。

"老人家，我买一束线香、四支蜡烛。"杨度一边从衣袋里掏钱，一边对老头说。

"少爷，听你口音，不像是浏阳人。"老头眯起眼睛看着杨度。

"我不是浏阳人，我是湘潭人。"

"你是三公子的什么人，这么远来给他祭墓？"老头说话之间拿出一束线香来。

"我是他的好朋友，戊戌年我和他一起在北京共过事。"杨度接过老头递来的线香。

"哦，戊戌年你也在北京？"老头一下子来了精神，将杨度上下重新打量了一番，"少爷尊姓大名？"

"我叫杨度，字晳子。"

"哦，你就是晳子先生！三公子生前常常提起你。"老头十分热情起来，忙站起让座，拍打着脑门说，"自三公子就义以来，我脑子全麻木了，杨少爷来过几次浏阳会馆，我都没有认出你来，真正的没用了！"

"老人家，你先前也在北京住过？"杨度坐下来问。

"我就是浏阳会馆的老长班刘凤池呀！"老头干涩的眼睛里有了亮光。

“哦，你就是刘二爹！”杨度双手握住老头的手，情绪颇为激动。

杨度去过几次浏阳会馆，但对守会馆的老长班却从来没有留过神，故对面相见也不认识。然而今天墓地重逢，他对这个木讷呆板的老人肃然起敬来。

原来，谭嗣同那年被害后，断头的尸体躺在菜市口整整两天没有人过问。谭的父亲身为巡抚，又在北京做过多年京官，亲友故旧多得很，但他们都怕受株连，不敢去。谭的同志又都远走高飞避难去了。可怜一代人杰就这样暴尸刑场。那时正是八月中旬，天气还热，眼看尸体就要腐烂了，一向崇敬谭嗣同为人的刘凤池心中又悲又愤。他挺身而出赶到刑场，拿出几两银子来送给看尸人，说：“我是浏阳会馆的看门人，谭嗣同生前做的事是对是错，我不知道，我也未参与过，但他顶多只有杀头罪，没有烂尸罪。我为他收尸掩埋，朝廷问起，你们就说是我刘凤池干的。杀头坐班房，我刘二爹一身担当！”

看尸人为他的义气所感动，把尸体给了他，也没向上禀报。刘凤池将自己几十年的积蓄全部拿出来，为谭嗣同买了一具上等棺木，又请人用棉线将谭嗣同的头缝到颈项上，然后再雇了一辆骡车，把灵柩运回浏阳，安葬在牛石岭。义仆刘凤池的事迹传遍全国，杨度早已听说，今天邂逅此处，他如何能不激动？

“刘二爹，您老这几天专到这儿来卖祭品？”

“三公子下葬后，我就在这里搭了间茅房子住着。我无儿无女孤身一人，哪里都是住，不如在这里陪陪三公子更好，三夫人见我拿定主意了，便一年四季供给我吃用。这些祭品，也是三夫人自己买了放在这里，有人来祭奠了，就拿出来送，并不卖钱。”

“噢！”杨度轻轻地点点头，问，“来祭三公子的人多吗？”

刘二爹捋了下白胡须，说：“开头两年没有人敢白天来祭，只是夜里来，偷偷对着坟堆哭几句。辛丑年，慈禧回到北京，下令变法后，风向变了，来祭墓的人就渐渐多了。三年里，几乎天天有人来，清明、中元、中秋前后来的人更多。坟堆本来很小，来的人都给它培土，慢慢地越堆越高大。三公子死得值，国人忘不了他！”

老头子眼睛里已充满了泪水，喘了一口气，又说下去：“尤其奇怪的是，每年八月十三下午天空都要变阴。明明上午还是好好的太阳，一到未末申初时候，看着看着阴云就上来了，把整个牛石岭遮盖得严严实实的。杨少爷，八月十三日未末申初，正是三公子遇害的时辰。老天有眼，记得忠良，每年这时都在志哀呀！”

刘二爹的脸上已是老泪纵横，杨度的心里也很酸楚。

“刘二爹，三公子的墓应该修缮一下，墓顶要砌上石块，免得受雨水冲刷，不知三夫人有这个安排没有？”

“这两年，好多前来祭奠的人都这样说过，有的还自愿捐银子，三夫人也动了心，是我劝三夫人暂时莫修。”老头子拿衣袖擦着眼泪。

“为什么现在不修呢？”杨度觉得奇怪。

“杨少爷，你想想，三公子是被谁害的？”刘二爹压低嗓音，“就是慈禧那个老妖婆呀，她今年七十岁了，还能活几年？老妖婆一死，皇上一掌权，三公子就要平反昭雪。到那时，皇上就要下令湖南巡抚亲来牛石岭祭奠，我们就可以奉御旨隆重为三公子修造陵墓，不但顶上要砌石头，还要建庙起享堂，还要为三公子立石人石马。所以我劝三夫人暂且不动，这一天要不了多久就会到了！”

“老人家说的是！”杨度很佩服这个老长班的远见。

“到那时，还要把各地名人的挽诗挽联都裱糊起来，挂在庙堂里，让后人凭吊观摩。”

到底是住过京师的人，眼界就是比山沟里的人要宽阔些。杨度在心里称赞。

“杨少爷，我这里还保存着一副难得的挽联。”老头子说着站起，从一个黑旧的木箱子里取出一卷用油纸包着的纸来，打开说，“这是己亥年唐才常先生来祭奠时留下的。”

杨度看时，唐才常的挽联写道：

与我公别几许时，忽警电飞来，忍不携二十年刎颈交同赴泉台，漫赢得去楚孤臣，箫声呜咽；

近至尊刚十余日，被群阴构死，甘永抛四百兆为奴种长埋地狱，只留取扶桑三杰，剑气摩空。

“好，写得好！”杨度念了一遍后，赞道，“佛尘先生亦已作古，您老人家好好保存这件遗墨，今后功劳当不小。”

刘二爹叹道：“这位唐才常先生也是一个好男儿，只可惜冤枉死掉了！”

听了刚才重建陵墓那番话后，杨度对先前呆板木讷的浏阳会馆老长班改变了看法。他恭敬地问这位并不寻常的老人：“老人家，你为何说他冤枉死了呢？”

“杨少爷，唐才常先生的自立军，你知道是为何失败的吗？”

“不知道。”杨度摇摇头。

“是他们自己蹬被窝蹬出来的。”刘二爹气呼呼地说，“自立军的主要人物都是会党中的人，事情还没做成，他们内部就争权夺利，吃亏的那方就去报官。就这样，全部计划都暴露了。”

“哦！”杨度颇感意外。

“会党中的人都是些土匪，如何成得了大事，唐才常先生却相信他们，不是死得冤枉吗？”

杨度沉默着。正午夏氏祠堂里授衔的情景又浮上心头，他不由得倒吸一口气，黄兴、刘揆一会不会重蹈唐才常的覆辙？

“杨公子！”杨度正乱想着，只见大空猛地闯了进来，神色有点慌张。

“出事了吗？”杨度赶紧站起。

“快走吧，黄先生、马大龙头都离开普迹市了。”

“为什么？”杨度甚是惊讶。

“走吧，今夜里我慢慢对你说。”

杨度托刘二爹代他给谭嗣同烧三炷香，点四支蜡烛，然后告别出了茅屋。大空也骑了一匹马来了，于是二人翻身上马，离开了牛石岭。

一路上，大空告诉杨度，中午正在吃饭时，巡逻的小头目来报，附近出现了十来个化装成便衣的浏阳县衙门的捕快，看来官府已对今日的聚会留意了。黄兴和马福益一商量，当即作出决定，除留下十个封为佐级衔的龙头总堂外，其他人一律离开普迹市回去。留下的人由马福益带领转到另一个秘密地方，继续商量行动计划，黄兴、刘揆一也随他们一起去了，特为委托大空去牛石岭通知杨度。杨度又记起刘二爹刚才说的话，授衔会开了一半便转移，也不是好兆头，他决定明天不跟大空去找黄兴等人。

天黑时，他们借了一户农家住下。这一夜，大空、杨度二人说了大半夜的话。大空说江湖上的事，杨度说日本的事，都说得很尽兴。第二天，杨度乘船经长沙回湘潭，大空则去寻找黄兴、马福益，二人在浏阳河边互道珍重后分了手。

三　在圣公会牧师的帮助下，黄兴机智地逃出险境

秋风一阵比一阵凉爽，起义的日子也一天比一天临近了，黄兴和华兴

会的同志们在四面八方紧张地联络筹备，又严密地监视着长沙各界的动向，疏通各方关节。他们的心在激荡着，血在奔涌着，一切都为了那个伟大时刻的到来。谁知就在这节骨眼上，却平地出了大娄子。

已被封为同仇会少佐的马树德，这天因比枪法赢了同伴的十块银元，心里一高兴，夜里来到了醴陵县城一个相好已几年的婊子艳娥家。

“哎哟，马老板，这些日子到哪里发财去了，一向不见。”艳娥见马树德临门，心里很高兴，因为马树德大方。他在她的床上睡一夜，出的钱比别人多一倍还不止，有时高兴，除给钱外，还送艳娥一些她轻易见不到的小洋货，如玻璃把洋伞啦，洋袜子啦，洋口红啦，艳娥喜欢得不得了。

“出外混了几个月，好久不见，心里想你想得发痒。”马树德是条汉子，仗义轻财，为朋友两肋插刀不含糊，但他有个缺点：贪女色。看见漂亮的女子，他两腿就软了。家里虽有老婆，他仍常年在外寻花问柳。艳娥是醴陵县城里最好看的婊子，马树德衣袋里有几块银元，就心里痒痒地要送给她。这一向为了起义，他四处奔波，的确有好久不找她了。“艳娥，有什么好东西招待你马老板？”

“有哇，老白酒，牛肉干，猪血丸子，花生米，马老板你爱吃的一样都不少。”艳娥的水蛇腰一扭一扭地，从碗柜里端出几个碟子来，摆在桌子上。

“我说我为何走到哪里都念着你啰，原来你是这样逗我喜欢。”马树德重重地捏了一下艳娥那张白嫩的脸。

“痛死我啦，马老板！”艳娥撒娇似的喊叫，马树德就势把她搂到怀里。“莫喊痛，马老板今天送你一样好东西。”

马树德从口袋里掏出两只玻璃手镯来。这是他前些天用一块银元在九江买来的。那两个玻璃手镯，一个里面有一朵红芍药，一个里面有一朵黄菊花，都鲜艳娇美，比真的还好看。醴陵县城里还没人戴过这样漂亮的手镯。艳娥接过来忙戴起，又自我欣赏了一番，越看越喜欢。

“马老板，你待我这样好，今夜我要好好招待你。”

艳娥给马树德斟上酒，递了过来，马树德一口喝尽。艳娥又夹起一块牛肉干，亲自送到马树德的嘴里。马树德嚼牛肉干的时候，她又忙着给他斟满酒。就这样，艳娥一连斟了五杯，马树德一连喝了五杯，喝得头晕晕血沸沸的，嘴巴已没有遮拦了：“艳娥，你今后不要再接别的客了，就嫁给我做姨太太吧，我就要做官了！”

“真的吗，马老板，你要做么子大官？”艳娥知他醉了说酒话，有意逗他。

“我今后要做副将提督。”马树德说着，又摇摇头，“不，武官低，文官高，我要做臬台，做藩台，说不定也可以做抚台大人。”

“你别做梦了，你凭么子做抚台大人！”艳娥笑了起来。她觉得这个管石灰窑的工头真是异想天开，癞蛤蟆想吃天鹅肉。

“你不信吗？”艳娥的轻视大大伤了他的自尊心，他气得从内衣袋里掏出一张纸来，用力甩在桌子上，“你看看，这是什么？”

这正是马福益给马树德的委任状！艳娥认得几个字，见那上面写着：兹任命马树德为同仇会少佐。艳娥笑着说：“这少佐是个么子官，这张纸比得了皇上的圣旨吗？”

说话之间，马树德又喝了两杯酒，头晕得更厉害了，一句赌气的话将天机全部泄露出来：“你不信？起义成功了，马大龙头就是皇帝。他亲口对我说，凭少佐的委任状就可以换一个副将的官。”

“起义”、“皇帝”，这几个字把艳娥吓了一跳，原来马老板就是造反的乱党！艳娥是个卖身的女子，本不管什么国家大事，只是县衙门的莫班头要她注意嫖客中有没有乱党。

莫班头是醴陵县衙门捕快的头子，也是艳娥的一个老主顾。上个月莫班头对她说，有一批乱党要在老佛爷七十大寿的时候造反作乱。中秋节浏阳普迹市有歹徒聚会，县里去抓时都跑了，要她留心，发现嫖客中有可疑人马上报告。若抓到乱党头子，可赏银元一千块。眼下马老板不就是乱党头子吗？抓到他就可以得一千块银元。有了这笔钱，艳娥就不必再做皮肉生意了，她将到另外一个地方自己去开一爿店子，招一个能干的后生子进门入赘，快快活活舒舒服服地过一个正常女人的生活。尽管马树德平素待她也还不错，是条好汉，有一千块银元的诱惑，艳娥也顾不得这多了。

当马树德和她鬼混一阵呼呼入睡后，艳娥从他身上搜出那张委任状，急匆匆地敲开了莫班头的门。莫班头大喜过望，立即拿出一百块银元先赏她，马上就要带人去抓。艳娥怕马树德的同党报复，请求第二天早上让马树德出门后再抓。莫班头同意了。艳娥带着那张委任状又回到家，马树德还未醒。她把它仍旧放到马的口袋里。

第二天，当马树德离开艳娥的家门不到二里路，就被预先埋伏着的莫班头等人抓住，当场从他身上搜出委任状。马树德还不知是婊子告的密，只得自认晦气。

莫班头将马树德带到醴陵县衙门大堂，县令当即审问。马树德熬不过酷刑拷打，只得招了。这醴陵县令无意之中破获了这样一起大案，真是又惊又喜，忙火速密报省城抚台衙门，邀功请赏。

署理湖南巡抚陆元鼎接到醴陵县的急报后，立即命令巡防营统领赵春廷派人逮捕黄兴、刘揆一等人。午后，当公文送到赵家时，赵春廷正与友人龙璋在闲谈。

龙璋字砚仙，是长沙城里的著名绅士。他二十三岁中举，历任江苏沭阳、如皋、上元、泰兴、江宁等县知县，积下了殷实的家业。致仕回湖南后，在长沙办实业和教育，与人一起创办了明德学堂、轮船公司。龙璋思想开明，同情革命党。赵春廷并不知道龙璋的政治倾向，公文来的时候，随手递给了他。龙璋一看，心里暗暗吃惊。他悄悄地叫仆人持他的名刺去六堆子黄兴家，叫黄兴赴西园龙宅，有要事相商。龙璋打发仆人走后，又有意和赵春廷东拉西扯，拖延时间。

巡防营统领很着急，碍不过名绅士的面子，只好勉强奉陪。闲扯了半小时后，赵春廷起身说："砚老，在下公务在身，不能陪了，改日再到府上致歉。"

龙璋想想这么久了，黄兴应该离家了，便笑着告辞，打轿回西园。

这一天恰好是黄兴三十周岁的生日，上午亲戚朋友前来贺喜，家里摆了五桌酒。吃过午饭后，当大家都各自回家去了时，住在乡下的三个姐姐结伴进了城，专来给黄兴贺生。黄兴在家里兄弟姐妹中排行最小，从小就受到姐姐们的疼爱，黄兴对姐姐们也很尊敬。好久没有见到她们了，现在三个姐姐同来贺生，黄兴又感激又欢喜，兴致勃勃地聊着家常。正在这时，龙家的仆人持着主人的名刺进来了。

"黄先生，我家老爷请你马上去西园，有要事相商。"

"好，你先回去，我过会儿就来。"黄兴边说边站起，对姐姐们说，"我要给你们下寒菌面吃。"

大姐说："你有事你去吧，面我们自己下。"

"不忙，你们难得进城一次，理应我亲自下。"

黄兴说着进了厨房，烧起水来，又忙着洗菌子，切葱花。

龙璋刚进家门，就问仆人："黄先生来了吗？"

"没有，他说过一会儿就来。"仆人答。

龙璋急道："什么时候了，还等一会儿，你快去催他，不管什么事都要放下，赶快到我家来。"

仆人刚转身出门，龙璋又说："抬我的轿子去接。"

龙家的仆人再次来到黄兴家时，黄兴正端着热气腾腾的面条出了厨房。

他对来人说：“好，我吃了面就去。”

黄兴的继母易氏做过长沙女子学校的学监，为人机警有见识，见此情景，对黄兴说：“龙家两次来人，一定有要事，你先去，面回来吃。”

黄兴觉得继母的话有道理，便放下碗出了门。刚迈出门槛，就遇见四个持枪的巡防营士兵，其中一个问：“你就是黄兴吗？”

黄兴见这阵势，知道是来抓他的，且士兵显然不认识他，便说：“我不是黄兴，我也是来找他的，他家里人说他到明德学堂上课去了，我正要去明德找他。”

边说边从从容容地钻进轿子。四个营兵跟在轿子后面，保镖似的一齐向明德学堂走去。到了明德学堂门口，黄兴从轿子里走出来，对士兵说：“你们在这里稍等下，我进去叫黄兴出来。”又转脸对龙家的仆人说：“你们先回去。”

黄兴不慌不忙地走进明德学堂，然后从学堂的后门悄悄地出去，急急穿过巷子，进了龙璋的家——西园大门。

四个营兵在明德门外等了一两小时，仍不见黄兴出来，便去问门房。门房告诉他们，先前从轿子里出来的正是黄先生。营兵们这才知道上了当，大为懊恼。明德的校董们都是有头脸的绅士，营兵没有命令不敢进去搜查，只得怏怏回去复命。

黄兴一进龙宅，便对龙璋的大公子说：“我因为反对朝廷而遭官府抓捕，现我虽安全住在你家，但我的同志们仍在危险中。我想求你帮我办两件事，你肯帮忙吗？”

龙家的大公子也是个不满现实的热血青年，一向对维新派和革命派都有好感。他说：“黄先生，你有什么事，尽管吩咐我。”

黄兴说：“第一件事，请你马上去南门口华兴公司，告诉一个叫张继字溥泉的人，说事情危急了，赶快通知华兴会同志都要离城，公司的招牌取下来。张继在长沙无亲戚，叫他办完事后到我这里来。第二件事，你去一趟西长街长沙中学，我有一个木箱在郑先生家，麻烦你替我提回来。拜托你了。”

第二天一早，龙大公子穿戴整齐，坐着轿子出门，在外面整整待了一天，断黑时才回来。他告诉黄兴，现在东起营盘街，西至河街，南从贡院街，北到湘春街，这个范围内，全部由巡防营士兵设卡把守，来往行人严加盘查，遇到有矮个子、大头、留八字胡须的三十岁左右的人都要带到巡防营。又说一切都按吩咐办好了，并将木箱交给黄兴。

待龙大公子出门后，黄兴将门栓闩紧，打开木箱，将里面放着的几个簿子拿出来。原来这是华兴会的花名册及华兴会在省内外的联络人员名单，倘若它落入官府之手，华兴会则会被一网打尽。一直看到这几个簿子化成黑灰时，黄兴两天来悬着的心才落了地。

白天，黄兴表面上如同无事一般，与龙璋品茶下棋，谈诗论文，心里却火燎水烫一样地难受。夜里，他那只英国烟斗整整地烧了大半夜。住在西园不是长久之计，官府盘查这样严密，又如何逃出去呢？他苦苦地思索着，终于想起一个人来。

凌晨，张继怀揣着一支德国手枪来到西园与黄兴相会，告诉他所有华兴会骨干都已通知到了，唯独不见的就是刘揆一,四处都找不到。黄兴的心又紧缩起来，他担心刘揆一被抓。然则事已至此，也无可奈何。他对张继说：“你赶快去吉祥巷圣公会去见黄吉亭牧师，请他到我这里来一下，我要和他商议大事。”

中午时分，黄吉亭牧师乘坐轿帘上写有“圣公会”三字、画着一个白色十字架的轿子来到西园巷口。黄牧师虽是中国人，却长得高大壮实，又留着满口络腮胡子，剪去了辫子，戴着金丝边玳瑁眼镜，穿着黑色长袍，脖子上悬挂着一个银质十字架，时不时操几句英语，许多人都弄不清楚他到底是中国人还是洋人。

“停下，停下！”刚进巷口，一个营兵便高声喊起来。

轿子停下，黄牧师掀开轿帘，嘴里叽里咕噜地说了一通，营兵们一个字也没听懂。其中一个略有点见识：“这是个洋人，不要得罪了他，让他进去吧！”

黄牧师顺利地通过哨卡，进了龙宅。当黄牧师把过哨卡的情形说给黄兴听时，黄兴突然有了主意。他笑着说：“请牧师来，就是为了商议一个出宅之计，现在看来不用想别的办法了，只要来个李代桃僵就够了。”

黄牧师一听就明白了，也笑道：“这是个好主意。”

吃过晚饭后，黄兴化起装来。他先把八字胡剃掉，再把临时做好的假络腮胡贴到脸上。又把自己的衣服脱下，换上牧师服，戴起眼镜，挂上十字架。如此打扮后，除开身高不及外，其他各处与黄牧师没有多大区别。

黄吉亭打趣道：“又一个黄牧师，连姓都不要改！”

天黑下来了，黄兴钻进圣公会的轿子出了门。张继则装扮成龙家的仆人，打着一个纸灯笼在前面引路，另一只手紧紧压着腰间的德国造。他做好了准备，万一被发觉，就毙了那几个营兵再和黄兴强行冲出去。

轿子来到西园巷口。守卫的营兵见是中午过去的那辆轿子，知是教堂里的洋人，便不再盘问。张继暗中庆幸，吩咐轿夫加快脚步。一个疑心重的营兵嘀咕：“为何走得这样快，莫不是黄兴坐在里面？”

另一个说：“对，叫他停下来查查。”

“停下，停下！”轿后传来喊声，黄兴一惊，不知露出了什么破绽。轿夫听见后面喊，只得停下。张继趁黑将手枪从腰间取下，握在手里。

三个营兵一齐走上前来，两个打灯笼，一个掀开轿帘。只见一个满脸大胡须、戴眼镜、穿黑长袍的牧师怡然自得地坐在那里，略带微笑地操着一口洋话。三个营兵都呆了。

提灯笼的对掀帘的说：“不错，正是白天过去的那个洋人。”

掀帘的也觉得像，忙不迭地点头哈腰，连声说：“对不起，对不起！”

张继圆睁双眼训道：“你们瞎了眼，这是圣公会的黄牧师。他是英国来的传教士，抚台都要对他礼让三分！”

营兵赔着笑脸说：“是，是，我们有眼不识泰山，请牧师爷宽恕。”

黄兴手一挥，两个轿夫抬着轿飞快地出了湘春街，直向吉祥巷奔去。

第二天上午，黄吉亭牧师大摇大摆地进了圣公会大门。黄兴又托他立即密电武昌胡瑛，将西厂口科学补习所机关取消，又同时通知安庆、九江、南京、上海、杭州各处机关立刻停止办事，又让张继告诉长沙省邮电总局中两位同情革命的机要职员，凡寄明德学堂转黄兴的邮件一律扣住不发。在黄兴的周密布置下，长沙华兴会没有在这次意外事件中受到损失，大家惦记的只是刘揆一。

三天后的清晨，黄吉亭买通了长沙海关，在他的亲自陪送下，黄兴、张继踏上了去汉口的轮船，终于逃离了虎口。按照预先的约定，黄兴、张继顺利地在武昌阅马厂附近的一条小巷子里的旧阁楼上找到了胡瑛。他们万没料到，刘揆一早已安然无恙地在这里等候整整三天了。

原来，龙大公子通知张继的那天，刘揆一恰好到一个朋友家做客。下午从朋友家出来，刚走到小吴门正街，见巡防营几个营兵正五花大绑押着一个汉子向又一村走去。街两旁围满了看热闹的人。刘揆一挤进去一看，五花大绑押的不是别人，正是已受封为少佐的马树德。就在这个时候，马树德也看见了刘揆一。马死死地盯着刘，眼珠在眼眶里转了几转。刘揆一知道出事了，忙赶紧去六堆子黄兴家。黄兴的继母告诉了昨天发生的事情，估计黄兴可能无事，催他赶快逃命。刘揆一又跑到南门口，见华兴公司的招牌已摘下，大门上落了锁，一个人也见不到。他猜想这一定是黄兴通知了华兴公司，于是连夜坐船到了靖港一个朋友家，然后再由靖港转到武昌，找到了胡瑛。这时胡瑛已接到密电，知黄兴要来，遂一起在这里等。

从险境中逃出来的战友安全重逢，真是天大的喜事。他们都是虎胆英雄，根本不把这次惊险放在心上，谈起各自的经历来，津津有味，觉得真是有趣得很，张继甚至希望再来一次。四人一起商量，决定胡瑛仍留在武昌，黄兴、刘揆一、张继东下上海，以章士钊在上海建立的爱国协会作为基地，继续进行革命活动。

四　王闿运为初出茅庐的弟子出谋划策

几乎就在黄兴、马福益武装起义泄密流产的同时，杨度为粤汉铁路收回自办一事的活动也在紧锣密鼓地进行。

离开普迹市的第二天，杨度就回到了阔别一年之久的家乡。母亲李氏喜迎儿子遇赦归来，新婚久别的妻子略带三分羞涩地盼回了日夜思念的丈夫，心里都快慰无比。杨度见母亲身体健朗，妻子把家里料理得井井有条，心中也欢喜。尤令杨度欣慰的是，黄氏为他生了一个儿子，已经三个多月了，长得白白胖胖的，人见人爱。杨度给儿子取个名字叫公庶，寓意国家早日富庶。

杨度告诉母亲，弟弟、妹妹、妹夫及小外甥在日本都很好，不要挂念。

与去年相比，出洋留学的风气又开放了一大步，这主要应归功于朝廷的大力提倡奖励。同时，朝廷倡导变法，各种新式学堂，如师范、法律、财经、医科、矿业等如雨后春笋般地兴起，各种实业公司也纷纷建立，这些学堂、公司大量需要新式人才。各级衙门也广为搜罗留学生充当幕僚。至于各省仿效袁世凯的北洋陆军所建立起来的新军和武备学校，则更是大批罗致学军事的留学生。所有回国的留学生都可以很快得到功名和一份俸禄优厚的待遇。除此之外，还有一个重要原因。朝廷已经明谕宣布，今年甲辰恩科是特为老佛爷七十大寿而设，从此之后永远废除科举考试。这一道谕旨将实行一千多年之久的读书人的仕进之途堵死了。读四书五经，写八股文试帖诗，再也不能有黄金屋千钟粟了。读书人要想有出息，只有读实用的书，要想得功名，只有出国留洋。

于是，不仅城市里的士绅，甚至连乡间的农夫，都知道留洋的人最为金贵。李氏二子一女连小外甥都在东洋留学，她因此成了乡民心目中地位最高的老太太。大家恭维她好福气好八字，今后会得到一品诰封的。李氏二十九岁守寡，看到自己千辛万苦拉扯大的三个儿女能有今天的境遇，心里很是欣慰。她笑吟吟地对儿子说："娘都放心，你们兄弟姐妹在一起，互相照应，娘还有不放心的？" 又问，"叔姬身体向来弱，她在东洋吃得惯吗？"

杨度答:"东洋的饭菜，叔姬也还吃得惯，即使吃不惯，也可以自己煮。反正米呀菜呀油盐酱醋呀都是一样的，只是做的口味不同罢了。"

李氏说："娘是老了，不然也去东洋，专给你们做湘潭饭菜吃！"

杨度笑着说："那就更好了。"又说，"娘，澍儿只去了两个月，就会讲好多日本话了。"

"真的吗？" 李氏听说外甥如此聪明更是欢喜，"小孩子学话容易，过不了多久就是一口东洋话了。不过，你们还是要教他讲湘潭话哟，不然过几年回国，我们祖孙俩都不能打讲了。"

说得一家人都笑起来。

黄氏对丈夫说："前几天湘绮师还打发人来，问你从长沙回来没有。"

杨度说："过几天我就去看他老人家。"

杨度在家里享受了几天温馨的天伦之乐，心情十分舒适。他是个不安于小家小室，时刻盼望做大事业的人，心里总是想着粤汉铁路一事，要把此事办成。他认为办此事,从大的方面来说,是关系到国家尊严的一场外交，从小的方面来说，是自己投身政治所办的第一件实事，成与败，事关自己的信誉，同时也是自己是否真正具备从政才能的一块试金石。一想到这里，他心里焦急起来,在家里待不住了,他要去拜见湘绮师,一来叙叙师生别情，二来他要向这位饱经世间沧桑怀抱治国奇才的一代宗师讨教。

时届金秋季节，云湖桥的湘绮楼充满着浓郁的秋之诗意。

六年前建楼时齐白石为先生栽下的十株丹桂，株株长得茁壮，有的树枝已超过了二楼的栏杆。这几天里桂花迎着秋风相继绽开，一朵朵嫩黄的小花夹在深绿色的叶片丛中，使得全树都亮堂起来，尤其是那清新芬芳的香味直沁人心脾，让人精神振奋，心情愉悦。

环绕着鱼池边摆着五十盆菊花，是前年去浙江天童寺任住持的八指头陀，托徒弟带来花种培育的。天童寺的菊花闻名佛门，尤其是它的墨菊更负盛名。王闿运请了一个花匠精心培育出二百多盆菊花，他自己留下五十盆，其他的便分送给前来拜访的客人们。

这五十盆菊花，今年已是第二年开花了，花开得比上年更多。花色有金黄、嫩紫、粉白、浅红，各种各样，特别是那八盆墨菊，深绿色的花瓣，真像是从浓墨里浸出来的一样，的确不是凡品。这五十盆菊花的花形也多姿多彩。有大朵重瓣的像洛阳牡丹，有长瓣下垂的如流泉瀑布，有金光灿灿的若泰山日出，有雪白浑圆的似中秋明月。真个是花团锦簇，给湘绮楼带来了无限的生气。

楼前楼后的那几株枫树，这几天叶子也渐渐转红了，红得令人垂涎，真想摘下一片来珍藏在书册中，一年四季唤起读书郎对秋天的美好回忆。

近来，湘绮楼主常常凭栏望着这满目绚烂的秋景，心中荡漾着一股陶然自得的情趣。他觉得这醉人的金秋，正是自己此时的写照。他今年七十二岁了，依然身板硬实，耳聪目明，脑后的辫子黑白相间，拖得长长的。过了七十以后，他喜欢穿枣红色面料做成的袍子和鞋子，他认为这样精神。就连系辫子的带子，周妈也讨他的好选枣红色的。他一天也离不开周妈，就连偶尔上趟城住两天，也非带上周妈不可。无论是晚辈背地里骂他“老色鬼”、“老风流”，还是同辈当面取笑他“老来俏”、“老当益壮”，他都不在乎。他崇仰魏晋时期那些放浪形骸的名士，觉得他们真正是有胆有识的英雄。天地悠悠，过客匆匆，人生几多忧患苦恼，已经够使人难受了，何苦还要自己约束自己，自己压制自己，为什么不适心适意地自我选择，为什么不潇潇洒洒地在世上走一回？更何况魏晋人身处乱世，崇高的抱负、清白的节操皆一文不值，如果还固守礼义，岂不活活受罪！王闿运认为自己一生也处于乱世末世，早年那一番经世济民的志向和才能，总没有人赏识，岁月蹉跎，而今老矣，只剩下冯唐之叹，由自己亲手去补天显然是不行了。虽说姜太公下昆仑山时也是七十二岁，最后还是做出了一番灭殷兴周的大业，但那毕竟是传说。头脑清醒的湘绮楼主十分清楚，他这一辈子是不可能做第二个姜太公了，既然如此，也便干脆不去想了，且珍惜上苍所赐的天年，按自己的意愿做一个逍遥游中的快活旅人。

尽管王闿运崇尚魏晋名士通脱旷达的风度，服膺老庄清静无为的学说，想以逍遥处世；尽管他外表上也学得很像：如傲视权贵，在官场人物面前倚老卖老，与周妈和其他女仆相处不检点，穿着打扮年轻化，说话戏谑随便，但王闿运毕竟不是魏晋时人，也不是庚桑楚、接舆那一类人，从年轻时所立定的经营天下的志向一直在他心里牢牢扎下了根子，直到老年，他仍忘不了对国事的热切关注和对学问的执著追求。他以发现人才、培养人才为己任，以著书立说、弘扬学术为乐趣。而今桃李满天下，著作与身齐，文章泰斗、一代宗师的美誉，他受之无愧。加之身体劲健如昔，一般人到了他这个年纪，差不多都认为走到了生命的尽头，到了残冬季节，但王闿运却不这样认为。他觉得此刻自己好比硕果累累一派丰收景象的金秋，还可以惬意地过它十年二十年。

齐白石栽下丹桂时对先生说，取十棵之数，寓期颐之寿，到了先生在湘绮楼过百岁大寿时，我齐璜要带着孙儿孙女向恩师讨寿桃吃。王闿运喜欢齐白石这句话，他相信自己能活到一百岁。

他有许多得意的弟子，齐白石是其中之一，还有诸如八指头陀、张铁匠、曾铜匠等人，都是有极高天赋而屏于士人之外的人，经他赏识点拨，都已成为了诗文成就很高的名家。眼下这已经传为文坛佳话。他相信，在他百年之后，这些佳话还会传下去的。

众多弟子中，目前给他大增脸面的是在京师翰林院供职的戊戌科榜眼夏寿田，他常引以为自豪。然而他知道，夏寿田只是个聪颖勤勉的读书人，还不是叱咤风云的人物，真正能传他的帝王之学，有可能将他青年时代的抱负付诸现实的弟子只有一个，那就是杨皙子。这种前景，从杨度第二次留学日本一年来的成就中，他看得更清楚了。

这一年，王闿运接到杨度寄来的十余份《新民丛报》。他从《新民丛报》上看到了弟子所发表的《湖南少年歌》、《金铁主义》，读后激赏不已。

最令他高兴的是杨度不再提骚动的进步主义了，而是大谈君主立宪。君主立宪与王闿运早年心目中的帝王之学虽有区别，但时至今日，在汹涌澎湃的变法思潮的影响下，他的帝王之学也有所修正，修正之后的帝王之学与君主立宪并没有多大的差别。他认为杨度还是忠于师教的。若这次从骚动的进步主义转为倡导民主共和的革命党，那就彻底背叛师门，他就要效法孔老夫子，号召门徒们群起而攻之了。

最近寄来的《粤汉铁路议》尤使他欣喜。杨度能运用所学的西方法律知识，将一件最为棘手的外交大事分析得头头是道，假若这件事让他自己来处理，他是绝对不能有弟子这个能力的。代懿也来信告诉父亲，内兄是日本留学生总会干事长，在留学生中有很高的威信。“皙子是大大长进了，后生可畏，后生可畏呀！”这些日子里，他常常这样感叹着，也常常这样在来访的人们面前毫不掩饰地夸耀自己的高足。到长沙后，杨度托人给老师带去了一封信，报告回湘潭的大致日期。王闿运接到信后就天天盼着。

这几天心情特别好，王闿运重新将汉魏古诗温习了一遍。愈读愈觉得诗还是汉魏时期的好，唐代的近体诗虽号称高峰，到底不如汉魏诗的古朴深沉。尤其是《古诗十九首》，后人评论它是开一代先声，又说它惊心动魄，一字千钧，真正是极品。可惜后来许多的模拟之作，都是东施效颦。这没有别的原因，只是因为他们的才气学问都不足以为之。若论二者兼备，千年诗坛，舍我其谁！

王闿运决心给《古诗十九首》的每首都拟作一首，不仅要压倒前代，而且要杜绝后人的痴想，为当今诗界再添一段美谈。他已经写好了十首拟诗，昨夜又作了两首。此刻，他坐在二楼的栏杆边，秋阳将庭院里的花草树木照得一片辉煌。他轻轻地哼着昨夜的新作：

> 渺渺洞庭波，袅袅湘山树。泠泠帝子瑟，杳杳潇湘路。沉吟常独弹，千岁谁能和。清秋时一闻，哀慕不能诉。寂寂天汉横，暗暗还自去。

这首《拟迢迢牵牛星》，他十分满意，甚至认为诗中那种潇湘深秋的冷寂意境，跟原诗比起来有过之而无不及，一个字都用不着动了。他又哼起另一首：

> 明月澄清秋，玉衡正三阶。众星垂光景，躔度亦昭回。晨曜故有时，达士旷其怀。飞鹊夜多惊，草虫共喈喈。愁人苦不宁，出户望徘徊。褰裳薤露中，告我以悲哀。野鹤不司晨，侏儒困长材。徒怀区区志，此念何由开。

这首也不错，不过个别字句还可再斟酌。王闿运起身，在走廊上徘徊苦吟。

“老头子，皙子看你来了！”周妈喜滋滋地在花坪里高声大气地叫着。

“先生，您老人家好哇！”周妈的话音刚落，杨度就跨进了大门。

“哟，皙子，是你来了！什么时候回湘潭的，我早几天还打发人去问过你娘哩！”王闿运一眼望见杨度，心里高兴得不得了，边说边下楼来。

杨度快步向前扶着走下楼梯的先生，笑着说：“一年不见，您老比去年还健旺些了！”

“这是托她的福呀！”王闿运指着站在一旁的周妈，一点顾忌也没有地说道，说得周妈倒有点不好意思，转身去张罗茶水去了。

王闿运将弟子领进一楼的客厅，坐下后，随来的黄氏娘家侄子把礼物送了进来。

杨度对先生说：“漂洋过海的，不能多带，一点意思。这瓶酒是代懿和叔姬孝敬您老的。这包樱花茶是我和老三送的。这双东洋袜子和头巾是送给周妈的。”

对于酒和茶叶，王闿运并未表示出格外的兴趣，倒是对送给周妈的袜子和头巾，他特别来神。

“周妈，你快进来，皙子又送东西给你了！”他还记得上次杨度送呢料给周妈，所以喊周妈的话中特地突出个“又”字。

周妈颠着两只小脚急忙赶进来，王闿运拿起袜子和头巾递给她说：“这都是皙子他们送给你的。”

当着周妈的面，他又在“皙子”后面有意加了“他们”两个字，意思是这里面也包含着代懿和叔姬的心意。周妈搓搓手后双手接过。袜子是用雪白的细线织成的，还夹着几条金丝花边，显得贵重。头巾是黑色的，中间是一幅镂空图案，一个艺伎一手撑着伞一手摇扇，做歌舞状。周妈欢喜无尽，满脸堆笑说：“这东洋货就是好，劳你费心了。”又说，“大少爷，恭喜你生了个好崽，像你像极了，好讨人喜欢。我给你泡茶去！”

一会儿，周妈端来了两杯擂茶，笑眯眯地说：“大少爷，喝茶吧！”

擂茶名曰茶，却没有茶叶。将芝麻、熟黄豆、生姜合在一起捣碎放在杯子里，用滚开水一冲，再加上一匙红砂糖，喝起来又香又甜又通气散寒，是湘中湘北一带招待贵客稀客的一种礼数。“捣碎”一词的当地方言为“擂”，所以这种茶叫擂茶。

杨度喝了一口，很可口，笑着说：“好久没有喝到擂茶了，还是这茶好喝。”

周妈又端来几盘瓜子糕点，说：“大少爷，你多喝几杯，我去为你们准备饭菜。”

“偏劳你了。”杨度起身说。那样子，就像对师母似的。

周妈对杨度的成见，早在去年就消除了多半。这一年来，他常听老头子夸奖杨度有出息。又听人说，留学回来的都会做大官，她心里对杨度增加了几分敬畏。现在杨度这样懂礼节，更使她感动，忙说：“大少爷，你这样客气，我担当不起！”

王闿运最乐意看到别人对周妈客气，他认为这是给他脸面。他乐呵呵地说：“皙子，坐下坐下，自家人，哪有这么多礼数！”

“见到张香涛和陆元鼎了吗？”扯了几句闲话后，师生的谈话转入了正题。

“张制台到武当山养病去了，要九月中旬才回武昌。陆抚台见到了，说了半天话，也没听他拿出一个主见来。”

“陆元鼎是个没用的人。”王闿运带着鄙夷的神气说，“今年春天他来湘潭，为讨得个礼贤下士的名声，特地坐了轿子到云湖桥看我。我先想一个做巡抚的，总有几分才情，聊了几句话，才发现这个伙计原来是个草包。”

杨度开心地笑了起来。

“这伙计的确是命好，也不知哪代祖宗葬了块好地，出了他这个宝贝。巡抚署理几个月了，屁大的事都没办一件，一天到晚就知道迎来送往，打点礼物进贡。京师来个芝麻小官说句话，他都当圣旨捧着。粤汉铁路废约自办这样的大事，做得来做不来，他心里全然没数，找他是白找，拿得定主意的只有张香涛。”

正说着，周妈递来铜烟壶。王闿运接过，抽起水烟来。

“是的，陆抚台这个人，正是先生所说的，我先前不知道，下次不去找他了，直接去找张制台。这事只要张制台同意就行了。”

“皙子，我看了你的《粤汉铁路议》，你现在长进多了。”王闿运吐出几口白烟来，顿时觉得神清气爽，十分舒服，“你搬出国际公约私法，又援引了外国的许多成例，把个废约的事说得那样理由充足，我看了自愧不如。皙子，你是青出于蓝胜于蓝了。”

王闿运将纸捻子夹在左手指上，腾出右手来梳理了几下疏疏朗朗的长胡须，满眼赞许地望着学生微笑。

“先生夸奖了。学生这点东西，在先生面前算什么，还要请先生多多指教。”听了先生出自内心的赞扬，杨度很高兴。

“你的这些西学新学，我不能指教。”王闿运坦诚地承认。他又将纸捻子吹燃，把烟点着，嘴巴含着烟袋，斜着眼睛说：“不过，我要向你指出一点，办事与做文章是两回事。你的文章尽管写得花团锦簇，道理说得滴水不漏，但究竟是纸上的东西。他张香涛身为总督，要做的是实事。你要说服他，使他同意出面废约自办，必须要有实实在在可行的措施。”

“先生指教的是。”杨度口头上谦虚地接受，心里并不以为然，“我会对张制台说明收回自办的种种可行措施。”

“你挑重要的说几种。”王闿运停止了抽烟，会神地听。

“首先，废约在法律上是可行的。”杨度侃侃高谈，“第二，上自朝廷下至全国舆论，都认为收回自办是应该的。第三，我们自办的条件是具备的。这条件一是资金，二是技术，三是管理……”

“好了，你先谈谈资金。”王闿运挥挥纸捻，打断学生的高论。

“资金分股本和借本两种。”杨度俨然以一个经济学家的口吻答道，“世界各国凡集大资金办大事业的，莫不采取集股和借贷相结合的方式来筹措资金，而其中股本为少数，借本为多数，有十分之二三的股本便可以发债券，集十分之七八的借本，粤汉铁路拟集三百万两银子的股本，其余部分以借本方式获得。”

“三百万两银子从何而来？”王闿运一步不舍地追问。

“学生想，以湘、粤、鄂三省之大，集三百万两银子不成问题。”杨度大大咧咧地回答。

“不成问题？”王闿运反问，“从何处出？官出、绅出还是民出？”

“至于从何处出，那就要由张制台去作决定了。”

“哈哈哈！”王闿运大笑起来，“你这个书痴，还没有脱掉书痴的本色。你以为湘、鄂、粤三省集三百万两股本不成问题，你以为张香涛会接受你的游说，再由他决定如何出银子？”

杨度面对着先生的反问，不知如何回答是好。

“皙子呀，你晓得当年曾文正办湘军最大的困难是什么？”王闿运并不需要学生的回答，他自己继续说下去，“一不是缺勇，二不是缺将，最大的困难就是缺银子。朝廷没有饷拨，完全靠自己去筹措，他为此常常弄得焦头烂额，自己嘲笑自己，说是个四方乞讨的叫花子。湖南自来商业不发达，全省收入不敌苏淞地区一个大县，逼得没法，他只得设卡抽厘，硬着头皮受万千人唾骂。你想想，假若银子好筹，他曾文正那样一个死爱面子的人会这样做吗？当年我修《湘军志》，专列筹饷篇，并将咸丰六年至八年这三年间湖南协济江西军饷作了统计，共二百九十一万五千两。这都是亏了左文襄的大才运筹，才能有这些银子。所以我在《湘军志》里说了，曾文正在江西打了三年仗，无功可言，左文襄坐镇长沙筹措军饷，功劳超过他。《湘军志》后来遭九帅的诟病，这也是其中的一条。” 王闿运所撰《湘军志》遭毁版处置，是晚清文化史上的一桩大案子。曾国藩晚年曾说过王闿运是为湘军修志的最好人选，于是，曾纪泽便将此事委托给王闿运。从光绪三年到光绪七年，王闿运花了整整四年的时间，写了一部十余万字的大著作《湘军志》。王对自己的这部史书甚为满意，将它比之于《三国志》与《后汉书》。时人对《湘军志》也评价甚高。但此书却招来以曾国荃为代表的湘军将领们的强烈反对。其原因是书中对曾国荃及其部属多有讥贬。王迫于压力，只得将《湘军志》的雕版全部交给郭嵩焘。郭将它给烧毁了。

与湘军纠葛的这些往事是王闿运引以为自豪的历史，一谈起它便格外起劲，滔滔不绝。

“三百万两三省摊，湖南也得出一百万。当年是打仗，火烧眉毛，要保命，从上到下凡能拿得出的银子都得拿出来，还加上五里一卡、十里一哨地抽厘金，又有左文襄那样赤心任事的雄才，三年二百九十万，一年还不到一百万。现在就凭一句话，湖南能拿得出一百万吗？”

杨度在日本研究法律研究财经，理论是弄通了，点子也有不少，但这一切都是关在屋子里的书生议论，其他那些留学生也和他差不多，都没有从过政办过具体的事情，所凭的只是一腔爱国热情，而把天下事看得简单容易，仿佛只要一打出“爱国”这张牌来，就什么事都迎刃而解了。听先生这么一说，杨度真有点为难了。是的，一百万两银子，湖南拿得出来吗？

“先生，照您老这么说，湘、鄂、粤三省没有自办铁路的经济能力？”

“话也不能这么说。我刚才讲的，毕竟是五十年前的事，现在与过去有一个大不相同之处。”王闿运站起身来，走了两三步，腰板挺挺的。他中气十足地继续说下去，当年游说公卿的神采依稀可见，“五十年前，湖南是官穷民穷绅也穷。现在湖南官家的府库、民间的仓廪依然是穷的，但却有一部分乡绅大大地富了。这里面有两类人。一类是近几年的暴发户，他们靠经商做买卖赚了大钱。眼下中国有两大公司。一是天津的久大公司。公司经理范旭东在澳大利亚学制盐，学成回国后在天津设厂炼盐，造出的盐白如雪，畅销全国。范旭东是湖南人，据说他的堂兄范静生也在日本……”

“范静生的堂弟开了大公司？”杨度兴奋地说，“范静生和我在法政大学同学，我和他是好朋友。”

“好，这是一个好关系。”王闿运点点头，“还有一个是华昌公司，炼锑的。公司由梁辟垣、黄修园、杨叔纯三人合开。梁辟垣号青郊，喜欢写诗，几次要拜我为师，我还没有收下他。第二类是过去湘军将领们的后裔。当年打武昌，打安庆，打江宁，抢来了大批金银财宝，带回家买田起屋。有的子女不成器，吃喝嫖赌，把家产败光了，也有的子女有本事，现在的产业成倍地超过父祖辈。听说湘乡李迪庵兄弟的子孙、萧孚泗叔侄的后代都很不错。这些人要是愿意，一家拿十万八万不成问题。”

杨度明白了。他高兴地说：“先生，您老的意思是说，湖南的银子在他们那里。”

“是的，”王闿运笑着说，“皙子呀，我劝你未见张香涛之前，先去找这些财神爷，晓之以国家大义，诱之以个人利益，将他们说动。如果这些人能拿出七八十万出来，湖南的百万就不成问题了。你杨皙子能拿出湖南百万银子的保证来，就等于给张香涛一颗定心丸。他张香涛年轻时是清议派首领，这些年又对办洋务极有兴趣，这种名利双收又不要他花费大力气的事，他何乐而不为呢？”

王闿运这番指教的确大开了杨度的心智。他站起来，恭恭敬敬地对先生说：“多谢您老的教导，学生年轻不更世事，上次幸而没有见到，不然可能会碰一鼻子灰。”

“皙子呀！”王闿运拍了拍杨度的肩膀，笑着说，“你明白你今天的身份吗？你去武昌总督府会张香涛，就好比当年苏秦、张仪游说列国诸侯，你就是当今的策士。不要以为策士只凭着一张嘴就可以说动王侯，朝为布衣，暮为公卿，策士大有学问哩！我劝你未动身之前，再把《战国策》读一遍，把当年我教给你的纵横之术好好温习温习。”

眼见得弟子就要用自己传授的学问去赓续自己昔日的事业，暮年王闿运的心情分外激动。他喝了一口擂茶，一往情深地向启程前夕的弟子面授机宜：“我年轻的时候，别人常说我狂，甚至妄，其实他们不知我的苦衷。我那时年纪轻，功名只有一个举人，又并非世家大族出身，在重视等级的社会中，我是个没有地位的人。假若我自己还藏锋收芒，唯唯诺诺，那世上就没有我置喙之地。所以我要锋芒毕露，我要傲视一切，使得诸侯权贵不敢小视我，这就是孟子‘说大人则藐之’的真实含义，可惜很多读书人不能探到这颗骊珠。皙子，你虽然在经济特科考试上出了一次风头，又在东洋喝了些海水，但在张香涛这些人的眼里，你毕竟还只是一个毛头小伙子，轻微得很。你这次去见他，不比上次。上次是他以大吏长辈的身份推荐你，他在上，你在下，他可以在你的面前摆出一副爱才惜才的长者风度。这次不同了。你是以一个海外留学生代表的身份游说他，你和他是平起平坐的，你必须充分显示你的分量，显示你在他的心目中的不可忽视的地位，方才可望成功，懂吗？”

王闿运的这番开导，真可谓开诚相见推心置腹，将一个策士应具备的气质，以形象的语言剖析得入木三分，杨度为之深深感激，说：“先生的教诲，弟子终生铭记在心。”

王闿运脸上露出满意的笑容：“皙子，你这一回办铁路案，其实是投身国事的第一试，好比孔明初出茅庐，博望坡这一把火一定要烧好。”

五　首战告捷，令张之洞刮目相看

遵循王闿运的指点，杨度开始了一系列艰苦细致的具体行动。

他先到长沙，找到了设在天心阁的久大公司的办事处。一听说是留日学生总会干事长杨度来访，恰好在办事处处理公务的总经理范旭东连忙出来迎接。范旭东早在堂兄范源濂的家信中便得知杨度了，受过西方教育的范旭东本来就思想开明，再加之受范源濂的影响，也力主粤汉铁路收回自办，并乐意为此事的带头人。几乎不用杨度多加解说，范旭东痛快地答应拿出三十万两银子出来。

一出马就很顺利，给杨度以极大的喜悦和信心，第二天便走访了华昌公司。公司董事长梁焕奎也早闻杨度大名，尽管事务繁忙也亲自接待。

“梁董事长，舍弟在日本有一个极好的朋友，是和他同船去日本的留学生，名叫梁焕庭，也是湘潭人，不知是不是梁董事长自家人？”坐下寒暄几句后，杨度问道。

梁焕奎拿出两支雪茄来，递一支给杨度，自己也点燃一支，抽了一口后说：“焕庭乃鄙人胞弟。”

“啊呀，想不到竟是董事长的亲弟弟！”杨度原是借此引出话题，不想只这一杆便插到了底，令他喜出望外，忙恭维一句，“令弟是一个很有才气的青年。”

“杨先生夸奖了。”梁焕奎笑着说，“鄙人兄弟五人，老二焕鼎，老三焕彝，老四焕均，焕庭最小。鄙人兄弟虽多，但都才具平平，哪有先生你杨家二杰的清望！”

杨度听了，开怀大笑起来。他从梁焕庭在日本的学习生活谈起，着重强调他是如何积极主张粤汉铁路收回自办的，以引起这位董事长的兴趣。然后又高谈阔论了一番收回自办的意义及办成的可能性，还把建成后投资者的利润前景大大渲染了一通。

这位年近四十因生意顺遂开始发福的董事长，也是一个愿意在实业领域有一番大作为的人。他听后爽快地说：“粤汉铁路收回自办，于国于民于投资者均有大益，久大公司拿出三十万，我们华昌也可以拿出三十万，只是公司不是我一个人的，还要和黄、杨二位商议一下，恕我明天再答复你。”

第二天，梁焕奎告诉杨度，黄、杨两人胆子小，怕中国人自己管理不好，日后本钱都难得收回，不敢多投资，每人从自己名下只拿出五万，梁本人拿十万，合起来二十万。有二十万，杨度已经够满意了。带着长沙的五十万，他马不停蹄地奔到湘乡。

杨度先在湘乡县城找到了李续宾的长孙李前普。李前普的母亲是曾国藩的侄女，他本人又承袭祖父的三等男爵，将父祖辈挣下的家业经营得红红火火，在湘军将领的后裔中有较高的声望。杨度说服他之后，便由他出面摆了几桌酒，将当年名震一时的湘军大将的子孙们请来了多半，他们之中有曾国荃的孙子，曾国华的儿子，罗泽南的孙子，李臣典的侄子，萧孚泗的侄孙等。杨度在席上以湘军后人的身份发表了热情激昂的演说。他的这种身份很起作用，这些人听了他的话都觉得亲切，当时就有几个人走过来要跟他结世交。

李前普趁机鼓动："我们的父祖辈当年为了从长毛手里挽救国家，不惜舍生忘死，血洒沙场，才赢得我们做子孙的荣耀和财产。今天从洋人手里夺回铁路的修筑权，同样是为了给国家争气争光，我们这些人理应以父祖辈为榜样，为国分忧，为民负重，促使这件事办成功。办成后，诸位都可以从中得到永久性的红利。如果见国家有难而袖手不管的话，我们死后将有何面目见先人于泉台？我先拿五万，请诸位量力而为。"

在李前普的感召下，有慷慨报数的，也有本不情愿但又不好意思不报终于还是报了的。最后，出席酒会的人，或多或少，每人都报了一个数字，合起来共五十一万三千二百两，加上长沙的五十万，总计一百零一万三千二百两。

有了这笔银子，杨度对游说张之洞的信心增加了百倍。

九月下旬一个秋高气爽的午后，气宇轩昂的留日学生总会干事长踏上了武昌码头的麻石磴，上岸后径直向司门口总督衙门走去。

来到衙门口，见新近出的告示上有张之洞签署的大名，知总督已从武当山疗养回来了，他请门房传了名刺进去。

等了半日，年纪轻轻五官清秀的门房趾高气扬地对他说："制台大人忙，一律不见客，非见不可者，三天后再递名刺。"

杨度大为扫兴，心里窝着一肚子气，但又发作不得，无奈只得就近找家旅栈住下。第三天一早再递名刺。半个时辰后，另一个膀阔腰圆的壮年门房粗声大气地下达命令："依次排队，三天后申初时分接见。"

杨度垂着头回到旅栈等候。当他第三次再递名刺时，一个瘦长干枯的中年门房终于让他进去了。

还是那间阔绰豪华的大书房，张之洞穿着一件深灰色薄丝棉便袍坐在松软的靠背椅上，多皱的脸皮上泛出的是青白色的暗光，与前年冬天比起来是明显地衰老了。

"足下这两年出了大名了。"张之洞似笑非笑地说，一边把杨度的名刺翻来倒去地在手中摆弄着。

“晚生有负老大人的厚望……”

“你是说去年经济特科的事吗？”张之洞打断杨度的话，冷笑道，“那是一场天大的笑话。大清朝有这等科场轶闻，真是耻辱。足下后来虽然没有录取，但负大名而去东洋求实学，相比那些考上而其实没有被重用的人来说是个大幸。这正是塞翁失马，安知非福。”

杨度想起湘绮师的教诲，神情昂扬地接过话头：“老大人说的是。晚生原本想借特科寻一个出身，一展胸中抱负，为国家做一番事业。怎奈小人进谗言，不但剥夺了晚生进身的机会，还让老大人蒙受委屈，为避名捕之祸，只得亡命东瀛。一年来，晚生在日本法政大学专攻各国法律，获益甚多，又广为考察日本社会，大长了见识。承蒙全体留日学生看得起，推举为留学生总会干事长，因此又增加了不少实际办事经验。晚生自己也庆幸，幸而有去年那场笑话出现，不然不会有这么大的长进。”

“足下在东洋很活跃，《新民丛报》上常见足下的诗文。老夫看了一些，有的同意，有的不同意。”张之洞侧身指了指大瓷瓶里一卷卷的《新民丛报》，“《湖南少年歌》气魄是大，但足下未免把湘人抬得太高，置天下十七省人物不顾，岂不闻韩文公所言，燕赵间多慷慨悲歌之士吗？老夫虽钝，身为燕赵一士，也为十七省人物抱不平。”

一篇歌行居然刺激了这匹壮怀激烈的老骥，这是杨度所没有想到的，他一时有点心虚，略停片刻，坦然笑道：“老大人，晚生在东京所作的那篇歌行，原本是为了激励三湘弟子的志气，诗成后也只想在湘人中传阅。不料梁启超看见了，硬要把它发表在《新民丛报》上。晚生说，公开发表恐有不妥，他省子弟看了会生气的。梁启超说，我是广东人，看后并不生气，料想他省有志之士也不会生气，因为你是要湖南人做报国的先驱，并未讲要湖南人统治全国。即使有人生气，要来与湖南人争这个先驱，那更好！十八省，省省都如湖南，那中国就一定不会亡国，中国就一定会强盛，这岂不更好！晚生觉得他说得有理，就同意发表了。不想得罪了老大人，晚生知罪。”

张之洞听了反而不好意思起来，笑道：“如此说来，老夫气量反倒不如梁启超了。好吧，姑念你出自一片爱国之心，老夫不予追究。你三番几次要见我，为的何事？”

首轮交锋，杨度占了上风，心中暗喜，精神更旺盛了。他略带自豪地说：“老大人，晚生这次回国，肩负着全体留日留美学生的重托，专为粤汉铁路一事，恭请老大人出面做主，废除盛大臣与美国美华合兴公司所签的合约，将粤汉铁路收回自办。”

关于粤汉铁路收回自办的事情，国内国外议论好几个月了，京师也有人上奏弹劾盛宣怀，张之洞当然知道。从他心里来说，他倾向于收回自办，但这事牵涉面很大，且自办能否成功，他也没有把握。身为国家大臣，他不能随便表态。一个老仆进来，双手捧着一只碗："大人，请吃药。”

张之洞接过药碗，手一挥，老仆退出了书房。他看着黑褐色的药汁，皱了皱眉头，手晃荡了两下，并不急着喝："废约是件大事，你应该去京师找瞿鸿玑，他正管着这门子事，找我做什么？”

“老大人，粤汉铁路收回自办，是湘、鄂、粤三省的事，当然应由您老人家出面呀！”

杨度将腰板挺直。午后的秋阳从窗外射进，正照在他青春焕发的脸庞上，与端药的老总督相比，明显地拉开了两代人的差距。

“粤汉铁路，广东也占了三分之一，你去找过岑春煊吗？”张之洞一副倚老卖老的神态，似乎要将这桩大事从自己的肩上推开。

杨度见张之洞这种态度，心里颇有点不舒服，他有意激一激:“老大人，晚生临回国前夕，留日学生会的干事在一起商量，有人主张先去北京见瞿鸿玑，也有人主张先去广州见岑春煊。但包括晚生在内，大部分人都说应该先去武昌拜见大人您。老大人少负神童之誉，二十六岁便高中探花，令天下读书人艳羡。早年在京师纠弹权贵，抨击时弊，激浊扬清，伸张正义，成为清议派领袖,更使海内士人仰慕不已。出抚晋省,政绩不凡。总督两广，力挫法人，卫我疆土，战功显赫。镇守湖广以来，修芦汉铁路，建汉阳兵工厂，组汉冶萍公司，办学堂，练新军，桩桩实业，惊世骇俗，使朝中六部尚侍，海内十八省督抚，在老大人面前统统失去光彩。留学生们群处议论国事，咸谓当今廷臣疆吏，只有两个能干人，一为大人您，一为袁宫保，然袁宫保靠朝鲜内乱和镇压拳民起家，比起老大人巍科清望来说，毕竟不可同日而语。老大人兴办洋务实业，卓有成效，海内海外有目共睹，有口皆碑，粤汉铁路废约一事，非老大人出面，不足以说服朝廷而制慑洋人，自办一事又非老大人做主，不足以昭信于三省绅民，所以晚生特来拜谒老大人，并不去找瞿部堂和岑制台。”

这几句话说得张之洞很舒服。前些年他在两广、湖广任上业绩辉煌，世上广为称誉，但无论如何，都不把他置于第一的位置。因为那时李鸿章还在。李以平长毛、平捻子的盖世声望，大力兴办洋务，为督抚之马首，出外代表朝廷，持节周游列国，各国元首莫不奉为上宾。有一个这样的人物在世，张之洞处于其下，他也无可奈何。三年前，李鸿章死了，张之洞自以为稳坐第一把交椅了，其实这把椅子坐得并不稳当。他常听人说袁世凯是独步天下的一世之雄。袁不但实绩显赫，且有一支俯首听命的虎旅雄师。这个比他小二十多岁，连个秀才也没考中，仅凭几场武功而暴富暴贵的晚辈，张之洞根本就没有放在眼里。可居然有不少人把袁置于他之上，张之洞怎能不气！海外这些留学生竟然能有公允的评价，古稀之年的张之洞颇有点遇到知音之感。他将药汁一饮而尽，平素难以下咽的苦药，此时仿佛也不苦了。他淡淡地笑了一下，说："关于粤汉铁路一事，老夫听到一些，所知不详，你先说说大概吧！"

"老大人，我的那篇发表在近日《新民丛报》上的《粤汉铁路议》，您看过吗？"杨度试探着问。他希望自己的文章能引起这位不同凡庸的大官僚的注意。

"你的大作，我看了下题目。文章那样长，字又印得小，老夫年老体衰，眼力不济，如何啃得下？你不妨就此把你的《粤汉铁路议》在老夫面前议一议。"

"是。"杨度心里略有点失望，转而一想，当着他的面议议更好，于是说，"老大人，首先我要向您禀报的是，粤汉铁路合约一事完全是一场骗局。它打着兴办铁路利国利民的旗号，实际上以出卖国家利益来为自己谋取巨款，盛大臣、伍侍郎都从中得到了巨大的贿赂。"

"这事老夫也有所风闻，你们有根据吗？"张之洞为官、办事虽挥霍浪费，好大喜功，但他自己却不贪污中饱，就个人操守来说还是比较廉洁的。

"有！"杨度毫不含糊地答道，"留美学生王宠惠、张又巡做了大量调查，确凿证明伍廷芳接受美华合兴公司三十万美金的贿赂，盛宣怀多年来每月接受该公司三千美金的补贴，事实上还不止这些，因为他们在合同中出卖国家利益太惊人了，使人们有理由怀疑他们还得到了更大的好处。"

"关于出卖国家利益的事，你再具体说说。"早年做过御史的张之洞对此极有兴趣。

"我只挑主要的说两点。"不知不觉之间，杨度已把"晚生"换成了"我"，在自我意识中，他已觉得与这位湖广总督平行了，"第一点，我们经过切实的核查，知道修一里铁路只需一万两银子。粤汉铁路共长一千四百七十里，即使加上萍乡支路二十二里、岳州支路八里、湘潭支路三里、避车旁路二十六里在内，也只有一千五百二十九里，共需银子一千五百余万两，折合美金刚好一千万美元。而现在美公司提出需美金四千万元，伍廷芳、盛宣怀也同意了。仅此一项就多收了三千万美元，合四千五百万两白银，修一条路花了四条路的钱。第二点，合同上写明借款四千万，以九折实兑，也就是说实际上只给三千六百万元，那四百万元就落入了美公司的腰包。如果不从美公司里分得好处，他们会同意吗？”

“岂有此理！”张之洞愤怒起来，“如此说来，伍、盛两人真是卖国贼了。合约是要废，不然，钱被洋人骗了，还要说我们中国无人。”

“老大人明鉴，正是这个道理。”杨度赶紧答话，他要借此将张之洞这句重要的话肯定下来。

“你是在东洋学法律的，洋人讲究法。你说，如果废合约，合不合法，会不会引起我国与美国的邦交纠纷。”张之洞多年办理洋务，脑子比国内大部分官吏开窍。那些人要么虚骄横傲，夜郎自大，总以天国大邦自居，自己想怎么做就怎么做；要么是畏洋媚洋，生怕得罪洋人，什么事都委曲求全。张之洞比这些人高明，他知道与洋人打交道要按法律办事。

“老大人问得好。”杨度答，“这个合约废除完全合法，因为原来的合约是与美华合兴公司订的，现在该公司的股票三分之二被比利时人买去，公司名存实亡，不再具备法人资格。要说违约，合兴公司违约在先，我们后废除是完全合法的。至于牵不牵涉邦交的事，老大人尽可放心。国际法有公法、私法之分。两国政府签订的合约称为条约，属于公法，这是牵涉邦交的大问题，而两国的公司所签订的合约称为契约，属于私法，不牵涉到邦交。所以由中国粤汉铁路公司与美国美华合兴公司所签订的契约，废除与否，决不会影响中美两国的邦交。”

“哦，这就好。”张之洞微微点头，“照这样说，可以废除了。不过，我们自己来办，办得成吗？首先是资金的问题，即使如你所说，只需一千五百万两银子，这个数字也很大，靠湘、鄂、粤三省能行吗？”

“行！”杨度坚定地回答，“老大人，我们可以学习洋人的办法，分股本与借本两种来解决。股本即入股者，他们为股东，今后铁路建好了，他们按股分红，万一没建成，他们的银子也就充公了。股东要担风险，但赢利大。另一种是借本，即发行债券。买债券者不分红，只得利息。他们所得者少，但不担风险。我匡算了一下，只要有三百万股本，就可以发一千二百万的债本，所以资金不成问题。”

“三百万股本从何而来？”张之洞一下子就抓到了事情的要害。

“以湘、鄂、粤三省之大，应该可以筹集得起来。”杨度有意缓一步亮出自己的绝招。

“足下不理财，不知银钱之难。三百万两银子的股本，湘、鄂、粤眼下一时筹不起来呀！”张之洞从软躺椅上站起，在厚厚的毡毯上缓缓踱步。

杨度看在眼里，暗暗钦佩湘绮师的先见之明：“老大人，三百万两平均摊开，湖南分一百万。从三省财力来说，湖南最贫穷，若湖南能拿出一百万，鄂、粤两省也应该拿得出。”

“不错，湖南若拿得出，湖北、广东也理应拿得出，只是湖南绝对拿不出一百万两银子来的呀！”张之洞走了几步，觉得累，又坐到软躺椅上。

“假若拿得出来呢？”

“假若湖南拿得出一百万，我就敢出头把这件事揽过来。”对于将粤汉铁路收回自办一事，湖广总督早在心里有所考虑，也与幕僚们商量多时，只是因为银钱缺乏，一直不敢说硬话。

“老大人，我到武昌来之前，已经为您筹到了一百万银子。”

“是在湖南筹的？”张之洞大吃一惊。

“全部从湖南筹的。”杨度得意地将一叠纸掏出来，“老大人请过目，这是湖南一批乡绅们为粤汉铁路废约自办自愿集的股。”

张之洞接过，看那纸上写着一长串名字，最下面有个合计：一百零一万三千二百两整。

“靠得住吗？”

“完全靠得住！”杨度说，“他们或是发了财的公司董事长，或是湘军将领中的殷实后裔，说话都是算数的。只要老大人出头，代表粤汉铁路公司将与美国的合约一废除，他们就立即把银子拿出来，做新公司的股东。”

“好！”张之洞赞扬杨度，“足下办了一件很好的实事，老夫一向以为国为民办实事自励，过去芦汉铁路由比利时人包办，老夫就很不服气，常想我们中国人自己的铁路，为什么要让洋人来修筑，我们就这样没用吗？这次粤汉铁路，朝野都有收回自办的议论。海外留学生不在位都有如此强烈的爱国之心，老夫身为国家大臣，岂能落在年轻人的后面！足下可以对他们说，粤汉铁路是一定要从洋人手里收回来的，只是此事牵涉面很大，尚须作许多周旋，总在这个把月内就可以见分晓了。”

杨度起身，激动地说：“老大人一片忠心为国为民，普天下共仰，湘、鄂、粤三省人民更是将感恩不尽。老大人事多，我就此告辞了。”

张之洞凝望着这位海外留学生的全权代表，一种历史责任感顿上心头。

他颇带感情地说：“足下再坐一会儿，老夫尚有几句话要对你说。”

“请老大人赐教。”杨度坐下。

“皙子先生，”张之洞换了一种称呼，显然比“足下”两字的分量来得重，“老夫今年六十八岁了，从二十六岁入翰苑以来，整整在宦海浮沉了四十二载。从涉入仕途那一天起，老夫就告诫自己，要做一个好官，为国家尽忠，为百姓办好事，从京官到晋抚到粤督再到湖督，自认为未负初衷。但是几十年来，外人侵凌，国是日非，就是老夫治下，亦有许多事不能如愿。事实教训了老夫，国家要强盛，百姓要富裕，朝廷非变法不可。为此，老夫联合江督刘岘庄给老佛爷上变法三疏，劝老佛爷因势利导，变祖宗之成法，效泰西之新政，所幸老佛爷都采纳了。 光绪二十七年五至六月，湖广总督张之洞与两江总督刘坤一会衔，向朝廷连上三道重要的奏疏。这就是近代史上著名的江楚会衔变法三疏。这三道奏疏的题目分别为《变通政治人才为先遵旨筹议折》《遵旨筹议变法谨拟整顿中法十二条折》、《遵旨筹议变法谨拟采用西法十一条折》。这三道奏疏中所提出的建议，大多为朝廷所采纳，成为晚清新政的主要内容。只要从上到下都认真执行朝廷的变法诏令，国家还是有希望的。近日驻法使臣孙宝琦、驻英使臣汪大燮等都向朝廷提出了不少有关新政方面的具体建议，估计老佛爷亦会接受。老夫将这些朝政大事告诉你，其目的是希望你知道，国家马上会有一番大的举措，一番大的改变，要将它付诸实现，需要大批的人才，尤其需要杰出的人才。足下身为留学生领袖，又专攻各国法律，研究日本宪政，正是适合当今时势发展的难得人才。足下这次办理粤汉铁路一事，不仅能从法律上探讨挫败洋人保卫国权的根据，更为可贵的是回国之后，能联络富商名绅，筹集了百万银两的股本。老夫一生历事甚多，阅人甚众，如足下这样脚踏实地的有为青年尚不多见。现在许多年轻人，尤其是海外的留学生，既不潜心学习西洋、东洋的长处，又不扎实地研究中国的现状，开口排满，闭口革命，组织秘密团体，阴谋武装叛乱，他们口口声声自称是爱国者，其实祸国殃民。看到足下这一年多来的长进，老夫心中甚是欣慰。望足下善自珍重，返日本后继续自己的学业，多学点别人的长处，回来好好造福于自己的国家。老夫一生以荐人为己任，今老矣，无所作为，犹喜保荐真正有所作为的年轻人，遇有机会，辄向朝廷保奏，深望足下勿负老夫的厚望。”

张之洞这番诚恳的期待，使杨度大为感动。他再次起身鞠躬：“晚生一定铭记老大人的教诲，努力做到学有所成，只是年幼才疏，还望老大人今后多多栽培。”

六　博爱丸上，杨度静下心对回国三个月来的经历做了一番清理

张之洞对杨度本人的期望以及对粤汉铁路收回自办的明确态度，给初办国事的杨度以极其巨大的鼓励，他兴冲冲地回到湖南。

受舆论的影响，长沙、岳州、湘潭、衡州等地的知识界和绅商界也都在议论粤汉铁路的事。一部分先期回国的留学生在旧式的书院和新式的学堂里串联，组织青年学子们举办各种活动，敦促官府收回粤汉铁路。一时间，形成了一股爱国筑路的热潮。

杨度以他特殊的身份成为这些热血沸腾的青年学子崇拜的偶像。他不辞辛劳地奔波在他们之中，以自己广博的法律、经济等方面的知识及滔滔雄辩的口才，将粤汉铁路一案条分缕析，解剖精当。听者莫不倾服于他的观点，一致认为粤汉铁路非收回不可，不收回则无异于将国家主权出卖给外人。杨度也因此而受到湖南士人的广泛尊敬。

不久，他得到准确的消息：张之洞联合两广总督岑春煊上奏朝廷，请求将驻美公使伍廷芳与美国美华合兴公司于光绪二十四年所签订的《粤汉铁路借款合同》十五款及于光绪二十六年签订的《粤汉铁路借款续约》二十六款一并废除，将粤汉铁路交由湘、鄂、粤三省自办，并请严惩接受巨款贿赂出卖国家利益的伍廷芳、盛宣怀。

杨度十分圆满地完成了全体留日留美学生的委托，告别老母妻儿和湘绮师，回东京复命。他牢记张之洞的嘱咐，拟再用三年的时间将泰西各国和日本的宪政彻底研究透彻，以备今后朝廷大用。

杨度在上海候船的时候，正是黄兴、刘揆一、张继等人也逃到上海来的时候。他们并不因长沙起义的夭折而气馁，在得知马福益也已安全逃出的消息后，便积极筹划第二次暴动。他们以章士钊在上海办的启明译书局为掩护，广为联络各省在沪革命志士，并成立了一个取名为爱国协会的华兴会外围组织。杨度也到过启明译书局几次，参加过他们的会议，但谢绝黄兴等人的邀请，不做爱国协会的成员。就在这时，一个毛头小伙子给爱国协会惹出一桩大祸事来。

此人名叫万福华，原籍安徽。两年前随叔父到湖南，就读于长沙明德学堂。激于大义，并出于对黄兴的崇敬加入了华兴会。长沙起义夭折后，他也尾随黄兴等人来到上海，积极参加爱国协会的活动。

一天，他看到张继的德国手枪，很好奇，便要张继借给他玩玩。张继

借给了他，并告诉他如何使用。万福华把手枪摆弄几下后，心想，何不借此去为国家除掉一个奸佞？他想起了寓居上海的王之春。

王之春是湖南衡阳人，做过安徽巡抚和广西巡抚。在皖抚任上，安徽人很恨他，在桂抚任上又与法国人妥协。他去过俄国，在洋人面前献媚取宠。万福华断定此人必是奸佞无疑。王之春现被开缺，闲居上海无事，常去茶楼饮茶听曲，万福华见过几次面。

这天一早，万福华怀揣手枪，上王常去的茶楼寻找。果然在一个茶楼的雅舍里，六十多岁的王之春正摇着湘妃扇，跷起二郎腿，眯着眼睛听对面一个女孩儿在弹琵琶唱曲子。万福华心中暗喜，悄悄地走到雅舍门口，瞄准王之春那颗肥大的头颅就是一枪。可惜万福华的枪法太生疏，那颗子弹并没有打着王之春，却把墙上的一面玻璃镜子打得粉碎。王之春吓得还没回过魂来的时候，几个差役早已把万福华死死抓住，扭送到警察局。任严刑拷打，万福华只说是要为国除害，闭口不招手枪的来历。

上海的报纸将刺客万福华作为大新闻登了出来，张继叫苦不迭。黄兴因章士钊在上海人头熟，便要他去监狱里探望万福华，送去一些日常用品，并叮嘱千万不能供出爱国协会一事。谁知章士钊一去监狱，就被当做此案嫌疑犯拘捕。当天晚上，警察又来启明译书局搜查。此时，黄兴的朋友郭人漳正在他的房间里聊天。

郭人漳乃湘军后期大将郭松林的儿子。郭松林字子美，是个有名的附庸风雅又奢豪挥霍的人物。他曾请大名士何绍基给他撰一副寿联。何绍基为多得点润笔费，有意讨好他，精心构思，为他写了十个字：古今三子美，前后两汾阳。唐代诗人杜甫字子美，宋代诗人苏舜钦亦字子美，唐代的汾阳王郭子仪也姓郭。寿联将郭松林文比杜甫、苏舜钦，武比郭子仪。从文字上来说，的确构思巧妙，堪称佳联，若论实际，则相差万里。然郭松林却喜欢得不得了，足足送了一千两银子给何绍基。十个字换来千两银，一时轰动海内。早些年，这个慕虚誉的人物已谢世了。子承父业，郭人漳也当了军官。前不久，他在江西巡防统领任上荣升广东新军协统，昨天兴冲冲来到上海，拟转海轮赴粤就职。郭人漳带着几个卫兵在上海街头玩耍时，正好碰见黄兴和张继。

彼此都是湖南的名人，异乡见面自然亲热。郭人漳并不知道黄兴是革命党，应邀晚上来启明译书局黄兴寓所谈天。当时警察来搜查时，郭人漳莫名其妙。七搜八搜，警察从抽屉里搜出了几颗子弹，便立即把三人都逮捕起来。

在押往警察局的路上，黄兴悄悄地对郭人漳说："张继年轻冒失，从别人那里弄来几颗子弹，惹出了麻烦，现在只要你说这几颗子弹是你的就没事了。"

郭人漳讲义气，同意了。警察局审讯时，郭人漳一口咬定子弹是他的，黄兴、张继都是他的卫兵，他乃途经上海去广东赴任。郭人漳有正式的委任状，又是军官，有几发子弹并不奇怪。关了三天，警察再也找不出其他疑点，只好将他们放了。

章士钊也装糊涂，只说万福华是启明译书局雇来的帮工，并不知他有手枪，也不知他为何要杀王之春。警察局没有把柄，只得也把章士钊放了。

就在黄兴、章士钊等人被关押的时候，杨度也差点被抓。原来，启明译书局有个门房很讨厌杨度。杨度每次来译书局，从不把门房放在眼里，进进出出，趾高气扬，正眼也不看他一下。门房是个胸襟狭窄又阴毒的人，便偷偷对警察局的人说："万福华有个同案犯叫杨度，住在外白渡桥旅社。"

警察局连夜去外白渡桥旅社。杨度不在，他正在莎莎夜总会看上海滩的时装表演，直到凌晨四点钟才回到旅社。警察们熬不过，早走了，留下一句话：杨度明天务必在此等候，不能离开。茶房将这句话告诉刚进门的杨度，他暗暗吃了一惊，心知一定是万福华的事牵连上来的，便赶紧收拾行李，悄悄地溜出外白渡桥旅社，另在一条偏僻的小弄堂里找了一家下等伙铺住下。过了两天，航期到了，他急忙去码头，登上了一条名叫博爱丸的日本客轮。

从上海到横滨，海轮要航行六天六夜。日日夜夜与一望无际的海水打交道，旅途十分单调乏味，但这给杨度带来了好处。

杨度生性好动，不习惯深思精虑。乏味的海水不想多看，陌生的旅伴不想多接触，环境使他沉下心，将回国三个月来的经历做了一番清理。

黄兴、刘揆一是革命派的代表，在与他们的相处中，杨度毫不怀疑他们个人的品德和才具，尤其是他们满腔爱国之情、献身之志以及遇挫不馁的坚毅精神，杨度都很佩服。但他们举行武装起义所依靠的主要对象是哥老会等山堂会党。对这些人，由于伯父的影响，他从小起就有一种坏印象。这次去普迹市，又亲眼看到他们的桀骜散漫。依靠这些人，绝对不可能成就大事，长沙起义的夭折就是明证。退一万步来说，即使侥幸成了功，他们也会把国家弄得大乱，使外人更好地乘虚而入，中国就将被执洋枪洋炮训练有素的洋人所彻底瓜分，堂堂的华夏古国就真的要灭亡了。

革命党的内部骨干也参差不齐，像万福华这种冒冒失失的愣头青很不少。这些人其实成事不足，败事有余，幸而那天碰巧躲过了。倘若被抓住监禁，岂不冤哉枉矣！

想过了革命党不足成事之后，他又想起了自己这次办粤汉铁路的顺利与成功。他冷静地思考着，除开个人的努力外，此事的成功得力于所依靠对象的正确。杨度细细地分析，自己所依靠的是三个方面的人：一是有学问有政治经验的前辈，如湘绮师；一是有财力有见识的实业家，如范旭东、梁焕奎；一是有声望有权力的大臣，如张之洞。这些人都顺应时势，主张变革，同时又具有推动变革的实力。朝廷也在变，也愿意跟上世界潮流，实行宪政，如果自己能成为这股力量中的一员，必定会左右逢源，处处顺遂，再加上自己扎实的旧学和这股力量所视为稀罕的西学，那么将会很快脱颖而出，崭露头角。同时，这条道路也是一条无须战争和破坏便能使国家强盛的平稳的道路。百姓能免战火之苦，国家能免外人之侵，岂不最好？

博爱丸像一只巨大的蓝鲸，在浩渺无垠的大海上劈波斩浪，直向以君主立宪而令举世瞩目的扶桑小国奔去。杨度站在甲板上任海风吹拂，心头激情汹涌。他为自己在正反两方面的比较中清醒而深刻地认识到中国的国情及应该选择的道路而兴奋不已，同时也为自己寻到一条施展才具出人头地的道路而兴奋不已。对着碧波荡漾的太平洋，杨度默默地在心中念叨：不管今后遇到多大的挫折，不管有多少人反对，自己一定要坚守君主立宪的信仰，一定要沿着这条道路走到底。他坚定地相信，总有一天，中国就会如同这条破浪前行的博爱丸，而自己将会成为船长之须臾不能离开的大副！

七　千惠子向故国归来的英雄献上一束腊梅花

博爱丸一声长鸣，慢慢地驶进了横滨港。杨度提起随身所带的小皮箱，随着上岸的人流踏上了码头。

“皙子先生，皙子先生！”

迎接旅客的人群中传出一阵清脆喜悦的呼叫声，杨度听来十分耳熟。他向人群中望去，只见一个婷婷少女手捧一簇素雅的腊梅花，正迎着寒冷的海风向他奔来。

“千惠子，是你来了！”

杨度十分意外，情不自禁喊了一声，忙加快了脚步。

“献给你，中国留学生的英雄！”当两人靠近的时候，千惠子把手中的腊梅花递给杨度，调皮地笑着说。

杨度没有立即接过花，他凝神将千惠子看了一眼。她今天显然经过精心的化妆，眉梢鬓角都做过修剪，小巧的嘴唇上涂着浓厚的口红，白皙的脸庞因为激动而变得红扑扑的，红底起黑花的绒呢和服上罩了一件宽大的银狐披肩。通体上下，本已出众的娇艳华美，再在淡黄色的梅花的衬托下，更增添了几分迷人的韵致。杨度下意识地将她与离别不久的妻子相比较，简直有仙女与村妇之别。

“千惠子，你真美！”杨度接过花，从心里迸发出这句动情的话。

“是吗？”一阵娇羞飘过少女的脸庞，她心里甜丝丝的。

“你怎么知道我坐的这班船？我离开上海时并没有向谁拍过电报呀！”杨度对他的这个东瀛女学生此时的出现，既满心喜悦又深感意外。

“是这样的。”千惠子将银狐披肩稍稍移动了一下，说，“半个月前，弘文学院一个留学生从中国返回东京，告诉了重子先生，说你就在近日会回来。重子先生和叔姬女士专程来横滨接你，接了三天没接到，他们回东京去了。我每天都来此等候，终于把你盼来了。”

杨度听了，心里暖融融的：“你怎么有时间，不上课了？”

“学校放假了，我反正没事。”

杨度笑着对千惠子说：“我给你带了一件小礼物，我想你一定喜欢。”

“真的吗？快拿出来给我看看。”刚才情意绵绵的少女，一下子变成了欢喜雀跃的小女孩。

杨度打开皮箱，从中取出一个白绢小包来。千惠子从他手里抢过，急忙打开，白绢里包的是一个粉红色缎子做的心形小荷包，小荷包里散发出一股淡淡的清香。

“香袋！”千惠子惊喜地叫道。

“来，我给你戴上。”

杨度打开香袋上长长的红丝带，将它挂在千惠子凝脂般的脖颈上。

“真香！这里面装的是什么？”千惠子把香袋送到鼻子边，轻轻地嗅着。

“你还记得我教你的《离骚》吗？那里有这样几句。”杨度望着有一双明亮杏眼的千惠子，念道，“‘余既滋兰之九畹兮，又树蕙之百亩，畦留夷与揭车兮，杂杜衡与芳芷’。这里面装的是兰蕙、留夷、揭车、杜衡与芳芷。”

“哦，难怪这么香！”千惠子深深地发出一声感叹，似乎领悟到了，这个小小的香袋里不仅装了香草，而且还装下了中国人对美好品德的执著向往，就如同那个行吟泽畔的三闾大夫一样，对自己的崇高追求，虽九死而不悔！

一辆装饰讲究的马车驶过来，千惠子招呼了一声，两人上了马车。马蹄踏着石板，一路上发出“嘚嘚嘚”清脆的响声。千惠子挨着杨度坐在车厢软座上，香袋里的清香一阵阵散出，皙子终于又坐在自己的身边了。她的心，就如同这颗心形香袋，充溢着芬芳温馨。

三个月前的一天，她突然听说杨度要回国了，她像掉了魂似的，连夜赶到东京爷爷家。爷爷告诉她，皙子君回国办铁路案，事情办完了，就会马上返回东京。过会儿，杨度从外面回来，也这样对她说。姑娘见房间里一切如故，没有丝毫长期离开的迹象，这才相信了。但不知怎么的，她总有点担心，生怕杨度这次是黄鹤一去不复返。二十岁的姑娘的心是多么复杂啊！

那次赏樱花，又引出了雌雄刀破镜重圆的喜事后，千惠子的少女情窦第一次被一个异国的男子打开了。她深深地爱上了杨度，完全坠入了情网。尽管她后来知道杨度有妻室在国内，又知道杨度对自己并无此意，但千惠子还是爱着他。她爱他潇洒的风度，她爱他脱俗的谈吐，她爱他超群的才华，她爱他高尚的抱负。万贯财产家的千金小姐，把金钱视为粪土，而把这个中国留学生当做天地间真正的财富！

千惠子每个星期六晚上便乘车去东京。星期天，她和杨度对面而坐，听他讲中国的历史和中国的学问，请他教她作诗词，练书法。有时他们两人或者再加上爷爷奶奶一起去外面散步谈天。从春天到秋天，千惠子没有缺过一个星期天。半年来，她觉得生活中突然增加了亮度，增加了色彩，连往年令她烦躁的酷暑和愁闷的秋雨似乎都不存在了。

杨度离开东京后，千惠子顿时觉得天地暗淡起来。她本来从不读《新民丛报》，自从有一次听爷爷说起《新民丛报》刊登了关于中国粤汉铁路的争论后，她便将每期《新民丛报》都买下来阅读。有不认得的字、不懂的意思就去问爷爷。这时她知道了杨度在国内的活动卓有成效，并受到留学生们的赞扬。风度翩翩的书生真的是一个纵横捭阖的政治家！她天天盼望着杨度早日归来。得知他就要回来的消息后，她夜不能寐。她劝说叔姬姐弟回东京，她希望他由她一人迎回。于是，她天天去港口等候，真的天遂人愿，他到底由她一个人接回了。

“皙子先生，孙中山先生到爷爷家去过两次，他想见见你。”在浓情中沉浸了很久的千惠子突然记起了一件大事。

“哦，中山先生！”杨度转过脸问，“他还住在横滨吗？”

“对，住在横滨。不过，近日他去了神户。我告诉他你就会回来了，他说等你回来后，他再来找你。”

“中山先生是个很有名的人，我时常听到人们提起他，可惜一直没有见过他的面。他找我有什么事？”

“他说慕你的大名，见面随便谈谈，没有什么大事。”

“好，我也很想见见他。”

马车在藤原家华丽的大门口停下，千惠子付了脚费。千惠子的父母和外祖父母非常高兴地将杨度接进家门。

在藤原家休息两天后，杨度乘火车重返东京田中的家。田中夫妇也自然欢喜。杨度立即发一封信给杨钧，告诉弟弟他已平安抵达东京。

过几天，杨钧和杨庄母子来到田中家，手足见面，很是亲热。杨度将母亲亲手做的火焙鱼交给妹妹。叔姬接过，一股强烈的思乡恋母之情油然而生，眼泪不知不觉地滚了下来。

“哎呀，代懿呢？代懿怎么没有来？”杨度问妹妹。

叔姬听了这话，却突然哭了起来。

“哥，姐夫和姐这几天又吵架了。”杨钧看了姐姐一眼，答道。

“什么事又吵了？”杨度说，“难怪千惠子说你们到横滨接我，也没有提到代懿，到底怎么啦？”

叔姬还是哭。

“哥，你要说说姐夫，他跟那个下女还有往来。上次在上野公园偷偷幽会，给姐看到了。”杨钧气愤地告状。

“这个家伙！”杨度笑着骂了一句，又对妹妹说，“叔姬，别哭了，代懿与那个下女也没有别的。下女照顾了他一段时期，彼此有了感情，再见见面也没有关系，你要大方点！”

“哥，你不要再瞒我了，重子把代懿先前跟那个下女的事都告诉我了。”叔姬抽抽噎噎地说，“我不能跟他一起过了，我要与他离婚！”

“离婚？”杨度吃了一惊，“不要耍孩子气，怎么能离婚呢？”

“真的离！”叔姬口气强硬地说，“离了婚，我带着澍儿过。”

“哥，姐夫也真的不争气。”重子又告起状来，“上个学期有三门功课不及格。公使馆说，这个学期若再这样，就停发他的公费银元。”

“噢，是要说说他才是！”杨度说着，抱起三岁的小外甥，“澍儿，你有多长时间没有见到爸爸了？”

“好久没有见到爸爸了。就是刮大风的那天，他跟妈妈吵架走了，我就没有看到爸爸了。”澍儿长得既像爸爸又像妈妈，是一个机灵的孩子。

“想爸爸吗？”杨度继续逗外甥。

“想，爸爸答应买枣糕给我吃哩！”

两个舅舅都哈哈笑了起来。

“澍儿，不要想他，妈妈给你买枣糕。”叔姬拿出手绢来抹眼泪。

“叔姬，你这几个月来做了些什么？”杨度见妹妹心绪不好，特为和她多说几句话。

“心里不舒服，什么事都没做。”

“姐这几个月写了许多诗，我给她装订成了一个小册子，今天特地带来了，姐说请哥览正。”重子抢着答。

“噢！”杨度高兴地说，“第一次出国，感慨多，题材也多，一定会有不少佳作，快给我看看。”

重子帮姐从布袋子里取出一个簿子来。这簿子装订得很精致，封面用了一张蛋黄色的硬纸板，上面题着四个字：东瀛诗稿。右边是一幅画：一望无际波涛汹涌的海面上，一只船在航行，远远的天边上挂着一轮鲜艳的红日。这字和画无疑都出自重子的手笔。簿子以雪白的宣纸裁剪装订而成，每页都画上了一行行的乌丝栏，后面大部分纸还是空的，前面端端正正地誊抄了二三十首。

杨度慢慢地翻开看着。《秋夜有感》、《秋末宴集日本上野莺亭》、《观海涛》，等等，都写得才气横溢，情致缠绵。再翻下去，有一首题作《日本病院中月夜闻蟋蟀有怀，因以寄远》的五言诗，引起了他的特别注意：

蟋蟀无秋思，微吟自悄然。幽声时断续，客意已芊绵。
丘壑我犹忆，关河君自怜。遥知今夜月，伫听竹篱边。
月色满天地，清辉增夜寒。还思少小意，始觉别离难。
漂泊竟何事，幽栖好是闲。秋声成独听，应怅路绵漫。
云断雁归声，虚楼客思盈。不缘新侣意，哪识故人情。
心与秋波远，愁回夜月生。凄风倘相识，飘梦送孤征。
自有鹍鹏翮，何须惜远途。潜居岂无意，濡迹逐成虚。
意气兼天远，形骸带月孤。川流无昼夜，身世竟何如。

杨度的目光久久地停在这首诗上。叔姬的诗，惯常见的是睹物起兴，多愁善感，泣春花之易谢，叹秋月之孤明。这首诗，除开这种情感外，还添了一种既幽怨又怜爱的意境，为叔姬诗作中所不多见。诗题寄远，这远方的人是谁呢？“丘壑我犹忆，关河君自怜。遥知今夜月，伫听竹篱边。”被思念的这个远方友人，叔姬对他充满了多么深的情意！“还思少小意，始觉别离难。”这个人和叔姬在小时候有过亲密无间的友谊。“秋声成独听，应怅路绵漫。”小时候，叔姬或许和他一起观赏过秋景。现在，她只能一人独听飒飒秋风。此人到底是谁呢？杨度想了很久想不起来。“不缘新侣意，哪识故人情。心与秋波远，愁回夜月生。”由新侣的不惬意而更加怀念故人的真情。思绪像秋水般的无边无际，当年的怨愁又随着今夜月亮的升起而被唤回！

杨度悄悄地看了一眼妹妹，她已停止抹眼泪了，两手托腮陷入凝思。

“新侣”、“故人”，杨度在心里反复琢磨着这两个词。突然，一道电光在心头划过，他一下子全明白了。十之八九是叔姬近来因与代懿闹不和而又萌发了对初恋的怀念，诗中的“君”、“故人”，不正是指的夏寿田吗？

那一年叔姬接到宫花后的反常态度，做哥哥的终于知道了自己的朋友原来竟是妹妹的恋人。这些年来，叔姬结了婚，生了孩子，午诒也远在北京，彼此间并没有联系，哥哥以为妹妹早已将那缕情丝割舍了。谁知她的思念竟是如此的深，如此的痴：“凄风倘相识，飘梦送孤征。”“川流无昼夜，身世竟何如！”

杨度清醒地意识到，作为一个女人，珍惜自己美好的初恋，眷念初恋的如意情人，无疑是人类情感中最为珍贵最为闪光的一部分。但作为一个少妇，已为人妻却仍在执著地怀念另一个男人，则会给家庭罩上一层不祥的阴影。尤其当丈夫对自己有所不忠，或丈夫不如过去那个人的时候，这种阴影就会越来越浓厚，有可能最终导致家庭的解体。

代懿对那个日本下女花子有点意思，才华又远不如夏寿田，这正是促使叔姬刻骨思念夏寿田的原因。不过，代懿本质上是个老实人，叔姬不在身边，与花子逢场作戏是可以理解的，不能因此而离婚。更何况自己与湘绮师之间特殊的师生关系，更不允许妹妹与代懿离婚。杨度思忖着要好好劝说劝说。

“皙子兄，你回来啦！”正想着，不料代懿闯了进来。

“哎呀，是代懿呀，正说着你哩！”杨度忙招呼妹夫坐下。

代懿看了叔姬一眼，叔姬扭过脸去不睬他。他觉得没趣，伸出手来，对一旁玩耍的儿子说：

“澍儿，过来，爸爸抱！”

“澍儿，到妈妈这里来！”叔姬喊。

澍儿悄悄地望了爸爸一眼，慢慢地向妈妈走去。代懿伸出的手无力地垂落下来，讪讪地坐下。

“代懿，你怎么知道我回来了？”杨度给代懿端来一碗茶，笑着跟他聊天，有意缓和他们夫妻之间僵持的气氛。

“我昨天遇见了刘霖生，他们说你已回东京了。”代懿接过茶，脸上露出不太自然的笑容。

“霖生到东京来了？”杨度惊讶地问，“黄兴、张继他们呢？”

“也都来了，还有霖生的弟弟秉生也来了。”

“你们晓得吗，黄兴他们为何又来日本了？”杨度朝着重子、叔姬问。

“不晓得。”重子问，“为什么又来日本了？”

“他们想在长沙办大事没办成，又在上海被抓了起来，我以为会被判刑，幸而无事出来了。”

“他们要在长沙办什么大事？”叔姬问。

杨度于是将黄兴等人筹划起义以及在上海被万福华牵连的事情，大致说了一下。对自己去普迹市一事，他有意不提。

叔姬说："原来他们是要造反！哥，你留神点，别被他们牵上了，以后少与他们往来。"

重子也说："胡汉民他们也在筹划什么起义的事，邀我参加，我没答应，这太危险了。朝廷虽然打不过洋人，对于造反的老百姓还是有本事的，何必拿脑袋往他们的刀刃上去碰。来日本，是要多学点有用的知识，天天空谈革命革命的，一点用都没有！"

“胡汉民他们的事，你不参加是对的，但千万不能跟公使馆的人透露一点。”杨度对弟弟说，“革命、造反，我不赞成，但我也不反对，他们自有他们的道理。”

“我跟那些人说什么？”重子坚决地说，“我又不想当朝廷的官，做那种缺德的事干什么？何况，他们也都是些有爱国心肠的好人。”

“对，对！”杨度对弟弟的态度十分欣赏。

“你的性格沉静，最是做学问做实事的料子，像黄兴、刘揆一、胡汉民他们都是属于打天下的英雄一类的人。但是，不管是他们今后坐民主共和的江山也罢，还是满人继续坐龙廷实行君主立宪的新政也罢，国家都要建设好，要建设好国家就要有实实在在的本领。来日本一趟不容易，千万不能荒废，要学有所成。重子这个态度是很对的。”

说到这里，杨度转过脸对代懿说:“季果，我看你也不像打江山的英雄，今后也只能做点实事。这次回家，湘绮师多次谈到你，说你不是学军事的人,不如学一点有用的新学。我完全同意他老人家的看法。你自己好好想想，改行要不要得？如果要得，就离开陆大，到帝国大学或早稻田大学去，要么去法政大学也可以。如果不想改行的话,就要读好,再不能心猿意马了。”

代懿听了脸红起来。他是老幺，从小在母亲蔡夫人的宠爱下养成了脆弱的性格。陆军大学繁重的军事实战课，他的确受不了，久之便产生了厌烦的情绪，最终弄得三门功课不及格。他早就不想读下去了，听了内兄转达父亲的意见，正好顺水推舟，而且急中生智，又想出了一条讨好妻子的理由。

“晳子兄，我干脆转学到法政大学去，跟你一起学法律算了。”他瞟了一眼叔姬，说，“你不知道，叔姬早上跟我生气，说我与花子幽会。其实不是我约她，她总缠着我。她隔几天就去陆大找我，跟我说这说那，我碍不过情面，只得陪她说话。她那天把我叫到上野公园，边哭边对我诉说，继母又骂她了，她真想去死。我就好言劝她。恰巧被叔姬看到了，说我和她相好,花子哪点比得上叔姬,我怎么可能和她相好呢？晳子,我离开陆大，花子也就找不到我了，叔姬也就放心了。”

说完又看了叔姬一眼，叔姬只是不理他。

重子看着姐夫这副可怜兮兮的巴结相，心里直起冷笑。代懿与花子的事，他对姐姐也只是说一半留一半，并没有把越轨的事都捅出来。他并不希望姐姐的家庭散伙，于是笑着说 :“姐夫就是心肠软，听不得女人对他说几句好话。”

杨度明白妹夫的苦心，就势说 :“要得，我看你和我一起学法律也好，朝廷不久就要立宪了，正要大批学法律的人。叔姬，你看呢？”

“我不管他！”叔姬赌气说，“他这个样子，学什么都学不好。”

代懿却听出妻子的语气中有一种表面强硬内里松动的味道，他将特地准备好的东西拿出来，故意当着叔姬的面亮了一下，然后对内弟说:“重子，我前两天得了一枚好印石，我只觉得好，但鉴定不出来，你帮我鉴定一下。”

“给我看看。”重子从代懿手里接过印石，杨度也凑过来看。

这枚印石是个长方体，高约二寸，一头是完好的四方形，边长约半寸，另一头破碎了，不成形状。印石古朴厚重，色彩斑斓。

代懿见他们看得仔细，在一旁说明 :“前两天，我去郊外操练，回来的路上，见到几个农夫围在一起说说笑笑。我好奇，便走上前去。原来他们在传看一个小石头。一个老头说，这是我今早从对面坟山上捡来的。另一个中年人说，这可能是昨夜盗墓的贼漏掉的。几个农夫都说好看。我也觉得好看，心想既是墓里出土的，一定是颗古印石，叔姬一直想要块好石头刻印章，买给她最好。我就问，你们这块石头卖吗？老头说，卖呀，你想买？我说，你要多少钱？老头不做声，旁边的人帮他定价。一个说，你真的想买吗？拿三块银元来吧！另一个说，两块也可以呀！我摸摸口袋，刚好有两块银元，便把它买来了。重子，你看给你姐刻个印章可以吗？”

说完又拿眼睛瞟瞟妻子。叔姬也被这块石头吸引了，正抱了澍儿在后面看着，代懿心里欢喜。

重子仍不做声，走到窗户边，将石头举起，对着阳光翻来覆去地仔细观看。好半天，他才转过脸对代懿说:“姐夫，恭喜你，你得了一块宝贝！”

“什么？”代懿惊道，“你说这是宝贝？”

重子把石头托在手里，对代懿说：“姐夫，这不是印石，这是一块玉。”

杨度笑着说：“小三子少见多怪，就是一块玉，也算不得宝贝呀！”

澍儿从母亲怀里挣下来，走到舅舅身边，伸手就要抓：“小舅，给我看看！”

重子吓得把手高高举起，忙说：“不能让你看，你会打碎的，打碎就太可惜了！”

叔姬冷笑道：“什么破石头，装神弄鬼的！”

“你们不知道，这不是一块寻常的玉。”重子一脸正经地对哥姐说，“这是一块沁玉。”

“沁玉是什么玉？”代懿兴趣盎然地问，他希望自己真的无意中得了一件宝贝。

重子解释：“古人装殓时，常以玉伴死者，口里放一块玉，耳洞鼻孔里也塞上玉，身上也佩着玉。皇帝和皇族的人死了，有的还穿金缕玉衣。这是因为古人以为玉能防腐，玉伴着死者，则死者尸身不会朽坏。玉在死者身上，时间一久，棺木中的其他东西便会慢慢沁入玉中，被沁染的玉就叫沁玉。”

“唔，原来是这样！”代懿似乎都明白了。

“其中最容易沁入玉中的有五种东西。”重子继续说，“即朱砂、水银、石灰、雄黄、黑土。朱砂沁入玉中，玉则呈血红色；水银沁入玉中，玉则呈草灰色；石灰沁入玉中，玉则呈淡青色；雄黄沁入玉中，玉则呈杏黄色；黑土沁入玉中，玉则呈漆黑色。玉有一沁，则身价高十倍；若五沁俱全，则世所罕见，价值连城。这块玉在阳光照耀下，血红、草灰、淡青、杏黄、漆黑五沁俱全，本是连城之宝，只可惜打碎了一截。就这样，在识货者眼里，也在三五千块银元之上。姐夫以两块银元买来，真个是狸猫换来了太子。”

“真的这样吗？我再好好看看！”代懿从内弟手里小心拿过，又细细观摩起来。

“重子，你真不简单，什么时候得到了这一套辨玉的学问。”杨度笑道，“莫不是专为哄代懿的吧？”

重子说：“哥，我说的句句都是实话，这学问得之于易安居士的丈夫赵明诚。”

杨度说：“只听说赵明诚写过一部《金石录》，没听说过他有辨玉的书。”

“是的。”重子答，“《金石录》是一部名著，大家都知道。其实，赵明诚还写过一部《古玉考》。书未写完，金兵南下，他们夫妇逃到江南，半部《古玉考》的稿子就存在赵明诚的侄儿赵端手里。赵明诚、李清照死后，赵端手抄五部，自己留一部，以其余四部赠亲友。元代时，赵端的七世孙赵齐为躲避蒙古人的屠杀，携《古玉考》漂洋过海到了日本，后来在日本刻了二百部，《古玉考》得以在日本流传。相反的，在中国的四部，后来都失传了。三个月前，我偶尔在东京旧书摊上见到一部，用十块银元的高价买了过来。刚才我说的这段《古玉考》的流传过程，便都写在赵齐的序文中，下次我带来给你们看。”

杨度道：“太有趣了。从来没有听说过赵明诚还有这样一部书，现在经重子在日本发现，真是一大贡献。日后回国了再刻印出来，也让赵明诚失落数百年的绝学复苏。”

重子说：“你这样说，我就不拿出来了。大家都知道如何去识玉，我就没有名气了。要刻，也等我死后再刻吧！”

杨度笑着说：“别看小三子本本分分，心里也是很鬼的。”

代懿说：“重子，给你姐做印章，你看刻几个什么字？”

重子不假思考地说：“就刻‘叔姬之印’四字好了。”

代懿走到妻子身边，满脸堆笑地问：“你看这四个字要得不？”

叔姬板着脸不做声。

杨度走过来说：“我看别刻名章，刻个藏书章最好，就刻‘懿庄珍藏’四字，将你们夫妻二人所有的书都盖上这四个字。”

代懿深谢内兄的美意，赶忙说：“哥说得最好，就刻‘懿庄珍藏’四字。”

杨度对妹妹说：“你看代懿多舍不得你，得了这个宝贝，就急着要给你刻个印章。这样的好丈夫到哪里去找，听哥的话，吃过饭后一家三口快快乐乐回家去，再不要吵架了。”

“好，听哥的！”代懿忙表态。

叔姬不做声，死劲地用牙齿咬手绢。

重子拍着手掌说：“姐的脾气我最知道，不做声就是同意了。”

一句话把大家都逗得笑了起来，叔姬的手绢不知不觉地松了。

八　初次会晤，杨度就认定孙中山是个磊落大丈夫

一段时间里，杨度忙于应付东京留学生界的各种集会，报告回国联络湖南绅商以及游说张之洞的过程，常常博得青年学子们的阵阵掌声。杨度很得意，因此而对宪政的研究投入更大的热情。他夜以继日地研读西方著名学者有关著作，如鲁索的《民约论》，孟德斯鸠的《万法精理》，约翰·穆勒的《自由原论》，斯宾塞的《代议政体》，赫胥黎的《天演论》以及达尔文的《物种起源》，等等。他将西人的论述与中国的现状加以比较分析，废寝忘食地潜心思考摸索，试图为自己的国家选择一个最佳的国体政体，制定一套最适合中国国情的宪法律令。他常常感到十分疲倦十分困顿，但一旦想起自己是在做萧何、陈平、俾斯麦、伊藤博文的事业时，便会立即精神振奋。偶尔他也会记起静竹送他的那截拜砖，想起妙严公主的故事，情绪更会受到鼓舞。

慢慢地，一张较为清晰的蓝图出现在他的脑际。他认为时至今日，救中国的唯一办法，在于创建一个对人民负责任的政府，而创建这个责任政府的关键，又在于建立国会和责任内阁；建立责任内阁的基础是国内应有成熟的政党，像美国的民主党、共和党，英国的工党和保守党那样，只是中国目前尚无此等政党。山堂会党虽然很多，但统统都是愚昧落后的团体，没有系统明确的政治主张和严格缜密的组织纪律。黄兴、刘揆一的华兴会虽然略具政党雏形，但起义没有发动，在政治上毫无影响，也不具备执政的条件。然而时不我待，不能等有了完全合格的政党再来谈责任内阁。为此，杨度很费了一些思索。后来，他设想了一个过渡的办法，即先建不党内阁，也就是说内阁中的总理大臣及各部大臣皆为官吏而非政党中人。此阶段可称之为幼稚立宪国之政府。进而再实行半党内阁，即内阁的总理大臣及各部大臣由政党和官僚杂组而成。此阶段可称之为过渡立宪国之政府。再进而实行政党内阁，即由议会中获多数票之政党组成内阁，总理大臣为该党

党魁，各部大臣均为该党成员。此阶段才是完全的立宪政府，即真正的责任内阁。

这张蓝图施工的第一步是促使朝廷速开国会。出席国会的代表应该真正具有人民性，具有人民性的国会才能制定符合人民利益的宪法，有符合人民利益的宪法才能制约责任内阁，有受制约的责任内阁才可能把国家领导好。

杨度如此反反复复地推敲论证后，觉得自己的这一套政党内阁制是救中国的最佳方案。

他把这套方案告诉梁启超。梁启超赞赏他的方案设想精致，步伐稳妥，不过与中国的实情并不完全吻合。梁启超认为中国的国民，从整体来说尚处在未开化之中，因愚昧而衍生的奴隶性意识很强，他们盼望的是在圣明的天子，即王道的统治下生活，并没有要自己当家做主的强烈愿望。这是中国与泰西各国最大的不同，而与日本最大的相似之处。但日本的国民教育远比中国为高,所以日本也可以实行君主立宪。对于中国而言,与其共和，不如君主立宪；与其君主立宪，不如开明专制。因此，救中国最好的方案是开明专制。

不过，梁启超还是认为杨度的思想与他有许多共同之处，他愿意和杨度共同组织一个政党，推杨度为党魁。不料，梁的这个设想遭到其师康有为的坚决反对。他大骂杨度的君宪方案实质上是架空了皇上，最后会堕落到无父无君禽兽不如的地步。又说光绪帝是圣明君主，只要光绪帝一复辟，便可立行变法，可立予国民议政之权，可立予国民自由民主。他声称自己深受皇恩圣眷，此生唯有竭尽全力为光绪帝复辟而斗争，此外概不他想。康有为最后斥责梁启超与杨度组党是背叛他的行为，拥护杨度为党魁尤不能容忍。

梁启超虽对其师的霸道很是不满，且他们之间的思想差距已越来越大，但还是不想与师门公开决裂，于是只得作罢。杨度也不想与这个顽固不化的保皇头子搅在一起，他计划自己办一张报纸，通过这张报纸来网罗同志，组成一个既不同于康梁保皇派，又不同于孙黄革命派的新党。

这天下午，他又在为此思虑的时候，屋外传来了欢快的声音：“皙子先生，你看谁来了？”

随着声音进来的是千惠子，他身边走着一个中年男子。那人一脸微笑，主动走上前去，用洪亮的广东官话爽朗地说:“皙子先生，你不认识我吧？”

说话的同时，一双手也伸了过来。杨度忙迎上前去，将来人的双手紧紧握住，专注地看着他。

这个人个头不高，身材匀称，脸孔方方的，五官端正，尤其是一双微微下凹的眼睛十分明亮而有光辉，给人以坦荡诚恳且睿智洞达的印象。上嘴唇上留着宽宽的八字胡须，头上蓄着西式短分发。他身着深蓝色条纹西服，系一条洒满小花朵的咖啡色领带。脚上穿一双擦得一尘不染的西式黑皮鞋。

杨度觉得此人既有一种不同凡响的高雅气质，又有平易随和的常人性格，只是从来没有见过面。他连声说："久仰，久仰。"又热情地招呼客人坐下。

"皙子先生，我来告诉你吧！"千惠子含笑介绍，"他就是大名鼎鼎的孙中山先生呀！"

"哎呀，你就是中山先生！"杨度连忙站起，重新伸出两只手来，将孙中山的手紧紧握住，"你的大名真正是如雷贯耳，我仰望多时了，失敬失敬！"

孙中山笑着说："我慕名来拜访你，两次不遇，今天是第三次，终于见到你了！"

"真是对不起得很，我回国去了三个月。"杨度在孙中山的对面坐下，"先生是个传奇人物，我多次想去拜见你，只是你行踪不定，找都找不到。"

"皙子先生，你这次回国去敦促张之洞出面争回粤汉铁路的主权，办了一件大事，祝贺你。"

"哪里，哪里！"杨度谦虚了一番，"舆论的压力，爱国绅商的资助，才是粤汉铁路得以收回自办的主要原因。"

孙中山说："这话固然不错，但你个人的功劳也不可没。"

"中山先生，"杨度笑了，"不瞒你说，如果不是今天亲眼见到你，我真的不会相信你有如此文雅英俊。"

"是吗？"孙中山大笑起来，"满清朝廷把我和尤列、陈少白、杨鹤龄合称四大寇，悬十万银子要我的头。老百姓都以为我是强盗，有的报纸还把我画成黑脸红眼睛炭盆口，说我专睡老虎洞吃人肉。"

杨度也笑起来说："这画我没看到，我想象中的你是五大三粗、膀阔腰圆，能徒手打得赢十多个人的大汉。"

"哈哈哈！"孙中山笑得甚是开心。

千惠子在一旁见他们初次见面便如此亲密无间，仿佛老友重逢一般，心里也很高兴，说："看来你们有谈不完的话，过会儿好好谈。昨天横滨来了几件上等男式和服，我给皙子先生买了一套。"

千惠子说着，从随身携带的精致羊皮包里取出一件折叠得整整齐齐的和服来。这和服用铁灰色的英国细毛料做成，做工十分考究，气派华贵。杨度和孙中山都觉得很好。千惠子得到夸奖，很高兴，说：“穿上吧，穿在身上会更好看！”

说着，将衣服抖开，亲手披在杨度的身上。杨度将两只手插进袖子，挺了挺腰，果然十分合身。

孙中山仔细端详：“皙子先生穿上这身和服，显得更潇洒了。”

千惠子站在杨度的前面，上下扯了扯：“这就更像一个儒雅的日本学者了。”

杨度听了这话，顿时有点不悦。“一个儒雅的日本学者”，绝不是他的人生目标。想到这里，他对千惠子说：“好，就这样吧，我脱下来了！”

边说边把衣服脱下来交给千惠子。千惠子见杨度穿上这身饱含着她的爱心的和服，居然连穿衣镜边都不去一下便脱了下来，心里有点怏怏的。她接过衣服，对孙中山说：“你们谈吧，我去帮奶奶准备晚饭。”

“千惠子小姐，那就辛苦你了！”孙中山一点客套都没有，这正投杨度的脾性。

“中山先生，听说你很小的时候便接受了西方人的文明。”深受中国传统文化熏陶的杨度，近年来在西人的著作中获益甚多，当年走出石塘铺赴归德镇时那种乡村局窄、世界宽阔的感受，仿佛又一次来到。为此，他对孙中山的这种经历十分羡慕。

“我系统接受西方教育的时候，已经十三岁，不算很小了，但比起许多中国人来说还是算早的。这要感谢我的家乡和我的家庭。”孙中山的语气变慢了点，他陷入了对儿时生活的回忆，“我的家乡在广东香山翠亨村，靠海边不远，渡过海去，那边就是澳门。翠亨村山清水秀，风景优美，许多在广州、澳门发了财的富翁们见这里很好，又离城近，都在村子边建别墅。所以翠亨村虽小，但与外界联系不少，住在翠亨村的人并不孤陋寡闻。我的乡亲们有不少到外国谋生的，比较多的是去美国和南洋。到美国是去挖金矿，有赚了很多钱回来的。我的两个叔父都在年轻的时候就去美国挖金矿了，但他们一去之后就杳无音讯。后来才知道，一个死在途中，是掉到海里淹死的；另一个死在矿井里，是给石头砸死的。两个叔母于是在家守了一世的寡。有一个叔母很聪明，她从不出村子，却晓得外边许多有趣的事。她没有生过孩子，因此对我很好，把我当做她自己的儿子一样。我一直记得小时候她给我讲的一个故事。

“她说，有一个在美国挖金矿发了大财的人常常讲他游历海外的事。海外也有山有水，同我们翠亨村差不多，只是那里有许多金子。又有一种土著老百姓，头发是火红火红的，他管他们叫红人。红人专抢别人的金子，还杀人。有一次，他和另外三个伙伴带着几块小金子路过一个偏僻的地方。他听说这里的红人很强暴，便对三个伙伴说，我们把金子分成两部分，小部分放在口袋里准备送给他们，大部分放在头发里，他们搜不到。但那三个伙伴不听，把所有金块都放进头发里。果然，有几个红人来了，拿着明晃晃的大刀。他走在最前面，红人搜他的口袋，发现有金子，大笑，将金子收去，把他放了。另外三个人，因为搜不到金子，红人很气愤，就把他们杀了。我那时年纪虽小，听了叔母讲的这个故事，也觉得这个挖金矿的人很聪明，心里得到了启发。”

杨度专注地看着孙中山，默默地听着。中山儿时的这个故事是很富于哲理性的。世上许多人就因为不能参透取舍之间的关系，往往因小失大。他想，如果让那个挖金矿的人当政的话，有可能会是一个很聪明的政治家。

“因为有了两个叔父死在国外的教训，我父亲便不出国。他在年轻时只在澳门住过两三年，在那里学做裁缝。”孙中山继续说，“澳门是个花花世界，葡萄牙人把它建成一个寻欢作乐的地方，许多人都称它为天堂。葡萄牙人在那里建了一幢又一幢红墙绿瓦的房子，空地铺上草皮，在阳光照耀下，澳门就像一片绿叶，红绿房子就像嵌在叶子上的发光的宝石，碧蓝碧蓝的海水就成了叶子的边缘。澳门岛上有大规模的妓院、赌场、烟馆，弦乐笙歌，通宵达旦。有人对我母亲说，你的丈夫到了澳门，会被那里的金钱享乐迷住，不会回翠亨村了。母亲也有点担心。但不到三年，父亲把手艺学好就回来了。人们都奇怪，他却处之淡然，说澳门虽繁华，但翠亨村的幽静更吸引人，何况这个家庭也不能不管。我父亲对家乡的爱恋和对家庭的责任心，赢得了村里人对他的尊敬。大家都说他是一个好丈夫、好父亲。我父亲很看重这点。他说一个人若没有得到村里的尊敬，就是得了一座金山，又有什么用呢？现在，我的父亲也过世多年了。”

中山说到这里，语调很低沉，充满着对父亲的怀念之情。这种情绪深深地打动了早年丧父的杨度。他觉得自己似乎从未在别人面前提起过父亲，特别是在初次见面的生人面前，绝对不会出现这种情绪。是父亲在自己的印象中淡漠，还是自己缺乏纯孝的天性？

“我的大哥比我大十五岁。在他成年之后，他不满于翠亨村这块小天地，坚决要到外面去闯荡。我的父母拗不过，只得同意。大哥和几个人一起离开家乡，去了夏威夷岛的檀香山。一年后，家里收到大哥的一封信。信上说他在檀香山一切很顺利，那里土地肥沃，物产丰饶，他在家乡学会的耕作技术发挥了作用，经营的农作物比当地土著人要强得多。父母为大哥站稳了脚跟而欢喜。我那时一直在村里上私塾，读一切中国小孩子都应该读的四书五经。十三岁那年，大哥忽然从檀香山回来了。全家人都把他当英雄迎接。我们家三人出国，死了两个，只有大哥活着回来，并且成为富有者。他的富有不仅在金钱，还在办事的经验。他给大家讲檀香山，讲那黄金似的奇妙的沙滩，色似靛青的海水，海边澎湃的大浪，永流不绝似的泉水，凸入温暖海水中的紫山。我听得入迷了，一定要跟大哥去檀香山。但父母不同意，直到第二年父母才同意我和十多个同村人一起去。我记得那时坐的船叫格兰诺号。初次出国，一切都很新鲜。到了檀香山，大哥问我印象最深的是什么，我的答复使大哥奇怪。我说印象最深的是船上那根大铁梁。洋人能造出这样大的铁梁来，又焊接得这样好，使它承受了整个船的重量，洋人的技术了不起。”

说到这里，孙中山笑了起来。杨度觉得中山的表述富有诗意，语言极有魅力。

“到了檀香山后，大哥把我送进了美国人办的学校。这就是我接受西方教育的开始。”

中山停下说话，端起茶杯喝了一口茶。这一席话，引起了杨度巨大的感慨。杨度天性好结交，喜朋友，豪爽的性格是他获得众多朋友喜爱和信赖的主要原因。他对朋友胸无沟壑，开诚布公，自己也常常以此为荣，自认为是磊落大丈夫。然而今天在这位名震海内外的大革命家面前，他突然觉得自己距此美誉还很远。要说磊落大丈夫，这位才真正称得上。你看，初次见面，素昧平生，自己一句平平常常的话，就引起了他这样长的一段回答，而且说得是如此坦率，如此生动，如此真切，如此一往情深。此人的心胸是何等的光风霁月，性情又是何等的坦诚恳挚！

“中山先生，你真是幸运得很，年纪轻轻就受到西方教育的开化。我在十六岁之前，一直生活在闭塞落后的湖南乡下。十六岁之后，伯父把我和妹妹接到他的任所河南归德镇，才算是开了眼界。但伯父给我的教育始终是中国旧式的经史子集，直到二十七八岁第一次到日本之前，对天下大势仍然是懵懂不知的。”

“晳子先生，论西学你可能不如我，但中学的根底，你却比我深厚得多。你的《湖南少年歌》，我是绝对写不出来的。‘群雄此日争逐鹿，大地何年起卧龙’，这样的诗句多么气概，只怕是辛稼轩、陈同甫之辈生在今日，也不一定能超过啊！”

“中山先生，你过奖了。”杨度笑起来。他心里很畅快，将他的诗与辛弃疾、陈亮的诗词相比较，别的朋友都没有这样提过。而他自己最喜欢的正是辛、陈等人慷慨激昂的风格，也有意学习他们，中山能一眼看出，足见其古诗词素养甚好。

“中山先生，你的那篇《上李傅相书》，洋洋万言，议论风发，就像得到贾谊、苏东坡真传似的，尤其是‘人尽其才，地尽其利，货畅其流’几句，将会成为千古流传的名句。”

“皙子，我跟你说吧，当年去天津见李鸿章，上书只是幌子，目的并不在此。”

“真正的目的是什么？”杨度将身子伸过去问。

“你们谈得好大的兴致啊！”孙中山正要回答，千惠子笑吟吟地进来了，手里端着两个碟子，“吃饭啦！”

孙中山掏出怀表看了一下：“都六点钟了，一点都不觉得饿！”

“就在这里吃？”杨度问千惠子。

千惠子答道：“我特地为中山先生做了几个中国菜，也不知像不像。奶奶吃不惯中国味，爷爷陪她在餐厅吃饭，我们就在这里吃吧！”

“好，就在这里吃！”孙中山站起来张罗着，一边说，“光看这颜色，就知道一定好吃，想不到你这样的富家小姐还会下厨做饭菜哩！”

千惠子说：“你不要小看了我，日本饭菜我样样都做得好，只是中国菜不会烧，今天试一试。”

杨度说：“我们吃现成的，再不好吃也不敢说你手艺不好。”

“对，对。”孙中山附和着。

一会儿，菜都端上了，千惠子还替各人倒上一杯葡萄酒。孙中山吃了一口菜，连声说：“味道好，味道好！”又转过脸望着千惠子笑着说：“真不错，今后可以嫁到中国去了。”

说得千惠子脸羞得红红的，心中却很甜蜜。整整一个下午，杨度和孙中山谈得十分融洽投机，害得千惠子一句话也插不进去，待在厨房里，只能和奶奶说闲话。现在，她可以趁着吃饭的空隙和心爱的人说几句了。

“皙子先生，你上个星期教我的几首乐府歌辞，我都会背了。”

“都会背了？”杨度说，“那好，背一首给中山先生听听，看背得对不对。”

“你挑一首吧！”千惠子放下筷子。

杨度想了一下说："你背背《长歌行》吧！"

千惠子凝神思考。孙中山也将手中的杯子放下，认真地听。

"青青园中葵，朝露待日晞。阳春布德泽，万物生光辉。常恐秋节至，焜黄华叶衰。百川东到海，何日复西归。少壮不努力，老大徒伤悲。"

"背得好，一个字都不错！"千惠子的背诵刚一结束，中山便轻轻地击掌称赞，"这是古乐府中最好的一首。'少壮不努力，老大徒伤悲'，这两句在我们中国可以说是家喻户晓，妇孺皆知。来，我敬你一杯！"

说着举起杯子来。

"谢谢！"千惠子也举起杯子，浅浅地抿了一口，对着杨度说，"皙子先生，你说这些乐府歌辞，都是流传于巷陌之间的民歌。既是民歌，就一定可以唱。这首《长歌行》的词写得再好不过了，如果你能再教我唱，那就更好了。"

中山说："乐府歌辞靠古书记载，流传下来不少，但曲谱没有记上，皙子如何教你唱？"

杨度说："中山先生说得对，乐府曲谱大部分失传了，《长歌行》究竟怎么唱法，也无人知道了。不过，我的老师湘绮先生的如夫人早年是个歌女，也会弹古琴，她曾经演唱过古乐府中另一首《上邪》，说是从古时传下来的。她还教会了湘绮师，但湘绮师不相信《上邪》当年就是那样唱的。"

"皙子先生，你的老师教给你了吗？"千惠子追问。

"湘绮师仰慕孔夫子的教学方法。孔夫子教弟子是礼、乐、射、御、书、数六艺并传，因而当年洙泗之间书声琅琅，弦歌不绝。湘绮师也这样教我们，他会唱不少古曲。诵书释义之暇，就教我们唱古曲。有一次他教我们唱《上邪》，就是依如夫人莫姬所传。他唱得很动人，我们都喜欢听，也学会了。"

千惠子高兴地说："那就请你唱一遍吧！"

"好！"杨度大大方方地站了起来，说，"今日与中山先生初次会晤，谈笑甚欢，正如前人所说的，与周公瑾交，如饮醇醪；我与先生真正是相见恨晚，一来应千惠子小姐之请，二来为中山先生助酒兴，我杨度权且做一回李龟年，唱一首古乐歌《上邪》，博二位一笑。"

杨度清清喉嗓，先轻哼了两句，接着便高声唱了起来：

上邪！我欲与君相知，
长命无绝衰。

山无陵，江水为竭，
冬雷震震，夏雨雪，
天地合，乃敢与君绝！

歌声苍凉沉郁，高亢激越，声浪直冲屋宇，简直有一股穿云裂帛之势。千惠子听得发呆了，她似乎从来没有听到过这么动人心魄的歌曲。杨度就这么唱一遍，她仿佛已经全记住了。

孙中山聚精会神地听完后，说："皙子先生多才多艺，把一首古乐歌唱得这样声情并茂，真是绝了！"

他将酒杯端在嘴边，未及饮又感叹："我们华夏文化曾经是世界上最灿烂的文化，这首古乐歌算是一个代表，直到今天，它仍可当之无愧地与贝多芬、莫扎特等人的音乐相比！"

吃完饭后，杨度对千惠子说："对不起，我今晚还有许多话要跟中山先生倾谈，关于古乐府的功课，下个星期再补吧！"

千惠子笑着说："你们谈吧，我这次是专为陪孙先生来的，功课不管。"

九　杨度握着孙中山的手说：我事成，愿先生助我；先生事成，我将助先生

碗筷刚收拾好，杨度便迫不及待地问孙中山："你刚才说那年给李鸿章上书是幌子，其实另有目的，目的是什么？"

"目的大得很。"孙中山端起茶碗，笑着说，"那一年，我和同乡好友陆皓东先在香港拟好了上李鸿章书，然后通过澳门海防同知盛宙怀写信给他的堂兄盛宣怀，再由盛宣怀给李鸿章写信代我们请求谒见。我和陆皓东都是初次离开广东，要通过北上途中窥测清廷虚实。我们从广东进入湖南，经湖南到武昌，再坐船东下到上海，然后从上海坐海轮到天津，一路上民穷国疲、人心浮动的现实给我们留下很深的印象。我和陆皓东商议，都认为李鸿章不同于一般庸碌官僚。他有本事有头脑，我们以民族大义说动他，劝他起来推翻满人，光复汉人天下。他有威望，又有军队，他只要答应，事情一定可以成功。"

"你们跟他说了吗？"杨度十分佩服孙中山的胆量。他的这个举动，正是湘绮师五十年前劝曾国藩自立的重演。那是湘绮师终生引以为自豪的壮举。过去的一些年月，杨度也曾想效法，却总没有找到机会，想不到眼

前的这个人就这样做过，真是英雄！

“唉，不要提了。”中山放下茶碗，叹了一口气说，“那位宰相侯爷架子大得很，根本没有把我这个年轻人放在眼里，拒不接见，只是叫手下人告诉我，出国考察农桑护照已办好，快点出国吧。我和陆皓东大为失望，连李鸿章的态度都如此，满人朝廷再无可相信的人了。最后到了北京，看到京城政治的黑暗腐败，更加深信满人气数尽了，只要再出一个洪秀全，一定可以把它推翻。”

杨度也觉得失望。他希望孙中山能见到李鸿章，谈谈李对造反的态度，于此则可以比较曾、李两师生的性格差异，也可以摸摸朝廷大员们的思想动态。

“中山先生，据说你发起了两次武装起义，又在英国伦敦被朝廷驻英公使馆抓过，你是东京留学生眼中的传奇人物，大家都很崇拜你。我想，关于你的这些经历，一定是很有趣的故事。”

与杨度交往的中国留学生，不论是主张革命的，还是主张立宪的，以及不问政治的，说起孙中山来，都有一种崇敬的口吻，都认为他是一个非同寻常的人物。今天真是一个很好的机会，他要亲耳听听这位大革命家本人对自己不凡生涯的叙述。

孙中山微微笑道：“大家崇拜我，这话说得客气了，我其实没有一点传奇色彩。”

田中龟太郎提着一壶茶进来，对他们说：“千惠子和我们一起去看戏，你们在这里尽兴地谈吧！招待不周，多多原谅。”

孙、杨忙起身致谢。送他祖孙三人出门后，关上房门继续谈下去。

“去天津见李鸿章是春天的事。到了夏天，海战爆发，中国很快一败涂地，全国震惊，满人的虚弱也便彻底暴露在国人面前。”孙中山洪亮的嗓音略显低沉，“秋天时，我去了檀香山，向旧日亲友募捐，开始将反满复汉的大业付诸现实。那时华侨风气尚闭塞，大家都不相信我，只有我的胞兄及邓荫南等少数几个人愿意出资相助。不过我也联络到二三十个同志。于是大家集合起来，建立一个名曰兴中会的团体，以‘驱逐鞑虏，恢复中国，创立合众政府’为秘密誓词。第二年，我们策划袭取广州以为根据地。于是以香港开乾亨行做掩护，广州建农学会为联络处，派邓荫南、陆皓东分主其事，我则往来省港两地，决定九月九日重阳节发动起义。谁知这天，从香港运来的六百支洋枪在海关被发现，事机泄露了，陆皓东被逮捕杀害，我则亡命日本。”

“后来就去了欧洲，是吗？”杨度插话。

“先是到美国。”孙中山纠正，“日本没待多久，就去了檀香山。在檀香山遇到我在香港西医书院的教务长康德黎先生，我告诉他不久会去伦敦。我在檀香山住了半年，乘船赴旧金山，再由旧金山赴纽约，最后去了伦敦。我一路上在华侨中鼓吹革命，引起了清廷的注意和恼怒。到了伦敦的第二天，我便去看望康德黎夫妇。这是两位极好的英国友人，他对我的革命事业很能理解。清廷决计逮捕我，但在英国的国土上，他们无权抓我，便想出了一个毒辣的计策。清廷驻英公使馆有个翻译也是香山人，他装着不认识我的样子，在我由康德黎家去寓所的途中，与我闲谈。我在异国突遇家乡人，觉得分外亲切，便兴致勃勃地与他边走边谈，不知不觉地来到清廷公使馆门口。这时猛地冲出两个人来，将我扭进公使馆拘禁，我于是知道上当了。他们审讯我，我矢口否认。他们无法得到我的口供，准备将我引渡回国。一回国，便可杀我的头。我心里想，就这样被他们押回国杀了实在不甘心，但身陷囹圄，无人援助，怎么办呢？

“我想起了康德黎先生，他可以救我，但怎样使他知道我已被公使馆囚禁的消息呢？我见与我打交道的工役是英国人，便和他用英语交谈，请他帮我发一封信给康德黎。他不敢答应，去问使馆的女管家霍维夫人。霍维夫人认为可以。我便写了一封未具名的信给康德黎。康德黎得知后，便和也曾任过香港西医书院教务长的孟生一起奔走营救。终于，英国外交部和警察出面干涉了，英国记者也来公使馆采访。清廷公使馆在伦敦大街上抓人的消息便在伦敦四处传开，舆论纷纷谴责。清廷无奈，关押我半个月后终于释放了。释放后，我用英文写了一本《伦敦被难记》的小册子出版，很快就有人译成中文。这下就有许多中国人知道有一个名叫孙文的人。清廷先想杀我，不料反倒让我出了大名。”

说到这里，孙中山爽朗地大笑起来。杨度从这笑声中感受到一种宏大的气魄。正是因为这种气魄，使得眼前的革命家虽屡经失败挫折，却不沮丧，不气馁，不屈不挠，对自己的事业充满着必胜的信心。杨度想，孙中山的这种气魄，自己不曾具备，这真是一种先天的不足。他笑道：“这正是古人所说的，将欲害之，反而助之。”

“老百姓说得好，这叫做搬起石头砸了自己的脚。”孙中山兴致高昂地说下去，“我决定在欧洲住一段时期，认真地学习别人的长处。我在大英图书馆读书，去博物馆参观，看他们的工厂，走访普通市民。正是在英国，我开始认识到要救中国，必须实行三民主义和五权宪法。义和团起事的前一年，我从欧洲来到了日本。第二年，八国联军进北京，清廷帝后西逃。我认为这是千年难逢的机会，于是派郑士良去惠州策划起义。惠州兴中会六百壮士集会誓师。但后来又流产了。第二次起义虽然又没有成功，但革命事业已渐渐进入人心了。因为京师的失陷、帝后的逃命，把中国的脸丢尽了，海外的华侨一提起满人无不咬牙切齿，都说这样的朝廷不亡，天理不容。就因为这样，他们都转而相信我一贯的革命主张，纷纷捐款资助革命。我们设计了一种券，上面写着银元数目。捐资多少，就发多少银元的券。革命成功了，可以凭着券去领银元，并付利息。从那以后，我们在经费上略好了一点。当然，总还是远远不够的，军火器械上花费的钱太多了。”

“听你的介绍，你是从甲午年就开始进行革命活动，到现在十一二年了，两次起义都失败了，自己又被捕过，同志也牺牲不少，经费也很困难。中山先生，我想问你一句，你在这十一二年备受挫折的岁月里，有没有失望的时候？”杨度很认真地问。

“没有！”孙中山断然地说，“我从来没有失望的感觉，哪怕是在英国被清廷公使馆囚禁，与外界没有联系上的时候，我决定在返国途中寻一个机会跳海自杀。就在那种时候，对革命的前途我也没有失望过。我常常想，反满兴汉的大业，好比建筑一幢大房子。它需要经费，需要劳作，需要时间，但总是可以建好的，我们没有理由在建造的过程中，偶因不顺而对建成它有所失望。”

孙中山坚定的声音在寂静的夜晚显得分外的响亮。杨度觉得这最后一句话，犹如木棒撞大钟一般，撞击虽然停止了，而声音总在耳畔盘旋。

从见面起到现在，都是孙中山说的多，杨度说的少，他在专心地听，专心地观察，他从孙中山的谈吐中发觉孙有一种不同常人的气质。观孙中山的模样，仪表堂堂，儒雅俊秀，宛如一个饱学书生，但他指挥壮士豪杰揭竿起义，身陷危境，镇定自救，失败打击毫不气馁，世上有几个书生能有如此胆量和毅力？真是一个了不起的人！关于国家政治，他一定有许多精辟的见解尚未说出，好比他刚才提到的三民主义、五权宪法，就都没有展开谈，应该好好地听他谈谈。杨度这样想着，拿出怀表一看，大吃了一惊，时针居然已指到凌晨三点半了！

“中山先生，听你谈话，简直有如坐春风之感，不知不觉天都快亮了。我们且睡一会儿，醒来后再继续谈，好吗？”

孙中山也未觉察到时间的流逝，经杨度一提醒，才感到有点倦意了。于是二人躺在榻榻米上，随便扯条毛毯盖着，很快便进入梦乡。

杨度一觉醒过来时，孙中山已不在房间里了。他看看怀表，时针已指到七点三刻。书案上有一张纸条，是千惠子用日文留下的："皙子先生，你与中山先生相见如鱼得水。知你们尚有许多话要说，我不奉陪了，先回横滨。周末再见。"

"皙子，你的这个日本女学生真聪明。"孙中山从外面进来，见杨度在看条子，便笑着说。

"她的确很聪明。"杨度放下纸条，"她说她曾经想请你教她中文哩！"

"是啊，那还是前年的事了。我的寓所离她家不远，她说要我教她中文，我是很想收下这个女弟子的，只是我太忙了。现在好了，她改投你的门下了。当她的中文老师，你比我更合适。"

"孟子说得天下一英才而育之，是人生一大乐趣。千惠子虽不是英才，却也称得上闺阁中的女才子，教这样的弟子是很快乐的。"

"皙子。"中山笑道，"千惠子很尊敬你，你也喜欢她，我来给你们牵根红线如何？"

"今生不行啦！"杨度伸开手，做出一副无可奈何的神态，"我早已娶妻生子，若有情缘，来世再说吧！"

"对不起，请原谅我失言。"中山表示歉意。听了杨度的话，他也明白了几分，说，"东方男人的多妻制度，是男女不平等的最突出表现，欧美各国在这点上比我们文明。今后我们的民主共和国建立后，要从法律上废除一夫多妻制，实行男女真正平等。"

"你长期漂泊海外，夫人不在身边，有孤寂之感吗？"杨度自己常有孤寂之感，他多次想过要对千惠子说说这种情感，甚至有学代懿找个下女交往的念头。他觉得自己在这方面的感情很脆弱。

"孤寂之感时常有。"中山一点都不加掩饰地承认，"不过，既然把一身都许给了革命大业，就不能再去计较失去的东西了。人生总难得完满呀！"

听得出，这位大革命家也有常人的儿女之情，杨度仿佛得到了某种安慰似的，刚才的一缕怅意已经消失。他对中山说："我们今天到外面去谈话吧！"

"最好！"中山一口答应，"外面有什么好地方吗？"

"有。附近有所茶楼叫永乐园，里面有单间，最是清静，除茶点外也有饭菜，我们上那儿去吧！"

"行，你带路吧！"

杨度与田中夫妇打过招呼后，两人一起出了门。

永乐园是一家女老板开的茶楼，以热情好客整洁清静闻名远近，从早到晚生意很好。杨度有时也与朋友们上这家茶楼喝茶聊天。

来到永乐园门口，一边一个装扮艳丽的妙龄女郎早已向他们弯腰恭迎，一个清清秀秀的年轻人将他们带到二楼西头一个小单间。小单间正面墙壁上挂着一把硕大的绘图折扇，地面铺着青白色的席织厚层榻榻米，正中摆着一张三尺长的黑漆矮几，矮几上放着一瓶插花，在矮几四周的榻榻米上放着几块缎面棉垫。杨度和孙中山按日本人的习惯跪在棉垫上，隔着茶几对面相向而坐。一个侍女弯着腰提来一壶茶和两个雅致的小茶杯，又端来四个小碟子，碟子里放着瓜子、花生仁等食品。然后悄没声息地退至室外，跪下来，将纸糊的活动门轻轻拉上，小小的单间立即变得静谧了。

饮了两口茶后，杨度先开口："中山先生，昨夜你说到在欧洲游学的时候，悟出了三民主义及五权宪法是救中国的唯一途径。你能否详细点对我说说？"

"当然可以，我今天正是要跟你谈谈我的政治主张。"孙中山挺直着上身跪在棉垫上，两只手平置于矮几上，眼睛炯炯有神，"什么叫三民主义？三民主义即民族主义、民权主义、民生主义。最近，我将十年前兴中会初建时的誓言加以修改，归纳成四句话：驱除鞑虏，恢复中华，建立民国，平均地权。前两句即民族主义，第三、第四两句分别为民权主义、民生主义的简要概括。"

杨度插话："先生说的民族主义，质言之，就是推翻满人的政府，是吗？"

"是的。"孙中山说，"二百六十年前，满人乘明末内乱之际强行入关，夺去了汉人的江山。满人是游牧民族，文化极低，根本不具备君临天下的条件。他们采取三个手段来巩固统治，迫使汉人服从。一是屠杀，使你怕他，不得不听他的。二是变服易发，强迫汉人向他靠拢，久而久之，使汉人忘记了自己的祖宗，从精神上摧毁汉人的民族意志。三是实行种族歧视。满人生下来就有落地银，一直到死，自己不要做任何事，全由国家养起来，并享有许多特权，树立满人高等民族的形象。相反，汉人则为他们做牛当马，交出大量的赋税养活他们。兵权和其他重要的职权，不管汉人多么能干，都不能插手。洪杨之后，清廷为保性命，不得不在兵权上放松一点，但仍对汉人时时提防。这几年列强侵凌，满人不但不奋力抵抗，慈禧那个老妖婆反而胡说什么宁赠友邦不与家奴。可见，在满人的心目中，汉人从来不是和他们平起平坐的兄弟姐妹，只不过是供他们驱使的奴才而已。二百多年来，我们汉人深受亡国之痛，积下的愤怒已忍无可忍了。所以，我认为实行民族主义推翻满人政权，乃是我们革命党人的第一要务。”

杨度仔细地听着，他觉得孙中山的话有道理，但不完全正确，几次想打断而发表自己的意见，出于尊敬，他总是压下去了，心里说：应该听完孙先生的政治主张的全部内容。

“先生讲的民族主义，我听明白了，民权主义是什么呢？”

“民权主义，即人民充分享受一切属于自己的权利。”中山两只手用力抵着矮几，面孔变得严肃起来，“自古以来，我们中国只有君王、贵族和大大小小的官吏们的权利，老百姓是没有自己的权利的，他们不但不能过问国家大事，就连自己的生养死葬都要受别人的管束。实际上，整个人类社会的主体是芸芸众生，君王、贵族和官吏们都是百姓所养活的。这不是太不公平了吗？赫胥黎说得好：天赋人权。人民自身的权利以及他们管理社会的权利，是上天赋予的，谁也不能剥夺。”

杨度发现孙中山的两眼里射出火一般的光芒，仿佛对几千年来中国社会这个极不平等的现象发布宣战书。“他是一个天才的统帅。”杨度在心里默默地想着。

“那么，请问民生主义呢？”

孙中山两只手松下来，重新平放在矮几上，语气也变得和缓了些：“我以为，一切政党，一切政府，最大、最终的目标，就是要为百姓谋福利，让人民的生活过得幸福。我们今后所建立的民主共和国，一旦政权稳定下来，就要全力为中国老百姓的衣食住行而奋斗。政府要与人民协力共谋农业之发展以足民食，共谋织品之发展以裕民衣，建筑各式屋舍以乐民居，修建道路运河以利民行。”

“好，先生说得甚好！”杨度听得入迷，不觉以手轻击矮几赞叹。

纸门被轻轻推开，女侍者跪在门外，以柔软悦耳的语调说：“请问先生，要不要午饭？”

二人这时才发觉已是正午时分了。杨度看孙中山面前，不仅未动一颗瓜子，就连茶水都没有喝一口，正襟危坐，侃侃而谈三小时，不倦不渴，神采飞扬。

“他是一位卓越的演说家！”杨度又在心里称赞起来。他吩咐侍者上两碗大米饭，两个面包，一份鱼，一份牛排，一份蔬菜，两杯威士忌，再加一份罗宋汤：中西结合。

吃完饭后，孙中山建议去街头走走。半小时后，两个中国流亡政治家再次进入这个单间，将他们对未来中国的规划设想继续谈下去。

杨度说："上午先生畅谈了三民主义，使我大长见识，下午我想再请先生讲讲五权宪法。"

"行。"被杨度心许的天才统帅、卓越演说家非常乐意宣传自己宏伟的建国构想，"五权宪法是在吸取欧美国家的成功经验和我们中国历史上长期实行的有效制度的基础上制定的。欧美各国普遍采取行政、立法、司法三权分立的办法来处理国事，使权力有一个制约的机制，不至于出现专制集权的现象，的确是非常成功的经验。在我们中国，长期以来存在着或叫御史台或叫都察院的监察机构以及纪律严明的科举考试制度，对国家政治起了重要的作用。因此，今后我们应当采取行政、立法、司法、监察、考试五权分立的制度，以确保国家政治的健康清明，这就叫五权宪法。"

杨度潜心各国宪政多时，对欧美的三权分立的政治制度赞赏备至，但他没有想到要以中国的长处来弥补西方的短处。孙中山增设监察、考试两权，对中国而言是一个继承，对西方而言是一个创新。

"他是一位伟大的政治家！"杨度又给大革命家上了一道徽号。

"不过，五权宪法的实施要经过一个过程。"孙中山对自己的建国方略加以补充说明，"我以为，中国建设的程序要分为三期。一曰军政时期。这个时期，一切制度悉隶于军政府之下，政府一面用兵力扫除国内之障碍，一面宣传主义，以开化全国的人心而促进国家的统一。二曰训政时期。凡一省完全底定之日，则为训政开始之时而军政停止之日。在训政时期，政府当派曾经训练考试合格人员到各省协助人民筹备自治。人口调查清楚，土地测量完竣，警卫办理妥善，道路修筑成功，选出奉行革命之主义者为县官，选出议员制定出本县宪法，这样的县就成为完全自治的县。三曰宪政时期。凡一省全数之县皆达完全自治之县，则此省可实行宪政时期。在宪政开始时期，中央政府当完成设立五院，以试行五宪之治，即行政院、立法院、司法院、监察院、考试院。"

这是一个完整的建国蓝图，它必定是经过多少年来精心思虑而设计成的，宪政专家杨度自愧不如，但他并不完全服气，他认为自己的一套主义和建国方案，虽不及孙中山的完备，却比他更符合中国的国情，现在该由他来阐述治国之策了。

"中山先生，你的三民主义、五权宪法给我许多启示。这些年来我也在摸索治理中国的方略，也有自己一套肤浅的看法，你能听我谈谈吗？"

孙中山恳切地说："皙子先生，许多中国留学生虽有一腔爱国热血，却没有明确的目标，出国之后，浮浮躁躁，无所适从，独你与众人不同，潜心于西方和日本的宪政研究，广采博收，孜孜不倦，并能运用所学的知识处理中国的实际问题。你的《粤汉铁路议》长达五万余字，精细严密，周到详尽，我读后拍案称奇者再而三，自认为海外留学生在这方面再无第二人可与你相比。久闻你有金铁主义的倡议，只是不得其详，今日难得相逢，就请你详详细细地说明吧！”

孙中山虚怀若谷的态度使杨度感动，他也很愿意在这位探讨中国国是十余年的政治家面前一展平生抱负。

“中山先生，你的救国理论我虽不能完全接受，但它自成体系，完整详备，令我佩服。我的想法还不成熟，零乱而不成章法，说出来尚请先生不吝赐教。”

中山笑道：“你太客气了，人们都叫我孙大炮。何谓大炮，就是说我的性格就像大炮筒那样直通通的，决不拐弯抹角。和人辩论起来，也和大炮一样火药味十足。你放心，我若觉得有不对的地方，立即就会说出来，那时还只有请你谅解，莫以我的直爽、火暴的脾气为意才是。”

“痛快！”杨度笑了笑，身子向前倾，胸部靠着矮几边缘，将他的理论娓娓道出，“我的所谓金铁主义，金者即黄金，即经济，铁者即黑铁，即军事。说明白点，即经济的军国主义，也可以用另一个名称，即世界的国家主义。然所谓经济的军国，究为何等国家，它包含哪些内容，这是主义中的重要问题，如果不加说明的话容易产生误解，我先画一个简表来说明。”

杨度将矮几上的碟盘移开。

“金铁主义，也即经济的军国主义，有它对内对外两层内容。”

说着，杨度用手指蘸了茶水在矮几上画了一个表出来：

一、对内——富民——工商立国——扩张民权——有自由人民

二、对外——强国——军事立国——巩固国权——有责任政府

他详加解释：“侯官严复先生说过，国家分内因、外缘两大干。内因，言其内成之形质结构演进变化及一切政府用事之机关；外缘，言其外交与所受外交之影响。今后中国这个国家，对内来说是民富的，对外来说是国

强的。靠什么来富民？靠的是工商的发达。靠什么来强国？靠军事的强大。这就是工商立国和军事立国的意思。要使国民的经济发达，必须要有国民的生命财产的安全保障。假若国民时时担心自己的生命财产受到威胁，那则万无经济发达的可能。欧美各国可以作为例子。英国民权最发达，则经济相应为全球之冠。美国次之，故经济亚于英。俄国无民权可言，故其经济亦薄劣不振。现在世界上专制大国，除俄国外就是中国，然而中国比俄国还恶劣。俄国政府可比之于明火执仗的强盗，中国政府可比之为鬼鬼祟祟的小偷。”

“比喻得很形象。”孙中山笑着插话。

“好比说，中国政府自诩二百多年来未向人民加赋，其实开捐抽厘，巧立名目的赋税多得很，这就是小偷的伎俩。”

“正是，正是！”孙中山点头赞同。

“中国政府只知道自己收赋税，根本不知保护人民的生命财产，如此，经济如何能发达？所以必须扩张民权。对外则须巩固国权，才能平等立于世界各国之中。现在的中国政府，根本不知国权为何物。内政之事，随处受人干涉而不知愤怒，也不知如何拒绝。某处放一官吏，外人干涉说不宜，则不放；某处辞一外人，外人说不可辞，则不辞。这样的事情太多了。所以巩固国权，对于今日的中国政府是太重要的事情了。人民要有权力，首先在人民要有自由。专制国家，人民无自由可言。立宪国家，人民在遵守法律的前提下有他的自由。有国权的政府，必须是负责任的政府。中国目前的政府有许多弊病，而一切弊病的根源即不负责任。”

孙中山凝视着矮几上的简表，眉头慢慢地皱起来。杨度不理会孙中山表情的变化，声调越来越铿锵：“现在要挽救中国，只有走这条路，即从我的简表的后面向前面推移。”

杨度伸出右手食指来，在表上一步步地推动着。

“先建立一个负责任的政府，给人民以最大的自由，然后国权可逐步巩固，民权可逐步扩张，再继而大办军事，大办工商，最后达到国富民强的目的，金铁主义则付诸实现。”

杨度抬起头来望了望孙中山，见他仍在凝视简表，于是又加以强调：“英国政治家、历史学家甄克思指出，人类社会都要经历三个阶段的进化过程，即由蛮夷社会进化到宗法社会，由宗法社会进化到军国社会。蛮夷社会无主义可言，宗法社会为民族主义，军国社会为国家主义。这个发展过程，乃极东西而通古今，无论哪个国家概莫能外。今西洋强国均已由宗法社会进入军国社会。我们中国，汉人由宗法社会进入军国社会，则自封建制度破坏后开始，至今已有两千多年了，但又不具备西方强国那种完全的军国制度。至于满蒙，则仍在宗法社会之中，有民族主义而无国家主义。所以中国从整体而言，是一个不完全的军国社会与宗法社会相混合的国家。”

孙中山的眉头皱得更紧了。在他看来，杨度的思维逻辑表述到这里，已出现了明显的混乱。他对当今中国社会性质的看法，显然是自相矛盾的。这说明他的主义有很严重的缺陷。这样的主义绝不是救中国的良方。以他素日的大炮性格，他要立即站起来痛加驳斥。但今日对面坐着的乃是一个享有很高声誉的宪政专家，且又是初次相会，他强压住自己的大炮火气，静静地听着。

女侍者再次悄悄地推开门，无声无息地端走了茶点，送来了晚餐。孙中山和杨度的谈话又进行了一整天。吃了晚饭后，孙中山建议晚上不谈了，去看看银座夜总会的艺伎表演，明天再谈。杨度欣然赞同。

翌日上午，还是永乐园，还是这个单间，两个政治家面对面坐在矮几两边。这次却由客人先开口：“皙子先生，昨天听你阐明金铁主义，你为富民强国所作的努力探索使我钦佩。你说中国目前所要做的首在于建立责任政府，在于给人民以自由。我请问你，如何建立责任政府，谁来给人民以自由？”

第三天的会谈，一开始的气氛便显得有些紧张。杨度对此却不感到意外，他知道自己的主义与孙中山代表的革命派主义有很大的不同。他希望能面对面地辩论。

杨度平静地说：“我认为应该通过这样的途径来实现，即各省各县选举优秀人物作为代表，由各省代表组成国会，由国会制定出宪法，并由国会推举对国家和人民有高度责任心和有杰出管理才能的人组成政府，在宪法的制约下，担负起一国的领导责任。责任政府就这样组成。这种政府理应给予人民最大的自由。”

“请问皙子先生，照你的主义，不必推翻满人的朝廷？”孙中山的身子向前倾，两眼望着杨度发问。

“如果满人朝廷同意开国会制定宪法，也可以不推翻。”杨度肯定地回答。

“不推翻满人的朝廷，也就是仍在慈禧太后、光绪皇帝统治下实行宪政？”孙中山再次追问。

“只要他们真心推行宪法，也未尝不可。”杨度的身子离开了矮几，不知是受不了孙中山咄咄逼人的气势，还是换一个姿势舒展一下。

“皙子先生，恕我直言，你的这个主张，我完全不能赞成，因为事实上在中国是行不通的！”孙中山放在矮几上的两个手掌突地变成了两个拳头，只是没有捶打而已，看得出来，他心里已憋满了怒气。他有意识地停一下，将自己的怒气压下去，待恢复常态后，他望着杨度说：“皙子先生，有一点你是清楚的，那就是统治中国二百六十年之久的满人，已经把中国拖到了民穷财尽、国将不国的地步。”

杨度点点头，表示赞成。

“一方是专门掠夺别人子女玉帛的强盗，一方是失去了人格尊严的奴隶，双方之间没有共同的语言。你要满人答应召开国会制定宪法，给汉人以自由平等么，这是绝不可能的事！早年入关的屠杀不去说了，就说七年前的戊戌政变吧。康、梁、谭嗣同等人并不要他们让位，只是希望他们开恩给汉人一点点好处。结果如何呢？慈禧是吃人的魔鬼，光绪也不是好东西，能对他们抱希望吗？要救中国，第一步就要推翻满人的朝廷，将他们投之荒坂之外，再不能让他们拱手垂裳坐在中国人的金銮宝殿上了。满人下台了，方可言宪政，否则什么都谈不上！”

孙中山气势雄壮的一番讲话，正如大炮筒一样：直截了当，火药味十足。杨度一直带着微微的笑意听着，他等孙中山说完，用平静的口气说：“中山先生，满人是够糊涂够混账的了，但你将他们排斥在中国人之外，我不能同意这种说法。清取代明不是亡国，而是换朝，正像汉取代秦、唐取代隋一样。”

“你错了！”孙中山不能容忍杨度为满人作这样的辩护，“满人在关外自建清国，与明朝分庭抗礼，这在他们的文献中有明文记载着的。他们自己从来都不承认是中国的属下，你何必硬要将他们扯进中国人的行列！”

“这是他们震慑于中国君臣大义之说，乃自矫为一国，称中国为其所灭，逃掉以臣篡君的谴责。实际上努尔哈赤本人就受封于明朝的龙虎将军，这是史册上的明证。”

“皙子先生，你这是书生之见，努尔哈赤这样做，正是为了麻痹明朝廷，好为篡位做准备。”

孙中山揭露努尔哈赤的阴谋似乎一针见血，杨度一时语塞，稍停一下说：“这个问题有多半是属于学人之间的争论，且不说吧，我以为救中国的关键在立宪。若宪法可立，君主也可，民主也可，世界上有君主立宪优于民主立宪者，如英与法之比，也有民主立宪优于君主立宪者，如美与德之比。立宪又有彻底与不彻底之区别。彻底则国强，不彻底则国弱。比如英与德同为君主立宪，英强于德；美与法同为民主立宪，美强于法。其原因就在英、美立宪彻底，德、法的立宪还不够彻底。所以我认为，作为政体的立宪与专制，才是国家的实质，至于作为国体的民主或君主，那只是国家的形式而已。”

杨度的话不无道理，孙中山的语气和缓下来：“欧美国家的确是民主、君主国都有，也都把国家建设起来了。不过中国不同，中国不能走君主立宪的道路，姑不说慈禧、光绪这些君王是暴君昏君，即使再出现康熙、乾隆那样的能干人也不行了。这原因是今天的汉人都已明白不能再俯首听命于满人，满人再君临天下，汉人心不平气不服，都认为是民族的耻辱。在这种情绪下还能够去谈立宪吗？”

“好，孙先生谈事实，我也谈事实。从今日事实而言，中国不能无君主而行民主，假若行民主立宪，则有三大困难不能解决。”跪得太久了，杨度觉得两腿麻木，他从棉垫上站起来，孙中山也跟着站了起来，两人都离开矮几，各自慢慢踱步。杨度继续说，“一为满人的文化不能等于汉人。想要他们与汉人并立，五族平等，共选议员，共举大总统，这在他日或可行，在今日必不可行。既然不能，则汉人组织共和国，满人无复有土地可守，则必起而反抗，再有别族人效法而以民族主义闹独立，则中国分裂了。二为汉人的兵力不能骤及于蒙回藏地。因为旧政府初灭，新政府未强之时，其兵力必不能制服各族。蒙回藏建立的小国家，汉人也不能用兵力讨平。第三大困难最为严重。要推翻满人，必然要打仗，满人拥有军队，汉人没有，得边打边建，因此满汉之争，将是惨烈而长期的。中国人民已穷困到了极点，还受得了兵荒马乱的摧残吗？外国列强一向对我国虎视眈眈，总想瓜分豆剖，变为他们的殖民地。中国一旦内乱，则对外一点抵抗力都没有了，只能眼睁睁地看着他们的野心实现。古话说鹬蚌相争渔翁得利，今日形势正是如此。为中国谋利益者，不能没有此远虑。”

杨度刚一停口，孙中山便停止踱步，针锋相对地说：“皙子先生，你的三大困难均不能算作困难，尤其是前两点，完全是杞人之忧。君不见，汤武革命，浩浩荡荡，顺之者昌，逆之者亡，今日中国亦如此。汉人只要举起革命大旗，就能形成浩浩荡荡的大势，一切阻挡它的反动逆流，都将被它打倒，一切污泥浊水均将被它所扫荡。四万万人团结一心，其力量足可以移泰山填东海，其兵力可达百万千万，不要说国内的反对力量，就是英、美等大邦也不是它的敌手。汉高祖当年不过是一亭长出身的专制帝王，尚且有‘大风起兮云飞扬，威加海内兮归故乡’的宏伟气魄，何况有四万万人做后盾的革命者！哲子先生，你多虑了。”

杨度虽不能为孙中山的道理所折服，却被孙中山吞吐宇宙的气概所震慑，他不自觉地停住脚跟，伫立恭听。

“至于你所说的第三点也不必担心。自古以来打仗总要流血死人，中国历史上战争一直绵延不绝，并未见中国灭族灭种。事实上每一次大的战争之后，中国社会就会向前推进一大步，况且我们的战争乃是为民族争权利，为人民争尊严，是天地之间最正义的战争，天道人心是在我们一边的。流血死人不要紧，我们中国人从来就有‘宁为玉碎，不为瓦全’，‘宁愿站着死，不愿跪着生’的血性，为了民族和国家，即使死了也是值得的。佛教中有凤凰涅槃的故事，在血与火之中，凤凰获得了新生。我们中国也是一只凤凰，她也将在血与火中获得新生。这是多么壮丽的事业！外人固然在觊觎我们，虎视我们，企图瓜分我们的国土，那是因为我们处于委靡软弱的状态。我们四万万人现在好比一头睡狮，革命排满将是一声惊雷。惊雷乍裂，睡狮猛醒，它将张牙舞爪，狂啸山林，哪个洋人还能在它面前耀武扬威，哪个强盗还敢取它的一根毫毛？哲子先生，我劝你丢掉这些不必要的顾虑，放弃君主立宪的空想，和我们一起高举革命大旗，共同为建设民主共和的新国家而斗争吧！”

孙中山说得激动起来，紧紧抓住杨度的手，那一股烈火般的热情，仿佛要把这位湘中才子熔化似的。

“两位先生，已到吃晚饭的时候了。”女侍者弯腰站在他们的身边，指着矮几说，“我中午给你们送来的饭菜，你们一点也没动，要不要我替你们热一下。”

女侍者轻柔的声音使两位中国汉子大为吃惊：什么？中午饭早就送来了？现在已经是吃晚饭的时候了？他们什么都没有察觉出来，时间如同在他们面前凝固了一样。

孙中山掏出怀表来，拍着杨度的肩膀笑道:“已经是下午五点三刻了！”

“哈哈哈！”杨度也大笑起来，他转脸对女侍者说，“请把中午饭菜拿去热一下，再给我们一壶鹿岛老酒！”

一会儿，酒菜都端了上来。杨度端起两杯酒，将一杯递给孙中山，满怀敬意说：“三日来，我与先生探讨国是，虽所见未尽相合，然平生畅快，未有过于此时。先生宏论伟议，渊渊作万山之响，汪汪若千顷之波，语言恳诚，气宇阔大，我遍视天下人才，无出先生之右者。虽然，我信奉君主立宪已久，不能骤改，櫜鞬随公，窃愧未能。今日与先生约：我主君主立宪，必为之在中国实现而努力，若我的事业成功了，愿先生帮助我。先生号召民族革命，若先生事成，我将尽弃自己的主张，竭诚以帮助先生。”

孙中山为杨度光明磊落的气度所感动，接过酒杯，恳挚地说：“皙子先生，关于中国应该建立民权发展民生，应当成为一个国强民富的新国家，我与你毫无二致，不同者在为达到这个目标所选择的道路而已。屈原说路漫漫其修远兮，吾将上下而求索，中国的富强之路是允许求索的。你刚才这样坦荡地表明态度，我十分钦佩。现在我建议，为你我二人牢记事成相助的誓言干杯！”“干杯！”杨度将酒杯重重地碰过去，一口喝下。　《杨度集》中收有杨度与孙中山的两次谈话，分别取材于章士钊撰《与黄克强相交始末》及刘成禺撰《世载堂杂忆》。现抄录如下：　“适中山先生由横滨携小行囊独来东京。旨在会留学生议起大事。而留学生时以杨度为有名，彼寓富士见町，门庭广大，足以容客。于是中山与杨，聚议三日夜不歇，满汉中外，靡不备论，革保利病，畅言无隐。卒乃杨曰：度服先生高论。然投身宪政久，难骤改，櫜鞬随公，窃愧未能。度有同里友曰黄兴，当今奇男子也，辅公无疑，请得介见。”　“杨度在东京时，欲谒中山先生，辩论中国国是。予与李书城、陈明超、梁焕彝介往横滨，孙先生张宴永乐园，辩论终日。杨皙子执先生手为誓曰：吾主张君主立宪，吾事成，愿先生助我；先生号召民族革命，先生成，度当尽弃其主张，以助先生。努力国事，期在后日，勿相妨也。皙子回来，喟然叹曰：孙先生畅谈竟日，渊渊作万山之响，汪汪若千顷之波。语言诚明，态度宽大，他日成功，当在此人，吾其为舆台乎！”

“中山先生。”坐下后杨度想起一个人来，郑重地向孙中山提出，“我有一个同乡，姓黄名兴字克强，他和你志同道合，也主张排满革命，是一个胸怀四海文武双全的伟男子，他可以成为你的好帮手。如果先生愿意的话，我乐意介绍你们认识。”

“啊，你说的是黄克强！”孙中山大为高兴地说，“我早闻他的大名，就是无缘相见，他现在也在日本？”

杨度点点头。

“那好，就请你明天带我去见他！”孙中山兴奋起来，一口气将一杯酒喝完。

第二天，杨度把黄兴引来。孙中山、黄兴二人一见如故，倾心交谈，对中国的现状和前途的看法完全一致，对排满兴汉的革命大业都充满了必胜信心，都认为起义的时机已经成熟，不能再等待了，必须立即行动。

孙中山提出，为了扩大力量，加强团结，统一步伐，兴中会和华兴会合成一个会。黄兴欣然赞同。孙中山建议，合并后的组织取名中国革命党。黄兴认为这个名字太招人注目了，不如叫做中国同盟会为好。孙中山思考了一会儿，同意了黄兴的意见。

一九〇五年八月二十日、光绪三十一年七月二十日，这是中国近代史上具有特殊意义的一天。就是这一天，在日本东京赤坂区一间简陋的房子里，中国同盟会召开了成立大会。以“驱除鞑虏，恢复中华，建立民国，平均地权”作为宗旨，出席会议的百余名代表一致推举孙中山为总理，黄兴为庶务，协助总理主持本部工作。从此，以推翻满清朝廷建立民主共和国为奋斗目标的中国第一个革命政党诞生了，中国近代史掀开了新纪元的第一页。　左舜生《记王壬秋》：“乡人杨哲子先生（度），为湘潭王壬老之高第弟子，以拥项城称帝，乃大不见谅于国人。顾其人辩才无碍文采斐然，要为一代之才士。光绪三十一年，中山先生至日本，时哲子亦正留学东京，以与某博士辩论一教育问题，文誉大噪。中山爱才如命，雅欲罗致之，以张其军。哲子以不愿革命辞。中山问其理由，则答以中国革命成功，满蒙必不能保。中山强之再四，哲子乃介黄克强先生与中山晤谈。孙黄之携手，实以哲子为之媒介也。此事余亲闻之哲子，时在座同闻此一段故实者，为章太炎先生、赵夷午先生、哲子先生之哲嗣公恕及余也。”

几乎就在孙黄筹建同盟会的同时，北京的紫禁城内，一个重大决策也在秘密酝酿之中。

十　袁世凯为宪政出了一个极好的点子

为争夺对中国领土的控制权，光绪二十九年年底，日本和俄国在中国东北同时宣战。一时间，房屋被烧，道路被炸，良田变焦土，两个入侵强盗挑起的不义之战使中国的老百姓蒙受了惨重的灾难，而懦弱无能的清廷，居然跟在其他各国的屁股后面，宣布对日俄战争保持中立！

战争进行了一年多，最后以俄国竖白旗乞降为结束。区区海岛小国，竟然战胜了横跨欧亚的沙俄大帝国，世界对日本刮目相看了。此事更引起了中国朝野内外的震动。有识者都认为，日胜俄非民族之胜而是政体之胜，是立宪战胜了专制。十年前的甲午海战，日本打败了清朝，实际上就是两个制度孰优孰劣的证明。只是那时人们普遍认为，中国之所以失败，是败在武器上，而不是败在政体上。现在同是洋人，同是坚船利炮，胜败的真正原因便清清楚楚地暴露出来了。尤其是在战败的俄国要求立宪的呼声四起之时，立宪也便成了中国政界的时髦字眼。

一批头脑清醒热心国事的高级官员，开始给慈禧太后直接上疏，对那个专制暴戾的老太婆谈起立宪来。驻法公使孙宝琦第一个从海外发来立宪之请，接着两江总督周馥、湖广总督张之洞、两广总督岑春煊也纷纷上奏请求立宪。大内传出消息：老佛爷看了这些奏折后没有动怒。于是，天津的直隶总督兼北洋大臣衙门里，近日来幕僚清客们也在四处查阅洋人书报，挖空心思要为主人作一篇胜过其他疆吏的大奏折。

这座北京城外最为烜赫的衙门的主人，就是正处盛年的袁世凯。他坐在这个李鸿章遗留下来的宝座上已经四年多了。这些年里，当大部分督抚们面对着巨变的形势而不知所措的时候，他率先在天津设立巡警局，尔后又开办巡警学堂,培养大批巡警,将巡警制度推行到全省各地。他整饬吏治，以高额养廉费来保持官员们的清廉，并设立官吏考验处、调查处。又提出开官智的口号，开办直隶法政学堂，聘请日本教官给官员们讲授各种法律知识。又规定凡直隶州县实缺官员须先赴日本游历三个月，参观行政司法各官署及实业、学校，然后方可任职。

他大力提倡实业，在天津创设直隶工艺总局，创办了一系列企业。较大的实业有机器造纸有限公司，滦州煤矿公司，电灯有限公司，济安自来水有限公司，北洋劝业铁工厂，北洋烟草公司等。其中最著名的启新洋灰公司有资本一百万元，年产水泥二十余万桶。

他设立铁路局，委派詹天佑为总工程师，亲自督修第一条由中国人自己设计自己建造的京张铁路。

他积极兴办教育，设学务处以加强领导，广筹资金，自己带头捐款二万银子。短短几年里，他在直隶创办了北洋大学堂等高等学堂二十余所，师范学堂九十余所，中小学堂二百余所，其中还有四十余所女子学堂，注册人数近十万。

就这样，直隶成了全国新政的模范省，袁世凯本人则成为名副其实的疆吏领袖，受到慈禧太后的格外器重。然而，所有这些都还不是袁世凯最突出的政绩。他倾全力投巨资经营的，乃是北洋新军的编练。

将门出身的袁世凯，对军权重要性的深刻认识，远不是同时代其他人所可比拟的。他从叔祖袁甲三与别的官员的比较中，更深一层地领悟到：指挥现成的军队与亲手缔造自己的军队，这中间是大有差别的。袁甲三指挥绿营，维系其间关系的只是朝廷的任命书，在职时威风凛凛，调动时一兵一卒不属于他个人。曾国藩建湘军，所有的将官和勇丁都是他的私人。他在位时固然由他调遣，他在籍守制时，朝廷指挥不动，他一纸手令，将士们为之千里驱驰。尽管反对他的人很多，但朝廷不得不用他。李鸿章建淮军，更是亲信僚属遍布各要津，确保了他二十多年任何人不可撼动的崇隆地位。

袁世凯不屑于走叔祖的老路，他要学曾国藩和李鸿章的样，建立一支完全属于他个人所有的军队。小站的新建陆军为他积蓄了经验和准备了将官队伍，朝廷令各省编练新军的圣旨为他造就了天时，直隶总督、北洋大臣的权力为他提供了丰足的饷银，雄心勃勃的时代骄子，决心凭借这一切有利条件训练出一支崭新的、无敌于天下的军队来。

袁世凯亲定募兵章程，又通过总结湘淮军的经验，建起了以镇为单位的新的军制，短短两三年时间，他组建了近八万人的六镇北洋新军。这六镇军队装备精良，训练有素，兵强马壮地雄峙于直隶境内。

袁世凯熟谙政治，工于权术。他吸取曾国藩防范满人猜忌的成功经验，建议朝廷设立练兵处，推荐受慈禧宠信的庆亲王奕劻总理其事。这一建议果然立获朝廷嘉许，任命奕劻为练兵处总理大臣，袁世凯为会办大臣，满人铁良为襄办大臣。表面看来，三个大臣，满人居二，兵权似乎在满族亲贵的手中，其实不然。练兵处下的各司要员全是袁世凯安排的，军令司正使段祺瑞，军政司正使刘永庆，军学司正使王士珍以及副使冯国璋、陆建章等，另加各司之上的总提调徐世昌，都是他的小站嫡系，故练兵处的实权仍由袁世凯所操持。

种种迹象都已表明，一颗璀璨的政治新星已升起在直隶上空。然而，这颗政治新星的外表虽然光彩夺目，其内心却有一份深深的隐忧。在灯火阑珊之际、夜半无人之时，这份隐忧便会常常冒出来，煎炙着他的心。

七年前，在那个风云剧变的日子里，他将帝后两方面的力量作了仔细的比较，审时度势，精明地选择了出卖皇帝倒向太后的决策。从此他官运亨通，步步高升，终于有了今日这番局面。但是，太后今年已有七十一岁了，皇帝只有三十五岁，一旦太后死去，眼下囚犯似的皇帝便会成为真正的生杀予夺的天子，当年的血海深仇他能不报吗？说不定太后驾崩之时，也正是自己的归天之日。袁世凯每每想到这里，便不由得心跳气喘，冷汗淋漓。他不能眼看着死日的到来而不采取防备的措施，他要预先防范。

当然，梁冀毒死汉质帝，也是一个可以仿效的先例。不过，他目前还不具备梁冀那样的条件，此法不可取。能够采取的最有效的办法，便是在中国实行君主立宪制度，使皇帝不可为所欲为。君宪制的实权掌握在内阁总理大臣的手上，纵使自己那时不能当上内阁总理，不管哪个出任这个职务，袁世凯相信，凭着他的能干，此人都将听命于他。对！非立宪不可，舍此再无保护自己的良法；何况立宪的呼声在国内越来越高，已渐成潮流，自己若顺着这股潮流，便可收事半功倍的效果。前几天，他突然收到了张謇的一封长信，更使他有一种意外的欣喜。

光绪十一年，袁世凯从朝鲜回国，在天津晋谒了李鸿章，受到李的赏识后，二十六岁的驻汉城淮军营务处会办颇有点得意忘形、扬才露己的味道，令谦谦君子型的张謇很看不惯，于是写了一封信指责袁。袁世凯不接受张謇的批评，也不给张回信。自那以后二十年来，两人之间断绝了往来。后来张謇成了大魁天下的状元，大喜日子里恰逢父丧，他便回原籍南通丁父忧，从此不再出仕，在南通办起了以大生纱厂为首的一系列实业，名气越来越大，被江苏士绅们拥为领袖。他主张君主立宪制，相信实力人物的作用，眼看着自己昔日的学生已成为手握重兵的权臣，为了国家的前途和自己的主义，张謇捐弃前嫌，主动给袁世凯寄来了一封信。信上说："公今揽天下重兵，肩天下重任，宜与国家有生死休戚之谊，顾亦知国家之危，非夫甲午、庚子所得比方乎？不变政体，枝枝节节之补救无益也。日俄之胜负，立宪专制之胜负也。日本伊藤、板垣诸人共成宪法，巍然成尊主庇民之大绩。论公之才，岂在诸人之下乎？望公力主立宪之议，以坚太后、皇上之心，四海绅民皆有望于公也！今世各国行君宪卓有成效者，有日、英、德、荷、比等强国，朝廷宜派员前往观摩学习，此等事应尽速建议实行。"

袁世凯把玩着张謇的来信，一只手不断地抚摸尾部上翘的德国式胡须，两只异常有神采的眼睛一直停留在那三页薄薄的信笺上，仿佛在凝神欣赏状元公龙飞凤舞的书法。

幕僚长阮忠枢轻轻地走到他的身边，弯下腰，恭恭敬敬地对着他的耳朵轻声地说："宫保大人，您要的折子已拟好，请过目。"

"好吧，先放在这儿。"

"是。"阮忠枢答应了一声，蹑手蹑脚地退出了签押房。

袁世凯一向办事干练，他放下张謇的信笺，拿起奏稿来。

"奏为立宪乃当务之急，宜速推行，恭折仰祈圣鉴事"。他将打头一句仔细看过之后，便一目数行三下五除二地很快把全篇奏稿浏览完毕。直隶总督衙门的幕僚们都是饱学之士，幕僚长更是文章老手，奏稿的立论冠冕堂皇，文句也敷陈得花团锦簇。就文论文，无疑是一篇好折子，但袁世凯不满意。因为关于推行宪政这个题目已经让孙宝琦、张之洞他们捷足先登了，文章做得再好也无多大的新意。袁世凯向来不喜欢跟在别人后面亦步亦趋，他看重的是另起炉灶，标新立异。二十年来的宦海生涯，步步高升，其诀窍主要即在此。他拿起笔来，在一旁重重地批下四个字——老生常谈，便把它推向一边，继续拿起张謇的信研究起来。

从心里来说，袁世凯很看重这位南通名士。二十多年前，刚过弱冠的他投在吴长庆帐下时，奉命来指导他读书作文的张謇也还不到三十岁。然而就是这个年轻人，上下古今、天文地理、经济军事、民情习俗无所不通无所不晓，令袁家寨里走出来的兵家子弟，瞠目结舌，羞愧自惭。使他感激而钦佩的是，张謇却不讥笑他学问浅薄，反而看出他有治事之才。奉命出兵朝鲜的前夕，竭力推荐他襄办大军出发前的准备事宜，使得他的才能得以充分表现。吴长庆因此正式委派他办理前敌营务处事，成为他一生事业的发轫。尤其是张謇中状元后，不留在翰林院做书呆子而致力于有利国计民生的实业，更使袁世凯对昔日的老师另眼相看。袁世凯的书读得不多，他也瞧不起那些青春作赋皓首穷经的文人，他注重的是实事。

“像张謇这样的状元，才配称真才实学！”他在心里称赞着，又一次捧起这封难得的书信。慢慢地，他的眼光停在一句话上：“今世各国行君宪卓有成效者，有日、英、德、荷、比等强国，朝廷宜派员前往观摩学习，此等事应尽速建议实行。”

“对，将他的这个主意拿过来！”袁世凯立刻得到了灵感。

他将刚才那份奏稿拿过来，把打头的那一句划掉，另写了一行字：“奏为请派亲贵大员考查东西各国宪政，仰祈圣鉴事。”然后叫侍从将原稿退回幕僚处，吩咐他们按此要求重拟一道折子。

几天后，这道折子经过内奏事处递到了养心殿东暖阁。慈禧太后斜倚在铺着黄缎龙垫的炕床上，微闭着眼睛听禀事太监朗读。光绪皇帝亲政前，凡重要折子她都自己过目。戊戌年再次听政时已六十四岁，虽然仍想逞强自己读折，但到底年老眼花，精力不济，无奈何只得由太监来读。她一边听，一边思考如何处置。近两年来，她自觉精力更差了，有时听着听着，居然在宽大的炕床上睡着了。当轻微的鼾声传出时，太监便忙停住嘴。不料嘴刚一停，炕床上的鼾声也便停了，随之而来的便是严厉的责问：“怎么啦，念下去呀！”

禀事太监吓得两腿打战，忙不迭地将中断了的朗诵继续下去，心里不免嘀咕：前面念的，你听进去了吗？这样听折处理政事，国家不乱才怪哩！

今天，炕床上一直没有发出鼾声，禀事太监知道老佛爷在认真听着。他不敢怠慢，一字一句念得十分清晰：

自古以来，我中国便有采四夷之长、纳诸藩之贡之传统。今泰西各国法规齐备，技艺精良，实有可供我借鉴之处。东洋日本与我同文同种，行君宪而跻身强国之列，尤堪效法。臣恭请派遣亲贵大臣出洋考查，实地观摩，汇集各国之优长，以备太后、皇上采择。

慈禧的确没有打瞌睡，她今天的精神比较好，袁世凯奏的事情也投合她的脾胃。作为一个亲手造成同治中兴的女政治家，慈禧的头脑是清醒的。国势颓唐，弊病丛生，祖宗传下来的许多成法不能适应剧变的局面，她心里的明白程度并不亚于她的侄儿兼外甥，那个胸有大志却无办事能力的光绪皇帝。所以，戊戌年变法之初，她并不加以制止，只是后来她天天听到满蒙亲贵的哭诉，说皇帝偏袒汉人，一脚踢开了他们，恳求她出面保护，她心里对皇帝的作为有了反感。她警惕起来了，暗中做了布置。待到一个小小的主事同日参掉了礼部六个堂官的消息传到她的耳中时，她震惊而愤怒了。快三十岁的人了，坐了二十多年的天下，尚且如此不成熟，简直把国事当成了儿戏！祖宗的江山交给这样轻举妄动的子孙，国家的前途寄托在这样一批浮躁狂妄的年轻人身上，能放得下心吗？当礼部尚书怀塔布年迈的福晋涕泪交加地哭倒在她的脚下时，她洒下怜悯的泪水。直到那一天深夜，她突然得到一个消息——维新党人要包围园子将其软禁时，她终于狂怒了，心中燃烧的是复仇的火焰。她连夜赶回紫禁城，毅然决然地将自己一手培育大的皇帝关进了瀛台，将谭嗣同等六人斩杀于菜市口刑场，将大清王朝至高无上的权力再次收回到自己的手里。随之而来的是八国联军入侵，北京陷落，她带着皇帝仓皇西逃。清廷立国二百多年来从未有过的奇耻大辱由她的失误而造成，刚强一世的慈禧太后为此而羞愧得无地自容。第二年，就在回銮的路上，她下诏变法自强，多少带有一点追悔的味道。回到北京后的这几年，她鼓励臣工们谈新政、废科举、奖新学、办实业；被她废弃的百日维新，在中国实际上是重新推行了。 光绪二十六年十二月，慈禧以光绪皇帝的名义颁发《筹谋实行新政诏书》。诏书说："世有万古不易之常经，无一成不变之治法。穷变通久，见于大《易》；损益可知，见于《论语》。盖不易者三纲五常，昭然如日星之照世，而可变者令甲令乙，不妨如琴瑟之改弦，伊古以来，代有兴革。""总之法令不更，锢习不破；欲求振作，当议更张。着军机大臣、大学士、六部、九卿、出使各国大臣、各省督抚，各就现在情形，参酌中西政要，举凡朝章国政、吏治民生、学校科举、军政财政，当因当革，当省当并，或取诸人，或求诸己，如何而国势始兴，如何而人才始出，如何能度支始裕，为何而武备始修，各举所知，各抒己见。通限两个月，详悉条议以闻，再由朕上禀慈谟，斟酌参差，切实实行。”

尽管如此，慈禧对光绪的怨恨并未化除，万民之主的天子依然是个囚犯，有时放出来，也只是做个摆设而已。近两年来随着身体的日渐衰弱，她更多地考虑到自己百年之后的事。这个好强寡情的老太婆，决不能容忍皇帝在她死后对她生前的作为进行清算。她是想废除皇帝的，但形势逼迫她不能废。既不能废，则只有限制他的权力，最好的限制办法便是采纳眼下许多人所醉心的君主立宪制，利用宪法和内阁来牵制他。再说，革命党在海内外的影响日益扩张，不少人是因为对朝廷的失望转而同情革命党的，倘若朝廷效法日本和泰西各国，把宪政办成功了，赢得了人心，也就摧毁了革命党存在的基础。

就这样，慈禧和袁世凯基于对自身和自身所依附的集团利益的考虑，不约而同地看上了君主立宪。但既然是身后之事，慈禧生前并不情愿或不习惯看到这个政体出现，这就是对君宪一事，她既不反对也不准备实行的原因。面对着日益高涨的呼声，她总得有理由来搪塞，以达到拖延的目的呀，袁世凯这道折子正好给了她一个光明正大的借口。

折子念完了，主意也拿定了。她睁开眼睛，有气无力地问禀事太监：“小柱子，今儿个是哪位王大臣当值？”

“回禀老佛爷。”小柱子奏道，“今天当值的是醇王爷。”

“你去请他进来。”

“嗻！”

一会儿，身着华贵的石青色亲王袍服的醇王进来了。

这一代醇王名叫载沣，是老醇王奕譞的第五子，今年二十二岁，长得眉清目秀，举止斯文尔雅。载沣八岁时，老醇王去世。那时他的大哥三哥四哥都已夭殇，二哥载湉已做了十七年的皇帝，醇王的爵位便由他来承袭了。十八岁时，他与荣禄的女儿瓜尔佳氏完了婚，大媒便是伯母慈禧太后。这些日子里他很高兴，因为瓜尔佳氏已怀孕了，富有经验的王府女眷们都说醇王福晋怀的是个男孩，喜得小醇王天天在书房里哼着皮黄调儿。

他盼望福晋生儿子，除了给自己传宗接代继承香火之外，他还有一个秘密的想法：二哥当皇帝三十一年了，后妃成群，但没有哪一个后妃给他生下一男半女，看来二哥今生无子息之望了。按祖传家法，今后皇位的继承人应从最亲近的血统中产生，血统最亲近的莫过于他的儿子了。如此说来，儿子将有一天会做皇帝，自己也有一天会做太上皇。想到这里，年轻的醇王简直飘在半天云雾中了。他反复翻阅《康熙字典》，再三斟酌，终于给未来的儿子选定了一个吉祥的名字：溥仪。

他至今还没有一个正式的官职。十八岁那年，他奉派为头等出使大臣，领了一个屈辱的差使：为被虎神营击毙的德国公使克林德而赴柏林谢罪。后来他又经法国转英国，游览了巴黎、伦敦等地，再乘海轮回国。差使虽很窝囊，但小王爷却长了许多见识，回国后得到慈禧的喜欢，命他常在御前当值，以便学习政事。载沣也还勤谨，遇到当值这一天尚恪尽职守。他走进东暖阁时，慈禧已坐起在炕床上了。

"奴才载沣叩见老佛爷。"载沣将三眼花翎大红顶帽取下放在一旁，跪在绣花软棉垫上，向慈禧磕头请训。

"这是袁世凯上的折子，你看看吧！"

慈禧拿起放在矮几案上的奏折扬了扬，小柱子走上前，从慈禧手里接过奏折，再转过脸递给跪着的载沣。

载沣很紧张，背上冒出丝丝热气。通常情况下他没有看折子的权力，他其实只是一个高级跑腿的。他当值的工作是负责叫起。这一天内需要接见的大臣们都在朝房里坐着等待，载沣则奉太后之命来朝房叫唤。叫到名字的都站起来，尾随在他的身后前往东暖阁面见太后。这就是叫起。头班完了，他领他们出来，再到朝房叫二班三班。至于太后与臣工们的对话，他不能插一句嘴；递上传下的折子，他也不能瞧一眼。这是朝廷的规矩。

今天，太后为什么将袁世凯的折子给自己看呢？一定与醇王府有关！他怀着忐忑不安的心情匆匆把折子看过一遍之后，才完全安下心来。

"奴才看完了。"载沣禀报。

"载沣哪，"慈禧靠着矮几说，"你是去过西洋的，你说说，袁世凯这个折子说得有点道理不？"

光绪二十六年六月，清廷下达《派大员分赴东西洋考察政治谕》。全文如下："光绪三十一年六月十四日，内阁奉上谕：方今时局维艰，百端待理，朝廷屡下明诏，力图变法，锐意振兴。数年以来，规模虽具而实效未彰，总由承办人员向无讲求，未能通达原委。似此因循敷衍，何由起衰弱而救颠危！兹特简载泽、戴鸿慈、徐世昌、端方等，随带人员，分赴东西洋各国考求一切政治，以期择善而从。嗣后再行选派，分班前往。其各随事诹询，悉心体察，用备甄采，毋负委任。所有各员经费如何拨给，着外务部、户部议奏。钦此。"

"回禀老佛爷，"载沣揣摸慈禧近日有立宪的意思，便迎合老伯母的心意，"依奴才愚见，袁世凯所奏有道理。西洋国家确实有不少地方超过我们，尤其是德国、英国等君宪国家的政治更有可资学习之处。我们若要立宪，非派人去参观学习不可。如此，既可得其精髓，又可吸取他们的经验教训，少走弯路，少受挫折。"

“你认为去哪几个国家为好？”

“奴才以为德国、英国是必去不可的。”花园般美丽的柏林、梦境般迷人的伦敦，在载沣的脑中留下了深刻的印象，他不假思索地答了一句，又补充道，“日本与我国一衣带水，素与我国同文同种，日本也应该去。”

慈禧对日本的兴趣更大，她顺手拿起一块白绢擦了擦眼角，又问：“派人出去一趟，要用多长时间？”

“回禀老佛爷，奴才那年从上海放洋，足足在海上走了一个半月才到德国。按这样算来，来往路上需要三个月，再观摩三个月，奴才以为需要半年时间。”

派人出去学习是个幌子，将立宪拖延才是真正的目的，慈禧希望出去的时间越长越好。她拉长着脸斥道：“三个月能学到什么！至少要半年才能看出点门道来。”

载沣忙磕头，连声说：“老佛爷说得对，三个月少了，至少待半年。”

“你去内阁传旨，要他们选定人员，择日出国，考查日本和西洋各国宪法，英国、德国当然要去，其他国家也去走走看看，不拘时间长短，以学到外国的立宪经验为止，并将此事通告全国。”

“喳！”

内阁的几个满汉大学士忙碌了几天，议出了五个热心宪政的大臣，他们分别为皇室成员镇国公载泽、湖南巡抚端方、户部侍郎戴鸿慈、兵部侍郎徐世昌、商部右丞绍英，并决定载泽与徐世昌、绍英一路去英、法、比利时、日本，戴鸿慈与端方一路去德、英、俄、意大利、奥地利等国，又拟定翰林院庶吉士熊希龄等三十八个随从人员的名单，定于七月启程。同时建议设立考察政治馆，以便延揽研究各国政治的人才。

这些拟议，慈禧都同意。隔两天，《京报》将这个消息登了出来，全国都知道朝廷将派五位大臣出国考察宪政，对主张立宪的官员和士绅们果然是一个极大的鼓舞。

于是，便有许多人到五大臣的公馆里去贺喜。有的恭贺他们此番肩负重任出国考察，今后便是大清朝的宪政权威，在未来的立宪政体中是靠得稳的顶梁柱。有的恭贺他们能够游览西洋诸强国，将大开眼界大长见识，真是得到一份上上等好差使。也有的恭贺他们能吃上法国大菜、英国牛排，饱餐泰西娇娃的秀色，甚至可以花几千两银子买个洋侍妾回来，享受这等艳福，也不枉此一生了。贺得五位即将出洋考察的大臣喜笑颜开。

兴奋了几天后，徐世昌的心头忽然冒出一股冷意来：差事固然美，但回来交差却是一件难事。他满肚子的四书五经，自从小站练兵以来又增加了不少军事学问，要写这方面的高论宏议可以挥笔而就，但关于宪政，关于西洋这个法那个法的，他却一窍不通。见人，出席宴会，语言不通，可以由翻译代劳，但谈起宪政来，自己既提不出问题，别人谈起，也会茫然不知所对。几个月的走马观花，到头来会连个花名也弄不清楚，还能谈得上花是如何栽培出来的吗？想到这里，几天来的兴奋荡然无存了，代之而起的是满腹忧郁。

夜晚，戴鸿慈来访。还没等徐世昌诉苦，戴鸿慈便把相同的苦恼和盘托了出来。两位汉大臣面对此难题都一筹莫展。隔壁胡同里，镇国公府邸红烛高烧，喜庆的筵席还未散，悠扬的笙歌不停地传进来，愈加使他们烦恼。

“镇国公不知想过这件事没有？”戴鸿慈皱着眉头问。

“他哪里腾得出心思想这些，喜酒还吃不赢哩！”徐世昌指了指国公府的方向说，“从十二日起夜夜闹到一两点，也佩服他有这大的酒量，这好的精力。”

徐世昌今年五十岁了，不能多熬夜，早年穷书生的苦寒、黑翰林的清贫，使得他没有灯红酒绿征歌逐舞的爱好，也看不惯官场尤其是满大员那种摆阔气讲排场挥霍浪费的作风。

“其实也用不着他想什么，到时他只一句话，‘你们去拟个折子吧’，这事情就落到你我的头上了。”戴鸿慈苦笑了一下，望着徐世昌说，“菊人，你得想个办法呀！”

徐世昌背着手在屋子里踱步。办法倒是有一个，他昨天就想到了，只是觉得不十分体面，不想说出来。现在见戴鸿慈很着急，知道他没有更好的主意，于是停步微笑着说：“实在没有法子想，只有一个馊主意，你别笑话。”

“说吧，馊主意总比没主意强。”戴鸿慈催道。

“太后如此重视立宪，如此器重你我，按理说我们回来后应该交一份泰西各国以及日本关于宪政的详细调查报告，为太后制定国策做参鉴，可我们没有这份能力。不说我们，就是满朝大臣也没有谁有这个能耐。”

这句话说得戴鸿慈直点头，因为既是实话，又给他挽回了面子。

“这非要精通各国宪政的大才不可！”徐世昌用斩钉截铁的语气加以肯定，“我想这事分两个方面来同时进行，出洋的管出洋，写禀报的管写禀报。”

“哦，我懂了。”戴鸿慈也是个聪明人，一点就明白了，“你是说请一个捉刀人。这主意很好，我也这样想过，只是这个高明的捉刀人很难请。”

“国内是没有，海外倒有两个。”徐世昌重新坐下来，端起了茶碗，“一个是你的广东老乡梁启超，你跟他有联系吗？”

“老兄，你别开玩笑了，我哪敢跟他有联系？”戴鸿慈忙摇手，似乎生怕与梁启超沾上一点边。

徐世昌冷冷地笑道：“梁启超虽是在逃的钦犯，却的确是个人才，联系联系也无妨。你既然跟他无往来就算了。另一个是湖南人杨度。此人于宪政也很有研究，他也在日本。戊戌事变前我和他在小站见过一面，以后一直没有联系，现在也不知怎样跟他取得联系。”

戴鸿慈摸着茶碗盖，想了一会儿说：“熊希龄是湖南人，他可能与杨度有联系。”

“好。”徐世昌高兴地说，“你去跟熊秉三说，干脆叫他去一趟日本，亲自会见杨度，务必叫他说服杨度写几篇文章。这几篇文章是这样的……”

徐世昌略停片刻，说：“一篇叫做《东西各国宪政之比较》，另一篇叫做《宪政大纲应吸取各国之所长》，再写一篇《实施宪政程序》。留学生都很穷苦，可以先送他一千两银子，限他半年内写好，交稿时再给他一千两。”

“行，就按你的意见办。”戴鸿慈起身，“我这就告辞了，明天就去跟秉三说。”

徐世昌把戴鸿慈送到大门口，再叮嘱一遍：“少怀兄，你要秉三一定得说服杨度写，即使他要价再高也接受。还可以告诉他，今后回国一定予以重用。”

“放心吧，秉三聪明过人，他会办好的。”戴鸿慈向徐世昌拱拱手，钻进了候在门外的绿呢大轿中。

十一　熊希龄东渡日本找枪手

在七年前那场政变所波及的一大批人物中，熊希龄算是其中最幸运的一个。当时朝廷给他的处分是：革去翰林院庶吉士之职，交地方官严加管束。他的原籍凤凰乃是湘西的一个偏僻小县，隶属常德府。当他发配到常德城里时，遇到的知府朱其懿是个爱才惜才的人。他早就闻得熊的大名，私下里对熊办时务学堂办《湘报》，启迪民智开发风气的举动甚为钦佩。湘西素来闭塞贫苦文化落后，能出一个这样的人才不容易，待到熊希龄以负罪身份来衙门报到时，朱其懿见他身材魁梧气宇昂扬，更是喜爱。朱存心保全，便不将熊发配凤凰，留在常德城里西路师范学堂当体操教习。后来又召熊谈了几次话，发现这个革职翰林果然学问优秀，见识超俗，有意将妹妹朱其慧许配给他。朱其慧对熊希龄也满意，只是还想测试一下，便传话要熊为知府衙门后花园题一副楹联。

熊希龄用心写了一副联语送去。朱其慧将联语一读：栽数盆花知世间冷暖，蓄一池水观天地盈虚。心中惊道：此人真有宰相胸襟！遂满心喜悦地答应了这门亲事。

第二年，朱其懿又以兴学有功向巡抚赵尔巽保荐他出国留学，熊希龄又得以东渡日本，一年后回国，继续在常德任教。朝廷赦免戊戌年政治犯，他开复了功名。今年春天又恢复了庶吉士的官职，熊希龄喜气洋洋地带着夫人进京供职。他关心国事的热情和办事的才干很快得到内阁的赏识，这次被圈定为五大臣出国考察的重要随员。

熊希龄也正为这批尸居余气的考察大臣们犯愁：若叫他们去欣赏目迷五色的海外繁华或可胜任，要他们去考察政治，回来后还得递交报告，他们如何有这种才干！亏得徐世昌、戴鸿慈也料到了这一点，到底是翰苑前辈，能未雨绸缪。

熊希龄从上海搭坐山本丸，六天后便到了横滨。他不知道梁启超的住处，没在横滨停留，随即转车到东京。熊希龄办的是公差，清廷驻日本公使馆很客气地接待了他，又用小轿车把他送到田中龟太郎家门口。

汽车喇叭声把田中唤了出来，司机用日本话问："支那杨度先生还住在这里吗？公使馆有人找他。"

田中点点头。熊希龄从后座钻出来，胳膊里夹了一个大公文包，用不太流畅的日本话微笑着与老先生打招呼。当时小轿车在东京还不多，能够乘坐小轿车的都是达官贵人，清廷公使杨枢为摆阔气，高价买了一辆小轿车，为他和朝廷来日本的要员服务。田中心想，来找杨度的人虽多，但绝大部分都是清贫的留学生，从没有坐小轿车来访的客人。见熊希龄一派气宇轩昂的样子，估计可能是公使馆的公使，于是两手垂直放在膝上，深深一弯腰，极有礼貌地说："公使先生请进，杨先生在家。"

熊希龄说："我不是公使，我是他的朋友熊希龄。"一边对着室内说，"皙子，我来看你了！"

这天，恰好杨钧约了代懿来到哥哥处，三人正在说话，猛听得外面有陌生的中国人的声音，杨度忙出门。熊希龄赶紧迎上去，笑着说："还认得我吗，当年时务学堂的提调熊希龄。”

自从那年在时务学堂晤面以来，七年多了，杨度再也没有见到过熊希龄，不料今日在这里相见，杨度大喜过望，亲热地抱着他的肩：“秉三兄，是你呀，快进屋！”

代懿和杨钧也出来了。代懿走上前说：“熊翰林，多年不见了，什么风把你吹到日本来了？”

杨度伸开手，对熊希龄介绍道：“这是我的妹夫王季果，那年他和我一起去过时务学堂。”

熊希龄忙说：“记得，记得，湘绮先生的四公子。”

又问代懿：“老太爷有信来吗？身体还好吗？”

“托福，托福。”代懿连连点头，“家父身体还健旺。”

杨度指着杨钧说：“这是舍弟杨钧，字重子，到日本来两年了，现在弘文学院攻读东洋美术。”

杨钧有点腼腆，红着脸说：“熊翰林好。”

熊希龄握着杨钧的手，笑着说：“芝兰玉树，俱生于贵府庭阶。”

大家都笑起来，一起进了屋，杨钧为客人斟上茶。

“秉三兄，你现在放了五大臣出国考察的随从大员，怎么有空到日本来，莫非是为五大臣打前站来的？”待大家都坐下来后，杨度首先发问。

“五大臣出洋考察事，你们知道了？”熊希龄想，东京的消息真快，此事在国内除通都大邑外，一般州县都还不知道。

“这么大的事怎么能不知道，刚才我们还在谈论哩！”代懿说。

杨钧说：“熊翰林你好运气，可以免费周游列国。”

熊希龄说：“国内朋友们也这么恭喜我，我自己倒并不怎么得意，反而觉得这件差事不好办。”

“好办，好办。”杨度说，“你可以，也应该把这件差事办得相当漂亮！”

五大臣出洋考察宪政的事，三天前东京所有华人报纸都在显要位置上登了出来，还有好几家日文报纸也作了报道。东京中国留学生界这几天都在议论这件事，杨钧、代懿来此，也正是要和哥哥谈谈这件事。

杨钧一向淡于政治，对此事期许不高。代懿近来受革命党影响较大，对朝廷失望。只有杨度从里到外都对这件事有极高的兴趣。上次在武昌，张之洞告诉他国内有些重要的官员都倾向于君宪。现在看来，这种倾向已获得了慈禧太后的赞同，在国内政治中占了上风。对于一贯主张君宪的他来说，也意味着一个大可施展身手的时代已经到来。他甚至想到了立即回国，转念又想，像现在这样的身份回国算什么呢？算一个学成归国的留日学生？算一个宪政方面的专家？他下意识地摇了摇头，以如此身份回国，与素日的理想相差太远了。

他期望着自己在日本声名显赫，不仅为留学生界，也为日本政界所倾服，因此而声动九重，由慈禧太后、皇上亲自下诏书，派亲贵大臣或尚书、侍郎一级的高官前来东京，将他迎回国内，然后安车蒲轮载入紫禁城。太后、皇上率文武百官下阶迎接，宣读诏命，授予大学士之职，主持全国宪政事宜。那场面，就好比当年燕昭王拜郭隗、汉高祖拜张良一样。而现在呢，他明白地认识到自己还没有郭隗、张良那样的声望，不可能指望帝后拜为大学士，必须提高自己的名声。

这几天他设想过，要提高政治声望只有组建政党，为组建政党而做的最好准备，就是创办一份有影响力的报纸，如同梁启超办《新民丛报》、孙中山黄兴办《民报》一样，在报上宣传自己的政治主张，招徕和集结同志，以自己为领袖的政党便会很快建立。报纸的名字他也想好了，就叫《中国新报》。前几期的重头文章也有了，那就是分章刊登自己的皇皇巨论《金铁主义》。这个主义即为将要组建的政党的宗旨。它既区别于孙黄同盟会的三民主义，又不同于康梁保皇党的开明专制，它要以最适合中国国情的主义来赢得人心，扩大队伍，最终执掌中国政治之牛耳。办这个报纸并不难，自己胸中已积蓄了许多大文章，又有二万银元在银行里做坚强的后盾。他把一切都设想得很美妙。激情澎湃的年轻政治家，沉浸在流亡岁月中最为亢奋最为狂热的日子里。

“难啊！”熊希龄叹了一口气，“皙子，你不知道，出洋五个大臣，除开徐世昌是个明白人外，其他四个，用我们湖南话来说，都是个‘宝’。”

“宝”，是湖南方言，含有呆、愚、戆、自以为是、不明事理等多层意义。杨钧、代懿都笑了起来。杨钧说：“当大官的，哪个不是‘宝’？我看光绪皇帝，就是第一个大‘宝’。”

“所以章太炎骂他是‘载湉小丑，不辨菽麦’，骂得好极了。”代懿补充后又感叹一句，“梁启超号称会掉书袋，我看章太炎的书袋比他还掉得好，同盟会里的人才真是多！”

杨度说：“据说载泽是皇室中的开明派，端方是满人中的才子，应该是能办事的呀！”

“徒有虚名而已。”熊希龄摇摇头说，“我讲个事给你们听。那一天载泽在国公府里摆酒，请了不少皇家子弟和大官们吃饭。客人们纷纷向他敬酒。载泽举着杯子对大家说，在京城见到外国人，听他们讲话时咕噜咕噜的，我知道他们都是含了珠子在口里才这样。他们都是使官，我不好叫他们把珠子吐出来。这次到西洋后，我可以叫他们普通老百姓把珠子吐出来，让我看看到底是个什么样子，照他的样子买一颗含在嘴里，学外国话就容易了。你看看，这就是我们的贝勒衔镇国公、堂堂正正的黄带子的见识！”

杨钧、代懿哈哈大笑起来。杨度也觉得好笑，说："这是别人编出来糗他的吧！”

“哪里的话！这是一个朋友告诉我的。他那天也去吃酒了，亲耳听见的。你们看，这样的人出去考察政治，能够考察个什么出来！”熊希龄的湘西官话气势很足，像是发怒似的，“另外，还有一个最大的荒唐，就是五个大臣中没有一个懂外国话的。话都听不懂，还能谈别的事吗？”

“秉三，你这就要求高了。我们国家当官的，可以说没有一个懂外语。如果以懂不懂外语作为标准的话，那就一个官员都不能派了，只能派留学生。”杨度马上反驳，“当年李鸿章遍访欧美十多个国家，他一句洋话都听不懂，还不照样把事情办了。这要靠翻译，靠你们这些随员呀？”

“皙子，你这话有道理。不过，李鸿章当年出访，公使馆事先把事情都办好了，他只是签字画押，出席酒会罢了。可这次是去考察，考察别人的政治、宪法，翻译和随员中也没有人懂这些。就拿我来说，我日本话可以说，日本文字可以看，但日本数百部法典，我就一点都不懂，我就不算一个合格的考察随员。”

熊希龄坦诚的态度赢得了杨钧的尊敬。他说:“熊翰林，你是个明白人。我国官场中能明白地看出自己不足的人真是太少了，一顶乌纱帽戴在头上，就仿佛变得比别人都高明了似的，其实许多做官的，比起我们石塘铺的作田人还要蠢三分。”

“你说的也是实话。”杨度起身给熊希龄斟茶，自言自语似的说，“这次考察各国政治，是件很好的事情，全国全世界都在望着。它的成败，直接关系到今后君宪的成败。”

“皙子，正是你这句话，所以我专程来到日本找你，是想请你为此次考察宪政的成功帮一个大忙。”熊希龄站起来，恳切地望着杨度说。

“找我帮什么忙？”杨度问。这句话也提起了杨钧、代懿的兴致，他们都专心望着熊希龄，静听他的下文。

“我这次来日本，是奉了徐侍郎徐世昌的命。徐世昌说当今中国研究各国宪政的有两个专家，一个是梁启超，一个就是皙子兄你，两位都是不世之才。”

这“不世之才”四字是熊希龄临时糊的一顶高帽子，果然起了作用，杨度听了很得意，嘴上说：“徐世昌还晓得点事！”

代懿插话：“秉三兄，听人说徐世昌是靠了袁世凯的力量才当上兵部侍郎的，有这事吗？”

“这话有些道理，但也不全是。”熊希龄答，“当年徐世昌落魄的时候，袁世凯看出他是个人才，与他拜把结兄弟，又资助他进京会试，徐世昌一举中进士点翰林，靠的是他自己的真才实学。进翰苑后官运不济，袁世凯邀他去小站。后来袁做了直督兼北洋大臣，保举他为国子监司业。从那以后便年年升官，先是商部右丞，后署兵部侍郎，又奉命在军机上行走，又正式授兵部侍郎，短短几年间，便由正七品升为正二品，官运之好，如有鸿星高照。”

代懿说：“你们看，这还不都是袁世凯起的作用？袁世凯现在是除了慈禧就是他了。”

“也不尽是。”熊希龄笑着说，“徐世昌学问好，会办事，而且长得一表人才，修养、风度都是朝廷大员中数一数二的。听说袁世凯向慈禧推荐他时，慈禧说叫他来看看。一见面，太后便笑着对身边的人说，哟，这是个美男子呀！”

一句话，招得大家都笑了起来。杨度想起那年初见徐世昌时，也曾为他的仪表风度所吸引。

杨钧有意揶揄下，说：“徐世昌怕是张易之、张宗昌一类人物。”

“别瞎扯，徐世昌是正派人。他请哲子帮忙的事，还特地与袁世凯商量过。袁世凯也说，杨哲子是大才，就不知请得动不。”熊希龄借机又把袁世凯抬出来，再给杨度加一顶高帽子，“你们知道吗？派五大臣出洋的事，是袁宫保上的折子。”

“噢，是他上的折子！”杨度轻轻地说。袁世凯极力主张君主立宪，称赞他是大才。这两件事，大大消除了杨度因戊戌政变而对袁的反感。

代懿说：“秉三兄，你绕了这多弯子，要害事还没说出来，你专程来日本，到底要请哲子兄帮什么忙？”

熊希龄笑着说：“徐侍郎要借重哲子的大才，代五大臣写几份回国后的禀报。”

杨钧忙说：“有这样的怪事，他们出国花天酒地，禀报却要别人来写？”转脸对杨度说，“哥，这种枪手的事不能做。”

杨度袖着手，冷冷地笑着，没有做声。

代懿说："重子，人家秉三来一次也不容易，你先别一口否定。只是枪手不能白当，有什么报酬吗？"

"有哇，有哇。"熊希龄连连点头，"先送一千两银子暖笔，交卷后再奉送一千两。"

代懿叫道："两千两银子，这事做得，皙子，答应下来！"

杨度在心里思忖着。假若以自己的名义写一部关于宪政的书，朝廷把它印出来发给各级官府，即使无一分银子的报酬，他也甘心乐意。但把自己的成果奉献给那几个混账不通的大官僚，尽管有两千两银子作为交换，他心里也很不情愿。本欲拒绝，转念一想，他很快同意了，对熊希龄说："行，我同意替他们做个枪手，不过要跟梁启超合作，他也写一部分。卓如住在横滨，明天我们两人到横滨去一趟。你不要开口，由我来说。至于报酬嘛，"杨度想了一下说，"两千两银子我也不要……"

"为什么不要？"代懿急道，"你不要，送给叔姬和重子也好嘛！"

杨度笑道："请秉三回去对徐侍郎说，要他们为我捐一个候选郎中放那里。需要多少钱我不清楚，少于两千两，他们沾了光，多于两千两，对不起，请他们补足，行吗？"

"行！"熊希龄一口答应，"不过，你可要认真写好哟，万一梁卓如不同意的话，你要一人独力承担。"

代懿说："我为你们做个中人，到时一手交卷一手交顶子。"

原以为要磨许多口舌，没有想到杨度答应得这么爽快，熊希龄很高兴，笑着说："季果做中人最好，此事就这样说定了，顶子包在我身上，文章就包在皙子身上了。等下我做东，请大家喝几杯，现在权且以茶代酒，大家碰个杯，祝君宪在中国成功。"

说着自己先举起茶碗，杨度、代懿都举了起来。杨钧心想：哥素日里口气大得很，动不动就是封侯拜相之类的话，却为何为一个小小的候选郎中卖出了自己的文章？他不想扫大家的兴，便也缓缓地举起手中的茶碗。四个人碰了一下，都笑了。

熊希龄望着墙壁上悬挂的《湖南少年歌》，对杨度说："皙子，你的书法真好，帮我写个条幅吧！"

杨度笑道："翰林熊秉三要举人杨皙子写字，岂不降低了你的身份？"

熊希龄诚恳地说："不是降低，是抬高。"

"写什么？"杨度问。

“是这么回事，”熊希龄说，“镇国公载泽那天喝多了酒，醉醺醺地要我给他写首诗以壮行色，我也糊里糊涂地答应了。这些日子一天到晚忙忙碌碌，无半点诗情，只得把早几年在关外填的一首小词翻出来，你帮我写张条幅，我带回去送给他。”

杨钧又不大乐意了，说：“这些黄带子懂什么书法，给他们写字白费了神。”

“重子此言差了。”熊希龄正色道，“爱新觉罗家族中政治家很少，但会写字会画画的人却不少，且造诣颇高。载泽书画在宗室里虽不算高明，但鉴赏水平不差。再说，这位国公爷人是糊涂得可以，不过为人也有可称道的地方，凡别人有一技之长，他也不掩盖不嫉妒，好张扬别人的长处。”

杨度听到这里立时来了兴趣。他对自己的书法视之甚高，只可惜并没有墨迹传到最上层去，现在借这位好张扬别人长处的国公爷之口，在王公贵族中传播自己的名声，也是一桩好事。他眼前急需的就是名播九重！

“你来念词吧！”杨度已铺开了纸笔。

“浪淘沙·登吉林城。”熊希龄抑扬顿挫地念道，“一水几湾环，山势龙蟠，城楼高处且凭栏。晚渡夕阳风更紧，如此江山。　　时序已秋阑，转瞬严寒，塞鸿飞去不知还。寄语君休忘故国，恋恋江南。”

熊希龄刚念完，杨度的笔也停了。只见三尺余长的宣纸上，上下两片，字字精彩，是一种典型的学力和才情的结合品。翰林击掌赞道：“好一件精美的墨宝！”

“还有跋语吗？”杨度握笔问。

“写上几句吧！”熊希龄略加思忖，说，“国公爷索句，无新诗，以旧作小词一阕奉上。恰赴东京访老友杨皙子，久慕其书法，请为书写，皙子欣然挥毫，聊供国公爷哂之。”

杨钧听了心想：这位翰林先生原来是个巴结权贵的人物，又是“奉上”，又是“哂之”。你的词要奉献给他，这是你的事，我哥哥的字怎能聊供他哂之呢？这不有点媚味吗？他也不便做声，只拿眼睛看着哥哥。

杨度眉头有点皱，刚才的笑意也没有了。他望着手中的笔说：“这段话太长了，与词配起来，结构不匀称，不如这样写：熊希龄旧作，杨度新书。乙巳年初秋于东京。”

熊希龄正在迟疑，见杨度已经动笔了，只得勉强点头：“也要得，就这样吧！”

他意识到杨度不愿在载泽面前折腰的心态，怕误会了自己，遂说：“我是借这阕词提醒他不要迷恋洋人的花花世界而乐不思蜀，出洋在外要时时记得故国家园。”

杨钧对哥哥的态度很满意，笑着对熊希龄说："我也看出来了，熊翰林送载泽这阕《浪淘沙》，也是有这么一层用心。”

熊希龄收起字，请大家出门吃饭。餐桌上，杨度和熊希龄各自谈起了自戊戌年分别后的经历，一直到深夜才回寓所休息。

十二　杨度道出借尸还魂的奥妙，终于说服了梁启超

第二天，杨钧、代懿仍回学校，杨度陪着熊希龄乘早班车来到横滨。

梁启超异国重逢老友，自然欢喜无尽，滔滔不绝地畅谈起来，话题很快就转到了近日的特大新闻——五大臣出国考察宪政事。杨度趁着这个机会，把熊希龄来日本的意图和自己已答应代笔的事告诉了梁启超，并且请他帮忙也做个枪手。不料这个舆论界的骄子一口拒绝："秉三远道而来，若要我帮别的忙，任何事我都会尽力而为，只是这件事我不能做。”

话说得这样死，简直无任何商量的余地，熊希龄脸上很觉不自在，暗中责备杨度多事：你何不干脆一个人写算了。杨度却不生气，笑嘻嘻地说："卓如，你这态度算什么老朋友！秉三奉命来日本，什么事都用不着你帮忙，唯一就这事找你，而且这里面也还有我一半面子。我何时得罪了你？”

"晳子，你不要误会，我不写，不是不帮朋友的忙，而是不能做不应该做的事。”梁启超一本正经地说，"你们二位对考察一事寄予很大的希望，尤其是秉三作为重要随员，更是满腔热情。我今天当着你们的面泼一点冷水，不客气地说，这其实只是一曲戏文而已，何来什么实际作用！”

熊希龄说："卓如，你的话也不无道理。如果真的让载泽、端方这些人出去走一趟，朝廷就按他们回国后所说的来制定宪法，那确实有点像做戏。不过，提出这个建议的袁世凯和采纳这个建议的慈禧太后则不是做戏。”

梁启超陡然变色道："秉三，你弄错了，这个戏的主导恰恰就是慈禧和袁世凯。”

稍停一会儿，梁启超以坚决的口吻说："我这一生决不为慈禧和袁世凯做事。”

话说到这般地步，熊希龄已在心里打退堂鼓了，好在杨度已答应，梁启超即使不写，他也会独立完成这几篇文章，自己的差使可以交了。他对杨度使个眼色，示意他不要再说下去了。

杨度装作没看见似的，笑了笑说："好个有骨气的梁卓如，袁世凯出卖了你，慈禧要杀你，你被迫羁旅异国他乡，你和他们两人结下了深仇大恨，不共戴天，所以发誓不为他们做事，志节可嘉可佩！"

梁启超听出杨度这几句话有点不大对味，说："我和慈禧、袁世凯之间并不是个人的恩怨，事关国家和人民的大是大非。不为他们做事，正是保持着我对国家和人民的赤子清白。"

杨度冷笑道："那么，何不学革命党的样，把慈禧、袁世凯暗杀掉，为国家和人民除害呢？"

"我向来不主张暗杀，暗杀只能除标，不能去本，根本的问题在于开化民智。"梁启超摆出素日里那副政论家、思想家的派头。

"此论高明至极，我完全赞同。"杨度立即接言，"既不行暗杀，那就只有等老天爷来收拾他们了。慈禧今年七十多岁了，老天收她为期不远了。袁世凯还不到五十，照这个样子，他在一人之下万人之上的位置还要坐二三十年，难道今后二三十年内你就不与朝廷有任何联系了吗？"

"皙子，你不要替袁世凯做说客，只怕是慈禧一死，他今日的位置也就没有了。"

梁启超的二郎腿在薄绸长袍下跷了两跷。康有为现在是把一切希望寄托在慈禧死后光绪重掌大权的那一天，梁启超并不像他的老师那样完全迷信光绪，但也相信只要慈禧这座大山一倒，中国就会有大变化。这一点，杨度和熊希龄都没有像他们那样考虑得深远。熊希龄一贯较为持重，不喜多讲话，且杨度已叮嘱过他，所以他只是自个儿喝茶，望着他们，静听两位才子的唇枪舌剑。

"卓如，你不要弄错了，我决不是为袁世凯当说客。要说当说客，我今天是替四万万中国人当说客，游说你这个自诩的少年中国之少年，要为中国做一件实实在在的好事，不要摆名士的架子！"看来杨度有点动气了，声调提得很高，"慈禧死后，袁世凯保不保得了位置，那是以后的事情，我们也很难预测。你说你不为个人恩怨，而是为国家和人民，那么就不应该看这件事是谁在主办，而要看于国家和人民有无好处。若真是出以公心，只要于国于民有利，那就应当支持，因为你支持的是事而不是人，这里不涉及到个人的清白不清白的问题。倘若以所谓保持个人的清白来反对或不参与，那就是以小私而害大公，为贤者所不齿。"

杨度这番话锋芒凌厉、义正词严，熊希龄十分钦佩，连连点头："说得好，说得好！"

梁启超也觉得有点锐不可当，一向能言善辩的新政思想领袖一时穷于应对。杨度挟其气势，居高临下发起冲锋："我知道你漂泊海外七八年，备尝艰苦，办报纸，写文章，集会结社，联络同志，所干的这一切，莫不是为了人民的觉醒，为了国家的强盛，故而无论海内海外，人民都尊敬你，爱戴你，视你为中华民族的灵魂。这个荣誉，我看你也当之无愧。"

梁启超笑着对熊希龄说："你看看，这个巧嘴滑舌的杨皙子，刚才说我是以小私害大公，为贤者所不齿，现在又说我是当之无愧的中华民族的灵魂。打了一巴掌又来安抚。就凭这点本事，袁世凯的位置就该让他来坐才是。"

杨度也笑道："袁世凯的位置，你就料定我坐不到是不是？到时候，说不定光绪皇帝下诏书请我去坐哩！"

熊希龄、梁启超都笑了起来。熊希龄说："好好，巴不得皙子早登相位，我们这些旧日朋友都叨点光。"

"到时再说吧！"杨度挥挥手，仿佛命运早已为他安排好了那一天似的，"现在还是来谈这件事。卓如兄，十年来你一直以提倡民权推行宪法为己任，到日本来这些年一直沉潜各国宪政的研究。你的宪政造诣为世所公认，就是最不愿居别人之下的杨皙子，在这点上也不能不承认你在我之上。这就是我和秉三特来找你，请你在此事上帮忙的原因。说句实在话，我虽不曾与慈禧、袁世凯有深仇，但当秉三提出此事时，我开始和你一样也不愿意，但转念一想，同意了。"

"你开始为何也不同意？"梁启超追问。

熊希龄也没想到杨度还有一个转变过程，瞪起两眼望着他。

杨度款款而道："要我杨某人替别人做枪手，我辛苦研究得来的成果被他们拿去作为自己向上爬的梯子，我如何肯甘心？"

"正是这话。"梁启超深表赞同，"这也是我不愿为的一个原因。"

"但后转念一想，他利用我，我也可以利用他。"杨度狡黠地一笑，"我给他来个借尸还魂！"

"借尸还魂？"梁、熊都觉得很有趣味。

"我杨度研究宪政为的是什么？难道是像阎若璩研究伪古文《尚书》、王懿荣研究甲骨文那样，纯为学术，纯为个人名声吗？不是的，我为的是实际，是在中国推行宪政。既为的是实际的推行，我冷静地想了一下：眼下，是我杨某人推行得动呢，还是慈禧、袁世凯、张之洞他们能推行得动呢？尽管说不定哪一天我杨某人的名位会在袁、张之上，但我要正视现实，现实中的我只是一个落拓的布衣，然而中国的宪政推行不能晚。”

杨度这番实实在在的话对梁启超很有触动，他轻轻地点点头，表示能理解。杨度见初战成功，信心更足了。

“卓如兄，我还有一种顾虑，秉三兄在这里，我当着他的面说一句不中听的话。所谓五大臣出洋考察宪政，就这件事本身来说其实是一场儿戏。他们能考察什么宪政，他们回国后能说出什么像样的东西出来？秉三兄是大才，但长处在理财而不在宪政，作为一个重要随员，怕也很难提出十分中肯的意见。”

熊希龄插话：“皙子说得对，我不懂宪政，其他人也无人真正懂宪政，有的爱说几句法呀律呀的，那都是附庸风雅而已，究其实一窍不通，哪及你们二位的百分之一。”

“我刚才说了，五大臣出洋是个儿戏，但这件事情所带来的后果，即在中国实行立宪，却不能视同儿戏。若全盘都是儿戏一场的话，不但我不会答应秉三所求，反而会劝秉三不要参与其事。正因为在中国立宪是件郑重的事，我杨度就非插手不可，我也愿意力劝你梁卓如非插手不可。”

杨度两眼逼视梁启超。梁启超摸着尖尖的下巴，恬然望着他，思路不知不觉地被他引上了轨道。

“卓如兄，你有没有想过，几年后中国推行宪政的蓝本是什么？会是你的《开明专制论》吗？会是我的《金铁主义》吗？都不是！它只能是五大臣回国后向太后、皇上所提出的建议设想。倘若他们在吃大菜拥洋姬之余，睡在松软的钢丝床上，将日本和西方各国的宪政胡编乱造一通，奏报上去，慈禧御笔一挥‘照此办理’，卓如兄，你想过没有，那将会把中国的未来弄成一个什么样子，这难道还不可怕吗？”

梁启超颔首说：“你说得有道理，这点我倒没想过。的确如此，中国的政治，有很大部分就败在这样一批庸劣的官僚身上。”

“正是这样。”杨度见梁启超的思路已被自己牵过来了，忙加以肯定，“但是现在这样一批庸劣的官僚我们无力去掉，五大臣考察也不能改成梁卓如、杨皙子考察，而我们又要对中国的立宪负责，希望将来推行的是真正的立宪制度，不是出自糊涂官僚的糊涂编造，我想来想去，就只有一个办法：接受秉三兄的请求，精心为五大臣撰写几篇宪政考察报告，为中国的立宪画出一个精彩的蓝本。卓如兄，早在戊戌年，你就被慈禧、袁世凯扼杀了，我杨某人也在癸卯年遭扼杀，但我们力图新吾中国救吾中国的精卫之魂，却始终顽强地浮游在天地之间。蒲松龄的《聊斋志异》中有不少借尸还魂的鬼狐故事，它实际上寄托的是蒲松龄自己的理想。我们今天也来个借尸还魂，即借五大臣之尸，还梁卓如、杨皙子之魂；也就是说借五大臣回国禀报之尸，还中国真正的立宪新政之魂。这样，今后慈禧、袁世凯、张之洞等人卖力推行的立宪政治，就是梁、杨之辈多年来所苦苦追求的理想。卓如兄，这么一件利国利民又利己的绝大好事，你竟然把它看成是在为慈禧、袁世凯出力而不为，是多么可惜可悯呀！”

熊希龄听到这里，方才看出杨度步步营构引导梁启超入彀的苦心，也看出杨度能言善辩的说客之才，心里感叹：古之苏秦、张仪恐亦不过如此！

梁启超哈哈大笑：“秉三兄，你看看这个杨皙子，简直如孙猴子耍弄猪八戒一样把我戏弄了一通。自己心甘情愿做别人的枪手不算，还硬要拖我上贼船。如果不上，又是以小利害大公的自私者，又是连利国利民又利己的大好事都看不出的傻瓜，看来我梁启超已无路可走，只有跟他上贼船了。秉三兄，你可要记住，明年五大臣考察回来，禀报受到老太婆表扬的时候，一定要重重地奖赏为他们出了大力的杨皙子哟！”

“那是一定的，一定的！不但要奖赏皙子，还要奖赏你梁卓如。”见梁启超已答应，熊希龄满心欢喜。把举世公认的两大宪政专家都请动了，无异于刘备既得卧龙，又获凤雏，自己为中国的宪政可谓立了一大功。

杨度也很高兴，说：“卓如兄，也不要你写多了，只写一篇，即《东西方各国宪政之比较》。东方无别的国家，只有日本，西方选几个主要国家，德国、英国、比利时等，把他们的宪政特点罗列出来，加以比较，再分别长短优劣就行了。你是日赋万言尚可睡懒觉下酒楼的怪才，这篇东西你不用三天就写好了。”

“皙子，你可不要乱说哟，日后传给子孙们听了，那我梁启超岂不变成唐伯虎、袁子才那样的人了。”梁启超虽否认“睡懒觉下酒楼”这句话，其实心里还是很以“才子”为得意的。

熊希龄说：“唐伯虎、袁子才有什么不好，我是想学都学不像。”

“我是羡慕死了，下决心要学像！”杨度笑了一下，又正正经经地对梁启超说，“卓如兄，我给你提个建议。用《东西方各国宪政之比较》这个题目做文章，可长可短，短则二三万字可以说清，长则二三十万字也无废话。你干脆写两份。二三万字的短篇作为五大臣考察回来的禀报上奏慈禧，二三十万字的长篇作为一本书印出来广为流布，既开化了官智，又开化了民智。你再花三百块大洋请我为你作一篇序言，将今日的这段来由详详细细地写上去。那时，普天下人都晓得，原来当初五大臣的禀报就是你梁老夫子的杰作。事也做了，书也出了，名也享了，五大臣暂借的宝贝也物归原主了。梁卓如呀梁卓如，那个时候看你拿什么来感谢我！”

“哈哈哈！”

陈旧矮小的横滨寓所里，近世中国三杰的爽朗笑声，简直要将年久失修的顶棚冲破！

何汉文、杜迈之著《杨度传》：“1905 年下半年，清政府为了欺骗人民，挽救日益崩溃的封建专制统治，成立了所谓考察政治馆，派载泽、端方、戴鸿慈等五大臣赴国外考察宪政，并以熊希龄为随员，做准备立宪的姿态。但这些官僚对于宪政都是一窍不通，急于找人咨询。熊希龄考虑到当时以精通宪政著称的是在日本的梁启超和杨度，梁以戊戌旧案关系，不便去找，而他和杨度是同乡旧友。因此，他向五大臣建议，请杨度代写一篇关于东西各国宪政情况的文章，作为将来考察宪政报告的蓝本。这个建议得到五大臣的同意，派熊到东京找杨接洽。杨度认为这正是可以实现自己的政治主张和救国抱负的时机，因而欣然接受了这个任务，并转请梁启超执笔。梁也答应了。五大臣在欧美、日本走了一趟，于第二年回到上海时，没有接到杨度允写的文章，着了慌。于是熊希龄建议五大臣以考察东南民情为名逗留上海，自己再赶往日本催杨交卷。最后由梁启超写了一篇《东西方各国宪政之比较》，杨度写了《中国宪政大纲应吸收东西各国之所长》和《实施宪政程序》两稿。五大臣就把这三篇论文作为考察各国宪政的报告书上奏。清政府根据这个报告，于 1906 年 9 月，下诏预备仿行立宪。”

第二章　丁未政潮

一　孙毓筠造反被捕，却意外地受到礼遇

熊希龄回国交差后，杨度开始为中国未来的宪政精心构思蓝图。他详细地分析了行君宪制度的几个主要国家的宪政，找出他们各自的长处。比较来看，他认为最适宜中国国情的是日本的宪政，中国的宪政应多采取日本的成法。又设想中国实施宪政应分为三个主要步骤：第一步召开国会，第二步制定宪法，第三步推行宪政。完成这三个步骤大致需要五年的时间。

正在这时，国内传来惊人的消息：五大臣启程的那天，车厢里发生爆炸事件，行刺者为安徽桐城籍革命党人吴樾。吴当场被炸死，载泽、绍英受伤，五大臣打道回府。杨度很担心考察之事因此而流产，写信给熊希龄，要他设法促使此事早日成行。两个多月后，五大臣再次启行。这次绍英不去了，以顺天府丞李盛铎代替。又因吴樾行刺一事，朝廷急建巡警部，袁世凯推荐徐世昌任该部尚书。于是徐也不去了，改以山东布政使尚其亨代替。杨度这才放了心。

不久《中国新报》正式创刊，杨度的《金铁主义》在该报上连续刊载，引起很大反响。《中国新报》办得有声有色，很快便成为与保皇党的《新民丛报》、革命党的《民报》鼎足而三的大报纸。杨度的名气更大了。到了这年十一二月间，日本留学生界里又出了一件大事。

十一月二日，日本文部省应清廷的请求，颁布了一份《取缔清国留学生规则》，限制留日学生的活动。同时，日本报纸还诋毁中国留学生“放纵卑劣”。此事激起了所有留日学生的公愤。全体留日学生团结一心，决定罢学回国。身为总会干事长的杨度认为全体罢学回国不合适，他一面以干事长的名义向日本政府递交抗议书，一面又以个人的名义与日本政府交涉，企图说服日本政府修改这个规则。

不久，留学生界领导层内部又出现了分歧。宋教仁、胡瑛、秋瑾等人成立了学生联合会，主张自办学校。以汪精卫、胡汉民为首的学生维持会主张忍辱负重，继续求学。

这时，有一个热血澎湃的青年，见分歧不能弥合，又感于国事多艰，决心以一死来唤醒国人的觉悟，遂毅然于十二月八日在东京大森湾蹈海自殉。此人就是《警世钟》《猛回头》的作者、华兴会同盟会的主要发起人之一、

《民报》撰述人、三十一岁的湖南新化籍革命家陈天华。

陈天华愤然投海的事在日本、在国内引起了巨大的震动，有些留学生埋怨杨度在这个事件中态度不够坚决，有人甚至扬言要杀掉他。杨庄姐弟得知后很担心，一再劝说哥哥暂时避避风潮。于是杨度离开东京城，到乡间住了两三个月，直到大家的心情都平静下来后才回到田中寓所。

转眼到了夏天，五大臣在海外游荡了七八个月，提着一箱箱装满了各式各样奇器巧具、衣料、皮鞋、首饰、香水，以及自己完全看不懂的洋文原版书报回到了上海。熊希龄再次东渡日本找到杨度。杨度的两篇文章《中国宪政大纲应吸收东西各国之长》及《实施宪政程序》，早已工工整整誊抄完毕。两篇文章加起来约有五万多字，博采众论，规划精详，熊希龄看了很满意。和杨度一起再去见梁启超，谁知这位梁才子根本还没动笔。杨度责备他爽约，他笑嘻嘻地说："不要紧，二位在横滨宽住十天，我把文章赶出来，绝不会比皙子的差。"

熊希龄啼笑皆非，然事已至此，再无别法，只有等他笔下出东西，但眼下如何向五大臣作交代呢?

杨度给熊希龄出了一个主意："你请载泽领头向朝廷上个折子，说东南士民得风气之先，于立宪多有卓识，宜应趁此机会用十天半月时间召集官绅会议，并深入里巷实地考察，为立宪多做一点实务。上海十里洋场，够他们花天酒地一些日子了。如果有雅兴，还可以到苏州、杭州一带走走，半个月时间他们只会嫌少不会嫌多。朝廷也会觉得他们言之有理，定会允准。待到梁卓如的文章一出来，你就赶快乘船送到上海去。"

熊希龄只得照此办理。十天后梁启超拿出了《东西方各国宪政之比较》，也有三万余字，洋洋洒洒，纵横自如，是一篇典型的饮冰体论文。熊希龄如获至宝，连夜乘船回国。

杨度期待着朝廷会按他设计的程序先召开国会，结果大失所望。慈禧太后毫无召开国会之意，却召开了一个御前会议，参加者为醇王载沣以及各位军机大臣、政务大臣、大学士，并特命直隶总督袁世凯参加。会议决定先改革官制，以廓清积弊、明定责任为宗旨，待官制改定之后再议宪政事。

光绪三十二年七月十三日，清廷下达预备仿行宪政，从官制改革入手的诏书："廓清积弊，明定章程，必从官制入手，亟应先将官制分别议定，次第更张，并将各项法律详慎厘订，而又广兴教育，清理财政，整顿武备，普设巡警，使绅民明晰国政，以预备立宪基础。"

于是成立了一个官制编制馆，设在恭王府之朗润园，特派镇国公载泽，大学士世续、那桐、荣庆，贝子载振，大臣奎俊、铁良、张百熙、戴鸿慈、葛宝华、徐世昌、陆润庠、寿耆、袁世凯为编制大臣，又派庆王奕劻，大学士瞿鸿禨、孙家鼐总司核定。阵营庞大，规格很高，可谓郑重其事。然而议起事来却十分棘手，因为衙门的存与撤，直接关系到该衙门官员去与留的切身利益。

先议军机处。坐在主位上的庆王奕劻及大学士瞿鸿禨都是军机大臣，大家都不便开口，冷清的场面使得众位大员们都很尴尬。实在挨不下去了，左都御史张百熙首先发言打破僵局，说军机处乃雍正爷由内阁中分设，取其接近内廷，每日入值，承旨办事较为密速，相承至今尚无流弊，自毋庸改变。张百熙刚一说完，载泽、世续、那桐等人都表示同意，众人不好再说什么了。奕劻的儿子载振于是建议，改革官制有许多事要办，军机处不如暂不议，先议别的。众人也只好同意。

再议内务府。内务府大臣世续端坐不语，众人大眼看小眼，也不说话。大学士那桐说，内务府管的是大内事务，外官不清楚，不好议。于是内务府也不议。理藩院尚书寿耆说，内务府既然不议，太监事也不能议，因为它牵涉到老佛爷和各位太妃、皇后、皇妃，臣子们岂能插嘴，此事宜由老佛爷来定。众大员一致同意。

工部尚书陆润庠说，内务、太监既不议，则还有一事不能议。大家问何事。陆润庠说，八旗牵连到所有的王公贵族，事关重大，弄不好得罪元老勋旧，老佛爷也会头痛。众人都说是。于是八旗亦不议。

状元出身的孙家鼐说，翰林院设于顺治元年，二百多年来沿袭不改，向为储才养望之地，更为大学士出身之所，为天下士人所仰慕，若撤了翰林院，会使士人寒心失意。翰林出身的瞿鸿禨、张百熙、徐世昌、陆润庠等立刻拥护。翰林院遂亦不议。

就这样议了十来天，除了五不议外，什么名堂都没议出来。企图有番作为的袁世凯、徐世昌很着急，担心如此议下去会一事无成。他们寻思，必须有人提出一套较为系统的改革方案，才可能扭转会议的散漫习气。这天晚上，袁世凯邀请徐世昌、戴鸿慈、张百熙、葛宝华等人到自己的寓所商议。大家议出了一套初步方案。

次日会上，袁世凯先发言。他以一种带兵统帅的威严果断，一扫十天来的懒怠、松懈、客套、虚伪之风，开门见山地提出他的中央官制改革的设想，拟设军机处和十一个部。其中外务部、学部、吏部依旧；巡警部改为民政部；户部改为度支部，原财政部并入该部；原太常、光禄、鸿胪三寺并入礼部；原兵部改为陆军部，将练兵处、太仆寺并入该部；刑部改为法部；工部并入商部，改为农工商部；新设邮传部，专司轮船铁路电信邮政，理藩院改为理藩部。

大家议了一番，也提不出多大意见。有人建议将大理寺改为大理院，也通过了。

关键是官员的安排。袁世凯提出每部设尚书一员，侍郎两员，不分满汉。眼下这个时候再分满汉畛域，显然违背时代潮流，没有人敢发表反对意见。慈禧不愿意将满人的权利拱手让给汉人，她正要借不分畛域之机多安排满员，遂表示同意。 新官员名单：军机大臣奕劻、瞿鸿机、世续、林绍年，外务部尚书瞿鸿机，度支部尚书溥颋，礼部尚书溥良，陆军部尚书铁良，法部尚书戴鸿慈，邮传部尚书张百熙，理藩部尚书寿耆，民政部尚书徐世昌，农工商部尚书载振，学部尚书荣庆，吏部尚书鹿传霖。

中央官制定了后，以铁良为代表的满人强硬派欲趁此机会削掉汉人的权力，鉴于各省督抚自湘淮军兴起后汉多满少的现状，力主削减督抚之权。身为直隶总督的袁世凯竭力反对。争争吵吵议不出个结果，最后不了了之。

清政府改革官制的举措遭到日本及西方各国的冷嘲热讽。革命党人坚信必须把这个不可救药的朝廷推翻掉，否则中国不可能有出路。

这个时候，最富有斗争传统的湖南又出现了有利于革命暴动的大好时机。

入夏以来，整个长江中下游地区阴雨连绵，洪水暴涨，尤以湖南遭受洪灾最为严重。湘中湘北一带一片汪洋泽国，淹死者三四万，灾及者四十多万，灾情之重，为有清二百余年来所仅见。地方官绅不但不赈灾，反而乘机哄抬粮价，囤积居奇，致使抢米风潮此伏彼起。积压在贫苦人民心中的怒火，已是一触即发了。

五月下旬，陈天华的遗体运到了长沙，同时运来的还有另一位湘籍青年志士姚宏业的遗体。二十多天前，他因愤于反动官绅阻挠筹办中国公学，在上海投黄浦江而死。两具烈士的遗体在素来重义气、敬英灵的长沙古城引起了轩然大波，在省商会会长禹之谟的领导下，长沙阖城学生穿制服行丧礼，万余人整队送至岳麓山安葬，场面至为悲壮感人。

湖南官场一片惊骇，对禹之谟恨之入骨。一个月后，禹之谟参与湘乡学界反对盐捐浮收的风潮，湖南巡抚下令将禹之谟逮捕入狱。清政府与人民为敌的面目充分暴露了。去年马福益因再次筹备起义被官府逮捕杀害，早就想为大龙头报仇的哥老会众，图谋借此人心浮动的时候重举义旗。所有这些情况，为远在东京而密切注视湘省动态的黄兴、刘揆一等人所掌握。两人计议后，派刘道一回国联络会党并策划湖南新军一起行动。

刘道一回到湖南后，很快与哥老会头目龚春台和华兴会成员姜守旦联系上了，约定于旧历十二月底衙门封印时举事。不料，起义前夕，龚、姜之间出现分歧，互不买账。龚自号“中华民国革命军南军先锋队都督”，姜自号“新中华大帝国光复军都督”。刘道一运动新军一事,也未取得效果。

十一月上旬，龚、姜先后提前起义。义军声势浩大，战事顺利，很快占领了萍乡、浏阳、醴陵交界的几处重要集镇。消息传到东京，同盟会本部的领导人都很激动，动员骨干迅速回国支援。就在这批人陆续回国的时候，起义失败了，刘道一惨遭杀害。同盟会的革命家们悲愤已极，刘揆一更是痛不欲生。他痛定思痛，和泪写了八首哭弟诗，一并在《民报》上发表。刘揆一所作《哭炳生弟》七律八首，因较长，兹录其第八首如下：“夜阑灯暗泪潸然，予季魂兮宛在前。早日深情棠棣赋，清流遭恨豆萁篇。苦心漫说仇三世，掩面还当入九泉。速死倘能重聚首，人间无复弟兄缘。”兄弟情、战友义尽溢于篇中，人人读之皆怆然涕下。孙中山、黄兴等人也纷纷写诗挽悼。孙中山挽诗：“半壁东南三楚雄，刘郎死去霸图空。尚余残局艰难甚，谁与斯人慷慨同。塞上秋风嘶战马，神州落日泣哀鸿。几时痛饮黄龙酒，横揽江流一奠公。” 黄兴挽诗：“英雄无命哭刘郎，惨淡中原侠骨香。我未吞胡恢汉业，君先悬首看吴荒。啾啾赤子天何意，猎猎黄旗日有光。眼底人才思国士，万方多难立苍茫。”

杨度也接到家乡来信。信上还说，正在长沙周氏家塾读书的道一夫人曹庄，闻丈夫遇害后也自缢身亡。杨度读后欷歔不已。他虽然不赞成革命暴动，但敬重刘道一为国献身的伟大精神，也深为其夫人殉夫殉国的义举所感动。他不顾《中国新报》不谈革命、只言立宪的办报宗旨，毅然在头版刊登了他自己写的挽诗，以表达对故人的悼念：

谁识捐躯士，温然孝友身。弟兄同许国，夫妇并成仁。
碧血遗千古，丹心照百伦。至今时事亟，黾勉后来人。

不少革命党人原来对《中国新报》在革命与保皇之间所持的中庸态度不满，看了这首诗后，觉得杨度还是自己的同志。

在回国声援这次萍浏醴起义的同盟会会员中有两个特殊的人物，他们是孙毓筠和胡瑛。离开东京之前，孙中山在牛込区寓所宴请他们，指示孙毓筠去南京运动江苏新军，胡瑛去武汉策动日知会。

孙毓筠现正担任同盟会总部庶务总干事。这个职务在同盟会初成立的时候为黄兴所任，其地位仅次于总理孙中山，在总理离职时可代行其职权。黄兴在年初离开日本去香港、新加坡一带，与当地同盟会支会商议在中国南部起义的事，于是庶务总干事一职便由原任评议部评议员的孙毓筠担任。

孙毓筠乃安徽寿州人。其先世为山东济宁州人，因荒年逃难来到寿州城外，见当地有一棵出奇高大的柳树，认定此地风水好，可发后人，便在此定居下来，将此地取名为大柳树村。孙姓逃荒者有两个儿子，他叫长子学做生意，叫次子读书。心里盘算着无论是发财还是做官，他家里都沾得上。

大柳树村的风水果然被相中了。长房以贩布起家，传到第三代便家道殷富，买了上百亩好田。二房代代读书，到了第四代，出了一个三年一遇的天下第一人，他就是状元出身的现任大学士孙家鼐，人称寿州相国，把个孙氏家族引进了清华高贵的门第圈。

孙毓筠是长房的第六代。他见族叔祖位高望重，十分羡慕，乃发愤读书，十八岁考中秀才。考了一次举人未中，孙毓筠便不耐烦再熬光阴，反正家里有的是钱，就纳资捐了个同知，有了个从四品的官衔。他还不甘心，又加码捐了个正四品道员。他寻思着只要哪里有缺，再送上两三千两银子，便是一个八面威风的现任道台大人了。久候无缺，他又在家里迷上了佛经。一部《楞严》、《圆觉》迷得他如醉如痴，想起尘世的千般烦恼万种辛苦，他几次要披发入山做和尚。老母娇妻苦苦哀求，才不得不打消这个念头。

去年吴樾谋炸五大臣、杀身成仁的壮举赢得许多血气方刚的青年的称赞，人们视之为当代的荆轲、聂政。吴樾，字孟侠，安徽桐城人，保定高等师范学堂毕业。光绪二十九年创办两江公学，宣传革命，信奉暗杀主义。光绪三十年，与杨毓麟等组织北方暗杀团，作为军国民教育会保定支部。三十一年八月，在北京前门车站谋炸出洋考察宪政五大臣，当场牺牲。吴樾人虽死去，名声却播于九州岛。孙毓筠尽管是富家子弟，养尊处优，但社会的弊端，朝廷的腐败，他也看得很清楚。从吴樾虽死犹荣的舆论中，他看出革命是顺人心合潮流的正义行为，于是决定摈弃做满人官僚、释氏门徒的想法，一心一意去走革命之路。

孙毓筠一旦下了决心，便采取断然的行动。他变卖家里的良田，在寿州办起了一座小学校，聘请老师向学生进行民主革命的教育。他生性挥金如土，从家里掏出大量银钱支援附近境遇困难的反清志士，从而结识了大批朋友。他又要妻子汪珏带两个儿子到日本求学。今年三月他自己也来到东京，参加了同盟会，并捐款十万银元充做革命经费。孙毓筠对革命的热情，赢得了孙中山及同盟会其他领导人的尊重，大家都推举他为庶务总干事。

孙毓筠到南京后便设法与新军取得联系。当时江苏新军的番号为第九镇，里面有许多革命志士在活动，也有不少士兵和下级军官同情革命。孙毓筠见第九镇基础很好，放松了警惕，很快便暴露了身份，被官府抓了起来。

孙毓筠抱着一死成仁的心愿等待官府对他的审讯判决。但奇怪的是，官府却对他的待遇很好，将他安置在南京城内一个花园别墅里，身边还有两个人招呼。每天好酒好菜地送上来，还有一间书房供他读书写字，一切都不亚于寿州家里的贵公子生活。唯一不同之处，就是院墙外有人持枪守卫着，他不得迈出大门一步。孙毓筠好生奇怪，但从不问身边的人，每天看书写字喝酒吃肉，心里既不多想，便也活得安闲自在。

这样地过了将近一个月，孙毓筠成仁之念逐渐削弱，对生命对妻儿的眷恋日益强烈，然而他却不愿以自首来换取自由，他认为那是可耻的行为。他也猜想，这种非同一般的待遇中必有一个究竟，院墙之外或许正在进行着某种不平常的活动。

是的，孙毓筠的分析没有错。他的卷宗由南京巡防营呈送到两江总督衙门时，因出国考察宪政有功，刚从湘抚任上擢升为江督的端方便亲自审阅。

端方字午桥，是一个精于宦术的满洲正白旗人。庚子年，慈禧逃难到西安，那时他正做着陕西巡抚。他看准时机，对难境中的慈禧百般逢迎讨好，亲率军队日夜拱卫在她的身边。端方的忠诚赢得了慈禧的欢心，从此成了慈禧的亲信。出国、擢升，便都是慈禧后来对他的酬谢。

鉴于革命党排满行动得到汉人普遍支持的现实，考察回国之后，他给慈禧上了一道请平满汉畛域的密折，建议改定官制，除满汉缺分名目，撤各省旗人驻防，以示朝廷放心汉人；废止满汉不通婚的规定，允许满汉自由联姻，融合满汉为一家，使革命党无机可乘。他的这道密折，得到慈禧的默认。他尽力做到与汉大员保持较为友好的关系，并看出袁世凯是汉大员中最出类拔萃的人物，日后前途无量，便与袁私下订了婚姻，将长女许配给袁的第五子克权，一旦满汉不通婚之规定废止，便将女儿送进袁府。袁世凯自然也巴不得结下这门亲事，满口答应。

打开卷宗，孙毓筠的寿州籍贯，立即引起了端方的警觉：孙家鼐也是寿州人，此孙与彼孙是否为一家？他拍了一封电报给孙家鼐，问孙毓筠是否华族？回电很快到了南京，然则答非所问："此子顽劣异常，请严加管束。"

端方拿着这封电报仔细推敲"此子顽劣异常"这句话，显然是长辈指责晚辈的口气，无异承认了他们之间的同一家族的关系。"请严加管束"这一句貌似严厉，实际是叫他网开一面。因为对于煽动军队造反的革命党，早已超出了“管束”的范围，应判处杀头的极刑。到底是状元，电文回得既意思明白，又不落把柄，端方很是佩服，他要借此案来取悦这位汉员中的大老。

就在这个时候，东京同盟会总部也在积极设法营救孙毓筠。有人提出，杨度为五大臣出国考察写禀报，端方为五大臣之一，他与杨度一定有往来。杨度既然能够在《中国新报》上发表悼念刘道一的挽诗，也一定会愿意请端方赦免孙毓筠。

孙毓筠离开东京后接替其庶务总干事一职的是宋教仁。黄、马起义失败后，宋教仁从武汉逃到上海，在去日本的船上结识了杨度。宋教仁长相英俊，谈吐倜傥，二人在船上一见如故。于是宋教仁来找杨度，请他帮忙，并指出孙毓筠与孙家鼐的关系。杨度一口答应。

其实，杨度与端方毫无私交可言。原定的五大臣，他仅与徐世昌有过一面之识，后来徐并没有出国，真正出国考察宪政的五个大臣，杨度一个也不认识。杨度之所以答应给端方写信求情，有几层考虑。

一来同盟会乃是由于他介绍孙黄相识后的产物，东京总部的主要领导人都是他的好朋友，他对同盟会有感情。二来宋教仁亲来求他。杨度的性格，凡别人有急难之事来求他，不管自己有没有能力帮得了忙，总是先一口答应下来，再想办法。何况孙毓筠毁家办学兴教育，就凭这一点，杨度看定孙是一个胸襟不俗的人，他也乐意倾力相助。三来他要以此检验端方对他的态度，买不买他的人情，由端方的态度可以推测到其他四位出国大臣对他的态度，甚至还可以推测到整个清廷对他的重视程度。四则大学士孙家鼐是孙毓筠的族叔祖，这是一个可以利用的关系，且送一份情谊给他，日后保不了有可用之处。

杨度提笔作书，不谈孙毓筠加入同盟会的事，也回避他此番回国的目的，大谈特谈孙卖田产办小学的事，称赞他是响应朝廷废科举办学堂的号召，是爱国爱民的表现，且本人出身世家，学问优长，乃国家有用的人才。信的末尾说：

> 午帅自泰西归来，数上奏疏，恳请朝廷早日立宪，声望日隆，国人及海外留学生甚至有伊藤、坂垣之比。且午帅素惜人才，以识才护才为己任，向为士人所景仰。孙毓筠行事或有所孟浪，然心则在救亡图存。望午帅怜其年轻不更世事，

宽免其罪，为孙氏留一顶门之柱，为国家存一可用之才。

端方接到这封信后很是高兴。杨度的才学他早已知道，见这个有学问的宪政专家将他视为伊藤、坂垣式的人物，便也就以这两位东洋名相自许，企图通过杨度和孙毓筠与海外留学生搭上联系，网罗其中的人才，组建自己的班底，日后好干一番大业。

端方怀着这种心思，亲笔给杨度回了封信："孙生文理通顺，门第清华，当秉高谊，求人于轻。"

正因为有如此复杂的外间交易，孙毓筠才得以舒适地生活在小院落里，而这种舒适的生活，又正是端方软化孙的斗志的一个重要手段。

这天午后，孙毓筠午睡刚起，一个五十来岁的中年人，满面春风地走了进来，对他说："小贵，你不认识我了吧，我是你的乡亲杜宗路呀！"

孙毓筠疑惑地看着来人，一口地道的寿州话是不错，但面孔却陌生得很，名字也未听说过，最奇怪的是，他怎么知道我的乳名？孙摇了摇头。

杜宗路在他身边坐下来，依旧笑着说："小贵，你自然不会认识我了。我离开寿州那年到过你家，你还只有七岁，一晃二十年过去了。我昨天从苏北回南京，听说午帅软禁的是你，大吃一惊。你虽然长成大人了，但五官轮廓还是跟小时候一个样，我一眼就认出来了。"

杜宗路滔滔不绝地讲着，孙毓筠的脑子里却总想不起这个人来："你认识家父？"

"岂止是识得，我们还是很要好的朋友哩！令尊比我大八岁，我一直把他当兄长看待。说句不好意思的话，我手里缺钱的时候，令尊大人还常常周济我，我至今仍然很感激他。"

孙毓筠的父亲为人慷慨，亲友们在银钱上凡有所求，都肯帮助，这个性格也传给了儿子。孙毓筠见他说得真切，相信他是父亲的朋友，说："这样说来，我该叫你杜叔了。"

"不敢当！"杜宗路说，"我行三，你就叫我杜三吧！"

"那怎么行！"孙毓筠说，"杜三叔，你现在哪里供职？"

杜宗路也不再客气了，笑着答："因为乡试落第，我离开了寿州，经人介绍到祁门县衙门学做师爷，以后又去绩溪、青阳做师爷，做了十来年，不甚得意。后来听说午帅是满洲三才子之一，最爱才，于是就去投奔他。那时午帅还在直隶做道台。我办的第一件公文就得到午帅的赏识，从那以后跟了午帅已十年。每有机会，他都保举我，我现在已是五品衔的候补知府了。”

孙毓筠笑着说：“师爷做到这个位置也真不低了。”

“这全靠午帅的恩典。”杜老三说，“孙少爷，你何苦放着富贵公子不做，却硬要往枉死城里钻？这次幸好遇到怜才的端午帅，若碰到别人手里，早已没命了。”

孙毓筠已明白了，这个杜老三是端方派来的说客。假若这个说客是一个月前来的话，他会毫不客气地轰之出门。但现在，一种强烈的对生的渴望，促使他欢迎说客的到来。孙毓筠并不是一个卑污的小人，他不愿为活命而当叛徒。这些天来，他在心里盘算过，最好是既能走出囚室，同时又不失气节，只是他一时想不出一个好主意。

“我并不是一心要钻枉死城，因为国家弊病太多了，非要有人起来动员大家革除这些弊病不可！”

“孙少爷，你是一个忧国忧民的青年，我很敬佩你。我们这个国家的确弊病很多，要革除。”杜老三态度十分诚恳，“现在朝廷也看出了这个问题，从太后到令叔祖孙中堂到袁帅、午帅都在力求设法革除国家的弊病。午帅很欣赏你的志向，却为你所选择的方式而遗憾。”

孙毓筠不做声，静静地听着。杜三知他的心思在动，继续劝道：“孙少爷，午帅有心要保全你，他不能当面跟你谈，特为叫我来给你通个消息，只要你承认所主张的是政治革命而不是种族革命，午帅就会向朝廷奏请宽免你。”

孙毓筠说：“杜三叔，你可能不知道，政治革命、种族革命我都主张。在两种革命的次序上，我认为只有先进行种族革命，即推翻满洲人的朝廷，然后再进行政治革命。”

“小贵呀，你叫我杜三叔，我不敢当，但我毕竟比你痴长二十多岁，我今天以兄长的身份开导你，请你听我几句。”杜三轻轻拍着孙毓筠的肩膀，以一种亲切的父执态度说，“你是汉人，我也是汉人，你要从满人的手里光复汉人的政权，我何尝不理解？不瞒你说，二十多年前，我和令尊大人在寿州老家就经常谈满汉之间的问题，也谈曾国藩、左宗棠等人是不是汉奸的问题。满汉之间的民族冲突，从满人入关以来就一直存在着。二百多年来，汉人中的不少杰出人物，远的不说，近世如林则徐，如陶澍，他们都忠心耿耿地为满人的朝廷办事，又如令叔祖寿州相国也是朝廷的干臣，难道他们都是追求富贵而忘记了祖宗的叛臣孽子吗？不是的！小贵呀，你还年轻，还不太懂世事，大哥我明年就五十岁了，见的事多了。大哥我对你说句实心话，皇帝由哪个民族的人做不是主要的，关键是要政治清明。满人中的康熙、乾隆，比起历代汉人中那些英明君主来说都不逊色，而汉人中的隋炀帝、明武宗也决不会比同治帝、光绪帝高明。既然满人朝廷愿意立宪，我们为何不促使它一起把这件事办好，非要进行种族革命把它推翻呢？小贵，你想没想过，一旦行种族革命，双方必定是大开战争，遭殃受罪的还不是老百姓吗？”

孙毓筠的反满革命思想本不十分坚定，听了杜三这番话，也觉得有道理，口里没做声，头不自觉地点了几下。杜三高兴，继续说：“你知道吗，你的朋友杨度特为从东京写信给午帅，请午帅宽免你。”

孙毓筠在东京久闻杨度大名，但从未见过面，更无交往，谈不上朋友。不料杨度此时从万里之外致书端方，孙毓筠对杨度顿生感激之情，觉得杨度真正是个好人，难怪能在东京留学生界中有很高的威信。

“午帅说，像杨度这样的人才确确实实是为国为民着想的人。他只谈政治革命，不谈种族革命，他对天下大势的看法可以称得上是真知灼见。午帅希望你不要辜负了好友的一番厚意。”

杨度致书说情一事给孙毓筠很大的震动。他对杜三说：“杜三叔，你去告诉端中丞，我要好好想想。”

“是要好好想想，什么时候想通了，就告诉大哥我一声，大哥一定替你帮忙。”

杜三说完出了门。

孙毓筠在舒适的小院落里整整想了一天一夜，他想了很多很多。

假若这次策划新军成功，起义发动了，把个南京城闹得天翻地覆，自己或战死或被捉杀头都值得，因为那将作为一个壮烈牺牲的暴动领袖而播于人口。而现在事情未成，就这样悄没声息地被处死，那就太不值得了。若能活下去，就应该力争活下去，政治革命也罢，种族革命也罢，总之都是革命。放弃种族革命而不放弃政治革命，也不能算背弃革命，因而也就不能算叛徒。既不变节，又能得宽免，为什么不干呢？再说，杜三的话也不无道理，并不一定非要行种族革命不可，政治革命或许才是中国真正的出路。今后出去了，一定要去拜见杨度，当面请教救中国的道理。想到这里，孙毓筠终于拿定了主意，他要身边侍候的人向端方禀告愿写供词。端方见杜三游说成功，立即派人送来一套名贵的文房四宝以示关怀。

孙毓筠花了十来天时间把自己这些年来的思想做了一番清理，写了一份长长的供词。他先叙述自己的家世，然后写由科举功名转向佛学研究，再由佛学研究转向种族革命，继而终于明白了政治革命才是救国的正确选择。最后他向端方建言，以改良政治来达到富国强兵的政治革命派，固然大有人在，而以推翻满人政权实行种族革命的人士也不少，为朝廷计，为午帅计，对行种族革命的人不宜株连太甚，否则将激起更大的反抗。宽赦革命党人，才是消弭祸变的办法。为了让朝廷和端方更加放心，他在供词的结尾部分表示，此番获释后，他将披发入山重新研究佛学，妻儿财产既无所恋，世事纷争亦不再与闻。

端方依照这份供词向朝廷报告，鉴于孙犯已改变立场，宜从轻处罚，判囚禁五年。实际上，端方在总督衙门后花园里收拾一间小房子，将孙毓筠安置在这里读书。杜三告诉孙毓筠，应将端午帅有意保全的良苦用心告诉族叔祖。于是孙毓筠写信给孙家鼐，详告一切。同时又给杨度写了一封信，向他致以谢意，并表示出去后一定拜他为师钻研宪政。而此时的杨度，正面临着生命航程中的又一次重大转变。

二　千惠子的眼泪，藤原勾画的蓝图，让准备回国的杨度的心迷乱了

自从清政府向中外宣示预备立宪以来，海内海外主张君主立宪的人得到很大的鼓舞。他们憧憬着美好的未来：宪法制定了，君权受到限制，民权得到扩大，政治得以改革，经济随之而发达，军事随之而强大，贫弱落后的中国很快就像日本、德国、英国一样地强盛起来了。他们更加自觉地鼓动民众拥护朝廷，劝说持革命排满主张的朋友放弃武装暴动，一道以和平渐进的方式促进国家的进步。不久，厘定后的新官制名单公布，十三个军机处大臣及部务大臣，满七蒙一汉五，全国哗然，不少立宪党人也深为失望。但尽管如此，大部分立宪派仍盼望朝廷能将宪政推行下去。

立宪派的舆论领袖梁启超一面大量撰写关于立宪政治的理论文章，在《新民丛报》上接连刊登，一面联络同志组建新党。在蒋智由、陈景仁等人的活动下，一九〇七年夏季，一个名叫政闻社的党派成立了。梁启超写了一篇政闻社宣言，公开发表，向世人宣示他们所持主义的四大纲领。一曰实行国会制度，建立责任政府；二曰厘订法律，巩固司法权之独立；三曰确立地方自治，规定中央地方之权限；四曰慎重外交，保持对等权利。同时郑重声明，政闻社决不干犯皇室的尊严，也决不扰乱社会治安，只是履行立宪国家的国民有集会结社自由的公权。

政闻社反对革命讨好朝廷的态度激起了革命党人的愤怒，当他们在东京神田锦辉馆召开成立大会时，张继率领四百多个同盟会会员捣毁会场。有人脱下脚上的皮鞋击中了梁启超的脸，梁吓得夺窗而逃。会没开完就散了。

杨度虽然没有参加政闻社，并且对蒋智由等人在组党过程中谋私的行径多有不满，但对张继和同盟会中一部分人如此野蛮的行为非常反感。他愤而致书张继，谴责张带头破坏集会本身便是违背宪法。杨度责问张继："如果让你们这样的人今后成功了，那岂不是以暴易暴，百姓还能有自由吗？"

张继笑杨度书呆子气十足，根本不予理睬，气得杨度和他断了交。

这时国内拥护朝廷预备立宪的团体也相继产生。江浙一带成立了宪政公会，广东成立了自治会，湖北成立了宪政筹备会。主持这些团体的人都是文化界或实业界的名流，在地方上有很高的威望，官场对他们也优礼有加。这一天，方表特来告诉杨度，梁焕奎、范旭东等人正在酝酿成立宪政公会，有拥戴杨度为会长之意，问他肯否回国筹办。方表字叔章，湖南长沙人，弘文学院的留学生，因常给《中国新报》投稿，鼓吹君宪，受到杨度的赏识，彼此成了好朋友。年初杨度发起建立了一个名为政俗调查会的组织，方表是会中的活跃分子。

杨度听到这个消息心里动了起来。这几个月里，他越来越觉得原先那个一回国便主持朝政的理想与现实脱离得太远了。

首先是《中国新报》令他沮丧。报纸刚创办时，由于他的《金铁主义》在每期上连载，引起人们的注目，读报买报的人不少，来势很好。但《金铁主义》一登完，再没有重头文章接着上，报纸的影响便立即下跌。稿件虽不缺，但好文章却不多。鼓吹革命的文章都投了《民报》，宣扬立宪的文章都被《新民丛报》搜罗。杨度自己要操办杂务，不可能腾出时间再写大文章，幸赖方表、陆鸿达、杨德邻等人还能时常有点够分量的文章，才使得报纸维持了下来，然而当初所希望的目标却没达到。由于销量不大，经费亏损厉害，古倭刀所换来的银元用得差不多了。虽说只要开口，藤原先生一定会支助，但杨度不愿开这个口。

再就是政俗调查会也不兴旺。杨度办政俗调查会，名义上是调查日本的政治和民俗，实际上是把它作为推行金铁主义的政党来办。但是，留学生中那些热心政治愿意参加会团组织的人，不是被同盟会招去，便是被梁启超的宪政会网罗，投靠政俗调查会的不过寥寥十余人，根本不能成为一个党派。

看来在日本再待下去，也难以蓄养更大的名望，不如回国去为好。主持江浙鄂等省立宪会的人，如张謇、郑孝胥、汤寿潜等人都是大名士，若出任湖南宪政会会长，社会名望也自然不低。梁、范都是财力雄厚的实业家，依仗他们的财力将湖南的宪政会办起来，再出面联络各省，自己不就成了全国推动宪政的在野领袖么！想到这里，杨度激动起来，他觉得应该立即收拾行装买舟渡海。他轻轻哼起了杜少陵的诗句："白日放歌须纵酒，青春做伴好还乡。"诗圣当年渴望回乡的狂喜给他平添豪情。他走到墙边，将挂在墙上的《湖南少年歌》取下卷起。这是他寓居东京四年期间最得意的一部作品，他要将它带回国去，张挂于故乡的书斋里。卷着卷着，耳畔忽然响起了甜甜脆脆的少女的声音："爷爷，这篇歌行写得真好！"这不是千惠子的话吗？

几年来，每当自我欣赏《湖南少年歌》的时候，杨度的耳边便会响起这句话来，它给他无限温馨和美妙的回忆。每当这时，他整个身心都会沉浸在一种甜蜜的感觉之中。而现在要收起它回国了，这岂不意味着将要与千惠子永远地分别？富裕强盛的日本国，繁荣美丽的东京城，杨度可以一拔脚就离开，毫不留恋，因为它毕竟不是自己的国家；热情友好彬彬有礼的日本朋友，他可以鞠躬告别，不多牵挂，因为毕竟各有各的事业；共同战斗友谊深厚的留学生，他可以暂时分手，无须话别，因为毕竟不久尚可在国内重逢。只有她，千惠子，却令胸怀大志而又多情多意的留日学生会总干事长难以割舍。今后的岁月里，怎么可以见不到她的倩影，听不到她的笑语？这简直是不能想象的事！卷起的《湖南少年歌》又松开了，从手中掉落到榻榻米上，几分钟前激动狂热的杨度陷在不可解脱的痛苦之中。

杨度明白，他深深地爱着千惠子，千惠子也深深地爱着他，只是四年来谁也没有把这层纸捅穿罢了！有一天，不知是有意还是无意，田中老先生提到了孙女的婚事。他说千惠子姓藤原，是藤原家的人，藤原家的香火要靠她来传，因而她不能嫁到外国去。杨度听了心里一怔。多少次，杨度很想向千惠子表达爱慕的心声，但一想起田中的那番话，便止住不开口了。再说，自己已有妻室。这些年来，黄氏对丈夫一片忠贞，对婆母竭尽孝顺，又为杨家生了儿子，休掉她，于情于理都不合；不休黄氏，能让千惠子做二房吗？对于一个豪富家族的千金小姐来说，这显然是不可思议的事。当然，留日学生中有不少像代懿那样跟所喜欢的日本女子苟且偷情的人，有的甚至还生下了儿女，但他们又并不负责任，说声回国了，一走了之，将风流债怨留在异邦。杨度是个情种，倘若遇上别的女子，他或许也会做出这等荒唐事来，然而在千惠子面前，他不愿意这样做。千惠子太可爱了，真是一块晶莹无瑕的美玉，一朵光艳照人的鲜花，杨度不能亵渎她，更不忍心伤害她，他非常乐意与千惠子保持着几年来这种纯洁的师生兼朋友的关系。感情奔涌的时候，他甚至甘愿与她如此厮守到永永远远！然而现在要回国去了，要离开这个心爱的少女了，杨度心中怅然若失。

听说哥哥准备回国了，杨钧这几天也是思绪万千。去年他在弘文学院师范班毕业后，在东京闹市区的一条小巷子口租了一个狭窄的门面，专门刻印章,取个名字叫做白心治印社。“白心”二字是他近来为自己取的别号，典出《庄子·天下》:“愿天下之安宁以活民命，人我之养，毕足而已，以此白心。”杨钧觉得这句话说的也是自己的志趣和襟怀，“白心”二字尤其内涵丰富，于是又把它作为这个小小的治印社的名称。白心治印社的生意很好，每天来治印者络绎不绝，也常有慕名而来的印人，或求师问道，或切磋技艺。杨钧性情宽和，待人谦恭，除艺术上的追求外，于人世别无所求，他成天在石块和灰屑之中怡然自乐。所得的酬金，他一不饮酒，二不嫖妓，一部分用来购买书籍字画，一部分送给哥哥。今年春天，姐姐、姐夫一家离日本回国，他站在横滨码头上，望着远远消失的海轮，真想一道回去，但哥哥要他暂时留下陪陪自己，他没有犹豫，立即同意了。现在哥哥决定回国了，杨钧马上把白心治印社的招牌取下，他要与哥哥同船回去，回到他刻骨思念的母亲的身边，回到石塘铺的绿水青山之间。

然而，当他将简单的行李提到田中龟太郎住所时，除《湖南少年歌》被取下外，一切都照旧，似乎屋里的主人并没有要离开的意思。

杨钧惊讶了 :“哥哥，你怎么还没有收拾收拾，是不是推迟了日期？”

“噢，稍等等，等长沙来信后再说吧！”

杨钧发现，一向神采焕发的哥哥近来脸色苍白，精神不振。

“等长沙谁的信？”

“当然是梁焕奎、范旭东他们的信，征求他们对我回去的意见。”

“那还用问吗，方表说他们早就盼望你回去主持湖南宪政公会。”

杨钧觉得奇怪，哥哥办事素来我行我素，并不在乎别人的态度，这次为何如此反常？

单纯年轻的重子，哪里想得到哥哥此刻的心情！

前几天，千惠子来了，兴致勃勃地谈起这两个月学的功课：起居室布置。她说自己已学会了不少布置厅堂房间的技巧。又说到年底就要毕业了，父母要为她的毕业举办一场舞会，让她自己挑选一个日子。

“哲子先生，你猜我挑了哪一天？”千惠子笑着问杨度，脸上洋溢着红扑扑的光彩。

“我想，你会挑选一个周末的晚上。”杨度心里有点隐隐作痛，但外表仍如往日地热烈。

“不对，你再猜猜。”千惠子歪着头，黑亮的浓发在杨度的眼睛中比平日更加迷人。

“我想，”杨度开始认真思考着，“我想，你会挑一个阳光明媚的日子，或许是一个大雪纷飞的日子，因为它们都是好天气。”

“也不对。”千惠子的头晃动了两下。杨度发现她的耳坠上吊着两串紫色的葡萄状耳环，往日匀称的身材似乎显得修长了些。

“那就难猜了。”杨度的心弦在微微颤动。他猜测到这个聪明的富家少女可能会有惊人之举。

“我告诉你吧，我定在十二月八日。”千惠子的眼睛里明显地流露出融融柔情，令杨度不敢对视。

“你为什么要选择这一天呢？”杨度不解地问。

“这一天是你的华诞呀！”千惠子惊奇地反问，“怎么，你连自己的生日都忘记了？”

“真的，十二月初八是我的生日，我自己都没有想起来，你怎么知道的？”杨度又惊又喜。

“去年这一天叔姬姐烧了满桌菜，我恰好撞上了，一问才知道是为你祝寿，那天爷爷奶奶也都过来吃饭。你忘记了？”

噢，杨度想起来了！去年这一天，叔姬全家，再加上重子，还有千惠子祖孙三人，大家热热闹闹地高兴了一天。杨度对自己的生日从来很淡薄。过去在家，母亲总是记得，每年这天，要特别给他做点好吃的。自从离开石塘铺这些年来，他从没想起过自己的生日。去年，母亲托人辗转带来一封信，特为告诉女儿，要她在哥哥和弟弟生日这一天表示祝贺；又对小儿子说，你哥生性粗疏，只记大事不记小事，你姐的生日只能由你来记住。叔姬于是牢牢记住了母亲的嘱托。现在叔姬回国了，想不到这个东瀛女子倒存了这份心。杨度从心里对千惠子充满了感激。

“谢谢你了，千惠子，只可惜到时这个舞会我参加不了。”

“为什么？”千惠子两只眼睛睁得大大的。

杨度避开她的眼睛，轻轻地、慢慢地说：“我准备回国去，重子也一道走，以后，说不定，就不会再来日本了。”

“是不是家里出了事？”沉默了一会儿，千惠子问，声音有点发颤。

“没有。”

“你们的国家出了大事？”

“国家也没有出大事。”杨度望着千惠子说，“朝廷准备实行宪政，我的家乡湖南也准备筹建一个宪政公会，我想回去做一点实事，可能比待在日本更有作用。”

千惠子没有做声，嘴唇抿得紧紧的，眼皮渐渐低垂下来，望着脚底下的榻榻米。突然，杨度看见她的脸上滚动着两颗透亮的泪珠，他的心猛地抽搐起来。千惠子脸上的泪珠越来越多。他不由得跨前一步，握着她的双手，略带哽咽地说：“千惠子，你怎么哭了？”

千惠子仍在哭。杨度有点不知所措。蓦地，千惠子的双手从杨度手中挣脱出来，紧紧地抱住他的肩膀，喃喃地念道：“皙子先生，你不要回国，你不要回国……”

杨度的眼睛湿润起来，眼前的一切，慢慢地变得模糊了。一滴热泪滴在千惠子的脖子上，她的双手抱得更紧了。杨度再也不能控制自己，把千惠子紧紧地揽在怀中：“千惠子，我实在不愿意离开你！”

“皙子先生，这里就是你的家，在日本你同样可以做出一番大事业的。”千惠子将脸紧贴在杨度的脸上，嘴里不停地说，“我爱你，我爱你，我不能没有你！”

杨度周身的热血在沸腾，从心灵深处呼喊着：“千惠子，我也爱你，我实在太爱你了！”

“答应我，不回国，不回国。”千惠子继续喃喃地念着，“上次你离开日本三个多月，我生怕你不再来了，你今后再也不要回国去了，好吗？”

杨度的脑子晕晕的，心热热的，完全沉没在波涛汹涌的爱河中，仿佛一切都不再存在了，能感觉到的，只有他自己和千惠子。

就这样，两人紧紧地拥抱着，直到窗外传来田中老先生呼唤孙女的声音，两人才不得不松手。这天夜里，杨度通宵未眠，一闭上眼睛便是千惠子挂满泪珠的脸。第二天上午，千惠子依依不舍地回横滨去了。

这几天来杨度心神不宁，无法整理行装。昨天邮差送来藤原的信，请他到横滨家中一叙。

天未亮，杨度就醒过来了，辗转反侧，再也不能入睡。好容易挨到天亮，他起身盥洗，也不要弟弟陪他，独自乘早班车来到横滨。藤原在他豪华舒适的客厅里隆重地接待了杨度。看架势，藤原有要事商谈，谈什么事情呢？

向来潇洒大方的杨度有点局促不安。

闲聊了几句后，他忍不住问："藤原先生，你有什么事情要跟我谈？"

藤原将杨度认真地看一眼，问："听千惠子说，杨君准备回国去，有这事吗？"

"是的。"杨度颇为小心地回答，脑子里紧张地推测着问话者的下文。

"准备什么时候动身？"藤原面色和悦地问，声音很轻柔。

"日期还没有最后确定下来。"杨度答。回程的确定本不难，正是因为千惠子的态度，使得他犹豫不决起来。

"噢！"藤原轻轻地点点头，举起手中的茶杯说，"杨君，请用茶。"

"谢谢。"杨度举起茶杯，上身弯了一下，表示谢意。

藤原慢慢地喝了一口茶，没有做声。杨度的心在紧缩。

"杨君，我今天请你来我家里，是有一件大事要跟你商量。"

藤原终于要说到正题了，杨度略微点头，瞪起两只明亮的眼睛望着这位头顶半谢面色红润的长者，聆听他的讲话。

"杨君智慧过人，才华焕发，又是我们藤原家族的有功之臣，我一直对你充满着钦佩和感激之情。"藤原放下茶杯，神色庄重地说，"这两年多来，你每有文章发表，千惠子都读给我听。你那篇关于粤汉铁路收回自办的长文，千惠子花了三个早上才用日文读完。我从这篇文章里更加感受到杨君处理大事的才能：在了解事件来龙去脉的基础上，提出若干种处理方案，又为这些方案找到充分的法律根据，同时指出各种方案的长短利弊，最后提出自己的最佳主意。思路如此缜密清晰，学问如此广博扎实，在今天日本的政界学界中尚不多见。"

杨度静静地听着，这位异国长者的这番知音之言，使他很受感动。

"我的女儿，也就是千惠子的母亲，早就想在大阪设立藤原分公司，只是因为没有一个合适的总经理，我一直没有同意。杨君如果愿意屈尊的话，我想聘请你做大阪分公司的总经理，至于你的职权范围和报酬，我都会从优考虑。"

原来藤原要跟他商量的是这样一件事情，这是杨度根本没有想到的。经商办实业，杨度也有很大的兴趣，并自认为也能办好。有时他也曾想过，若万一政治上不能得意的话，就去学陶朱公，赚来亿万黄金白银，然后再用这笔财产去为社会做番有益的贡献。这也是一桩极有魅力的事业。不过，眼下杨度一心想做陈平、赵普，并不想做陶朱公。

他将身子略向前倾了一下，极有礼貌地说："先生这样看得起我，令我感激莫名，只是我多年来研究的是政治与法律，素乏经商之才，实在担负不起分公司总经理的重任，真是抱歉得很。”

藤原笑着说：“杨君过谦了。我在商界阅历近五十年，深知什么样的人经商最为合适。我聘请你为分公司的总经理，正是看中了你多年来钻研的是政治与法律。贵国古代大诗人陆游有两句诗，说是‘汝果要学诗，功夫在诗外’。这两句诗其实道出了世间一个大道理，即要想取得某一个专业领域的成功，还要依靠本专业之外的广博的知识作为基础。商场即官场、战场，成功的商人也可以做成功的政治家、军事家。日本商界的董事长、总经理绝大部分都出身于多年的经商者，他们的眼中只有经济而无其他，这是日本商界缺乏伟人的根本原因。一个公司的总经理，其业务的精通并不需要很长的时间，三五年也就差不多了，难得的是政治、法律素质的培养。杨君，以我的经验预测，你如果肯经商的话，不出十年，就会成为最优秀的商人。”

藤原对经商之道的不同凡响的见解，给杨度很大的启示，凭着藤原的雄厚财力，凭着自己纵横捭阖的政治能力，说不定真有可能像藤原所说的，成为一个最优秀的商人。一瞬间，他几乎要开口答应了，但很快便清醒过来。湘绮师所传授的帝王之术，东瀛列岛上所发愤攻读的法政之学，难道就将它运用到商场上去吗？说到底，商场不过是方面而已，再优秀的商人也只是方面之才。当年曾国藩平定太平天国，武功那样辉煌，湘绮师还讥笑他“勘定仅传方面略”。假若自己留在日本做一个藤原分公司的总经理，老师不知会如何看不起，何况这也决不是自己的平生志向。

想到这里，杨度以坚定的口气说：“先生对经商的高论令我钦佩，不过，我志在政法，不在商界，故实难从命。”

“哦！”藤原似乎愣了一下，手指慢慢地抚摸着茶杯，一时没有做声。过了一会儿，他仍旧平和地说，“杨君既然志不在商界，我当然不能勉强。你要做一个政治家，我也很欣赏。若你能答应我一件事，我可以全力支持你的事业，使你成为一个卓越的政治家。”

“什么事？请先生说明。”杨度两眼立即有了光彩，精神为之一振。

“你知道，千惠子很爱你。听说你要回国去，这几天来她心里很痛苦，一个人关在卧房里不吃不喝，也不去学校。我们全家人见她这样都很着急。昨天下午，她母亲对她说，你去上学，我们请杨君来横滨商量。她这才由母亲陪同去了学校。”

杨度心里沉甸甸的，这位异国女子的一往情深，此刻在他心里引起的是一种苦涩的负疚的情感。

“杨君，我现在以我们藤原家族的名义请你留在日本。你有志于政界，我可以协助你竞选议员，你今后一定会在日本政界有一番大作为的。你和千惠子互相爱慕，是天造地设的良缘。你们在一起生活，也一定会很幸福美满。藤原家族的传人只有千惠子一人,今后所有的产业都归于你们。杨君，你将会是世间最幸福的人。”

知心的佳人，庞大的财富，光明的仕途，藤原勾画的这一幅蓝图真是太美妙了，只要一点头，蓝图上的一切都将归于自己。世间千千万万的男子所毕生追求努力奋斗的理想莫过于此。皙子呀皙子，答应吧，答应下来一切都很美好。杨度的脑子晕眩了。

“杨君，我知道你是在顾虑你家里的太太和孩子。这些，我们也为你想好了。”见杨度闭口不语，藤原看出他内心的激烈思考，他以己心对杨度的心思加以测度，“杨君，我们知道你是一个很重感情的人，不过，男儿更重的应是自身的前途。家里的太太，我们可以送十万八万银元给她。在贵国，这是一笔很可观的财产了。今后她无论是改嫁还是独自生活，都可以过得很好。至于你的公子，这更好办。贵国看重长子，我们日本人也一样。我们可以把他接到横滨来,送他上最好的学校,受最好的教育。杨君，你看呢？”

藤原热切的双眼盯着杨度。杨度的脑子很乱，一时间，他几乎不知说什么好。

门轻轻开了，一个服饰鲜美的仆人进来，向主人深深一鞠躬。

“有事吗？”藤原转过脸去问。

“东京商会总会长铃木先生来横滨了，请您到东亚大酒家去一趟，他有要事在那里等您。”仆人伸直了身子，恭恭敬敬地回答。

“铃木有什么事找我？”藤原边自言自语边起身,对杨度说,“真对不起，我要出去一下，过会儿就回来。”

杨度忙起身：“先生太客气了，您去吧，我在这里等您回来。”

藤原吩咐仆人：“好好招呼杨先生，带他去客房休息吧！”

说完又对杨度欠了欠身子，这才走出客厅。

仆人将杨度带进客房。进门后，杨度认出这正是三年多前住过的那间房子，而摆设之豪华气派更要超过当年，显示出主人这几年在生意场上很顺手。

仆人殷勤地端来一大盘饮料，有英国的威士忌，法国的白兰地，美国的咖啡，日本的酽茶。一会儿又端来一大盘时鲜水果，有泰国的芒果，菲律宾的香蕉，缅甸的荔枝，琉球岛上的莲雾。仆人向客人鞠了一躬，然后退出门外，反手将门无声关上。

杨度坐在松软宽大的西式沙发上，望着这些平日喜爱的精美食品，没有一点想吃的念头。他的脑子里一团乱麻，真个是剪不断，理还乱，他平生没有遇到过这样的困惑，这样难以拿定的选择。

对家里的黄氏夫人，与其说是爱，不如说是敬。杨度真心爱过的女人有两个，一个是静竹，另一个就是千惠子。十年前，与静竹短短相处的两天，在他心中刻下了永生不可磨灭的痕迹。二十四岁的才子胸中那个浩渺宽广的情感湖海，第一次被一个美丽多情的少女掀起了巨大的波澜。可是，静竹再好，她已撒手人寰，今生今世再不能相见了。而眼下这个千惠子，她活脱脱地在自己的身边。如此的明丽，如此的聪慧，如此的高洁，世间简直没有更美的形象能够与她相比；而她的纯情，她的痴心，她的深厚的爱恋，天地间任何有价的物品，似乎都在它的面前黯然失色。意气纵横、情感充沛的杨度如何能够割舍她？自从得知她要以毕业舞会的形式为自己祝贺生日，又因自己的突然要回国而失魂落魄之后，杨度对她的爱更是平添十倍百倍。他甚至想过，为她牺牲一切，包括理想、事业和自己的生命都是值得的，何况藤原所提供的又几乎是一条毫无缺漏的完美之路。他能拒绝吗？

但他又毕竟不是世俗间的寻常男子，除开女人、财富和名声外，他还有一腔宏伟的报国之愿，他要以自己的学问才智为祖国做一番事业，他的宽广的仕途应该建筑在神州大地上，而不是东瀛列岛！正因为此，他心灵痛苦，思绪纷乱，头脑发胀。他终于在沙发上迷迷糊糊地昏睡了过去。

“杨先生，请用午餐。”

杨度睁开眼来，餐桌上已摆好了七八个碗碟。藤原家的仆人说：“杨先生，刚才藤原先生已打发人带口信来，他因为在与铃木商量一件重要的事情，暂时不能回家，请你一人先用餐，晚上他再回家陪你喝酒。”

“谢谢。”

杨度坐在餐桌边，丰盛的午餐没有引起他多大的兴趣。他慢慢地嚼着东洋的山珍海味，脑子里突然想到：何不去梁启超家里坐坐，将这件事与他商量商量。

杨度三口两口吃完午餐，留下一张字条在茶几上，带上房门，直奔山下町梁寓而去。

三　梁夫人轻柔地对哲子说：兄弟，一腔热血不洒在自己的国土上，算什么中华好男儿

“哈哈哈，哲子真是艳福不浅！”席地坐在对面的梁启超听完杨度的简略叙述后，不觉放声大笑起来，“你不是问我的看法嘛，依我之愚见，这样好的福气不能失之交臂，你还是留在日本，做藤原家的上门女婿为好。”

“你真的这样认为？”杨度对梁启超的回答颇感意外。

“我真的这样认为。”梁启超收起笑容，“美女，财富，不用吹灰之力全都到了手，还可以顺顺当当地做个日本议员。哲子，你这是前三辈子修来的好命呀！”

梁夫人李蕙仙在里屋替儿子补衣服，听到丈夫的话后，放下手中的针线走了出来，对丈夫说：“人家哲子心里有事和你商量，你还拿人家开玩笑。”

她走到杨度身边，以大姐的身份轻柔地说：“兄弟，哪有堂堂中国男子入赘日本的道理！一腔热血不洒在自己的国土上，算什么中华好男儿？”

这句掷地有声的豪言壮语，竟然出自于一个纤弱的妇道人家之口，杨度顿时一怔。

“兄弟，卓如是和你说笑话的。早几天，我们就听说你要回湖南筹办立宪公会的事了。卓如说，哲子有眼光，是应该趁着这样的有利时机回国做实事，只可惜我有国不能回，我要在《新民丛报》上为哲子写篇文章，替他壮壮行色。昨夜写了一通宵，直到今天凌晨才和衣睡了一会儿，我去把这篇文章找来给你看。”

说罢起身进了屋。杨度看着梁启超，梁启超也不说话，只是诡谲地笑了笑。

梁夫人拿出一沓纸来递给杨度：“你看看吧？”

杨度接过，打头一行大字便是“为杨哲子回国送行”，接下去是密密麻麻的小字。果然是胸有八斗之才的大名士，信笔写来的草稿，几乎是文不加点，一气呵成：

> 吾闻杨哲子近日内将要启程回国，从事湖南立宪公会筹创之事，精神为之振奋，气宇为之昂扬，作此文为杨君壮行色。
>
> 夫哲子者，三湘有志之士也。吾初识于京华乙未年公车

上书之时，订交于戊戌年长沙时务学堂教书之春。其人慷慨磊落，热心国事不在启超之下，启超与皙子及复生、秉三、霖生、松坡等人约：救国之途或有不同，救国之心永不改变。秋天，政局陡变，吾亡命扶桑，以为与皙子难速谋再见。孰料五年后，皙子亦因经济特科案避祸东京，寄诗与启超："大道无异同，纷争实俱误。茫茫国事急，恻恻忧情著。"吾置诗于几案，叹曰：风尘混混中获此良友，吾一日摩挲十二回，不自觉其情之移也。四年来吾与皙子过从甚密，探讨立宪救国方略甚多。读其《黄河歌辞》、《湖南少年歌》、《金铁主义》、《粤汉铁路议》，更知其有王佐之才也。尝自谓天于湘人独厚，不期自曾文正、左文襄之后又生此隽才，此乃湘人之幸，中国之幸也。

杨度读到这里，不觉脸红心跳起来。下面的文字转了内容，这位立宪派的精神领袖又借此事大谈起宪政来。杨度用不着看下去了。这段文章犹如一帖清醒剂，他一下子从迷乱中猛醒过来，深为这几天来思想走上歧途而羞愧。他放下文稿，以毅然决然的口气对梁启超夫妇说："十八号下午，我在横滨港升帆起航！"

梁启超忙说："皙子，古人说不知者不怪，我先前不知你有这么好的路子，千万莫怪我写得不好，你得三思而后行，我看还是做上门女婿为好。"

"胡说，什么上门女婿？"杨度握紧拳头在梁启超的面前晃了两晃，喊道，"梁卓如，你若再说一声上门女婿，我的拳头不认人了！"

"好好，不说了，不说了。"梁启超快活地抱起好友，"好样的，这才是湖南少年的英雄本色！"

梁夫人也笑着说："兄弟，今天十二号了，十八号启程来得及吗？"

"来得及，我早就准备好了，重子在银座的铺面都已退了。"

"那就好，十七号，你和重子就到横滨来，住我家，嫂子为你们兄弟治席饯行！"

"谢谢！"杨度对这位贤惠的嫂夫人从心里充满了敬意。

从山下町再返藤原家中的杨度，数小时前的困惑迷乱的情绪已大为扫除，昔日倜傥豪迈的举止又恢复了。藤原已经回来，再三向他致以歉意。

重新在会客室里坐下后，不待藤原将下午的话题续上，杨度已先开口："先生上午说的事情，我已作了认真的考虑。您的外甥女千惠子是位很可爱的女子，她的美丽和聪慧都是极为罕见的。三年多来，我和她名为师生，情同兄妹，我一直把她当成小妹妹看待。尽管我也很爱她，但我始终把情感定在师生与兄妹之间，并不敢超过。这不仅仅因为我是一个有妻室的人，更重要的是我已把自己的生命许给了我的祖国。我的国家跟贵国比起来要贫弱落后，所以，我国许多有志青年来到贵国求学。我两度来贵国，前后加起来有四年半之久。通过四年半的观察思考，我深为佩服贵国的君主立宪制度，认为它是一个较为理想的国体，这是我来贵国四年多的最大收获。而这个收获的最终价值，只有体现在应用于我自己的国家上，否则没有任何意义。”

杨度端起茶杯喝了一口，见藤原正在专心地听，于是继续说下去：“先生所讲过的藤原家族先祖去唐代长安留学的故事，给我很深刻的教育。令先祖为国求学的崇高的爱国精神，不仅是藤原家族的骄傲，也是大和民族的骄傲，同时也是我学习的榜样。我爱千惠子，也珍惜藤原家族用智慧和汗水换来的财产，但这一切都不能使我放弃一个中国人对自己国家的责任。藤原先生，作为一个挚爱祖国的遣唐使的后裔，我相信您能理解我的这番苦心，并能原谅我的失礼。”

说到这里，杨度模仿日本人惯常的礼节，将头重重地低下去，抬起头来时，两只眼眶里充满着激动的泪水。

藤原信宇被杨度赤诚的爱国之心所感动，他发现坐在对面的这位英俊的中国青年，浑身上下散发着一簇簇耀眼的光彩。藤原动情地说：“杨君，你是一位了不起的中国人，作为大和民族遣唐使的后代，我能够理解你，我更加欣赏你。贵国有你这样的青年，贵国一定会很快强盛起来。千惠子虽不能得到你做她的丈夫，但有你做她的老师和兄长，她也是很幸福的，她也应该满足了。她一时的痛苦,我们会慢慢开导,这痛苦不久就会过去的。杨君，你放心回国吧，祝你前程似锦！”

藤原信宇的通达使杨度如释重负。离开藤原家时，他对主人说：“与田中、藤原两家的友谊，将是我日本岁月中永恒的记忆，请转告千惠子，临走之前，我会再来看望她一次。我衷心祝愿她有一个理想的丈夫，一个温馨的家庭，祝她一辈子幸福快乐！”

当天夜晚杨度乘末班车回到东京，他没有对弟弟说起藤原家里的事情，只告诉他已经定好十八号由横滨启程的船票。

一连几天，杨度忙着做回国的准备。在《中国新报》上刊登了一则停刊启事，同时又写了二十多封向一些主要朋友告别的信。十七号上午，杨度兄弟再次向房东田中龟太郎夫妇告辞。二老泪水涔涔，杨度的眼圈也红了。他决定到横滨后就去藤原家，与千惠子再见一面，把手书的《湖南少年歌》作为纪念品留赠给她。但是，在东京开往横滨的汽车上，杨度改变了主意。他不忍心看千惠子悲伤过度的面孔，也害怕自己一时情感失控，做出日后想起来会后悔的事情。他要请梁启超帮帮忙，在船离开横滨港后代他去一次藤原家，把《湖南少年歌》转给千惠子。

梁启超的寓所里早已会集了十多个热心宪政的留日学生，梁夫人也准备了丰盛的酒馔，大家欢聚一堂，为杨氏兄弟送行，希望杨度回国后能为全国立宪活动的开展发挥重大作用。杨度应付着大家的盛情，一颗心却总在挂牵着千惠子。他真恨不得立即奔往藤原家，与千惠子抱头吻别，但理智总是压制着他。有情人近在咫尺不能见面，杨度内心有着不可名状的痛苦。横滨梁寓的日本羁旅生涯的最后一夜，未来的政治活动家辗转反侧，彻夜未眠。

四　千惠子轻轻一曲《上邪》，直唱得杨度五脏六腑都翻腾起来

十八日清早吃过早饭，大家簇拥着杨氏兄弟来到码头。三层楼房高的田崎丸稳稳当当地停泊在海岸边，船员们在忙忙碌碌地搬运食品，整理房间，清扫过道，准备迎接两百名前往中国的旅客。码头上行人拥挤，语声喧哗。杨度一面和大家说话，一面四处张望，他明知千惠子不会来，因为她不知道起航的日期。但情感仍驱使着他在人群中搜索，企望奇迹出现。

他失望了，横滨码头上根本就没有千惠子的踪影！

杨钧已提着木箱踏上登船的跳板。梁启超紧紧地握着杨度的手，再次叮咛：“皙子，多多保重，记得常常给我来信！”

杨度也将梁启超的手握紧：“盼望你早日回国！”

两个在异国为了祖国的明天而奋斗并有许多共识的战友互相对望着，久久难以分手。猛地，杨度想起了一件大事。

“卓如，我托你办件事。”

“什么事？”梁启超松了手。

杨度打开脚边的日式藤箱，将《湖南少年歌》取了出来。

“麻烦你下午到藤原家去一趟，将它亲手交给千惠子，请她原谅我未向她辞行。”

“怎么，你没有与千惠子话别？”同样是情种的梁启超睁大着眼睛，

出于不可理解而责备，“皙子，你也做得太过分了，你叫我怎么代你解释嘛！”

杨度苦笑着说：“这也是没有法子的事，只怪我禀性脆弱，过不得面对面的生死离别的关。”

梁启超正要从杨度手中接过《湖南少年歌》，却不料一个人来到他们身边，对着杨度弯下身子，说：“杨先生，我家小姐请你过去说两句话。”

那人抬起头来，杨度看时，又惊又喜。原来此人正是藤原家里早几天负责招呼他的那个仆人。

“千惠子，是千惠子吗？她在哪里？你快带我去！”

就像堤岸被捅穿一个决口，久蓄的洪水从决口中冲出来，很快就将整个堤岸冲垮了，杨度再也不能控制住自己的感情，握紧《湖南少年歌》，顾不得身边的梁启超和脚下的藤箱，抓起藤原家仆人的手，一路奔跑叫喊。

不远处一棵高大繁茂的樱花树下，铺着几块奶白色的榻榻米，榻榻米上跪着一个美丽的少女，那不就是千惠子吗？

“千惠子！”杨度喊了一声，三步并作两步跑了过去。正是她，正是自己整个心灵千萦百绕团团围定的千惠子！

她穿着一身淡紫起黄色小花的缎面和服。杨度清楚地记得，三年多前他们初次见面时，千惠子穿的也正是这件衣服，但是今天的千惠子，头上脸上没有任何修饰，两只眼睛肿得很大，昔日光艳照人的神采全然不见了。

“千惠子！”杨度怀着极度的激动极度的歉意，向樱花树下的少女深深地一鞠躬，一时间竟然不知道再说什么为好。

“皙子先生！”千惠子站起来，凄然一笑，“还好，幸而没有开船，我们还能再见一面。”

“千惠子，请原谅我……”杨度语声哽咽，他只得稍停一下才说下去，“请原谅我没有和你道别，因为我怕你和我都受不了……”

“皙子先生，请坐吧！”千惠子紧抿着嘴唇，好久好久才吐出一句话来。

杨度跪坐在千惠子对面，凝神望着心中的恋人。只有几天不见，她憔悴多了；他心如刀割。千惠子也呆呆地望着杨度，文采风流的白马王子消瘦了，失神了；她柔肠寸断。世上男女之间深情至爱的表达方式，竟然无论古今，无论中外，都奇怪地惊人相似。北宋词人柳永的《雨霖铃》里所描写的场面：“留恋处，兰舟催发，执手相看泪眼，竟无语凝噎！”今天，在日本横滨码头边再次出现。杨度和千惠子互相对望着，仿佛海上田崎丸正在催发的现实都忘记了。

仆人从附近的茶楼提出一壶茶和两只茶盅，给客人和自家的小姐一人斟上一盅。

喝上一口茶后，杨度的心绪安宁下来。他先开口："我在日本四年多，结识的日本朋友好几百，唯独你，将终生以最美好的形象留在我的记忆中，令我魂牵梦绕。我正因为爱你最深,念你最切,所以才不告诉你启程的日期，拟在船上将我对你的思念记下来，给你一封长长的信。千惠子，我请求你能理解我。"

千惠子本是一个性格开朗坚强的姑娘，在经过前几天痛苦而冷静的思考后，她已经完全理解了杨度，见面时万般复杂的心绪现在也平静多了。

"皙子先生，三年多以前与你箱根赏樱花的那一天，我便偷偷地爱上了你。当我们藤原家族遗失了千年之久的宝刀，神奇般地通过你的手而回来的时候，我更相信，你是上天特为赐给我的；即使以后我知道你在中国有妻子，我也深信我们会结合。但后来我慢慢地感觉到，我的想法会落空，因为你的心总系念着中国，而藤原家族的利益又不允许我随你去中国。那一天，当我看到我为你精心选购的和服，你只试穿一下就脱下时，这种失落感便更强烈了，但我仍愿意有空便去东京，跟你相处一天半天。我以师长之礼尊敬你，而心灵深处爱你之情永远不可减退，我企盼着奇迹出现。当然，我的希望是彻底地破灭了。"

犹如淬了火的铁更硬似的，经历了感情上巨大痛苦考验的千惠子比往昔显得更坚强了，她叙述着自己心底的秘密是如此的平静，如此的坦白，令杨度异常吃惊。

"外祖父开导我，说我们的先祖藤原一夫当年去大唐求学，任长安城纸醉金迷美女如云，他老人家毫不动心，关心的只是大唐的律法，思念的只是自己的祖国和亲人。因此，他老人家受到了藤原家族世世代代的敬重。外祖父说，杨君也是藤原一夫式的人。美女，财产，地位，这些世俗人所追求的东西，都不能动摇他回国报效的心愿，这正是杨君的过人之处，可贵之处，你应当为此而高兴而自豪。外祖父的话说得很有道理，我想通了，我要高高兴兴地送你回国。一小时前接到祖父的信，知你今天上午就要离开横滨，我便急急忙忙地赶来了。上天保佑，终于见到了你！"

千惠子的这番话，把杨度刚刚安宁下来的心绪又掀得激动起来。他真想扑过去，把她抱在怀里，亲她吻她，对她叙说着自己既爱她又爱祖国的万千衷情，甚至希望来世投生日本，做一个大和民族的美少年，与再为女人的千惠子在樱花烂漫的季节举行隆重的婚礼，恩恩爱爱，白头偕老！但杨度的身子并没有移动，嘴上抖抖颤颤的，好半天才说出一句话：“千惠子，我真诚地感激你！”

千惠子拿起身边一个锦缎包的条形包包来，打开锦缎，里面是一个金碧辉煌的鲤鱼形盒子。她双手将盒子递过去，说：“这是外祖父代表藤原家族送给你的一件小礼物。”

在日本，鲤鱼是吉祥的象征。许多家庭在喜庆的日子，门口都高高挂着鲤鱼形布缝或纸糊的笼子，风吹进来，把笼子鼓得满满的，左右摇摆，活像一条真鲤鱼在空中游戏。送人的礼物，如糕点，玩具等，也喜欢做成鲤鱼形，其间蕴含的是送礼者的祝福。杨度知道藤原先生的心意，双手恭敬地接了过来。

“请你压一下鱼眼睛，把盒子打开。”

杨度按千惠子所说的，用手压了一下鲤鱼两只金黄色的眼珠子，盒子从鱼腹处打开，里面平摆着一把腰刀。阳光照在腰刀上，刀刃发出刺眼的白光，刀柄闪着幽幽的蓝光。杨度立即想起了他送还给藤原家的那把腰刀，心里一怔，说：“这腰刀是你们家的，怎么能退还给我？”

“不是的。”千惠子轻轻地摇了摇头，嘴角边微微地露出一丝笑容。杨度看得出那笑容依然是戚戚的，全不是往日的姹紫嫣红。

“外祖父说，杨君虽是文人，却是将门出身，来日本求学，仍不忘随身携带腰刀，可见他不忘家风的本色。现在腰刀还给了我们，我们不可让他空手回去见家人。于是外祖父请人照着原来的腰刀一模一样地再打造了一把，并在刀柄上也安上了七颗宝石。”

杨度低头看刀柄，果然上面也照着北斗七星的图形布上了七颗宝石。

“这七颗蓝宝石是外祖父年轻时在印度孟买带回来的。外祖父在孟买经商三年，积攒了十根金条。临回国时考虑到十根金条易招人注意，就把它换成十二颗蓝宝石，将它们藏在棉衣里面，安全带回了日本。外祖父说，这十二颗蓝宝石现在至少可以换得五十根金条，挑七颗嵌在刀柄上送给杨君，日后缓急之时可以派点用场。”

瞬息之间，这把腰刀在杨度的手里变得异常沉重起来。如此贵重的礼物，他觉得受之有愧，遂双手将盒子举过头顶，然后向千惠子平移过去，说：“藤原家族的心意我祇领了，但这个礼物我不能接受。”

千惠子盯着盒子，叹了一口气说：“若是因为这七颗蓝宝石价值二三十根金条的缘故，你就不收这把腰刀，那你岂不是把金钱看得太重了吗？整个藤原家族的财产都不能动摇你的心，这区区二三十根金条算得了什么？

它只不过是外祖父借此略表心意罢了！”

杨度听了这句话后心中十分羞愧，高举的双手不自觉地低垂下来：“你说得对，我不应该拂逆了老人家的一片心。好吧，我收下了。”

这时杨度想起了自己要送的礼物，忙将身边的纸筒拿起，也用双手递了过去：“这是素日挂在东京寓所的那幅《湖南少年歌》，你喜欢它。刚才见到你之前，我正拟托梁启超先生转送给你，现在我亲手送给你。今后，愿你见到它就如同见到我一样。”

千惠子将略为松开的嘴唇再次抿得紧紧的，一声不响地将《湖南少年歌》接过，拿起原先包鲤鱼盒的锦缎慢慢地把它包好。她端起茶盅来浅浅地呷了一口，说：“刚才这把腰刀是外祖父送给你的，我匆忙之中没有给你准备礼物。那天我陪孙中山先生来看你，你给我唱了一曲中国古乐府，我把它牢记在心里。现在我唱一遍给你听听，也不知唱得准不准，权且表示我的一番心意吧！”

千惠子说完，轻轻地哼了起来：

> 上邪！我欲与君相知，
> 长命无绝衰。
> 山无陵，江水为竭，
> 冬雷震震，夏雨雪，
> 天地合，乃敢与君绝！

这曲古老的中国乐府，此时此刻，此景此情，从一个东瀛纤弱女子的口中唱出，声调虽不太准确，旋律却分外的凄婉，真好比冬雷震震，夏雪霏霏，震天撼地，动人心魄。千惠子唱了一遍又一遍，如阳关三叠，如悲秋九重，直唱得杨度的五脏六腑都翻腾起来，泪水再也不能控制，流湿了衣襟，流湿了膝边的榻榻米。泪眼模糊之中，美丽的千惠子与美丽的樱花树渐渐地重叠起来，再也分不清哪是千惠子，哪是樱花树了……

五　丁未年北京城，政界风潮迭起，动荡不安

田崎丸一路顺利抵达上海码头，杨度兄弟上岸后住进章士钊的译书局，拟在上海盘桓几天。谁知第二天午后，一个湘潭籍的小商人送来一封急信。这信原是托书局寄往日本给杨度的，出乎意外地在书局巧遇杨度本人。杨

度拆开信一看，不觉惊呆了，原来是病了两年多的伯父十天前在老家去世了。伯父对杨度兄妹恩重如山，兄弟俩遂连夜离开书局，乘轮船经南京到汉口，再由汉口换小火轮过洞庭湖抵长沙。在长沙也没有歇息，第二天傍晚便心急火燎地赶到了石塘铺。兄弟俩在灵堂前向伯父遗容恭恭敬敬地跪着磕了三个头之后，杨度以杨府兄长的身份担负起料理丧事的重担，摆酒待客,开吊出殡,把丧事办得热热闹闹风风光光。 杨度挽伯父联:平生恩义，未忍追思，从兹落落一身，怅望出门谁念我；国事栖皇，曾何所补，徒使悠悠千载，羁迟游子恨终天。 《杨度集》中还收有杨度代族叔杨凤梧所作的一副挽杨瑞生的联语，一并录如次:尔悲逝父，我哭长兄，家世有同仇，愧未荷戈平寇盗;心念亡人，眼看后辈，衰颓余一老，可怜挥泪说身家。

安葬伯父后，兄弟二人又去云湖桥拜会了老师。见湘绮师健朗如昔，弟子们心中喜慰。杨钧暂时留在家里陪伴母亲。杨度来到长沙，与梁焕奎兄弟以及长沙城里的头面人物谭延闿、胡子靖等人商量筹办湖南宪政公会的事情。大家公推杨度为会长，杨度爽快地接受了。

梁焕奎又礼聘他为华昌炼锑公司的董事，每月送他三百银元。杨度想起多年漂泊无暇谋利，家中老母幼子的衣食都不可不管，于是也答应了。 华昌炼锑公司是当时湖南最有影响的实业公司。关于该公司，刘泱泱主编的《湖南通史》有如下介绍:“湖南华昌炼锑公司，在1908年开办后的7年，各年互有赢亏。欧战发生后，情况剧变。1915年扩充商股至96万两，次年冬又加招商股204万两，总资本达300万两。除在长沙设有炼厂外，另于益阳、安化、新化等县设立采矿场及生锑制炼厂，工人达两万以上。又扩充长沙炼厂的工程设备，计有炼氧炉24座、反射烘沙炉15座、反射提纯炉19座，每24小时可炼纯锑30至40吨，每年可产1万吨。在上海和美国纽约设有分销处，直接对外贸易。至1916年，营业额达300余万两，获纯利120万两。

不久方表也从东京回到长沙，又成为杨度的得力助手。杨度倾全副精力于湖南宪政公会的活动，同时又与江浙、湖北、广东等地的宪政团体积极联络，把长沙城里的立宪活动办得有声有色，在全国造成了很大的影响。他正欲北上京师，在王公贵族之间广为宣传立宪，谋求他们的支持，促使早开国会早行宪政的时候，不料京师政界发生了重大的变化。

这个变化的表象是两个重要的疆臣即直督袁世凯和湖督张之洞上调中央，而实质则是清廷政局的进一步混乱腐败。

清王朝从它入关建立全国政权的第一天起，就存在着一个一直没有解决的巨大矛盾，那就是满汉之间的民族矛盾。随着清末国势越来越危阽，满汉之间的矛盾也越来越尖锐。庚子年间的军机大臣刚毅有两句颇具代表性的话：“汉人强，满洲亡；汉人疲，满洲肥。”这说明满汉两族那时已处于水火不容的地步。当孙中山、黄兴等人组建会党，公开揭橥“革命排满”的旗帜，声势日益浩大的时候，满人已觉惶惶不可终日了。以慈禧为总代表，以醇亲王载沣、陆军部尚书铁良等少年贵胄为急先锋的满洲亲贵大员，打着立宪幌子，借改良官制之机，力排汉人，引起了汉族官员的普遍不满，一时北京城各大衙门内满汉司员见面竟互不说话。这不仅是有史以来中国官场、甚至也是世界官场上从没有过的怪事！

载沣、铁良等人清楚地看出，有一个汉人实力强大野心勃勃，此人便是雄踞天津、身为直隶总督兼任北洋大臣练兵大臣的袁世凯。尤其使满洲少年亲贵害怕的是，袁世凯手中拥有六镇北洋新军。北洋新军有七万余众，装备精良，训练有素，是全国最为精锐的部队。这支军队在一个年纪不满五十岁的汉人之手，真正是满人江山的心腹之患。铁良刚任陆军部尚书时就指出，不能在陆军部之外再设练兵处，也不能再设练兵大臣。铁良的主张得到慈禧的赞同，袁世凯也知道不能硬顶，遂主动上折，请开缺练兵大臣之职，将驻扎在京城的京旗常备军即第一镇，以及驻扎在直隶省以外边区的第三、第五、第六镇归于陆军部管辖。袁世凯实在不甘愿将军权全部交出，以“八国联军未尽撤走，大局尚未安定，直隶境域辽阔，须赖重兵弹压”为借口，请求依旧管辖二、四两镇。慈禧接受了袁世凯练兵大臣的辞呈，命满人凤山掌管一、三、五、六四镇陆军，二、四两镇目前暂归直督训练调遣，但同时强调归陆军部统辖。

满洲少年亲贵与袁世凯的斗争初战告捷，袁世凯不甘心自己的失利，他除对风烛之年的慈禧竭尽恭顺之能事外，更加倍牢笼他在朝廷中的重要靠山庆亲王奕劻。

奕劻乃乾隆帝之后，他的祖父庆亲王永璘是乾隆帝的第十七子，父亲绵性为永璘的第六子。绵性的侄儿奕綵因服中娶妾被革去了郡王爵位，绵性觊觎袭爵行贿钻营，事发，被流放盛京。绵性自知永无出头之日，便把儿子奕劻出继给无子的七弟绵为。过几年奕綵死了，无弟无子，奕劻被幸运地转房承袭爵位，绵性的目的通过迂回曲折的道路还是达到了。奕劻初封辅国将军，继封贝子，咸丰十年加封贝勒。

奕劻为罪亲之裔，早年亲历家庭变故，故纨绔习气较其他黄带子少。他也曾认真地读过书，能写出漂亮的楷书字，能画几笔虫鱼花草，这在宗室中就算是有才华的了。他住的地方正是慈禧娘家的府第所在地方家园。因为是邻居，也为了巴结，奕劻常去承恩公府，为慈禧的弟弟桂祥代写家信。这样，慈禧也就知道他颇通文墨。后来又与桂祥做了儿女亲家，便与慈禧的关系又亲了一大步。到了同治十一年，奕劻得以加郡王衔，授御前大臣。光绪十年，恭王与慈禧再度不和，遭罢黜，奕劻乘虚补了总理各国事务衙门大臣的空缺。又过了七年，进封庆亲王。庚子变后奉旨与李鸿章同为议和全权大臣。《辛丑条约》签订，赏以亲王世袭罔替。光绪二十九年荣禄死后，奕劻入主军机处，成为满朝大臣的首领。

奕劻以非近支无军功的身份，享有这份少有的殊荣，获得这样显赫的地位，并非有过人的才干，而是一为运气好，二为深通结欢固宠之术。究其实奕劻丝毫不具宰相之才，若论其德操，则与小人无异。其品性上的最大特色是贪婪无厌。

奕劻一进枢垣，便把天下各府县的肥瘠贫富摸得烂熟，按等级索贿卖缺。有即将外放者来访，奕劻说：“你稍等一下，马上就有富裕之地缺出。”来人明白，遂送来银子，奕劻视银子多少择地而放。他在王府中私设一个仓库，里面放的全是行贿者的金银钞票。隔几天他便统计一次，某人送了多少钱，某缺当由某人放。好几种野史都记载了这样一个故事。

奕劻将受贿所得的金银都存于京师外国银行，一则保险，二则保密。一天，英国汇丰银行的一个华人职员，因在妓院里与奕劻的儿子载振争风吃醋而受辱，决心报复他家。此人与御史蒋某为朋友，对蒋某说，早两天奕劻在汇丰银行存了六十万银子，银行里其他人都还不知道，这是索贿之财，你可上疏弹劾他，朝廷必会派人到银行查询。若奕劻要保名声，则不会承认这笔银子，那我们对半分掉，一夜之间都成为大财主；若他不做声，我们如实告诉查办者，那么奕劻将因此而罢枢要，你将因此得直声而名震天下，日后必获大用。蒋某闻之大喜，立即上疏。奕劻果然不承认，汇丰银行也查不到这笔款子，蒋某虽因诬告而去职，却获得三十万银子的巨款。

奕劻就是这样一个贪财好货之人。他这个弱点，正好为一心想谋取最高地位办最大事情的袁世凯所利用。

过去荣禄主军机处，袁世凯竭力巴结，但荣禄对袁总存有提防裁抑之心，曾对人说：“戊戌年袁世凯虽泄了康梁一党的秘密，但其人雄鸷，未可全信。”话传到袁世凯的耳中，他很惊恐。袁怕荣禄，就像唐朝安禄山畏惧李林甫一样。袁在直隶说话办事，一向得看荣禄的脸色行事。后来荣禄病重，奕劻入主军机处的迹象已越来越明显的时候，袁派心腹藩司杨士骧带上十万两银票进京谒见奕劻。奕劻见了这样一张大银票，想接又不敢接，说：“袁慰庭太费事了，我怎么能收他的钱？”杨士骧说：“袁宫保知道王爷马上就要入主军机处了。在军机处办事的人，每天要进宫伺候老佛爷。老佛爷身边那些太监们都是缺钱的饿鬼，王爷少不得常常要打点他们。袁宫保说，这十万银子不过是供王爷初到任时的零花而已，以后还要特别报效。”

奕劻听了，也不再客气就收下了。没过多久荣禄病死，奕劻果然继任。杨士骧说的话也兑现。自从奕劻进军机处那月起，直隶总督衙门便将送银子给庆王府当做头号大事来办。月有月规，节有节规，年有年规，遇到庆王和福晋的生日，摆酒唱戏请客的一切费用都由袁世凯一手包下来，甚至王府的儿子结婚、格格出嫁、孙子满月周岁等所需开支，也都由袁世凯预先安排，不费王府一文钱。那情形完全是仿照各省的首府首县侍候督抚的办法，而出手之大方用心之殷勤，又更为过之。

源源不断的银子没有白花，换来的报酬是庆王成了直督的代言人。遇有重要事情，无不预先通声息，甚至连简放外省督抚藩臬这样的大事，奕劻也必商之于袁世凯，按他的主意办。然则袁世凯哪有这么多不能报账的银子供他行贿呢？

原来，李鸿章任直隶总督时，曾将淮军银钱所的羡余之银八百多万两存入直隶藩库，未上交朝廷。这八百多万两银子乃是李鸿章带淮军数十年间由截旷、扣建而积存下来的。袁世凯继任直督，便也就继承了这笔巨款。这八百多万两银子完全由他一手支配，无需报朝廷审批。雄心勃勃的袁世凯将这笔银子主要用于两个方面，一是训练北洋新军，一是给当道者送礼，送给慈禧、庆王等人的重礼即出于此。

袁世凯有庆王做他的傀儡，对于载沣、铁良等人的嫉恨也不怎么害怕，他要伺机把失去的军权再夺回来。不久，便有了一个好机会。

这年秋天，盛京将军赵尔巽上奏，说东三省形势危殆，办事困难，请朝廷派重臣前去查看，共商要政。奕劻将此事与袁世凯商量。袁世凯寻思东北乃满洲发祥之地，朝廷一向十分重视，不如借此机会将陆军部夺去的四镇兵力分出一部分去东北，然后再将这部分兵力掌握在自己人的手里。这样做名正言顺，不露痕迹，陆军部有苦说不出。于是他建议改革东三省官制，盛京将军改为东三省总督，由徐世昌去担任。黑龙江、吉林、奉天均设置巡抚，由他的亲信唐绍仪、朱家宝、段芝贵去充任。这样，既夺回了被陆军部抢去的部分兵权，又把东三省变为自己的领地，真可谓一箭双雕。如同往日一样，奕劻全盘接受了这个建议。

过了几天，朝廷派出奕劻之子、贝子衔农工商部尚书载振及民政部尚书徐世昌为考查大臣出关。载振与徐世昌在东三省转了一圈，返回北京的途中在天津停了几天，以袁世凯为首的天津官场自然招待得无微不至。

二十多岁的贝子载振胸无点墨，完全是倚仗门第的高贵而位居尚书。与父亲的贪求银钱不同，他的爱好在声色犬马。一到天津他便被一个名叫杨翠喜的戏子给迷住了。杨翠喜十九岁，最善香艳之曲，又兼长相妖媚，在津门艺压群伶，价重一时。载振为其色艺所倾倒。

这事被正在天津的段芝贵看在眼里。段芝贵是袁世凯小站练兵时的旧人，因机灵能带兵受到袁的赏识。段芝贵只是一个候补道员，虽被袁告知将保举为黑龙江巡抚，但自度资格太浅，骤荐封疆，把握还不大，心里惴惴然。见这位贝子振大爷喜欢杨翠喜，计上心头。他用一万二千两银子将杨翠喜从其假母杨李氏手中赎出，又从天津商会会长王竹林处借了十万两银子。这天晚上，他把杨翠喜按新娘子打扮了一番，用一顶小轿子送到振大爷下榻的利德顺大酒楼，又恭恭敬敬地呈上十万两银票，说是送给庆王的寿礼。振大爷对十万两银子不在乎，却对杨翠喜的突然归之于己惊喜万分，将段芝贵大大地表扬了一番。回到北京，东三省的名单便公布了：徐世昌为总督兼管三省将军事务，唐绍仪为奉天巡抚，朱家宝为吉林巡抚，段芝贵为黑龙江巡抚。一如袁世凯所安排。

段芝贵以一候补道员出任巡抚，令官场骇然，便有人揭出了这中间的内幕。著名湖南籍御史赵启霖据此上疏，参了段一本，劾他以献妓送银而夤缘得巡抚之职，手段卑劣。同时也弹劾奕劻、载振父子受贿卖官的罪行，附带敲了一下袁世凯。

慈禧见了这份参折，大为震怒，当即撤了段的巡抚之职，命载沣和孙家鼐查办。载振少不更事，早吓慌了，忙跑到天津向袁世凯问计。袁安慰载振，只需把杨翠喜送回天津，这里自有他的安排，一切都可保无事。

当载沣、孙家鼐和打发人来天津核查时，袁世凯早已料理妥当，他们到处查问后的结果是：杨翠喜根本就没有被送给载振一事，早在载振来天津前三个月，她就已经离开假母，成为王竹林的使女，并有字据为证，所谓用一万二千两银子从杨李氏手中购得之说纯属造谣。使者回京如实禀告载沣。

二十多岁的醇亲王很少出王府，对社会上的复杂离奇几乎一无所知，使者回来这么一报，他也就相信了。六十多岁的孙家鼐历尽宦海，对官场中的任何机巧都懂，但奕劻权倾朝野，段芝贵是袁世凯的亲信，何苦去得罪他们！于是亦不深究。结果以“查无此事”了结了这桩艳案，仗义执言的赵启霖反倒以“诬告亲贵重臣名节”的罪名褫职回籍。此事在京师引起公愤，一批以气节相尚的士大夫对赵启霖更示敬重。在赵离京的那一天，翰林院学士恽毓鼎为头在城南龙树寺发起了一个隆重的饯别会，到会者近三百人，大家挥泪赠诗为赵启霖送行。其中最有趣的一首诗，出自于两年前因参劾奕劻而获得三十万巨款的前御史蒋某："三年一样青青柳，又到江亭送远行。我亦怀归归未得，天涯今见子成名！"他至今仍在为自己劾权贵却未得大名而遗憾，似乎三十万两银子并不足以与今日赵启霖革职回籍的风光相比拟！

杨翠喜艳案使奕劻父子声名狼藉。保帅只得舍车，奕劻指使儿子上疏自劾，请求辞去农工商部尚书之职。慈禧虽没拿到载振的把柄，但老于世故的她知道此事绝非空穴来风，于是接受了载振的辞呈。这是明显地表示奕劻的圣眷已经衰减。协办大学士瞿鸿禨乘机与邮传部尚书岑春煊联合起来，决心挖掉奕劻这个导致政局腐败的大根子。　张一麐撰《古红梅阁笔记》："光绪末年，清廷倡言立宪，实无诚意。袁世凯上奏请先改革官制，以为预备立宪之张本，朝中汹汹，几酿大变。袁世凯急急以钦派往阅彰德秋操为名出京，操毕即回天津。及名义上之新内阁成立，袁又将所练北洋六镇，奏请以四镇还诸练兵处，仅留二、四两镇于北洋，以塞谗慝之口。其时之袁世凯，盖亦岌岌可危也。"　《清史稿》诸王列传载，乾隆皇帝第十七子永璘封庆亲王。永璘死后子绵慜袭爵。绵慜死后以绵志子奕綵袭爵。奕綵因服中纳妾被夺爵。绵性行贿以谋爵位，事发，谪戍盛京。奕綵卒后以绵性子奕劻为后。道光三十年，奕劻袭辅国将军。咸丰二年，奕劻封贝子，十年进贝勒。同治十一年加郡王衔，授御前大臣。光绪十年，命管理总理各国事务衙门，同年十月进庆郡王。十一年九月，会同醇亲王办理海军事务。二十年，慈禧太后六十大寿，奉懿旨进亲王。二十七年，总理各国事务衙门改外务部，奕劻仍总理部务，同年加其子载振贝子衔。二十九年三月，授奕劻军机大臣，仍总理外务部。宣统三年，罢军机处，授奕劻内阁总理大臣。辛亥革命后，奕劻避居天津，1918 年去世。　恽毓鼎撰《慈禧传信录》："劻益无忌惮，取贿日富，皆以贮之外国银行。有某银行司华人某，与载振饮妓寮，为振所辱，衔之，言于御史蒋式瑆：'劻某日新贮赀六十万，可疏劾之。行察时，劻必托簿籍，则此款我二人朋分之，君可富；若劻不我托，我必以实告察办者，则劻必罢枢要，君直声且震天下，更必获大用。'式瑆大喜。疏入，令大臣察核。劻果托是司事注销存据，遂以查无实据入奏。式瑆落职，竟分得三十万。"　蒋瑞藻《小说考证续编》卷四《杨白花》："以一女优而于一代兴亡史上居然占有位置，而牵动一时之政局者，当数杨翠喜矣。杨翠喜者，直隶通州人，幼以贫褛，鬻于陈姓，展转之津门，遂堕乐籍，其假母曰杨李氏。翠喜善淫靡哀艳之曲，出其技，在侯家后协盛茶园演剧。尝一至哈尔滨，继反津，构香巢于河北，受大观园、天仙园之聘，声价重一时，为富商王益孙、道员段芝贵所赏。会贝子载振奉节东省归，道出津沽，置酒高会，一见翠喜，倾倒不置。段方有求于贝子，乃托王益孙名，以万金购翠喜为使女，即车送之京，进之贝子，翠喜则年十九矣。无何，段芝贵以道员授黑龙江巡抚。御史赵启霖独揭而劾之，段遂夺职。贝子惧，遣归翠喜。上乃派醇亲王载沣、大学士孙家鼐查办，核无实证，赵启霖亦褫职也。此清光绪丁未年事。夫以翠喜一身，时而台榭，时而官府，时而姬，时而伶，时而妾，时而婢，极却曲眯离之况。山阳曹麟角之杨花诗、亡友邹亚云之杨白花传奇，均为翠喜作也。谓非宦海之佚闻、故京之艳吏欤？"

刚由两广总督任上改任尚书的岑春煊字云阶，广西西林人，其父乃同光之际的名臣岑毓英。岑毓英以平定云南回乱的军功，由县丞而升至云贵总督，死后赠太子太傅。岑春煊因父亲余荫补授光禄寺少卿，又迁太傅寺少卿。那时的岑春煊跅弛不羁，自负门第才望不可一世，黄金结客，车马盈门，花天酒地，胡作非为，与瑞徵、劳子乔号称京师三恶少。岑虽为恶少，却有胆识。甲午中日战争爆发，他慷慨请求出关视察前线，在李鸿章等当政大臣心目中留下很好的印象。自此时开始他痛改前非，关心国事。光绪二十四年他外放广东做布政使，其时正当新政推行之时，与总督同城的巡抚均被裁除，广东巡抚没有了，岑的顶头上司就是谭延闿的父亲粤督谭钟麟。谭钟麟年老昏迈，宠幸劣员，岑联络广东商民与谭对抗，终于使谭革职。以一藩司而劾掉总督，为清代所少见，岑于是有了不畏权势的声名。岑后调任甘肃布政使，上任不到半年，庚子事变起，他不顾巡抚的犹豫，带着两千余人从兰州出发，昼夜疾驰，在昌平赶上慈禧仓皇离京的队伍。慈禧对岑的忠心奖励有加。岑护卫慈禧西行，竭尽忠忱，深得慈禧信赖，从此成为她的心腹，由布政使升巡抚，由巡抚升总督，不久前又调回京任邮传部尚书。岑对奕劻的行为亦十分愤慨，遂乐意与瞿鸿禨结为同党。

岑春煊利用慈禧宠幸的有利条件，几次在老佛爷面前痛斥奕劻贪墨乱政，卖官竟到了内卖侍郎外卖巡抚的地步，说得慈禧也惊讶不已。与此同时，瞿鸿禨指使他的门人汪康年在《京报》上连篇累牍地刊登文章，借杨翠喜一案大力攻讦奕劻父子，弄得奕劻坐立不安，指令亲信散布流言飞语中伤岑、瞿，离间他们与慈禧间的关系。

这时，恰好闽浙总督松寿电告广东钦廉潮三府有革命党闹事，奕劻借此机会上奏，说此事关系重大，两广总督周馥人地未宜，恐难平定，岑春煊娴于军旅，堪胜剿抚之任，请调岑为粤督。慈禧最怕的就是革命党闹事，即刻下旨令岑赴粤。岑知此系奕劻的阴谋，到上海后便托病不再南下。慈禧颇为不悦。

这一天瞿鸿禨当值，恰逢慈禧阅一奏章，又是弹劾奕劻的事。慈禧皱了皱眉头，自言自语地说了一句："奕劻年老了，还是退出军机处，回家养老为好。"瞿听了大喜，回家后不经意地把这句话告诉了夫人。第二天，汪康年的夫人来瞿府，瞿夫人便将此事告诉汪夫人，汪夫人回家后又告诉了丈夫，其时汪的朋友曾敬诒亦在座，曾又告诉他的朋友伦敦《泰晤士报》驻京记者马利逊。马利逊就以奕劻即将退休为题作为重要新闻电告《泰晤士报》发表。几天后，慈禧接见英国公使夫人。公使夫人以此事询问慈禧。慈禧否认，并迁怒于瞿。

奕劻得知后如获至宝，请袁世凯手下的笔杆子杨士琦拟了一篇言辞峻厉的奏疏参劾瞿鸿机，给瞿安上的罪名是暗通报馆，授意言官，阴结外援，分布党羽，又用一万六千两银子再加外放布政使的重价买通了一个御史上奏。

十分滑稽的是，这位御史不是别人，正是一贯以名节自矜，为赵启霖发起送行大会的恽毓鼎。龙树寺前他激昂陈词，斥责奕劻父子贪赃误国，声称凡为御史者都应以赵启霖为榜样。不料一个月后他便经不起重贿的引诱,自食其言,出卖了名节。这真是晚清政坛的笑话,也是晚清政坛的悲哀!

慈禧正恨着瞿鸿机，接到这份劾疏，便罢掉了瞿的一切职务，将瞿去后所留下的协办大学士一缺，赏了瞿的政敌远在武昌的湖督张之洞。

瞿的倒台，是对瞿岑联盟的致命打击。奕劻要乘胜追击岑，一个一心想抱着权贵大腿向上爬的粤籍候补道蔡乃煌，为他们出了一个绝妙点子。

蔡乃煌精通照相术。他设法弄来了一张岑、春煊的照片，又找到一张康有为的照片，将两张照片拼凑在一起，再拍一张岑康亲密合影的照片。奕劻将这张照片送给慈禧，说是获得了岑春煊与康党密谋策划拥戴光绪的铁证。这个小小的把戏，在今天谁都玩得出，绝不会被视作铁证，可是在本世纪初西方照相术还刚刚传进中国的时候，精明如慈禧者也没有识破，她竟然完全相信了。原本对托病不赴任的岑春煊就有不悦，这张照片正好比火上加油，一怒之下，慈禧将岑春煊也开缺了。

奕劻大获全胜。

奕劻的地位坚不可拔，袁世凯办事也便非常顺畅。段芝贵的巡抚虽没当成，袁世凯与铁良争夺军权的计划却在顺利进行。徐世昌莅任不久，便上奏说东北地当要冲，须加强军备，请调北洋第三镇驻扎黑龙江，为防沙俄入侵，调第五、六镇两协来奉天镇守。慈禧准奏。于是铁良乖乖地交出了刚收回还来不及整顿的一半军队。这支军队的指挥权又回到了袁世凯的手中，而军饷还得由陆军部按月供应。满洲少年亲贵与袁世凯的第一场交锋便以吃哑巴亏而告终。

但他们并不甘心，不断地向慈禧吹风，说袁世凯如何结党营私，如何跋扈不臣，如何居心叵测。慈禧深知督抚权力太大则容易形成尾大不掉的局面，况且风吹得多了也对袁世凯存有戒备之心，便接受了载沣等人的建议，免去了袁的直隶总督兼北洋大臣的职务，任命他为外务部尚书、军机大臣。为消除袁世凯的怀疑，也为酬劳张之洞几十年来经营实业之功，同时还为了在中枢形成一种与奕劻、袁世凯制衡的力量，遂将张之洞晋升体仁阁大学士，与袁世凯一道内调京师任军机大臣。

七十岁的张之洞把入阁拜相视为圣恩优渥，感激涕零，接旨后即离开他惨淡经营了十多年的荆楚大地，入京履新。不到五十岁的袁世凯则洞悉朝廷明升暗降、明扬暗抑的机奥，令下之日，力辞再三。慈禧如何能够答应他？遂只得怏怏离开天津。临行之时，又保荐心腹藩司杨士骧为直隶总督。为稳住袁世凯的心，慈禧也答应了。

载振、段芝贵去官，赵启霖革职，瞿鸿机、岑春煊相继开缺，张之洞、袁世凯同时进京。一年之内如此重大频繁的人事变动，在清代历史上实为少见。这一年岁属丁未，人们称之为丁未政潮。　　庄练著《中国近代史上的关键人物》:“就在岑春煊逗留上海的期间，对瞿鸿机的攻击亦已开始。这次出面攻击的，非常令人意想不到，竟是与庆、袁毫不相干，而平素颇矜气节的翰林学士恽毓鼎。赵炳麟撰《柏岩感旧诗话》说，御史赵启霖因奏劾奕劻父子而遭革职，出都之日，士大夫饯别于城南之龙树寺，至者数百人，赠诗盈箧，发起者即是翰林院侍读学士恽毓鼎。‘未一月，薇孙（按：即恽毓鼎字）受奕劻指，以“授意言官”劾退瞿相国鸿机，时论非之。’恽毓鼎上疏奏劾瞿鸿机，据说疏稿出于袁党人物杨士琦之手。最初欲贿买一御史上之，因惧得罪清议之故，无人敢应募，而恽毓鼎贪其重贿，竟悍然不顾，出面具奏。由于这本是慈禧与奕劻所早已商定的决策，所以恽毓鼎之劾疏奏上之后，并不须明白查究所劾是否真实，便即降旨将瞿鸿机开去本兼各职，罢斥不用。”　　刘成禺撰《洪宪纪事诗本事簿注》:“陈少白先生曰：“岑春煊督粤，捕巨绅黎季裴、杨西岩等二十余人，有籍其家者。粤人悬赏十万金，谋能逐岑者酬之。少白手揭红标。知春煊与项城有隙，西后西幸，宠岑在袁上也，乃由粤人蔡乃煌谋于袁。又知西后痛恨康梁，乃赂照相师，将岑春煊、康有为、梁启超、麦孟华四像合制一片，广售京津。由蔡挚巨金谒袁，转李莲英，密上西后。西后阅之大怒，遂有调岑离粤之命。乃煌得上海道。少白获巨酬，以金办港省轮船公司，珠江码头画归陈有，其家今尚食之。出之奇计，少白得有陈平之目。”

六　张之洞与袁世凯商议奏调杨度进京

张之洞与袁世凯是李鸿章、刘坤一去世之后疆臣中的两根柱石。论清望，张之洞出身翰林，数任学政主考，为天下士大夫所尊崇，远在袁世凯之上；论实力，袁世凯手创北洋新军，广开名利之门，为海内英雄豪杰之辈、盗嫂屠狗之徒所趋鹜，乃张之洞望尘莫及。张之洞少年高第仕途顺利，养成了他高傲自恃的脾性，到了晚年，功勋在世，名满天下，则更添几分倚老卖老、偃蹇散漫的作风。因此，张与袁第一次见面，就令袁颇不愉快。

那是五年前，袁世凯刚补李鸿章之缺升任直隶总督兼北洋大臣，驻节保定府。张之洞奉旨入觐，由武昌北上，途经保定。袁世凯很重视这次结识张之洞的好机会，早早地做好了一切准备，但张之洞却不把他当做一回事。

袁世凯那年尚只有四十三岁，比张之洞整整小了二十二岁。张高中探花的时候，袁还只是女人怀抱中的小儿。张出任山西巡抚时，袁不过是一个游手寄食的落拓青年。在张看来，袁是个不通文墨纯靠机缘的暴发户，一向目中无物的张南皮的心中根本就没有年轻的直隶总督的位置。

他原计划并不打算在保定城里停留，头天宿城外，第二天一早穿城而过，这样就免去了与袁的见面。不料离保定城还有三十里，袁世凯派出的迎接队伍便到了，恭恭敬敬地把张之洞一行安排在布置得豪华舒适的城中客栈。刚吃完晚饭，袁世凯便亲自来拜访。张心中不情愿，勉为接待，说不了几句话便在椅子上打起鼾来。袁虽不快，但想到他年纪已老，又经长途跋涉，兴许是累了，并不见怪，忙起身打躬，满脸堆笑地说："香帅辛苦了，早点歇息。明日中午晚辈在督抚花厅为香帅洗尘，请赏脸。"

张之洞含含糊糊应了两句，袁世凯告辞出门。

第二天，当簇新的绿呢大轿将张之洞抬到督署大坪时，高大的辕门已张灯结彩，衙门中门大开，袁世凯穿戴整齐，带着藩臬两司等一班高级官员恭迎在侧。张之洞走下轿来，鼓乐鞭炮齐鸣，袁世凯迎上去，弯腰作揖，请安道乏，让张走在前，自己在后面跟随，用的是晚辈迎接长辈、学生迎接老师的全副礼仪。然而张之洞对这种场面见得多了，受之当然，毫不动容。

袁世凯盛宴款待，山珍海味佳酿美酒摆满一桌子。他和藩司杨士骧分坐两旁，将张之洞奉在正中。席上，袁不断地亲自斟酒夹菜，寻找话题和张交谈，可张不理睬他，一个劲地与翰林出身的杨士骧谈士林轶事翰苑掌故，弄得袁一句话也插不上，心里甚是懊恼，表面上则依旧笑着不敢发火。吃完饭后，张拍着袁的肩膀说："慰庭老弟，没有想到你一旦做了总督，连杨莲府这样的人才都愿意做你的藩司。"

袁世凯听了这话很不舒服，当晚召见杨士骧，对他说："香帅既然这样看得起足下，足下不如干脆请调武昌算了。"

杨士骧知道这是袁白天在席上受张冷淡的气话，忙赔着笑脸说："慰帅说哪里话！白天香帅尽翻些陈年烂芝麻，我实在无意跟他谈这些，只看在他是前辈的份上敷衍着，让他面子上过得去。纵使香帅有这种意思，司里亦不愿侍候这等偃蹇上司，何况在司里看来，香帅不是做大事的人，他也无意调我去。"

人人都说张之洞是经天纬地的大才，为何杨士骧独说他做不成大事呢？袁世凯这样想过后，有意问：“足下是如何看待香帅的？”

“我看香帅今日之情形，正与当年左宗棠西征得胜回师的时候一样。那时的左宗棠自以为不可一世，骄而蹈虚，伴食东阁，其实只不过苟延一时而已。香帅乃暮年之左宗棠，不足畏也。”

袁世凯听了杨士骧这番话，白天所受的窝囊气出了多半，但还是不能全然释怀说：“香帅今日席上只与你一人说话，不理睬我，他是看不起我非翰林出身。”

正是这码事！聪明的杨士骧怎能不知，但他不能附和，脑子一转，嘴里说出一番很中听的话来：“依司里看来，他不是在扬其长，而是在掩其短。香帅进入保定府，见北洋军军容整肃，号令森严，心存嫉妒，但又无可奈何。他知道谈武绝非慰帅对手，于是避开正事不提，专谈词曹旧事，实为掩其窘态。因此香帅不是轻视公，正是重视公，畏惧公。”

袁世凯肚子里的怨气全部化去了，笑着说：“还是足下有眼力，能见人所不见。”

杨士骧乘机进言：“当年曾文正公首创湘军，其后能发扬光大者有两人，一为左宗棠，一为李鸿章。左宗棠大言而不务实，自从平定新疆回部以后，供养京师，不能掌握兵柄，致使纵横十八省之湘军几乎成了告朔饩羊，仅剩一名词而已。李鸿章则不然，踏实做事，牢牢抓住淮军不放，所以后来尽管遭到四方攻击，他仍能维持周应于一时。今慰帅已有新建陆军之基础，如能竭尽其力，扩训新军，并能将军权掌到底，则朝野将仰望慰帅如岱岳，他日与曾、李争一日之长，非慰帅莫属。老气横秋之张香涛，岂能望慰帅项背！”

这一席话正说到袁世凯的心坎上，他转怒为喜，说：“天下多不通之翰林，翰林而真正通的，我看只有三个半人，一个是张幼樵，一个是徐菊人，一个就是足下，张香涛只能算半个。”

说罢，两人相视而大笑。　胡思敬《国闻备乘》：“奕劻……引袁世凯相助。太后曰：‘袁世凯与张之洞，皆今日疆臣中之矫矫负时望者，可并令入值。’奕劻虽不悦之洞，而无辞以拒之。盖太后之意，始欲借载沣以防载振，继又欲借张之洞以抵制世凯。其虑不可谓不周。”　庄练著《中国近代史上的关键人物》：“据野史相传，张之洞于光绪二十九年由武昌北上入觐时，路径保定，其时袁世凯方为直隶总督，由于平素对张之洞的声望及科名均极为钦佩之故，至时遂盛设筵席招待，奉为上宾。讵料正当北洋名流毕集，袁世凯躬亲为张之洞奉卮上寿之时，张之洞却早已鼾鼾而睡，以致袁世凯大为难堪。”　“又据另一种传说，袁张保定之会，袁世凯所率部属、将领之外，更有司道各官陪会。当时的直隶藩司杨士骧，乃光绪十二年丙戌科的翰林，算是张之洞的翰林后辈。张之洞因为杨士骧亦出身翰林之故，引为同调，座间惟与杨士骧娓娓而谈，于袁世凯若无睹。所谈者又皆翰林故事，袁世凯枯坐一旁，至不能赞一词。士骧敏于应付，甚为之洞所赞赏，出，语人曰：'不意袁慰庭作总督，藩司乃有杨莲府！'袁闻此事，谓士骧曰：'君既受香帅知遇，何不请其奏调湖北，俾可日常相处？'士骧笑曰：'纵使香帅有此意，司里亦不愿伺候这种上司。'"

第二天，袁世凯如无事一般，将已成暮气的张之洞礼送保定城外。

有一则野史说，在那天的酒席上，张之洞为嘲弄袁世凯，故意出了一句下联向袁求上联。张的下联为：烟惹御炉许久香。"许久香"三字既与"烟惹御炉"构成一句诗，又是当时一个翰林的名字。袁世凯对不出，很难堪。散席之后他对幕僚们说，有谁能对出上联，戏弄张之洞代他出气者，赏银一千两。所有幕僚都想得到这笔大银子，绞尽脑汁熬了一个通宵。第二天早上袁收到几十句上联，他很满意其中的一句，用信封糊好，将张之洞送出保定城门后当面交给了张。张之洞拆开一看，气得几乎要晕死过去。原来那上联写的是：图陈秘戏张之洞。对句的确工整而挖苦，但这多半是后人编造的文字游戏。以袁世凯之为人处世，他绝对不会用这种猥琐的语言去亵渎德高望重的张之洞。　萧一山著《清代通史》第六篇《宪政运动与国民革命》："忽一日，之洞出片纸，书'烟惹御炉许久香'句征对，'许久香'暗切人名，必难为对，同列均敬谢不敏。世凯亦引领而观，之洞笑谓曰：'君亦有此雅兴乎？'世凯见张又讽己，亟思报复之，退朝先与杨士骧商。士骧为介一名士曰曾毓瑜者，以万金易一联语。次日，派人送至枢廷，交之洞亲启。其对联曰：'烟惹御炉许久香，图陈秘戏张之洞。'之洞阅毕，气急欲待掩饰，则同列已尽看清，乃掷向炉火，且掷且骂曰混蛋。世凯复故做不平色曰：'我看此应征对简直不通，"图陈秘戏"四字，怎能接得上相国尊讳？此人混蛋而外，还嫌不通。'众人不知世凯笑里藏刀，遂一附和一骂，替之洞解嘲，然而之洞苦矣。世凯出而加意渲染，一时传遍九城。"

张之洞在保定府如此轻慢袁世凯，而袁世凯居然毫不计较，倒使张之洞自觉有点不妥。后来袁世凯在直隶训练北洋六镇新军，办实业，兴教育，轰轰烈烈推行新政，将直隶建成全国的模范省。袁世凯的才干也使张之洞暗暗佩服，常对左右说：袁慰庭后生可畏。五年后的今天，二人同时进京入军机处，老态龙钟的张之洞见到神采奕奕的袁世凯时，不觉从心底里叹出一口气：老夫老矣，中国日后的戏只有让此人来唱主角了！

袁世凯对待张之洞，仍像五年前在保定城一样地执弟子礼，请安问候，恭敬得很。张为官较清廉，在京中并无房产，只得寓居先哲寺。冬天寒冷，入值极不便。袁世凯在紫禁城附近锡拉胡同购置一所宽敞的庭院，然后对张说，这是多年前买的一所房子，空着无用，请搬进去住，不图别的，图个上朝方便。张之洞正苦于先哲寺路远，便同意了。这个书生气较重的老官僚根本没想到，锡拉胡同寓所里的门房、杂役全是袁安置的暗探。从此，张的一举一动都在袁的掌握之中。 许同莘撰《张文襄公年谱》卷十："公仍寓先哲祠。冬寒，入值不便。袁宫保方寓东安门外北洋公所，言公所有别院在锡腊胡同，地近可居。乃移寓锡腊胡同。一日，袁见客自外省来者，问谒张中堂否，曰未见公不敢往。曰信然，昨见门簿，犹无汝名也。"

这天，张之洞偶翻《京报》，发现头版左下角登载一则新闻，说南方宪政运动进行很热火，湖南宪政公会会长杨度与湖北的汤化龙、江苏的张謇、福建的郑孝胥等人联合发表声明，建议朝廷在亲贵大臣中普及宪政知识，以便减少障碍，利于宪政推行。

"杨度什么时候回国了？"

张之洞放下报纸，自言自语。经济特科案和粤汉铁路自办案，使杨度在张之洞的心中留下了十分深刻的印象。前案使他确认杨度学问出众，后案使他看出杨度办事有方，他由此断定杨度正是当今国家所急需的人才，应当重用。

张之洞在两广两湖力办新政，成绩巨大，但他所办的多为铁路、工厂、教育等具体实业。在这些方面，张之洞认为应该虚心向外国学习，将外国的成功经验搬过来，至于中国的纲纪伦常及其指导思想周公孔孟之道，则是世界上最完美无缺的，不须改变，也不能改变。他把这种认识用"中学为体，西学为用"八个字作概括，得到朝野许多人的赞同。

这两年来立宪之风大昌，朝中不少大臣也附和，甚至太后也接受了。开始张之洞颇不满意，后来想到太后的接受也是有道理的。日本、英国、德国采取立宪制度，国家强盛了，这是事实，说明立宪制确有它的长处。何况现在革命派排满活动愈来愈烈，如果满人朝廷不让出一些权来，稳定一部分民心，那就有被推翻的可能。两害相权，只能取其轻。

既然太后下决心行宪政，做了大清帝国一世忠臣，晚年又登人臣之极的张之洞，能不按太后的旨意办事吗？不过，张之洞明白，关于宪政，他所知甚少，朝廷中满汉大员们绝大部分也不明究竟。要办宪政，首先要懂宪政；宪政既是个洋玩意儿，就只有让喝过洋水的人来讲，杨度是最好的人选。他已回国，何不调他进京，由他来主持一个宪政讲习班？张之洞如此思忖着，仆人报："袁宫保来访。"

张之洞想，来得好，正要将此事与他说说哩。他起身来到大门口迎接。

袁世凯隔三差五地便来锡拉胡同看看张之洞，有时是有事，有时是闲聊天，张之洞从不到大门迎接，顶多只站在书房门边等候，通常是坐着不动，待袁进来时，随便用手指指身边的矮凳子，懒散地说一句："慰庭来了，坐吧！”这次亲到大门口，使袁世凯有点受宠若惊。

“哎呀，大冷的天气，老中堂您怎么到大门口来了？”袁世凯说着，快步走上前搀扶着张之洞，“快进书房吧，伤了风，晚生可担当不起！”

“坐吧！”进了书房后，张之洞指了指身边一张铺着猩红哈拉呢垫靠背椅，对袁世凯说。自己也在日常坐的那张旧藤椅上坐下。仆人很快端来一碗热茶。

进京尚只有两个月，比起在武昌来，张之洞显得瘦多了，也更加苍老了，长而稀疏的胡子白得一点光泽都没有。就刚才这样多走了几步路，他也感到劳累，略定下神，说：“慰庭呀，有什么好事吗？”

“没有什么事，晚生打算到醇王府去看看醇王，听说他这两天有点不舒服。路过府上，顺便来看看老中堂。这几天冷，您可要多多保重。”

袁世凯漫不经心地回答着。其实，他这次是专门来此打听一桩大事的。昨天夜里，张之洞寓所的门房悄悄来到东安门北洋公所，向袁世凯禀报：下午醇王来锡拉胡同，在张之洞的书房里谈了半个多时辰的话，具体内容不清楚。

袁世凯听了这个消息，一夜没睡稳当。满蒙亲贵，阖朝文武，袁世凯谁都不怕，他就怕醇亲王载沣。载沣才能平平，年纪轻轻，袁世凯为何独独怕他呢？这里面的关系很复杂。

戊戌年的宫廷政变，袁世凯知道自己有说不清白的干系，太后一日健在，他可保一日无虞，太后一旦死去，皇上亲政，那就危险了。因为如此，他力主君宪，欲借内阁来限制皇上。如若不行，到那一天他则请求开缺回籍，以丢掉权势来保全性命。这几年来，他得知皇上身患重病，心中暗自高兴，又用重金买通皇上身边的太监，以便随时掌握皇上病情的变化。前不久，他从一个贴身太监的口中得到一个惊人的消息：有一天太后和皇上谈起了醇王年仅一岁的儿子溥仪。袁世凯和他身边的心腹幕僚仔细分析这个情况后，认为这很有可能是关于立嗣事，即把溥仪立为大阿哥，在皇上去世后继承大统。溥仪这么小，继位后国柄当然落在其父载沣之手。载沣最嫉恨汉人掌军权，又要为哥哥报仇，一旦当国，自己将有可能成为他的俎上之肉。这个推测，在载沣进入军机处后得到确认。眼下军机处六人，世续向来颟顸，鹿传霖年迈昏聩，载沣只有援张之洞为党。倘载沣与张真的结为同党，那将足以与自己和奕劻的联盟相对抗。袁世凯这样细细地思索后，认为门房的情报非同小可，决定亲往张寓试探试探。

“醇王爷病了！昨天不还好好的吗？”

袁有心，张无备，一开口就为袁进一步追问提供了方便。

“老中堂昨天见到醇王爷了？”

“是呀！”张之洞一点也没觉察出袁世凯的奸诈，“昨天下午，王爷还到我这儿来了，我见他精神好好的。”

“哎呀，王爷真敬重老中堂，亲自登门求教。”袁世凯做出一副又恭维又艳羡的模样。

“也不是求教，还不是问问铁厂、织布局那些事。”对于醇王的亲临，张之洞也引为得意。

“老中堂在湖北筚路蓝缕，艰苦创业，成就了这样大的事业，也真是不容易，晚生也得好好向老中堂请教才是。”

袁世凯顺势给张之洞一顶高帽子，张心里高兴，说：“其实，昨天醇王爷来，主要还不是谈实业方面的事，他是听说汉阳城里有一个专治气虚的老医生，问我知道不，想召进宫来为皇上治病。”

“皇上怎么啦？”袁世凯装成一副大吃一惊的样子。

“醇王爷说，皇上这几天病势又加重了，他很着急，御医无能，想找民间有绝技的医生来为皇上瞧病。老夫说汉阳那个医生我知道，也只是徒有虚名，并无真本事，用不着召来。”

袁世凯佩服张之洞的精明。为皇上荐医治病是最冒风险的事，治好了嘉奖几句了之，治不好，迁怒下来则受不了，何况皇上已病入膏肓，再高明的医生也是治不好的，当然是不荐为好。

“老夫问王爷，太医院开的什么药，王爷拿出一张药单来。”张之洞起身，从抽屉里摸出一张药单来，说，“王爷将药单留在我这儿，要我找几个好医生来会诊一下，过几天再还给他。”

袁世凯接过单子。这的确是太医院开出的药单，知道老头子没有说假话，看来醇王昨天不是冲着自己和庆王来的。

袁世凯放心了，笑着说：“我听的是谣传了，醇王府我也用不着去了。您歇着吧，我走了。”

“再坐一会儿，有件事跟你商量。”

“什么事？请老中堂说。”袁世凯一副移樽就教的神态。

“现在南边一带民间闹立宪闹得厉害，江浙、湖南、广东等地都成立了立宪团体，你听说过吗？”张之洞摸了摸稀疏的白胡子，昏花的老眼望着袁世凯。

“晚生略知道些。”袁世凯两手放在膝盖上，腰板挺得很直，“不过，立宪是朝廷的事，用不着他们瞎闹。”

“话虽是这样说，但他们也有好的建议。昨天的《京报》登了一则消息，说他们建议在京师办一个宪政讲习所，向王公大臣讲授东西各国的宪政。现在考察政治馆已改为宪政编查馆，正愁着没有事做，不如让他们做这件事。”

“向王公大臣讲授东西各国宪政好是好。”袁世凯苦笑了一下，“老中堂，您是知道的，泽公手下的那些人有谁能担得起这副担子呀！”

袁世凯说的泽公，就是出洋考察的五大臣之首镇国公载泽。他的福晋乃光绪皇后的同胞姊妹，均为慈禧的侄女。因为这个缘故，载泽很受慈禧的信赖。慈禧同意预备仿行立宪，也与他的竭力主张大有关系。五大臣回国后，考察政治馆改为宪政编查馆，载泽做了该馆的督办。究其实，载泽对宪政一窍不通。宪政编查馆的人员倒不少，但都是这个王爷、那个贝子推荐来的三亲四戚，不是纨绔少年，就是甩手大爷，没有一个能办实事。好在慈禧并不真想立宪，宣布预备仿行立宪，建一个宪政衙门，都是做做样子的，载泽带着这班子人，光拿薪水不做事，倒也自在。

“杨度这个人，你听说过吗？”张之洞停住摸胡子，眼里射出少有的神采。

“杨度？”袁世凯略为提高声调，随即点头说，“知道知道。那年老中堂主持经济特科，第一榜他中了第二名，第二榜落第了。这几年听说到日本去了。”

袁世凯只提这件尽人皆知的事，戊戌年与杨度的见面和去年同意徐世昌找杨度为五大臣当枪手两件事他都不说。

“癸卯年的事本是冤案，老夫当时迫于压力，也只得那样做。”

对经济特科第一榜引起的那场风波，张之洞一直耿耿于怀，无奈是慈禧钦定的案，他不能公开将它翻过来。

“正是这话。说梁士诒是梁头康足，真是笑谈。梁士诒光绪二十年点的翰林，照特科的处理，岂不那次会试都要推倒重来！”

这句话说得铮铮有声，多少为经济特科案鸣不平的人都没有说出一句这样有分量的话来。张之洞本人也没有想到这一点，不料这个一直被他视为有术无学的官场暴发户说出的话如此之辣！看来此人真有点不同凡人之处。张之洞脸上露出难得的一笑：“老弟此话说得好！哪天老夫还要拉着老弟到太后面前再说一遍。”

“遵命。”袁世凯坚定地答应，“即使触犯了龙颜，晚生也要为老中堂，为那年受屈的士子们说句公道话。”

张之洞重重地点了下头，表示领了这个情。

“你刚才说政治编查馆里无人充当宪政讲师，我想不如调杨度来充当。这个人我知道，他是可以胜任这个角色的。”

关于杨度的宪政学识，袁世凯已从五大臣的考察报告中得知。一心想利用宪政来限制君权以求保护的袁世凯，也正痛恨王公贵族的反对，有人来京师讲宪政，甚合他的心意，于是说：“杨度做宪政讲师很合适。”

“那我们就联名上个折子如何？”

这样一件小小的事情，也用得着联名上奏？老头子未免太慎重其事了！他如此认真，我也正乐得做个顺水人情。袁世凯想到这里，忙起身说：“老中堂看得起晚生，晚生敢不从命？”

第三章　投身袁府

一　为接儿媳妇回家，老名士煞费心机

一个月后，一道上谕寄到长沙又一村巡抚衙门。抚台岑春蓂拆开看时，朱笔上谕写的是：据张之洞、袁世凯奏，湖南湘潭籍举人杨度留学日本多年，精通宪法，才堪大用，当此预备立宪时期，国家需才孔亟，特赏杨度四品京堂衔，着湖南巡抚咨送该举人入京充任宪政编查馆提调。

岑春蓂就是前不久败在奕劻、袁世凯手下的岑春煊的亲弟弟，当时看到这道谕旨，心中不免诧异：这个杨度凭什么通天本事，能得到张、袁的会衔荐举，皇上的特旨征调？岑抚台对湖南宪政公会的活动和杨度本人一向都很冷淡，他不相信他们能成事，可这道谕旨的下达，分明是杨度飞黄腾达的前奏。岑抚台不敢怠慢，他要将谕旨迅速转告杨度，并准备为之隆重饯行，赠送丰厚的程仪，借以弥补先前的冷淡，也为日后的巴结预留地步。

杨度这些日子不在长沙，他在石塘铺为弟弟主持订婚礼。杨钧今年二十六岁了，前两年母亲为他说了同县尹和白先生的长女。尹和白不喜功名，专好绘事，以画花鸟虫鱼闻名于乡里。女儿受父亲的影响，也喜欢书画。杨钧很满意这门亲事。　杨钧撰《外舅尹府君墓志铭》：“府君讳金易字和白，湘潭人也。少多奇异之行，长怀高嗷之志，不治产业，尤厌帖括。寻孔氏周流之迹，同孟轲传食之方，乃以布衣，参预簪笏，抠衣长揖，旁若无人。湘乡相国，礼以上宾，欲擢高官，逡巡不受。遂不夺其志，以成其美，命子纪泽并从学焉。府君固乐乎方外之纵，不欲久依权贵，遄归故里，鬻画为生。善画梅花，尤工虫鸟。宋元以后，无此佳制，冬心、南田，未克与抗，尺纸寸缣，均为世宝矣。”

三个多月前，李氏听说儿子们要回国，便择定长子的生日即腊八节这天为次子办婚事。不想伯父突然去世，按礼制，作为亲侄儿的杨钧当守丧一年，但定好的喜期也不好改，便将这个日子改为订婚日。杨家父亲不在世了，订婚礼自然由兄长杨度来主持。

尹家来了老父亲和一个哥哥两个堂弟，杨家来了不少三亲六戚，订婚酒办得热热闹闹的，大家都很高兴。尤其是李氏老夫人，为小儿子办成了这件大事，她最后一桩心事也了结了，成天忙进忙出，乐呵呵的。在一片喜悦之中，杨度却发现妹妹叔姬脸上隐隐有忧色。

订婚仪式结束后，代懿独自回云湖桥去了。代懿和叔姬结婚后不久，叔姬便发觉丈夫所写的诗文并没有刚见面时的那些诗文好，怀疑丈夫先前

做了假，心里就有几分瞧不起。代懿在日本三年，读了几个学校，学军事学法律都没毕业。回国后，找事做又高不成低不就，弄得终日在家无所事事，自己也很烦，脾气也变坏了。叔姬在日本时就对丈夫有外遇而恼火，回国后见他如此不争气，越发瞧不起了。小夫妻常常争吵，叔姬多次表示要和代懿离婚，唬得公公叫苦不迭：自古来只有丈夫休妻，哪有妻子喊要离婚的道理，这都是留洋留出的结果！但媳妇是才女，他从心里喜欢，儿子也确实不上进，不能怪媳妇不爱他。每逢儿子和媳妇吵架，老头子总是责备儿子，从不说媳妇；遇到媳妇哭哭啼啼时，他还赔着笑脸去劝解。周妈免不了幸灾乐祸，时常对人说：媳妇敢在公公和丈夫面前翘尾巴，这世道真的是变了！

见妹妹不跟丈夫回家，杨度知道小两口又闹不和了，他来到妹妹房中，要跟她说说话。

叔姬不在，靠窗的黑漆木桌上放着一张花笺。这花笺用长约八寸、宽约五寸的白宣纸裁成，上面画着两只淡墨小虾。杨度认出这是齐白石的手笔。齐白石每年过年的时候，都会给最要好的师长亲友送一件礼物，那就是一叠自制的信笺，他在信笺上画一点花或小动物。虽寥寥几笔，却气韵生动，深为大家喜爱。这几年齐白石的名气越来越大，画的画也越来越值钱，他送给别人的信笺也就越来越少了，非他所尊敬所亲密的不送。叔姬的才气为他所佩服，故叔姬每年可以从他那里得到三五十张白石花笺。叔姬没有几封信可写，她主要用来誊正自己最后吟定的诗词。

这张花笺上有一首诗。杨度拿起来看，墨迹未干，显然是刚刚写就的，题作《玉阶怨》：

新月艳新秋，闺人起旧愁。
宵长知露重，灯暖觉堂幽。
寂寞金屏掩，凄清玉筋流。
思心无远近，征骑日悠悠。

杨度看后心情沉重：叔姬不但心绪孤幽，更为可怕的是她至今尚记着“旧愁”，怀念不在身边的远人。这个远人，只有做哥哥的他心里明白，那就是供职翰林院的夏寿田。

“大舅！”澍儿喊着进了屋来，杨度亲热地抱起他，叔姬跟在儿子的后面。

“一年多没有读到你的诗了，你的这首《玉阶怨》，无论是遣词还是意境，都比先前大有提高了。”杨度指着桌上的花笺对妹妹说。

“哥，你看到了？我正打算请你指教呢！”叔姬从哥哥手里抱过儿子，澍儿在妈妈怀里待不住，挣扎着下地自个儿出门玩去了。

“哪里敢言指教！”杨度笑着说，“我现在忙得一塌糊涂，有时技痒想吟诗也吟不出佳句来。”

“吟不出诗才是好！”叔姬凄然笑了一下，“过去读书，对古人说的文章憎命达、诗穷而后工一类的话不能理解。现在我明白多了，好诗都出自苦命人的笔下，尤以女子为突出。”

“你这话过分了点。”

“不过分！你看薛涛、鱼玄机、李清照、柳如是这些为后人留下好诗好词的，哪个命好？前代那些诰命夫人，未必都无才，却没有一首好诗传世。”叔姬说得激动起来，清瘦的脸上泛出一丝红潮。

杨度知妹妹是在为自己的婚姻不幸而借题发挥，也就不再和她争论下去了。

“叔姬，我这几天很少看到你和代懿说话，前天你又让他一人回家了，是不是又顶嘴了？”

“我才不和他顶嘴哩！”叔姬撅起嘴巴，侧过脸去，“他过他的，我带着澍儿过我的。”

杨度也对代懿很不满意，为妹妹抱屈。但作为哥哥，当然只有劝和的责任，再没有拆散的道理。他对妹妹说：“代懿留洋三年，不为社会做点事也太可惜了。要不，我在长沙先给他谋个差事，试着干干。”

叔姬不说话，眼泪悄悄流了下来。杨度劝道：“莫哭了，有什么事，你跟我跟湘绮师说出来，代懿心里对你还是好的，他的缺点就是不能吃苦。这也怪不得，满崽，师母从小宠惯了。贤妻帮夫成才的事例，古来多得很，不要动不动就分开过，这不是办法。”

杨度还想规劝妹妹：过去的事就让它过去了，不能老念念不忘，要正视现实，幻想不可太多。但总觉得这些话会伤了妹妹的心，话到嘴边又咽下去了。

“哥，姐，湘绮师来了！”杨钧喜滋滋地进屋报信。对老师亲来家门贺喜，他很激动。

杨度兄妹忙出门迎接，王闿运正迈步走进堂屋。老头子穿了一身簇新的衣服，笑嘻嘻的，与往日不同，今天周妈没有跟随在身后。李氏满脸堆笑地迎上去："王先生，真正不敢当。小三这是订婚，所以没敢惊动您老的大驾。"

王闿运大声笑着说："亲家母，这就是你的不对了，怎么能不请我呢，我也要来喝两杯酒嘛！"

李氏听了，笑得更开心了："好，好，王先生，您老这样抬高小三，真正是给了小三大脸面，您老请坐，我这就去筛酒！"

杨度走上前去搀扶老师，叔姬在一旁说："爹，您老也来了！"

王闿运望着儿媳妇，微笑着说："你弟弟订婚，我能不来吗？本来前两天就应该来的，只是我安静惯了，受不了那个热闹，特意等客人走后再来，你们不会介意吧！"

叔姬说："看您老说的，我们怎么会介意！"

"澍儿呢？"王闿运眼睛四处扫了一下，"几天不见了，爷爷很想他哩！"

叔姬答："跟邻居的小孩子玩去了，等下叫他来见爷爷。"

杨钧腼腼腆腆地进来，叫了声"先生"，便不好意思多说话。

"重子，恭喜你了！"王闿运红光满面地笑着说，"你那还没过门的堂客我见过，人长得好看，又文静，还跟她父亲学了几笔梅花。那年我去她家，尹和白还叫她当面为我画了一枝哩。的确不错，你们真正是珠联璧合、比翼双飞了。"

杨钧喜得不知说什么是好。

王闿运从口袋里摸出一个红纸包来，递了过去："重子，这二十块银洋，是我的一点贺礼。礼物轻拿不出手，你就看我的薄面收下吧！"

李氏忙说："王先生，这怎么敢当？您老先收起，明年正式拜堂时，您老再赏给他吧！"

杨钧也不好意思伸手接。

王闿运说："亲家母，这只是二十块银洋，贺他订婚的，明年拜堂，我老头子就是再穷，一百块也不能少呀！"

李氏感动地说："王先生，您老越说越客气了。"

叔姬也说："爹，您老就不要破费了。"

王闿运说："叔姬，你是我们王家的媳妇，你要站在王家这边说话，怎么也跟你娘一样的客气！"

说着，硬往杨钧身上塞。

杨度对弟弟说："湘绮师一番好心，你就收下吧！"

杨钧只得说声"谢谢"收下了，对老师说："这里吵，您老到我的书房去坐坐吧！”

“好哇，我正想看看你的书房。”

杨度兄弟一边一个搀扶着老师走到后面一排屋。这里有四间房：靠东边两间住着杨度一家，靠西边两间是杨钧的，一间做卧房，一间做书房。来到门口，只见楹柱上贴着一副联语：圣人可弘道，君子不要功。

王闿运笑着说：“这副楹联看来是重子自撰的，非皙子代拟。”

杨度问：“何以见得呢？”

王闿运说：“若是你写的话，下联必为‘君子要建功’，如何？”

杨度笑了起来，说：“先生说得是。”

“你们兄弟一母所生，性格却迥然不同，真是有趣。”

王闿运说着进了屋，看见书桌上摆着一本碑帖，顺手拿起来说：“我道重子楹联的隶书为何写得这样清秀，原来天天在临帖。这本《石门颂》临了几遍了？”

杨钧答：“有七八遍了。”

“还临了些什么帖？”

杨钧从书柜里托出一叠字帖来，王闿运翻了翻，问：“都临过吗？”

“都临过，多的十来遍，最少的也有两三遍。”

“重子用功不浅！”王闿运合上字帖，认真地说，“学隶书自当多临汉魏两晋时期的碑铭，不过也不可盲目，要善识其长而辨其短。”

杨钧忙说：“先生这话说得很好，我就是没有这个眼力，您老能给我指点指点吧！”

“我的字写得不好，但看帖还是下过工夫的。”王闿运重新拿起那叠字帖，一本本地翻着，“这些帖，我年轻时都仔细揣摩过。比如《石门帖》，它的长处在善收善变，而短处在端严不够；《张迁碑》字体俊秀，但笔势短蹇，不能发展；《衡方碑》结体谨实，但又显得笨拙，稍失空灵；《尹宙碑》美而不流；《曹全碑》巧而不朴；《孔宙碑》开张而不蕴蓄；《史晨碑》又恰好相反，蕴蓄而不开张；《白石神君碑》力度有余，但缺风致；《华山碑》则有风致而缺力度。依我看，学隶书当多临《孔羡碑》。《孔羡碑》能收能放，能实能虚，其结体承西京之纯静，其笔画则启北朝之强悍。此碑刻于汉魏之交，前有劲敌，复多时贤，故作书者极为构思，乃成此绝世佳作。多临《孔羡碑》，重子的隶书当可百尺竿头，更进一步。”

杨度说：“先生这番碑帖高论，过去在东洲从没听过。”

王闿运笑着说：“你是没有当我为书法家，从不问我，高论从何发起？”

大家都笑了起来。

杨度想起叔姬新吟的《玉阶怨》,何不借此机会请先生开导开导:“先生,叔姬这两天作了一首五律，诗不错，但情绪低沉了点，您老给她说说吧！”

原来，王闿运到石塘铺来，给杨钧贺喜是次要的，接媳妇回家才是主要的。前天，代懿一人回家，脸色忧郁，老头子就知道小两口又闹意见了，媳妇一定是赌气住娘家不回来。他问了儿子几句，又教训了一番。代懿哭丧着脸说：“爹，叔姬总是不理我，我拿她没办法。求爹帮帮忙，到杨家去一趟，把叔姬接回来吧！”

“唉！”王闿运重重地叹了一口气。生子当如孙仲谋，我怎么生了个刘阿斗！他真想骂儿子几句“混账”、“无用”的话，但看到儿子那副可怜巴巴的样子，心又软了。也怪自己太爱才了，为代懿娶了个如此才高心也高的媳妇，代懿与她的确是不般配。早知这样，还不如给他找个平平凡凡的女子，他也就不会受这种窝囊气了。能怪儿子吗？做父亲的应该知道儿子是什么料，说到底，还是怪自己呀！王闿运狠了狠心，看在死去的夫人的面子上，再帮儿子一次吧！

听杨度这么一说，王闿运忙说：“叫叔姬把诗稿拿给我看看。”

一会儿，叔姬一手牵着儿子，一手拿着诗笺进来了。

王闿运伸开双手，慈爱地对孙子说：“过来，让爷爷亲亲！”

澍儿过去，王闿运把他抱在膝盖上，摸了摸孙子的脸：“几天不见爷爷了，想不想？”

“想！”澍儿口齿伶俐地回答。

“真乖，真是爷爷的心肝宝贝！”王闿运心里高兴极了，亲了孙子两下，说，“澍儿，跟爷爷回家好吗？”

小家伙望着妈妈不做声。

王闿运明白，对杨度兄弟说：“你们看，澍儿长得越来越像他妈妈了，一点也没有代懿的蠢气，他今后会为我们王门争大脸面的，过了年后我要亲自为他发蒙。”

叔姬听了，心里又喜又酸，眼角边悄悄地红了。

“叔姬，手里拿的是新作的诗吗？给我看看。”

叔姬递过去，轻轻地说:“随便写了几句，请爹指教。”又对儿子说，“爷爷有事，下去玩吧！”

王闿运松开手，澍儿从膝盖上下去了。诗翁接过诗笺，拖长着声调念了一遍。

"好！"他放下诗笺，望着媳妇说，"这首五律写得很好，若置于汉魏怀人诗中，足可乱真。尤其是'宵长知露重，灯暖觉堂幽'两句，可追南朝梁人'蝉噪林愈静，鸟鸣山更幽'的意境。"

"爹夸奖了！"听了公公这番评价，叔姬心里很是安慰。

"叔姬吟诗有慧根。"王闿运扫了一眼他的三个入室弟子，说，"你们三兄妹，可称之谓湘潭三杨，三杨之中又有别。皙子长于作论说文，剖析事理，广征博引，有种使人不得不服的气势，故我一向认为皙子可从政。重子之才在金石书画上，性情又笃实淡泊，可望成为一个有大成就的艺术家。叔姬灵慧，情感丰富，于诗词体味深。诗词非以学问取胜，它是才情的表露。"

一个小女孩端来一杯香茗，叔姬接过，亲自给公公递上。王闿运对儿媳妇这个小小的举动很是满意，喝了一口后，又说："今天读了叔姬这首五言，我很高兴。关于诗，我想多说两句。"

三兄妹绕着先生身旁坐下，一齐洗耳恭听。

"我曾将诗文仔细比较过，看出文无家数，有时代，诗不但有时代，亦有家数。 杨钧著《草堂之灵》卷九《论家数》："王湘绮先生尝曰：文有时代而无家数，惟诗有家数。" 文分代，犹如语言分地域，钱塘话不似富阳，湘潭话不似衡阳。诗为心声，一人一声，故诗除时代外尚有家数之别，学诗当学大家。"

叔姬心细，见公公从进屋到现在还没吸烟，便从堂屋里找来一把铜水烟壶，又亲自将烟装好递给公公。王闿运正想着要吸烟了，接过烟壶，重重地吸了一口，果然精神大增。重子的书房变成了他的课堂。

"诗有两派，一五言，一七言。叔姬喜五言诗，我也于五言下过大力气，三十章《独行谣》费了我百日之功。今日专给你们说五言。"

王闿运又吸了一口，兴致大为浓烈起来。

"五言起于虞廷，兴在汉初苏李两家。苏诗宽和，李诗清劲。后世继承宽和一派的大家有曹植、陆机、潘岳、颜延之等人，继承清劲一派的有刘桢、左思、阮籍、谢灵运等人。到了唐代，五言诗融苏李之长，自成一种气象，陈子昂、张九龄、李白、杜甫、王维、孟浩然、韦应物、孟郊等都是大家。宋代以词为美，明代则专事模拟。近世五言诗作得好的，当推邵阳二才子魏默深与邓弥之。"

王闿运这篇即兴之谈，令杨家兄妹都很佩服，尤其是酷爱诗词的叔姬在心里默默寻思：倘若真的与代懿离婚，到哪里去找这样好的老师？要想在诗词上再前进一步，没有像公公这样的大诗人指点，岂不是空想？想到这里，离开王家的心思一下子淡了许多。

“叔姬学五言诗，尚需多吟苏、李、曹、阮之作，自会日有长进。就拿《玉阶怨》来说吧，意境虽好，用字尚有可斟酌处。”

叔姬起身，拿起诗笺走到公公身边，说：“请爹帮我改改。”

王闿运接过，凝神屏气地又看了一遍，说：“比如说第二句吧，‘闺人起旧愁’，这个‘旧’字就值得推敲。旧愁，旧时有何愁？使人费解。”

叔姬脸刷地一下子红了。这个“旧”字，正是她这首诗的诗眼。全篇诗，说到底就是为这个“旧”字而作。她当然不能辩解，不过也从心里佩服公公的眼力：“爹看改个什么字为好？”

“我看改个‘远’字好些。这首诗说的闺人怀念出征在远方的丈夫，将‘旧愁’改为‘远愁’，与全诗的气氛更协调些。”

叔姬还在迟疑，深知个中况味的杨度忙说：“正是先生所说的，旧愁不应该再泛起，闺人心中只能是远愁。”

杨钧不明白诗外之意，说：“‘远愁’好是好，只是跟后面的‘远近’重了，一首五律只有四十个字，重了不好。”

“这不难，换换就行了。”王闿运思索片刻，说，“这样吧，‘思心无远近’改作‘思心无日夜’，诗人写的是月下怀念，也宜以‘无日夜’为好。”

“这‘日夜’的‘日’，又与下面的‘征骑日悠悠’的‘日’重了。”杨钧像是有意为难似的，又找出一个岔子。

“不要紧，干脆改到底！”这个小小的困难，对这位诗坛泰斗来说算什么，他不假思索地说，“‘征骑日悠悠’改为‘征骑岁悠悠’。”

“真是改得好！”杨度击掌赞道，“经先生这么一改，真可谓毫发无憾了！”

说完望着妹妹，叔姬红着脸盯住诗笺，一直默不做声。王闿运借着这个气氛，不失时机地兜出他来杨家的真实意图：“叔姬没做声，她还有不同的看法，我看也不能勉强。古人为一个字可吟断数根须，这几个字还可再斟酌。叔姬，明天带澍儿和我一道回去，我们还可以再商讨。你说呢？”

叔姬终于明白了公公为她花费多大的苦心。就凭公公今日这番诗论，也不能拂了老人家的意思，她轻轻地点了点头。王闿运如释重负。

这时，门外突然响起“噹噹”的锣声，接着又是一阵震耳欲聋的鞭炮声。王闿运对杨钧说：“一定又是哪位给你贺喜来了，你去看看吧！”

一会儿，杨钧激动万分地进来，对杨度说：“哥，你快出去，抚台衙门来了三四个报喜的人，说是皇上下了圣旨，要接哥进京做大官了！”

二　王闿运为进京做官的弟子准备了两份特殊礼品

杨度听了这话，不觉一惊，忙起身说了句“去看看”，便快步走出大门。

门外早已聚集了一大堆人，见到他出来，就有好几个人喊：“大公子，给你道喜了！”也有人抢着对报喜的人介绍说：“这就是杨大公子！”

报喜的捧着一个尺来长的大信封，走到杨度身边，双手递上，说：“杨老爷，岑抚台给你送来了皇上的圣旨，里面还有他给你的亲笔信。杨老爷，恭喜你高升了！”

人群中又有人高喊：“大公子高升了！”“大公子，你真了不起呀！”“大公子，你要请我们喝酒呀！”一片闹嚷嚷的。

真个是喜从天降，杨度心里乐融融的。他接过信封，说：“谢谢你们，辛苦了！”又问，“来了几个？”

“三个。”报喜的回答。

杨度转身对身后的弟弟说：“快去给三位弟兄一人十块银元赏钱。”

李氏笑眯眯地拉着打锣的人说：“大兄弟，你们都是从省里来的吧，难为你们了，快进屋喝酒！”

杨度也对他们拱拱手说：“弟兄们进屋吃饭吧，我先去拜读圣旨。”

送信的人笑着说：“拜读圣旨是大事，你去吧！”

李氏说：“你去吧，我来招呼。”

黄氏也出来和婆婆一起招呼客人，又邀几个有点脸面的人进屋来陪着客人闲聊。

杨度捧着信封忙走进重子的书房，王闿运喜滋滋地起身迎上前去，笑着说：“真凑巧，让老夫赶上这个喜事了。”又问，“圣旨拜读了吗，怎么下的？”

叔姬也喜道：“快抽出来看看。”

杨度说：“正要和先生一起拜读。”

杨度抽出由内阁寄出的上谕，大致看了一下就递给了老师。叔姬也凑过来看。杨度这时才倚在先生的肩后，重新将上谕一字一句地仔细读起来。

“特赏四品京堂衔，着湖南巡抚速将该举人咨送进京，任宪政编查馆提调。”王闿运看着看着，不觉读出声来，“皙子呀，老夫可真盼着这一天了，一下子就授四品京堂，这可是异数呀，当年左文襄出仕之初，也只是五品知府衔哩！” 张一麟撰《古红梅阁笔记》:“湘潭杨皙子度，袁（世凯）、张（之洞）二人所欲见而未得者，会自日本回籍临其伯父之丧，二公乃电令湘南巡抚咨送入部，乃以四品京堂在宪政编查馆行走，与浙江劳乃宣同时被荐。”

叔姬马上想起九年前谭嗣同从湖南进京，也是授的四品京堂衔。她很敬重谭嗣同，正想用谭嗣同的故事来称颂哥哥，却又想到谭毕竟结局悲惨，此时不宜提他，于是顺着公公的话：“正是爹说的，左文襄公后来组建楚军时的官衔也正是四品京堂。轰轰烈烈的大事业肇自四品京堂，哥，这是一个好兆头呀！”

“好兆头，好兆头！”杨度点头笑着说，“岑抚台还有一封信。”

他把岑春蓂的信展开念道：

哲子先生大鉴：

天恩优渥，潭州生辉。恭贺先生荣膺重任，建功立业。大驾何日启程，望速告知。弟当谨备安车，亲来湘潭迎接，并召湘中名流，为先生治酒饯行。敬颂台安！

弟岑春蓂顿首

杨度冷笑道：“几天前我到巡抚衙门，请他见见我，商谈立宪大事。他打发一个三流师爷出来。那师爷跷着二郎腿，打着官腔对我说，抚台大人忙得很，一天到晚朝廷来的钦差大臣都见不赢，朝廷下的公文都看不完，哪有空闲见你。有什么事，跟我说吧。这会子就有空了，还要到湘潭来接我，好大的礼性！”

叔姬说：“官场上的人就是这样子，只认纱帽不认人，快莫叫他来，这种官我见不得，见了就恶心！”

王闿运笑着说：“不要说这个话，你哥如今也是官了，他听了不舒服。”

“我说的是实话。”叔姬坚持自己的看法，“官场这块地方，男人们个个都想挤进去。其实，当官有好处也有不好。未做官以前，好端端一个男子汉，一旦做了官就变坏了。”

杨度说：“不能一概而论，有变坏的，也有不变坏的。伯父做了多年的总兵，到死也没变坏。你们放心，我不会变。”

“哥，这话是你今天刚接到圣旨时说的，我记住了，到时若沾染官场习气变坏了，我可会说你的哟！”

“美哉斯言！”王闿运击掌赞道，“叔姬真不愧为杨门才女、王家贤媳。有此见识，难得难得！皙子，你此去京师，我也为你准备准备。你离湘潭前到湘绮楼来一下，我要为你饯饯行。”

杨度说：“学生心里正没有底，还望先生多加指教。过两天，我就会到您老府上来。”

公公今天旅途辛苦，又说了这多话，叔姬知道必定累了，便对公公说：“您老先在重子床上躺一躺，过会儿我来请您老吃晚饭。”

七十多岁的王闿运的确是累了，见儿媳妇这般细心体贴，心里很是欣慰，更加怨儿子不争气。他起身对叔姬说：“明天带着澍儿回去。代懿不成器，他不配做你的丈夫，看在澍儿的份上，到家里去住，你今后可以不做我的儿媳妇，且做我的女弟子。” 胡乐翁撰《补谈湘绮老人王壬秋》：“杨度妹即其次媳，有才女称，但夫妇间勃豀时生，有仳离意。老人怼子不肖而媳才，婉语慰媳，谓‘豚儿固不足耦，汝姑居我家，不为我媳，且为我女弟子’。杨女亦工诗，翁媳间时有唱和，传诵于世。”

公公这样通情达理，叔姬很感动，她含泪点了点头。

三天后，杨度来到湘绮楼。在这座环境优美、藏书丰富的楼房里，师生二人多年来有过数不清的倾心交谈。他们谈学问，从上古的三坟五典八索九丘，谈到时贤的诗文著述；谈政治，从战国的远交近攻、合纵连横，谈到本朝的洪杨之乱、辛酉政变；谈世俗，从年岁的丰歉、社会的动乱，谈到度日的艰辛、家庭的复杂。

在学生的眼中，先生身历道、咸、同、光四朝，游历半天下，结交尽人杰，掌教席五十余年，著述数百万言，是当今最大的智者，从他的身上可得到无穷尽的知识。在先生的眼里，学生天资聪颖，文采斐然，胸有大志，气概不凡，是一块浑金，一枚璞玉，经陶冶雕刻可望成大器。今天的这次话别，无论是对将行的学生还是对在家的先生而言，都是一次非比寻常的会晤。

此刻，他们面对面坐在二楼的走廊上，中间摆着一个枣红色的雕花矮脚四方茶几。这是齐白石精心制作送给恩师的礼物。茶几上放着两碗茶。先生这边，茶碗边站着一个铜水烟壶。学生那边，茶碗边躺着一盒进口雪茄。太阳高悬在黛青色的天空，它明亮而温暖的光芒给残冬的湘绮楼带来蓬勃生机：深绿色的橘树叶片厚实饱满，黄褐色的迎春枝条柔蔓轻软，古铜色的腊梅树上布满了一个个饱满的蓓蕾，要不了十天半个月，它们就会迎着瑞雪怒放，用美丽的色彩和迷人的姿态装点广袤的素色世界。有一条梅枝穿过栏杆斜出在茶几之上，给师生的晤谈平添了若干诗情画意。杨度的心情犹如眼底的景色，亮闪闪，光灿灿，他兴奋地聆听先生的高谈阔论。

“皙子，我今年七十六岁了，能够看到你今日这份光荣，我很欣慰。”王闿运穿一件银狐皮长袍，外罩一件黑色贡缎马褂，斜斜地靠在藤椅背上，兴致极高地说，“你这次虽比不得姜子牙、诸葛亮出山为相，但以四品京堂征调，在本朝也算是殊荣了，这固然要得力于你在东洋的留学，也要感激张香涛、袁慰庭两位军机大臣的荐举。”

“先生说的是。”杨度点头。他今天戴了一顶镶嵌着红玛瑙的青呢瓜皮帽，脑后垂下的是一条这几天才装上的假辫子。两年前他在日本剪去了辫子，回家后李氏老夫人总看不顺眼。报喜的第二天，她兴冲冲地拿来一条辫子，对儿子说：“你要到皇上身边做官了，没有辫子不行，过两年头发长了就好了。”杨度想想也是，于是遵母命系上。李氏老夫人将儿子重新打量了一番，得意地说：“这才像个真正的男子汉！”今天一到湘绮楼，王闿运首先就注意到学生脑后这根辫子，对这个改变很满意，要周妈找根红布条给学生系上。想起两年前快刀剪发辫的情景，杨度觉得时光仿佛倒流了似的。

“皙子呀，历来做官的，无论大官小官，口头上都说以识拔人才为己任，但真正做到的是微乎其微。”王闿运感叹着，思绪开始不平静起来，“当年左文襄总督陕甘，拓土西域，朝廷倚重。我寄书与他说，天下之大，见王公大人众多，皆无能求贤者。今世真能求贤者，王某人也，而王某不在位，不与世事，无力推荐豪杰，因此知天下必不治。左文襄没有回信，他大概认为我太狂妄了，但这是实话。中兴时期的那些名臣，以知人著世，其实不然。胡文忠求人才而不知人才，曾文正收人才而不能用人才，左文襄能访人才而不能容人才，刘武慎能知人才而不能任人才，诸贤皆如此，何况其他人！这里面原因很复杂，并非一概是当道者的过失，也有世道、机遇、命数在内，所以自古以来怀才不遇的很多。你今日的境遇乃为幸运，你要珍惜，尤要感激张、袁二位，没有他们，你何能得到这道圣旨？”

何商撰《清末几位名臣轶事》：“闿运后在成都掌教时，颇受当时川督丁宝桢的礼遇，因论一时将相与人才而云：胡文忠能求人才而不知人才，曾文正能收人才而不用人才，左季公能访人才而不能客人才，刘荫公、丁穉公乃能知人才而不能任人才。凡此皆今世所谓贤豪，乃无一得人才之用者。”

杨度说：“张香帅推荐我可以理解，那年特科是他主的考，后来为粤汉铁路事我又去拜见过他，何况他又是先生的故人，爱屋及乌。至于袁慰帅，他又为什么要荐举我呢？我平生只和他见过一面，并未深谈，这些年来再没和他联系过，他能和张香帅会奏，使我难以明白究竟。”

王闿运端起铜水烟壶，点燃了一袋烟。他并没有立即回答学生的提问，嘴里咕噜噜地响着，似乎在全神贯注地品尝水烟给他带来的乐趣。一袋抽完了，他将烟杆抽出，把烟灰磕掉，又从花布绣包里拈出一个金黄色的烟丝球，装进烟杆顶端凹处，然后吹燃纸捻，重新眯起眼睛，神游于烟雾之中。知道老师在认真思考，杨度也摸出一根酱色雪茄，划燃洋火，从从容容地抽起来，头顶上立刻盘旋着一圈接一圈淡青色烟雾。

“袁慰庭这个人我见过。”

“先生什么时候见过？”

杨度对这句话颇为吃惊。他知道袁世凯从朝鲜回来后这十几年间一直在天津、济南、保定一带做官，而先生这些年来足未出湖南一步，从何处见到袁？

“那是三十六年前的事了。”

“三十六年前？”杨度睁圆了两只眼睛，“袁慰庭今年才四十八岁，三十六年前才只十二岁呀！”

“是的，那年他还只是一个小孩子。”王闿运放下铜烟壶，慢慢地抚摸着花白胡须，沉于回忆之中，“同治十年，我由京师南下，走的是山东、江苏一路，打算到江宁去会一会曾文正。刚进入江苏省，就听说曾文正已离开江宁，要来苏北阅兵。我于是乘船沿运河南下，以便在中途与他相晤。到了清江浦，正好和他相遇。他很客气地接待我，我将随身所带的几本近著送给了他。”

杨度问：“先生送的是哪几部书？”

“旅途中不便多带，当时送的是这样几部：《尚书大传补注》、《禹贡笺》、《穀梁申义》、《庄子七篇注》、《湘绮楼文》。”王闿运记忆过人，对三十多年前的事仍记得一清二楚，“曾文正笑着说，书写得不少嘛，我曾说李少荃是拼命做官，俞荫甫是拼命写书，看来这拼命写书的还要加上你王壬秋一个。我问他有新著没有，他苦笑着说，你看我还有时间做文人吗？身体衰弱到这般地步，还得扶病阅兵。壬秋呀，我真羡慕你。看他当时的神态，的确是疲弱得很，我相信他说的羡慕我的话不是假的。果然，五个月后他便与世长辞了。”

这是王闿运的最大特色，一说起曾文正、左文襄来，就气足神旺，滔滔不绝。杨度也很乐意听。

“曾文正说，我们好多年没有见面了，见一次不容易，但我又不能终日和你谈话。这样吧，委屈你住在我们船上，和我一起到徐州去，一路上我们可以尽兴地谈。我很感激他的真诚，住到了他的船上。我们一直谈了二十个夜晚，到了徐州后我再换船南下。以曾文正当时的地位声望，能对我这样礼遇，真是令天下读书人艳羡，我倒不以为然。我和他之间，本是二十年的朋友关系，岂能以世俗的爵禄地位来衡量？”

“先生说得好！”杨度从心里赞叹湘绮师这种以布衣交王侯而不卑不亢的骨气。

“在徐州分手时，曾文正送我一首五言诗，长达三十六句。不是应酬，句句发自肺腑。以他当时身体之差，事务之忙，苦心吟出这篇长诗来，不能不使我感佩。没有想到，这首诗竟成了他一生诗词的绝笔。曾文正这个人，自然有他的不足之处，但他的长处，却是万千人所不及的！”

为介绍与袁世凯的一次见面，竟然引出与曾国藩交往的这段故事来。对王闿运而言，半是怀念，半是自炫；对杨度而言，则是一次难得听到的言传，他从中看到了前辈人的风范。

“到江宁后，故人邀游莫愁湖。那时湖中有一个亭子新落成，同游的江南文人纷纷题联，无非夸江南的景致如何好，女子如何美。我本不想题，拗不过藩司桂芗亭的苦求，想想给他们开个玩笑，唱点反调也好，于是援笔题了一副，谁知使得这批江南才子们大为不满。”

“先生题的什么联？”这也是杨度最感兴趣的事，他迫不及待地追问，生怕湘绮师在这种关键之处走过场。

其实，老名士是在吊学生的胃口，故意引起学生的特别注意。他笑着说：“联语是这样写的：莫轻他北地胭脂，看画舫初来，江南儿女无颜色；尽消受六朝金粉，只青山依旧，春来桃李又芳菲。”

杨度笑道：“人人都说江南女子美，连杜老夫子都受了她们的引诱，说‘越女天下白’，‘欲罢不能忘’。先生说江南儿女无颜色，他们自然会不服气。”

“正是，正是。”王闿运十分得意起来，“他们都说怎么能这样看轻我们，桂芗亭也来说，你的这副楹联，我们是要刻字的，但如此写就不敢刻了，他们会气愤得用泥巴涂抹掉，你还是改一下为好。我本是想调侃一下，哪里是真的看不起西施的后裔。于是说，行，改就改吧！我提起笔来，将‘无颜色’改为‘生颜色’，将‘青山依旧’改为‘青山无恙’。这下他们都鼓起掌来了。”

刘成禺撰《世载堂杂忆》：“同治十年，桂芗亭藩司重建莫愁湖亭。王壬秋题楹联云：‘莫轻他北地胭脂，看画舫初来，江南儿女无颜色；尽消受六朝金粉，只青山依旧，春来桃李又芳菲。'此联一出，江南人士大哗，谓王壬秋关帝庙题联，已骂倒江南男子无余地矣，其平日持论通函，谓湘勇携江南女子回籍者，络绎道路，身衣文绣随蠢伧颇自得，彼俗女子奴役其夫，故有是报，已侮辱江南女子尽致矣。今又作此联以嘲弄江南儿女，不许悬挂，群情愤慨，几致兴师问罪。桂芗亭出而调解，王壬秋乃易'无颜色'三字为'生颜色'，又易下联'只青山依旧'为'只青山无恙'，以谢责难者，此一段公案遂了。"

杨度对先生这种风流倜傥的韵致神往极了，笑道："今日江南女子的颜色，原来都是先生的妙笔为她们生的！"

王闿运也乐得哈哈大笑起来："好了，好了，不扯远了，言归正传吧！"

他重新摸着胡子，谈起正题来："在江宁住了几天，我买舟西上，路过芜湖时，老朋友欧阳利见得知，硬要我上岸住两天。欧阳是好意，我也不拂他，就上了岸，住进了他的总兵衙门。这时正是九月中旬，他在衙门里摆起一桌酒，请来几个人作陪。他们是淮扬道刘威，总兵吴家榜、李兴锐，副将田恩来，在籍户部郎中曹耀湘，还有一个人，便是袁慰庭的嗣父袁保庆，他那时正做淮南盐法道。袁保庆还把嗣子袁慰庭带来了。慰庭与欧阳的儿子在一个私塾读书，他不是来喝酒，而是来找欧阳公子玩的。袁保庆很疼爱他，将他介绍给大家。那时的慰庭矮矮墩墩的，头圆眼大，一副很聪明很神气的模样，我也很喜欢他。我问他读了什么书，他说读了《百家姓》、《千家诗》、《论语》、《孟子》。我问他三《礼》读过没有，他说那种书我不读。我问他为何不读，他说读三《礼》没有用处。我问他读什么书最有用，他说读《孙子兵法》、《鬼谷子》最有用，今后可以指挥千军万马征服别人。袁保庆斥责，什么征服别人，胡说八道！慰庭见嗣父生气，便赶紧走了。我当时想，这孩子书读得不多，口气倒不小。

"后来我们开始喝酒谈话。我跟袁保庆虽是第一次见面，但彼此谈得很投机。他告诉我他是咸丰五年中的乡举，恰好和我是一年，我们便认了同年。那一夜秋高气爽，皓月当空，正是良辰美景赏心乐事四难并俱之时，大家都喝得非常开心。

"欧阳利见说，壬秋兄，你是诗人，作一首诗纪念今夜的盛会吧！我说，好哇，让我想想。半个时辰后我写出了一篇七言歌行，题作《淮浦夜饮歌》，还写了几句序言：九月望夜，从督府还泊平桥，欧阳总兵设宴于庭院，一时英俊聚会，欢饮甚豪，乘兴为歌……"

《湘绮楼诗文集》第八卷中收有这首《淮浦夜饮歌》。诗的前面有王氏的一段跋文："九月望夜，从都督府还，泊平桥，欧阳总兵利见招同刘淮扬威、袁都转保庆、吴总兵家榜、李大名兴锐、曹郎中耀湘、田副将恩来夜集，观饮甚豪，乘兴为歌。"

“先生，”王闿运正要将夜饮歌背诵的时候，杨度脑子里忽然冒出一个想法，他打断了老师的兴头，“学生有一个请求，望先生应允。”

“什么请求？”王闿运觉得奇怪，让我背完后再提请求也不迟嘛！

“先生，我想请您老人家进书房去，将这篇歌行写出来，好吗？”

“你是要我写出来送给你，好哇！我们一起进书房吧！”

师生二人走进书房。杨度为先生磨墨铺纸，侍立一旁，见先生笔走龙蛇：

纤云吐月淮浦秋，鸣笳吹作清夜游。
楼船衔尾组练静，岸草樯灯共清景。
上相观兵戎政闲，联翩剑舄来英贤。
时平高会各称意，未饮先论通夕醉。
三豪一举三百钟，欲醉不醉神从容。
刘侯伉爽贤地主，席前飞觥作花舞。
主人金垒相为倾，曹生半酲田王醒。
不酒能醒酒能醉，四坐观笑风泠泠。
白露女珠玉盘昃，船头鼍更莫催客。
自从吴楚翻江波，岂料今日同安和。
旧游新知乐莫乐，良夜重坚后夜约。
金山焦山在眼前，试持长瓢挽江烟。

“皙子，这篇旧作今日送给你，恰逢你奉旨进京，我不可无跋语。”王闿运写完了这篇夜饮歌，放下笔，手甩了几甩。

“先生，这篇歌行不送给我，送给另外一个人。”

“不送你，送谁？”

“送给袁慰帅。”

“送给他做什么？”王闿运脱口而问。

“先生，袁保庆既是您老的同年，那么袁慰帅就是您老的世侄。世伯多年没有见到世侄了，送这份秀才人情，也是世伯的一番心意呀！”杨度狡黠地笑了一下。

王闿运很快明白了学生的意图，他是要借这层旧交与袁世凯拉上关系。袁保庆的乡试在河南，自己的乡试在湖南，虽说是同一年中式，其实连面都没见过。同年云云，原不过酒席上的即兴之言，自己从来没有把它放在心上，对方又何曾会记得呢？何况两年后袁保庆就死去了，袁世凯尚未成年，袁保庆是绝对不会对嗣子说出“同年”之事的。退一万步说，即使说了，十二岁的孩童又怎会留意此等小事呢？以世伯自居，称他为世侄，他会接受吗？倘若袁世凯是个科第中人，重视这个，或许也会接受。但据说此人连秀才都未中过，靠银子捐了个监生作为出身，那又怎么会接受呢？又倘若地位互换一下，自己为军机大臣，袁为布衣，那他就巴不得了，但现实又不是变戏法。

这些想法，一瞬间都在王闿运的脑子里转过。倘若是通常的老头子，都不会同意学生这个近乎可笑的意见，可是王闿运不同。他是个自小好说大话、高自标榜的人，袁世凯今日身为军机大臣，勋名满天下，有个这样的世侄可为自己增价增色不少，何况此事并不是捏造，那夜一同饮酒的吴家榜、田恩来都还健在，可以作证，更何况能给自己寄予重望的学生提供一层接近的关系。游历于公卿宦门半辈子的王闿运对官场的路数摸得一清二楚，深知利用旧关系建立新关系乃做官的重要诀窍。未下宦海便已谙游术，看来皙子真可指望。

想到这里，王闿运笑道：“好吧，就送给慰庭吧！我也得写段跋语。”

王闿运略为思考，提笔写着：

> 皙子吾弟奉旨即日赴京任职，与之闲聊往事，偶及三十六年前在平桥与同年都转笃臣公保庆夜饮吟诗之乐。皙子询当年余所吟歌行，因录之于上。余记忆最深者，席间与笃臣哲嗣慰庭世兄晤面也。其时世兄年方十二，英气勃发，出言不俗，余一见辄为之喜，因与笃臣言：“虎豹之驹，未成文而有食牛之气；鸿鹄之鷇，羽翼未全而有四海之心。世兄气宇轩昂，当着意培植，日后必为国家栋梁也。”今世兄建丰功于域外，立伟业于海内，入枢府，掌军机，造福社稷，显亲扬名，远比余当日所望为过也。笃臣都转当含笑于九泉。岁月倏忽，三十六度春秋过去，余老矣，世兄尚记当年否？是为跋，一并送慰庭世兄帐下。光绪三十一年暮冬，闿运记于湘绮楼，时年七十有六。

杨度读着这段文字，心中甚是欢喜：真不愧为老才子，一篇短短的跋语将意思表达得多么婉转得体，将自己的心思揣摩得多么透彻！是应该多向老师请教才是。

“先生，处京师，应如何立身为好？”

“你这次去京师是到宪政编查馆就职。宪政是新学问，我一窍不通，更谈不上教给你什么。不过，凭我年轻时在京师住的经验，有六个字你可谨记于心。”王闿运坐在书桌边，两手平放在桌面上，一副往日正经授课的神情。

“哪六个字，请先生赐教。”杨度正襟危坐，等候老师所赠的金玉良言。

“这六个字是这样的。”王闿运一字一顿地说，“多见客，少说话。”

杨度心里寻思：这好像不是先生平素的处世态度，为何送给我呢？

“敢请先生言其详。”

王闿运说：“多见客，指多结朋友，广通声息。为人不必都如此，要看做何事。倘若是读书做学问，不唯不能多见客，还宜少见客为好。夫学问之道，在潜心钻研，见客多，心气浮，则书读不进，何能索幽抉微，发人之所未发？故在京师候闱，只能居古寺，摈友朋，一颗心静如古井。你这次进京非候闱而是做官。所谓官者管也，即管理人事也。与人打交道，则需多了解人，各色人等都要有所接触，方才对人世有较深的认识。又做官需奥援，朋友多，奥援广，官就做得顺畅。不见客，朋友奥援从何而来？再说京师乃人才渊薮，其中也不乏有真才实学之辈，多联系，自然可访求得到。此乃‘多见客’三字之义。少说话，不是指沉默寡言，更不是指如泥菩萨一样的端坐不语。我向来喜说话，年轻时不识深浅，也说过一些后怕的话。中年以后，力戒这种毛病，但习性如此，改也难。于是我便尽量说些不着边际的话，不落把柄的话，要议论什么，也多用诙谐之语出之。世人都说王壬秋出言夸诞，既然都知我夸诞，便也不深究了。”

说到这里，他又想起往年的一件趣事来。

“那一年曾九帅做了两江总督，我好心去看他，他却摆起了大官的架子。我心里不舒服，不辞而别。曾九帅知道了，便立即派人乘快船从后面追，一直追到燕子矶才追上。来人说，九帅请您老转回江宁，他明天要亲自设宴为您老送行。我说不必了，我有急事要去武昌。来人说，先生一定不肯回江宁的话，九帅有一百两银子相赠。说罢拿出一包银子来。我接过银子说，谢谢九帅的厚赠，你带两句诗送给他，就算是收条吧。我提笔写了两句诗：试问上将功多少，且看长江水深浅。后来这两句诗流传海内，大家议论纷纷。有人说这是称颂九帅，说他功劳伟大，可以与长江相比。也有人说，这是讥讽九帅的，说他的战功也没有什么值得夸耀的，好比一江春水向东流，都已过去了。”

杨度说："正是的，两种说法都可以。"

王闿运开心地笑道："其实什么意思都没有！玩笑而已。他送我银子，我无东西回赠他。船边只有江水，顺便拿江水来做个人情，如此而已。因为话说得不着边际，不落把柄，所以什么意思都可以挨得上，也都可以挨不上。" 钱基博著《现代中国文学史》上编："尝谒两江总督曾国荃，诒以诗有：'若论上将功多少，试问长江水浅深。'诵者问：'是何义谛？'闿运曰：'汝意云何？'曰：'归功水师。'闿运笑曰：'否。此乃见景生情也。是时曾馈余五十金，余报之以诗，身在江船，对水赋此耳！'"

"照这样看来，我今后也多说些不着边际的话。"杨度的性格酷肖其师，要他少说话实难做到，不如学到先生的这个特长。

"这种话也不容易说。说淡了，无味，过头了又变成油滑。古人说：'刻鹄不成尚类鹜，画虎不成反类犬。'说庄话好比刻鹄，说谐语好比画虎。所以凡师长教子弟，都要求说庄语，没有哪个要求说谐语的，其原因即在此。京师不比湖南，乃名利是非之地，一言不慎可招致奇祸。你年纪轻轻，阅世不多，且气盛而又自负，故初去京师，宜以少说话为好。"

杨度明白先生的一片爱护之心，点头说："先生的话，弟子记住了。"

"今天晚上，我邀了白石、登寿等人一起吃饭，大家见见面，过会儿他们都会来，无暇说正经话。皙子，你此番去北京。我还有几句重要的话要跟你说。"王闿运摸着胡子，脸色凝重，杨度知道先生要说庄语了，遂挺直腰杆聆听。

"皙子，多年前在东洲书院明杏斋里，我跟你讲的帝王之学，你还记得吗？"

"记得。"杨度凛然回答，"那是您老一生学问的精髓，也是学生从您老门下所获益最大处，怎会不记得呢？"

"那么我要问你一句，帝王之学的要义何在？你能用几个字概括吗？"王闿运望着学生，两眼发出亮光。

杨度近年来在东瀛钻研的多为各国宪政及西洋圣哲的书籍，国粹反而搁置一边了，猛然间要用几个字来概括湘绮师所传授的帝王之学，他倒有点为难了，经过一番紧张的思索后说："弟子愚鲁，对于这门深奥而变化无穷的学问，很难用几个字来概括，姑妄言之，请先生赐教。弟子想，是不是可以这样说：辅佐贤人，把握良机，出谋划策，建功立业。"

"说得不错。"王闿运微微点头，"你这四句话，把帝王之学的要领说出来了，即人、机、谋、功，这的确是几个关键所在，但严格地说，你还只是仅得其粗，未得其精。”

杨度聚精会神地望着先生，他要把帝王之学的精奥之处一一牢记。

“当然，精彩之处也是很难表达的。”王闿运端起书桌上的茶碗喝了一口，语气放得和缓了，“这一点，古代智者早已看出。庄子说：‘语之所贵者意也，意有所随，意之所随者，不可以言传也。’所以他视包括六经在内的所有著述都是前人的糟粕，而精彩处是无法言传的。比如斫轮之老翁，其数存之于心而口不能言其巧，所能言者乃规矩也。苏东坡也多次说过，他对古今许多微妙道理都懂，但只能了之于心而不能达之于口。这些的确是智者之言。人世间凡精彩处都不可用语言文字来表达，只能靠心去揣摩去领悟。所以，从这个意义上来说，你所归纳的四句话是可以的，精彩之处，我亦无法表达，暂且加上两个字：非常。将你说的四句话改为：辅非常之人，握非常之机，谋非常之策，建非常之功。一切机奥，一切难以言传只可意会的精妙，便都凝聚在这‘非常’二字上。你懂吗？”

先生说的话虽然有点玄虚，但又的确是事实。他细细地咀嚼“非常”二字，觉得一时间有许多领悟，但又很难说得清楚，于是重重地点点头说：“先生说得很对，学生将慢慢体味。”

“有很多道理的确是要慢慢地体味，像老牛嚼草一样，吃下去后又翻出来，再嚼一遍，如此几番才能得其精。这是我今天要对你说的第一点，还有第二点。”

王闿运停顿了一下，似要起身，杨度突然想到先生有很长时间没有吸烟了，忙说：“您老坐，我去走廊把烟壶拿来。”

杨度从走廊上把先生的水烟壶和自己的雪茄都拿了进来，他替先生装好一袋烟丝，双手将烟壶递过去。当咕噜噜的烟水滚动时，他也给自己点燃了一支雪茄。古色古香的湘绮楼书房里开始飘浮着烟丝的醉人香气。

“你这次奉旨以四品京堂衔进京，按理说是君恩深重，你应当竭尽全力以报答。不过，我要对你说句大实话，也是我一生的观察所得，那就是满人气数已尽，无论是太后还是皇上，都不值得对他们效忠。”

湘绮师不满朝廷，杨度早已熟知。不过，时至今日，自己即将蒙恩赴任的前夕，他还要说这种大逆不道的话，却颇为出乎意外。

“这话早在五十年前我便说过，五十年来朝廷的表现更证明我说的不错。现在有革命党提出用武力来排满，并建立民主共和国。革命并非不可，商汤伐桀、武王讨纣都是革命，但由眼下这批欲图民主的人来实行革命，我却不太赞成。我研究史册六十年，一部二十四史都读烂了，越读越觉得中国只能独裁专制，无民主共和可言。这批人要么是无知，要么是借民主的口号来收买人心，达到推翻朝廷的目的，一旦他们掌了权，同样是要行专制的。知道你在日本未参加革命党，我很欣慰。”

水烟壶又咕噜噜地响起来，王闿运被烟水呛了一口，咳嗽起来。他定定神，略为降低嗓音说：“你此番到京师后，留意观察当今大员中是否有李渊、赵匡胤一类的人物。倘若有，我传给你的帝王之学或许还有可用上的一天；倘若没有，那也是天命，无可奈何，你就安心做满人的臣子，今后能做到张香涛、袁慰庭这般地步，此生也就满足了。”

湘绮师的肺腑之言，杨度听了很是感动。他明白老师的意思：可为则为之，不可为也不必蛮干。先生自己过去的道路就是这样走过来的。他郑重地表示：“先生这番寄望，学生记住了，一定好自为之，决不辜负！”

王闿运微笑着，笑意中充满着企盼，充满着热望。这位刚过弱冠便有志于帝王之业的卓荦才子，可惜在他的风华茂盛的年代一直没有遇到他心目中的非常之人，他空有满腹奇计，却不能得以展布，他是怀着无限惋惜无限遗憾，不得已而转向杏坛名山之业的。岁月在流逝，躯体在衰老，然而，已成一代宗师的他仍不能忘情于年轻时的帝王之学。当年夏寿田中了榜眼，他却不把希望寄于夏，因为夏只能成为词臣之优，而不属于辅佐之材。今天，这个曾在明杏斋里共同探求古今兴衰多年的高足弟子，正要以四品高衔奉诏进京，在他的身上，王闿运依稀望见了成功的萌动，他心中欣慰不已。突然，他想起一件重要的事情。

“皙子，你去京师看袁慰庭有了见面礼，看张香涛的礼物准备了吗？”

杨度还没有想到这一层。老师既然这样提起，必定有他的准备：“还没有哩，先生有什么礼物，就让我代送算了。”

王闿运说：“刚才给袁慰庭写了一篇歌行，我想不能厚此薄彼，干脆也给张香涛一篇吧！”

杨度说：“最好，请先生就作一篇吧！”

“不要作，也有现成的。”王闿运起身，走到书架边，摸出一本自编诗集来，说，“正是见到袁慰庭的那一年，我在京师与张香涛有过一次愉快的聚会。那是五月初城南龙树寺的牡丹开了，恰好张香涛结束湖北学政之任携带新娶的唐氏夫人回京不久，潘伯寅侍郎为张香涛获良使之称返京接风，在龙树寺办了一个饮酒赏牡丹盛会，十多个京师耆彦躬临，我也幸侧其间。席上，大家对名花，饮醇醪，甚是畅意。潘侍郎带头，每人都作了一首诗。有的作了二十几句的歌行长篇，有的只吟了短短的五言绝句。这些人个个都有两榜功名，大部分供职翰苑，仅我一个举人布衣，越是这样，我越不能示弱。你这次也是以举人任事，所以我要特别指出这点。”

“先生提醒得好！”真是一座充满着学问和阅历的府库，里面有取之不尽用之不竭的宝藏，谈话之间的一个随便插曲，都这样富有哲理和实用价值。

“所以，我当时一口气作了两首五言古风，先从数量上压倒众人，继而从气势上占住鳌头。结果潘伯寅侍郎评判，今年牡丹诗会魁首王壬秋。”

说到这里，七十六岁的老头子乐呵呵地大笑起来，杨度从这得意的笑声中看到了一颗不老的童心。

“你可以先看第二首，这是专门为张香涛写的。”王闿运指着诗稿本说。

杨度从先生手里接过自订诗稿，兴致盎然地读起来：

良使闵儒宗，流风被湖介。
众鳞归云龙，潜虬感清哕。
拊翼天衢旁，嘉期偶相对。
陆荀无凡言，襟契存倾盖。
优贤意无终，依仁及所爱。
招要宏达群，娈彼城隅会。
从来京洛游，俊彦相推迈。
流飙逐颓波，倏忽陵往辈。
终贾无久名，音恭岂专贵。
飞蓬偶徘徊，清尊发幽噫。
金门隐遁栖，魏阙江海外。
聚散徒一时，弘望旋相代。
君其拔泰茅，人马远唐隶。
无曰四难并，弹冠俟林濑。

“这是最好的礼物。”杨度高兴得站了起来，握着诗稿本对先生说，“请您老也写一段跋语，我裱好后送给张香涛，他见了一定喜欢。”

王闿运的另一首五言古风，是送给这次聚会的召集人潘祖荫（字伯寅）的。诗如下：“西京重惇诲，六艺赖昌宏。岂惟群廉孝，兼得翼承明。华选今在兹，大雅竟谁名？达人独讦谟，敷席礼奇英。元辰耦休暇，胜集耀西城。高轩静风埃，夏雨宿余清。谈酢时间作，赏乐既云并。嘉鱼昔何美，苹鹿贵款诚。曰余久邻德，无德厕周行。群贤实元凯，济济作皇桢。苞稂岂终慨，行苇泽无赢。得人斯维竟，企子陟台衡。西园徒文宴，愧兹冠盖情。”

“皙子，我还给你说件有趣的事。”王闿运也站起来，喜不自禁地在书房里边踱边说，“那天龙树寺的集会，我因故晚去了一步。张香涛那家伙指着我说，壬秋你来晚了，罚你对个对子。我说，这不难，什么对子我都对得出。张香涛说，先别吹，刚才伯寅侍郎说四书五经中的话均可制联，唯独《左传》有四个字无法制联。我说哪四个字，你说吧，我可以为他制联。他说，《左传》宣公二年上‘牛则有皮’四字，大家刚才对了很久都没对出来，你对得出吗？这时潘侍郎和其他人都笑望着我。我心里也犯难了，这四个字的确不好对，但大话已说出口，收不回了，只得硬着头皮想。”

杨度也在脑子里想着。他觉得这四个字似乎并不像老师说的那样难对，“牛”可对的多啦，“犬”呀，“鸡”呀，“雀”呀，“兔”呀，什么都行，“皮”也多有可对。老师为何如此神乎其神呢？看来这里必有一番奇趣。

“有了！”王闿运说着停住了脚步，那神情宛如当年龙树寺的翩翩衣貂举人，“可对‘焉哉乎也’四字。潘伯寅甚觉奇怪，说，壬秋呀，你这四个字是什么意思？其他人都莫名其妙，唯有张香涛拊掌大笑说，王壬秋呀，怪不得别人说你放浪，对这样的下联，你可要短寿的呀！我知道他明白了这四个字的意思，笑着说，你是假道学，这是人生第一大正经事，何放浪之有？我将它制成佳联，阎王爷会给我加寿哩！” 杨钧著《草堂之灵》卷四《记对》：“曾文正祠成，长沙名士咸集新祠，设宴贺之。有人戏以‘牛则有皮’四字求对，李篁仙、郭筠仙等均不能答。王湘绮先生后至，郭云罚汝作对，即以‘牛则有皮’难之。湘绮曰：‘有一语可对，小儿女皆知之者。’然不肯说出。郭急询之，乃曰：‘焉哉乎也。’郭、李皆抚掌大笑，其余士绅多不知所谓。此虽游戏，然非知小学者不能对。李、郭知之，故能抚掌，众人不解，亦其宜也。” 《鱼千里斋随笔》卷二《王湘绮散记》：“故都有翰林数辈，在人家宴饮。席中某太史戏举‘牛则有皮’四字求对，均无以应。久之湘绮方至，群曰壬秋迟到，应罚作对。湘绮问故，乃笑曰：‘何不云焉哉乎也？’诸人皆不解。张文襄香涛时方官京曹，亦在座，独抚掌称善。”

王闿运边说边笑，乐得白胡子乱抖。

杨度也和潘伯寅一样，根本就没有弄懂“焉哉乎也”这四个极普通的虚字连在一起有什么特别的含义，见老师如此乐不可支，他却笑不起来，禁不住问：“这四个字有什么奇特的含义吗？您老讲解一下吧！”

王闿运说：“这我就不讲解了，你自己去查《说文》吧！”

师生二人正说得兴起，齐白石、张登寿和其他几个同窗结伴进来了，大家都祝贺杨度。下午，湘绮楼摆起了一桌丰盛的酒席，同窗们频频举杯，对着杨度说了不少好听的话。杨度惦念着“焉哉乎也”四个字，不能开怀畅饮。他借故离席，溜进老师的书房，拿起《说文解字》一个字一个字地翻查着。原来如此！杨度恍然大悟，心里说：湘绮师湘绮师呀，世人都说你率性不羁如魏晋时人，真正是不假！

三　儿子的情人转眼间做了老子的姨太太

离别京师四年多了，再次踏进这座古老的都城时，杨度首先感觉到的是它的使人压抑的沉闷空气，不要说跟意气激昂的东京相比，就是跟上海、武昌、长沙比起来，这里也仿佛是另一个世界。这情景颇似上天所安排的气候一样，此时江南已是一派春草萌发春潮涌动的早春景象，而这里仍是冰封雪盖万物凝固的严寒季节。

宪政编查馆设在西单昙花胡同一座废贝勒的旧宅里。里面有大大小小四五十间房子，因年久失修，到处可见断了棂的窗户，正在结网的蜘蛛，布着绿苔的墙壁，长着杂草的瓦缝。这座百年宅院，已和它当年主人的后代一样衰微破败了。

主持宪政编查馆的大臣就是出洋考查五大臣之首镇国公载泽，连同该馆的前身政治考察馆算起，他上任一年多了，却没有到馆里来过一次。偶尔议及馆内的事，也只是召集有关人员到他豪华阔绰的府第里去，编查馆的大门朝南朝北他都不知道。

这个大门终年由一个姓史的老太监把守着。史太监在家里排行第七，大家都客气地叫他史七爷。史七爷六岁净身进宫，在宫里做了五十多年的苦役，老了，不能动了，就被打发出来，在龙树寺住了半年，被人介绍来了编查馆。史七爷很忠于职守，寻常人都不能进来，所以馆里更显得冷清。挂名宪政馆的有二十几个人，绝大部分都是只领俸禄不办事，常坐在这里值班的只有七人：编制局正副局长二人，统计局正副局长二人，庶务处采办一人，图书处委员一人，译书处译员一人。

与杨度同时征调进京的还有一个人，名叫劳乃宣。此人原是浙江省一个道员，奉命以三品京堂来宪政馆任左提调，位在右提调杨度之上。他早进京半个月，杨度进馆的第一天与他见了面。他告诉杨度，这里的一切都未走上正轨，所辖的二局三处的建制都全了，官也封了，就是没有事办。杨度问他要不要去拜见载泽，劳说不必了。他进京第一天便急着去见载泽，在大门口候了半天，门房带口信出来，说国公爷正忙着见客，今天不见了，先歇着吧，下次议事时再见。半个月过去了，一点响动也没有。劳乃宣对杨度说：“你来了就好了，我对宪政一无所知，你是宪政专家，这里的事就由你来安排。我的《仪礼发微》还没完稿，还有半年多辛苦。这里名义上我在你之上，实际上都由你做主。”

杨度看着宪政馆的情景，听着劳乃宣的介绍，满肚子的热气给冲去了多半。

宪政馆里有的是空房子，杨度挑了一间较好的房子安顿下来。没有事可干，气氛又太冷清，他便常常去老友夏寿田那里闲聊天。

夏寿田已是从四品衔的翰林院侍讲学士。翰林苑本是个储才养望之地，清清闲闲，一年到头没有几件事做。夏寿田近四十岁，已发福了，白白胖胖的。和他一起生活的，除原配外，还有一个出自青楼的如夫人岳霜。岳霜善弹琴唱曲，又能画上几笔，很投夏寿田的脾性，他对岳霜宠爱些，妻妾之间于是常有争吵，家庭不甚和睦。好在夏寿田性格开朗恬淡，家事他一概不管，成天一个人做他喜欢做的事：读书，作诗文，写字，欣赏古董。翰林的俸禄并不高，但父亲给他积累了丰厚的家产，他不用为生计操心。因为有钱用，两个夫人虽然经常吵嘴，但吵后仍相安无事。

夏寿田笑着对老友说：“我这十年的京官生活就这样过来了，间或有点小风小浪，但还是以风平浪静的时候为多。”

杨度说：“还是你的福气好，清福艳福，你都享受到了。”

夏寿田说：“只是没有洪福，官运不好。”

杨度说：“过两年就有了！”

夏寿田问：“嫂夫人什么时候接来？”

杨度说：“以后再说吧，长安米珠薪桂，居大不易呀！”

夏寿田说：“完全安定下来再接也好。嫂夫人没来之前，你就常到我家来吃饭，不要客气。”

杨度笑道：“好哇，我就在你家订个长年吧！”

夏寿田说：“我这里还有一间空房子，也为你准备一套被褥，晚上懒得走的话，就在我这里搭铺。”

杨度大笑：“这你就一发成全我了！”

于是杨度常常去夏寿田家吃饭睡觉，如同自己的家一样。从夏寿田那里，杨度知道不少京师政坛内幕，也对会衔奏他进京的张之洞、袁世凯有更深入的了解。

过几天后，他去锡拉胡同拜会张之洞，把裱好的王闿运的诗送给张。张看了一下，随手放在一旁。张之洞这二十多年来又一直在南方做官，对北方的严寒一时不能适应。这些日子哮喘病发作，成天咳嗽吐痰，人显得更瘦更无生气了。见了杨度很高兴，说了些勉励的话，又问王闿运身体如何。还说当年两人关系很好，一人长于学问，一人长于诗文，两人联合起来可以考博学鸿词科状元。多说了几句话，张之洞又咳起来，看样子病得难受。杨度不便久坐，遂告辞出门，心里想：这位大学士军机大臣身体衰弱到这般地步，如何能够应付国事？

杨度正拟去拜会袁世凯的时候，史七爷告诉他，这几天不要去，袁府正在办喜事，袁宫保又做新郎官了。杨度听了十分惊讶：袁世凯已有一妻七妾了，怎么还要讨小？

史七爷没有说错，袁世凯的第八个妾近日进了袁府大门。

袁世凯个人的生活其实并不太奢华，甚至有些刻板。长年军旅生涯培养了他极有规律的起居作息。不管冬夏春秋，他每天早上都是六时准点起床，七时办公，十二时休息，吃中饭，下午一时午睡，只睡一小时，二时再办公会客，一直到六时。吃过晚饭后与妻妾子女散步谈天，晚上九时睡觉。

他的饮食也很固定。桌上的菜一年到头很少换，买菜的伙夫不必为此而多费脑筋。他喜欢吃炖鸭子、红烧肉、肉丝炒韭黄、白菜心，于是桌上天天只摆这几道菜。主食是一个馒头，一碗米饭，一碗小米稀饭，夏天则改为河南人都爱吃的绿豆糊糊。早上则永远是一海碗鸡丝面。他吃的东西是这样的单调，连桌上菜摆的位置也从不改变：鸭子总在中间，东边摆着肉丝韭黄，西边摆着红烧肉，北边摆着白菜心。除非他招呼，通常妻妾们都不陪他吃饭。山珍海味他一般不吃，但他长年累月嘴里嚼着鹿茸片和人参片，为的是提神养精。

他对穿着很随便，取舒适而不重外表。玩的方面，年轻时放荡过，以后随着地位的提高，一来要在下属面前保持尊严，二来也没有时间，便基本上不玩了。

他一生的嗜好只有两个：权力和女人。他不择手段地攫取权力，同时一个接一个地纳妾。早在十七岁时，袁世凯在家乡项城娶了本地大财主于鳌的女儿为妻。于氏家里虽有钱，但她本人却不识几个字，人长得不漂亮，又比丈夫大两岁。有一天，袁见于氏系了一条红色绣花缎子裤带，笑着说："看你这个样子，像是窑子里出来的人。"于氏听了大为生气，又哭又嚷，说："我清清白白的，你为何这样骂我。窑子里出来的人还能做大太太吗，只配做姨太太。"不料这句话却刺伤了袁，因为袁的生母是姨太太。他气得打了于氏一个耳光，从此不再和于氏同房。因此于氏除克定外，再没生儿女。

过了几年，袁世凯出外谋事。先去广东潮州，后去上海，都不如意。

上海本是风流之地，单身住旅馆里的袁世凯很是寂寞，便去逛妓院，在妓院里结识了一个姓沈的妓女。沈氏苏州人，不仅漂亮，且有眼力。她见袁仪表堂堂，又是官宦人家出身，断不会落魄太久。沈氏鼓励他振作精神，又说男子汉大丈夫应以功名为重，宜去投奔军营，并表示只要袁争气，她可以资助，且自赎出妓院，一直等着他。袁在不得志时听到这话，十分感动，将沈氏视为知己。后来袁在汉城立下脚跟后，就将沈氏接了过去，做了他的第一房姨太太。

袁世凯在朝鲜帮助国王平定叛乱，朝鲜国王感激他，就将自己的表亲金氏许配给他，陪嫁的还有两位侍女吴氏、闵氏。袁则将三个女人一并纳为妾，按年龄大小将吴氏定为二妾、金氏定为三妾、闵氏定为四妾，均由长妾沈氏管教。沈氏一下子遇到三个情敌，妒火中烧。她明里不敢发泄，便借管教之机虐待三个朝鲜女子。这三个朝鲜女子很苦恼，尤其是金氏，本是皇亲，原以为是给袁做正室，现在不仅做了妾，而且地位还排在自己的侍女之下，金氏从此抑郁一生。

沈氏一辈子没生孩子，当金氏生下袁世凯的二子袁克文时，袁世凯便将克文过继于沈氏膝下，用以感激沈氏当年对他的恩情。

袁世凯在山东巡抚任上又娶了五姨太杨氏。杨氏是天津杨柳青人，出身于小户人家，以一双三寸金莲博得袁的喜爱。杨氏能言善语，且有办事能力，袁将家政全部委托给她，甚至连自己的保密财物也交给杨氏保管。不但如此，她后来还取代沈氏的地位管教后进门的姨太太。在直隶总督任上，袁世凯又先后娶了六姨太叶氏，七姨太张氏。

似乎每遇权力领域内发生变化的时候，袁世凯都要娶一个女人作为标志或纪念似的，进京当了军机大臣兼外务部尚书的袁世凯，近日又娶进一个姓郭的女人做八姨太。袁府里的人早已看惯了宫保大人的增房添丁，并不把它当做一条大新闻看待。府中只有几个人知道，这位郭氏的背后还有一段世间少有的故事。

二公子克文字抱存，号寒云，在袁世凯众多的儿子中天资最为聪颖，有过目不忘的记性，诗文书画都很好，深得父亲的宠爱。袁常招克文陪他吃饭，经常赏他一些珍稀古玩。这些都是包括嫡长子克定在内的其他儿子们享受不到的优待。克文的生母金氏自然疼爱他，而他比别人还多得到一层爱，那就是嗣母沈氏的溺爱。

沈氏因无出，又仅只克文一个嗣子，于是把克文当做命根子看待。对克文百般纵容，凡克文要的东西，沈氏想方设法都要满足他。在沈氏的惯纵下，克文从小放荡任性，十五六岁起便常在外面过夜，有时一连几天不回家。阖府上下包括生母金氏都不敢说他。

袁克文在外面认识了李莲英的侄儿李福坤。李福坤仗着李莲英的势力在天津成为一霸，谁都怕他让他。克文与李交上朋友后，便跟着李下戏院进窑子，吃喝嫖赌，样样都来。克文聪明，戏园子多进了几次，便能哼出戏文来。后来他干脆拜菊坛名伶为师学唱小生，居然唱得有板有眼，可以登台客串了。

十七岁那年，袁世凯带他进京去颐和园叩见慈禧太后。慈禧见克文面目清秀，伶牙俐齿，很是喜欢。对袁说："你家老二还没说亲吧，我有一个堂侄女和他差不多大，正好说给他。"

太后娘家侄女下嫁汉人，这真是皇恩浩荡，令多少人可望而不可即呀！但头脑精明的袁世凯早已看出皇室的衰微，却并不愿与皇家结亲，遂叩头奏道："请太后恕罪，犬子已说定了亲。"

"噢。"慈禧有点扫兴，随口问，"是哪家的女孩子呀！"

袁克文根本就没有说亲，刚才的奏对纯系谎言，这一问如何答得出？袁的背上一时冒出冷汗，定了定神，随便答了一句："是天津城里一个刘姓人家的女孩子。"

慈禧不再问了，袁赶紧牵着儿子告辞。一回天津，他就私下里四处托人为克文说亲，条件只有两个：一是姓刘，二是女孩子人好，其他如门第财富都可不论。

刘姓是大姓，天津城里仅官绅姓刘的便不下二三十家，于是很快便说定了天津道员刘尚文家的女儿，匆匆办了喜事。刘氏比克文大三岁，脾气又不好，克文不喜欢她。刘氏过门不到百天，克文便张罗着要娶妾。刘氏得知后又哭又闹，克文不睬她，她就到公公那里去告状。

妻妾成群的父亲怎么可能制止儿子纳妾？这也是刘氏气昏了头。果然，袁世凯对儿媳的哭闹甚为不悦，斥道："有本事的男人才可以三妻四妾，你要为丈夫的本事而高兴，不要吃醋。"

刘氏见公公不支持她，只好忍气吞声。但袁克文风流成性，妾过门没多久，便又烦腻，另求新欢。别看他只有十八岁，家里已有一妻二妾，京师的青楼妓院还时常见到这位袁二公子的身影。

两个月前，他奉父亲之命去苏州查一件苏州织造署的旧案卷。克文早闻苏州女子婀娜娇美，到了苏州，先不去查案卷，却走街串巷，寻找绝色女子，终于在吴娃院里觅到了一位姓郭的妓女。郭氏色艺双全，娇娇滴滴，深得克文的欢心。在苏州流连二十多天后，克文要回京复命了。临行前与郭氏啮臂为盟：一个月后一定派人来接她进京做夫人。郭氏则将自己的玉照赠送给如意郎君。克文将照片放在马褂口袋里，一路上常常掏出来看。

袁世凯的家规：儿子们派出去办事，回家后先得向他禀报，然后才可以回到自己的房间。克文一进府，就赶紧到父亲的签押房去禀报。他在父亲的面前跪下磕头，一时忘记了郭氏的照片正搁在马褂上面的小口袋里，头刚一着地，照片便从口袋里滑了出来。

“嗯！那是什么东西？”袁世凯厉声问。

袁世凯的儿子个个畏父如虎。克文此时又急又怕，然事已败露，无法遮掩，只得硬着头皮将照片递了上去。

“你这个不成器的家伙，又看上了哪个青楼女子？”

袁世凯脸色严峻地训斥儿子，同时细细端详着照片：这女子凤眼娥眉，浓发小嘴，美极了！尤其令他动心的是那女子双眼中流露的娇媚之态，竟为他一妻七妾所没有！慢慢地，他的脸色缓和下来，眼角边透出一丝笑容。

克文的心怦怦地跳个不停，他偷眼看父亲的脸色有了变化，知道好色的父亲也看上了郭氏。克文本是个易于移情的人，心想，郭氏虽美，像郭氏这样美的人也还找得到，不如把她当个礼物送给父亲，今后可多得父亲的欢心。于是说：“父亲大人，这是儿子在苏州为您寻访的一个美女，不知您中意不中意，特为把她的照片带来给您看看。”

克文这话正说到他父亲的心窝里，忙说：“好哇，这女子还要得，难得你这份孝心！”

详细问明了郭氏的住址后，袁世凯赏给儿子一个西周青铜彝器，第二天便打发人南下苏州接郭氏。

郭氏见袁府来了人，自然以为是克文践诺来接她的，遂艳妆浓抹地打扮着，随来人进京。进京的当夜便洞房花烛，头巾揭开后，郭氏傻了眼：面前站立的，并不是风度翩翩的少年公子，而是大腹便便的半老头子。待问明情况后，郭氏泪流满面，悔恨上了薄幸郎的当。而袁世凯既已公开纳她进了门，也再无退还给儿子的道理。郭氏无奈，只得自叹命苦，忍辱做了袁宫保的第八房姨太太。

由袁世凯力荐而得以升任直隶总督的原藩司杨士骧得知这个消息，亲自进京送上一张十万银票作为贺礼，又向他报告，驻守在直隶境内的第二镇、第四镇弟兄们时时记着宫保大人的栽培之恩，随时愿替宫保大人效力。

新得到如花似玉的姨太太，又得到僚属们披肝沥胆的忠诚，因遭到明升暗降打击一度有些不舒心的袁世凯的精神大为奋发起来。他的脑子里甚至萌生了一个大胆的想法：万一太后哪天驾崩了，皇家若不客气的话，我袁世凯也可以做一番曹操、司马懿的事业！

他将自己的处境作了一番冷静的分析：目前全国各省虽号称组建了二十镇新军，其实大部分都有名无实，真正有战斗力的还是自己训练的北洋六镇。这六镇中管带以上的军官全是自己亲手挑选亲自任命的，军人最讲义气，想必他们不会这么快就忘恩负义。现在北洋新军名义上虽不在自己的管辖之下，但杨士骧的两镇、徐世昌的一镇二协，实际上与自己掌管没有多大的区别，其他几镇虽然镇的统领换了，但协统、标统、营管带是绝不可能都换的。这就是力量之所在。

眼下满人不得人心，革命党要排满，他们若一旦得势，自己无疑也会一道被排掉，当然不能支持。君宪派主张开国会，立宪法，建内阁制，既符合世界潮流，又为太后所接受，是应该支持的。倘若将这一派政治力量控制在自己的手里，则国内文武两方面的势力都掌握了，今后内阁总理舍我其谁！即使有朝一日逼着要做曹操、司马懿的话，做起来也更顺理成章。

君宪派的头号领袖是梁启超。但梁至今仍仇恨在心，难以争取过来。梁之下在海外闹得最凶名气最大的要算杨度了，既已和张之洞会衔将他调进了京师，何不趁此机会将他牢牢地笼住，通过他与君宪派建立密切的联系，进而达到将这派政治力量控制的目的呢？

袁世凯将长子克定叫来说：“你派人去宪政馆打听一下，看湖南的那个杨度进京了没有，若来了，你亲自去接他进府来，我要见他。”

袁克定今年三十岁，除开身材比父亲高点外，其余一切都跟父亲一个样，尤其是那双圆圆的大眼睛和那张厚厚的嘴唇，简直就像一个模子刻出来似的。像每一个中国父亲那样，袁世凯对长子寄予厚望，何况此子还是唯一的嫡出。因此，袁世凯对克定的态度，比对其他儿子都不同。

克定四岁时，袁世凯刚到朝鲜不久，就念及儿子的教育问题，把儿子从项城老家接到汉城，由沈氏哺养，聘请一位有学问的中国人为克定发蒙。待到儿子十岁的时候，袁世凯便亲自教他读《曾文正公家训》，完全采用曾国藩教子的一套办法来教育克定，希望他成为曾纪泽、曾纪鸿那样的人才。十五六岁后，除开读书外，袁世凯也常常让儿子看自己办事，有时也让他做点事，有意锻炼他的办事能力。袁世凯自己书读得不太好，故对儿子读四书五经的要求并不苛严，注重的是他的实际办事才能。在父亲的长期熏陶下，克定也养成了类似父亲的性格：热衷政治，权力欲望重，同时也从小便熟悉官场那一套虚伪机巧权诈的作风。

袁克定颇为自重。他懂得自己在家里的身份地位，注意检点。在父母面前他毕恭毕敬，就是对朝鲜时期的四个庶母也不缺礼数，对弟弟妹妹他也笑脸相待，关心爱护。因此，大公子在袁府上下有很高的威信。袁世凯对他很看重，认为他今后可以成大器，遇到一些棘手的事情，也常与他商量，有时他也的确能出些好主意。为了拉紧与奕劻的关系，袁世凯叫儿子与载振拜了把兄弟。载振时任农工商部尚书，便以右丞一职赠送给把兄。克定几乎不去农工商部办事，他的主要职务仍是父亲的私人代表兼机要参赞。

"父亲，"袁克定恭敬地请示，"杨度只是一个四品衔的小京堂，值得您亲自接见吗？"

"你不要小看了这个四品衔小京堂。"袁世凯将嘴边浓密的一字胡须摸了一下，动作很干脆，这是他的习惯，犹如他说话一样，简洁明快，绝不拖泥带水，"杨度虽年轻官卑，但他是一个政治派别的领袖，不能等闲看待，你按我说的去做吧！"

四　袁世凯要杨度转告梁启超，他不是戊戌政变的告密者

杨度正在为桌上的一封信发愁。昨天夏寿田转给杨度一封信，是华昌炼锑公司董事长梁焕奎写来的，说华昌公司经费拮据，运转不来，问杨度可否在京中想些办法。杨度心里苦笑，自己的正事尚一筹未展，京师各道门路还是一团黑，哪里有可能为华昌公司拉股份？

"杨老爷，有人找您。"干瘦的史七爷站在窗外，一边敲打窗棂，一边尖起半男半女的喉嗓喊。

"哪一个找？"杨度走出门问。

史七爷递出一张纸条："这是他的名刺。"

杨度接过，那名刺上写着：农工商部右丞袁克定云台。心里一惊：这不是袁世凯的大儿子么？关于这个袁大公子，杨度早已从夏寿田那里听到不少。正要去拜访袁世凯，却不料他的私人代表先来了，真是好机缘！

杨度赶紧整了整衣冠，快步走出馆门，只见一个穿戴华贵的年轻公子正笑吟吟地望着这边。杨度忙拱手说："想必是云台大公子吧，杨度失迎失迎。"

"哪里，哪里！"袁克定也拱起手来，"克定奉家父之命，特来看望皙子先生。"

杨度说："不敢当。居处简陋，陈设杂乱，实在不敢接待大公子。既然大公子已光临，就请委屈进来略坐一会儿。"

克定笑道："看皙子先生客气的，你都能住下，我还委屈什么！"

杨度心里想：袁克定这样的富贵公子，居然能说出这等话来，而且彬彬有礼，并无纨绔气息，真是难得。夏寿田说袁家少爷都是荒唐鬼，看来不太准确。他伸出右手来说："大公子请！"

袁克定进了杨度的住房。杨度是个不大修边幅的人，且一个单身汉，无人整理内务，房间里很是零乱：写字台上书籍笔墨散开一桌，床上被子没有叠，天气很冷，屋里也没有生火。他指着屋子里唯一一把靠背椅对客人说："请坐，请坐。"

待客人坐下后，他自己坐到床沿边。

"皙子先生是哪天进京的？"

"初五到的。"

"噢，十天了！"克定说，"恕我不知，拜访迟了。"

杨度说："前几天就准备去谒见宫保大人，感谢他的提携之恩，只是因为贵府这几天在办喜事，故不敢造次。"

"什么喜事！"克定冷冷一笑，"不过新置办一个娘姨罢了，先生大可不必介意！"

杨度心里想：真正是一个嫡长子的口气！

克定又问："去拜访过哪些前辈大老？"

杨度笑道："我不过南省一个举人，父祖辈亦无人在京师做过大官，哪里和前辈大老攀得上关系？"

克定道："皙子先生谦虚了！癸卯年经济特科的初榜榜眼，天下哪个不知？我那时在保定也佩服得不得了。"又问，"见过镇国公了吗？"

"没有去。"杨度答，"镇国公传下了话，说不要去了，下次议事时再见面。"

"噢。"克定迟疑了一下，又问，"张中堂那里呢？"

"张中堂那里倒是去过一次。"

"他身体还好吗？"克定急着问。

"张中堂正闹病，我只略坐一会儿就告辞了。"

"哦！"克定又慢慢应了一声，眼睛扫了一下桌面，随口问，"近来读什么书？"

"前天在琉璃厂买了一本郑观应的《盛世危言》，这两天正看着。"

观应，字正翔，号陶斋，广东香山人。郑观应16岁离家赴上海学经商，后入英商宝顺洋行和太古轮船公司任买办，捐资为道员。光绪六年起，先后由李鸿章等人委派为上海机器织布局、轮船招商局、汉阳铁厂、上海电报局、粤汉铁路公司总办等。郑观应主张改革变法、开议院、办学校、设立商部等。辛亥革命后，寓居上海，成为商界著名人物。《盛世危言》是他一生最重要的著作，他的改革变法主张都体现在这部书中。

“这本书我也翻过，写得不错。”袁克定站起，将摊开在桌上的《盛世危言》翻了下，看见了印着“华昌炼锑公司”字样的信套，“皙子先生，听说你们湖南的华昌公司经费短缺，是这样的吗？”

杨度想：这个袁大公子怎么会知道华昌的情况？既然他主动问起，不妨告诉他，倘若他肯帮忙，华昌的经费就有指望了。

“正是这样。”杨度答，“华昌炼锑公司发展前途很大，只是公司经费不充裕，心有余而力不足。昨天公司董事长还给我来信，请我帮他们鼓吹鼓吹，多争取些人合作。现在国外需锑急迫，大规模开采冶炼后可以赚大钱，入华昌的股是一本万利的。”

“这话不错。”克定说，“不但外国，我们本国也需要大量锑。”

见谈话投机，杨度有意留袁克定多坐一会儿，吩咐史大爷去买点酒菜来。袁克定忙起身说：“皙子先生不要客气，我是特地奉家父之命来接你去寒舍坐坐，家父也想见见你。干脆请你动步，到寒舍后我们再边吃边聊如何？”

杨度正要去见袁世凯，于是说：“如此也好，就请大公子带路。”

克定来时，还带来了一顶空轿，两人各乘一顶，一前一后来到北洋公寓。

杨度带着裱好的王闿运的《淮浦夜饮歌》走进了袁府。克定将他安置在小会客厅里，然后进去向父亲禀报。

杨度将小客厅打量了一下：这是一间典雅的士大夫家的会客室，一色的红木明式家具，茶几上摆着矮松、云竹等盆景，四壁挂着名人字画，其中有两副联语特别引起他的注意。一副是袁甲三端庄的楷书：疏松影落空坛静，细草香生小洞幽。题为：绿唐贤诗句赠保庆贤侄。另一副是曾国藩刚劲的行书：取人为善，与人为善；乐以终身，忧以终身。题为：与午桥兄共勉。小小的会客厅里充溢着一派高雅敦厚的气氛。

“皙子先生，十年不见了，你一向都好哇！”

杨度正在打量之际，门口传来一句洪亮的、具有浓厚河南地方口音的问讯。原来是袁世凯来了。

又做了一次新郎官的军机大臣，今天穿着一身暗红缎面驼毛芯长袍，外罩一件皂色隐花纹锦面马褂。兴许正处蜜月期间，在杨度看来，袁世凯的气色比十年前还要好。他忙起身作揖："晚生杨度参见宫保大人！"

"这是在我家里，不必拘礼。"袁世凯迈着强劲的军人步伐走了过来，用手指了指椅子，"请坐！"

跟在后面的袁克定附和着说："皙子先生，你请坐。"

三人落座后，仆人进来献茶。杨度看到仆人摆在他和克定面前的是两个一样的白底青花细瓷带托盘茶碗，摆在袁世凯面前的则是一个墨玉方形大茶杯，杯子上没有任何雕饰，显得古朴厚拙，却熠熠发光，看来玉质非同一般。

杨度说："十年前，晚生有幸在天津小站晋谒大人，十年后更有幸蒙大人推荐进京供职，早就准备来拜见大人，面谢提携之恩，只因府上有事推迟了。今天，大公子不嫌鄙陋，枉驾宪政馆相邀。大人又于百忙之中亲来接见，晚生不胜感激之至。"

说罢，又站起来鞠了一躬。

"哪来这多礼性，快坐下！"袁世凯乐呵呵地笑道，"十年前那一面，你就给我留下了深刻的印象。这些年你在日本积了一肚子学问，朝廷预备立宪，急需你这样的人才。听说你回国了，很想请你进京来。宪政馆缺乏得力人员，你正好借此施展一番。张中堂于你有旧恩，我和他商量此事，他也同意。这事就这样办了。"

袁世凯说话没有文绉绉的习惯，直言快语。话说得很诚恳，其实暗中在偷梁换柱，把张之洞为主他会衔的真相倒换了一个位置。

袁世凯摸了摸八字胡，关切地问："北京的生活还过得惯吗？馆里的事接手了吗？"

杨度答："晚生多年来四海为家，随便在哪里都能习惯，只是这宪政馆里的事好像没有一点头绪，国公爷说是要召见我和劳提调，但又一直没有召见。这里的事正不知如何动手才是。"

"不要急，慢慢来。"袁世凯端起墨玉杯，对杨度说，"喝茶吧，这是我项城老家的茶叶，没有你们湖南的好。"

杨度本拟趁此机会向袁世凯谈谈自己对实施宪政的想法，见他似乎对此并无太大的兴趣，便不做声了，端起茶碗来喝了一口。茶的味道相当醇厚，一向都以为好茶出在南方，却不料河南也能产这样的优质茶叶。杨度放下茶碗，突然看到袁世凯喝的并不是茶，稠稠的乳白色的，好像奶汁一样。袁克定既不喝茶，也不做声，端坐在椅子上专心专意地听。

"皙子先生，你在日本见没见到过梁卓如？"袁世凯放下茶杯，转了一个话题。

“梁卓如住横滨，我住东京，两地相距很近，常常见面。”杨度觉得奇怪，袁怎么问起梁来，他们不是生死对头吗？

“梁卓如是当今的大才，他和他的老师康有为有所不同，我对他很尊重。他对中国的政治研究很深。我真希望他能和你一样，为国家出力。”

作为梁启超的好友，杨度乐于听到这样的话。他说：“梁卓如是愿意回国效力的，只是太后不能容他。”

“嗯。”袁世凯略为点点头，说，“老佛爷的确心里一直恨着他，我也不敢在她老人家面前提起。近来有一天，老佛爷心情很好，跟我闲聊天。我说，老佛爷，您把康有为、梁启超、孙中山三人一同列为永不赦免之人，康、孙自然永不可赦免，但梁与他们不同。老佛爷问，梁与康、孙有何不同？我说，康是顽固地反对您，孙是革命乱党，梁都不是。梁是一心一意主张君宪，与朝廷的方针是一致的。老佛爷听了我的话后没有生气，看来心里接受了。你若给梁卓如写信，可以把这件事告诉他。他若愿意回国，不久以后就可以回来了。”

杨度万没想到，梁启超刻骨仇恨的袁世凯，居然会在慈禧面前为他说情。袁世凯是真的爱才惜才！忙说：“宫保大人这番好意，我一定尽快告诉卓如。倘若太后真的不再追究他，他一定会很快回国的。”

见袁世凯说话不咬文嚼字，杨度也丢掉了文人腔，打起白话来。

“我知道梁卓如一直记恨着我。皙子先生，你是他的好朋友，我今天把实情告诉你，你可以转告他，戊戌年的事，他们错怪了我。”

会客厅里的气氛骤然凝重起来。别后十年的初次见面，袁世凯居然会跟自己谈这样重大的往事，这是杨度始料不及的。关于戊戌年那桩事，杨度后来听到各方面的传说，都说是袁世凯背叛了皇上，出卖了维新党，袁也因这次告密而得到慈禧的信任，从而官运亨通，步步高升。梁启超本人则更是坚信这一点，一提起袁，便恨得咬牙切齿，骂袁是用别人的鲜血染红了自己顶子的无耻小人。杨度也基本上相信这种说法。但他一则毕竟不是那次政变中的受害者，二则他知道历史上那些干大事的政治家都不能过多地去追究本人的私德，所以他并不认为袁是如何的坏。现在，政变的当事人之一说世人错怪了他，并要道出当时的实情，这可真是一件大事，杨度不觉挺起腰板来竖耳恭听。

“梁卓如可能和别人一样，都以为皇上的密诏是我告诉荣禄的，荣禄得到我的密报后连夜进京谒见老佛爷，才有杀谭嗣同等六人的事出现。其实，我是受了天大的冤枉。”

袁世凯端起桌上的墨玉杯喝了一大口，然后将杯子重重一放，继续说：“真相是这样的。那年我寓居京师法华寺。八月四日深夜，谭嗣同不顾门房的阻挡，强行闯进我的书房，左手拿着一个簿子，右手拿着一把洋短枪，声音峻厉地对我说，太后下个月要带着皇上去天津阅兵，到时荣禄会将皇上囚禁，另立新君。你受皇上大恩，理应效忠皇上。皇上将处危难，你如何办？事情来得这样突然，我一时不知如何回答才好。于是说，我袁门三代受皇家大恩，皇上有难，我自然应起来保护。谭嗣同说，那好，这是皇上密诏，你看后签个名字，表示领旨了，说罢将左手拿的簿子递给我。我翻开看，上面写着：着袁世凯即回天津，捕杀荣禄，带兵进京围颐和园。此谕！我看后惊呆了，半晌才说，荣禄有罪，我可以奉旨逮捕。太后乃皇上母亲，离间太后与皇上，不但不忠，而且不孝，我不能奉命。谭嗣同举起洋短枪，枪口对着我的额头说，这是皇上亲书的诏命，你若不接受，我现在就开枪打死你。谭的声音很大，站在窗外的老家人听到后，吓了一大跳，说，谭大人不要发怒，有事好商量。我心里想，这种圣命决不能领。主意打定后，心里安定下来，我坚决地说，请谭大人禀奏皇上，荣禄可杀，颐和园决不可围。谭嗣同听我这样说，只得放下手枪，收起簿子走了。第二天皇上再次召见我，只谈练兵，并未提杀荣禄围园子的事。出宫后我想，谭嗣同昨夜的诏命是假造的，差点中了他的奸计。当天下午我乘火车出京，日落时到了天津，去见荣禄，告诉他朝廷情形十分危急，一批小人结党想作乱，皇上受他们蒙骗。皇上圣孝，若有什么事情发生的话，我们一定要保卫好皇上。荣禄说那是自然的。”

说到这里，仆人进来给杨度和克定斟茶。袁世凯停止说话。仆人退出后，他继续说下去：“我正准备将谭嗣同等人的密谋告诉荣禄，叶祖珪进来了，一会儿祐文又进来了，于是只得告退，约定明天再谈。第二天荣禄来访我，我告诉他谭嗣同有矫诏杀他的事，荣禄大呼冤枉。我忙申明此事与皇上绝无关系，如果累及到皇上的话，我唯有仰药而死。我和荣禄商量良久，苦无好办法。荣禄回到督署，再约祐文熟商。这天晚上荣禄派人请我去，说杨莘伯亦在座。我一进门，荣禄便面带喜色地从茶几上将刚收到的电报送给我看，原来老佛爷已于本日凌晨从颐和园回到宫中。”

杨度仔细地听着，心里在盘算：照这样看来，荣禄不可能连夜密报给慈禧，因为先天夜晚他并不知情，当他知道后，紫禁城里的政变已经发生了。但是世间都说袁回天津当天下午便告诉了荣，荣乘夜班车去颐和园的。

是不是袁说的是假话，他在有意为自己开脱？既然袁主动谈起此事，何不趁此机会核实一下，这是一桩必将载之于史册的大案子，弄清楚是非常有意义的。

杨度说："刚才听宫保大人说起十年前的那桩事，与晚生素日所听到的，也与梁启超当面对晚生讲的不一样。依大人所说，那么太后凌晨突然回宫，是另有人在此中起作用了？"

"皙子先生，我告诉你吧，这是载漪做的事。"袁世凯断然说，"不是载漪坏了事我才说他。他知道太后不满意皇上的一些作为，他就想要太后立他的儿子做大阿哥，所以出了那个点子。"

杨度想，袁世凯说的可能不是假话，后来慈禧果然要立载漪的儿子。倘若庚子年不起拳乱，说不定载漪的儿子早已登上大清皇帝的宝座了。

"皙子先生，我请你转告梁卓如，要他仔细想想，假若这事是我告的密，第一个要抓的便是谭嗣同，因为矫旨是他造的。为什么先只抓康有为、梁启超及康广仁等人，首犯谭嗣同反而在浏阳会馆平静地待了四天，直到第五天才被捕？谭嗣同不愿意逃，他若要逃的话，早逃之夭夭了。这不是咄咄怪事吗？"

袁世凯这几句话，说得杨度有一种梦醒般的感觉。是的，八月初六日凌晨政变发生，不出两个时辰，皇上就被囚禁于瀛台，梁启超当天就逃到日本公使馆，而谭嗣同的确是初十日才被抓的。这是明明白白的事实，为什么世人都没有去多想一下呢？自己也没有去多想，就盲目相信了大家的猜测。千百年来，总是独立思考的少，人云亦云的多。悲哀呀，这真正是人类的悲哀！

"皙子先生，我可以说句心里话，我决不会同意谭嗣同他们杀荣禄围颐和园的主张，因为荣禄人才难得，是国家功臣。他无罪，为何要遭杀？太后更是国家稳定的柱石，大清王朝能维持到今日，全仗着太后的圣明。同时，我也不会同意世上所传说的利用天津阅兵的机会实行兵谏。当时我的兵只有七千人，聂士诚的武卫军、董福祥的甘军，人马和实力都比我强得多，我也不会行此冒险之举。另一方面，我也不会同意捕捉康、梁、谭等人。因为他们虽然浮躁孟浪，但毕竟还是想为国家做好事。我和荣禄商议着，也只是劝皇上摆脱他们，顶多将他们革职为民而已。"

杨度发现袁世凯那双极有神采的大眼里射出的是诚信的目光，他觉得袁的这番话是心里话。多年来因为戊戌政变一事对袁的人品的猜疑，顿时消去了十之八九。他郑重地说："过去，听世人纷传，晚生也差点误信。

今日听宫保大人这番话，往日疑虑一扫而去，我一定把这些都写给梁卓如，特别要把大人一片殷殷爱才之心转告给他。”

说到这里，他突然想起湘绮师的礼物还没转送哩，忙从椅子边拿起卷轴，站起来，双手捧着，递给袁世凯说：“晚生的老师王壬秋先生，三十六年前与令尊老大人有过一次愉快的聚会，彼此认了同年，还以诗志之。这次临来京时，壬秋老先生把三十六年前的旧作抄录一遍，要我敬献给宫保大人。壬秋老先生还说过，那次聚会时还与大人晤过面，不知大人还记得不？”

听杨度这么一说，袁世凯还真的来了兴趣，笑着说：“真有这样的事吗？克定，你帮着晳子把卷轴打开，我来看看。”

袁克定过来和杨度一起，一人扶天，一人托地，将王闿运的字斜斜地悬在袁世凯的面前。袁世凯先是坐着看，看到一半，他站了起来，两手叉着腰，看完跋语后，叉腰的手松了下来，恭恭敬敬地下垂着，脸上现出极为欣喜的笑容。

“晳子先生，你送的这幅字是一件无价之宝，我领受了。”转脸吩咐儿子，“你把它好好卷起来，明天叫人把它悬挂在我的书房里。”

“是！”袁克定答应着，随即和杨度一起把字小心卷好。

三人重新坐好。袁世凯略带伤感地说：“岁月过得真快，一晃三十六年过去了。那天与壬秋老先生晤面的情景我还依稀记得。壬秋老先生尚能写出这样有劲气的字来，笃臣公却辞世三十四年了！”

客厅里一阵短暂的宁寂，很快袁世凯便恢复了常态，微笑着对杨度说：“烦你写封信给老年伯，就说他送的礼物我拜受了，老年伯如果有兴趣的话。请再到京师来住住，一切费用由我包下。”

杨度说：“大人美意，我一定函告湘绮师。”

袁世凯望着杨度，充满感情地说：“当年令伯父瑞生镇台与先嗣父笃臣公、先伯父文诚公都有过战场上的友情，我们两家算是世家了。现在我又知道，原来笃臣公与壬秋老先生还是同年，我们的友谊又多了一层。前辈如此友好，后辈不宜疏远，我虽然忝居军机，官职比你高，但你千万莫以此为障，有空常来我这里坐坐。”

袁世凯这几句话说得如此恳切如此真诚如此温暖，令杨度大受感动，说：“大人这样看得起晚生，晚生岂能不常来登门求教？”

袁世凯又端起墨玉杯喝了一口，说：“晳子先生，你不要再自称晚生了，瑞生镇台与先嗣父、先伯父是朋友，壬秋老先生又是先嗣父的同年，这样排来，我们是同辈人了。”

杨度忙站起，连声说：“大人客气了，晚生不敢当，实在不敢当！”

“好吧！”袁世凯略为思索下说，“我比你年长一大截，你不愿引为同辈，我可以理解。这样吧，克定和你上下相差不多，你们俩就认个兄弟吧！”

杨度赶紧说：“与大公子称兄道弟，晚生也不敢！”

袁世凯笑着挥挥手说：“什么敢不敢的，克定有你这样一个结义兄弟，是他高攀了。皙子，你报下生庚！”

杨度见袁世凯不是作假，又对袁克定的印象很好，便说：“晚生生于同治十三年腊月初八。”

袁世凯说：“你长克定四岁。”又对儿子说，“你向兄长作一个揖。”

袁克定抱起拳头，对着杨度说：“请兄长受小弟一礼。”说着就要弯下腰去。

杨度忙扶着：“大公子过谦了。”

袁世凯哈哈笑道：“好了，你们是兄弟了，大家是一家人了。”

杨度红着脸，心里总还有点别扭。

“皙子，听克定说，宪政馆的住处不太好，离那儿不远的槐安胡同里，我有一套四合院，闲着没人住，过两天收拾好后你就搬进去。另外，华昌炼锑公司的股金你也不用愁，我给南方几个省的督抚打个招呼，叫他们以官方的名义认几十万两银子的股份。今后公司分红了，他们也可以得个好处。你看如何？”

袁世凯是如此慷慨大度，急人之难，真让杨度受宠若惊，他感激万分地一再道谢。

庄练著《中国近代史上的关键人物》中《袁世凯与庆亲王》篇：“曾居袁世凯幕府，为总统府秘书长的张一麐也曾说过：‘其虚怀下士，有不可及者。其精力过人，两目奕奕有神，凡未见者俱以为异。与人言，煦煦和易，人人皆如其意而去，故各方人才奔走于其门者如过江之鲫。’”

五　杨度踏遍西山，下定决心要寻到静竹的墓穴

三天后，袁克定亲自将把兄接到槐安胡同。这是一座很典型的北京四合院。进得门来，里面有一块宽敞的土坪，土坪上长着两株高大挺拔的白杨树。白杨树之间有一个葡萄架。时正岁首，葡萄藤上的叶子虽然全落了，但褐黄色的枝干却粗壮光亮，显示着强大的生命力。可以想象得出，只待春风一吹，碧绿的叶片和晶莹的葡萄串便会慢慢地布满整个架子。挨着葡

萄架边还有一个砌得精细的小花坛。花坛正中培护着一株矮矮壮壮的石榴，石榴枝干上还保留不少深绿色的叶子，最为有趣的是叶片丛中尚挂着几个饱经霜雪的小石榴。那些石榴红里透黑，显出一种苍劲的美。

朝南的正房有三间，一间布置为卧房，一间为书房，一间为客厅，一色的新家具，连床上的被褥都铺好了。东西两边是客房、杂屋和厨房。整个院子里大大小小有八间房子，环境十分幽静，把院门一关，外间的杂音一点儿也不会进来。此地仿佛不是喧嚣闹腾的京师，而是一尘不染的山庄村舍。杨度十分满意，连连道谢。

袁克定笑着说："早点把嫂子接来吧，一个人住怪冷清的。"

原来，黄氏又怀着两个月的身孕了，长途跋涉，自然是生下孩子以后的事。夜晚，杨度躺在暖和的丝棉被里，很久不能入睡。从宪政馆的状况以及主管大臣的态度来看，朝廷对立宪似乎并无热情。今后的事情如何去做，他一点把握都没有。

慢慢来吧，大事业总得一步步去做。他自我安慰着。不管怎样，他对前途充满信心。他觉得湘绮师过去所传授的帝王之学，完全可以和自己在日本所钻研的君宪学问结合起来；或者说，君宪学就是传统的帝王学在今天的表现形式，而眼下应该说是迈开了实践伟大抱负的第一步。自己年纪轻轻，既无祖荫又无功勋，要办大事，必须先得依靠有力者的提携。

京师中有力而自己又可以依傍的人只有两个：一个是张之洞，一个是袁世凯。

张之洞本是杨度心目中的崇高偶像，可是这次再见这位年迈的大学士时，杨度却很感失望。他并没有对杨度表示格外的礼遇，接到老友所赠的旧诗，其态度也平平。杨度琢磨着，这是一种公事公办的姿态呢，还是年老体弱，已失去过去锐意进取的激情?

与张之洞相反，袁世凯所表现出来的热情大大出乎杨度的意外。关于袁世凯，京师口碑不一。有说他能干的，也有说他人品不好的，说人品不好的最重要证据就是指戊戌年出卖了皇上。十年后袁世凯说明了戊戌年的事情原委，杨度相信袁的话是真的。既然出卖皇上一事是冤案，那么他的人品就不是传说中的那么坏，倒是他这种爱才惜才礼贤下士的态度，真有当年信陵、平原之风。他以国士之礼待我，我也应以赤诚之心待他。

想到这里，杨度霍地起床，挑亮灯盏，铺纸磨墨，给梁启超写起信来，他要把袁世凯几天前说的话详详细细地告诉远在横滨的挚友。

又过了十来天，载泽才打发人将劳乃宣、杨度叫去。载泽懒洋洋地躺在暖炕上，一副没有睡醒的神态。他把馆中日常事务交给劳乃宣，叫劳召集馆员们多读宪政方面的书，以备太后、皇上垂询。书若不够，写信请驻外国公使馆代买，买回后再让人翻译出来。劳乃宣禀报馆里的房子都很破旧，需要全部修缮，大概要五六千两银子，请国公爷奏请批准。载泽不耐烦听这些，叫他以后少提银子的事。劳乃宣只得闭嘴。

载泽交给杨度的事很简单，只有一件，那就是草拟一份九年预备立宪清单，从光绪三十五年起到光绪四十三年止，逐年列出应该做的大事，待这些事都做好后方可言正式立宪。给杨度的时间也很宽裕，半年之内拿出就行了。至于宪政讲习所的事，要等太后召集王公大臣们商议后再说，行则讲，不行就不讲。杨度提出，九年的预备期太长了，现在全国要求立宪的呼声很高，预备期最好定为三年，顶多五年。载泽白了杨度一眼说，九年预备期，这是老佛爷提出的，谁能反对？你就这样去列吧！说罢长长地打了一个哈欠，劳乃宣和杨度只好告辞。

杨度一肚子立宪热情再次遭到冷遇，心里颇不是味道。他一面与南方各省的立宪组织联系，希望他们采取行动，促使朝廷下真决心实行宪政，同时也开始思考九年预备立宪的逐年安排。

日子过得清闲舒适。宽敞的四合院，的确如袁克定所说的，越来越显得冷清，他因此常常想起家乡的母亲、弟妹和妻儿。在缕缕不绝的思念中，更有一种特别浓烈的情思时常缠绕他的心，那就是对千惠子的怀念。

还是在刚回国的那几天里，他便充满激情地给千惠子寄去了一封长长的信。从那以后，他天天焦急地盼望着她的回信，终于在来京前夕，湘潭恒发商号给他转来了横滨的回信。但回信不是千惠子本人写的，是她母亲的代复。美津子在信上告诉他，千惠子已由表兄陪同赴美国求学去了，学商业管理，以便今后管理藤原家族庞大的商务。至于在美国哪所学校读书，何时毕业回国，信上一概未说。杨度心里甚是惦念。他知道千惠子也一定在惦念自己，但彼此的思恋却无法找到一只青鸟传递。他于是将千惠子所送的那把日本七星刀悬挂在书房壁上，不时把它取下摩挲着，思绪便又回到遥远的东瀛列岛，回到逝去的那些美好的日子里。

一天，夏寿田来访，二人畅谈往事，十分愉快。午诒问他还记不记得戊戌年游江亭题《百字令》的事，这句话，立时唤起了埋藏在杨度心中多年的一个甜蜜的记忆。静竹，那位美丽多情而又可怜的姑娘，重新浮现在他的脑海。他恨恨地责备自己：这几年来怎么能把她给忘记了！静竹为思念我而死，我既已来到北京，怎么可以不去凭吊她呢？他努力回忆当年亦竹讲的话，隐隐约约地记得静竹死后埋在西山。但西山的范围那样大，静竹的身份又那样低，一堆小小的荒冢，何处去寻找呢？

不，要去寻找！哪怕是踏遍西山的每一个角落，哪怕是拼上一个月两个月的辛苦，他也要去寻找，就像那年走遍北京城的街头巷尾去寻觅静竹的倩影一样。杨度相信，精诚所至，金石为开，他一定可以找到静竹的长眠之处！

他决定到西山去住一段时期，为此特为雇请一个老头子代他看家。老头子姓何，六十多岁了，京师人，青壮年时是个赶大车的能手，运过粮食布匹金银财宝，也走私过鸦片毒品火药洋枪。老头子一生走南闯北，见多识广，又认得几个字，为人豪爽讲义气。一个独生女儿十多年前跟着姑爷去了东北，前年老伴过世了，姑爷接他去东北他不去，他喜欢京师人熟地熟。杨度认为此人是个极理想的看门人，便用双倍的工钱把他从别处硬拉了来。何老头行三，杨度叫他何三爷。何三爷见杨度爽快大方，又一个人住，日常事务简单，也满心欢喜。

杨度在西山脚下找了一间小旅店住下。天气很冷，西山的风更比城里的风尖冷刺骨。杨度全然不顾，每天一清早出去，日头落山时才回来，一道道山谷，一片片山坡去寻找。尤其是那些荒凉野芜的乱葬堆子，他看得更为仔细。脸被北风吹裂了皮，手被枯草划出了血，整整半个月过去了，一无所获。但他痴心不改，无怨无悔，他还要继续找下去，直到把广袤的西山全部搜索一遍为止。

又是一个上午过去了，杨度苦寻苦问，毫无收获。中午他来到路边一家小伙铺吃饭。

小伙铺生意清淡，三张已变黑的木桌有两张空着，靠里边的一张桌旁坐着一个四五十岁的男子，面前摆着四个窝窝头，两碟小菜，手里端着一小杯白酒在一个人慢慢地喝，身边有一个旧柳条筐，筐子里有些小树小草，看样子是个挖药材的人。

杨度在一张空桌边坐下，店老板立即过来，满面春风地问要什么。杨度点了一盘卤牛肉，一盘豆腐干，一盘炒肉丝，再加三两白酒。一瞬间工夫，酒菜都齐备了，杨度独自吃起来。

小伙铺很清静。一会儿传来一个女人的声音："当家的，你说现在什么奇事没有！一个小户人家女孩子，被朝廷里大官的公子看上了，下千金聘礼要娶她，她却不嫁。这事奇不奇？"

杨度扭过脸去，只见厨房门边坐着一个中年妇女，正面对着店老板说话。听口气，是店老板的婆娘。

“真的吗？这事是奇了！”店老板说着，将铁烟锅死劲地往灶头上磕，发出很响的声音，“你说的是哪家的女孩子？”

“就是东王庄住的那两姊妹。”

“聘的是姐姐还是妹妹？”

“这还要问！”老板娘尖刻地说，“姐姐都二十七八岁了，又瘫在床，谁要？当然是妹妹，又年轻又漂亮，才会被官少爷看中，下那重的聘礼。”

“姐姐原来瘫了，难怪很久没有见到了。”店老板大悟似的，又问，“官少爷是哪家的？”

“听说是军机处袁大人的二公子。”

杨度一听“袁大人”三字，忙停下筷子。袁大人的二公子，不就是袁克文吗？一个月前，克定带二弟克文来过槐安胡同。克文长得白白净净的，鼻梁上架着一副金丝玳瑁眼镜，人极潇洒，谈起话来上下古今、诗词歌赋什么都懂。杨度很喜欢他。心里想，这个姑娘怎么回事，袁二公子都不嫁，这天底下她要嫁什么人？

“听说袁二公子很放荡，姐姐也不同意妹妹嫁给他。”

“那个姐姐叫什么名字来着？我一时记不起了。”

“叫静竹。”

静竹！杨度突然像被谁刺了一剑似的，几乎要从凳子上跌下来。静竹不是死了吗，怎么还活着？很快他平静下来。“静竹”这个名字并不冷僻，别的女孩子也有可能用。杨度依旧吃饭。

吃完饭后他想：找了半个月静竹的坟墓没有找到，现在遇到一个活的静竹，就冲着她叫这个名字，去看看她也好，何况她的妹妹连袁克文都不愿意嫁，必定是个有主见的女孩子，结识结识也值得。

“老板，请问刚才你们说的那两姐妹住在哪？”

“就住在东王庄。怎么，想见见她们？”老板娘挤眉弄眼地抢着回答，“向东走不到五里地就是了。”

杨度谢过店家，出店向东走去。走不多远，果然有一个小村庄。一个老头子反穿一件羊毛大氅，赶着五六只羊在前面慢腾腾地走着。杨度快步追上前去。

“老大爷，这里叫东王庄吗？”

“是的，是的。”老头子满脸深刻的皱纹里露出和善的笑容。

“这里是不是住着一户人家，姐姐叫静竹？”

“是的，是的。你找她们？”

杨度点点头。

“跟我来吧！”

老头子把杨度领到一间旧青砖瓦房面前，手指敲打着窗棂说：“闺女，有客人来找你们了。”

“刘大爷，什么样的客人？”屋子里传出一个年轻女子的声音。

“是个爷们，说是城里来的。”

“城里来的爷们？不见！”年轻女子的声音里带有一点气愤。

“亦妹，开门吧，哪有客人来了不见的道理。”屋里说话的是另一个女子的声音。紧接着这女子又提高嗓门，“刘大爷，您别见怪，我妹她就这个脾气。”

这时屋门打开了。牧羊老头对杨度说：“你进去吧，我走了。”

屋里走出一个青年女子，问：“客人您找谁？”

杨度看着这女子，觉得很面熟，一时又想不起来，愣了一下说：“我想见见静竹大姐。”

“我就是，您请进来吧！”刚才吩咐开门的那个女子说。

杨度进了门。这是一间较大的房子，地面上铺着青砖，桌椅板凳等家具简简单单，也还收拾得干净整齐，靠窗户那面墙边砌着一个土炕，炕上躺着一个女人，女人的眼睛上蒙着一条花手帕。

“亦妹，给客人泡茶。”

杨度在桌边坐下，望了一眼躺在炕上的女人，心里想：她也叫静竹，如果她真是我的静竹那多好！他不觉又看了一眼。突然，他发觉这个女人很有点像当年的静竹。眼睛虽然蒙上了，但那端正的鼻子，小巧的嘴唇，那张好看的瓜子脸，都与静竹一模一样。天下真有这样的奇事，名字一样长相也像，这一趟西山寻墓没有白费工夫！

“先生，您请喝茶。”开门的女子端来一杯茶。

杨度发现，这个女子也盯着他看了一眼。对她，杨度越来越觉面熟。他努力在记忆中搜寻着。“亦妹”，他猛地想起炕上的女子是这样称呼她的。如一道电光石火似的，他记起来了，难道眼前的她，就是四年多前诉说不幸消息的亦竹？有这样的巧事吗？

“姑娘，我想冒昧地请问一声，你的芳名叫什么？”杨度竭力控制自己的感情，彬彬有礼地问。

姑娘又将杨度盯了一眼，正要开口时，躺在炕上的女子代她回答了："她叫亦竹，是我的妹妹。"

"亦竹！"杨度蓦地站起来，激动地说，"亦竹妹妹，你还认得我吗？我就是杨度杨皙子呀！"

"什么，是皙子来了！"躺在炕上的女子惊叫起来。

杨度转过脸去，只见那女子死劲地扯掉了蒙在眼睛上的手帕，用力揉了揉眼睛，嚷道："皙子，皙子！"

模糊的双眼慢慢明亮起来，站在屋子里的这个男人清晰地出现在她的面前，五官端正的容长脸，不胖不瘦的中等身材，这不正是她多年来日思夜想时时刻刻不能忘记的心上人吗？

就在这时，杨度也看清了，这不正是自己的静竹吗？半个月来踏遍西山寻荒冢，原来她并没有死！她真的没有死，她活生生地在叫喊着自己的名字！杨度猛扑过去，抱住静竹，亲着她的面孔说："静竹，是我，是皙子回来了！"

静竹睁大着眼睛，将杨度看了又看。突然，她把杨度死死地抱紧："皙子，你终于回来了……"

一句话还没说完，静竹又闭上了眼睛，泪水涌泉般地冲破眼皮，沿着憔悴的面孔，流到杨度的衣袖上。

杨度喃喃地说："那年亦竹说你死了，我没有来得及凭吊，这次我在西山找了半个月，我下决心要找到你的归宿。原来你没有死，我太高兴了，太高兴了！"

他摸着静竹的脸，一边替她抹去泪水，轻柔地说："静竹，我的静竹，这些年你是怎么过来的，你为什么要和亦竹住在这荒冷的西山农舍，你告诉我吧，你把一切都告诉我吧！"

静竹把杨度抱得更紧了，泪水越抹越多。她一直默默地听着皙子的絮语，心海翻滚着汹涌的波浪，幸福痛苦酸甜苦辣全部混合在一起……

六　静竹作出异乎寻常的抉择

这些年来静竹的日子过得真不容易。离开了横塘院，也就断绝了财源，全靠着过去所积攒的一点银子度日。好在她和亦竹的手都很巧，小时候的苏绣功夫没有丢。一个偶然的机会，与大栅栏一家经营刺绣的老板联系上了。那老板十分欣赏两姐妹的手艺，与她们订下了长年合同，以二三成的代价收下她们的每件绣品，转手则获重利。静竹姐妹仍然感激他，因为她们再不愁手头的东西卖不出去了。

吃穿虽能维持，然而精神上的苦恼却始终不能摆脱。静竹哀叹自己的命太苦了。不幸落入火坑，又背井离乡来到北京卖笑偷生。年纪轻轻的姑娘，心中有的只是酸辛，没有一丝欢快，唯一有过两天美好的日子，那就是与杨度在江亭和潭柘寺相处的时候。

杨度真可爱。他宛如一只羽翼刚丰的大鹏，很快便会展翅冲入云霄；他好像一株挺拔的新松，日后必定会长成参天大树。静竹真想立即委身于他。然而，在关键的一步上姑娘犹豫了。商人突然带她离开潭柘寺时，她本可以在纸条上再约一个会面的时间与地点，但她没有这样做，眼睁睁地失去了机会。

那以后到癸卯年的五年时间里，静竹一面思念杨度，盼望能再见到他，一面继续留意于其他的男人。要在污泥浊水中觅到清泉明溪是何等的艰难，莫说是英雄不可得，就是较为正派的人也很少啊！久处青楼的静竹慢慢地成熟起来了。她知道，男人可贵之处在于出众的才具，而更为宝贵的，则是有一颗真挚的心。故而当癸卯年得知杨度为她的死而晕倒时，姑娘在心里拿定了天塌地陷不能移易的主意：自赎从良，哪怕是做妾，此生也要跟他一辈子！后来得知杨度出国了，她又下了死决心：哪怕这一辈子孤身到老，也要等着他回来！

然而，漫长的岁月毕竟太难过了。潭柘寺定情的那一幕幕情景，就像刀刻铜铸般留在她的脑子里，每每浮现出来，令她流下半是幸福半是悔恨的泪水。她不知多少次在梦中见到皙子回来了。她叫着他的名字，紧紧地抱住他，不让他再离开，惊醒时却依然只见明月在天，孤身在炕，心上人无声无息，无影无踪，留给她的是更多的怅惘和冷寂！

三个月前，她突然得了一场怪病：好端端的，一下子双脚麻木，不能开步，只得躺在炕上。亦竹为她延医煎药，精心护理，但病情并未好转，她仍旧不能起身，躺累了，就在炕上坐一会儿。静竹心中更添几分痛苦：还不到三十岁就得了这种病，今后怎么办？痛苦得不能自拔的时候，她甚至想到了自尽。亦竹百般劝慰她，关心她，说："静姐，你怎么能那样想？杨先生还在日本没回来哩，你不想见他了？"

听到这句话，静竹点了点头，望着这个胜过同胞的手帕姐妹，她心里充满着无限的感谢。

苦难常使人心肠好。这些年来亦竹和静竹相依为命。她万分感激静竹将她救出火坑，一直将静竹当恩人看待，对于静竹心灵深处的忧思，她完全能够理解，很是同情。

亦竹今年二十岁了，出落得花儿朵儿似的。静竹常笑着对她说："你今后会找个好丈夫的。"亦竹自然盼望能找个好丈夫，但她却不愿意离开静竹。特别是这几个月来，静竹瘫在床上，亦竹更觉得不能出嫁了。但事情恰恰就出在这个时候。

上个月，丹花过生日，请她们去横塘院聚会。过去在院里的时候，小姐妹们谁过生日，大家都凑份子，摆桌酒公请寿婆。别看妓院里一天到晚笙歌笑语不绝，但那种欢乐都是做给嫖客们看的，出自内心的愉快少得可怜。只有小姐妹生日这天吃寿酒，大家脸上的笑容、口里的曲子才是从心里发出的。

离开横塘院后，除开小姐妹的生日这几天外，静竹、亦竹平时就不再去了。丹花是她们的好朋友，这几年来她们每年这天都前去祝贺。这次静竹不能去，亦竹便一个人进了城。姐妹们见面非常亲热，谈起静竹的病又都叹息。吃饭的时候，一个名叫杏儿的姑娘带来一位客人。客人很年轻，长得也清秀，穿着特别考究。他举起酒杯，祝丹花生日过得快乐，又依次与各位姐妹碰了杯。在与亦竹碰杯的时候，他着意将她看了一眼。杏儿介绍说："这位姐姐早就离开横塘院了，她至今还是个黄花姑娘身子哩！"

说得亦竹脸红到脖子根上，气得狠狠地朝杏儿的肩上捶了一下。

谁知第三天，杏儿和丹花一起到西山专给亦竹说媒来了，求婚的居然就是那个年轻的嫖客。说出背景来，令两姐妹吓了一大跳，原来此人乃当朝军机大臣兼外务部尚书袁世凯的二公子袁克文。杏儿将这门亲事说得千好万好，家庭的烜赫自然不消说了，袁二公子本人是既风流多情又才气横溢，杏儿说得口水滴滴的，又叹息自己没有亦竹的漂亮，袁二公子看不上。她劝亦竹赶快答应，有个这样好的主家，真是前世修来的福气。丹花也说是个好主。但亦竹不点头。她主要是不愿意离开病中的静竹。静竹很感激，劝亦竹，人还是要嫁的，万不可因她而误了自己的终身，不过这事要谨慎，不能轻易应允。她托丹花打听清楚袁二公子的为人，半个月后再议。丹花答应了。

杏儿、丹花走后，两姐妹商量这事。对于出入妓院的男人，静竹了解得很多。她告诉亦竹，嫖妓院的世家少爷，十之八九是没有出息的纨绔子弟，对他们不能托以终身。这些人大多轻薄脆弱，而他们的家庭又自恃门阀高贵，不能容忍青楼出身的女子，杜十娘怒沉百宝箱的悲剧是很有代表性的。

当然，天下万事万物都有例外，如果这个袁二公子真是个诚实人的话，那自然是三生有幸了。所以要托丹花打听一下。亦竹完全同意静竹这番话。

半个月后，丹花一人来了，她把所得知的情况一五一十地告诉了她们。果然如静竹所说的，这个袁二公子是个典型的纨绔子弟。他是八大胡同里的常客，戏园酒馆里的主顾，年纪虽不到二十岁，除开正妻外，大大小小的妾不知娶过几房了，再倾心的女子，过不了三五个月他便不爱了，又去找新的。亦竹一听连连摇头，说这样的人哪怕他家有金山银山，他的才有七斗八斗都不嫁。但袁二公子不死心，前几天又打发杏儿专程来，并送下一千两银票作为聘礼，无论如何要来迎娶亦竹。两姐妹正在为此事犯愁。亦竹不见城里来的爷们，也就是冲着袁家而发的。

昏黄的豆油灯下，简陋的泥土炕前，杨度静静地听静竹诉说往事。静竹很兴奋，满肚子的话总是讲不完，丹凤眼里流光溢彩，瓜子脸上红霞满布。陪坐一旁的亦竹惊异地发现，与素日苍白无神的面容相比，眼前的静姐已完全变成另外一个人。而在杨度的眼里，虽已十年过去，他心爱的姑娘却并没有变化，依然是江亭相遇、潭柘寺定情时那样令他心摇神动。

静竹从苏州说到北京，从横塘院说到西山，她向他解释潭柘寺爽约的原因，她向他说明死葬西山谎言的苦心，说得杨度热血在胸腔里激荡，热泪在眼眶里徘徊。十年了，整整十年，今夜他才知道静竹的家世身份，才知道静竹为他付出了多么沉重的代价！

“问世间情是何物，直教人生死相许。”眼前的这位静竹，不就是又一个为情而生死相许的姑娘吗？她尽管出身卑贱，她尽管病瘫在炕，杨度依旧如当年般地爱她，并决心娶她过门。但现在自己不是十年前的单身一人，已有黄氏在室，她愿意做二房吗？杨度心里在犹豫着。

静竹更是全身心地在听杨度说话。听他讲戊戌年如何失望地离开北京，癸卯年又是如何在北京寻觅，听到她的死讯之后又是如何地悲痛，后来又如何因“康头梁足”之祸而匆忙离开北京，去日本前夕终于无可奈何地与黄氏结婚，以及在日本的岁月和这次的重来京师。杨度把什么都对静竹说了，说得是那样的情深意厚，那样的恳挚率真，听得静竹不时抹着泪水，绣花手绢湿了一条又一条！

这个令她铭心刻骨思念了十年之久的情郎，突然间仿佛从天而降似的来到西山。她甚至怀疑这不是真的，这是梦，这是千百个美梦中的一个。她不由得将杨度的手攥得紧紧的，再用手指细细地抚摩着。这不是梦幻！这是一只真实的强劲的滚动着血液的男人的手。人也没有变。尽管十年来风雨沧桑，他成家立业了，但他倜傥的风度，他纯真的情感，仍旧是十年前那个落第的举子，那个在佛祖面前立下宏誓的血性男儿。她热切地问他，那块绿绸包的拜砖带来了吗？杨度猛地一惊，是的，当年静竹如同掏出一颗心似的把那块拜砖送给了自己，回家后把它锁进了柜子，后来流亡日本没有带上，再以后就渐渐把它给忘记了。若不是静竹提起，他也许再也不会想起它，杨度觉得很惭愧，但他不愿说谎，只好告诉她拜砖一直珍藏乡下老家中。这句话却令静竹的心冷了好长一会儿。

他们整整谈了一夜，直到天大亮时，杨度才困倦地和衣在炕上躺了一会儿。亦竹也到另一个房间去睡觉了。静竹坐在炕上，望着身边熟睡的皙子，自己毫无睡意，她在思考着今后的日子……

中午，三人在一起热热闹闹地吃了一餐午饭。饭后，静竹对杨度说："皙子，你看亦妹这件事如何处理？"

杨度问亦竹："你自己的主意拿定了吗？"

亦竹坚决地说："我是决不嫁那个花花公子的。"

杨度点点头说："你有这个决心就好。袁府一家我很熟，袁克文我也见过。他人很聪明，品性也不坏，只是生活上太放荡了，这是大家公认的，我也不主张亦妹嫁给他。"

静竹握紧杨度的手说："皙子，这事就求你帮忙了，你去跟袁家的人说，就说亦妹不愿意，请他打消这个念头。丹花硬留下的这一千两银票，就烦你退给袁府。"

静竹从枕箱里拿出那张银票塞给杨度。

杨度接过银票，把它放进口袋，思索片刻说："那袁克文是个任性的公子哥儿，他爱着的人要他放弃，不是容易的，这事还得想点别的法子。"

"还有什么别的法子呢？"听杨度这样说，亦竹心里又不好受了。

"莫着急，办法总是有的。"杨度安慰她。

"我倒有个主意，就不知亦妹愿意不愿意。"过了好长一会儿，静竹慢慢地说出一句话来。

"静姐，什么主意，你只管说，愿意不愿意，我们姐妹好商量。"亦竹催道。

静竹抿着嘴半天不做声。杨度望着她，只见她面容憔悴，两眼乏神。昨天谈话时那种照人光彩消失了许多。他心里怜恤道："这十年岁月的确将她打磨得够苦了。"

"静姐，你说呀！"亦竹又催促。

“亦妹，”迟疑了很久，静竹终于开口了，“为了使袁家二公子打消念头，只有一个办法，那就是让他知道，亦妹是有主的人，这个主就是皙子。”

“你说什么！”杨度和亦竹同时吃了一惊。

“你们听我说。”静竹凄然一笑，“皙子可以对袁家的人说，四年多以前，你就用重金把亦妹从横塘院里赎了出来，当时因事出仓促而来不及完婚，这次来北京找了好久终于找到了。我可以为此事作证，若有必要的话，还可以请丹花也做个证人。亦妹既然是皙子的人，袁二公子大概也不好意思强抢了……”

“要不得，这个办法不好！”不待静竹说完，杨度立即反对，“这样的大事是不能说谎话的。我跟袁大公子是结拜兄弟，时常往来，他知道我欺骗他家，那会很生气的。”

“哟，你还跟袁二公子的哥哥是结拜兄弟，那这事就更好办了。”静竹又勉强挤出一丝笑容，“皙子，谁叫你欺骗袁家了！我说的是真话，你把袁家的聘礼退了后，就立即与亦妹拜堂成亲。”

“那哪儿行！”亦竹又羞又急，脸顿时涨得通红，“静姐，你盼杨先生盼了整整十年，好容易盼来了，怎么又不跟他好了？”

杨度也紧紧地把静竹的手握着，动情地说：“静竹，我要娶你，我要娶的是你呀！亦妹的事再想别的办法。”

静竹的手冰凉冰凉的，被杨度攥得发痛。她没有抽出，让他死死地攥着。她闭上眼睛，一行泪水汩汩流出，直流到杨度的手上。静竹出乎常情的神态，令杨度的心几乎碎了。

“皙子，我爱你，我也知道你爱我，但我们没有缘分呀！”亦竹给静姐抹去眼泪。静竹斜靠在墙壁边，叹了长长一口气，说，“戊戌年潭柘寺聚会，我本预备第二天把一切都对你说，不料第二天一早我不得不离开那里。那时我就想到，我们可能前生无缘。癸卯年，我打发亦妹在长郡会馆天天等你，却一直没有把你等到。又谁知突起变化，你跑到日本去了，再次失之交臂。好不容易把你盼回来了，我又病瘫在床不能起身。三次机会都不能使我们结合，这难道不足以证明我们之间没有缘分吗？”

“不！我们有缘，我们是千里姻缘一线牵！”杨度几乎喊起来，“你不要乱想，你还年轻，你会很快好的！”

亦竹也抱着静竹哭了起来，抽泣着说：“静姐，你不要乱想，你会与杨先生生活得很幸福的。”

静竹轻轻地摇摇头，泪水一串串地滚了出来：“这些年来，我信命了，我是个苦命人，皙子命大福大，我和他不能相配。”

静竹把手从杨度的手中死劲地抽出来，搂着他的脖子，两眼直直地望着他的脸，说:“皙子，实话跟你说吧，我不能配你，我是个出身青楼的女子，遭受过肮脏男人的作践，我不能为你生儿育女，我不能为你带来体面。倘若是三个月前，我的脚好好的，我可能下不了这个决心。但是现在，我不得不狠下心来了，我不能给你添麻烦，我不能害了你。皙子，我的好兄长，你能体谅我这颗心吗？”

杨度听到这番话心如刀割，他再也不能控制自己了，他抱着静竹大哭起来，连声说:“静竹，你不要说了，你不要说了，我们生生世世在一起！”

亦竹也伤心得哭泣不已。

好长一会儿，静竹松了手。她拿起身边的花手绢，温柔地给杨度擦去了眼泪，像大姐姐哄弟弟一样地说：“皙子，你不要哭，男儿有泪不轻弹。男子汉的眼泪是血，不像女人，女人的眼泪是水。女人哭了，心里就舒坦了。我现在好受多了。”

静竹硬着心，拼命地在脸上装出笑容来，温存地说：“我虽然不能做你的妻子，但我今生今世能结识你，我也知足了。自古以来烟花女都是男人的玩物，有几个能得到男人的真情？我一个平平常常的苏州女子，能在京师茫茫人海中遇上你；十年磨难，今日重逢，你依然还爱我。这些，已使我胜过古往今来千万个薄命女子了。我静竹能不满足吗？”

静竹说得太认真太动情了，病躯使她的一口气接不上来，亦竹给她抚抚心窝，杨度也在她的背上轻微地拍打。歇了一会儿，她又说：“皙子，我的好兄长，你听妹妹一句话，娶下亦竹吧，她是一个心地最善良的好人。虽然不幸也被卖到横塘院，但她至今还是一个干净的姑娘身子，是一个洁白无瑕的女孩子，我相信你不会亏待她！”

“静姐！”亦竹喊了一声，下面的话不知如何说下去。

杨度两眼直直地望着静竹越来越惨白的脸，也不知说什么是好。

“亦妹，你今年二十岁了，该嫁人了；若还不出嫁，今后少不了又会有这样的麻烦事来。我为你仔细考虑过，嫁个轻薄子弟，会毁了自己一生；嫁个高门大户，你毕竟在横塘院待过，那种家庭你难以安身。皙子的为人你也清楚，你和他结合，他会疼你一辈子的。再说我吧，我今后也就有了依靠。你若嫁给别人，我难道还能跟着你去吗？你嫁给皙子，我自然还是和你们住在一起，我们姐妹永远不会分离，我和皙子也可以天天见面。我的病若好了，我还能为你们照看孩子，操持家务。只是有一个遗憾，要委屈你做二房，这是最大的不足。自古人生难得周全，亦妹，咱们就认了命，缺这一点吧！凭你的贤淑，今后也能与大夫人相处得好的。”

“静姐！”亦竹哭喊着，一头栽倒在静竹的怀里，“我不嫁人，我一辈子照顾你！”

从心里来说，杨度也很喜欢亦竹。亦竹也漂亮，尤其是她与静竹相依为命的特殊经历，更令杨度珍惜。但不娶静竹而娶亦竹，这怎么能说得过去呢？“静竹，我们不谈这件事好吗？下午我就进城去，为亦妹的事去找袁克定，先把聘礼退了再说吧！”

“好。”静竹答应着，把亦竹从怀里拉起，揩掉她脸上的眼泪，浅浅地笑道，“亦妹，你真的福气好，恰好这时皙子来了，解决了这个难题。你应该庆幸，应该笑。”

亦竹定下神说：“静姐，你说得对，杨先生来得真是时候，退掉了这份聘礼，我一辈子都要感激杨先生。”

静竹说：“今天是我们重逢的大喜日子。亦妹，我们姐妹好久没有弹琴唱曲了，你把琵琶给我拿来，我弹，你唱一曲，既庆贺我们的重聚，又预祝皙子退礼成功。”

亦妹起身，从里屋抱出一个琵琶。她拿布将琵琶上的灰尘擦去，又将弦调了调，递给静竹。静竹接过，凝思一会儿，然后轻轻地弹起来。琵琶声时慢时快，时轻时重，飘柔细软如春风化雨，清脆铿锵如珠玉落盘。十年没有听到这样的声音了。当年，就是这优美的琵琶声把他召进了竹林，寻到了她。霓裳羽衣曲的如幻如梦的意境，静谧竹林中的如诗如画的聚首，这奇异的时刻，在一对情窦绽开的青年男女的记忆中，它的韵味，它的意蕴，要胜过自然美景的百倍千倍，而且随着时空的推移，在他们心中那块浩瀚的天地里，将会变得越来越圣洁，越来越回味无穷！

“亦妹，唱一曲吧！”静竹温软地对亦竹说。

亦竹微微点头。一曲引子过后，亦竹清亮的歌喉随着琵琶乐曲唱了起来：

彩袖殷勤捧玉钟，当年拼却醉颜红。舞低杨柳楼心月，歌尽桃花扇底风。　　从别后，忆相逢，几回魂梦与君同。今宵剩把银钔照，犹恐相逢是梦中。

杨度胸腔中的热血又重新涌动起来。

七　看到《大周秘史》的扉页题辞，袁世凯有意成全杨度

杨度一回城，就打发何三爷送封信给袁克定。

袁克定虽然挂着个农工商部右丞的职务，但他对农工商一点兴趣都没有，一个月难得到部里去一两次，他的兴趣在政治上。

有一天，克定到槐安胡同聊天，问起王闿运。杨度与袁大公子谈起了自己的老师。讲叙老师是怎样在肃顺家当塾师，又怎样劝曾国藩自立为帝，晚年又怎样将他的帝王之学传给了自己。那天杨度的兴致极高，不仅高谈阔论历代王朝的兴衰史，还把去马王庙拜访胡道士的故事都翻了出来。说得袁大公子对帝王之学崇拜不已，临走时，又要去了那本《大周秘史》。他关起门来，在家里足足看了三天，觉得受益匪浅。尔后，袁克定又常常去槐安胡同，与杨度谈东西各国宪政。杨度滔滔不绝地讲叙宪政之学，从中国古代的大同思想讲到日本的明治维新，时而中文，时而日文，间或又搬出一本本砖头厚的硬壳洋文书籍来，熟练地从中为自己的立论查找证据。袁大公子对把兄的学问和辩才确实佩服。

听说二弟看中了把兄的情人，这真是一件有趣的事，袁克定笑着对杨度说："不要紧，放心吧，弟媳妇会还原成嫂子的！"

克定把事情看得太简单了。当他找二弟谈话，说明亦竹早已名花有主，不如放弃时，克文根本听不进。他倒要大哥为他说项，劝杨度放弃。克定摆出嫡长子的身份来教训二弟，但克文毫不买账。说到后来兄弟俩争吵了起来，不欢而散。

克文知道大哥在父亲眼里的分量，估计自己敌不过他，便去找嗣母沈氏。沈氏是长妾，又与袁世凯共过患难，在袁府中的地位仅次于夫人于氏。沈氏对克文向来是一味纵容，她安慰嗣子："不要紧，妈给你做主，你喜欢的姑娘都娶不过来，还算袁府的二公子吗？"

趁着当夜值宿的机会，沈氏向袁世凯吹枕头风，说克文如何如何喜欢那个姑娘，做父亲的理应成全儿子。

袁世凯听在耳里，没有做声。克文的情人做了袁府的八姨太，做父亲的觉得对儿子有所亏欠。现在克文又看中了一个女孩子，他当然应该成全，并愿借此机会多送点珍宝，用以弥补先前的过失。但这女孩子又偏偏是杨度的人，袁世凯有点犹豫了。

第二天，克定果然来向父亲禀报，请父亲命令二弟收回聘礼，成全杨

度和亦竹的好事。

“克文的性子你是知道的，他怎么会肯放弃呢？”

袁世凯嘴里含着一片人参，一边说一边慢慢地细嚼。这人参是保定军官学堂总办段祺瑞送来的礼物，它是真正的长白山野参，行家鉴定这棵参至少在山里长了五百年，不到一斤重，段祺瑞花去了两千两银子。袁世凯又添了一房娇妾，正需要这东西，这段时间天天不离口。

“父亲，二弟在这方面很任性，简直到了胡来的地步。”袁克定垂手侍立一旁，在《曾文正公家训》教导下成长起来的大公子，十分注重上下尊卑礼节，他跟父亲及生母于氏说话的时候从不坐，不管说多久的话都站着，而且不露一丝倦意，“您可能不知道，他从苏州回来不到四个月，就娶了两个妾了。第一个过门一个多月，他就把人家遣出去。第二个跟他也没过上两个月，就因为看上了这个亦竹，又嚷着要把她遣出去。他现在喜欢亦竹，用千两银子聘过来，新鲜个把两个月，又会不要了。这不是造孽吗？”

因为与父亲住在一起的缘故，袁克文极不情愿地赔去了正在火热中的郭氏，他吸取这个教训，借口北洋公所的房子不够住，在东条胡同买了一所房子，带着夫人刘氏和妾孙氏住在那里，所以他娶妾遣妾的事，袁世凯并不知道。当然，其他人都知道，只是怕得罪克文和溺爱嗣子的沈氏，而不敢告诉袁世凯。克定要为杨度帮忙，也恼火二弟的荒唐，不得不把这事捅出来。袁世凯果然生气了。

“这个浑蛋，怎么可以这样胡来？哪天我要抽他一百鞭子！”

对于犯事的儿子，袁世凯常常亲自拿鞭子抽打。发怒的时候，他甚至一连抽几十鞭子，把儿子打得遍体是血，在地上翻滚哀号，他也不怜恤。就因为这，儿子见了他，都如鼠儿见到猫一样。在他十多个儿子中，唯一没有挨过鞭子的便是克定。

“他喜欢哪个姑娘，要过来，跟人家一心一意过日子倒也罢了，像现在这般走马灯样的换人，家里怎么能赞同？何况杨皙子与这姑娘早已定了情，花了大银子将人家赎了出来，二弟快乐个把两个月就丢了，皙子却要痛苦一世，也太不合情理了！”

克定的话有道理。袁世凯略微点了一下头，问：“你这段时期与杨度交往，此人到底有没有真才实学，是不是那种徒有虚名的假名士？”

“父亲，儿子正要向您禀报，这个杨皙子是个极有才能的人。”

袁克定把在槐安胡同与杨度谈宪政的情况向父亲作了汇报。袁世凯不时摸一下硬挺的一字胡须，认真地听着。

“父亲，”袁克定压低了声音，弯腰对着袁世凯的耳朵说，“杨皙子得其师壬秋先生帝王之学的真传，依儿子看，他很有点房玄龄的遗风。”

“是真的吗？何以见得？”袁世凯侧过脸来问，他对儿子这句话很有兴趣。

“有一天，儿子问他王氏帝王之学是什么。他从先天下午一直说到第二天凌晨，将其师的帝王之学说得精彩至极，令儿子怦然心动，暗思今日房玄龄已降世，可惜不见唐高祖。”

袁克定表面恭敬礼让，犹如谦谦君子，其实野心大得很。六年前，袁世凯为他和克文聘了一个扬州人方地山为家庭教师。此人十岁中秀才，是个早发的神童，但后来试场中却不得意，并未中举人、进士，于是进了北洋武备学堂当教习，同时也为天津的《大公报》写文章。方地山的文章写得好，文名也便越来越大，终于被袁世凯看中延为西席。方地山饱读经史诗文，自视绝高，但文人习气极重。他一面自许为管乐诸葛之才，一面又诗酒风流，放荡不羁。他的这两个方面深刻地影响他的两个同父异母秉性悬殊的学生。其放浪形骸传给了克文，其政治野心感染了克定。有一次，他曾经十分认真地对克定说：“我熟研史册，默观世事，深觉今天的天津就是当年的太原，宫保大人乃唐公李渊，大公子即秦王世民，愿好自为之。”此话被克定牢牢记在心中。看着父亲的事业越来越红火，他也越来越相信老师的预测，暗中隐隐以李世民自期。当然，这种期许只能藏在心底深处，包括父亲在内，他没有向任何人透露过半点。今日灵感忽至，他有意泄露半句，以窥父亲的态度。袁克定说完后，目光注视着父亲。

袁世凯停止了口中的咀嚼，两只眼睛发出闪亮精光，一只手紧捏着丰厚的下巴，沉吟片刻，突然忽地一下站起，盯着儿子厉声喝道：“谁说没有唐高祖，时机不到而已！”

袁克定又惊又喜地答道:“父亲说得对，只要时机到了，天会降唐高祖，百姓也会拥戴唐高祖。”

袁世凯在书房里“笃笃”走了两步，重新坐下，对儿子说:“自古至今，具有开基立国本事的人，朝朝代代都有，只是革故鼎新的时势不易具备罢了。一旦时势具备，便自有应时而出的人物。唐高祖、宋太祖等人固然是人中之龙,但也并不是那样高不可攀的。你读史书,要从这些个道理上用功。当然，今天是我们父子家里私谈，你不能对外面乱说。懂吗？嗯！”

“懂吗”这两个字，常常是袁世凯对下属晚辈训话时的结束语，有时在“懂吗”后面再加一个“嗯”字。凡说这种话的时候，听者不能有丝毫的疑问提出，必须不折不扣地去坚决执行。克定熟谙父亲的脾性，明白这句话的分量。他战战兢兢地回答：“儿子懂。”

“你知不知道，王壬秋的帝王之学是一门并没有成功的学问？”袁世凯从口袋里又摸出一片人参来放进嘴里。

袁克定从书案上捧起墨玉杯，双手递给父亲。袁世凯喝了一口，将杯子放在一边的茶几上。

“王壬秋早年游说诸侯的事，儿子也略知一二，那天儿子也问过杨皙子。他说其师的帝王之学，作为一门学问来看，是了不起的，作为一番事业来看，的确没有成功。原因不在学说的本身，而在没有遇到合适的人。无论是肃顺还是曾国藩，都不是值得辅佐的人。”

“哼！”袁世凯从鼻孔里冲出一个字来，像是冷笑，又像是讥讽，“杨皙子现在奉行乃师的这个学说，就会遇到值得辅佐的人吗？”

“杨皙子对儿子说过，他的帝王之学比起其师来有发展，他把洋人创造的君宪制加了进去。他说，改朝换姓，是一场翻天覆地的变动，没有重大的天灾人祸作为背景是难以成功的。他不主张革命，认为中国目前不具备革命的条件，孙中山、黄兴也难说是命世之主。若行君宪则顺天应时。君宪制的内阁总理其实就是一国之主，但名义上却未变换朝代。杨皙子说可惜其师年轻时，君宪学说未传入中国。若当初以内阁总理来游说肃顺、曾国藩，则会成功，因为他们可以免去篡逆的罪名。所以，杨皙子说，他的学说是王氏帝王之学加西洋君宪学，也可以称之谓新帝王学，而此新帝王学在今天的朝廷里是有可值得辅佐的人的。”

“他具体说谁了吗？”

“没有。”克定知道父亲的心思，但杨度并没有说出“袁宫保”三个字来，他也不好捏造，“父亲，杨度还有一本从卜者手里得来的奇书，名叫《大周秘史》，是当年吴三桂手下的一个大臣，在大周政权失败后偷偷写下的一部史册。儿子看过，受益不小。儿子想把这本书推荐给父亲看，见父亲这一向很忙，故未提起。”

袁世凯一向崇尚实干，不把太多的时间用在读书上，但出身书香门第的他决不是武夫莽夫。小时候在父祖辈的严格督促下，他也曾认真读过四书五经，练就一手端正的楷书，也能写得出通顺的文章，作得出规矩的律诗。他因此也看重读书人，尤其是那些有经济之术的读书人。于军政有用的书，他也间或读读。吴三桂这个历史人物，袁世凯对之有浓烈的兴趣，特别是他身边人所写的秘史，其中一定有许多外人不知的东西。袁世凯正需要这种书，他吩咐儿子："你去拿来，我翻翻。"

袁克定从自己房间里拿来《大周秘史》，双手呈给父亲。袁世凯接过，前前后后地看了看，又翻开内页来仔细瞧："这是一本年代久远的书。"他以行家式的口气作出结论，然后郑重其事地打开第一页，赫然见扉页上题着一段短文：

世人皆曰吴三桂为叛臣逆子，吾独谓三桂一时人杰也。观其少封通侯，雄踞边关，明廷倚重，满人畏惮，当是时，昂扬乎一代名将也。当李闯发难，崇祯自戕，中原无明君，关外有英主之时，三桂独能审世变，识时务，引满洲铁骑入关，速平内乱而宁静华夏。其多次规劝满主重汉人，复唐制，用旧官，慎杀戮，实安邦之良策，治国之佳谟。后多尔衮氏屠城焚室，血洗江南，乃满人野性之暴露，初非三桂本意也。

有鉴于此，三桂移居云南，阳受藩王之封，做朝廷顺民，暗中招兵买马，铸钱囤粮，欲图汉人复兴大业，虽兵败垂危，楚歌四面，犹登台祭天，建号改朔，其事败则败矣，然大周一朝，孰能从史册上抹掉？即此一举，非大英雄能为乎？何况国丈席上，识真美人于风尘之中；千里驱兵，救爱妾于敌军之手；十里笙歌鼓乐，通宵香花灯烛，迎圆圆于血火战场之上。古今中外，有如此之真男子如此之真名士乎？吾谓吴三桂一时之人杰，当不为故作高论耸人听闻也。

杨哲子识于抚剑观书阁

袁世凯笑道："杨度不人云亦云，倒也难得，看来此书对吴三桂有些不同流传的记录，我翻翻看。"

袁克定说："儿子看杨哲子这人有过人之识，日后有可能成为父亲身边的房、杜。"

说到这里，他瞟了一眼父亲，见父亲的嘴角明显地抽搐了一下。他心里高兴，忙回到主题："儿子想，父亲不如卖个人情给他，命令二弟收回聘礼，成全他的好事。二弟的性格我知道，他顶多难过十天半个月，待再遇到一个漂亮女人，就会把一切都忘记了，而杨哲子却会感激您一辈子。您看呢？"

"行！"袁世凯不再犹豫了，"你去告诉克文，人家的女人不能强要。"

"是！"克定高兴地答应，正要转身离开书房，又被父亲叫住，"你还要正告他，今后要老老实实地读书，学习做事，若再这样今日一个明日一个地换小老婆，看我不打断他的脊梁骨！懂吗？嗯？”

“儿子这就去告诉二弟！”

八　即使是秉承士为知己者死的古训，杨度也甘愿为袁世凯驱驰

当袁克定把他父亲的决定告诉杨度时，杨度对袁世凯充满了发自内心的感激,迫不及待地赶到西山,把这个喜讯告诉静竹和亦竹。亦竹满心欢喜。静竹则是又高兴又痛苦。她深深地爱着皙子。多年来，皙子是她整个生命的支柱，而现在她却不能和皙子结为夫妻，她能不为此悲伤吗？

“静竹，这两天收拾一下，我回城去叫一辆大马车来，把你和亦竹都接到城里去。槐安胡同的房子很宽敞，住城里到底比住西山好些。”杨度兴致勃勃地说，“亦竹这下解脱了忧虑，慢慢地，我再替她寻一个婆家。静竹，你安心把病治好，病好后我们就完婚，今后再不分开了。”

杨度这番深深的情意，使静竹十分感动。杨度愈是这样地爱她，她愈觉得自己要为心爱的人着想。病得这个样子了，不但不能给他带来欢乐，反而要给他增添很多麻烦，静竹心里如何能安？她下定最大的决心，要以最恳切的态度来说服杨度。

静竹握着杨度的手，双眼噙着泪花说："皙子，我和亦竹这就搬到槐安胡同去，但你必须接受我的要求，否则我就不去。”

“静竹，我曾经对着佛祖起过誓要娶你，况且这十年来你为我吃过许多苦，现在我怎么能因为你的病而背弃自己的诺言呢？我决不能那样做！”

见杨度仍是这般痴迷，静竹不得不把话说得更明白了："皙子，你聪明过人，却为何在这件事上如此的不明白！我静竹这一世，不管与你完婚不完婚，我的一颗心早就给你了，我也早就认定自己是你的人了。不要说眼下病瘫在床，就是今后好了，恢复了健康，我也不会离开你，永永远远和你在一起。”

杨度高兴地说："这就好，这就好，我们再不分离了。”

停了一下又说："静竹，既然这样，那你为何总要我跟亦竹结婚呢？”

静竹咳道："你真是一个呆子！亦竹这样一个漂漂亮亮的姑娘，你难道不喜欢？”

“喜欢！”杨度立即说明。这是他的心里话，那年在庙会上远远地看见她，就喜欢她了，她的身段和静竹一样美。

“你喜欢她，就由我来做媒，把她嫁给你。我是她的姐姐，姐姐嫁妹妹，原是理所当然的事。再说，这样做也是为了我自己。”静竹揉了揉眼睛。前些日子害眼病，那天见了杨度后心里欢喜，又流了不少眼泪，眼睛居然好多了。她将泪水擦掉，说，“皙子，这些年来我与亦竹可以说是相依为命，我们两姐妹谁也不想离开谁。假若你不娶亦竹，亦竹很快就要嫁人，我们姐妹就会分开了。我现在病在床上，正需要照顾，亦竹一走，就只有全靠你了。你一个大男人，有许多大事要做，我能忍心看着你为我耽误吗？”

见杨度轻轻地点了一下头，静竹握紧他的手，脸上泛起一阵红晕，悄悄地无限柔情地说：“皙子，以后我的病好了，我同样可以服侍你，做你的女人呀！”

杨度的心一下子豁然开朗了：静竹这样的安排，是既没有舍弃她，又成全了大家，而自己却一时间获得了两个女人。杨度抱着静竹，在她的脸上重重地吻了一下，欢天喜地地说：“静竹，我明白了你的苦心，我谢谢你了！”

见杨度这样的快乐，作为一个女人，静竹心里又隐隐地冒出一丝酸意！

嫁给杨度，亦竹自然是愿意的，何况她不愿离开静竹。这件事就这样定了。

几天后，静竹姐妹从西山搬进槐安胡同。两个女人的来到，给空寂的四合院顿添无限生机，连看门的何三爷都觉得生活中增加了许多情趣。

杨度的伯父对他们兄妹有父亲般的慈爱和关怀，于理于情，杨度都不能在伯父去世周年未到便办结婚喜事，遂将婚期推迟到中秋节后。他写信禀告母亲，又将此事的详细过程函告妻子黄氏，请求她同意。杨度是四品衔京堂，在石塘铺乡下人看来，已经是了不起的大官了，年纪轻轻的一人孤身在京城，娶个妾，情和理上都说得过去。母亲和夫人来信都表示赞同。接到信后，槐安胡同的三个人都放下心来。

杨度请夏寿田给他们当证婚人。夏寿田和他的两个太太都对这段传奇般的姻缘感叹不已，很乐意为他们操办此事。接到夏寿田代他们发出的婚帖后，在京的知旧们纷纷送来礼物。还有过去不曾相识但慕杨度之名的人也借此机会道贺送礼，杨度又结识了许多新朋友。张之洞还给他们亲笔书写了一副贺联，为杨度脸上增色不少。尤其是袁克定代表他父亲送来的礼物，更令杨度见后感叹不已。

这是一套明宣德年间产自江西景德镇的八宝瓷瓶，袁克定向杨度讲述了它的来历。

这套八宝瓷瓶原是和珅家珍藏的宝贝。和珅深得乾隆皇帝的信任，权倾朝野，他搜罗了天下许多奇珍异宝，还建造了一座仅次于紫禁城的豪华大府第，令京师王公大臣们眼热。乾隆晚年，众多的阿哥们都眼巴巴地盯着那张被老爹坐了五十多年的宝座。二十五子颙琰才干出众，很得父亲的宠爱。经过无数次明里暗里的你争我夺，凡有可能被立为大阿哥的阿哥们都败在颙琰的手下，颙琰的劲敌只剩下十七阿哥庆王永璘了。颙琰决定跟他的这位异母兄摊牌说明白。永璘知道颙琰大势已成，争也争不过他，不如干脆得点实惠，便说："二十五弟，大阿哥的位置就让给你吧，只是你做了皇帝以后不要忘记我就是了。"

颙琰说："除开皇位外，你要什么，我都给你。"

永璘说："好哇，你说话算数？"

颙琰说："当然算数。周成王桐叶封弟，我今天来个桐叶封兄。"

"那你把和珅的宅子送给我。"

颙琰心里一惊：这小子野心倒不小，居然要起和珅的宅子来！这和珅的宅子是他自己建造的，又不是父皇赐给他的，即便是父皇赐的，也不能收回呀！况且他权势熏天，如何能把他的宅子夺来送人呢？

见颙琰在沉吟，永璘笑道："怎么样，做不到了吧！"

颙琰想：还没有当皇帝，就说话不算数，今后皇位还能坐得稳吗？无论如何也要兑现这句话，于是咬紧牙关说："就把和珅的宅子送给你！"

乾隆六十年是弘历登皇位的一甲子周年，为了表示对祖父的崇敬，他不愿意自己在位时间超过康熙纪年，遂宣布在这一年退位当太上皇，由颙琰继位。颙琰即位后，改年号为嘉庆。

嘉庆皇帝主政后考虑的第一桩大事，就是寻思着如何把和珅的宅子拿过来。但有太上皇在，和珅并不买皇上的账，嘉庆帝没有办法。三年后太上皇死了。和珅贪赃枉法，本积怨甚多，这下靠山倒了，大家不怕了，便纷纷上奏弹劾。嘉庆帝抓住这个机会，将和珅革职抄家，没收和珅的财产折合白银二亿二千多万两，相当于五年多的国库收入，嘉庆帝得到了一笔巨大的财富，老百姓编了一个歌谣，说是"和珅跌倒，嘉庆吃饱"。于是永璘也如愿以偿，搬进了垂涎多年的和珅之宅。嘉庆帝还格外开恩，凡和珅书房里的一切摆设均赏给永璘。这样，永璘还得到和珅的几万卷图书和摆在书房里的珍宝。这套八宝瓷瓶即是其中之一。后来永璘死了，宅子归长子绵愍。绵愍死后，其嗣子奕绶犯罪革爵。咸丰帝收回宅子，将它赐给六弟恭王奕䜣。奕绶无子，堂弟奕劻继承了长房。奕劻靠着他的本事和机遇终于袭了永璘的庆王爵位，掌了军机处领班的大权。奕䜣的孙子恭王溥伟为了讨好他，把当年和珅书房里所留下的一切又转送给奕劻，于是这套八宝瓷瓶又回到了庆王府。那年袁世凯费心思帮载振摆脱了窘境，奕劻便将这套八宝瓷瓶作为酬谢送给了袁世凯。

“大公子，这样贵重的礼物，我如何担当得起，请你回禀宫保大人，就说我深深拜谢了，宝瓶不敢收。”当杨度听完了这套瓷瓶从和珅到永璘到奕劻再到袁世凯的非凡经历时，他惊讶得连连摆手。

“皙子兄，你这就见外了。”袁克定笑着说，“古董珍宝再贵重，它也只是外物，不能跟情谊相比，顶多只能作为情谊的表示。今日娶嫂夫人，这就算我们袁家所表示的一点情谊。二弟孟浪，使嫂夫人受惊了。因此家父还说，这也是袁家所表示的一点歉意，务必请收下。”

杨度见袁克定说得这样恳切，只得收下了。袁克定拿出一本装帧精美的簿子来，说：“这是当年从和珅府里一道传下来的八宝瓷瓶的图册，你可以将它和瓷瓶一一对照，了解它们的详细情况。”

杨度打开翻看着。图册上有八幅图，用彩色绘出八个瓶子，旁边配着文字。这八幅瓶图与八个瓷瓶一一应照，它们分别为凤尾瓶、美人醉瓶、石榴瓶、柳叶瓶、玉壶春瓶、天球瓶、胆瓶、蒜瓶。

他一边看着图册的介绍，一边仔细地欣赏这一套价值连城的宣德名瓷：凤尾瓶喇叭口，长颈鼓腹，下敛，底外撇，形似凤首，造型雍容端庄。美人醉瓶长颈削肩，丰胸收腹，以色泽如牡丹般娇艳的红釉烧成，宛如亭亭玉立的美人春日醉酒，显得格外妩媚动人。石榴瓶翻口短颈，高脚，中部圆鼓，以粉彩装饰，酷似一只石榴。柳叶瓶形如柳叶，质白如玉，胎薄如纸，上面以墨彩绘着一幅灞桥折柳送别图。用折柳图来隐喻瓶形，设计者的心思也够巧了。玉壶春瓶敞口细颈圆腹圈足，形体变化含蓄柔和，线条委婉饱满，上下贯通一气，令人想起王昌龄那两句名诗：“洛阳亲友如相问，一片冰心在玉壶。”天球瓶长颈下连接着一个大大的圆球状的肚子，肚子上彩绘着天河、北斗、日月星辰，呈现一幅壮观的天象图。胆瓶造型如悬胆，蒜瓶宛如蒜头，均线条和谐含蓄，色彩晶莹透亮。

一向酷爱古董的杨度抚摸着这套绝世珍品，爱不释手。袁克定在一旁笑道：“这八个瓷瓶，六个置于你的书房，另外两个是专为送给嫂夫人的。”

“哪两个？”

“一个是美人醉瓶，它是嫂夫人的写真。”

“喔，是不错。”杨度笑道，“另一个呢？”

“石榴瓶。”

“为什么？”

“这里有个典故。”诗文虽作得不太好，但书却读过不少的袁大公子掉起书袋来，“《北史》里有一个故事，说的是北齐安德王延宗纳赵郡李祖收之女为妃，一天安德王的父亲齐帝到李宅赴宴。宴后，妃母宋氏献二石榴于帝前。大家都不知道宋氏的用意。齐帝起身后没有带上。李祖收说，请皇上带进后宫，石榴多子，愿陛下龙子龙孙多如石榴。”

杨度明白了袁克定的意思，哈哈大笑起来。

入京三个多月来，杨度得到袁世凯的关照厚爱真是太多太大了。尤其是将儿子的所爱剥掉，成全一个年轻下属的好事，此举不仅在近世中国无有先例，就连古今中外也罕有其匹。一个位高权重出将入相的大官员能做出这种事来，令杨度铭心刻骨地感激。现在又打发大公子亲自送来这一套传世珍宝表示祝贺和歉意，也使包括夏寿田在内的所有杨度的朋友们惊异不已。莫说袁世凯雄才大略，是出于为朝廷早立宪政之心而延揽人才，就是纯粹为了一己私利而网罗亲信，秉承士为知己者死的古训，杨度也甘愿为这样的人所驱使。更何况当他得知袁世凯激赏《大周秘史》，以及袁克定对帝王之学表现出异乎寻常的热情之后，已隐隐约约地从袁氏父子的身上看到了曹氏父子、司马氏父子、李氏父子的影子。满人气数已尽，汉人久屈必伸，主九州浮沉者，难道将是袁氏父子吗？杨度想到这里万分兴奋，他仿佛看到了帝王之学的买主！

第四章　山雨欲来

一　大喜之夜，杨度和亦竹双双来到静竹的房里

八月十五日这一天，天上月圆，地上人圆，在家家团聚的中秋之夜，杨度与亦竹在槐安胡同举行了隆重热闹的婚礼。袁克定带着三弟四弟五弟，劳乃宣率领宪政馆一批同僚，夏寿田夫妇以及十几个湘籍京官都前来祝贺。龙凤烛光下，望着妆扮得如同天仙般的亦竹，杨度心里充满着无限爱意，同时也愈加感激静竹为他所做出的牺牲。他知道，作为一个女人，静竹为她自己的选择付出的代价是多么的巨大，尤其是她——一个苦苦等待情人十年之久的女人，其代价更不是人世间任何东西可以比拟的。客人们都散去后，杨度和亦竹双双来到西厢房静竹的房间。

几个月来，杨度延请京师良医为静竹治病。经过精心的治疗，静竹的病情有所好转，但仍不能起床。上午，在别人为亦竹盛妆艳抹的时候，她挣扎着自己坐了起来，背靠着墙壁，梳了一个鹊尾头，选了一支粉红色松花玉簪插上，又换了一件大红底绣着飞蝶恋花图案的上衣。梳妆好后想了想，又拿起剪刀，找来一张金黄色的彩纸，剪了一个大大的“囍”字。中午何三爷送饭来时，她请何三爷把这个“囍”字贴在窗棂上。

当隔壁房间里充溢着欢歌笑声的时候，静竹独自躺在床上，望着窗棂上的“囍”字，心中百感交集。她默默地为杨度、亦竹祝福，同时也为自己的薄命而深深叹息。她为当年在风尘中结识了一名真正的男子而庆幸，又渴望自己能早日恢复健康，与杨度、亦竹一起共享生活的乐趣。她企盼杨度今后能成为一品大员，她和亦竹都能得到皇上的封诰，又有点担心杨度显贵后会看不起毕竟是出自青楼的她们姐妹，或是再纳妾讨小，分去了对她们的感情。

静竹就这样独自躺在床上胡思乱想，竟然想得心思沉重、泪水涔涔起来。

“静姐，你哭了？”杨度和亦竹一道进门的时候，亦竹一眼就看到挂在静竹脸上的泪珠。

“不，不，我这是高兴！”静竹显得有点慌乱，她忙拿起枕边的手绢，挣扎着要坐起，一边说，“我恭贺你们大喜！”

“静姐，你快躺好！”亦竹赶紧走过去，将手绢从静竹手里拿过来，坐在床沿上，替她轻轻地揩去泪水。

“客人们都走了？”

“都走了！”杨度答道，顺手拖过一把椅子坐下，真挚而动情地说，“静竹，今天是我和亦竹的大喜日子。有这么一天，完全是出自你的安排。我知道你这样做是苦了自己而为我好，为亦竹好。今夜，我要当着亦竹，对你说几句肺腑之言：我今后会好好地爱着亦竹，一生一世护卫着她，让她一辈子生活得幸福快乐。”

亦竹又喜又羞地低下了头，将热得发烫的双手捂着静竹冷冷的手。

静竹忙点头说：“皙子，我相信你一定会这样做的，这就是我为什么要把亦竹送给你的缘故。女儿家是一朵花，是一根藤，它要靠园丁爱护，要靠大树做主心骨。当然，美丽的鲜花也会给园丁带来喜悦，青翠的蔓藤也能使大树姿态婆娑。亦竹贤惠能干，她也会给你一生带来乐趣和温馨。”

诗一般的语言，水晶一般的心，使杨度的热血冲动起来。他不顾亦竹在一旁，也不顾今天是他们的大喜之夜，他双手捧起静竹美丽而带着憔悴的面颊，从心底里喊道：“静竹，我爱亦竹，我更爱的是你，不管你病得如何，哪怕是一辈子都起不了床，你在我的心中永远是美丽的。从十年前江亭初次见面的那一时刻起，我就深深地爱上了你。这份爱，一直到老到死都不会改变！”

滚烫奔涌的男儿热血，铜打铁铸的男儿心声，给静竹无限的感动，无限的满足，无限的幸福。她，一个苦命的曾陷火坑的弱女子，有一个这样的男子对她说出这样一番情深义重的话，她这一生还希求什么呢？尽管现在她不能与他同床共枕，或许今后永远也不能与他缔结连理枝。但是她，一个虽不幸沦落烟花却曾经受过诗书熏陶而又钟爱人生的聪慧女子，比世间许许多多女人更能懂得，床第之乐并不意味着男女真心相爱，超越肉体的心灵深处的爱恋，才真正是人世上男女之间生死不渝的爱情！

热泪再次从她那双丹凤眼里悄悄流下。她深情地凝望着心上人，说：“别，皙子，我知道你的心。从今天起，亦竹就是你的妻子了，你应该全副心思地爱她。”

亦竹握紧静竹的手，颇为激动地说：“静姐，皙子今夜说这番话，我不但不会妒忌，我会更爱他。你常对我说，男人最怕的是朝三暮四，喜新厌旧，最难得的是痴心不改，一往情深。皙子这样爱你，正是最为难得的男儿情。他越是这样，我越是爱他！”

“好妹妹，你真是我的亲妹妹！”静竹反握着亦竹的手，十分动情地说，“亦妹，今天是你的大喜，姐祝福你，送你一件小礼物。”

“你送我什么礼物？”亦竹高兴地问。

静竹弯过手臂，从枕头底下摸出一个方方正正的小盒子来。小盒子以火红色的丝绒装饰着，显得精致华贵。静竹把它打开，出现在大家眼前的是一对淡绿色的玉手镯。手镯小巧玲珑，晶莹夺目。

静竹对亦竹说：“你将它对着烛光看看。”

亦竹好奇地拿起手镯，对着红光闪烁的蜡烛看着。她惊异地发现两只手镯里面似乎都有数不清的小鸟在飞翔。“静姐，你这是哪来的宝贝？”

“这对手镯，就是当年潭柘寺里那个暹罗商人送的。”静竹转过脸望着杨度说，“那个商人在横塘院里看上了我。他原先是想带我在潭柘寺里玩几天后再赎我出来，然后把我带回暹罗去做小妾。在遇到你之前我也动过心，干脆远走高飞算了。江亭见到你后，我打消了这个念头。那个商人送我这对玉镯，说这是用一种名叫飞鸟玉的极为名贵的玉制成的，戴在手上，可以保护手臂不致因跌倒而折断。也不知这商人说的话是真是假，但玉镯中有小鸟在飞却是真的，白天对着太阳看，还可以看得更清楚些。”

杨度说：“好玉戴在手上，可以防止跌断骨头，这话我从小就听人说过，应是不假。”

亦竹非常喜欢这件礼物，她试着戴在手腕上，刚好合适。她感激地说：“静姐，这礼物太珍贵了，我哪里受得起呀！”

“傻妹子，说这话做什么？姐姐我今后还要依靠你哩！”

“静姐！”亦竹激动地说，“我的父母早已去世，也没有一个兄弟姐妹，你就是我的亲姐姐，我心甘情愿服侍你一辈子。”

静竹听了这话，眼泪禁不住又流了出来。

亦竹继续说：“静姐，我说句心里话，皙子本就是你的人，你为了我好，让我嫁给了他，我很感激你这一片心意。我真心祝愿你早日治好病，早日复原，到那时，我把皙子再还给你。”

静竹笑了起来：“傻妹妹，哪有这个说法！”

“静姐，我说的是真话。”亦竹急着说，“要么这样，到了姐姐康复的时候，我来为姐姐举办婚礼，让皙子再做一次新郎，与姐姐拜堂成亲。做大官的人人都三妻四妾，皙子再娶一房也算不了什么！”

说罢，拿眼睛看着杨度。杨度傻笑着，不做声，心里惬意极了。

静竹真喜欢亦竹这句快语，她不作肯定也不作否定，把话题岔了开去：“亦竹，你说皙子今后会做大官，这话倒是说到正题了。那年在潭柘寺，我就希望皙子今后大有出息。十年了，皙子果然不负我的希望，再到京城来做官了。”

她转而问杨度：“潭柘寺里那块拜砖，你托人从老家捎来了吗？”

“前几天一位回湘潭省亲的老朋友把拜砖捎来了，这几天忙乱，忘记告诉你了。”

“皙子，你今夜与亦妹办了大事，以后我对你也没有别的请求了，我只求你一桩事。”

“什么事，你只管说，我都做得到。”杨度恳切地说。

“这也不是难事。”静竹用手将头发略为拢了两下，说，“你把那块拜砖放到我的房间里，每天不拘什么时候，你到我的房间里来一趟，坐坐，说说话，再看一眼这块拜砖，回忆一下你在观音殿里向菩萨许下的诺言。行吗？”

“行！”杨度满口答应。

亦竹问：“皙子当年向菩萨许下了什么诺言？”

静竹笑着说：“你问皙子吧，要他再说一遍，看他还记得不？”

“怎么不记得？我一辈子都不会忘记。”杨度不假思索地说，“当年我是这样对观音菩萨许下宏愿的：菩萨在上，我杨度今生若不做出一番轰轰烈烈的伟业来，我就不是天地间一个男子汉！”

“皙子，你明白我要你天天来我房间的用意吗？”静竹望着杨度，柔和的目光里饱含深情。

“我明白。我不会忘记在菩萨面前说过的话，也不会忘记你的一片期待！”

静竹满意地点了点头，亦竹也兴奋地点了点头。

从第二天起，杨度果然每天都要到静竹房间里去几次。那块拜砖被静竹恭恭敬敬地供奉在梳妆台的正中。他每次看到那块拜砖，便似乎增添一份力量。

他开始认真思索九年预备立宪的程序，翻阅了所有东西方立宪国的资料，又特别仔细地研究日本宪政的得失。他要把自己的一切宪政知识都用上，制定一份超越世界各国的最为完美无瑕的立宪程序。中国立宪，这是破天荒的大事，自己为未来九年所作的构思，实际上就是为大清王朝未来九年描绘一幅建设宏图。无疑，这份程序将要垂之史册，作为这份程序的制定者，也必将名垂史册。想到这里，杨度迸发出极大的热情。他的书房里，一份九年预备立宪程序慢慢趋于成熟了。 《杨度集》中收有杨度所拟的《九年预备立宪清单》，从光绪三十四年开始直到光绪四十二年，逐年列出该年应办的立宪大事，总计92项。其第九年即光绪四十二年所要做的十件大事为：宣布宪法，宣布皇室大典，颁布议院法，颁布上下议院议员选举法，举行上下议院议员选举，确定预算决算，制定明年确当预算案，新定内外官制一律实行，设弼德院顾问大臣，人民识字者须得二十分之一。

他设想，在第一年里要筹办各省咨议局，即各省议会。这是一件顶重要的事情，应由各省督抚去办。另外，还要颁布城乡地方自治章程，调查户口章程，清理财政章程。这些由民政部、度支部去办。还需编辑简易识字课本、国民必读课本，以便扫除文盲，提高国民文化程度。此事应交学部去办。还要修改刑律，此事交法部去办。

第二年，选举各省咨议局议员。颁布资政院章程，并选举该院。各省筹办地方自治，并颁行自治章程。同时调查各省人口总数、每年收支总数。将新编识字课本颁发全国，在州县创设简易识字学塾。

第三年，召集资政院议员开会，继续办理各省自治，复查各省岁出入总数，厘定地方税收章程，完备厅州县的巡警制度。第四年，会查全国年收支总制，厘定国家税收制度，实行文官考试，筹办乡镇巡警。第五年，各城镇乡地方自治初具规模，颁布户籍法，颁布新定内外官制，推广乡镇巡警。第六年，实行户籍法，试办全国预算，设立行政审判院，实行新刑律。第七年，试办全国决算，颁布会计法，试办新定内外官制。厅州县地方自治一律成立，人民识字者达到百分之一。第八年，确定皇室经费，变通旗制，化除畛域，设立审计院，实行会计法，乡镇初级审判厅一律成立，人民识字者达到百分之二。

第九年，正式宣布宪法，宣布皇室大典，颁布议院法、上下议院议员选举法，同时进行选举，确定年度预算决算，新定内外官制一律实行，人民识字者达百分之五。

第九年，也就是光绪四十二年，古老的中华民族，广阔的神州大地，将诞生出一部崭新的治国大纲。这就是汇集了全国人民自下而上的智慧，代表全体人民意志的大清宪法。中国将从此走上君主立宪的康庄大道，国势将一步步走向强盛，人民将一年年变得富裕。九年预备立宪程序的起草者，陷入了极大的兴奋之中。

这时候，在张之洞、袁世凯等人的倡议下，办起了亲贵大臣宪政讲习班。各部尚书、侍郎及都察院、大理寺、翰林院、詹事府的高级官员，还有一部分满蒙王公贝勒贝子等，都去轮流听课。杨度、劳乃宣担负主讲。开始几次，听讲的有二十多个，以后便越来越少了。有的人刚坐定，便打起呼噜来，还有的王爷们连烟床都抬到讲习厅，边听课，边眯着眼睛躺在床上，由跟从小厮侍候着烧鸦片过瘾。

面对着这种场面，主讲官杨度、劳乃宣都很气闷，但仍得耐着性子讲。杨度有时想，中国要有生气，大概首先得罢掉这一批尸位素餐、老气横秋的大官僚才行。

就在全副心思为中国宪政操劳的杨度时而兴奋时而气闷的时候，中国政局突然之间发生了惊天动地的巨变。

二　临终前夕，慈禧为中国选择了最后一位皇帝

早在今年夏天，年迈的慈禧太后便时常觉得身子骨不舒服。十月十日是她七十四岁诞辰。这一天，颐和园举行了穷奢极欲的祝寿典礼，价值连城的珍宝堆积如山。“万寿无疆”的呼声震耳欲聋。慈禧欢喜，多吃了两筷菜。这天半夜便开始拉肚子，过了两天转为痢疾，病势顿时加剧了。虽然名义上有个正当盛年的皇帝，但他身为囚徒被锁瀛台已经整整十年了，加之一贯羸弱多病，最近一两年益发病得厉害，几乎什么事都不过问，真正威断乾坤的人，正是这个得了重病的老太婆。阖朝文武大臣，或为国家大局，或为切身利益，莫不忧心忡忡，忐忑不安。京师传说纷纷，各种谣言不胫而走，真有点山雨欲来风满楼的气氛。

这时，一个惊人的消息传到了病中的慈禧耳朵里：军机大臣袁世凯正在运动王公大臣们，拟废掉光绪帝，拥立奕劻的儿子载振为帝。这个消息使慈禧大为震怒。

她一生刚决强悍，只能在人上，不能在人下。从辛酉年到现在，她总揽朝政、太阿独断已经整整四十七年。中国历史上除了武则天，再无第二个女人可与她相比。这些天，御医院里的御医几次悄悄对她说，皇上已病入膏肓，药物不济了，请太后早定大事。现在袁世凯居然要立载振为帝，难道他已知皇帝病危？又欺负自己病重，迫不及待地要做今日的霍光吗？是可忍，孰不可忍！慈禧在病榻上思考了很久后，终于强扶病体，连下几道懿旨。一是立即打发奕劻去东陵查看她的陵墓——菩陀峪万年吉地；二是将段祺瑞的第六镇从京师调往涞水，让八旗子弟组成的第一镇独自坐镇北京，以防不测；三是召载沣、世续、张之洞三位军机大臣深夜进宫。

当管事太监来到锡拉胡同传达密旨时，张之洞已经入睡了。夫人侍候他穿戴整齐接罢旨后，他坐在软藤椅上定下神想了好长一会儿。

夤夜传旨进宫，必定有大事，联系到两宫病重的现实，张之洞估计十之八九是商量立嗣的事。皇上无子，立何人继承大统呢？他把王室近支中的几个主要人物一一列了出来。皇上是载字辈，同治帝也是载字辈，均无子，要立嗣，自然当立溥字辈，这样方可一身而兼祧。溥字辈中现有恭王溥伟、端王溥伦，一为奕欣之孙，一为奕谆之孙，均为道光帝之嫡曾孙。血统虽亲,但在探花出身的张之洞看来,都不过樗栎庸才而已。溥字辈无人，只得求其次，从载字辈来找了。载字辈中最亲的自然是皇上的几个亲弟弟载沣、载涛、载洵，另外还有贝勒载瀛、镇国公载泽，均为道光帝的嫡孙。这些也是皇位的合法继承人。但国家正处多事之秋,靠他们能扭转时局吗?想想他们的品性才具，张之洞摇了摇头。他记起十年前，好友兵部侍郎徐致祥南下广州路过武昌时，两人把酒畅谈的往事。

那天，徐致祥喝得半醉了，突然放下筷子叹道："香帅，我说句不该说的话，咱们大清朝的王室真的衰微了。"

张之洞惊问："何以见得？"

徐致祥说："我身处朝中四十年，遍识近支亲贵。因为异日御区宇握大权者皆出其中，我于是用心观看，察其器识，没有发现一个可当军国之重任者。由此看来，大清皇图之永固怕很难了。"

今夜，张之洞将徐致祥十年前的这句话对照这批溥字辈、载字辈的天潢贵胄来看，不觉惊叹老友的预见英明。究竟当立谁呢？他拿不定主意，且看老佛爷本人的属意吧！

张之洞抱着病躯，由两个家人扶着上了绿呢大轿。前面四盏灯笼开路，摸着黑穿街过巷。绿呢大轿在景运门口停下，张之洞由侍卫扶着进了门。大内灯火稀疏，在茫茫夜色中显得空空荡荡冷冷清清的。这里曾是张之洞二十多年前经常出入的地方，想起灯烛辉煌、气象兴旺的当年，一个可怕的疑问突然跳进他的脑中：大清王朝真的是气数已尽了吗？

一个太监头目慌忙提灯走上前来，对张之洞说："中堂大人，老佛爷在养心殿里，醇王爷、世大人都来了，正等着您哩！"

张之洞本想问一下老佛爷身体如何，想想一会儿就见到了，何必多言！便不做声，跟着太监头目转过西长街，跨过遵义门，然后屏声静息地走进养心殿。殿内正厅里端坐着载沣、世续，见张之洞来了，都起身打了个招呼，再面色端凝地重新坐好。一会儿，里面传出慈禧拖得长长的声音："叫他们进来吧！"

贴身太监掀开黄缎帘子，载沣领头，世续尾随，张之洞殿后，三人鱼贯而进。叩头行礼毕，三人在慈禧的床沿边跪定。张之洞悄悄地看了一眼老佛爷。

自万寿日之后，他再也没有见过她了。灯光下，往日神采飞扬、不可一世的老佛爷干瘦枯皱，气势虚弱。她头上扎了一条黑棉带子，上身披着一件宽大的绣龙黄袍，齐腰部以下盖着一床松软的龙凤丝棉被，斜倚在龙床栏杆上，目光无神地望着跪在地上的三个军机大臣，说：“都来了，我想和你们商量件事儿。”

“都来了”三个字，表示今夜召见的只有这么三个人。张之洞想，往日军机处六人都是全班召见，为何今夜只三人呢？鹿传霖病得不能起床，没来可以说得过去。奕劻是到东陵去了，无法来。还有袁世凯呀，为什么不见他呢？事情看来有点蹊跷！他静静地聆听老佛爷的纶音。

“皇帝已经不行了。”

慈禧这句有气无力的话，对三位跪着的大臣而言，却是一声炸雷。皇上今年只有三十八岁，虽然早知他患有重病，但毕竟还刚进中年。“不行了”这话暂时还轮不到他呀！尤其是载沣，皇上是他的亲哥哥，骨肉之情更令他骤然一阵惊愕。他强忍着悲痛听下去。

“我也快不行了。”

慈禧喘了一口气，两个太监忙走上前。一个手里端着一只小银碗，给她喂了一小勺汤汁。另一个用雪白的丝手绢为她揩了揩嘴唇。随后又有一个小宫女捧了个黑漆木盘走过来，木盘上放着一大一小两个白瓷碗。小碗里盛的是温开水，供慈禧漱口用，大碗是空的，用来接她吐出来的水。慈禧伸出手来摆了一下，示意不用，小宫女忙退下。

“皇帝没有儿子，今儿个特召你们来商量，这嗣皇帝立哪家的孩子为好。”

果然没有猜错！张之洞低着头，用两目余光瞟了一下载沣和世续，见他们也都低着头，一片悲戚的神色。他们两人不开口，张之洞自然不能先开口。因为他们中一为皇上的亲弟，一为宗室大臣，立嗣这种既是国事更是家事的头等大事，他一个汉人如何能随便进言？

事情来得突然，载沣和世续都没有充分的准备。脑子乱过一阵子后，载沣先安静下来。他想，要说当皇帝，自己最合适：道光帝亲孙，咸丰帝亲侄，光绪帝亲弟，且年过弱冠，位居军机，无论从血统从履历来看都最具资格。但一则他不能在老佛爷面前自荐，二来他也知道国家正处内忧外患之极点，皇帝这个宝座也不好坐，所以闭口不说话。

世续一向思维迟钝，木讷寡言，他之所以被选进军机，也正是仗着这个特点。慈禧看中他的忠厚谨悫顺从听话，军机处里也要一个这样的宗室人物为好。世续的脑子现在还是乱糟糟的。近支王公贝勒们的身影在脑子里重叠出现，平时失于留心，此时一下子竟分不出一个长短优劣来。他半眯着眼睛，紧张地思索着。养心殿后阁，顿时死一般的沉寂，只有西洋自鸣钟在咔嚓咔嚓地响着，益发增加了气氛的凝固沉闷。窗外一片漆黑，深秋的西风裹着寒冷吹进大内，吹进养心殿。值班的太监们一个个卷紧棉衣缩着脖子，游魂似的在走廊里移动着。此刻，无论殿内殿外都是一段肃杀难挨的时光！

“想好了吗？”

慈禧仿佛从睡梦中醒过来似的，半天才吐出一句话。三个大臣更紧张了，世续的额头上冒出了细细的汗珠。不料，老佛爷正点了他的名：“世续，你先说说吧，你看哪家的孩子合适呀？”

世续愣了一下，忙抬起头来。他确实没有想好，一时语噎，不自觉地扭过脸去左右看了看。猛然间他情急智生，变得聪明起来，身旁不就有一个人吗？不管老佛爷同意不同意，当面推荐他，至少可以博得他的欢心。

“老佛爷，奴才以为有一个人最合适。”

“谁？”慈禧将身子伸了一下，眼光也仿佛亮了一点。

“醇王爷载沣。”世续提高嗓门说，“论血统，他是道光爷的亲孙子，在亲贵中他的血统最亲近道光爷。论资历，他做了一年多的军机大臣，当值勤勉，没有过失。论年龄，他今年二十五岁，正是精力最旺盛的时候。眼下国家多事，政务孔亟，且老佛爷春秋已高，立嗣君不宜再效当年故事，应以年长者为好。”

说罢，将头在青砖地上重重地碰了一下，以此表示他所奏的恳切，但慈禧听后并没有做声。

载沣见状，忙抬起头来说：“奴才年幼无知，德行凉薄，不足以君临天下，请老佛爷选择贤能者。”

“载沣这孩子本分，我向来喜欢。”慈禧终于开口了，“世续说得也有道理，我也很想立他为嗣皇帝。不过，穆宗大行后，皇帝继位时，我曾经说过，待皇帝生子，即承祧穆宗。现在若让载沣继嗣，又怎么能兼祧穆宗呢？”

说到这里，慈禧想起十九岁就去世的儿子来，心中十分难受，不觉老泪纵横，语声哽咽起来。宫女忙过来给她揩去泪水。慈禧就这一个儿子，三十四年前，大婚后亲政才一年多，连棵苗儿也没留下便撒手走了。那时，作为亲生母亲的慈禧太后心里有多么大的痛苦！三十四年来，每逢三月十三日儿子生日这一天，午饭时，她都要在饭桌上摆一碗长寿面，总要轻轻地说一句：“淳儿，额娘为你盛了一碗生日面，你吃吧！”说着说着，泪水便流了下来。每逢十二月初五日儿子忌日这一天，她都要罢食中饭，一个人躲在房子里，捂着面孔偷偷地哭泣。儿子小时爱玩的一只小白玉兔，她常年放在枕边。闲暇时，她会学着儿子小时的模样，将小白玉兔捧在怀里，慢慢地抚摸着，有时她甚至会呆呆地摸上一两个小时。尽管是这样的思念早逝的儿子，她却从来没有因此而耽误国事，眼泪更是没有当着外臣们的面流过。今夜，兴许是感觉到病已很重不久于人世了，或是又一次碰到立嗣的难题，一生刚强的老太太，居然当着军机大臣们的面流下了深情的思儿之泪。

载沣第一次见老佛爷这样伤心，连连磕头说：“一定得为穆宗爷承祧，奴才不能继嗣，请老佛爷在溥字辈中选一个吧！”

慈禧停止哭泣，转而问张之洞：“你看立谁好呢？”

眼前这一幕，张之洞已看得十分清楚了，慈禧要立的是溥字辈，但溥字辈里也实在找不出一个人选，况且也不知她看中了哪一个，一旦说出个不恰当的名字来，既不合老太太的意，又得罪了醇王爷，都不合适。精于宦术的张之洞选取了中国官场中最不负责任，却同时又是最保险的传统方法。他先叩了一下头，然后挺直身板郑重其事地说：“太后召臣等商议立储大事，为社稷万世计，此太后周文武之心也，老臣肝脑涂地，不足以报答太后依畀信赖之厚恩。然臣以为，自古以来立储大事，不宜外臣多议，专赖圣君宸断。谁当立为储君以承大统，太后心中自有明识，老臣一听太后安排。” 胡思敬撰《国闻备乘》:“孝钦临危，张之洞亲定大计，孝钦颔之。翌日，出奕劻勘易州陵工，密召世续及之洞入内，谕以立今上为穆宗嗣。今上，醇亲王载沣子也，生四年矣，视德宗嗣位尤弱。国难方殷，连三世临以幼主，世续、之洞恐皇后再出垂帘，因合词奏曰：‘国有长君，社稷之福，不如径立载沣。’孝钦戚然曰：‘卿言诚是，然不为穆宗立后，终无以对死者。今立溥仪，仍立载沣主持国政，是公义私情两无所憾也。’之洞曰：‘然则宜正其名。’孝钦曰：‘古有之乎？’之洞曰：‘前明有监国之号，国初有摄政王之名。皆可援以为例。’孝钦曰:‘善，可两用之。’之洞又曰:‘皇帝临御三十余载，不可使无后，古有兼祧之制，似可仿行。’是时，德宗固无恙也。太后默不言，良久，目之洞曰:‘凡事不必泥古，此事姑从汝请，可即拟旨以进。’策既定，电召奕劻回京，告以谋。奕劻叩头称善。遂以十一月某日，颁诏明告天下。”

慈禧点了点头，对张之洞这个态度甚是满意。她慢慢地说：“载沣聪明本分，我极喜爱，若不碍着为穆宗立嗣一事，我定然立载沣，只是现在必须从溥字辈中挑选一个了。载沣为人如此，其家风自然朴厚，我看就立其长子溥仪，你们看如何？”

在三位大臣，尤其是在载沣看来，老佛爷这种安排的确是既向着醇王府又兼顾了自己儿子的一种两全其美的安排，再没有什么话可说了。然而他们不知道，这中间还包括老佛爷心底深处一段最隐蔽的衷曲。

五年前，载沣定下了亲事，未来的福晋是江宁将军希元的女儿。慈禧知道后命令退掉这门亲。载沣的生母刘佳氏一听着急了，进宫恳求收回成命，说：“希元的女孩子都已向我磕过头了，若退了，她还有脸面活吗？”慈禧横蛮地拒绝了。刘佳氏无奈，只得退婚。结果，希元的女儿又气又愤，仰药而死。慈禧亲自为载沣选了一个女孩子，这女孩子是荣禄的女儿。原来，慈禧为的是让荣禄做上皇亲。 王照《方家园杂咏纪事诗》：“荣禄女早有艳名，太后常召之入宫，认为养女。某亲王先已订婚，系勋旧将军希元之女。太后勒令退婚，改订荣女。某王之太福晋哭求太后曰：‘我之儿妇已向我磕过头，毫无过失，何忍退婚，教人家孩子怎么了？’太后坚辞不许，希公女闻而仰药死。某亲王既被此牢笼，惟视太后为圣明，日见亲任。”现在又立溥仪为嗣皇帝，就是要让荣禄成为皇上的嫡亲外祖父。慈禧为何如此偏爱荣禄呢？此中有一桩世所不知的秘密。

荣禄为满洲正白旗人，初以父祖余荫赏主事，屡迁至户部侍郎兼管内务府大臣，那时尚不到三十岁。荣禄长得雄壮英俊，有满人骑士的风度，又善察言观色，机灵能干，充当内务府大臣时与内宫交通颇多。当时寡居的慈禧也不过三十来岁，见荣禄一表人才，少年高位，私心甚爱之。但她身为太后，母仪天下，岂能随心所欲？她总是强按捺春心，然每次与荣禄见面，心情就格外兴奋。

以荣禄之乖巧，慈禧的女人之心他怎能不会觉察！于是，他便借管内务府的机会，极力靠近巴结慈禧。有事多去，没有事借故去，常常和慈禧东拉西扯，眉来眼去，逗得慈禧喜欢得不得了，赏赐他太子少保衔。荣禄益发往西边去得勤快了。这事让东太后慈安看在眼里，手上捏着一把汗，生怕慈禧荒唐，做出有损皇家尊严的事来。但慈安软弱，慈禧厉害，平日小事慈安尚不敢指责慈禧，何况这样的大事？慈安心里着急，却想不出一个良策来。

这时，荣禄又被慈禧升为工部尚书兼署步军统领，地位愈加显赫了。他仗着有慈禧做后台，野心更大，竭力谋进军机处，便攻讦沈桂芬，企图排挤沈而后取而代之。谁知沈桂芬也不示弱，联合李鸿章、翁同龢一起上章弹劾荣禄。慈安见机会来了，便以调停为由，将荣禄改任西安将军，远调陕西。慈禧见好几个汉大臣竭力反对他，怕招引满汉不和，便只得割爱，屈从慈安的安排。荣禄这一调便是二十年，直到光绪二十年才再次进京谒见慈禧，这时彼此都老了。慈禧念及旧情，把他调回京师，重授步军统领。荣禄感慈禧之恩，对她俯首帖耳。中年时期的那段情史在慈禧心中刻下了永远不忘的痕迹。她从来就是个恩怨分明的人，仇必报，恩必酬，情必偿。不过几年工夫，荣禄直线上升，擢尚书，晋协办大学士，再晋文渊阁大学士，入军机，位极人臣。戊戌年帝后之争中，他坚定不移地站在太后一边。庚子年拳乱时他又护驾西行，成为慈禧患难中的忠臣。回銮后，慈禧便把北洋军权授给他。六十多岁的老太婆把三十年前的旧情人直当做她的护甲金神看待了。谁知荣禄福高寿却不高，先她而去，慈禧悲悼不已。她要让往昔心中的如意郎君在阴间享受着人世间的崇高祭祀，这便是溥仪被立为皇嗣的最深层的原因。这种妇人心底里的秘密，哪里是跪在床沿边的三个男人所能猜得到的。他们都叩头领旨。

“张之洞。”慈禧气息微弱地叫了一声。

“臣在。”张之洞答应着。

“你去拟旨吧。”

“嗻！”

张之洞起身，退出后殿，来到中厅，早有小太监侍候着笔墨。他想了想，写出两行字来，捧着再进后殿。

“臣已拟好，请老佛爷过目。”张之洞将所拟高捧过头顶。

“你念吧！”慈禧闭着眼睛吩咐。

“嗻！”张之洞念道，“朕奉慈禧皇太后懿旨，醇亲王载沣之子溥仪着在宫内教养，并在上书房读书。”

慈禧默默地听着，心里想：溥仪还不满三岁，祭告祖宗，登上九五之尊，就是这几天的事了。一个还不能离开奶娘的孩子如何治理国家？已经调教过两个娃娃皇帝了，现在轮到了第三个。大清国的国运怎么会如此艰难，爱新觉罗家族怎么会如此不兴旺？她心里很悲哀，而这一次的三岁小儿，自己已无能力调教了。想到这里，她更感到无比的悲苦凄怆！但这是无可奈何的事，她咬紧牙关，睁开眼睛，望了一眼清瘦文弱的载沣：这绝不是一个能担负江山社稷重任的领袖人物，不要说远古时期的周公旦，就是开国之初的多尔衮也要远远地强过他。唉，这真是没有法子的事，既然叫他的儿子做皇帝，摄政监国的事，不交给他，还能交给别人吗？他不是周公旦、多尔衮那份材料，眼下的局势也要把他推到周公旦、多尔衮的位置啊！

“张之洞，你再拟一道旨。”慈禧深深地却又是毫无力气地叹了一口气。

“臣遵命。”

“醇亲王载沣着授为监国摄政王。”载沣正为自己的儿子当上皇帝而高兴，同时又顾虑着这么小的儿子如何做皇帝，自己的位置如何摆的时候，猛地听到这道懿旨，不禁喜上心头，暗暗钦佩老佛爷的英明。他赶紧叩头，声音响亮地应了一声：“臣领旨！”

“你们去吧。”慈禧无力地摆了一下手，三个大臣再次磕头，起身，面朝着太后后退。

望着三个缓步后退的顾命大臣，一个黑影蓦地出现在慈禧的眼前。此人脸上露出恭顺的笑容，眼睛里却射出两道火一样的光。这眼光射得生气已尽的老太太心神不宁。她闭目养了一会儿神，一个决定断然形成了。

“载沣！”慈禧拼着力气叫了一声。

“奴才在！”

载沣立即就地跪下。这时世续、张之洞已走出帘外，听到这一声喊，也不自觉地停住脚步，一颗心惴惴地望着帘子。

“你过来一下！”

“喳！”

世续、张之洞知道老佛爷要单独跟摄政王说话，便转身走出了后殿。

“载沣，”慈禧望着即将成为皇帝本生父的年轻侄儿，把原本低沉的声音再压低，“袁世凯要立奕劻的儿子载振为帝的事，你听说了吗？”

“奴才不知。”载沣紧张地回答。

这样大的事情，他居然不知道，如此懵懂的人，能当好摄政王吗？慈禧心里倒抽了一口冷气，但事已至此，再别无选择了，她不得不扶他上马，并为他扫除拦在马头的那块大障碍。

“这件事是不是真的，没有查实，但无风不起浪，总有点来由。”已走到生命尽头的老佛爷，头脑的清晰、办事的果决仍不减丝毫，“袁世凯这个人，我观察多年了。此人貌似大忠，实为大奸，他不但是你们父子日后的敌人，也可能是我们整个满洲的敌人。”

载沣明白过来了，今夜的召见，何以没有奕劻和袁世凯的参加。他对袁早已嫉恨在心，听太后这么一说，立即气势汹汹地接话：“袁世凯阴险桀骜，奴才也早虑他久后必生变异，以后一定要狠狠管束他。”

载沣想到自己已是摄政王了，只要皇上、太后一死，他实际上就是大清王朝的皇帝了，到那时，袁世凯还能不听他的？

慈禧吃力地摇了一下头："你不是袁世凯的对手，你管不了他。"

"那么奴才将他削职为民，解除他的一切权力，看他还能有什么作为！"载沣虽然对太后这句话不服气，但他不敢反驳，只得再拿出一招来。

"载沣！"慈禧皱了一下眉头，说，"你要记住汉人的一句古话：量小非君子，无毒不丈夫。这是一句至理名言，我一向很服膺。对付袁世凯，不是罢官就可以了却的。你执政之初，便要寻一个借口，将他杀掉，为你们父子，也为我们整个满洲去掉这个隐患。"

"喳！"载沣惊得合不上口，他没有想到垂死的老伯母还有这种大丈夫式的魄力。

"你赶快回府去，把溥仪抱进宫来。"慈禧又一次无力地扬了扬右手，补了一句，"要记住我的话。"

"奴才记住了！"似乎顿添了无穷勇气，年轻的摄政王刷地站起来，迈开有力的步伐，一步一步地退出了养心殿后阁。

一个时辰后，中国末代皇帝溥仪被一顶大轿抬着，躺在奶娘的怀里，含着乳头，半睡半醒地离开醇王府，在十六盏大红宫灯的导引下，通过大清门进入紫禁城后宫。

三　徐世昌来到袁府，为把兄弟划策渡难关

第二天早朝时，世续向阖朝文武大臣宣读召溥仪进宫、授载沣为摄政王的圣旨。一股浓重的阴影罩在大家的心头：皇上一定是生命垂危了！

清朝从康熙晚年开始传下一道规矩：不预立太子。当皇帝处于弥留之际，从皇帝身上掏出遗嘱，并开启藏于乾清宫正大光明匾后的金匮，将金匮所贮藏的继位人名与遗嘱一起对照，无误后当众宣布。光绪皇帝无子，现在将溥仪接进宫，又授其父为摄政王，无疑溥仪就是大阿哥，无疑皇上也到了弥留之际。

大家都心头沉重，有一个人除沉重外，比众人还多一番恐慌，他就是袁世凯。听了这两道圣旨后，他第一个意念就是：怎么能和大家同一个时刻听到？事前怎么能不知一点内情？袁世凯当然知道，自从雍正朝设立军机处后，军机处就成了国事的最高决策机构，军机大臣就是国家的当政者。国家大事，没有一件不是和军机大臣商量的。立大阿哥这样的头等大事，他，一个军机大臣，居然事先一无所闻，事后与普通大臣一样，由宣召而得知，

岂非咄咄怪事！眼下朝廷的权力将移交到载沣的手里，联系到社会上广为流传的戊戌年告密案，这不明摆着是载沣在有意排斥吗？老佛爷还没有死，他们便动手了；老佛爷一旦山陵崩，那刀不就会架到脖子上了吗？袁世凯想到这里，不觉周身凉透了。他呆呆地坐在书房里，望着墙壁上悬挂的那副“清也吾所望，贫者士之常”的联语出神。这是生父袁保中特为他而书写的。大富大贵、红得发紫的袁世凯，此刻似乎从这副联语中领悟到了平时不曾想到的深远含义。

“爹，”不知什么时候，袁克定进来了，对父亲说，“梁士诒昨夜告诉我一件事。”

“啥事？”袁世凯警觉地问。

“城里这两天都在说，爹要拥立振大爷继位。”

“混蛋！”袁世凯重重地拍了一下案桌。他突然明白了，为什么没有参与立嗣的大事，一定是这个谣传刺激了老佛爷。他气得嚷道：“这些烂嘴烂舌的家伙，非千刀万剐不可！”

“爹，听说召醇王府的溥仪进宫了，那未来的皇上不就是他吗？”袁克定悄悄地问。他知道，今早发生的事，与昨夜听到的流传，对父亲是多么不利。他特为来向父亲献一条解救之计。见父亲黑着脸不做声，他小心翼翼地说：“儿子刚刚路过什刹海，见醇王府门前车水马龙，冠盖如云，贺喜的人填满了王府门前的几条胡同。儿子想，爹和摄政王同为军机大臣，是不是也去一趟醇王府呢？”

去醇王府，借道贺为名，与载沣好好地畅谈一番，向他解释清楚，当年置皇上于很不利的政变案，根本不是自己向老佛爷告的密。对他说明白，自从杨翠喜事件发生后，自己对载振的看法大变，载振根本不是做大梁的料子，这两天京师里的谣传纯属无稽之谈。说得投机时，再给载沣塞张百万两银票。不要说儿子即将当皇帝，老子就不愁没银子了，老佛爷富有四海，但她的开支仍由内务府安排，她也常常愁银子不够开销，指望臣工们给她送礼，何况还没掌实权的年纪轻轻的醇王爷！对，一贯相信钱能通神而且将此道运用得十分圆熟的袁世凯，决定接受儿子的意见去试一试。

“好，你去准备下，我过会儿就去。”

“是。”袁克定见自己的主意被父亲采纳，心中得意，他转身出门。

儿子刚出门，袁世凯转念又想，万一载沣那小子新恶旧怨交织一起，加之今日的无上权势，摆起臭款来拒不相见，那岂不太失面子了，不如让克定先去试探下。他把儿子叫进来吩咐道：“你先去醇王府递个片子，见到摄政王后当面告诉他我晚上去拜会。”

“也好。”袁克定十分机灵，他立时明白了父亲的用心。

袁克定带上一个书童，兴冲冲地赶到醇王府。这里仍然是车水马龙，人声鼎沸，比起半个时辰前来似乎还要热闹了。袁大公子亲自来到王府门前，在门房头目的手里塞了一张百两银票，请他快点进去通报。

门房头目见袁大公子出手如此阔绰，早笑得两眼眯成一条线，忙给他倒茶递烟。安排好后，自己亲自进府禀告。

袁克定跷起二郎腿坐在门房里，见那些郎中、员外郎等中级以下的官员们都被拒之门外，尚书、侍郎等高级官员也只是进去之后不过几分钟光景便出来了。拦在门外的人面孔沮丧，参谒出来的人则趾高气扬。袁克定看着这一幅趋炎附势图，心里骂道：“哪一天，我也要叫你们这些奴才们到我袁府门口来表演表演！”

袁克定正在得意时，不料门房脸色尴尬地对他说：“袁大公子，实在对不起得很，王爷他太累了，传令说免了。”

袁克定没想到，载沣居然不见他。作为一个普通的农工商右丞，位在侍郎之下郎中之上，处在今天这样的时候，原在可见可不见之间。但是他，军机大臣袁世凯的大公子，载沣不见，显然是拒绝了袁世凯的讨好。

“袁大公子，这会子王爷的确忙得不得了，赶明儿个人少一点再来吧。那时王爷再忙，也不能怠慢了袁大公子您呀！”接了袁克定一百两银子，门房头谦卑地哈着腰，编了几句话来安慰着。

袁克定只得怏怏起身，回家后向父亲说明。醇王府的拒绝，使袁世凯心中更添三分不安。就在他苦无对策的时候，天崩地裂的事情发生了，而且来得异常突然，异常离奇。

第二天傍晚掌灯的时候，从宫内传出噩耗：在位三十四年、年仅三十八岁的光绪皇帝驾崩瀛台涵元殿。所有王公大臣、六部九卿翰詹科道一律缟素戚容，跪在乾清门外，恭听慈禧太后懿旨：“前因穆宗毅皇帝未有储贰，曾于同治十三年十二月初五日降旨：大行皇帝生有皇子，即承祧穆宗毅皇帝为嗣。现在大行皇帝龙驭上宾，亦未有储贰，不得已以摄政王载沣之子溥仪着入承继穆宗毅皇帝为嗣，并兼承大行皇帝之祧。现承时事多艰，嗣皇帝尚在冲龄，正宜专心典学，着摄政王为监国，所有军国政事，悉秉承予之训示，裁度施行，俟嗣皇帝年岁渐长，学业有成，再由嗣皇帝亲裁政事。”

文武大臣们跪在萧瑟秋风中聆听圣旨，心中莫不满腹哀思。都说皇帝至高无上,主宰一切,而这位光绪爷载湉,却是一个令人怜悯的帝王。 光绪皇帝遗诏(节录): “朕自冲龄践祚,寅绍丕基,荷蒙皇太后帱育仁慈,恩勤教诲,垂帘听政,宵旰忧劳,嗣奉懿旨,命朕亲裁大政,钦承列圣家法,一以敬天法祖勤政爱民为本,三十四年中,仰禀慈训,日理万机,勤求上理,念时事之艰难,折衷中外之治法。辑和民教,广设学堂,整顿军政,振兴工商,修订法律,预备立宪,期与薄海臣庶,共享升平。” “朕躬气血素弱,自去年秋间不豫,医治至今,而胸满胃逆,腰酸腿软气壅咳喘诸征,环生叠起,日以增剧,阴阳俱亏,以致弥留不起,岂非天乎?顾念神器至重,亟宜传付得人。兹钦奉慈禧端佑康颐昭豫庄诚寿恭钦献崇熙皇太后懿旨,摄政王载沣之子溥仪,入承大统为嗣皇帝。在嗣皇帝仁孝聪明,必能仰慰慈怀,钦承付托,忧勤惕厉,永固邦基。尔京外文武臣工,其精白乃心,破除积习,恪遵前次谕旨,各按逐年筹备事宜,切实办理,庶几九年以后,颁布立宪,克终朕未竟之志,在天之灵,借稍慰焉。”

他四岁进宫，便在所谓的亲爸爸慈禧太后的严厉管束下，在大内后宫那一块窄狭的天地里请安、读书、吃饭、睡觉，既无父母的亲情疼爱，又无兄弟姐妹的手足嬉乐,那一种刻板、单调、冷漠、乏趣的环境养成他内向、孤僻、抑郁、懦弱的性格。长大成人后，又迫于慈禧的淫威，立一个他并不爱的女子为皇后，自己喜爱的妃子却不能亲近，到头来还要眼睁睁地看着她被慈禧推下井去淹死。亲政没有几年，又逢戊戌政变。从此便囚禁瀛台，失去自由达十年之久。他自叹不如汉献帝。其实这样的帝王，人生的乐趣，简直不如一个乡野的牧童，一个云游四方的流浪汉。许多大臣们想到这一点，莫不为他们的大行皇帝流下真情的泪水，怜恤他短暂的悲惨的一生。更有年老的王公们，想起从咸丰十一年来，四十七年里，亲眼看见了三个冲龄登基的天子，两个无儿无女寿不及中人的大行皇帝，他们从心里哀叹大清国运的多灾多难。然而，他们万没料到，还不到一个对时，近半个世纪来一直支撑着朝政、七十四岁高龄的慈禧太后崩于仪鸾殿。 慈禧太后遗诏: “予以薄德,祗承文宗显皇帝册命,备位宫闱。迨穆宗毅皇帝冲年嗣统,适当寇乱未平讨伐方殷,时则发捻交讧,回苗俶扰,海疆多故,民生凋敝,满目疮痍,予与孝贞显皇后同心抚训,夙夜忧劳,秉承文宗显皇帝遗谟,策励内外臣工及各路统兵大臣,指授机宜,勤求治理,任贤纳谏,救灾恤民,遂得仰承天庥,削平大难,转危为安。及穆宗毅皇帝即世,今大行皇帝入嗣大统,时事愈艰,内忧外患,纷至沓来,不得不再行训政。前年宣布预备立宪诏书,本年颁示预备立宪年限,万机待理,心力俱殚,幸予体气素强,尚可支柱。不期本年夏秋以来,时有不适,政务殷繁,无从静摄,服食失宜,迁延日久,精力渐惫,犹未敢一日暇逸。本月二十一日,复遭大行皇帝之丧,悲从中来,不能自克,以致病势剧增,遂至弥留。回念五十年来,忧患迭经,兢业之心,无时或释。今举行新政,渐有端倪,嗣皇帝方在冲龄,正资启迪,摄政王及内外诸臣,尚其协心翊赞,固我邦基;嗣皇帝以国事为重,尤宜勉节哀思,孜孜典学,他日光大前谟,有厚望焉。”

两天内连丧两宫，不仅清朝立国二百六十年来绝无仅有，在整个中国封建帝王史上也鲜有先例。一时间紫禁城里白雪铺地哀乐震天，一切国事几乎停办。上自军机处，下到国子监，京中各衙门的大小官员都投入了空前未有的国丧之中。京师街头巷尾、酒肆茶楼，各种说法都在私下里流传。大家都对这件事感到奇怪：年轻的皇上前脚刚走，年迈的太后便后脚跟上，阎王爷怎么安排得这样巧？有一种传得比较广的说法，说是慈禧病重，袁世凯害怕慈禧死后光绪帝掌权，于己不利，于是向太后进谗言：皇上知太后病重有喜色，并对身边的太监说出头之日到了。太后听到后大怒，说我不能先他而死。二十一日这天，慈禧自知死期已至，命太监给光绪皇帝进毒药。光绪帝吃了毒药后立即死去，当天晚上托噩梦向太后索命。慈禧惊吓，第二天就死了。

吴永口述《庚子西狩丛谈》："德宗亦萎靡无仪表，暇中每与诸监坐地作玩耍，尤好于纸上画成大头长身各式鬼形无数，仍拉杂扯碎之；有时或画成一龟，于背上填写项城姓名，粘之壁间，以小竹弓向之射击，既复取下剪碎之，令片片作蝴蝶飞，盖其蓄恨于项城至深，几以此为常课。"

这个传说通过袁克定传入袁世凯耳中，真令他有口难辩。他十分清楚，这无疑是在他的背上又插了一刀子，前途对于他来说，真个是险之又险！

内宫里摆着两具梓宫。乾清宫里摆的是光绪帝的，皇极殿里摆的是慈禧太后的。从二品以上的大员们轮流日夜在两处守灵。

这些天里，袁世凯每一见到载沣时便有些害怕。载沣阴沉着脸，两只眼睛冷冷的，似乎含着凶恶的杀气。他知道大祸不远了。但是他，一个从小便不安本分敢于闯荡江湖的将门之后，一个青年时代便出生入死立功异域的骁将，一个这些年来训练北洋六镇并有意在其间培植亲信、安插死党、藏有远图的枭雄，怎肯束手就戮，眼睁睁地看着死之来临？他要与监国摄政王做一番较量。

他苦苦地思索着，烦恼、焦躁夹杂着几分恐惧，使他终日心神不宁，连平日最有兴趣的事都废弃了。这些日子里，他夜里独处卧室，九房妻妾，一个都不召幸。袁世凯的反常，给袁府上下带来一片惊疑。妻妾儿女谁也摸不透他的心思，唯有大公子袁克定知道父亲的心事有多重。他也在挖空心思想主意，要为老头子分忧解愁。

他背着父亲找过民政部侍郎赵秉钧、学部侍郎严修、陆军部侍郎荫昌、农工商部侍郎杨士琦及其兄直隶总督杨士骧。这些人都是他父亲的心腹，或蒙其拔擢，或受其恩惠，素日里与袁克定的关系也很亲密。但这些人既不知溥仪登基、载沣监国的内幕，表面上局面也还稳定，大家除叹息当此外患内忧之际两宫同崩，少主践位，今后诸事更加难办外，也都说不到点子上来。袁家大公子又不好自己把底揭开，只能搓手干着急。

这天，袁世凯接到东北总督徐世昌从奉天发来的信，说他即日动身回京吊谒梓宫，到时会到府上来，与老友把酒畅谈时局。袁世凯看完信后心里一亮，徐世昌是生死之交，他今天的地位可以说完全是自己送给他的，何不向他兜兜底，听听他的口气。

五天后的一个傍晚，徐世昌出现在袁府大门口。当了一年多总督的徐世昌明显地发胖了。他本来身材修长，皮肤白皙，现在更显得气度雍容，不同凡俗。因为是国丧期间，他身着黑色布袍布履，脑后的长辫子上系着一根白布条。当门房传出"徐大人来访"的话后，袁世凯忙丢下手中的雪茄，快步走出书房，亲自来到大门外。

"菊人兄，一年多不见，你越发富态了。"袁世凯十分亲热地拉着徐世昌的手，满脸都是笑容。

"都说我发胖了，发胖不是好事，还是瘦一点的好。"徐世昌也很高兴，诡谲地望了老朋友一眼，轻轻地笑着说，"老弟，听说你又给我娶了一房弟媳妇，还是个苏州美人哩！你真艳福不浅呀！"

袁世凯倒是毫不顾忌，爽朗地一笑："过会儿就叫她来拜见你这个老大哥！"

"好哇，我正带回一张上等貂皮，就送给九弟妹做件坎肩吧！"

"哎呀，劳你费心了。"

两人说说笑笑走进小客厅。袁克定亲自张罗茶水，他恭恭敬敬向徐世昌递上一杯茶，知道他们有要事商谈，说了声"徐老伯请用茶"后便轻轻地退出了。

"克定这孩子很懂事！"望着袁克定的背影，徐世昌感叹地说。

"哪里，比起你的那几位世兄来差远了。"

袁世凯嘴里谦虚着，心里面对这个长子是满意的。正因为此，他始终保持着对于氏夫人的礼遇。还真是靠了这个结发妻子，给他生了个在众多兄弟中很有威望的嫡长子，这是今后维系这个大家庭的重要因素。

"唉，我那几个孽子要是赶得上克定的一半，我就心满意足了。"徐世昌从心里发出叹息，他的确对自己的几个儿子都不满意。

"说来说去，我家里也就一个克定强点，其他都不行，尤其是克文，至今不成器，伤透我的心了。"袁世凯捧起墨玉杯喝了一口，那杯子里照例泡的是人参汤。

"克文那孩子聪明过人，我看他今后会成为一个大名人的。"

“什么大名人，顶多不过是一个会作几句歪诗的风流浪子罢了。成天跟女人、戏子们混在一起，有哪点出息！”袁世凯说得嘴顺，他根本没有想到，克文的好女色，完全是老子的一脉相传。

中年好友相聚，儿子们的读书成才一类的事，常是他们的重要话题。这两位国家重臣，遭此大变之际，谈起话来仍不能免去这个俗情。

正说得兴起，按着父亲的吩咐，克定带着两个仆人推门进来。一个仆人在茶几上布下两只酒杯、两双玉筷、一壶伏牛山老窖酒。另一个仆人用漆木盘托着六碗菜，在茶几上一一摆开。

袁世凯拿起筷子指点着说：“菊人兄，知道你要来，早几天就叫克定通知厨房，特为你准备了几道下酒小菜。你尝尝看，合不合口味。”

“好，好。”徐世昌边说边端起了酒杯。

“这是炒驼峰。这碗熊掌前天就炖起了，你看烂没烂。”袁世凯用筷子敲着碗边说。

“慰庭，你太奢费了，我们老兄弟聚会，你弄这些个名贵菜做什么？”徐世昌有个贪杯之瘾，但多年清贫的缘故，对于下酒菜倒并不讲究。这十年来虽渐膺显贵，饮食习惯却并无大的改变。他的筷子没有伸向驼峰熊掌，却从一个鱼碗里夹了一条鱼丝放进口里，嚼了一下说：“这鱼味道好，其实就只这碗鱼就足够了。”

袁世凯笑着问：“你知道这是什么鱼吗？”

徐世昌盯了一眼答：“像是鲤鱼。”

“不错，是鲤鱼。你知道这鲤鱼出自哪里吗？”

“这我就不知道了。”徐世昌放下了筷子。

“这是孟津的黄河鲤。”袁世凯的筷子在火红的鱼鳞上点了点，“只有孟津的黄河鲤才有这么红的鳞片，别处都淡些。”

“孟津离北京有两千多里，这鱼运来不都坏了吗，如何保得鲜？”徐世昌惊问。

当年周武王兴兵讨伐商纣王，在孟津渡黄河时，有一条大鲤鱼跳进他的舟中，周武王视之为吉祥之物。李白的诗：“黄河三尺鲤，本在孟津居。点额不成龙，归来伴凡鱼。”其典便出于此。于是，孟津一带的黄河鲤就成了一味美馔。“我的一个本家在孟津做事，前些日子他来北京，送给我一个木箱子。我问他这是什么，他笑而不答。打开箱子一看，原来是一箱子猪油。我说你送这东西干什么，京师又不缺。他说别着急，好家伙在里面。他用手往猪油里掏，居然掏出一条鱼来，说我给你带来五条孟津鲤鱼，用这个办法保鲜。活脱脱的鱼往猪油里一塞，四面封好，不怕六月炎热，也不怕贮存三个月五个月，什么时候要吃了，从猪油里摸出来，除开不会再游水外，其他都与一条活鱼没有区别。”

“有这样好的保鲜法？难怪鱼的味道这样好！”徐世昌又夹了一块鱼，称赞着。

“不过，我倒并不稀罕。”袁世凯放下筷子，脸色陡地阴沉下来，“我对本家说，以后不要劳这个神了，我马上就要回河南老家了，我就在孟津搭一个茅棚子住下，做个黄河钓徒，天天都可以吃到活跳的孟津黄河鲤了。”

“慰庭，你这是什么意思？”徐世昌压根儿没有料到袁世凯会说出这种话来，他把筷子往茶几上一放，瞪大眼睛望着这个在机巧权诈方面万里挑一的老把弟，大惑不解。

“唉，菊人兄，你不知道，我现在的处境难着哩！”袁世凯的背向后一靠，一副愁容不展的神态。

“为何？”徐世昌的酒兴顿时消失。

“皇上和老佛爷一时都去了，醇王监国，过去都说戊戌年的事是我出卖了皇上，这下子醇王要代皇上算那笔老账。老佛爷不在了，荣中堂也不在了，无人替我做主，我自己的分辩，他能信吗？”

戊戌年政变那时候，徐世昌正在小站营务处协助袁世凯训练新军，谭嗣同找袁以及袁回津后告诉了荣禄这些事，徐世昌都知道。徐与袁抱同样的看法，即谭此计万不可采纳，维新党的这个荒唐的计划也必须告诉荣禄，否则今后干系太大。至于荣禄当夜进没有进京，徐并不知道。第二天一早政变发生了，世人纷纷传说袁出卖了皇上。徐时常为袁捏着一把汗，怕万一慈禧先死，皇上再度亲政，相信了世间的传说，那袁就难办了。想不到天遂人愿，皇上倒先一天走，徐这些日子来一直为袁庆幸。

“慰庭，这件事你大可放心，我这次来府上，正要告诉你这一点，皇上先太后而去，对于你来说正是大好事。你想想，假设皇上还在世，他来追查戊戌年旧事，你怎么办？据我所知，醇王多年来不和兄长亲而和伯妈亲，他不会为难你的。”

“菊人，你只知道一面，不知道另一面。我实话对你说吧，这次老佛爷临崩前商量立嗣大事，我没有参与。”出于对这位微时把兄的真诚相信，袁世凯亮出了这块心病。

“有这事？”徐世昌大为惊讶。

袁世凯点点头。

“这事就奇了。”徐世昌站起来，在客厅里踱步。作为一个深谙朝政的老官僚，他深知此事非同小可，一个军机大臣没有参与立嗣大事，至少新皇帝登基后，这把军机处的金交椅就会转给别人了，难怪袁世凯做了回籍垂钓的准备。“商讨立嗣一事的有哪几位大臣？”

“除醇王本人外，还有世续、张之洞。”徐世昌有智多星之称，袁世凯希望这位智多星能在此事上帮他一把。

“庆王也没参与？”徐世昌问。

“先天去查看太后墓地去了。”

“这是有意打发他出京。”徐世昌立刻作出判断，“朝中不少人都说庆王和你关系密切，看来这不是偶然的巧合。”

“哪里是巧合！”袁世凯苦笑道，“我还告诉你一件事吧。就在那几天里，不知从何处冒出一个谣言，说我要立载振为帝。这真是无稽之谈！我再蠢也不会做这种事呀！”

“这两桩事是联系在一起的。”徐世昌重新坐下，严肃地望着袁世凯，说，“这样看来，事情严重了，若再有小人调唆的话，慰庭兄，不是我危言耸听，那时你就麻烦了。”

袁世凯的身子不由自主地颤抖了一下。徐世昌说的是大实话，和他自己的估计差不多。“菊人兄，你能想出个好法子来吗？”

徐世昌脸色峻厉，他越来越觉得事态严重了。他想，在载沣的眼里，你袁世凯无异于是抢他儿子皇位的敌人，他现在大权在握，能轻饶你吗？

眼看这位智多星也陷入困境，袁世凯一时失望了。他脑子里瞬时间闪过一个念头：一不做，二不休，与其等死，不如杀出一条血路来，李渊、赵匡胤不也是人吗？先试探一下徐世昌，摸摸他是如何看待的。

“菊人兄，你还记得三十年前，我们两人在寒舍结拜时对天许下的大愿吗？”

“慰庭，年轻时的戏言，你还拿它当真？”徐世昌听他说出这句话来，心里急了。对天许愿的事，他怎么会不记得？

那年袁世凯提出要和徐世昌结为兄弟，落魄文人徐世昌满口答应。袁郑重其事地摆好案桌，燃起蜡烛线香，和徐跪在案桌前，各自报了生辰八字，望天拜了三拜。拜完后，把兄徐对天发誓：愿效刘关张桃园三结义，今后有福同享有祸同当。把弟袁接下说：老天爷在上，今后我袁世凯若做了皇帝，一定让义兄做宰相。徐世昌一听，吓了一大跳。“做皇帝”这样的话，岂是随便说的，万一被人告发了，是杀头灭族的事！但那时正是徐有求于袁的时候，哪里敢斥责，又想袁还年轻，只不过说说而已。却没料到，三十年后，做了军机大臣的把弟还记得那档子事！

徐世昌也不是迂腐的理学信徒。他从满人皇上那里所求得的只是个人的荣华富贵，很少想到要为这个皇上去效忠尽节。这些年来，革命党闹得汹汹嚷嚷，大清朝气数将尽的种种迹象都已暴露无遗。凭着他的精明，他也知道改朝换代已为时不远了。眼前的把弟三十年来的经历，足以证明有着非同常人的魄力和才具，难保今后新朝代的主子就不是此人。自己若促成这事，宰相的位子也少不了。三十年前的戏言倒真有可能成为现实。不过，眼下尚不是时候。

想到这里，徐世昌平和地对把弟说：“慰庭，你刚才的话，勾起了我对三十年前那一幕的记忆。三十年来你自强不息，得到今天的地位真不容易，我这个把兄也仰仗你才做到总督，想起来，也是皇天不负有心人。我们是结义兄弟，我不能不对你说实话，你能听得进吗？”

袁世凯屏着气说：“自家兄弟客套什么，我正要听你的心里话，菜都凉了，我们先喝两口酒再说吧！”

两人对酌了一杯酒后，徐世昌放下筷子，正色道：“当年，我听你对天许下的那个大愿，心里以为那只是一时的戏言。今天你再次提起，我倒是觉得可以认真考虑这件事了。朝廷腐败，国乱民危，许多人都在做问鼎的梦，难道就不许你袁慰庭也问一问吗？”

袁世凯两眼开始放出光芒，听得入神了。

“不过，老弟，我要给你浇一盆冷水，眼下时机未到，这关键的一条，是北洋六镇的军权不直接掌握在你我手里，没有刀把子，就不能做问鼎的梦。”

这几句话，说得袁世凯的头脑清醒过来。是的，北洋六镇虽是自己所训练，但现在并不是自己可以调动得了的，这个时候怎能轻举妄动！他下意识地点了点头。

“慰庭兄，我对你说句心里话，载沣不是当国的材料，他身边也没有得力的帮手。朝廷的罅漏处处皆是，正应上了‘百孔千疮’这句老话。这些年来之所以没有散架，全是靠的老佛爷的手腕。现在载沣的本事不及她的百分之一，乱子又添得更多，朝廷大局，他维持不了。依我看，大乱就要到来，你不妨耐心等一下。”徐世昌端起酒杯来，一饮而尽，心情颇为激动地说，“昔游珂里，弟为府主，我为宾朋，今在王城，弟得腰玉，我获弹冠。三十年来，愚兄承贤弟恩惠之多，江海之水不足以喻之。愚兄报弟之日方长，期弟之心甚大，只是不欲水到而渠不成，蒂落而瓜不熟，以偾大事。一旦时机成熟，出面佐弟以成千秋大业，虽赴汤蹈火亦在所不辞。皎皎此心，可盟息壤！”

袁世凯一时热血沸腾起来，紧紧握着徐世昌的手说：“今日听大哥这番话，真令我感激不已。还是三十年前那句话，弟与兄，富贵与共，生死同归，有渝此盟，天雷相殛。来，干一杯！”

两只酒杯碰了一下，各自将酒喝完。徐世昌说：“古人云：危邦不入，避地以观。我看，这是你目前所要选择的最好办法。”

“你是要我主动奏请开缺回籍？”袁世凯揣摸着徐世昌的意图。

“正是这样。”徐世昌点头。

“暂时离开一下京师也好，只怕是如你所说的，欲求黄河钓徒而不得。”袁世凯忧心忡忡地说。

“我想办法总是有的。”徐世昌端起空酒杯，沉吟良久，慢慢说，“载沣这人胆子小，做事多顾虑。他若真要拿你开刀的话，会要和有关的人商量的。现能帮你渡过难关的有两个人。”

徐世昌伸出两个指头来。

“快说吧，哪两个？”袁世凯将身子向前倾去。

徐世昌笑笑说：“古话说得好，同舟共济。同舟才能共济，你要把这两个人拉上与你坐同一条船，一个是张之洞，一个是段祺瑞。” 段祺瑞，字芝泉，安徽合肥人，北洋武备学堂毕业，曾赴德国学炮兵。甲午战后，协助袁世凯在小站练兵，任炮兵学堂总办兼炮兵统带，后历任保定军官学堂总办、第六镇统制、江北提督等职。武昌起义后，任第二军军统，旋授湖广总督。1912 年元月，领衔北洋将领通电迫清帝退位。民国成立后，历任北洋政府陆军总长、参谋总长、国务总理等职。1917 年讨伐张勋复辟后执掌大权。1924 年任中华民国临时执政，1926 年为冯玉祥所驱逐。

“噢！”袁世凯似有所悟。

“慰庭，我们来好好计议一下。”

两颗大脑袋靠得更紧了。小客厅里的灯火，一直亮到鸡叫三更。

联系段祺瑞的事交给了袁克定。

小站练兵时的旧人，与袁世凯的私交都很深，尤其是段祺瑞，更得袁的赏识器重。段祺瑞是安徽合肥人，十九岁即赴北洋陆军学校读书。袁在小站练兵，早期的军事教官大半来自北洋陆军学校。段祺瑞被袁看中，征调小站。段祺瑞与袁世凯一样，其聪明才智主要体现在办事能力上，读书玩笔杆子则不是他的长处。袁世凯采用德国、日本提拔军官的办法，升任各级军官都要考试。他有心提拔段祺瑞当统制，但又怕他考试成绩不佳，便在考前偷偷把试题告诉段。考完后段得第一名，顺利提拔为统制。段于是非常感激袁，忠心耿耿予以报答。后来袁任直隶总督，建议在朝中设立练兵处，统一领导全国的新军训练。朝廷同意，任命奕劻为总办大臣，袁为会办大臣，铁良为襄办大臣。奕劻自然是挂名的，练兵处的实权操在袁的手里。袁任命清一色的小站旧人为练兵处各级头目，段祺瑞为军令司正使，地位最为重要。凭着过人的机巧权变，段慢慢在北洋新军中隐然坐上了第二把交椅，在北洋将领中颇有威望。武夫们的思想一般比较简单，讲义气，重实惠。袁克定找到段祺瑞，请他出面与北洋众镇的高级将领们打个招呼，协助袁宫保渡过难关，日后一定有福同享，然后塞了一大把银票，共一百五十万两，要他分送给兄弟们买碗酒喝。段祺瑞二话没说，拍拍胸膛，爽快地接受了。袁克定高高兴兴地回家复命。

负责说动张之洞的徐世昌却很为难。张之洞身为大学士军机大臣，位极人臣，官位不足以动他；他早年充任清流派领袖，一生以清廉自居不贪钱财，金钱不足以移他；他年过古稀，体气衰弱，女色不足以诱他；他天资卓异，宦历丰富，诡计不足以骗他。要游说这样的人，真正是难上加难呀！徐世昌苦苦地盘算着，简直找不到下手之处。

就在这个时候，醇王府里的闹剧传了出来，为徐世昌提供了一个难得的机会。

四　醇王府里，母子夫妻兄弟为争权夺利吵得不可开交

载沣与光绪皇帝虽为亲兄弟，却不是一母所出。光绪帝生母叶赫那拉氏为慈禧之妹，当年由咸丰帝做媒，嫁给老醇王奕譞为正福晋。那拉氏生育三个儿子，长子、三子早夭，光绪帝为其次子。后来奕譞又纳刘佳氏为侧福晋。刘佳氏生有四子：载洸、载沣、载洵、载涛。载洸在光绪十年间死去，所以醇亲王的爵位后来便由载沣袭封。载洵出继为瑞郡王奕誌为嗣子，后封贝勒。载涛出继为钟郡王奕詥为嗣，后亦封贝勒。《清史稿》奕譞本传：“子七：德宗，其第二子也；载洸，初封不入八分辅国公，进镇国公；载沣，袭醇亲王，宣统皇帝即位，命为监国摄政王；载洵，出为瑞郡王奕誌后；载涛，出为钟郡王奕詥后。宣统间，载洵为海军部大臣，载涛为军咨府大臣，主军政，三年十月并罢，十二月逊位。”老醇王奕譞是个没有多少才学识见的人，京城里流传这样一桩故事，也不知是真是假。

那年载沣患病，奕譞召吴兴名医凌初平进府医治。凌在王府住了半个月，直到载沣病愈才出府。凌每天见奕譞在府内，除吃喝玩乐外无所事事。时常见到一个年老的太监跑到他的面前说："王爷，你应小解了。"奕譞点头。老太监提一个马桶过来，奕譞于是解小便。过会儿，老太监又说："王爷，你应大解了。"奕譞又听话解大便。天天如此，令凌初平捧腹不止。这个名医根本没有想到，充当御前大臣的堂堂醇王爷，在王府里竟如三岁小儿一般地听人安排解大小便。 赵凤昌撰《惜阴堂笔记》："醇邸戊子患病颇剧，延吴兴世医凌初平诊治。余七月至京，其病已愈，凌尚居府中。适余亦感冒，因与凌系粤省同寅旧交，即延之拟方。日常过谈，谓醇邸人极霭然，喜吟咏，时相唱和，惟起居皆听阉人指使。相处数月，日常每见阉对邸曰，爷此时应小解，此时应大解，爷几日不逛园子，今日应逛了。邸竟亦首肯之。此则大奇，使人发笑。"

奕譞从小生长于深宫之中，养育于妇人之手，性格极为懦弱。当年慈禧立他的儿子载湉为帝的时候，他竟然痛哭得昏厥过去。儿子做皇帝，本是天大的好事，奕譞为何这等悲痛呢？原来，懦弱的老醇王深知慈禧性情凉薄寡恩，一怕儿子受她的严酷管束，二怕慈禧今后把自己看做争权的对手。儿子进宫的第二天，他就上了一道可怜巴巴的折子，请求开缺一切职务，只留一个世袭罔替的亲王虚爵。 《清史稿》奕譞本传："德宗即位，王奏两太后言：'臣侍从大行皇帝十有三年，昊天不吊，龙驭上宾。仰瞻遗容，五内崩裂。忽蒙懿旨下降，择定嗣皇帝，仓猝昏迷，罔知所措，触犯旧有肝疾，委顿成废。惟有哀恳矜全，许乞骸骨，为天地容一虚糜爵位之人，为宣宗成皇帝留一庸钝无才之子。"

奕譞这个懦弱的禀赋不幸恰恰传给了他的两个担负大清国重任的儿子——光绪帝和监国摄政王。光绪帝窝窝囊囊地做了三十四年皇帝，终于到黄泉之下会见老子去了，留下一个窝窝囊囊的摄政王，国家还没来得及监理，王府后院却先闹得不可开交起来。

载沣的生母刘佳氏性格与丈夫相反，是一个争强好胜的女人。正福晋在世的时候，两个女人争风吃醋，常常斗气。那拉氏有姐姐的威势，刘佳氏斗不过她，气只得往肚子里怄。后来那拉氏死了，刘佳氏便统治醇王府。到了丈夫去世后，她在王府里的地位便真的至高无上了。现在，她的亲孙子做了皇帝，亲儿子做了摄政王，她也想过一过老佛爷的瘾。

载洵、载涛两个贝勒没有任何才能，却又偏偏秉承着母亲的性格，权力欲望重得很。好了，现在侄儿做了一国之主，哥哥做了监国，兄弟俩的第一个想法是，这国家已是他们的了，紫禁城不过是一个象征，真正的朝廷已转移到醇王府。

刘佳氏、载洵、载涛母子三人结成了联盟。

若仅仅只这个联盟，载沣的处境还单纯些，不料醇王府里还有另外一个强者。此人便是他的福晋，荣禄之女瓜尔佳氏。

瓜尔佳氏酷肖其父，向来有男子汉之风，现在身为皇帝之母了，她何尝不想也做一番慈禧的事业。看着丈夫素日那副胆小谨慎的模样，她恨不得冲出王府，自己顶着丈夫上朝议事，下马断政，只可惜上天没给她一个男儿身。她决心把娘家的兄弟侄儿们弄出来，结成一个实力雄厚的后党。

这样，小小的醇王府里就形成了载沣、载洵和载涛、瓜尔佳氏三派势力。载沣既畏福晋的雌威，又惧以母亲为后台的两个弟弟，执政还没有几天，日子便不好过了。 胡思敬撰《国闻备乘》卷四："载沣初监国时，咸谓宜移宿宫中。太福晋不许。其弟载洵、载涛倚太福晋势，肆意要求，监国不能制也。监国正福晋即荣禄女，亦时与外廷通关节，有所祈请，监国以二弟故，不得不屈意从之。于是太福晋毁福晋，福晋又毁载洵、载涛，监国大为所困。"

这天上午，载沣刚下朝回府，外褂还没脱下，一个丫环过来禀道："太福晋请王爷过去，有要事商量。"

"什么事，这么紧紧忙忙的，也不让人有个喘气的空儿。"瓜尔佳氏见太福晋的邀请中没有她，心里不高兴，嘴里嘟嘟囔囔的。

"我这就去。"载沣把脱下的帽子重新戴好，整整衣服就要出房门。

"慢点。"瓜尔佳氏朝里面喊，"冰儿，把王爷的银耳羹端来！"

"来了。"

随着一声答应，从里房走出一个如花似玉般的丫环，袅袅婷婷的，手里捧着一个小小的荷叶边鎏金铜碗，碗里斜搁着一把银匙。这丫环小名冰儿，是瓜尔佳氏的随嫁侍女。

冰儿是个汉家姑娘，今年十八岁。在载沣的眼里，冰儿不仅脸蛋长得比瓜尔佳氏漂亮，尤其是她身上那种温婉宁馨的气息更令这位年轻王爷着迷。这一点，不但瓜尔佳氏缺乏，包括他的母亲刘佳氏在内的大多数满洲女人都缺乏。特别是这一老一小的两位福晋发起怒来时，更令载沣又惧又厌。此时将冰儿与她们对比一下，简直更有仙魔之分了。

载沣多时想把冰儿收进房，但慑于河东狮吼的威风，一直不敢明说。前些日子他有意当着瓜尔佳氏的面摸了冰儿一下，立即遭到了瓜尔佳氏的白眼。瓜尔佳氏对丈夫的居心一清二楚，丈夫要纳妾，她虽嫉恨，但也无法制止，与其在外面讨个女人进来，还不如把娘家陪嫁丫环给他，能更加笼住他的心。瓜尔佳氏不是不愿意让出冰儿，她是有意暂不松手，吊吊丈夫的胃口，逼他出高价来换取。前天，她的哥哥长麟捎信来，要她跟妹夫说说，将海军大臣一职送给他。瓜尔佳氏想想拿冰儿换来一个海军大臣，这个买卖做得。

这会子，眼见身着孝服的丈夫对冰儿望得眼睛都不眨一下，瓜尔佳氏又嫉又喜。她从冰儿手里拿过银耳羹，似笑非笑地说："王爷，这是冰儿专给你熬的，你不吃了它再去吗？"

"好，好，我吃了再去。"载沣接过小碗，坐下来。汤正热着，他边吹边吃。

"王爷，太福晋催你快去！"先前传令的丫环又来了。

"是不是火烧眉毛了？"瓜尔佳氏瞪了那丫环一眼，"王爷上了半天的朝，连碗羹都不让他喝完？"

那丫环吓得不敢回话，慌忙走了。

载沣匆匆喝完，忙出门，穿过庭院中的鱼池假山，来到西边母亲住的上房。刚一进门，便见载洵、载涛与刘佳氏正聊得兴起。载沣向母亲请了安，又说："六弟七弟，你们甚时过来的？"

载涛笑着说："怎么，被内当家的缠得脱不得身？"

载沣笑笑，没有做声，挨着母亲身边坐下。刘佳氏朝着门外喊："给王爷上茶。"

丫环端上茶来。载沣问："不知额娘有何吩咐？"

"外面怎样了，给太后的封号定了吗？"刘佳氏问儿子。一个丫环过来，在她的背后轻轻地捶着。

"大学士们商议了两天，拟了几个封号，儿子认为'隆裕'二字较好，额娘看呢？"载沣答。

"就按你定的，叫隆裕太后吧！" 《清通鉴·德宗景皇帝光绪三十四年》：十一月"丁未（二十五日），上皇太后徽号曰隆裕皇太后。"刘佳氏识不了几个字，封号字面上的含义她不去讲究，只要叫起来顺口就行了，"这些日子办事，她没有刁难你吧？"

"还好，都商量着办哩！"载沣端起茶碗喝了一口。

"都是那个老太婆多事，生怕她死后娘家人没权，临走了还要扔下一句摄政王与太后共同禀政的浑话！"载洵气呼呼地说。 《清通鉴·德宗景皇帝光绪三十四年》十月"甲戌（二十二日），卯刻，大殓毕，奉安光绪皇帝梓宫于乾清宫。是日，皇太后懿旨：予病重，恐将不起，军国政事均由摄政王裁定，重大事件面请皇太后（光绪皇后）懿旨。"

"自古天无二日，民无二主，今后麻烦事儿总有的是！"载涛接话。

"今儿个叫你来，是想我们娘儿四个商议一下，有件大事得马上办。"

刘佳氏转过脸对载涛说，“老七，这事是你提的，就由你说吧！”

“四哥，是这样的，”七贝勒载涛生得身材高大，浓眉长眼，神态之间隐约保存着祖先的慓悍之气，“你现在身为皇上的本生父，不叫你太上皇，你也是太上皇了。皇上小，一切事都要你拿主意，不必事事都去与太后商议，她一个妇道人家有几多见识。未必姑妈掌了我们爱新觉罗氏大权四十多年，她这个侄女又要来学样不成！”

“七弟，你说的就是这档子事？”载沣望着不大驯服的小弟弟，不知怎的，心里总有几分怕。

“不是，他有大事要跟四哥说哩！”载洵插话。

“老六，你还是让老七自个儿说吧！”刘佳氏边说边指指大腿。那丫环蹲下来，半握着两个拳头，在老太太的大腿上轻轻地捶打。

“昨天，毓朗、铁良到我府里，我们谈了一个下午。他们说现在老太婆已死了，四哥当国了，大家要协助他，把咱们大清江山弄得中兴起来才是。” 毓朗，皇族，光绪三十四年十二月补授步兵统领。铁良，字宝成，满州镶白旗人，早年为直隶总督荣禄的幕僚，后历任户部、兵部侍郎等职。光绪二十九年赴日本考察军事，归国后任练兵大臣，继任军机大臣、户部尚书、陆军部尚书。宣统二年任江宁将军。辛亥革命时曾据守南京，对抗苏浙联军。民国初年，仍暗地进行复辟活动。

毓朗也是个贝勒，他除了声色犬马之外，也好读点书，过问点朝政，号称宗室中的翘楚。铁良毕业于日本士官学校，位居陆军部尚书，一向被公认为满人中的后起之秀。

听了这句话，载沣颇为感动地说：“难得他们二位有这个心。怎么个中兴法，你们有什么好主意吗？”

“这正是我要跟四哥说的。”载涛挺起腰杆，侃侃而谈，“咱们祖先从关外进关内，从李自成手里夺下这片江山，靠的什么？靠的是咱们八旗子弟的铁骑刀枪。这二百多年来巩固这片江山，靠的是什么？也是靠的我们八旗子弟的铁骑刀枪。圣祖爷当年在木兰狩猎时谆谆告诫：骑射为我满洲传家之宝，子孙后世不可丢弃。从嘉庆爷那代起，我八旗子弟开始沾染汉人柔靡之气，慢慢丢弃了骑射这个传家之宝。后来白莲教作乱，不得不依靠汉人的绿营。再后长毛造反，连绿营都不行了，只得依靠曾国藩的湘军。小时候听老王爷说，幸而曾国藩老实，多少人劝他造反，他都不动心，他若动了心，说不定这江山就是他的了。”

这句话，载沣也亲耳听父亲说过两次，今天由比他小四五岁的弟弟口里说出，他觉得味道有点儿不大对劲。

“铁良说，曾国藩虽没造反，但他却开了一个很坏的头，湘军淮军成了汉人的私家武装。而现在又有一个人步曾、李的后尘，却比曾、李还要做得过分。毓朗干脆点明了这个人。”

载洵接过话头：“我知道，他们说的是袁世凯的北洋军。”

载沣默默点头，开始明白过来，他的六弟七弟今天就是冲着袁世凯而来的。慈禧的临终遗嘱他死死地记住了，但袁世凯身为军机大臣、外务部尚书，要杀他，没有一个正当的理由，能服得了满朝文武吗？载沣为此踌躇不决。再说，现在百日国丧期未满，无论如何不能做这种事。再急，也要让皇帝登基、百日丧除之后。不过，铁良等人的支持也是很重要的。

他问七弟：“陆军部这一年多来，把北洋六镇管住了吗？”

载涛答：“哪里管得住！除第一镇本是咱们京师八旗子弟外，其他五镇，名义上属陆军部管，其实骨子里还是听袁大头的。”

载洵说：“各镇想换换协统、标统，都差不多换不下去，他们都抱成一团儿。铁良说，前些年流行的那句‘北洋军只知有袁宫保，不知有大清朝’的话，看来不假。”

载沣听了这话，心里沉重起来。如果真这样的话，杀了袁世凯，不会激起北洋军兵变吗？

载涛说：“四哥，你不是说过德国亲王的十六字真诀是强干弱枝之本吗？从前碍着那个老太婆的疑心不好实行，现在不正好办了吗？”

载沣点头表示同意。那是七年前《辛丑条约》签订之后，中国方面除了在北京城为毙命于义和团事件中的德国公使克林德建纪念碑外，另遣专使前往德国谢罪。这个专使便是醇王载沣。载沣到德国后，目睹德国皇室的权势强大，十分羡慕。他向德国亲王威廉·亨利请教。威廉告诉他：欲强皇室，须掌兵权；欲强国事，须修武备。载沣将这十六字奉为金科玉律，回国后屡次向他的兄弟们提起。载沣不敢明奏，他怕慈禧怀疑他想夺取军权。

“七弟，你是说要建立一支咱们自己的军队。”载沣目光灼热地望着母弟，心里想：到底是亲兄弟，心总是向着自家人的。

“北洋新军当然不能解散，但不能倚为心腹，我们要在一镇之外再建立一支皇家御林军。”载涛显然是早已成竹在胸了，他条理清楚地说，“这支御林军全由我们纯血统的八旗子弟充任，初步计划招一万人。它有两个责任，一为禁卫京师，二为各省新军培养中级以上将领。我们将在一万人中培养两千名军官，全国二十镇新军，每镇分一百人，管带以上的军官全由御林军中派出的人充当。这样，全国二十镇新军就全部掌握在我们的手里了。四哥，你看呢？”

二十岁的涛贝勒神气活现地看着他的哥哥，仿佛这个宏伟的计划顷刻之间便可实行似的。毫无一点实际经验的摄政王也被七弟的这个计划说得兴奋起来，连连称赞：“好，好得很！”

刘佳氏忙笑着说：“老七，你真出息了，比起老爷子当年来强多了。”又转脸对载沣说：“我看你兄弟的主意很好，就叫他做御林军总管大臣吧！皇家的军队，还只有自己的亲兄弟掌管才放得心哩。”

载沣对母亲这个口谕没置可否。一来他觉得七弟从没挨过军事的边，年纪又这样轻，既无才干，又无经验，一万御林军，能统率得了吗？二来这样大的事，得开亲贵大臣、六部九卿会议商讨才行，退一步说，也得跟隆裕商量商量呀！

看到哥哥在沉默，载涛大不耐烦了，冷下脸来问：“额娘的话，你到底说行呢还是不行？”

对于这个被母亲娇宠惯了的老幺的脾气，载沣是知道的。他赔着笑脸说：“七弟，你对军事一向接触不多，一下子当统领，吃得消吗？”

对于哥哥的小看，载涛很气愤，大声说：“四哥，这点你放心，我可以叫铁良和毓朗帮我维持一段时间，我到德国留半年洋，回来就行了。”

说着站起身来，拍打着胸膛：“咱们努尔哈赤的后代，天生的将才。四哥，我向你保证，不出三年，咱们的御林军要强过袁世凯北洋军十倍！”

刘佳氏忙趁热打铁：“老七，行，像个天潢贵胄的样子！有你的这支军队在，你侄儿的位子就是铁打的了，你哥也省了好多心。”

这分明是再次催载沣认可。他心里琢磨着：皇家是要掌握一支强有力的军队，带领这支军队的人也只能是自己的兄弟，何况这个建议又是载涛自己提出来的，这个总管不给他又给谁呢？论能力的确是不够，先让铁良、毓朗帮他一把，让他历练历练也说得过去。再说，若是不答应的话，额娘的面子上也过不去。但是，总得要跟隆裕太后打个招呼吧！

“七弟，这事我还得和隆裕太后商议一下。”

“她一个妇道人家知道什么？”载涛火了起来，“咱们爱新觉罗氏的家不能再让外姓人来当了！”

刘佳氏一向对光绪皇后冷淡，现在她更反感隆裕来干涉她的儿子们的好事，便也附和说：“老四呀，你要拿出男子汉的派头来。现在才开始，你就这样软软沓沓的，事事都要和她商量，日后她就不会把你放在眼里，那咱们大清朝就得又供养一位老佛爷。看你二哥生前那副窝囊劲，我就作呕。你们父子若像他那样，听凭一个女人安排，我不如干脆死去，眼不见为净。”

刘佳氏这番话给载沣很大的刺激，他想了想也是，便说：“好吧，御林军的统领大臣就由你来做，叫铁良、毓朗做你的助手吧！”

刘佳氏笑道：“这才是我生的儿子！”

载洵坐在一旁一直没有做声，眼看着老七抢走了一项好差事，心里火辣辣的。趁着他们讨价还价的当儿，他把朝廷各部的肥瘠掂了掂，他要择肥而噬。

这是个典型的公子哥儿，从小在保姆丫环丛中被众星捧月般地捧大，纵逸放肆，一无所长，却又自以为是天之骄子，无所不能。他记得小时候跟着父亲去大沽口巡视北洋水师，那些西洋进口的兵舰威武雄壮，开动起来，在大海上奔走如飞。不要说舰上的管带了，就是一名普通的水手都神气得不得了。假若做一名指挥全国所有兵舰的大臣，那可真了不得。既有兵权，又比那些土里土气的刀枪棍棒要时髦百倍。好，就把这个差使要过来。想到这里，他很兴奋。

待到涛贝勒的交易刚刚做好，洵贝勒开口了：“四哥，组建御林军是桩很好的事，任命老七做统领更是重要。不过，还有一件迫不及待的事，四哥你太忙了，眼下还没有想到。”

“六弟，我的确是忙，许多事都顾不上，正要你们来提醒我。”载沣望着老六，不知这位胞弟肚子里藏着什么花招。

“四哥，咱们亲兄弟，我也就不兜圈子了。”像母亲一样长得矮矮小小的、毫无一点军人气质的洵贝勒说，“甲午年，北洋水师之所以全军覆没，关键的原因是朝廷没有一个专管水师的部，把这样一支重要的军队交给一个总督去办，太轻率了。我们大清国海岸线几千里长，过去吃亏就吃在没有一支强大的海军，洋人欺侮我们，主要在海面上。四哥，现在你来当国了，咱们再不能受洋人的欺侮，咱们要建一支强大的海军。”

载洵说得慷慨激昂起来，俨然是一位热情的爱国者。载沣频频点头：“六弟说得对，大清朝不能没有一支强大的海军。”

载洵直截了当地表明了自己的目的：“要建海军，先要筹备海军部。四哥，你把这事交给我吧！”

载沣还没开口，刘佳氏又开腔了：“老四，你看你多福气，刚做监国，两个兄弟就自愿来做你的左右手，老七管陆军，老六管海军，一对金刚忠心耿耿地护卫你们父子呀！”

载沣心里明白，老六是想抓海军的权。设海军部不错，别人也提过，他自己也想过，但海军大臣让老六来做太不合适了。除开小时候跟父亲去过一次大沽，这十多年来，他连海水都没沾过，更不要说驾驶战舰指挥海战了。让老六做海军大臣，岂不会让朝中文武笑掉牙！但自己只有两个亲兄弟，要想把兵权掌握在皇家手中，又只得依赖他了。再说，老七捞了个御林军统领，如果不让他做海军大臣，他如何肯依？老额娘的态度也很明确，陆、海两支军队，一个儿子抓一支。作为监国来说，兵权要抓在皇家；作为兄长来说，两个弟弟，不能厚此薄彼。载洵再不合适，也别无选择了。

“好吧，海军部就由老六来筹建吧，再给你配个助手萨镇冰，他是英国皇家海军学校毕业的，海上的一切都懂。”

“老六老七，你们还不快站起来，谢过你四哥！”刘佳氏笑着对两个儿子说。她的意思很明白：道过谢了，这事也就算是敲定了，哪怕就是王公亲贵、六部大臣，甚或是隆裕太后不同意，您老四也要认这笔账！

当两个贝勒起身道谢时，载沣慌忙说：“自家兄弟，不要言谢，祖宗传下来的江山，日后还要靠二位兄弟来护卫哩！”

军权到了手，刘佳氏和她的六儿七儿的目的也达到了，母子兄弟闲扯了一番家常后，载沣向母亲告辞回到东府。

去西府这么久，瓜尔佳氏早等得不耐烦了，不待丈夫跨进门便问道：“什么事留了这么长时间，该不是你那老额娘又为你寻了一房姨太太吧！”

载沣笑着说：“你说到哪里去了，要说姨太太，这会子也不行呀！”

“什么这会子不行？”瓜尔佳氏冷笑道，“你们这些男人，尽是些伪君子，表面上道貌岸然，心底里想的尽是那档子事。我说王爷呀，你如今是摄政王了，要更加威风点，真的看中了哪个娘们儿，我做主替你娶进来，只是暂不请客不摆酒罢了，谁知道你讨了小！”

载沣知道瓜尔佳氏有所指，脸上尴尴尬尬的，嘴上仍硬着：“莫瞎扯了，国丧期间说什么纳妾讨小，让下人听了多不好！”

瓜尔佳氏换上笑脸，一边帮丈夫脱外褂，一边问：“刚才说着玩儿的，老六老七都来了，你们娘儿四人到底说的什么机密大事？”

无论国家大事还是日常琐事，载沣向来不敢瞒着这位厉害的福晋，于是把建御林军、海军部的事说了说。

瓜尔佳氏一听傻了眼，哥哥正瞅着筹建海军部弄个海军大臣当当，谁料小叔子抢了先。她急着问：“这么说，老六想当海军大臣了？”

载沣点点头。

“你就答应了？”瓜尔佳氏更急了。

载沣点过头后问：“怎么啦？”

“大哥今上午来了，建海军部的事，他想了很长时间了。这倒好，让小六子抢去了！”瓜尔佳氏气得脸红红的。

“长麟来了，你为什么不早说？”

“哪有时间说呀，你不一进门就被他们叫去了吗？”瓜尔佳氏又急又委屈。

载沣为难了。无论才具还是资历，长麟都要远胜载洵。长麟今年四十五岁，在北洋水师里当过管带、翼长，又在英国留过学，他倒真是一个合适的海军大臣，况且海军掌握在皇帝娘舅的手里也一样的放心。但话已说出口，怎么收得回呢？

“老六怎么做得了海军大臣，他怕连只木船都管不了！”瓜尔佳氏走到丈夫身边，扶着他的肩膀，声音变得比往常大为轻柔了，“王爷，你再去跟老六说一下，叫他另外挑一个部吧！”

“这怎么行呢？老六那人的个性你不是不知道。”载沣两道眉头皱得紧紧的。

“可我也答应了大哥呀！”瓜尔佳氏知道这事要改变也难了，但她既想步慈禧的后尘，这培植娘家势力的第一步就不能告吹。

冰儿从内房出来，给载沣端上一碗茶，然后嫣然一笑，又进房里去了。这一笑，直把载沣的魂勾去多半。瓜尔佳氏看在眼里，决定今天就把冰儿抛出去。

“王爷，你既然这样喜欢她，干脆就把她收了房吧！”瓜尔佳氏的嘴巴向内房努了努。

“你说什么？”载沣简直不敢相信自己的耳朵，真的是太阳打西边出来了！

“男子汉大丈夫，忸忸怩怩的，我最看不惯了。你不是成天说冰儿逗人喜欢吗，今儿个我把冰儿送给你了！”

“真的？”载沣大喜过望。

“我几时骗过你？”瓜尔佳氏一副居高临下的派头。

“不过，”载沣刚升起的热血冷了下来，“过两个月吧，现在还是国丧时期哩。”

瓜尔佳氏笑道：“我说呀，你们这些须眉丈夫没有一个是真君子。真正为大行皇帝服丧嘛，一个人搬到书房里睡去，不要再跟娘们儿睡一张床！”

载沣不好意思地傻笑着。

“冰儿侍候你，我不说，谁敢道半个字儿？”

“那我就谢谢你了，我的好福晋。”

“拿什么谢？”瓜尔佳氏很得意，钓饵选择在这会子抛出，真正太是时候了。

“你说呢，什么都行！”载沣的神态很慷慨，大有点不爱江山爱美人的味道。

“我也不要你谢别的，你就把海军大臣的差使给我大哥吧！”

“这……”载沣犹豫起来。

“行不行呀！”瓜尔佳氏紧逼着。

“好！”载沣下定决心，宁肯得罪老弟，不能丢掉美人。

载沣重新穿好衣服，硬着头皮出了门，穿过假山，向西府走去。正好老六还没走。

“六弟，海军部的事暂缓一下吧！”

“为什么？”载洵的眼睛睁得大大的，明显地充满了火气，“刚到嫂子那里待一会儿就变卦了，敢情是她娘家的人也要这个差使？”

“你知道了？”载沣很惊异。

其实载洵并不知道，不料一句话就诈出来了：“是长麟，还是长麓？”

“长麟。”载沣低低地说，“你嫂子已先答应他了。”

“岂有此理！我去找她！”洵贝勒抬脚就向东府奔去。

“六弟，你等等！”摄政王在后面喊。他知道这个火暴脾气的弟弟与他那同样坏脾气的福晋，一旦面对面争论，定然会大吵起来。

载洵根本不理睬后面的呼喊，飞快地跑着。

“嫂子！”载洵一个大步跨进东府的门槛，朝着里面高叫一声。

“六爷，什么事急得这样？”瓜尔佳氏从内房出来，见载洵满脸怒气，已知小叔子的来意，却故意问他。

“海军大臣这个差使，四哥已经许给我了，你凭什么要抢给你娘家人？”洵贝勒两手叉着腰，一副兴师问罪的架势。

趾高气扬惯了的瓜尔佳氏，根本不买这个在她看来无才无德的小叔子的账。她带着讥讽尖声说：“哎哟，我说是什么事呀，六爷，你自己掂掂，海军大臣这个差使你拿得下吗？这可不是去广和楼听戏，到昌平去放鹰呀！”

明摆着这是嘲笑小叔子只会听戏放鹰，没有做大臣的本事，从小在奉承声里长大的洵贝勒如何听得了这话！他顿时火冒三丈，也不顾嫂子的显赫出身，冲上前去一步，指着她的额头说："你敢嘲笑咱无能吗？你的大哥又有几分能耐？"

瓜尔佳氏毫不示弱，回敬道："我的大哥虽没有多大本事，他到底做过炮舰管带、水师翼长。你呢，六爷，你知道炮舰是什么模样吗？海水是咸的还是淡的？"

载洵气得全身发颤，脱口骂道："你这个臭婆娘，想用枕头风来坏爷们的美差吗？没门！"

瓜尔佳氏从小到大娇生惯养，连慈禧太后面前她都敢撒娇使嗔，慈禧还得用好话哄着她。长到二十多岁了，谁也没有半个字对她不恭。今日自己的儿子做了皇帝，她成了真正的皇太后，居然有人骂她为"臭婆娘"，这口气她如何咽得下！

她大哭起来，发疯似的向载洵冲去，骂道："你这瘟猪咬疯狗拖的东西，你敢骂我！"

这时载沣赶来了，后面跟着刘佳氏。她拄着拐杖，颠着两只脚，跑得气喘咻咻的。

两叔嫂竟然扭打起来了。堂堂摄政王府怎能出现这等事，载沣吼了一声："你们都松开手，这成何体统！"

载洵、瓜尔佳氏都不听他的。载洵破口大骂："贱种，骚货！"两手抓着嫂子的肩膀向后推。瓜尔佳氏骂道："瘟疫死的，草席埋的！"一边拿头向小叔子撞过去。

刘佳氏听到儿媳妇用这样刻毒的语言咒骂她的宝贝儿子，又伤心又气愤。见载沣不能制止，她甩掉手中的拐杖，一屁股坐到地上，大哭大闹起来，嘴里喊道："老王爷呀，你睁开眼睛看看吧，这是什么世道啊！家里都成这个样子了，我对不起你，我不活了，我去陪你算了！"

一边喊，一边拿头碰地，碰得鲜血直流。载沣见母亲急成这个样子，忙扶起她，高声唤仆人。几个仆人过来，将老福晋抬起。载沣冲进屋里，打雷似的叫道："额娘都快要死了，你们还在这里胡闹！"

载洵见母亲嘶哑着喉咙在号叫，满脸是血，忙松手，跑到院子里去看娘。载沣望了妻子一眼，恨恨地说："都是你惹出的祸！" 胡思敬撰《国闻备乘》卷四："监国性极谦让，与四军机同席议事，一切不敢自专。躁进之徒，或诣王府献策，亦欣然受之。内畏隆裕，外畏福晋。福晋与老福晋争权，坐视无可如何。载涛忿甚，操刀向福晋寻仇，几酿大变。载涛归自西洋，欲借国债大张海陆军，并主张剪辫，廷议大哗。载涛呶呶不休，监国避居三所，兼旬不敢回家。其狼狈如此。”

瓜尔佳氏知道婆婆已经盛怒了，自己闯祸不小，便干脆扑倒在地上，滚来滚去，放声大哭，喊爹喊妈的，吓得冰儿等一班丫环老妈子们忙过来劝说搀扶。

载沣在母哭妻闹中如一根木头似的呆立着，竟不知如何是好。

五　锡拉胡同与肃王府的密谋在同时进行

醇王府里这一场叔嫂、婆媳之间的闹剧很快便传了出去，不少王公大臣听后都摇头叹息。有的说，老佛爷在世时虽然是大权独揽，但她公私还是分得清楚的。她娘家里的人也只能得个承恩公的虚爵，并没有出任实职。方家园里储存的金银珠宝不少，但国家政事却不敢干预，慈禧本人也从不把国事与她的兄弟们商量。醇亲王监国还没有几天，国家的重器要缺，简直成了王府家宴上的鸡鸭鱼肉了，朝廷还有什么体面？

海军大臣一职，叔嫂双方都不肯让步，载沣也无法调停，便只得暂时搁下，先宣布筹建御林军，授载涛为专司训练大臣，毓朗、铁良协助。

此事立即在朝中引起议论。联系到那次家庭争吵，许多大臣也看清了载沣的用意，都很失望。尤其是张之洞，这么大的一件事，也没与他这个老相国商量商量。陡然间，他心中升起一股浓重的失落感。就在这个时候，徐世昌带上一支尺把长的长白山野生全参来到锡拉胡同看望他。

张之洞向来不受馈赠，但他眼下实在体气太弱，这样大的长白全参实在罕见，是补中益气的好药。徐世昌是翰林出身的总督，在张之洞的眼中不是俗人，经不住徐的诚恳劝说，张破例收下了。

从保养身体到学问文章，徐世昌很得体地说了不少奉承话，七十二岁的老头子听得很舒心。话题自然谈到了朝政。张之洞的口气里，明显地流露出对载沣的不满和对时局的忧虑，气氛与徐世昌的要求甚为相合。徐世昌是做了充分准备而来的，又从一批激进的皇室后生中揽到了一些消息，忧心忡忡地叹了一口气，说：“老相国，古话说得好，治国非倚重老臣不可，老佛爷历经咸、同、光三朝，于极重极大之内忧外患中保住了大清朝的江山，真不容易。其关键所在，即倚重老臣。同治年间依靠曾、左等人平定长毛，光绪一朝，靠李文忠公和您渡过甲午年、庚子年那样的大灾大难。”

“唉，别提了，曾、左、李都走了，我也待不久了，还是闭了眼清静些。”

张之洞颓丧地说。

“说哪里话！老相国，新主冲龄，监国年轻，大清朝还要靠您这根顶梁柱呀！”徐世昌就势激一下。

“说得好听，顶梁柱！”张之洞冷笑一声，“柱子老了，年轻的急着要顶上来哩！”

“是呀，”徐世昌赶紧将谈话引入轨道，“这次筹建御林军，用的全是一班二十几岁的毛头小伙子，朝内朝外议论得多啦！”

“菊人，我老了，又生着病，平日里很少出去，你听到些什么议论，拣几条主要的说给我听听。”几十年与政事息息相关，只要两只眼睛没有闭上，张之洞便不能一天不过问政事。这给徐世昌提供了进言的良机。

“我是个外臣，这一年多里朝廷的事也了解不多，近半个月来住京师，只偶尔听到一些老友们说说而已。他们都说摄政王监国会有一番区别于老佛爷的动作，从筹建御林军一事看，这番动作已露端倪了。它有两个特点：一是用皇族，二是用年轻人。”

张之洞没有反应，只是半眯眼睛听着。

“老相国，”徐世昌有意将声音压低，“我听人说，这些日子来醇邸、肃邸和世府特别忙碌，一班亲贵少年日夜出入其间。摄政王、肃亲王和他们的态度大体一致，世续老中堂则较为持重，他不喜欢这班子轻浮少年的狂妄躁进。”

“这班子人究竟要做什么，你听到点风声吗？”张之洞显然对此很关注，半眯的眼睛突然睁开了。

“老相国，我这是道听途说，算不了数的，但事态看起来的确是严重的。”徐世昌脸上露出忧郁的神色。

“说吧，在我这里还有什么不能说的话。”张之洞伸了伸腰。他这些天也听到些风声，说是铁良、良弼等人活动频繁，他要在徐世昌这里得到证实。

“老相国，听说满洲亲贵中现在冒出一批激烈的年轻人，他们在酝酿一个大的计划，那就是要通过这次新旧更替的机会废除军机处，建立一个以皇族和满人为主体的新内阁，将汉人从一切要害部曹里赶出去，以便对付国外排满的革命党和国内的仇满势力。”

“狂妄！”张之洞抑制不住而愤怒起来，“大清国将会断送在这批乳臭未干的小儿们的手里。”

“我早两天见到袁慰庭，谈起时局来，他也唯有叹息而已。他说他已做好了准备，回河南黄河岸边做一个蓑衣钓徒。”

"唉！"张之洞似有满腹的话要说，但"唉"了一声，却不见下文。原来，这句"蓑衣钓徒"的话，蓦地激起他一股与袁世凯命运相连的感情。

张之洞一向瞧不起行伍出身的袁世凯。举国上下对袁的新军新政一片恭维的时候，唯独张没有一句赞辞。张认为湖北的新政远在直隶新政之上，湖北的新军也不亚于北洋军，至于袁为办军政而不择手段的行径，则更为素以理学名臣自居的张所鄙夷。但他们却同时调进军机处。张明白，他和袁的同时进枢府，背后的目的不去谈，表面上至少显示了慈禧太后对新政的认同，对汉人有为者的依赖。袁在张进京后做出了一系列殷勤的姿态，这之后，张对袁的鄙夷之心渐渐减弱，相反，同舟共济之心渐渐增强。今天，种种迹象都已表明，那些不谙世事、狂妄躁进的轻薄少年正在咄咄逼人地抢夺权力，首先成为他们障碍的就是作为汉人代表的他和袁世凯。慈禧临终前夕议嗣的情景又浮现在眼前，他突然感觉到袁将有不测之祸。一股兔死狐悲的凄凉心绪，浸漫了这个衰朽老者的心。他终于含着不尽的深意，对徐世昌说了一句话："你去告诉袁慰庭一声，要他处处留心一点。"

张之洞的估计没有错。就在锡拉胡同张徐会晤的同时，东城肃王府里，一场重大的密谋已从下午进行到深夜。

肃王府的主人善耆，是清太宗皇太极的长子武肃亲王第八代孙，四十出头，矮矮胖胖的。公车上书那年，他结识了康有为，戊戌期间与康梁维新派关系火热，善耆因此而得罪了慈禧，贵为亲王，只做些管理雍和宫、理藩院事务等闲职，不得重用。善耆自知从政无望，转而厕身优伶间。 善耆，爱新觉罗氏，字艾堂。满洲镶白旗人，宗室。光绪十二年封二等镇国将军，二十四年袭封肃亲王爵。曾任镶红旗汉军都统。三十三年任民政部尚书，次年兼宗人府左宗正。宣统元年参与筹办海军事宜。次年，汪精卫因谋刺摄政王载沣入狱，善耆力主从宽处理。三年出任民政部大臣，不久改任理藩院大臣。民国初年参与宗社党活动。慈禧最喜欢看戏，临死前几年，几乎每日必看。善耆声音洪亮，京戏唱得有板有眼，他常常粉墨登场，博取慈禧一笑。慈禧见他沉迷梨园，知无大志，反而放心了。去年徐世昌调东北，他便接替徐做了民政大臣。等到慈禧一死，载沣掌权，善耆意识到大展抱负的时候到了。他的身份地位和久被压抑的处境，使得他自然而然地成了急于攫取权力的皇族亲贵中的少壮派首领，载洵、载涛、毓朗、铁良、良弼 良弼，爱新觉罗氏，字赉臣，满洲镶黄旗人。光绪二十五年入日本士官学校留学。归国后历任陆军部军学司司长、禁卫军第一协统领兼镶白旗都统等职，参与改革军制、训练新军等事。宣统三年调任军咨府军咨使。次年参与组织宗社党，反对南北议和与清帝逊位，不久被革命党人炸死。

等人隐然把他奉为盟主。时至半夜，肃王府议事厅内的话题开始集中到一个人的身上了。

“咱们大清的军权旁落，从曾国藩那时起到现在已经五十年了。收回军权，这是新朝政纲中最为重要的一条。”

说话的是陆军部大臣铁良。此人二十一岁，长得鹰眼雕鼻，满脸凶鸷之气，虽为贵族子弟，却无纨绔气习。他毕业于日本士官学校，门门功课优秀，胸腔里跳动的是一颗执掌全国军队的勃勃野心。

“我领陆军部一年来，深感北洋新军中有一股与朝廷离异之心。”

“铁良说得对！”良弼立即接话，这位也只有二十来岁的皇族青年，长得仪表堂堂，文才武功，均为满蒙大臣子弟之冠。他尖锐地指出：“造成军队和朝廷离异的始作俑者为曾国藩，而把它推向危险边缘的则是袁世凯。从小站练兵开始一直到直隶任上训练北洋六镇，他采取的手法是网罗亲信，培植死党，广行私恩，效忠一人。国家花费巨资，训练出来的却是他袁世凯一人的军队。他的狼子野心已昭然若揭。”

“大家都说北洋军只知袁宫保，不知大清朝。”毓朗补充。

铁良阴沉沉地说：“老佛爷洞悉袁世凯的居心，去年撤了他的直督调进军机处，原是为了削去他的兵权。现在他虽然不能调动北洋军了，但多年来培植的亲信死党已安插在各个镇协标营中，根本无法清洗掉。他灌输的那一套绝对服从他一人的教育，也很难从那些头脑简单的兵油子里去掉。袁世凯的确是咱们大清朝的心腹大患。依我看只有一个办法，才能彻底根除这个隐患。”

“杀掉他！”载洵、载涛几乎同时叫出口。

“对！”铁良死劲地把手中的瓷茶碗往大理石桌面上一叩，薄胎茶碗立即破成两半边，茶水流满一桌子。

“各位都说得很好。今天议事议到这个地步，可算是议到窾要上了。”善耆的口气与他的盟主身份甚是相合，“我看袁世凯就是今天的庆父。庆父不除，鲁难未已。当年他出卖新政诬告先帝，以此骗取了老佛爷的信任，借别人的血染红了他的顶子。”

说到这里，善耆想起自己因此而多年受屈，心情甚是不平静。他提高大嗓门说：“但是老佛爷毕竟英明，到了晚年，终于看出了谁是忠臣，谁是奸佞。嗣立今上的那次重要会议，就没有叫袁贼参与。这是老佛爷对袁贼的一个严重警告。假若她老人家不归天，今日也要对袁贼采取断然措施的。”

善耆这几声“袁贼”，把会议的火烧得更旺了，使大家顿时明白大清朝与袁世凯简直到了不共戴天的地步。

铁良又冒出惊人之语：“袁世凯是与革命党暗中勾连的奸细。”

众人觉得这句话来得突兀。良弼问：“这倒没听说过，宝臣兄一定有根据。”

“你们难道一点都不知道吗？”铁良阴鸷的眼光将大家扫了一眼，“袁世凯和张之洞会衔保奏一个神秘的人物……”

“你是说宪政馆的杨度？”善耆打断他的话。

“正是。”铁良点头，“老佛爷上了他们的当。我在日本留学时，对杨度这个人的底细很清楚。他第一次在日本期间，就鼓吹骚动，攻击朝廷。第二次逃亡日本，又与孙文、黄兴等革命党徒交往密切。这样一个人，根本不能用，袁世凯却奏调进京，还叫儿子与他拜把兄弟，又送他房子，送重礼贺他讨小老婆。袁世凯这样做是为了什么？就是想通过杨度这座桥与孙黄革命党徒取得联系，一旦时机成熟，他就会成为孙黄的内应。”

“真是一条大蛀虫！”良弼愤怒地拍打桌面。

“张之洞也是个老糊涂！”毓朗骂道。

“杀掉袁世凯，勒令张之洞回家养老！”载涛嚷道。

“大家都安静点。宝臣这点提醒非常重要。”善耆用手压了压，“明天我要好好地跟摄政王说说……”

“肃王爷，你明天跟他说话，第一条先说海军部的事不能变！”载洵急急地打断善耆的话。

“洵贝勒，你放心吧，你的海军大臣飞不走。”善耆笑着说，“我把今天大家所议的归纳成这么几条，诸位看还有没有遗漏的。”

众人点头，催他说下去。

“第一条，撤军机处。第二条，设内阁总理制。第三条，内阁的重要部曹都要在咱们的手里。第四条，为戊戌年新政平反，为谭嗣同等六人昭雪。”

“这一条不能跟我四哥说。”载涛打断善耆的话，“先帝在时，四哥常说，皇上遭囚禁，全是康梁等人害的，若没有他们的那一套乱政，哪有两宫失和、皇上受罪的后果。大清朝决不能为康梁平反。”

“涛贝勒说得对，大清朝不能为康梁平反。”毓朗附和。

“好好，这条取消。”见载涛、毓朗坚决反对，想必载沣也不会接受，善耆不再坚持第四条了，“我再说下去，第五条，这是顶重要的，杀袁世凯！”

毓朗说："还要补充一条，撤宪政馆，不准再玩什么君主立宪之类的花样。"

"行！"载洵、载涛兄弟立即附和。

"这不行。"良弼说，"立宪是世界大势所趋，也是保存咱们大清江山的唯一出路。如果连立宪都取消了，革命党造反就更有借口了。况且，不行立宪，又哪来的内阁总理制呢？"

良弼的话有道理，对政治和立宪一无所知的两位皇叔只好红着脸不说话了。

"杀袁世凯是重要的，但是，"铁良沉吟一会儿，说，"袁身为朝廷重臣，若无一点借口就把他杀了，恐怕会引起朝野震动。再说，也要提防北洋军。"

"宝臣顾虑的是。"善耆点头同意，"大家一起凑凑看，想个什么主意。"

这些亲贵少年们夺权的心情虽很紧迫，但真正论起出谋划策来却腹中少见识。大家沉默着，一时不知如何是好。

还是良弼有了个点子。他把这个点子说出后，大家都满意。善耆笑着说："今天大家辛苦了一整天，我准备了一道小小的菜为诸位佐酒，好好来个宵夜。"

"什么菜？"这些吃遍了天下山珍海味的少爷一齐问。

"清炖嵩山金钱豹子胎！"

当肃亲王轻描淡写地报出这个菜谱时，众亲贵们的眼睛早已瞪得圆鼓鼓的了。 刘厚生撰《张謇传》："我研究载沣的罢斥世凯，并非个人的主张，亦非仓猝所决定。他早与亲密信任的皇族经过长时期的讨论，而后有此行为。一般人都知道，载沣是一个胆子很小、性情很懦而没有主意的人，他之决然罢斥世凯，一定经过若干人之策动与鼓励。据我推测，至少必有肃亲王善耆、镇国公载泽、贝勒载涛、载洵、毓朗五人在内。而他们罢斥世凯的目的，决非仅仅报复戊戌之怨，而是打算收回世凯的兵权归满人统辖。"

六　张之洞巧叙前朝旧事，救了袁世凯一命

光绪三十四年十一月初九日，让阴霾晦气充满了半个月之久的紫禁城，突然间光鲜明亮起来。殿堂内外张灯结彩，廊庑前后披红挂绿。文武百官脱下死气沉沉的丧服，换上蟒袍玉带，一大早便依着爵位、品级、职务，排列在太和殿前的广场上。翎顶辉煌，珠玉耀眼，他们在等候着新皇帝登基仪式的开始。

由本生父监国摄政王载沣抱着坐在宝座上的溥仪，今天全身龙帽龙袍。

缩小的九条五彩金龙在云雾江海之间翻腾跳跃，张牙舞爪地拱卫着这位年不满三岁、高不及两尺的人间真龙天子。这位小小的天子从来没有见过这种壮观的场面，虽坐在父亲的怀抱里，仍不免心里害怕。待到净鞭响过，炮声雷鸣，鼓乐震天，群臣山呼万岁时，他却由害怕到恐惧，突然哇的一声大哭起来。皇上登基大哭，这可是亘古未有的奇闻。跪在前面的听到了哭声，个个惊慌失措，不知如何处置；跪在后面的虽听不到哭声，但见前面乱了程序，也不知发生了什么事情，跟着乱了套。载沣心急如焚。他毫无办法制止三岁小儿的啼哭，只得连连哄道："不要哭，快完了，快完了！"

摄政王的原意是登基仪式快要结束了，不料慌不择言，说出一句最不吉利的话来。跪在前面的亲贵大臣们听到这话后都吓得惶惶不安。

溥仪登基后，改明年为宣统元年，谥光绪帝为景皇，庙号德宗，上皇太后徽号为隆裕。王公大臣都蒙恩赏，袁世凯也加太子太保衔。

《张之洞全集》卷七十二光绪三十四年十一月二十七日《谢赏加太子太保衔并用紫缰折》："本月二十六日阁奉上谕：'世续着赏加太子少保衔，赏用紫缰。张之洞着赏加太子太保衔，赏用紫缰。鹿传霖着赏加太子少保衔，赏用紫缰。袁世凯着赏加太子太保衔，赏用紫缰。'"

不见祸害，反得重赏，正当袁世凯怀着侥幸的心理暗自庆贺的时候，御史王景纯的一道参劾折被递到摄政王手中。

这道奏折以亢厉的辞气、扎实的证据揭露袁世凯在山东巡抚和直隶总督任上目无朝廷、擅用职权、靡费钱财、挪用公款、结党营私、勾结洋人的种种不法情事，及投机钻营、首鼠两端、媚上欺下、阳奉阴违等恶劣的品性，恳请悬袁世凯之头于正阳门外，以安先皇久抑不伸之屈志于九泉，谢臣民宿昔积压之愤怒于天下。

原来，这正是善耆、铁良、良弼等人为倒袁夺权而精心策划的第一步。

载沣捧起这道参劾折，长久地玩味着。不要说袁世凯出卖德宗，挑起两宫不和的滔天大罪，也不要说袁世凯营建自己的私人军队，严重威胁祖宗江山的叵测居心，扒掉这些公愤不提，光从私仇这一点上，载沣就和袁世凯势不两立。

那是袁世凯刚接替李鸿章当上直隶总督的时候，才过不惑之年便身居制台高位的项城新贵，决心在直隶这块京畿重地做出些名堂来，将声名烜赫的李文忠公压下去。他对直隶各项政事都勤勉努力，给人一种励精图治的形象。袁对近年来直隶举办的新政尤加关注。

那时直隶的采矿业较各省都为发达，其中以临城和开平两家煤矿最为著名。临城煤矿由李鸿章试办，后来移交给钮秉臣督办。钮与比利时人沙多私自草约，将该矿产业房地统交沙多管理，名为合办，实为盗卖。袁查出这中间的弊端后，立即废除草约，派唐绍仪、梁敦彦先后与沙多重订中外合办章程，将主权收回了。事情办得顺利，袁世凯也因此赢得了爱国、精明等美誉。

开平煤矿的情况与临城煤矿类似。但处理开平一案时，袁却遇到了麻烦。

开平系由李鸿章委托唐廷枢开办，唐死后由张翼接任矿局督办。庚子年八国联军入侵时，张翼图谋私利，与德国人崔德琳、英国人墨林相勾结，签订条约，将煤矿转为中外合办，在英国注册。袁上任后亲临开平视察，发现该矿及矿区范围的河道、口岸、土地等均落入英国人之手，大为恼火，亲自约见英国驻华公使，与之辩论，同时严厉责问督办张翼。张矢口否认卖给英国，声称已派律师赴英国控诉，采取拖延的手段对付袁。袁上奏朝廷，指出口岸、河道、土地乃朝廷疆域，决不能任人私相授受，请朝廷饬外务部向英国声明开平煤矿及矿区范围内的土地等断不能属于英国。朝廷准奏，勒令张翼两个月内收回。但半年过去了，一点动静都没有。原来，张翼不是钮秉臣，他有过硬的后台。这后台便是醇王载沣。

张翼原是醇王府里的小吏，因聪明能干、善于奉迎而深得载沣的欢心，保举他步步高升，最后竟升到侍郎高位，再由侍郎改任督办。张出事后便去找老主子载沣，载沣也居然替他向袁求情。袁这时才知道这一炮打错了人。但事情已闹开，各方都很关注，慈禧因不知内情还夸奖袁实心办事。袁一心要抱慈禧的大腿，同时也想把爱国美名弄得更光彩，于是不买载沣的账，坚决要毁掉私约，重立公约。载沣恼怒起来，暗中鼓励张与袁顶着干。结果，尽管袁再度参劾张，但直到袁上调军机处，此案并未了结，而袁与载沣的私仇已成死结了。

胡思敬撰《国闻备乘》卷一：“戊戌政变，袁世凯首发逆谋；庚子避兵，岑春煊沿途拥卫入关；由是皆有宠于太后。余现二人举动，并各具恣睢叱咤之才，非尽恃宠也。张翼以小吏给事醇邸，不数年官至侍郎，骎骎大用。世凯参其私鬻开平矿业，解职，涉讼英廷二年，怏怏归，遂一蹶不起。溥善以吏部侍郎兼左翼总兵，本近支宗亲，兄弟子侄布朝列。奸人盗卖陵地，用左翼印押契，世凯复劾罢之。其锋芒亦可畏矣。”

“袁世凯可恨！”载沣将劾折重重地往桌上一甩，下定决心要借这份奏疏来执行老佛爷的遗嘱，为了祖宗的江山，也为了他个人除掉这个可恶又可怕的敌手。

载沣将折子批给内阁，指示交《京报》刊登出来。第二天，《京报》赫然登出了劾折全文。本来就动荡不安的京师局面变得更加混乱了。袁世凯的对头们、嫉恨者，以及一批好事之徒们都在拍手叫好。袁的亲信则预感到大祸已临头，人人自危。更多的人则冷眼旁观，估计朝廷内部将有大事出现。

袁世凯本人见到《京报》后更是惶恐不安。凭着几十年的官场经验，他已看出一场对着他而来的有预谋有计划的行动已拉开了序幕，令人恐怖的后果正在等着他。他不能坐以待毙，严峻的现实迫使他不能不冷静思考对策。他想起徐世昌送给他的锦囊妙计。妙计虽好，但还得借助一个人帮忙，这个人只有奕劻最合适。这天深夜，袁克定奉父命溜进了庆王府。

第二天一大早，年过古稀的奕劻坐轿来到醇王府。须发皆白的庆王以谦卑恭顺的礼节向侄儿载沣请安作揖后，便大骂袁世凯是个伪君子，多年来以假面目欺骗他，前天看了《京报》才知竟是这般恶劣，就凭这一点，杀头亦不过分。接下来，奕劻恳切地对载沣说，杀袁世凯不是小事，弄不好就会出意外，此事必须谨慎。一要与张之洞商议商议。张为三朝元老，国之柱石，在文武大臣中德高望重，处一言九鼎之地位。二要先与北洋各镇统制、协统打个招呼，安定他们的心，否则闹出兵变来，那娄子就大了。

奕劻这番好心好意的进谏果然很起作用，载沣全部采纳了，一心要把此事办得妥帖周到。他吩咐内阁拟一份谕旨：据御史参劾，袁世凯罪情严重，拟革职查办，交法部严惩。用军机处的名义发给北洋六镇，要各镇统制、协统发表意见。同时，他本人亲自打轿来到锡拉胡同张寓，做出一副敬老尊贤的姿态，当面征询张之洞。

张之洞见摄政王亲临，颤颤巍巍地走出大门外跪地恭迎。载沣双手扶起张，诚恳地说："老相国礼节过重，实不敢当。"

"王爷亲临寒舍，老臣不胜荣幸。"张之洞弯着腰将载沣迎进客厅。他知道载沣已不同过去，摄政监国，日理万机，非有极端重要之事是不会亲自来的。上过茶后，他吩咐家人关好房门，不准任何人再来打扰。

询问了一阵张之洞的身体状况之后，载沣立即进入正题："老相国，《京报》上的参劾折您看到了吗？"

载沣的语气尽管很温和，但张之洞听了，却似乎感到有一股压力正在向他压来。从立嗣会议没有袁世凯参加那夜起，他就预感到袁的困境即将到来，现在不证实了这个预测吗？多方面的形势对袁已是极不利了，只是他目前还弄不清楚载沣本人的意图，而这，却是关键中的关键。他打起精神答道："老臣已看过。"

载沣本想以这句话引发起张对此案的看法，却不料张只说了这五个字，便闭着嘴不做声了。客厅里炭火烧得很热，但载沣却感受到一丝寒冷。他只得自己先开口:“袁世凯世受国恩，老佛爷和德宗在世时也对他倍加器重，调入枢垣，倚为长城。皇帝践位，即加太子太保，殷望他与老相国等老成大臣们一道,辅佐朝政,共图中兴大业,却没有想到他竟是这样的不堪信任，颇令人寒心。”

载沣说罢，搓着双手，做出一副很惋惜的样子。张之洞专注地倾听载沣的话，脑子里紧张地思考应对。

载沣去年进军机，原是慈禧为抵制奕劻而作出的仓促决定。那时奕劻鉴于四方攻讦过多，心萌退志，但他又不甘心交出权力，想以儿子载振入军机来替代自己。他在慈禧面前流露出这个意思。自从杨翠喜案发生后，慈禧对载振就没有好感。她不便明拒，便以慰留的口气对奕劻说：“时事日艰，老臣不可轻去，让载沣跟你学习一两年后，你再回家享清闲去吧！”

奕劻知慈禧不同意载振入军机，从那以后便不再言退字。不久，载沣奉命入军机。接着，张之洞也由武昌来京师。军机处共事期间，载沣对张之洞倒是客气得很,口口声声老相国,并不摆王爷的架子。张之洞也喜欢他，认为像他这样的年轻人，只要肯虚心请教，不自以为是，还是可以造就的。一年相处下来，张之洞越来越失望了。这位天潢贵胄除态度谦和外，其他地方，也并不比别的黄带子强多少。军机处讨论国家大事，他一般都不发言，硬要他讲话了，也讲不出一句精彩中肯的话，提不出一项可行的措施。张之洞时常想起徐致祥的那番话，为皇室乏才而深自叹息。却不料就是这样一个驽骀庸才，却偏偏在慈禧死后，一夜之间便成了国家的最高主宰者。张之洞期待他与自己商议军国大事，以便让他能够担起这副重担，谁知这些日子来他却陷于一班子亲贵子弟的包围圈中。在张之洞看来，载沣已经昏头昏脑了。又是建御林军，又是要废军机处、建总理内阁制，心躁气浮，毫无章法。刀已经抽出来架到袁世凯的脖子上了，再来试探，这还有什么用呢?

张之洞深深地叹了一口气，然后慢吞吞地说:“袁世凯也是够不争气了。不过，老臣离死期也不远了，这些事也不想多过问了。”

载沣听出张之洞的弦外之音，忙说：“老相国，您怎么能这样说，您是三朝元老，历多识广。皇帝年幼不懂事，我也还年轻，阅历不多，朝廷还要靠您来掌舵哩！”

载沣这几句话，说得张之洞心里舒坦多了，满是皱纹的脸上开始露出一丝笑容。他仰起头来问载沣：“王爷，王景纯的话已说明白了，他是要杀袁世凯以谢天下，您认为如何呢？”

载沣没想到张之洞反客为主，倒先问起他来，想了一下，说：“老相国，袁世凯为官几十年，要说没替国家办事，也说不过去，但他结党营私，尤其是在新军中培植个人势力，乃奸臣之作为。朝廷处新旧更替之际，必须采取严厉的措施，否则压不住民心。我想，严惩一下袁世凯，借他的头来树立新朝的威信，也不是不可以考虑的。”

说罢，两只眼睛盯住张之洞。载沣这种异样的眼光，使张之洞的心不安起来。一向没有主见的载沣竟断然说出这种话来，一定是有一股强大的势力在支撑着他。这股势力无疑正是包括徐世昌在内许多朝廷大臣所指的亲贵少壮派。张之洞深感事态已非常严重了。

张之洞是一个忠实的儒家信徒，安社稷济苍生，从来就是他的胸怀志向。张之洞又是当今汉人第一臣，他清醒地看出杀袁的背后是一场由来已久的满汉权力之争的激变，保护受伤害的汉大臣，是他义不容辞的责任。张之洞也是一位精于自卫的官僚，从袁的遭遇，他很自然地联想到自己今后的处境。所有这些，都使得他认为，此时此刻是自己应该站出来说话的时候了。载沣既然不是一个很有主见的人物，他相信自己可以说服其悬崖勒马。

张之洞费了很大的劲，将身子尽量挺直点，肃然问：“王爷，您今番来老臣这儿，是来告诉您的决定，还是来垂询老臣的？”

载沣赶紧答：“我特为来与老相国商议此事的。”

张之洞又问：“王爷，您是要老臣说假话，还是要老臣说真话？”

“当然请老相国说真话。”摄政王突然想起史书上所记载的那些敢于与君王抗争的骨鲠之臣来，他觉得对面的这个老头子很有点古风。深宫长大个性脆弱的监国感受到了一种无形的压力。

“好，既然如此，那老臣今天就与王爷说几句真话。”张之洞不能过久地支撑挺直的身躯，他只得又松弛下来，靠在椅背上，喘了一口气，定定神，说，“王爷，御史王景纯的参劾并没有经朝廷大臣查核落实。从来当御史的都可以风闻奏事，不必件件查实。王爷，您难道没有想过，据一道未经核实的奏疏就杀掉一个军机大臣，此事不太草率了吗？我给王爷说一段前朝掌故吧！”

张之洞慢慢地端起茶碗，浅浅地喝了一口，又慢慢地放好，摆出一副老成持重的宰辅神态来。

“当年，左宗棠不过一湖南巡抚的佐幕师爷，永州镇总兵樊燮告他欺凌朝廷命官，湖广总督大学士官文也上章弹劾。文宗十分愤慨，骂左是劣幕，提起朱笔来在官文的奏章上批了四个字：就地正法。放下朱笔后，文宗觉得不妥。心想：这两份奏章说的都是一面之词呀，凭一面之词就下这样的命令未免武断了点。于是又提起朱笔，在前面添一句话：饬湖南巡抚核查，若果有其事，将左宗棠就地正法。到了夜晚临就寝时，文宗又想起这件事。心里寻思：饬湖南巡抚核查，毕竟还是将这个案子交给地方处理，必然会陷于各种人事纠纷中。于是他吩咐宫女拨亮灯，重新拟了一道旨：着都察院速派一名正直御史前往湖南调查左案。文宗自认对此案的处理是很周到全面了。第二天早上一觉醒来，又觉得还不够慎重。上朝后命内阁拟旨，分寄正带兵在前线打仗的曾国藩、胡林翼，征求他们对左案的处理意见。就因为文宗爷这样慎而又慎，终于保全了左宗棠的性命，后来才有一个人物舆梓出关，为国家收复了一片广阔的失地。”

这件咸丰帝与左宗棠的旧事，是一段广为流传的佳话。载沣小时候便多次听父辈们谈起过。今天由张之洞的口中叙出，用来规劝他，真可谓恰到好处。载沣不由得脸红起来，暗自想：凭一份御史参劾就杀掉一个军机大臣，这事让人说起来也是草率了。

“老相国，您刚才这段掌故说得好。袁案的确是一桩大事，不能操之过急，是要派几个人到济南和保定去查一查。”

“王爷，您这样虚怀若谷，令老臣感动。”张之洞语气和缓下来，“王爷，恕老臣不恭，再说句实话，即使王景纯所参的那几条都属实，王爷此时也不能杀袁世凯。”

“为何？”载沣惊问。

“王爷，眼下是什么情形啊！”张之洞又叹了一口气，“皇上冲龄即位，国内人情汹汹呼喊立宪，海外革命党磨刀霍霍欲图暴乱，各国政府也在冷眼旁观新朝的举措，真可谓主少国疑，内忧外患。当此之时，安抚人心犹恐不及，岂能诛戮大臣？”

“老相国，您多虑了。”经张之洞的提醒，载沣也想起了前朝旧事，“早年，文宗爷英年崩殂，肃顺充当顾命大臣之首，跋扈嚣张，无视两宫太后，老佛爷毅然杀肃顺等人，那时穆宗也只六岁，江南长毛正在造反，不也正是主少国疑、内忧外患之时吗？”

载沣很以自己的灵感忽至而得意：这段旧事重提太妙了！皇帝便是当年的穆宗，自己就是当年的老佛爷，袁世凯就是当年的肃顺。老佛爷杀肃顺，建立了威望，自己不也正好可以借袁世凯之头来建立威望吗？

张之洞一眼看出了载沣引这则旧事的用意。辛酉政变那年，张之洞已经二十五岁了，做了九年解元的才子十分关注时局，何况其堂兄张之万又在朝中做了大官，那时的情形，张之洞十分清楚。他心里冷笑道：你也想做当年的慈禧，真个是痴人说梦！不要说政治才能不及慈禧的百分之一，就是现在支持你的载洵、载涛、毓朗等人，也比当年的奕欣、文祥诸人相差太远了。

对面坐着的这个不知天高地厚的年轻人毕竟是监国摄政王，张之洞再心气高傲，也不能挖苦他，便强压下心中的情绪，以和悦的口气说："王爷，恕老臣说直话，除穆宗与皇上都是冲龄践位这点相同外，其他情形，今天与当年都大不相同。尤其不同的是，袁世凯非肃顺可比。肃顺虽跋扈，但他从来没有带过兵，更没有一支长期掌握于其手的军队。所以恭王奉命抓他，犹如老鹰抓小鸡一样。处以死刑，他也只得骂骂而已，再不能有其他的危害。袁世凯就不同了。二十多年来，他基本上未与军队分开过，北洋六镇是他一手招募训练而成的。尽管他现在没有调兵的权力，但他的势力在北洋军中根深蒂固。袁世凯一人不足恤，倘若因此而引起北洋军的兵变，倘若变兵再和海外革命党连成一气，王爷，那时的局势就复杂了。"

载沣经此指点，醒悟了许多，他低头沉思不语。

"王爷，老臣今年七十有二了。十六岁中解元，二十六岁中探花，由巡抚到总督到军机大臣、大学士，位极人臣。所有这一切是谁给的，还不是朝廷的恩典、老佛爷的赏赐吗？老佛爷临终之前，召老臣议立嗣大事，托孤之情，令老臣每思之便涕泪交加。老臣自知多病多痛，在世之日不久了，今生更无奢望，只求在生一日，尽力协助王爷辅佐皇上一日，只求大清江山安稳一日，到了哪天老臣闭了眼去见老佛爷的时候，能对得起她老人家。" 胡钧撰《张文襄公年谱》："戊申十二月，项城开缺回籍。先是，监国摄政王秉皇太后命，饬军机拟旨，祸且不测。公反复开陈，始命回籍养疴。公退，语曰：'主上冲龄践祚，而皇太后启生杀黜陟之渐。此端一开，为患不细，吾非为袁计，为朝局计也。'"

说到这里，张之洞动了真情。他对慈禧，真有说不完的感恩戴德。不要说慈禧给了他一生可与曾国藩、李鸿章媲美的荣耀，单就那年的会试来说，就够他感激慈禧一辈子了。

张之洞领解后，因遭父丧及回避（堂兄张之万为会试同考官）之故，失去了三次会试机会。同治元年会试告罢，同治二年再度会试，榜列一百四十一名贡士，殿试得一等一名，张之洞心中得意。复试时笔走龙蛇，放言高论，却不料因言辞过激而引起争论，多数考官议置于三甲之末，独大学士宝鋆叹为奇才，力排众议，置二甲第一。试卷进呈两宫，慈禧特别赏识张之洞，擢为一甲第三。这样，张之洞便由一名令人惋惜的传胪突变为受万千士子歆慕的探花。当张之洞后来得知个中原委时，对慈禧真个是千恩万谢。

"老佛爷和德宗同时撒手走了，留下这副万钧重担在王爷您的肩上，您的一举一措都关乎社稷江山，遇事当三思而行，权衡利弊而动，切不可轻听不负责任之言草率从事。杀袁世凯一人固然是小事，若引起动乱，引起老佛爷和德宗陵寝不安，则是大事了，望王爷慎之又慎！古人说人之将死，其言也善。我是个快要死的人了，您要相信，是决不会说出不利国家的话的。"

说着说着，他觉得两眼越来越昏花了，便抬起手来擦拭。张之洞的至诚令载沣颇为感动，他起身告辞说："老相国，您的心情我都理解了，您好好保重。袁世凯的事情，我会仔细考虑的。"

载沣回到王府，独自一人将张之洞的规劝反反复复地咀嚼了几遍，深觉他的话有道理。

过几天，北洋六镇都回了急电。除第一镇统领马龙标语气模棱外，其他五镇反对杀袁的态度都很明朗。第五镇统领吴凤陵、第六镇统领赵国贤甚至表示，若要杀袁，请先免掉他们的职务，以免士卒哗变，致负天恩。接到这批回电后，载沣更不敢杀袁世凯了。但袁毕竟是一个凶恶的敌人，从北洋六镇的反响中更可看出此人的可恨可怕。不杀他，也要罢掉他的一切官职，将他驱逐出京师。载沣下决心要为国为己除掉这个毒瘤。他亲自拟了一道谕旨：

> 军机大臣外务部尚书袁世凯，夙承先朝屡加擢用，朕御极后复予懋赏，正以其才可用，俾效驰驱。不意袁世凯现患足疾，步履维艰，难胜职任。袁世凯着即开缺，回籍养疴，以示体恤之至意。

当这道谕旨在《京报》上刊出的时候，离袁世凯获新皇帝加太子太保衔"懋赏"尚不到十天。宦海风云之变化莫测，令所有官场中人震栗！

七　冷冷清清的前门火车站，前来给袁世凯送行的只有严修和杨度

与这道谕旨在《京报》面世的同时，各种关于袁世凯的飞短流长也在京师显要们的客厅里、大小衙门的休息室里，在茶楼酒肆、街头巷尾间广为传播。顷刻之间，一位不可一世的烜赫大员，变成了一介众矢之的的罹罪平民。求职寄食打秋风之辈不再来了，趋炎附势之徒不敢沾边了，更有胆小怕事的人，连北洋公署的大门口都不敢过了。往日冠盖如云的袁府，眼下冷寂到门可罗雀。

这是白日里的现象。一到夜幕降临的时候，便有一个个黑影鬼也似的从小门闪进去，然后又匆匆地从侧门边消失掉。这些人都是十余年间，被袁世凯提拔安插在中央或直隶、山东各衙门以及北洋六镇中文武官员的私人代表。他们本人不敢到这里来，因为朝廷会在北洋公署的四周布满暗探，这对他们今后的仕途是十分不利的。然而，这位袁宫保过去的确于他们有恩，今日倒霉了，连一个安慰都没有，似乎于良心上说不过去。于是他们或打发自己的子弟，或派遣下属仆人趁着黑夜来一趟。一般都没有信函，带来的是口信，表示他们的殷切关注，希望袁宫保回籍后放宽胸怀，好好保养，有朝一日再度出山。所有这些人都给昔日的恩人送上一张银票，多至数万，少则数千。最多的一张是直隶臬司张镇芳送的，整整四十万两。张是袁的表弟，由袁一手提拔，累任肥缺，家里积蓄了几百万两银子。张镇芳一向出手阔绰，对表兄遭此不测之祸既愤慨又同情，四十万两银子所表达的正是这一份深厚的情谊。

袁府内室这些日子里一片乱糟糟。于氏夫人成天哭哭啼啼，各房姬妾们手足失措。袁克文也无心去勾栏瓦舍鬼混了，缩在家里读书。一大群少爷小姐们则随各自的生母忙着收拾行李。整个袁府上上下下，几乎无人明白这场飞来横祸的背后原委。

与此相反，这座宫保府的主人的心境倒还安宁。他知道，由于自己的精明强干，业绩丕著，必然招致别人的嫉妒；由于自己多年来手操重权，处理过不少大事，必然得罪了一些权贵显要；由于戊戌年流播甚广的传说，必然引起今日身为监国的载沣的怨恨报复；由于训练了兵强马壮的北洋六镇，必然遭到满蒙亲贵的猜忌。所有这些，过去都因为有慈禧太后那顶保护伞才得以安全无恙，现在山陵已崩，对头当国，囚禁杀头、抄家灭族，什么事都有可能发生。在如此险恶的局势下，居然能保住首领和全家的平

安，真是万幸万万幸了。袁世凯不由得从心底里感激徐世昌给他出的主意，感激张之洞和北洋六镇的昔日袍泽们在这生死关头时对他的支持。他相信这是袁氏先祖的庇佑，于是每天早晚高烧红烛，对着高祖以下的历代祖宗牌位无比虔诚地磕头谢恩。

在全家忙忙碌碌收拾金银细软的时候，他在思索着：回河南后，究竟选择何地为自己的休憩之所？对于一般人来说，这本不是一个要考虑的问题。他是项城人，毫无疑问应回项城去，但袁世凯却不愿回项城。项城对于他，既是生之育之的故园，又是怀有深深隐痛的畏地。原来，这是因为有一场鲜为人知的家庭恩怨之故。

袁世凯的生父袁保中，在夫人刘氏生了长子世昌、次子世敦后娶了一个妾，妾也姓刘。这位刘氏妾生有四个儿子，即三子世廉、四子世凯、五子世辅、六子世彤。六年前，袁世凯在直督任上时，生母去世了。袁世凯对母亲感情很深，接到讣告后立即赶回家，为母亲操办丧事。当时在家主持家政的是他的异母二哥袁世敦。这个袁二老爷守着袁氏诗礼传家的家风，为人拘谨迂腐。入葬的时候，袁世凯提出要将母亲与生父、嫡母合墓。袁世敦不同意，搬出妾不合墓的家训来反对。袁世凯大为光火，心想自己身为一品大员，为袁家争得了十分风光，却不能为母亲赢得一个与丈夫合墓的死后地位，于脸上太不光彩了。袁世凯与他的二哥争吵起来。袁世敦寸步不让，说："不怕你官做得再大，回到家里，你仍然是我的庶弟，你得听我的，服从家规家训。妾不合墓，这是祖宗传下来的规矩，不能由你来破坏。"莫看袁世凯的本事可以移山填海，在这件事上，他就奈不何他的嫡兄，而项城那些本家居然也都站在袁世敦那边。母亲终于不能与父亲合墓，堂堂一品总督气得离开老家，发誓今生今世再也不回项城。

袁世凯与嫡兄闹翻之后，与自己的同母兄弟更显亲密了。三哥世廉得知四弟革职为民的消息后，即刻乘火车来到北京。这些年来，世廉靠了这位四弟，由经商发了大财，在汲县买了三百多亩土地，建起了一座豪华庄园。世廉对弟弟说，彰德府北门外有一个洹上村，相传伊尹佐商汤时，遭谤在此隐居三年，后来商汤王亲自来洹上村迎他回朝。此地山水秀丽，还有一座旧王府，原是前明一个藩王的府第，乾隆年间一个致仕的尚书将它修缮后，在此颐养天年。现在虽已荒芜，但略加修整后便可居住。

袁世凯对洹上村十分满意。山水、王府均为其次，重要的是这里曾经居住过一位遭谤避隐而又获大用的前代名相。他希望自己就是三千多年前的伊尹，隐退只是暂时的，东山再起应为期不远。

他决定自己先带一部分人去汲县住一段时期，打发袁克定去洹上村买下那座旧王府，并查看地形，做出修复扩建的计划。京师府内的善后事情还很多，他留下能干的五姨太杨氏全权料理。

这是光绪纪年终止的前夕，北京城正处在岁暮的严寒时节。连日阴云密布，北风呼啸，大风卷起的灰沙尘土在半空中飘舞着，将这座古老的京师搅得昏天黑地，给人一种末日即将来临的感觉。昨夜下了一场鹅毛大雪，清早雪停了。袁世凯推开窗门，一股冷气迎面扑来，他不由得打了个寒战。往日，白茫茫的雪景常能激起他的豪迈之气，今日这无边无际的大雪，在他的眼里，无异是上苍降下的一件硕大无朋的丧服。

吃过早饭后，去汲县的人都来到正厅。他们中有夫人于氏，六姨太叶氏，八姨太郭氏以及他们所生的子孙，大大小小有二十多个，另外还有十多个男女仆人。正厅中央高高地竖着九块牌位，上面写着袁世凯的曾祖父耀东及曾祖母郭氏，祖父树三及祖母吴氏，生父保中及嫡母刘氏、生母刘氏，嗣父保庆及嗣母牛氏。在烛光和香烟中，袁世凯率领妻妾子孙跪在父祖牌位面前,行三跪九叩大礼。袁世凯喃喃地祈祷着,求祖宗保佑回乡顺利，早日起复。然后起身出门，登上大马车。没有鞭炮，没有鼓乐，马车队默默地黯然离开北洋公署，悄没声息地驶向前门火车站。

袁家包了一节车厢，众人都在忙忙碌碌地搬运行李，袁世凯独自坐在靠窗的位子上，不言不语面无表情地吸着雪茄。往事杂乱无章地浮现在他的脑际。一会儿是儿时的袁家寨，一会儿是朝鲜半岛的汉城王宫，一会儿是初练新军的天津小站，一会儿是停放太后梓宫的仪鸾殿。明明是光天化日之下，他却仿佛如在梦中。人生真如一场梦吗？几十年来步步高升春风得意，他从来没有想起这个地老天荒的疑问。今天，命运冷酷地把这个疑问推到他的面前。

前后的车厢都有送行的亲友在与远离者互道珍重，“一路平安”、“沿途保重”、“早日归来”等声音不绝于耳，更有至亲骨肉、恩爱夫妻不忍分离的，抱头痛哭，依依不舍，挥泪登车后又下到月台。那是一片人间真情。可是，袁家包的这节车厢，却冷冷清清，死气沉沉，没有一个人前来送别，没有一句欢喜的话语。想当初，前后呼拥，左右恭维，仪仗辉耀，八面威风，而今罢官回籍，竟然一个故人都不见了。这人世间的冷暖炎凉，怎么会是这样的泾渭分明，毫厘不爽！一向不太动感情的袁世凯不觉大为伤感起来。

就在这个时候，他突然看到了一张熟悉的面孔。此人正踏着积雪冒着严寒向前门火车站走来，向袁家包的这节车厢走来，向他坐着的这个窗口走来。此人好像是杨皙子！

不错，来的正是杨度。

九年预备立宪章程刚拟好初稿时，两宫便同时晏驾了。宪政编查馆的总办大臣载泽是慈禧太后的内侄女婿，比起别的载字辈黄带子来，他又多了一层亲属关系，故对办理丧事特别起劲。宪政馆本是个清闲衙门，大部分人无事可做，于是载泽就给馆里全班人马加派一个临时差使——办理国丧。

办国丧是个肥差。往昔，或死一个皇帝，或死一个太后，办丧事花银子都像淌海水似的。现在，皇帝、太后同时死去，两场国丧一起办，开销便简直是无底洞了。所以国丧的参与人员，上至总管的王公大臣，下至走脚跑腿的办事人员，个个都想从中发一笔财。宪政馆里的人无不踊跃参加。杨度对此等事原无兴趣，但大家都积极，他也不能落后，这一个月来便泡在没日没夜的繁忙事务中。

看到《京报》上登出王景纯的参折后，他先是不以为然。御史参劾大员是常有的事，这里面的情况很复杂。有的确实是激于公愤，伸张正义。也有的意不在弹劾别人，而在为自己博取名声，越是官位高、声望大的人，他们越是要触犯，采取的是颇类“附骥尾而行千里”的手法。还有的御史则纯是被人收买受人唆使，那是些用文字做刀枪的杀手。

王景纯这个人，杨度不认识，不知属于哪一类。不过像袁世凯这样的人，遭御史攻击也算不了特别奇怪的事。他办事留下的把柄很多，且地位高影响大，公敌私敌都很多。御史要对他来一手，从哪个方面讲都说得过去。转念他又想，两宫刚死，便有人来参奏，这里面会不会有更复杂的内幕呢？比如说，戊戌年的事，摄政王一上台便修旧怨呢？联系到刚加赏太子太保衔，又觉得似乎不太像。

前几天，他突然看到袁世凯罢官回籍的上谕赫然登在《京报》头版上，才明白王景纯的参劾是大有来头的，摄政王果然是弟报兄仇。当夜他到了夏寿田家。两个老友就当前朝廷局势谈了很久，杨度对袁世凯所处的险恶环境有了更多的了解。他到北洋公署去了两次，两次都是大门紧闭，门前阒无声息。他想：袁世凯或许是遵循大臣削职后不与外人交通的古例，既借以自保，亦以此不拖累别人。但这位于自己昔日有知遇之恩而今日又倒大霉的人，在离开京师之前，连一面都没有见，杨度很觉于心不安。他料想袁世凯出京时的场面会是冷清的，决定自己去送行，给失意人一点暖意。袁克定兄弟这几天也见不到了，他只得打发何三爷从别的途径去打听。昨天下午，何三爷从火车站处得到确讯，袁世凯明天上午离京回河南。夜里，杨度与静竹、亦竹谈起这事。她们也主张杨度去送行，哪怕再没有第二个送行人，也应该去，即使为此丢了官也不在乎。人世间总还得要有几个不把利害关系置于第一位的人的，否则，这个世界真的没有必要存在了。

当杨度来到月台上东张西望寻找时，袁世凯终于忍不住，叫了声："皙子，你来了！"

杨度循声望去，只见袁世凯夹着雪茄的手在窗口动了两下，然后伸出半个脸来。

"袁宫保！"杨度惊喜地喊着，快步向窗口跑去。

刚登上车厢，袁世凯已经站到对面了，伸开粗短的双臂将杨度紧紧地抱住，不自已地说："皙子，就你一个来送我，你真是我的患难知己！"

抱了很长一段时间，袁世凯才松开手说："皙子，咱们坐下聊聊。"

杨度将车厢扫了一眼。车厢里很零乱，杂七杂八地摆着各种行李，几个仆人正在满头大汗地整理着。于氏夫人和几房姨太太的眼睛红肿肿的，孩子们惊疑地挨着各自的母亲坐着。远处一角坐着三个抱长枪的兵士。他心里一惊："这不是步军统领衙门的人吗，难道还要动用兵士押解回籍？"

他很快镇定下来，无事般地在袁世凯的对面坐下，问："大公子呢，没来？"

"他到彰德府去了。"袁世凯说，"我们先去汲县暂住一段时期，夏天搬到彰德府洹上村去，他到那里购置房子去了。"

杨度点点头，望着这位遭贬的大员。只见他脸孔明显地黑瘦了，益发衬出嘴唇的厚大，两鬓现出了不少白发，神情有点疲惫，但两只圆大的眼睛仍然光亮，仿佛在告诉人们，他胸中的锐气并未减杀。杨度略觉一丝宽慰。

相对沉默了一阵，杨度说："我几次来府上探望，见大小门都关得紧紧的。直到昨天下午，才得到您今天离京回籍的消息。"

袁世凯苦笑了一下，说："削职为民，无公事可办了，关起门来还可以减少些闲言碎语。"

杨度扭过头瞥了一眼后面的三个兵士。大概今天起早了，车尚未开动，他们便已打起瞌睡来了。杨度轻声说："那三个家伙好像是步军衙门的。"

袁世凯看了他们一眼，说："是的，明为护送，实是监押。"

"可耻！"杨度咬紧牙关骂了一句。

"轻点。"袁世凯以手压了压，"皙子，你要知道，我这已经是不幸中万幸了，差一点脑袋就丢了。有他们押送还好些，我还真的怕半途有人行刺，不明不白地死掉。”

“真的，是要留神点。”这句话提醒了杨度，他突然想起《水浒传》中野猪林的故事来。

“你放心，我早做了准备。”袁世凯拿手拍了拍腰间，“这里藏着家伙哩！”

说罢，“嘿嘿”地笑了两下，露出一排大而黑黄的牙齿来，又指着刚刚走过去的两个男仆的背影说：“他们棉袍里都有英国的短毛瑟。”

“这就好！”杨度点点头，心想：不愧是戎马出身的新军统帅。

“皙子，”袁世凯亲昵地叫了一声，“这次多亏了张中堂的帮忙，几次想去登门致谢，但又不便。你来了很好，麻烦你代我去一趟锡拉胡同，就说袁某人这辈子不会忘记他的恩德。”

“我明天就去。您还有什么别的话要转告张中堂吗？”杨度常听人说，张袁二人面和心不和，他希望能由此了解一点袁对张的看法。

“也没有什么别的话要说了。”袁世凯想了想，“张中堂才学阅历都要大大超过我，平时办事又谨慎，不像我，留给别人的把柄很多。不过，依我看，朝廷会有一系列大举措出来，罢袁某人的官职只是开始，你不妨转告张中堂，请他多留个心眼。”

“行，我一定把您的意思转告给他。张中堂过于耿直，摄政王大概也不会很亲近他。”

“摄政王，哼！”袁世凯的鼻子里冲出一股气。他抬起眼又看了下那三个抱枪的兵士，见他们睡得正熟，说：“他现在相信的是一班子本家子弟，那些人中居然有人说我是曹操。皙子，早知如此，我不如干脆做曹操还好些。”

杨度瞪大着双眼望着这位贬归原籍的军机大臣，不料他今日说出这等话来。然而就是这句话，仿佛一道电光闪过，使他突然看出了这个人物内心中的秘密。多年来醉心帝王之学，努力寻找命世之主的候补四品京堂，心扉陡然为之一开，大有一种“那人正在灯火阑珊处”的感觉。然而，他此刻正在走麦城，能有东山再起的一天吗？

“是的！”杨度断然点头附和，说，“历来都说曹孟德是奸雄，其实他才是汉末真正的英雄。统一北方，稳定汉室，保护刘氏孤儿寡妇的正是他。不瞒您说，我最欣赏的就是他那句毫不矫饰的自白：“若非孤，正不知几人称王，几人称帝。”

“曹操说的是一句大实话。”袁世凯插话。

杨度接着说："别人都可以称王称帝，他曹孟德为什么不可以做皇帝？何况他本人到死都没有登基，做皇帝的只是他的儿子。要是我，根本不会等到儿子那一辈，我自己早就篡位了。"

袁世凯夹雪茄的手轻轻地在杨度的肩膀上拍了一下，笑着说："痛快，皙子，咱们是心心相照！"

杨度就势问："袁宫保，您能对我说说此番回乡后的打算吗？"

"皙子，偌大一个京师，今日我只有你一个贴心人了。我跟你说句真心话吧，你听着就行了，不要对别人说。"袁世凯的神态凝重起来，"我此番回河南，奉行的只有八个字：怡情养性，以待时变。"

杨度进一步试探："您认为时变会很快到来吗？"

"皙子，古人说：月晕而风，础润而雨。时变的种种迹象都已出现了。"袁世凯盯着杨度的脸，正色道，"依某之见，迟则三五载，速则一两年，中国必然大变。"

杨度蓦地将袁世凯的手握紧，神色庄重地说："宫保大人，杨度今日真正地看到了您才是中国的梁柱，无故遭贬而英气不杀，令杨度敬佩，对时局的看法又不谋而合。宫保大人，您放心回去怡情养性吧，谢安回朝的一天不会很久的。"

袁世凯也紧紧地握着杨度的手，激动地说："皙子，在我倒大霉的时候，你能对我说出这样一番话来，我真正地感谢你。若不嫌我给你带来麻烦的话，请常去洹上村走走，看看我这个落难的朋友。"

杨度说："您在北京有什么事，尽管吩咐我。亦竹她也总不忘大人的宽宏大量。"

"说哪里话，我那个老二真不成器，她和你才是真正的一对。什么时候生了个胖儿子，不要忘记向我报一声喜！"

"那是一定的。"

"哎呀！"袁世凯忽然喜滋滋地指着窗外说，"皙子，你看那好像是范孙来了！"

杨度顺着袁世凯的手势看去，果然是范孙。

"范孙是个拘谨的人，刚才那些话不要对他说。"

就在袁世凯叮咛之际，范孙已走近了。

范孙是严修的表字，时任学部侍郎。严修，直隶人，二十四岁即高中二甲进士入翰林院，是个学养深厚、品行端方的读书人。袁世凯做直隶总督时，他任直隶学务处总办。袁在直隶大办新政，新军、洋务、教育，三大项目齐头并举。袁敬重严修，常和严商量兴办教育的大计，虚心听取严的意见，委严以重任。严修感激袁世凯的知遇之恩，为直隶的新学兴盛竭尽全力。后来袁又保举他进朝廷，直到出任学部侍郎。这次袁遭贬，朝廷内阁、军机处、六部九卿、翰詹科道、直隶总督衙门无一人替袁世凯说话，唯独严修抗言上疏，历数袁之功绩，尖锐指出，以足疾罢黜大臣，将贻后世子孙以笑柄，请朝廷收回成命。这份书呆子气极重的奏疏，当然不会得到摄政王的理睬。

"范孙，我在这里！"袁世凯忙起身，对着窗外招呼。

"慰庭兄！"严修边喊边进了车厢。

杨度也站起与严修打招呼。大家刚坐定，站台上响起铃声。

袁世凯说："火车就要开了，两位的高情厚谊，袁某人心领了，请赶快下车吧！"

"不要紧，我送你到卢沟桥再下车。"严修坐着未动。他今年四十九岁，比袁世凯小一岁，但人长得单瘦，又配上一副圆框东洋近视眼镜，看上去，倒比袁要大五六岁。

"皙子，那你就先下车吧！"

"我和严大人一起送你到卢沟桥。"

"好，最好！"

袁世凯显得很兴奋，吩咐家人拿出两瓶酒来，于氏夫人又将随身带的干牛肉、花生仁拿出。袁世凯亲手斟满三杯酒，动情地说："有句老话：一生一死，乃见交情。袁某今日被贬回籍，无故遭难，两位先生不怕受牵连，冒着严寒前来车站送我，又要陪我到卢沟桥。此情此义，袁某一生一世不会忘记。倘若天不绝袁氏，还有出头一天的话，必当重报。苍天在上，这杯酒为证。"

易宗夔著《新世说》："袁世凯在军机时，专擅政权。醇亲王载沣，后入军机，几如伴食中书，袁亦不甚礼之。载沣滋不悦。未几，德宗晏驾，慈禧亦崩，宣统帝入承大统，廷议以载沣监国。袁见局势忽变，遂以足疾请假。大丧尚未告竣，诏袁回籍养疴。当袁鼎盛时，内而亲贵及各部尚侍，外而各省督抚，几无不如蚁附膻。洎一朝罢免，恐尚有不测之祸，前门登车时，自严修、杨度外，无敢送者。世态炎凉，亦可慨矣！"

袁世凯说罢，将茶几上的酒杯端起，再举平头顶，然后略微弯腰，把这杯酒洒在脚边的绒毯上。杨度赶紧给空杯再斟上。三人碰了一下杯子，都一饮而尽。

正在这时，车头拉起了一阵震耳欲聋的鸣叫，紧接着是一声"哐啷"巨响，火车启动了。在沉重的车轮与铁轨的碾压声中，这辆拖着四节车厢的蒸汽火车，缓缓离开前门车站，向西南方向驶去。袁世凯望着渐渐消失的正阳门，心中涌起一股强烈的失落感。

严修见袁世凯的面孔阴晦沮丧，知他心里难受，安慰道：“慰庭兄，想开点，伊尹蒙诬，周公负谤，重臣受一时之委屈，不久终将大白于天下的例子，自古来数不胜数。好生回籍休养一年半载，朝廷圣明，澄清小人构陷后，必当重新起用。”

袁世凯说：“我能想得开。当年先叔祖在前线带兵与长毛作战，流言恶语几乎每日不断，朝廷也存有疑心，但先叔祖还是挺过来了。先嗣父为官期间，也常有不顺心之事。看来我袁家的人，上天给予的磨难要比别人更多些。袁某我自己招来的祸自己承担，原无所恤，只是范孙兄你为此受连累，我心中不安。满朝文武，过去自称是我朋友的不知有多少，遇到出事了，都噤若寒蝉，唯有你仗义执言，抗疏上奏。范孙兄，你不愧为今天的古君子！”

“别说这些了。纠偏扶正，本是臣子侍君的应尽责任，何况慰庭兄在直隶期间对我的一片诚意，今日上疏，也是义不容辞的。”严修摘下眼镜，用手擦了擦深陷的双眼。

“严大人，您的奏折发下来了吗？”杨度问。他对这位满身书卷气的学部侍郎充满敬意。

“淹了。”严修叹口气说，“我又拟好了一道折子，请乞骸骨归故里。今日送慰庭兄回籍，过几天我也要回老家去了。”

“这都是我牵累的。”袁世凯的眼圈有点红了。他从衣袖袋子里掏出一张花花绿绿的纸来，说：“范孙兄，这是一张八千两银票，请你收下。”

严修连连摆手：“你这是做什么？”

说罢，脸上现出很生气的神色：“我刚才的话，是向你叫苦来的吗？”

袁世凯忙说：“范孙兄，你莫生气。我知道你长期做学官，没有额外的进益，加之廉洁自守，日子本来就过得清贫。倘若回籍，一大家子人如何过？我虽然也罢了官，但银钱上比你好些。你不要推辞，收下吧！”

严修敛容道：“慰庭兄，我上疏请朝廷收回成命，乞骸骨请归故里，均为道义所激，不存利害之心。你今日拿八千两银子来，硬逼我收下，岂不坏了我的清名！”

袁世凯听了这话，只得将银票依然放进袖袋，说：“好，范孙兄，我敬重你的志向，但我还是要劝你一句，不必太固执，哪一天生计有困难了，修一封书到洹上村来吧！”

杨度过去只听说过严修的大名，没有见过面。今日见他这样，方知是一位狷介可敬的长者："严大人，像您这样一位忠贞体国的贤臣，若真的也被罢官回籍的话，那朝廷算糊涂到家了。"

严修凝视杨度片刻，缓缓地说："皙子老弟，眼下朝廷的气候，真是阴晴难测呀！"

一句沉重的话说得大家都缄默起来。过了一会儿，袁世凯对严、杨说："克定的农工商部右丞一职尚未撤掉，他还得常住北京，请二位今后多多照应。"

严修点头。

杨度问："克文、克良他们呢？"

袁世凯说："暂时还住北京一段时期，明年秋天后再随他们的母亲一道去洹上村。"

略停片刻，袁世凯突然问："皙子，湘绮先生有信来吗？身体如何？"

"上个月湘绮师来过一封信，说他依然天天抄书著述，身体也如常。"

"皙子先生，听说令妹诗词作得很好，是个颇有名气的女才子。"严修问。

"严大人听谁说的？舍妹不过是喜欢吟几句诗罢了，离女才子还差得远哩！"杨度笑着说。

"皙子。"袁世凯接过话题，"说起令妹，我倒想起一件事，请你去封信问问她。"

"什么事？"

"令妹有曹大姑、班婕妤之才，我早已闻名。"袁世凯说，"我家里女孩子多，想请一个女先生来教她们读书识字，令妹是个很合适的先生。不知她肯不肯做这个事，愿不愿意到洹上村那个冷清地方去。"

杨度说："这好办，我去封信问问她。她跟丈夫不很融洽，说不定她会接受的。她一向不慕热闹，冷清不冷清她不在乎。"

袁世凯说："那好，只要她愿意屈就，馆金我出双倍。"

"叔姬淡于名利，只要相处得好，馆金多少她不会计较。"

正说着说着，火车速度放慢了，窗外出现了古老的卢沟桥。

袁世凯起身说："卢沟桥到了，二位请下车吧！此情此谊，袁某会永远铭记的。"

杨度、严修也起身，与袁世凯再次抱了一下肩，然后下车。袁世凯送他们到车门口。

严修说："慰庭兄，多多保重！"

杨度说："袁宫保，东山有期！"

袁世凯拱着手说："天气严寒逼人，二位也多多留心！"

一会儿，车头又鸣起汽笛，继续向南驶去。杨度、严修肃立在站台上，一直到轰隆隆的响声完全消失在凛冽的北风中，才踏着积雪，缓慢地离开卢沟桥车站。

八　江亭再题《百字令》：昨宵一梦兼春远，梦里江山更好

袁世凯削职为民一事很快传到海外，海外维新党人莫不欢欣鼓舞，额手称庆。正在东南亚一带活动的康有为坚信这是载沣为其兄报仇的结果，并认定载沣果毅有为，一定会继承其兄戊戌年之事业。流亡异国十多年了，终于盼到了回国做帝师的这一天。他与张之洞过去有两次交往，便从檀香山给张寄了一信，请张转交摄政王。张之洞一时看不准时局的发展趋势，把信锁进书柜，既不呈交摄政王，也不给康有为回信。

与此同时，梁启超也采取了行动。去年，梁启超接到了杨度为袁世凯澄清戊戌年告密一事的信，他将信将疑。　1911年1月，杨度有一道题为《请赦用梁启超折》上奏。该折说："启超自戊戌去国，至今十余年矣，流转于欧亚之间，究心于政学之事，困心衡虑增益所能，周知四国之情，折衷人我之际，著书立论数十万言，审论国情，开通民智，为力之大，莫与伦比，此士夫所能谈，中外所共睹者也。"又说："臣自戊戌以来，即与启超相识，因学术各分门户，故政见亦有参差。其后游学日本，相处数年，文字往还，于焉日密，亲见其身屡濒危，矢志不变，每与谈往事，皆忠爱悱恻，无几微怨诽之词，是以深识其人性行忠纯，始终无贰，倘蒙朝廷赦用，必能肝脑涂地，以报再生之恩。"不久，袁世凯在慈禧面前告了政闻社一状。慈禧愤恨，将政闻社强行解散，对其骨干严予惩处。政闻社是一部分立宪党人组成的一个以速开国会建立责任内阁为宗旨的团体，后台便是梁启超。袁世凯此举使梁启超甚为恼怒，他也因而彻底不相信杨度信上讲的事情。早在戊戌年时，梁便与善耆相交往。这时，他写了一封长信给善耆，说"元恶已去，人心大快，监国英断，使人感泣，从此天地昭苏，国家前途希望似海"。接下来历数袁世凯甲午、戊戌、庚子等年对国家的祸害，又建议此案不要牵连多人，同时广拔贤才，申明政纲，颁发大诏，以示朝廷励精图治，与民更始之意。还具体指出，大诏之语须极沉痛，务使足以感人等。善耆看后颇为感动，将它转给载沣。载沣不予理睬。

又有人上书，说应当给谭嗣同等六君子平反昭雪，给当年德宗之师翁同龢恢复名誉等。载沣同意撤销对翁的处分，开复原官，算是为翁恢复了

名誉。但对康、梁、谭嗣同等人则仍维持原议。张之洞悄悄把康有为的那封信烧了。

就在这段时期里，载沣将军权掌握在皇族手里的计划次第推行。他终于敌不过额娘和六弟的强悍，只能得罪福晋，把海军大臣的美差送给了洵贝勒，并打发他立即去欧洲各国考察海军，以便让老六增加点海军常识。接着又借三岁小儿之口，任命自己暂时代理大元帅，并先行设置军咨处，命毓朗、载涛管理。于是全国陆、海军都掌握在皇家手里了。载沣自以为军权巩固，大清帝国之皇权可以万世不易了。

为了笼络国内的立宪党人，载沣摆出了一副热衷立宪的架势。先是仿效立宪国家由国务总理副署负责制，规定谕旨须由军机大臣署名。接下来，又特发一道谕旨，宣示决心立宪的态度。随之，各省民意机构——咨议局相继成立。不久，朝廷资政院也成立。又派溥伦、载泽为纂拟宪法大臣，饬令宪政编查馆加快草拟宪法的步子。这期间，载沣又革去奏阻立宪的陕甘总督允升和玩误宪政筹备的甘肃布政使毛庆蕃的职务。载沣这些举措的目的无非是借立宪之名遮蔽天下耳目，从而保住皇族的大权不致外落。不少立宪党人被他的表面现象所迷惑，以为载沣是个宪政热心者，便发起了一次又一次的国内请愿活动。

先是江苏咨议局议长张謇以“外侮益剧，部臣失策，国势日危，民不聊生，救亡要举唯在速开国会，组织责任内阁”为由，通电各省咨议局，又派人赴各地游说，不久，便有江苏、浙江、安徽、江西、湖南、湖北、福建、广东、广西、山东、河南、直隶、山西、奉天、黑龙江、吉林十六个省的咨议局各派代表三人集于上海，组织了一个“国会请愿同志会”，约定直到国会正式成立才解散。代表们从上海北上北京，由直隶咨议局议长孙洪伊领衔，将请愿书递交都察院，请都察院转呈摄政王。又遍访王公大臣，请求赞助。载沣拒绝他们的请求。这是请愿的第一次。

过了两个月，各省咨议局的代表又联合各省政团、商会及海外侨商，组织了一个“国会请愿代表团”，推举孙洪伊等十人为职员，一面留代表驻京办理请愿事务，一面派人到各处演说鼓吹。但是，由都察院代奏的十起请愿书，统统遭到载沣的冷酷拒绝。

到了中央资政院成立的时候，请愿代表团又向资政院上书，请资政院提议设立内阁，立即召开国会。资政院多数议员的主张与各省咨议局一致，于是议决上请。此时各省督抚或受咨议局的影响，或被似是而非的中央集权制所苦，也盼望中央有一个像样的责任内阁出现，因此也联合起来致电军机处，建议内阁、国会从速同时设立。载沣见各省督抚都提出了这样的要求，害怕一口拒绝会引起地方上的分裂，于是接受了部分请求，下诏将九年预备期缩短，将在宣统五年召集国会，在国会未开之前，先将官制厘定，设立内阁。

这样，请愿代表团中一部分人认为朝廷接受了请愿，便不再活动了。唯有湖北的汤化龙、湖南的谭延闿、四川的蒲殿俊等几个议长还守着“速开国会”的宗旨不放，准备第四次请愿。

正在此时，东三省又来了许多请愿代表。载沣不能再容忍了。他命令民政部和步军统领衙门将东三省代表递解回籍。又将活动最厉害的天津籍议员温世霖发戍新疆，并下令各省督抚弹压请愿代表。这第四次请愿胎死腹中。大清国的国会，一直到它的覆灭始终没有开成。

杨度是坚决地站在国会请愿派这一边的。他与张謇、汤化龙等人频繁接触，为他们出谋划策。为配合国内请愿派的活动，他在《顺天时报》上发表《布告宪政公会文》，申言自己力主速开国会、以救危亡的一贯态度。并尖锐指出，外人图谋瓜分灭亡中国，乃今日中国最为危险之事。同时又强调，只有实行君主立宪制，才是中国救亡图存的最好出路，而自己“本最初救国之怀，负天下安危之责，不以一时毁誉得失而易往昔之宗旨”。这以后他又上了一道速开国会折，大声疾呼“非速开国会不足以救国势之危”。奏折递上去后杳无音讯。他愤而将《帝国日报》公之于世，表示对国会请愿活动的公开支持。

以载沣为首的朝廷对宪政假热心真反对的态度，内外国事的日益艰难，使杨度的心情甚为抑郁，这期间虽有亦竹生女、静竹瘫痪渐有起色之喜，也没有给他带来更多的快乐，而张之洞的病逝和夏寿田遭家祸请假回籍，又给他增加几重忧愁。

刚办过七十二岁寿筵的张之洞便病入膏肓了。临终的这天中午，长子仁权慌忙上报朝廷，被国事搅得昏头昏脑的载沣这时才想起要去看看他。张之洞从武昌调到北京后，一直处在衰病之中，这次病情急剧恶化，其原因正是来自载沣。

半个月前，张之洞扶着病躯亲登醇王府，指出载沣执政以来许多不妥之处，其中最大的失策在于专用亲贵。兄弟联翩掌陆、海军大权，实为先朝未见，望改弦易辙。载沣不但不听，反而叫他只宜静心养病，不要多管国事。张之洞身任疆吏数十年，早已养成了颐指气使的骄慢气习，现在做了领班大学士、军机大臣，一片好心为了国家的安危而不顾自身的安危，这个被他视同孙辈的年轻人，居然可以摆起监国的架子，教训他？张之洞当面不敢顶撞，回到寓所后捶胸打背高声叫道："不意受此等气，今日始知军机大臣不可为也！"连叫两声后，大口大口的血便不可遏制地吐出来，从此一病不起。中外名医迭进方药，均告无效，病势日渐危险。但他头脑依旧清醒。见载沣来了，他仍想以儒臣的一片诚意，对这位年轻摄政王做最后一次规劝，使之明了亡国危机已迫在眉睫，从而猛然醒悟，振作朝纲。

当载沣来到病榻前时，张之洞勉强睁开眼睛说："惊动王爷，心实不安。"

载沣说："老中堂公忠体国，有名望，好好保养。"

张之洞十分吃力地说："公忠体国，所不能当，廉政无私，不敢不勉。"

谁知这几句话大大地刺伤了载沣的自尊心。因为张之洞上次力谏他不该让两个兄弟做陆、海军大臣，其理由便是应避徇私之嫌。

载沣很不高兴地起身说："老中堂，你病得很重，不宜多说话。有什么话，等病好了再说吧。我很忙，先走了。"

张之洞想得好好的一番正言谠论无法说出来，气得闭上眼睛不理载沣。

载沣刚走，小皇帝的师傅陈宝琛进来探视，问："监国刚才说了些什么？"

张之洞轻轻地摇摇头，叹道："他什么话也没说，也不让我讲话，大清国的国运已走到尽头了！" 许同莘撰《张文襄公年谱》卷十："大学士世续以视疾请。王至，谓公曰：'中堂公忠体国，有名望，好好保养。'公曰：'公忠体国，所不敢当；廉正无私，不敢不勉。'王出，陈师傅入，问曰：'监国之意若何？'公无他言，第叹曰：'国运尽矣。'盖冀一悟而未能也。"

张之洞将子孙唤到床边，吩咐仁权执笔，在他早已写好的"勿负国恩，勿坠家风"的遗训上再加几行字：吾生平学问行十之四五，治术行十之五六，心术则大中至正。

就在这天夜里，一代名臣张之洞带着无穷无尽的遗憾永远地闭上了眼睛。 许同莘撰《张文襄公年谱》卷十二"酉刻忽起坐，下床更衣毕，就卧，汗出如渖，戌刻汗止。进诸子，戒以勿负国恩，勿坠家学，必明君子小人义利之辨；勿争财产，勿入下流……又曰：'吾生平学术、政术，所行之十之四五，心术则大中至正。'已复改'政术'二字为'治术'……亥刻薨。"

张之洞死后不久，夏寿田的父亲，陕西巡抚夏时，被御史以贪污罪名弹劾革职。夏时六十五岁了，受此打击，旧病复发，卧倒西安寓所。他怕再也见不到儿子，修书一封到北京。夏寿田得书，立即请假赶赴西安。夏时在儿子的安慰下，加之医治得当，病渐渐好了。夏时执意要回桂阳老家。夏寿田对老父千里之遥的归途不放心，便向翰苑请了长假，一路护送回桂阳。

自从夏寿田离京后，杨度觉得京师的生活比往昔孤单多了。他从夏时的回籍想到袁世凯的革职，从袁世凯的革职又想到张之洞的去世，有时很有点时世苍凉、人生短促之感叹。

不料正在这个时候夏寿田回到了北京，当他突然出现在槐安胡同时，杨度一家真是惊喜万分。

夏寿田这次利用回湖南的机会，特地到了湘潭，看望了恩师，也看望了杨度的老母和重子、叔姬等人。又带来了一大包杨家捎带的土产。

杨度知道，夏寿田去湘潭，看望恩师自然是一大目的，他的另一个目的是要去看看叔姬。当然，杨度不会去点破这一层，但心里有点责备夏寿田孟浪了。叔姬和代懿关系冷淡已经几年了，他这一去，会给叔姬带来更大的痛苦，冷漠的家庭生活将会因此而更加冷漠。听着夏寿田笑嘻嘻地谈论这次湘潭之行的欢乐，杨度心想：说不定此刻，多情而内向的叔姬正在伏枕哭泣哩！

夏寿田建议，为庆贺他回北京，中秋节那天他做东，两家结伴游江亭。亦竹一听忙拍掌附和，杨度和静竹的脑海里蓦地激荡起波浪。是的，一晃十二年过去了，江亭真值得旧地重游！

几天来，静竹的双腿好像顿时好多了。她每天自己支起两根拐杖在院子里走来走去，痛得满身流汗也不休息。静竹的精神显得异常的昂奋，她每天坚持走三四个小时，似乎也不太觉劳累。

中秋这天一大早，夏寿田便雇了一辆双驾马车来到槐安胡同。夏寿田的夫人陈氏没有来，说是病了，其实这两天她又跟如夫人岳霜闹意见了。见夏寿田宠着岳霜,她心里嫉妒,不愿来。杨度和亦竹搀扶着静竹上了马车，接着大家都登车。两家五个大人，连带未满周岁的莺儿，一共六人，由两匹铁灰色蒙古马拖着，有说有笑地向宣武门外奔去。

江亭一带仍是十二年前的老样子。那一片空阔的低洼地依然是芦苇丛生，野凫出现，很是荒凉。古老的慈悲庵墙破瓦缺，摇摇欲坠。不时从里面传出几下钟磬撞击声，好像那不是在做佛事，而是在证明这个破败的古刹中还有僧人住着。围绕慈悲庵四周，似乎多了几间茶肆酒馆。

今天是中秋节，游客比往日要多，茶酒店里生意很好，有几家还请了艺人说书唱曲。原本到这里来是图个清闲的，却也弄得跟王府井、大栅栏一样的嚣闹。夏寿田见了直摇头。好容易觅得一家，高高挑起的布帘上写着“闹中静茶室”五个字。夏寿田说：“这个名字取得好。”

茶室不大，布置得颇为雅致。门前摆着数十盆菊花，黄黄白白的，正迎着秋风开得旺盛。杨度说："就这家吧！"

大家进了茶室。店家十分殷勤，忙擦拭桌凳，端来一大壶菊花香茶，又摆开满桌糕点，正中一盘芝麻月饼。店家特别说明月饼是应节的，奉送不收钱。岳霜称赞："你这个老板会做生意！"

店家两眼笑得眯成一条线，说："太太过奖了，大过节的，老爷太太们光临我这个小店，真是赏光了。不瞒老爷太太们说，小人也读过几句书，在琉璃厂做过多年的书生意。年岁大了，不耐吵闹爱清静。我见这江亭是个清静的地方，八年前在这里开了一个小茶室，不图赚钱，只图个幽静。不想这茶酒店多了，也不安静了。看来这天子脚下找不到一块安静的地方呀！"

夏寿田见这茶博士很有点个性，心里喜欢，便问："老板高姓？府上哪里？"

店家忙答："不敢，小姓司马，单名一个起。祖上是正定人氏，从老爷爷起进的京师。到今年，咱们司马家做了八十八年长安客了。"

杨度觉得司马起说话不俗气，也顶喜欢的，笑着说："八十八年，那是道光初年的事了。"

"是的，是的。"司马起哈着腰，"老爷爷是道光三年进京的。当初单身一人来京师混碗饭吃，到现在，我们司马家子子孙孙加起来有七十多号人了。自古来都说人丁兴旺是好事，咱倒有点蠢想，这人多不是好事。"

亦竹插话："为何不是好事？"

司马转过脸，望着她说："太太，你们是大富大贵的人，大概不作这般想。我们小户人家，人一多，糊口就是难事。小的有时常想，老爷爷当年若不进京，就在家里种地的话，如果家里有十亩地，老爷爷算是好过了。但是传到现在，七十多号人，这十亩地如何养活得了？京师一年到头不知有多少人在讨饭吃，那都是家里人多地少的缘故。依小的看，这人多不是好事，反倒是坏事了。"

杨度点头："你说的也有道理。"

正在这时又进来几个人，司马忙说："小的到那边招呼去了。小店虽是茶室，其实酒饭都有，需要的话，说声就行了。"

夏寿田说："正好，中饭就在你这里吃。"

待司马老板离开后，杨度对夏寿田说："这个茶博士有几分头脑。"

夏寿田说："是的。天底下其实有很多能人，或是家境不好，或是机遇不顺，沉沦下层，埋没一生，真是可惜。"

杨度说："正是这话。侯门多纨绔，草莽藏英雄，自古如此。"

岳霜尝了一块月饼，连说味道好，又问亦竹："静竹呢？"

亦竹向门口望了一眼，说："刚才她说门口那几盆菊花开得好看，要去看看。嗳，怎么不见了？"

杨度起身："不能让她一个人走远了，我去找找！"

就在大家跟茶博士聊天的时候，静竹借口看菊花，一个人支着两根拐杖走出了闹中静茶室。

她怎么能关在茶室闲聊，她要好好地看一看江亭！这个略显冷清的旅游地，在京师众多的名迹胜景中，它显得很平常。它既没有燕京八大景那样的山水风情，也没有万里长城、雍和宫、西山那样的地位名望，然而在她——一个苦命的女人的心中，却有着无与伦比的分量。正是十二年前在这里，她偶遇了皙子，从此翻揭开了她生命中崭新的一页。尽管她为此付出了极大的代价，但她终于等来了心上人。作为一个曾经身处火坑的女人，静竹不但不后悔，她反而万分庆幸。在她的眼里，荒凉的洼地是美的，惨冷的慈悲庵是美的，整个萧瑟秋风中的江亭都是美的。唯一感到一丝遗憾的是，皙子似乎没有把江亭看得像她这样重。来到这里了，不好好单独陪她旧地重游一番，反倒和茶馆里老板聊得那么起劲。

"静竹，你怎么一个人出来了？"

正在遐想时，静竹听到杨度在后面叫她。是他一个人来了！看来他没有忘记。静竹心里立时腾起一种极度的幸福感，脸上荡漾着红扑扑的光彩，甜甜地笑着说："皙子，你还记得此地吗？"

"怎么能不记得！"杨度兴奋地指着远处一间茶楼说，"十二年前，就在那里，你拿着一把扇子过来，要我把题在江亭壁上的那首《百字令》写在扇子上。"

"皙子，岁月好快啊，一晃十二年过去了。"

静竹轻轻地充满感情地说。杨度听得出，那后面的几个字简直是从喉咙里挤出来的。

"是的！"杨度点点头。

"皙子，你扶着我，咱们慢慢溜达溜达，好吗？"静竹抬头望着杨度，眼睛里射出热烈的光芒。

"好！"杨度扶起静竹，两人慢慢地边走边看。

"静竹，那一年我们好像是五月初在这里第一次见面的。"

"不对，是五月十二日。"静竹纠正。

“你记得这样清楚？”杨度颇为吃惊。

“这样重要的日子，我能不记得吗？”静竹笑了一下，现出两个浅浅的酒窝，嗔道，“你们男人的心总是粗得很！”

“不，日子虽然记得不精确，但那天的情景我是记得清清楚楚的。”

“是吗？”静竹侧过脸来望着杨度，“我考考你，我那天穿的什么衣服？”

“这还用考吗？”杨度笑道，“到老到死我都记得，你那天穿了件浅绿色的上衣，深绿色的长裙，连脚上的鞋子也是绿的。这一身打扮一直铭刻在我的记忆里，以致后来在街上看到亦竹误认是你，就是因为她也穿了一套绿色的衣裙。”

杨度这样细致的描绘，使静竹很满意，她又一次甜甜地笑了。

“静竹，你那天真美，我好像觉得先前从来没有见过像你这样美的女人。”

“那都是过去的事了。”静竹感叹起来，“现在我一点都不美了，还要靠两根拐杖走路，我是个丑女人了。”

“不，不！你依然很美，跟十二年前一样的美！”杨度赶忙说。

“皙子，你好好地看看我。说句真话，我还美吗？”静竹的两只长长的凤眼盯着杨度，目光显得很灼热。

明亮的秋阳照在静竹的脸庞上，乌黑的头发，瓜子般的脸形，娟秀的五官，跟十二年前没有一点差别。但是长期来疾病的折磨，使她的脸上明显地失去了往昔那迷人的光辉，仿佛当年是一颗挂在树枝上的娇娇嫩嫩的蜜桃，而今却是一个摆在盘子上的蜡做的寿桃。尽管这样，在杨度的眼里，静竹仍然是很美的，甚至要超过亦竹。

杨度与亦竹结婚三年了，静竹与他们一起生活也三年了。三年来大家相处得很融洽，杨度对客人介绍，都说静竹是亦竹的亲姐姐。知道这中间原委的仅仅只有夏寿田。夏寿田常来槐安胡同，见静竹生活得如此安详自如，也暗自称奇。杨度每天至少要到静竹房里去一次，跟她谈谈外间的新闻和家里的琐事。静竹总是含着微笑静静地听着，或是和他一起絮谈。后来，静竹可以下得床了，她也常走到书房里和杨度聊聊天。亦竹生了女儿，静竹视同己出，一天到晚把婴儿搂在怀里亲个不停。偶尔夜深人静时，她也会为自己的薄命而悄悄哭泣。但到第二天一早，她的心情又平静了。她把精力和时间用在读书、吟诗填词上。三年来在皙子的指点下，她在这方面进步很快。她知道湘潭有个诗才极高的姐姐，她盼望叔姬早日进京，与她做个互相吟唱的诗友。她觉得自己比上不足比下有余，虽不能和皙子同床共枕，做一对恩爱的夫妻，却可以和他朝夕见面，做亲如同胞的兄妹。这也是一种少有的人间幸福。

静竹这种人生态度，与十二年前他们在潭柘寺观音菩萨面前定情的誓言完全不一样。在杨度看来，当年那是一种美好的人生追求，而现在这也是一种美好的人生境界。他深深地感觉到，在这个平平凡凡的女人身上，有着一股美的魅力。

“静竹,你真的很美,你永远是我心中的西施、玉环！”杨度轻轻地说着，仿佛自言自语。同时，右手紧紧地将静竹的左臂夹紧。静竹感到一股强大的暖流，从身旁这个男子的手臂中流出，再通过自己的手臂流遍了全身。她沉浸在巨大的幸福之中。

他们就这样紧紧地依偎着，都不再说一句话，让深深的恋情在默默之中交流融会。好久好久，静竹才温存地问杨度：“皙子，你知道我现在想什么吗？”

“我想你一定想了很多很多。”

“是的。”静竹喜悦地说，“我第一个想法是，我的腿要快点好起来，明年这时我们一起去潭柘寺。”

“对，潭柘寺，潭柘寺！”杨度激动起来，“你的腿会很快好的，我们一起去潭柘寺！”

“明年去潭柘寺，还是我们两家一起去。”

杨度和静竹回头一望，原来是夏寿田正站在旁边插了一句话。

“我知道你们俩在此地有许多终生不忘的回忆，我有意带着岳霜去画芦苇、野鸭，又叫亦竹给她帮忙调颜色。”夏寿田指着后边说，“她们正画得起劲哩！”

顺着夏寿田的手势，杨度看见岳霜站在一棵小松树边，面前支起一块画板，正在聚精会神地画画，亦竹一只手抱孩子，另一只手给她递彩笔。万里无云的碧空下，她们三人正是一幅美妙的图画。这幅图画是夏寿田的杰作。夏寿田就是这样一个人，他总是热心而不露声色地帮助别人，仿佛别人的乐趣就是他的乐趣似的。难怪叔姬当年会倾心爱上他，而且十多年来痴心不改，痴情不断。

“他是一个值得女人爱的男人！”杨度在心里默默地说。

“午诒，谢谢你了！”静竹满怀感激地说。

“走吧，咱们进江亭去，看看当年题的那两首《百字令》还在不在。”夏寿田建议。

“最好，旧地重游，旧作重见，真是人间一桩乐事。”杨度欣然赞同。

“我帮你们找！”静竹也很兴奋，又说，“看谁的词还在，谁的彩头就好。”

“那一定是皙子的词在，我的词不在了。”

“为什么？”静竹不解地问。

“皙子这几年是既得佳人又得高官，当然是彩头好。我家是倒霉透了，哪有彩头的。”

杨度安慰：“否极泰来，厄运一过，一切都会好的。”

三个人慢慢地来到江亭。谁知不进还好，一进顿时心情都沉重起来。先是江亭衰朽的建筑令他们颓丧，继而是壁上的那些游人题词更令他们抑郁。那些字句，或诗或词，或文或句，无不充塞一种伤时感世的气味。他们慢慢地看，慢慢地寻找。蓦地，几行遒劲的草书吸引了他们：“湖广熟，天下足。而今是湖南无粮，长沙抢米，饥民如蚁，饿殍满野。载沣小儿，你自问该当何罪？”

发生在今年春天的长沙抢米风潮震撼全国。杨度、夏寿田从家乡的来信中知之更详。

湖南因为上年水灾歉收，本已粮食奇缺，加之官商囤积居奇，哄抬粮价，更使得街市上不见谷米。长沙城里一卖水人家因买不到米，全家投水自杀。这个惨案激起全城百姓的公愤，当夜米店被饥民所抢，第二天全城罢市。湖南巡抚下令开枪镇压民众，当场打死二十余人。民众愤极，焚烧了巡抚衙门和大清银行，捣毁外国领事洋行。外国军队配合清军镇压暴动的百姓，死伤数百人，全国舆论哗然。朝廷被迫罢去巡抚的职务，出米平粜，风潮才告平息。

长沙风潮居然在江亭这块旅游之地留下如此深的痕迹，而且这样赤裸裸地向摄政王宣战的口号赫然书于墙上，竟然无人刷掉。人们对朝廷的不满到了何等地步！

两位湖南籍小京官在这几行狂怒的字迹前伫立良久，心绪越发变得沉甸甸的了。

静竹心里也不好过，她扯扯杨度的衣袖：“咱们到那边去找吧！”

三人默默地四处寻找，努力追忆当年题词的那面墙壁，却始终见不到一字一句的残迹。

“没有彩头，看来我们都没有了彩头！”杨度嘀咕。

“国家都衰亡了，还有什么彩头不彩头的！”

一个素不相识的中年男子朝他们望了一眼，操着浓重的东北口音说完这句话后便走出了亭子。

杨度正想回敬他一句，夏寿田说："这个人刚才是在看壁上那首诗，我们也过去看看。"

杨度随着夏寿田走过去。此处原来题着一首七律：

车走雷声不动尘，千门驰道接天津。
杜鹃九死魂应在，鹦鹉余生梦尚新。
抱瓜黄台成底事，看花紫陌已无春。
汉家陵阙都非故，残照西风独怆神！

没有署名，也没有日期。诗写得不错，在江亭壁上数以百计的题诗中可谓上乘。诗中忧国忧民的情绪十分浓烈，看来是一个失意而不失忠诚的文人写的。眼下又是西风落叶的时候，看着面前颓废的慈悲庵，陈旧的江亭，四壁上那些令人不忍卒读的游人题词，联想到处于颠簸危殆之中毫无一丝指望的国家政治，以及多年来负笈东游求得的学问，殚精竭思设计的立宪宏图都将一无所展，杨度一时百感交集，心胸郁闷，方才与静竹共忆初恋时的美好心态被扫除得无影无踪。

"老爷，题首诗吧！"一个十一二岁的小男孩站在杨度的面前，带着乞求的腔调望着他说。

小男孩黑瘦得吓人，上身披着一个破烂麻袋，下身穿一条破旧单裤，赤着脚，一只手端着个缺边瓷碗，碗里有些墨汁，碗边上横着一支粗糙的毛笔，一只手提着个黑木桶，桶里装着石灰水，插一个旧扫把。

京师里的穷孩子成千上万，有讨饭乞钱的，有拾荒捡破烂的，有帮人做各种小工杂活的，但用这个办法来赚两个小钱的苦孩子还从来没见过，杨度和夏寿田对望了一眼，又心酸又哀痛。

"好吧！"

"谢谢，我来刷墙！"小男孩高兴极了，忙将扫把沾满石灰水，要把壁上的这首七律刷掉。

"莫刷这里。"夏寿田赶紧制止。

"老爷，你要题哪里？"小男孩停住扫把，大眼睛骨碌骨碌地望着夏寿田。

"刷这里吧！"夏寿田指了一块文句庸鄙字迹粗劣的地方说。

"行！"小男孩三下两下刷出一块白壁来，又将笔蘸上墨，给杨度递了过去。

杨度接过笔，凝思着。

静竹说:“既然过去的《百字令》找不到了，那就再题一首新《百字令》吧！”

杨度沉默地点点头。一股从居庸关外吹来的北风破窗而入，吹得他脖子后颈冷飕飕的。他皱着眉头，绷紧面孔，久久地伫立不动。突然，手中的墨笔靠近了尚未全干的灰墙，一行行浑厚遒劲的碑体字出来了：

戊戌年，余与午诒同赴礼闱。余罢第，午诒高中一甲第二名。离京前夕结伴游江亭，时所谓承平岁月也，实大祸已暗伏，国人多未窥几而已。予赋《百字令》:“西山王气但黯然，极目斜阳衰草。”此意已寓其中。不久变生肘腋，随之帝后播迁，而今则烽烟四起。一十二年来，国事日非，无可救也。今与午诒、静竹重游旧地，欲觅昔日所题而不可见。秋风萧瑟，汉陵不见，余再题《百字令》一阕，以纪此游。

朋侣携手，觅当年旧迹，尘土掩了。废寺危亭卧寒雀，更接无涯枯草。惹祸博鸿，匿影扶桑，又赴洛阳道。尧都远矣，何来自取懊恼！　　谁付伊周重托，神州宏图，由尔展描？昨宵一梦兼春远，梦里江山更好。南疆水清，北国原莽，西域昆仑豪！醒来依旧，西风频吹人老。

静竹轻轻地诵读了一遍，说：“好是好，但未免太消沉了点。你今年才不过三十五岁，难道西风就把你吹老了？”

杨度苦笑着，不做声。

夏寿田说：“当年我们是一人一首，今天也不能让你专美。”

夏寿田从杨度手中取过笔。在杨度题壁的时候，榜眼公已经打好腹稿了，他不假思索，飞快写了起来：

戊戌年与哲子共游江亭。哲子叹时事多艰，余言朝政无阙，小有外侮，足以惕在位，不宜遽作亡国之音，失哀乐之正。和词云“万顷孤蒲新雨足，碧水明霞相照”，意以矫之，亦喻朝廷宜礼贤用才，以人治国。曾湘乡谓朝气不难致也。乃未几政变狱起，继以拳祸，两宫西狩，几致亡国，始叹其见微。今与皙子再游江亭，皙子重题《百字令》，有“西风频吹人老”句，静竹惜其消沉。然国事日非，余又遭家难，心绪或许比皙子更消沉也。

一纪过后，正黄花初开，霜打野草。废苑菰蒲新又雨，作得秋声不了。雁字南飞，声断燕岭，回望帝京渺。万里长城，犹如灰线曲绕。　　弹指光阴流逝，功名无望，更兼文章夭。旧年一腔书生气，渐被岁月磨消。国难当头，家祸突兀，人世多烦恼。不如狂饮，一壶浊酒醉倒。

静竹也把夏寿田的《百字令》轻轻吟诵了一遍，叹道："十二年了，想不到国家不但无一点起色，反而越来越坏，也怪不得你们消沉。"

这时，岳霜跑过来说："店老板把饭准备好了，快去吃吧！"说着就来扶静竹。

静竹也说："苦吟了半天，也该去吃饭了！"

"走吧！"夏寿田拉起杨度衣袖就走。

"老爷，赏我几个钱吧！"

侍候笔墨的小男孩站在一旁可怜兮兮地说。

"哎呀，你看我们都忘记了！"杨度一边掏口袋，一边对夏寿田等人说，"你们先走。"

杨度从口袋里掏出一把钱来，约有三四十文，都送给了那孩子。小家伙欢天喜地地鞠了一躬走了。

杨度正要转身，却忽然看到慈悲庵里走出两个出家人来：前面是一个年岁较长的和尚，后面跟着一个中年尼姑。二人来到大门外，都停了脚。

和尚双手合十说："师妹留步，过两天我再来。"

中年尼姑久久地望着和尚，好久才说了一句："师兄好走了。"

杨度被这一僧一尼的情景所吸引，怔怔地望着出神。那和尚转过脸向江亭这边望了一眼，又朝着尼姑身边走去。就在这个时候，杨度看清了这位和尚，原来竟是多年不见的故人！

"寄禅法师！"杨度惊喜地喊了一声。

和尚停步，扭头一看，也喜道："原来是皙子！我正要找你，不料你也到江亭来了！”

当杨度和寄禅一起来到慈悲庵大门口时，寄禅向尼姑介绍：“这是我的俗家朋友杨皙子施主。”又指着尼姑说：“这是我的师妹净无法师。”

杨度向净无弯了弯腰。他瞥见这个尼姑的脸上略有点不自在。净无右手摸着胸前的念珠，左手竖起，停了好一会儿才说：“请杨施主进庵里叙话。”

寄禅忙说：“师妹，我看不必了。”又转过脸对杨度说：“皙子，我今天有件要紧的事去办，就不在这里说话了。我在法源寺里挂单，明天夜里我在寺里等你，我们再好好叙话。你一定要来！”

说完，又望了净无一眼便走了。净无也不再和杨度搭腔，赶紧转回庵里，把大门关了起来。倒是杨度一个人在庵门外默默地站了很久，他看得出寄禅和净无之间的关系非比一般。

九　悟宇长老指明朝廷亡在旦夕的三个征兆

法源寺是北京城内年代最老、规模最大的寺院，位于宣武门内法源寺前街。它创建于唐贞观十九年，当时叫做悯忠寺。后来宋钦宗被金兵从汴梁掳至燕京，就囚禁在这里。明代改名为崇福寺。清雍正年间改建后更名为法源寺。

寺内共有五进院落。第一进为天王殿，第二进为大雄宝殿，第三进为观音阁，第四进为毗卢殿，第五进为藏经楼。法源寺最引以为自豪的便是这个藏经楼。它藏有唐人和五代人的写经，以及宋、元、明、清各种刻本，还有用西夏文、回鹘文、傣文、藏文、蒙古文书写的佛经，是我国寺院中藏经最多、版本最珍贵的藏经楼之一。藏经楼一楼左边有一间收拾得很干净的客房，专为接待国内各寺院的高僧，寄禅就是以浙江天童寺住持、著名诗僧的身份住在这里。杨度进了法源寺，略一打听，便有一个小沙弥把他带进这间房子。寄禅早已沏好了名贵的天童茶在等候他了。

自从光绪二十九年杨度第二次东渡日本以来，他们已经整整七年没有见面了。这期间只有智凡法师在他们中间充当过一次青鸟。这次法源寺重聚，杨度没有询问寄禅这几年来的行踪，却抓住慈悲庵的那一幕师兄师妹别情来打趣他。

“想不到大法师也有儿女私情。真佛面前不烧假香，你今天当着我这个真正的师弟面前，把那个假冒的师妹的根由说清楚。否则，我就把她公之于十方丛林，让他们晓得原来得道高僧，竟是个风流情种。”

说罢哈哈大笑起来。

寄禅赶紧制止:“皙子,这里是法源寺,不是湘绮楼,怎能这样放声大笑,惊动了长老，会把我们赶出去的。”

杨度笑道:“莫拿这个来打岔,快好好交代。做个风流诗僧有什么不好?曼殊法师就是一个鼎鼎有名的风流诗僧。在日本时我最喜欢和他交往，倒是那些一本正经只晓得打坐数念珠的和尚,乏味极了。曼殊年少,法师年老,一老一少，相映成趣。哪一天我过得不如意了，也祝发入空门。我们三人，一老一少一中年，鼎足三立，做三个风流诗僧闻名于世。”

杨度越说越得意，寄禅也跟着笑了起来，说 :“不瞒你说，我也喜欢曼殊法师，只可惜无缘与他谋面。”

“不要紧，听梁卓如说他就要回国了，我来介绍你们认识。”

“那好,我多时想结识他了。”寄禅真诚地说,“大家都说我是诗僧,其实,当今真正的诗僧要数他。他的诗有一种佛门韵味，我写了一辈子的诗，自认不及他。看来这不关乎苦吟，而是关乎慧根。最近我在《南社丛刊》上读到他的一首诗，真是妙极了。”

“这诗怎么写的？”杨度兴致勃勃地问。

寄禅拖长声调背道 :“春雨楼头尺八箫，何时归看浙江潮？芒鞋破钵无人识，踏过樱花第几桥。”

背完后又情不自禁地赞叹:“齐己、皎然皆不如,堪称我禅门第一诗人。”

“噢，这首诗我早几年在日本时就读过。”杨度说，“你知道，他这首诗是为谁而作的吗？”

寄禅摇摇头。

“他是为日本一个名叫百助媚史的艺伎而作的，此人是他眷恋多年的情人。”杨度说到这里忙刹住，“我不和你扯远了，还是好好交代你的慈悲庵的师妹吧！”

“真拿你没办法！”寄禅苦笑道，“这事既然让你撞见了，我也只得跟你说一点了。其实,师兄我一生所缺的正是这‘风流’二字。若多一分风流,也就不会苦了净无了。”

杨度插话 :“看来大法师与那位女菩萨真有一段动情的故事了。”

“唉，这都是过去的事了。”寄禅收起笑容说，“光绪十年，我第三次去雪窦寺，谒见悟宇长老。长老那时正在讲授《心经》，四面八方都有僧尼前来听讲。我也在寺里住了下来，早晚两次听长老的课。有一天，突然有个年纪轻轻的女尼走进我住的禅房，说是听人讲我爱写诗，要看看我的诗。我那时只有三十多岁，血还很热，见有人要看我的诗很高兴，便把诗稿拿出来给她看，又详详细细地把每一首诗讲给她听。这位女尼很爱诗，隔两天又来看，于是我又讲。这样一来二往就很熟悉了。她的法名叫净无，是杭州城外覆舟庵的，来此挂单半年了。我问起她出家的缘由。才知她原是旗人，父亲是杭州旗营一个小把总。后来父亲病故，家里无钱运柩北归，便把她嫁给浙江臬司做小老婆。这臬司也是旗人，过门那年，已是七十三岁的老头子了。两年后臬司死去，大老婆容不得她，将她赶出家门。她无法生存，无可奈何地进了覆舟庵，削发做了尼姑。净无的身世很苦。我们都是苦出身的，彼此互相怜悯。一个月后，她突然对我说：师兄，我们一起还俗吧！我听后大吃一惊，说：我已在阿育王寺舍利塔前烧去了两指，立下了海誓，如何能背叛还俗？净无再没说二话，便出门了。第二天上午没有见她听讲经，到了下午我一打听，才知道她回杭州去了。两年后我去杭州，特地到覆舟庵去找她。庵里的女尼告诉我她到京师去了。我想，她原是旗人，一定是还俗回籍了。从此便不再想这件事了。前几天我来京师，住在这里，与轮浆大法师谈起京师丛林中的僧人。他盛赞慈悲庵的净无法师禅学精妙。我心里想，这个净无是不是二十多年前的那个净无？怀着这个念头,我那天去了慈悲庵。一见面,果然是净无！我们惊喜极了。净无说，二十多年来，她常常记起我。遭到我的拒绝，她心里很凄苦，便只有一心礼佛，以钻研佛经来摆脱那层俗念。我听了心里直难受。”

杨度插话：“既然你难受，她记念，再一起还俗也不迟呀！”

“我都六十岁了，净无也快五十了，还还什么俗！”寄禅的眼神黯淡起来，慢慢地说，“若是真有缘的话，来世再圆这个梦吧！”

杨度笑道：“大法师，我现在明白了，你的诗没有曼殊那股韵味，确如你所说的，关键不是慧根不够，而是情缘不足。倘若你一边做和尚，一边又和净无月上柳梢头人约黄昏后的话，那样作出的诗决不会在曼殊之下。诗源乎性灵情感，源头枯窘了，何来涓涓流泉，浩浩江水！”

寄禅笑着说：“皙子呀，你说这话，当心佛祖报应你。”稍停一会儿，又点点头说：“你说诗源乎性灵情感也有道理。最近得知日俄协议签订、日本吞并朝鲜等消息，对国事的感愤，激发了我的诗情。我写了几首小诗，自认为还不错，你不想看一看吗？”

“怎么不想看？”杨度说，“到法源寺来会你，就是要来看看你这几年写的诗。”

寄禅从布包袱里拿出一本簿子来，上面题着“八指头陀诗稿之十”的书名。他翻了几页，递给杨度。杨度看那上面写着“感事截句附题冷香塔并序”。序文为：“余既题冷香塔铭，活埋计就，泥洹何营？一息虽存，万缘已寂。忽阅邸报，惊悉日俄协约，日朝合并，属国新亡，强邻益迫，内忧法衰，外伤国弱，人天交应，百感中来。影事前尘，一时顿现，大海愁煮，全身血炽，得七截若干章。师恩未报，象教垂危，髑髅将枯，虚空欲碎。掷笔三叹，涓矣长冥！”

杨度说：“忧时如此，看来大法师情缘并未尽。”

于是轻轻地吟起来：

落月哀猿不可听，声声欲唤国魂醒。
莫教遗恨空山里，谁认啼鹃望帝灵？

修罗障日昼重昏，谁补河山破碎痕？
独上高楼一回首，忍将泪眼看中原。

杨度惊道：“大法师，你哪里像个出家人，分明与我辈一个心情嘛！”又念下去：

联盟无奈岛夷绝，合并何堪属国亡！
欲巩皇图凭佛力，白头垂泪礼空王。

茫茫沧海正横流，衔石难填精卫愁。
谁谓孤云意无着，国仇未报老僧羞。

“好！”杨度击案，“真一个空门陆放翁！风流诗僧你不算，爱国诗僧当之无愧。”

诵诗的声音提得更高了：

法运都随国运移，一般同受外魔欺。
踏翻云海身将老，独立人天泪自垂。

万事都归寂灭场，青山空惹白云忙。

霜钟摇落溪山月，惟有梅花冷自香。

杨度合上诗稿，叹道：“到底是出家人吟的诗，吟到后来，都自我解脱了。”

“你道我是真正解脱了？”寄禅冷笑道，“若是真正解脱了，前面那些诗是如何吟出来的。”

杨度点点头说：“说得也是。我倒要请教法师，是法师本身修炼的功夫尚不到家呢，还是说到底，佛门也不可使人自我解脱。”

寄禅盯着杨度看了半天，说：“皙子，我看你这几年还不是谈这个题目的时候。我跟你订个约：圆寂之前，我将这一生在佛门中修得的禅理与你作一番长谈，如何？”

杨度说：“好是好，万一没有机会怎么办？”

寄禅道：“自从那年我与你同去沩山密印寺，我就觉得你与我佛门有缘分，若是我没有看错的话，这个机会就一定有。若是没有这个机会，便是我看错了。你说呢？”

“对。”杨度说，“这大概就是佛门所说的随缘自化吧！”

“说得好！”寄禅高兴地说，“皙子，你的禅性极高，我们缘分不浅，那一天一定会有的。”

杨度笑道：“大法师，说了半天的话，还不知你这次到京师来究竟为了何事哩！”

“你一直不问我，总缠着师妹不放，我哪有空隙说这事呀！”寄禅也笑道，“我这次来京师，正是来找你帮忙办一件大事的。”

“找我帮忙？为什么大事？”杨度很惊讶：我能帮出家人办什么？

“是这样的，”寄禅喝了一口茶说，“我们准备成立一个全国佛教总会，已拟好了一个章程，请你帮忙递给朝廷。”

杨度觉得奇怪：僧尼们也要立会建党了，这不是怪事吗？“你们这个总会，与自立会、光复会是不是一样的？”

“你扯到哪里去了！”寄禅打断他的话，敛容道，“我们出家人不过问政事，你怎么想到会党上去了！”

“那你们成立全国总会做什么？”

“佛教全国总会是为佛事设立的。”寄禅慢慢解释，“全国寺院有近万处，僧尼有十余万人，有一个统一的组织就有很多好处。现在日本及南洋各国都有佛教总会，唯独我们中国没有。好比说，总会成立后，我们就可用总会的名义召集一批高僧重新校勘佛经，在此基础上将一批重要经典重新刻印。还可以办一个佛教学校，将全国一些大寺院的住持、监院、维那、知客等高级职事人员轮流招进学校念经书，请高僧传授。还可以联合起来保护佛界本身利益。比如说，现在各地寺产被人侵占得厉害，毁寺毁佛的事屡有发生。佛教总会成立后，就可以为他们说话。”

杨度说："如此说来，成立佛教总会也是一桩功德。”

“阿弥陀佛！”寄禅郑重其事地念了一句佛，将一沓纸递过来说，“你就做一件好事，积这桩功德，设法将这份章程递给朝廷，求朝廷批示同意，我们才好名正言顺地去建会。”

“好。把这份章程递上去不难，难的是谕旨同意。”杨度接过章程，放在桌上，说，“法师想想，现在国事这样艰难，摄政王时刻担心江山保不住，他哪有心思考虑你们出家人的事，只怕是见到‘会’这个字，他便早已心存戒备了。”

“试一试吧！”寄禅叹口气说，“净无也说过类似的话，我想总要试一下才安心。还是你刚才说的，随缘自化，勉强也是不行的。”

“我尽量争取。”杨度又拿起章程翻了一下说，“若是前两年张相国、袁宫保都还在，这事又好办些。现在朝廷简直没有一个做事的人，只会争权夺利。”

“哼！”寄禅冷笑一声，“眼下的中国，正如一条大海中漂荡的破船，船底已烂得灌水，船上的人还在为鸡毛蒜皮互相打斗。师兄我不是危言耸听，你也要好自处之，满人的这个朝廷总在这一两年内就要彻底完了。这是当年悟宇长老圆寂前对我说的。”

“就是雪窦寺的那个悟宇长老？”杨度惊问，“他既是一个得道的高僧，一定见到了常人见不到的几微。他说了些什么？”

“悟宇长老的确非比等闲人，他是道光皇帝亲赐的进士出身。”

“噢，有这样的事？”杨度大吃一惊，“道光帝死去已五十年了，悟宇长老有多大年纪？”

“悟宇长老圆寂时八十二岁。他三十一岁中的二甲三十六名进士，分发广西贵平县。刚要赴任，老母死了，他便只得在家守制。”寄禅停住嘴，端起了茶杯。

“十多年寒窗苦读，好容易盼到一个官位，却又做不成。”杨度惋惜。

“正是你这话。”寄禅接着说，“悟宇长老当年也是这样想的。谁知两年后，洪、杨在贵平县金田村起事，焚毁衙门，杀尽官吏。消息传来，悟宇长老惊愕不已，暗思这真是老母保佑，倘若去了贵平，岂不全家罹难？世事真难以预料。到了三年制满，天下更加大乱，加之老父病重，悟宇便决计不再出仕，在家读书侍亲。长老从佛经中得到了许多启示。后来其他书都不读了，一心钻研佛典。到了四十五岁那年夫人辞世，他心里悲痛，且儿女都已成家立业，无牵无挂了，便干脆到雪窦寺祝发，穿上袈裟，完全脱离了尘世。悟宇长老资质聪颖，学问高深，很快便成了佛界第一高僧。”

“真是一位了不起的人物！”杨度叹道，“说不定哪天我也会走他的路。”

“好！如果我还活着的话，我来为你剃度。”寄禅笑道，“只怕你娇妻爱妾的，下不了这个决心。”

“这个决心是难下，那非要到对世事心死如灰的程度不可。”杨度也笑道，“先不说这个吧，法师你还是说下去，悟宇长老凭什么断定朝廷的寿命只有两三年了？”

“悟宇长老说了许多原因，有些是大家都看到的。比如说强邻欺侮，国势颓弱，官吏腐败，百姓饥寒等，都不说了，长老说了三个特别的征兆。”

“特别的征兆？”杨度的兴趣大为高涨起来。

“第一个征兆是，”寄禅平静地说，“当年的摄政王多尔衮护卫六岁的顺治帝入关。进北京城的前夕，在青龙桥头遇一卜卦者，他的卦摊上高悬一对联：眼盲能明古往今来事，手残善断痴男怨女情。多尔衮走近一看，卜卦者乃一瞎眼残臂的老头。心想，此人的眼睛瞎了，看不见我的强大军容，当然也就不知道我的身份，如此方可说真话实话。遂问卜卦者：‘据说关外的军队要进城了，他们能成气候，建朝立国吗？’卜卦者答：‘他们能坐天下。’多尔衮高兴，又问：‘皇上的天下能坐多久？’卜卦者答：‘得之于摄政王，失之于摄政王。’多尔衮身为皇叔，功劳最大，本有篡位之意，听了这话，心里暗自得意，又问：‘此话当真？’卜卦者说：‘当真。还有一句话：得之于孤儿寡妇，失之于孤儿寡妇。’于是多尔衮相信天下是他的，坚定了篡位之心。其实他理解错了。”

“是的，卜卦者的话应的是今天。”杨度立时明白过来，“眼下不正是摄政王当政，孤儿寡妇当朝吗？”

“第二个征兆是，”寄禅淡淡地说下去，“十年后顺治帝亲政，蒙古高僧哲布尊丹巴胡图克图来北京祝贺。顺治帝本是极尊佛的，对这位蒙古高僧十分礼遇，向他问大清朝的国运。蒙古高僧答：‘我身不缺，我国不灭。’顺治帝听后不解，但碍于至尊的面子，不便追问。于是又问：‘我朝可以传到多少代？’高僧答：‘十帝在位九帝囚，还有一帝在幽州。’顺治帝听后很高兴，对母后孝庄太后说：‘我朝可传二十代天子。’其实，顺治帝也理解错了。”

杨度说：“蒙古高僧的话很费解。我身不缺，我国不灭。这话是什么意思？十帝，九帝，再加一帝，是二十帝也不错呀！”

“看，难住了你这个才子了吧！”寄禅笑道，“我身不缺，乃指‘我’字不缺笔，若不缺笔，则国就不灭。反过来，若缺了呢？那就灭了。”

杨度边听边思索。蓦地，他明白了，笑道：“法师，你听我说，看对不对。当今皇上名溥仪，‘仪’（儀）字右下角为‘我’字。因为不能犯讳，所以凡书‘仪’（儀）字，当在右下角‘我’字下缺笔。按蒙古高僧的意思，‘我’字现在缺笔了，国家当灭亡了。”

“对，对，不愧为才子。”寄禅笑着称赞。

“不过，法师，下面的话就不好理解了。照高僧所说的，那就还得传几代。”

“不是传二十代，你犯了顺治帝的错误。”寄禅说，“这是指满清入关后会有十个皇帝在位，而第九个皇帝被囚禁。至于一帝在幽州的话，长老说，可能指的是第十个皇帝会逃出北京，回到关外老家再度称帝。因为古时的幽州，除直隶北部外，还包括今天奉天的南部。”

杨度插话：“我知道了，这被囚的是指光绪帝，他被慈禧太后囚禁了整整十年。从顺治到宣统，正是十位皇帝，皇祚到此也就终结了。”

寄禅点头。

“那第三个征兆呢？”杨度急着问。

“北京做了元、明、清三个朝代的都城，面南的三个大门恰恰都应了亡国那一朝的年号。”

“这样巧吗？”杨度不禁一惊，随即扳着指头数着，“中间是正阳门，左边的是崇文门，右边的是宣武门。”

“不错。现在我来问问你这个饱学之子，元代亡于哪个年号？”

“亡于至正二十八年。”杨度顺口答。

“这不应了正阳门的‘正’字？”

“哎呀，真的！”杨度接着说，“明代亡于崇祯十七年。”

“应了崇文门的‘崇’字了吧！”寄禅用食指敲了敲茶碗。

“真是奇事了！”杨度两眼瞪得大大的，“不要说了，这宣统的年号恰恰应了宣武门的‘宣’字了。”

“皙子你看，这三个征兆都应在宣统帝身上，大清朝还不亡吗？”寄禅看着杨度说，“还有一条，悟宇长老没说，是我看出来的。”

“法师慧眼看出什么了？”杨度觉得今夜学到了许多过去不曾接触到的学问，收获真是太大了。

“你注意到了吗？同治帝冲龄即位，无子而终。光绪帝也是冲龄即位，也是无子而终，现在宣统帝又是冲龄即位。三世冲龄登基，两世无子而终。爱新觉罗的家族和气运到了这般地步还不灭亡，那就天理都不容了！”

法源寺的暮鼓重重地敲了三下，远处传来隐隐的鸡鸣声。寄禅将碗里的余茶一饮而尽，说："三更了，睡觉吧。佛教总会的章程，你明日再帮我好好看看，润色润色。至于递不递上去也无所谓了，这个朝廷反正要亡了。"

说罢，倒在禅床上，很快便呼呼入睡了。

杨度却久久不能入睡。满清的亡国趋势看来是不可逆转了，没有必要再为它效力了。生于末世，命运如此，也无可奈何，只是这满腹帝王之学没有施展的天地，未免太可惜了。寄禅的事可以移到新朝去办，而自己在新朝中算得什么呢？新朝自有它的一班子佐命大臣，还会给自己留下一席之地吗？

几天后，杨度通过载泽将佛教总会章程递给了载沣。此时的载沣正在为立宪制下的第一任内阁的权力分配弄得焦头烂额，哪有心思管这档子事！他看都没看一眼，便塞进了废纸篓。寄禅在法源寺等了半个月，自然是泥牛入海无消息，只得回天童寺去了。

不久新内阁公布。设总理大臣一人，由奕劻出任。协理大臣两人，由徐世昌、那桐担任。另设外务、民政、度支、学部、海军、陆军、法、农工商、邮传、理藩十部。十三个国务大臣中满人占了八个，蒙古人一个，八个满人中五个是皇族，于是国人讥新内阁为皇族内阁。　皇族内阁名单如下：　内阁总理大臣奕劻（皇族）　内阁协理大臣那桐、徐世昌（满汉各一）　外务大臣梁敦彦（汉）　民政大臣善耆（皇族、肃亲王）　度支大臣载泽（皇族、辅国公）　学务大臣唐景崇（汉）　陆军大臣荫昌（满）　海军大臣载洵（皇族、贝勒）　司法大臣绍昌（满）　农工商大臣溥伦（皇族、贝勒）　邮传大臣盛宣怀（汉）　理藩大臣寿耆（蒙古）

载沣借立宪加强皇族势力的真面目暴露无遗，海内外热心立宪者尽皆失望，革命派在各省发起的武装起义前仆后继，硝烟弥漫四境，枪炮声此起彼伏。这座由关外满人搭起的已历二百六十八年之久，既演出过雄奇壮丽的喜剧，也演出过辱国病民的悲剧的大戏台，已经朽烂殆尽摇摇欲坠了。

终于，武昌楚望台响起了震动人寰的炮声，悟宇长老的预言证实了，古老的中华民族的史册盼来了它辉煌的一页！

第五章　洹上私谋

一　奉内阁总理之命，杨度连夜奔赴彰德府

在那个全国各地到处充满愤怨和仇恨的年代，武昌起义的爆发是不可避免的事，但是它的仓促而起，却又带有很大的偶然性。

自从一九〇五年经杨度的介绍，孙中山和黄兴携手合作，将兴中会和华兴会合并成同盟会以来，同盟会先后组织领导了九次武装起义。这些起义，或在乡村，或在西南边陲，皆不在国家的腹心部位。当年时务学堂的学生、而今已成为著名革命家的刘揆一与宋教仁及另一位湘籍老资格同盟会首领谭人凤等人，鉴于国内的形势，改变方针，建起中部同盟会总部，领导长江中下游一带的革命活动。谭人凤，号石屏，湖南新化人。初为洪门会员，后出走日本，入同盟会。先后参与镇南关、河口及黄花冈诸役，后与宋教仁等在上海成立同盟会中部总会，任总会议长兼干事。武昌起义后，参与革命军谋划事宜，并回湖南策动援鄂。民国成立后，任川粤汉铁路督办与长江巡阅使等职。九省通衢的武汉三镇成了他们活动的重心。很短的时间里，日知会、共进会、群治学社、振武学社、文学社等革命秘密团体相继建立，它们都以新军作为运动的主要对象。九月底，端方带领湖北两标新军前往四川镇压保路风潮。革命党担心新军被继续调离武汉，削弱革命力量，遂临时决定十月十六日起义。

十月九日，汉口一个秘密机关突遭破坏。革命党内部纷纷传说党人的名册已落入官方之手。在面临即将全部落网的危险时刻，大家都认为只有提前起义，才是唯一出路。

十月十日下午，革命党人较多的新军第十六协工兵营里气氛更为紧张。夜里，值班的士兵和排长因口角而相互扭打。营房本已如同一座火药库了，这根导火线一点燃，便即刻爆炸起来。士兵们连夜涌向楚望台军火库。几乎没有费一点力气，楚望台便被拿下。驻守武昌城里的军政官员们早已是惊弓之鸟，事变发生后，他们只顾自己仓皇逃命，并未做任何抵抗。第二天清早，黄鹤楼头飘扬着革命党人秘密制作的十八星旗。一个崭新的纪元，真个是一夜之间便来到了。

新成立的武昌革命政府，推举毫无一点革命意识的黎元洪为都督。这位仪表堂堂的前清军协统，被大多数革命党人和同情革命的立宪党人，公认为最适宜坐这把交椅的唯一人选，这是武昌起义中最为奇特而发人深省

的怪事。

中南第一重镇一夜间丢失的消息震惊了北京。摄政王载沣慌忙命陆军部大臣荫昌亲率北洋军两镇南下讨伐，并令海军提督萨镇冰派遣海军协同作战。

内阁总理大臣奕劻却不相信荫昌能担当得起这个重任。荫昌从来没有打过仗，只是仗着满人的血统和留德学军事的身份而进入皇族内阁执掌军事大权，通常的军人都瞧不起他，何况北洋军！他手下的两位统领冯国璋、冯国璋，字华甫，直隶河间人，北洋武备学堂毕业。光绪十九年入武卫军，后任中国驻日公使军事随员。二十二年回国，协助袁世凯创办新建陆军。二十九年任清政府练兵处军学司司长。武昌起义爆发后任第一军总统。1913 年任江苏提督。1916 年当选北洋政府副总统，次年任代理大总统。1918 年下台。段祺瑞向来不把他放在眼里，紧急之间又如何会听从他的调遣？奕劻把自己的想法给两位协理大臣徐世昌、那桐一说，两位立即附和：“王爷老成谋国，所虑极是。”

荫昌不是合适的统帅，那么谁又是恰当的人选呢？能指挥得动北洋军，能让冯国璋、段祺瑞服帖的人，还能是别人吗？当然只是那个隐居在洹上村已两年多的袁世凯。三个人的想法其实都是一致的，只是一时间大家都不好开口。除开袁世凯为摄政王所痛恨这点外，各人心里都还有一层顾虑。

奕劻贪婪成性。这两年多来袁世凯虽削职为民，但给庆王府的进贡却一如既往，未减丝毫，此事难保没人知道。由他提出起复袁世凯，会不会招致弹劾，说是银子买通的结果呢？

徐世昌是袁世凯几十年来的好友，完全是仗着袁的力量，才有他的今天，这是官场上尽人皆知的事实。自从袁出事以来，徐总是小心翼翼地将自己与袁分开，明里没有任何往来，在载沣面前，徐更是从不提起袁。若是换一个稍有魄力的摄政王，或是换一个稍许平静点的时代，任他如何谨慎检点，都不可能再处高位。无奈载沣软弱无能，也无奈这是一个多事之秋，毫无秉国才干的年轻监国还得依靠几个老成宿望的人，徐因此不但没有丢掉高位，反而升了协揆。徐常常庆幸得之于祖宗保佑。他在心里盘算：倘若提出起用袁世凯而因此得罪了摄政王，那将是一件划不来的事。

那桐和袁世凯是儿女亲家，他的孙女与袁的十三子早已定了亲。亲家亲家，关起门来是一家。由自己出头保袁，会不会被人说是徇私呢？

三个人都有顾虑，然而三个人又都热切地希望袁世凯能出山。于公于私，袁世凯都应当复出呀！

见徐、那许久不开口，奕劻终于不能再等待了。他苦笑了两声说：“我看你们也不要再装糊涂了，这世上除了袁慰庭，再没有哪个能去武昌和革命党打交道了。这点，你们心里比我还清楚，只是一为老友，一为亲家，怕别人说闲话而已。我看呀，这事咱们谁也别一个人出头，干脆我们三人联合递个折子给太后和摄政王，奏请朝廷命袁慰庭出山，南下平乱好了。”

“王爷说的是。”徐世昌和那桐几乎同时说出这句话。

稍停一下，那桐说：“叫慰庭出山，总得给他一个头衔吧，加什么头衔好呢？”

奕劻想了想说：“正好瑞澂的湖广总督丢了，就叫慰庭去顶这个缺吧！”

徐世昌想：一个湖广总督的缺，大概不会引起袁世凯多大的兴趣，不过现在也只能如此了。他点点头说：“行。不过，先得打发人到彰德去一趟，与他通个气，听听他的想法，方才显出朝廷的诚意。”

“菊人说得对，是得先派个人去彰德。”那桐立即表示赞同，转而又问，“派谁去为宜呢？”

镶黄旗籍的那桐是个典型的福官。他一生仕途亨通，由主事升学士，升侍郎，升大学士，又做军机大臣，两个月前又授内阁协理大臣。几十年来几乎是直线上升，没有受过挫折。他的为官诀窍就是不想事，没有己见，也不得罪人，故而升官没有障碍。因为不想事，他的脑子里多为糊涂账。派谁去，他的人才夹袋里找不出一个人来。

“菊人，你说派谁去为好？”奕劻也想不出一个人来。

“这个人既要和慰庭私交好，又要不太引人注目。派谁呢？”其实，徐世昌心里早就有了一个绝好的人选，只是故意磨蹭一下，不直接说出来。

“是的，既要是慰庭的朋友，又不要太招人显眼，哪一个好呢？”那桐搔着肥大的脑门，做出一副焦急思考的模样。

“王爷，那中堂！”徐世昌好像突得灵感似的，“你们看杨度行不行？”

“你是说宪政馆的杨皙子？”那桐问。

徐世昌点点头。

“杨度口才不错。早几天资政院续议新刑律，他在会上作了演说。据说掌声雷动，朝廷派往资政院演说的官员，还从来没有哪个像他这样出风头的。”奕劻将一个精致的琥珀鼻烟壶拿到鼻子边嗅了嗅，“好，那就这样吧，叫他马上出京，今夜坐夜班车去彰德。”

杨度得知这道紧急命令时，他正在修改一篇文章。这篇文章的基本内容，就是几天前他在资政院议论新刑律的演说中所阐述的，化为论文时，他可以将道理说得更深刻些。他准备将这篇文章送给《帝国日报》去发表，以便让国人都知道这部新刑律与旧刑律的最大区别是什么，为此他给这篇文章标了个醒目的题目：论国家主义与家族主义之区别。

杨度记得，几个月前，法部侍郎沈家本 沈家本，字子惇，浙江吴兴人，光绪进士，曾任知府、道员、按察使等职。光绪二十八年任刑部左侍郎，并任修订法律大臣，先后兼大理寺正卿、法部右侍郎等职。曾修订《大清现行刑律》，并制定《大清新刑律》。邀他参加制定新刑律时，明确地指出，中国的旧刑律，其立足点在家族主义，所谓夷三族诛九族等，皆以家族为本位，而新刑律的立足点应放在国家主义上。杨度十分赞同沈家本这个观点，认为这样的刑律与西方先进国家的刑律相接近，才有时代的气息。但有不少人反对，劳乃宣便是反对最烈的一个。他说，中国数千年来的礼教乃天经地义不能移易，有之则为中华，无之则为夷狄；有之则为人类，无之则为禽兽。中国的刑律须以中国的礼教为基础，礼教首重君臣父子之伦，所以刑律不能舍家族主义。沈家本鼓励杨度等人不要受劳乃宣之辈的干扰，把新刑律制定好。经过几个月的努力，一部大异于历代旧刑律的新刑律制定出来了。为了取得资政院的通过，主要制定者杨度受法部之托，作为政府特派员向资政院的议员们演说。

杨度在大会上滔滔不绝地演讲了两小时，将刑律不能不改良的理由以及新刑律与旧刑律的异同之处做了详细的说明。他特别强调指出，建筑在家族主义基础上的旧刑律非改革不可。按理说，一国之官吏应该对国家负责，而中国过去则不然。一个人做了官，一定要为他的家族谋利益，如此官员一定贪污。因为只有贪污，他才能给家族带来实利，他才是家族的孝子贤孙。今日中国各种弊病的根由，都是缘于这样的孝子贤孙太多，而忠臣太少。因此，要救中国必须大力提倡国家主义，日益削弱家族主义。此乃新刑律的精神之所在，即与旧刑律的根本区别之所在。

杨度的演说博得大多数议员的理解，掌声经久不息。新的刑律就这样顺利地通过了。

想起那天通过新刑律的情景，杨度至今仍很激动：总算为中国的法律建设做了一桩实事。他本欲把国家主义对今日中国的重要性再深刻地论述一番，但现在不行了，他非常清楚此番使命的特殊意义。

武昌出事的消息，他是午后看到《帝国日报》才知道的。放下报纸后，他想了很多。

事变的发生，他一点也不意外。自从两宫同时死去以来，国家几乎没有安定过一天。广州的黄花岗暴动，长沙的抢米风潮，都闹得全国沸沸扬扬，尤其是近来湖南、湖北、四川、广东四省的保路运动已成风潮。在四川，居然全省绅民团结一致，罢课罢市抗捐，军队都镇压不了。由于皇族内阁的建立和对和平请愿团体的驱逐，使得朝廷人心丧尽。京师茶馆酒肆，公开骂朝廷的话都可以放心大胆地说了。人们普遍地意识到，现在是全国到处都铺满了干柴，只要一点点火星，便可以引起燎原大火来。说不定武昌这起事变，就正是投在干柴上的火星！

不过，这起事变是由新军挑起的，而且一夜之间轻而易举就把省垣占领了，这两点又大出杨度的意外。早就听说，朝廷花大力气训练的新军里混进了不少革命党。看来，这个传说是有根据的。军队是维持朝廷的支柱，支柱已被挖空，朝廷还能维持得下去吗？一个处于腹心地带的大省省垣，几声炮响后就变了旗帜，地方政府的控制力的虚弱，不是暴露无遗了吗？杨度想到这里，陡然有一种大树将倒、大厦将倾的预感。奕劻等人直到这个时候才想起袁世凯，大概为时已晚了。

那年冬天送别袁世凯后，杨度即给妹妹去了一封信，转述袁世凯欲聘她为袁府内眷教师的意思。叔姬不愿意跟袁世凯打交道，回信拒绝。杨度也不勉强。这两年多里杨度一直与洹上村保持着密切的联系，联系的纽带便是袁克定。袁克定的职务仍是农工商部右丞。他原本就是挂个名字，只领薪水不办事的，自从父亲罢职后，他更是只顶个虚名了。

袁克定常年住在北京城里，表面上从不与官场往来，和他过从较密的多是些梨园艺人。他和克文一样极为爱好京戏，但此中兄弟俩又大有不同。克文与合得来的梨园弟子称兄道弟，自己也常常粉墨登场。小生、花旦，他都会唱，而且唱得在行。克定在与艺人们往来中，时刻保持大家贵公子的清醒意识，十分注意彼此之间的等级分寸。他只是欣赏别人的唱腔做工，自己是绝对不下海的。对于那些年轻漂亮的女戏子，他也从来没有轻薄的举动。他因此获得了艺人们的尊敬。其实，混迹菊坛乃是一种掩护，袁大公子真正关注着的，始终是京师的政坛。他家中有一处秘密电台，随时向洹上村的电台报告京师的一切，同时也接受父亲的各项指示。

袁克定这两年来对杨度很是亲热。这不仅是因为自己家门遇到不幸，大公子的气焰大为降低，而且也因为他从这场变故中，看出杨度的为人大不同于其他官场中人。父亲及他本人的官场旧时朋友，尽管大部分与他都尚有联络，但他们的态度是小心翼翼的，方式是间接的。只有杨度仍和过去一样，大大方方地出没于他的家门，毫无顾忌，也从不避嫌，并且常常说袁宫保一定会东山再起的。其实，杨度说这种话的时候，自己也并没有多大的把握，只是朦朦胧胧的感觉而已，不料今日真的应验了。他来不及到大公子家通个信息，只是简单地和静竹、亦竹交代几句后，便连夜登上南下的火车。何汉文、杜迈之著《杨度传》：“1908 年 10 月，光绪和西太后相继逝世，溥仪嗣位，载沣监国。他素不满于袁世凯，因此，在溥仪登位后不到一个月，就谕命袁世凯开缺回籍养疴。杨度虽没有同时被摈，但是颐和园的宪政讲座也作罢了。当时清室内部又兴起排汉高潮，更没有他活动的余地，只是挂着四品京堂的空衔，往来于北京与彰德养寿园之间，为袁世凯通通消息，做袁的随身策士。在袁被逐时，一般趋炎附势甚至和袁接近的人，都绝迹不敢和袁往来。杨预料袁有再起的机会，可以乘机烧冷灶，因此得到袁的信任。”

二 野老胸中负兵甲，钓翁眼底小王侯

京汉铁路行至河南省境内的第一个大站是个非同寻常之处。三千多年前，商朝的一代名君盘庚将都城从曲阜迁到此地，从此开创了商朝蓬勃发达的新时代。传到了纣王手里，由于残忍无道，招致天怨人怒，终于引起了周武王的革命，纣王自焚于鹿台，八百年的商朝灭亡了，二百余年的繁华都城也随之烟消云散。天旋地转，岁月流逝，它慢慢地变成了一座废墟。后来，又因为此地乃晋冀鲁豫四省交汇要冲，为车马必经之孔道，兵家必争之重地，渐渐地又人烟稠密，商贾辐辏，形成了一座热闹的城池。它便是今日的豫北重镇彰德府。

自从铁路从这里经过后，这些年来彰德府更是日新月异地变化着。府城的北门外有一条小小的河流，由西向东静静地流淌。老百姓叫它洹水。洹水上有一座年代久远的大木桥，名叫圭塘桥。踏过圭塘桥，是一个有着百来户人家的村落，几百年世世代代传下来的老名字，叫做洹上村。洹上村里有一处占地二百多亩的前明藩王府，虽荒芜多年，但架子还在。那一年，袁克定奉父命将它买了下来，大兴土木，整整修建了半年，把废王府改造一新。

新修的袁府，从外面看是一座城堡式的建筑。四周是厚实的高墙，高墙四角上筑有坚固的碉堡，显得森严恐怖。墙里则完全是另一种气氛。

这里面辟有菜园、果园、瓜园，还饲养着一大群猪羊鸡鹅。林木之间有九个院落，每个院落都自立门户，均有一条鹅卵石小道通向府内的大花园。花园里堆着假山，建有楼台亭阁，还有一个十亩大的池塘。池塘里种着荷莲，喂着鱼鳖。塘边柳树旁还常年系着几条小渔船。前年秋天，袁世凯带着庞大的内眷队伍从汲县迁到这里。他特别喜欢这个大花园，亲自命

名为养寿园。九个院落分别安顿着主人的九房妻妾和各自的儿女。但不久，院落便从九处增加到十处，因为袁家长长的姨太太行列里又加进了一个。

世间都说袁世凯每逢一次变迁，就要置办一房姨太太作为标记。袁世凯好像着意要证明这个传说并不虚假似的，来到洹上村不满一月，五十一岁的养寿园主第十次做了新郎官。他这次娶的是彰德府里一个泥瓦匠的十七岁女儿刘氏。

袁世凯过去纳妾从不张扬。傍晚时分，一顶小布轿将姨太太抬进府里，当夜就入洞房。第二天，袁家老老小小聚会一堂，袁世凯将各人介绍给新姨太，又依身份等次不同给每人一个价值不同的红包，然后阖家吃一顿丰盛的酒席。这就算办了一桩喜事。但这次却大不一样。袁世凯在养寿园里足足摆了三天酒席。

第一天请的是彰德府各个衙门的大小官员。他亲自给客人敬酒，多谢他们的照顾，一再表白自己要做一个彰德府的良顺子民。第二天请的是洹上村的乡邻代表。他也向他们敬酒，表示此生要在洹上村终老，今后有麻烦各位高邻之处，望能多多包涵。

第三天是自家的老老少少，连男女仆役也一个不漏地上了席。袁世凯向他们约法三章：一是彻底放下往昔官衙架子，二是不管谁都不能与彰德府各衙门私相往来，三是要与四邻友好相处，不准招惹是非。

这三天的酒席吃下来，彰德府城内城外上上下下都对袁世凯有一个良好的印象：削职回籍的前军机大臣过的是谦退冲和、颐养天年的平民生涯。

但载沣对这个平民是不放心的，他命令步军统领衙门盯住袁氏一家人。于是，护送出京的步军外委袁得亮和他手下的两个兵士便奉命长期住在洹上村。

老于此道的袁世凯对朝廷的用心十分清楚。他对袁得亮三人殷勤热情，为他们安排了最好的住房，另配一个厨子专门为他们做饭。袁府账房先生按月给两个兵士一人十两银子的辛劳费。一个普通兵士，一个月不过三四两饷银，天天啃窝头咸菜，还得流汗费力地操练。来到洹上村，吃香喝辣，屁事都没有，饷银却多拿两三倍，天底下到哪里去找这样的美差！袁宫保真是活菩萨。这两个兵士感激都来不及，还谈得上什么监视不监视！

至于袁得亮，袁世凯更把他笼络得牢牢的。袁得亮是热河人，与项城相隔千把里，袁世凯却和他认了本家，每月给他的辛劳费是五十两纹银。袁得亮自是欢喜无尽。

有一天，袁世凯在花园里散步，见袁得亮一双眼睛死死地盯着府里的几个丫头，知道这家伙想女人了，便暗地打发人为他在彰德府里找了一个私娼。袁得亮隔三差五到私娼家里过夜，袁府的人每月跟私娼结一次账。

这袁得亮得了这么多好处，真是做梦都不曾想到。他没有别的可以报答袁宫保的恩德，便只有用向步军统领衙门大说好话来酬谢。尽管袁府考究的垂帘马车不断地在彰德车站接送南来北往路过的达官贵人、富商巨贾、江湖浪人、会党头目，尽管袁世凯的小书房里经常亮着灯光，许多不明身份的人与他频繁接触，彻夜密谈，尽管袁世凯私设电报房，清晰的发报声几乎没有一天间断过，袁得亮和他的两个兵士对这一切都视而不见，充耳不闻，半月一次的密报信件，照例都是几句现成的话：袁家上下安分守己，种菜养猪，过的农家生活；袁世凯闭门读书，足不出户，与外间毫无联系。

就这样，袁世凯在洹上村两年多来安然无事。看起来他真的是不出大门，与外界断绝了一切往来。其实，朝廷的细末，京师的动向，天下的大事，统统都在他的心里装着。

武昌的事情，他昨天就知道了，心里很有点快慰之感。他当然不是站在革命党人一边，快慰他们的胜利，而是快慰在天下大乱面前焦头烂额束手无策的摄政王的狼狈相。

“载沣呀载沣，这个摊子看你如何来收拾！”袁世凯越想越得意。到了吃中饭的时候，他吩咐多上几个菜，他要和前些日子从项城老家赶来的三哥好好地喝两盅！

袁世廉和袁世凯是一母所生的同胞兄弟，但外表上却没有多少相似之处。袁世凯眼大唇厚，袁世廉秀目薄唇;袁世凯长身短腿，袁世廉窄肩细腰;袁世凯精气充沛，袁世廉伛偻疲倦；袁世凯即使穿上布衣芒鞋，也有一股豪杰之气；袁世廉即使身着蟒袍玉带，也抖不出半点威风。然而，袁世凯对这个胞兄很亲切。因为小时候在家里，他们曾受过嫡出的大哥、二哥的欺侮，共同的命运将他们常常联为盟友。儿时的这份情谊，老来似乎更显得珍贵。

“三哥，早两天我们兄弟照的相片已经印出来了。”喝了几口酒后，袁世凯微笑着对世廉说。

“哦！”袁世廉异常惊喜，忙放下筷子说，“放在哪儿，快拿出来给我看！”

袁世廉有生以来还从未照过相片，知道有照相这回事，也还是前两年听别人说的。他觉得既新鲜有味，又叫人不可思议。“咔嚓”一声，人的模样就不走分毫地留在纸上，洋人发明的这玩意儿真叫绝！听侄儿们说彰德府新近开了一家照相馆，世廉就想去照一张试试。

“三哥，不要进城了，叫照相的到洹上村来吧！”

袁世凯很能理解三哥的心情，真的把照相师召到洹上村来了。那天袁世廉很是兴奋，在书房，在树下，在花前，认认真真装模作样地照了好些张。最后，袁世凯说：“三哥，我和你一起照一张吧！”

“中！我也正是这样想的，日后好带回家给你嫂子侄儿们看看。”世廉心里很快活。

老兄弟俩一起走到养寿园，又登上一只渔船。

袁世凯说：“三哥，我们俩化个妆吧，都穿上蓑衣，戴上斗笠。你化装成驾船的，站在后面撑篙。我化装成钓鱼的，坐在前面垂钓。中吗？”

“中，中！就这样照最好！”见老弟有如此雅兴，世廉欢喜极了。

化好了妆，正要照了，袁世凯又叫人提个鱼篓来放在身边。于是两兄弟煞有介事地摆好姿势，照相师忍住笑按下快门。

袁世凯从口袋里掏出几张照片来。世廉兴致勃勃地看着，激动地说：“老四，你看上面的人还真像我哩！”

“是你自己照的，不像你像谁呀！”袁世凯笑道。

“还是这张好！”袁世廉最后指着兄弟俩的化装照，眯着眼睛说，“还真像回事哩！这艄公，这钓翁，都是真的。不说明白，哪个知道是我兄弟俩！”

“哈哈哈！”望着照片上自己的神态，袁世凯开怀大笑起来。

“三哥，我这两天还专门为这张照片写了两首诗哩！”

“哟，还写了诗？”袁世廉忙放下照片，说，“给我瞧瞧。”

袁世凯从小起，为了应试，也作过不少八股文，写过不少试帖诗，不过他不乐于此道，尽管挂了两个诗社社长的名，诗却始终没有作好。以后当军队统帅，做督抚，办不完的大事小事，他干脆再也不吟诗了。偶尔需要应酬时，幕僚中自有高手代笔，无须他费神。这两年住洹上村，毕竟空闲了，有时读点唐诗宋词，也便萌动了附庸风雅的念头。他于是邀请彰德府里有点名气的文人常来走走，和他们谈诗论文，自觉此中亦有乐趣。不知不觉间居然留下了百来首诗词。袁克文最是热心做诗人。父亲每有所作，他都奉和。又把父亲的诗、自己的奉和诗，以及常来养寿园聚会的清客文人的诗都收集起来，端端正正地录在一个簿子上。袁世凯见了高兴，给它取个名字叫《圭塘酬唱集》。拟再有百把首后便把它刻印出来，散发给亲朋好友，让他们知道自己不仅能做事，而且也会吟诗，是个文武双全的人物。

袁世凯又从口袋里掏出一张纸来。世廉打开一看，写的是两首七律，题目叫做《自题渔舟写真二首》。他饶有兴趣地吟道：

身世萧然百不愁，烟蓑雨笠一渔舟。
钓丝终日牵红蓼，好友同盟只白鸥。
投饵我非关得失，吞钩鱼却有恩仇。
回头多少中原事，老子掀须一笑休。

“有意思，有意思！”袁世廉连连点头称赞，又念第二首：

百年心事总悠悠，壮志当时苦未酬。
野老胸中负兵甲，钓翁眼底小王侯。
思量天下无盘石，叹息神州持缺瓯。
散发天涯从此去，烟蓑雨笠一渔舟。

“这首诗还要写得好些。”袁世廉放下诗笺，正正经经地说，“慰庭，不是三哥讨好你，你在洹上村写的诗，比三十年前在项城老家写的诗好多了。”

“三哥，你这话我喜欢听。”袁世凯笑着说，厚厚的嘴唇咧开着，益发使两撇八字胡显得浓密粗硬。

他端起酒杯喝了一口，用手抹了抹胡须说：“三哥，昨天克文对我说，他有一个江湖朋友能画烟画，问我要不要他表演表演。”

“烟画是什么？”袁世廉对这些世俗趣事极有兴致，忙插话。

“就是用烟来画画。我也没见过，克文把他吹得神乎其神。既然三哥也有兴趣，就叫他来表演表演吧！”

“中，中！”袁世廉边说边端起了酒杯。

袁世凯吩咐，叫二公子带他的朋友上来。一会儿，袁克文带着一个三十多岁的黑瘦汉子进来了。那汉子背后斜着一个长长的布袋子。

“克文，这就是你说的会画烟画的朋友吗？”袁世凯指着客人问儿子。

“是的。”克文垂手回答。

“叫什么名字？”袁世凯问客人。

“在下名叫薄祖德。江湖上都叫俺薄烟杆。”

袁世廉听了心里发笑：这个绰号取得好，他既会用烟画画，又黑黑瘦瘦的，活像一根老烟枪。

“哪里人？”

“小人世居南阳府，家就在卧龙岗不远。”

“克文说你会用烟画画，你画个画给我们看看。”袁世凯不再多问话，向薄烟杆努了努嘴。

“在下献丑了。”

薄烟杆将背后的布袋子解下来，从里面取一杆黑溜溜的烟筒。烟筒有两尺来长，看起来也是普通竹子制成的，只是顶端的铁烟锅大得出奇，就像一个吃饭用的小碗。薄烟杆给烟锅装满一锅黄黄的烟丝，再取出火镰打火，烟点着了。他猛地一吸，烟锅里出现红红的火光，屋子里立时充满了浓浓的烟香。袁世凯觉得这香气比他的雪茄味好闻多了。

薄烟杆不停地吸烟，不停地吐气，但满嘴的烟却没有吐出一点。看看烟锅里的火光渐渐地熄了，他丢下烟杆，从克文手里接过一杯白开水。喝完白开水后，他闭住嘴，双手在腹部来回揉了几揉，然后张开嘴，从喉咙里吐出一团白白的烟雾。

大家都拿眼睛死死地盯着这团白烟。只见这团烟雾在空中飞快地旋转扩散，一瞬间便化为两只淡淡的却形体周全的仙鹤。这两只长颈长脚的仙鹤相对飘舞，俨然一对恩爱的夫妻。袁世凯兄弟不觉看得惊呆了。正在烟鹤渐渐淡化的时候，薄烟杆又从嘴里吐出一团白烟出来。这团烟比刚才的更浓更大，它在屋里旋转几次后，竟然化出十多只小仙鹤在空中飘舞。一时间群鹤飞翔，姿态各异，令观者眼花缭乱。

“中，中！”袁世廉情不自禁地鼓掌喊起来。

正在这时，薄烟杆猛地一吸气，所有的小仙鹤一齐向他靠拢，争先恐后地飞进他的喉咙。整个空间立刻变得清朗如昔，仿佛刚才什么事情都没发生过似的。

“不错！”袁世凯赞道，“你这种功夫是从哪里学来的？”

“从小父亲教的。”薄烟杆回答。

袁世廉忙问：“那么你父亲的本事又是谁教的呢？”

“爷爷教的。在下家的烟画，已经传了四代。”

“哦，你这是祖传绝技。”袁世凯笑着问，“除画仙鹤外，你还能画别的吗？”

“能。”薄烟杆应声答道，“日常所见的动物，虎豹牛羊鸡鸭猪狗，都可以画。”

“那你再画一只老虎看看！”袁世廉如同一个孩子似的又叫起来。

“行！”薄烟杆重新向烟锅里装烟。

就在这时，一个仆人进来，轻轻地对着袁世凯的耳朵说：“有远客来访。”随即将手里的名刺递过去。

袁世凯接过名刺，瞟了一眼，立即起身，对袁世廉说：“三哥，你继续看下去，我要去见一个远来的客人。”

说着便大步走出餐厅。

三　张謇私下对袁世凯许诺：倒掉皇族内阁后由你来做总理

“皙子，什么风把你吹到彰德来了？”

杨度刚踏上会客室的阶梯，袁世凯便从侧面豆荚棚里穿出来，大声向他打招呼。

“宫保大人。”杨度仍用先前惯常的称谓笑着说，“从京师来彰德，当然是北风吹来的哟！”

“我看不是北风，怕是南风吹来的吧。”袁世凯已走到杨度的身边，伸出一只大巴掌来拍打着他的肩膀。

杨度一愣，很快便回过神来说：“您知道我是为武昌的事来的？”

“两年多了，你也不来彰德看看我，武昌一出事你就来了。不为它，还能为别的事吗？”

“真是精明过人。”杨度心里说着，嘴上嘿嘿地笑了两声。

“先不说这个，请屋子里坐吧！”

袁世凯把杨度让进会客室，仆人跟着端了一碟瓜果进来。袁世凯拿起一块递给杨度：“尝尝这块菜瓜，这是我亲手种的。”

“这真是您亲手种的吗？”杨度不无怀疑地问。

“不信？”袁世凯笑着说，“我已削职为民，没有公事可办，不种瓜种豆，这日子怎么打发得了？”

杨度咬了一口：“这瓜比京师的脆多了。”

“静竹、亦竹好吗？孩子长得好吗？”

袁世凯亲切地跟杨度拉起了家常。杨度也问他这两年来身体如何，日常读点什么书，脑子里则在思索着该怎样切入正题。见袁世凯再也不提武昌的事，也只得敷衍着。

“车子还顺畅吗？坐了多少个钟点？”袁世凯点起一支雪茄，悠悠闲闲地抽起来。

就从这里切进正题吧！杨度想了想，说："车子通畅得很，准时到达彰德。"

"噢！"袁世凯略表惊讶，"平时晚几个钟点是常事。"

"这趟车它不敢误。"

"啥？"袁世凯将雪茄从嘴里摘下，神情开始凝重起来。

"这趟车上坐了几十个陆军部遣往武昌前线的特派员。"

"哦。"袁世凯点头，"皙子，你昨天在正阳门车站看到调兵的迹象吗？"

杨度见已把袁世凯引入了正题，遂十分严峻地说："京师已是满城风雨了，正阳门贴出了告示，从明天起等闲人都不得坐火车，所有车厢都用来运南下平乱的军队。"

杨度以为袁世凯会顺着话题说下去，谁知他突然笑道："皙子，你大概还没吃饭吧！先吃饭，路上辛苦了，睡一会儿，下午三点请你到书房来，我们好好地谈一谈。"

刚才因为急于要传命，不觉肚饿，经这一提醒，杨度顿时觉得又累又饿，于是说："我也就不客气了。"

"来人！"袁世凯提高嗓门喊了一声，立时有一个干练的年轻人走了进来。

"你带杨先生去吃饭吧！"说着起身，握了一下杨度的手说，"我就不陪了，他会把一切替你安排好的。"

"谢谢！"

待杨度跟着那位仆人走出会客室后，袁世凯立即召来电报房的工役，命速与北京大公子联系。

自鸣钟刚刚敲过三下，那位干练的年轻仆人便有礼貌地走进客房，请杨度去袁世凯的书房。

袁世凯的书房设在五姨太的正房三楼上。袁世凯的众多妻妾，最受他宠爱的是五姨太杨氏。不是杨氏格外漂亮，她其实容貌平平；也不是杨氏娘家有势力，她出身天津杨柳青一个小户人家。杨氏之得宠，是因为她的贤惠才干。

杨氏最会照顾袁世凯的生活，细心体贴，无微不至。袁世凯对此甚是满意。除大太太于氏外，袁世凯一年到头轮流到每个姨太太房里睡一个星期。这一个星期内，夜里固然是当值的姨太太照顾，但每天早起，却非要杨氏过来侍候他穿衣洗脸不可。新过门的姨太太刚开始觉得很别扭，日子久了也就渐渐习惯了。

杨氏极有管家的才能。她略识几个字，脑子聪明，办事果断，颇有几分大观园里王熙凤的味道。袁府后院人口众多，杂事如麻。于氏是个懦弱无能的人，管不下；大姨太沈氏欲望很大，才却不足以辅之；二、三、四姨太都是朝鲜人，本身都无这个能力，即使有，袁世凯也不会把家政交给她们去管。五姨太过门后，袁世凯就发现她才干过人，家事交给她，果然件件办得好，以后六、七、八、九各房姨太太先后进来，杨氏手中的权力始终没有转移过。袁世凯给杨氏以高度的信任，他有些不能让别人知道的贵重物品，也委托杨氏保管。搬进洹上村后，他把书房安在杨氏的院落里，更给这位五姨太很大的脸面。

当杨度走进三楼书房时，袁世凯已经坐在软垫红木矮脚椅上等他了。杨度扫了一眼书房。这是一间完全按中国传统文人习气布置的书斋。古色古香的书架上，几乎是清一色的线装书。书桌大而厚重，上面摆一台足有一尺见方的石砚，大号鼎形仿古青铜笔筒里，竖着十来支粗壮的毛笔。这一切都似乎跟书房主人的性格外貌十分接近。四壁悬挂几幅山水画。临窗的墙边挂一幅字。杨度认得这是主人的手迹。书法虽不算好，但一笔一画遒劲有力,写的是一首题作《登楼》的五言绝句:“楼小能容膝,檐高老树齐。开轩平北斗，翻觉太行低。”

“这诗真有气魄！”杨度赞道。

“见笑，见笑！”袁世凯高兴地说，“登高赋诗，我是外行，聊以抒怀罢了。”

“开轩平北斗，翻觉太行低。这两句非大英雄不能吟。”杨度笑道，“当年横槊赋诗的魏武帝，看来在您的面前怕也要略输一筹了。”

“哈哈哈！”袁世凯十分快活地大笑起来，“皙子，你真会说笑话。”

杨氏亲自端着茶点笑吟吟地进来，温婉地招呼杨度用茶，然后轻轻地把门带上，不出声地下楼去了。

“宫保大人，我这次是奉庆王爷、徐中堂、那中堂之命来彰德的。他们要我禀告您，想请您出山。”杨度不想再多说闲话了，开门见山地把此行的目的抖了出来。

“出山做啥呀？”袁世凯明知故问。

“请您带兵南下武昌。”杨度盯着袁世凯那张似笑非笑的圆胖脸回答。

“不是好好地叫荫昌带兵了吗？”袁世凯习惯地点起一支雪茄，又指了指烟盒，示意杨度自己拿。

杨度掏出一支来，边擦火柴边说：“荫昌哪是这块料！”

袁世凯从鼻子里喷出一股烟来，冷笑道：“不是这块料，他当什么陆军大臣呀！”

“听说荫昌也有自知之明，他不想出京。”

“庆王要我出山，给我什么名义呀？”袁世凯将雪茄在烟灰缸上轻轻地磕了一下，灰白的烟灰散落在黑红色的缸子里，犹如加上一层薄霜。

“顶瑞澂的缺，放湖广总督。”杨度已经摸清了，袁世凯并不拒绝出山，他是在看价码。

“皙子，麻烦你回去告诉庆王，我足疾未愈，不能奉命。”袁世凯将未抽完的半截雪茄扔在烟灰缸里，鼻子里重重地冲出一股气。

两年多前，载沣以患有足疾的名义罢了袁世凯的官，其实袁世凯根本就没有足疾，他现在以“足疾未愈”来回敬朝廷，显然一是发泄愤恨，二是嫌湖督的价码低了。杨度来彰德，并非有心当内阁的说客，他主要是来看看袁世凯，尤其想听听袁对当前形势的分析，至于湖督一职，他也觉得是低了点，暂不接受也好。

杨度笑了笑说：“是的，足疾未愈，怎能出山，让它先乱一乱再说吧。宫保大人，我想请教您。依您看，国家这台戏，到底会唱出一个什么结局？”

袁世凯重新点燃一支雪茄，慢慢吞吞地说：“这个问题，按理要我问你才是。我已是一个野老钓翁了，国事于我如浮云。你身为堂堂京官，又在为朝廷制定宪政，你说呢？”

杨度摇摇头，苦笑着说：“谈什么制定宪政！国家乱得一塌糊涂，哪里是制定宪政的时候？就算制定出来了，条文列得再好，又有谁来执行呢？谁来监督呢？还不是一纸空文而已！”

他设想前不久通过的新刑律，最后的命运必定也会是这样的。自己全副心力去投入，也可算是知其不可为而为之吧！

“你说的是实话。”袁世凯端起他的墨玉杯喝了一口，说，“再大的法都要靠人来执行。我从来不相信什么有宪法就能治好国家那一套，有能人才有治世。”

袁世凯这句话与杨度的思想有相通之处，也有不相通之处。此时当然不是辩论的时候，杨度不想就这个问题再说下去，他望着袁世凯说：“宫保大人，您不要把自己当做野老钓翁了，全国上下都把您看做是国家真正的柱石哩，连洋人都说中国离不开袁大人。”

杨度这话不是杜撰出来讨好袁世凯的，而是说的真话。自从前年袁世凯开缺以来，英国、德国、美国、日本等国的报纸就常常有意识地登出赞扬袁的文章，说他是中国真正的能人。东交民巷的公使们在抱怨中国朝廷办事疲沓时，常不免捎带一句话："袁大人做外务大臣时就不这样。"弄得载沣兄弟很难堪。两年多来，载沣之所以不再加害袁世凯，洋人支持也是很重要的一个原因。

袁世凯捻了捻八字须，微笑着，这句话说到他的心坎里去了。他比谁都清楚，对中国的官场而言，国人的一万句话，抵不上洋人的一个字！

他突然想起一件事，对杨度说："皙子，我给你说一桩事，你不要传出去。"

"什么事？"杨度被袁世凯这种突变的神态弄得精神亢奋起来。

"三个月前，张季直进京前夕，到洹上村来过。"袁世凯的眼神蓦地光亮起来，"他与我足足谈了四五个钟头的话，直到半夜才送他回到火车上。"

张季直就是张謇，当年大魁天下的状元，今日南通大生纱厂董事长、江苏咨议局议长。三个月前他去北京办事，原定七月十二日进京，资政院和京师商界组织人去车站迎接他，杨度那天也去了。谁知这位实业家不喜欢热闹场面，提前一天悄悄进京了。张謇在北京住了一个多月，因为同主君宪制，杨度和他谈得投缘，见面不下五六次，但张守口如瓶，只字未提见袁一事。

据刘厚生撰《张謇传记》所载，张謇在1911年6月间于洹上村拜访了袁世凯。袁向张表示，有朝一日若蒙朝廷之恩出山，将一切遵重民意，并请张到时与他合作。

这老名士胸中的城府真够深的了！杨度心里想，遂问："季直先生跟您说了些什么？"

"皙子呀，你知道吗，张季直三十年前做过我的先生。"袁世凯没有直接回答杨度的提问，却扯起他和张謇非比一般的交往来。

"我听人说过，那是您和他同在吴军门帐下的时候。"张謇在吴长庆幕中教过袁世凯读书这段历史，知道的人很多，十余年前杨度就听人说起过。

"季直这个人是有眼力的，他知道我能办事，向吴军门推荐我，我一直感谢他。但他太爱面子了，器量又窄，说我原来称他先生，后来升了官就不再称他先生，称他季直兄，他写了一封两三千字的长信骂我忘恩负义，说什么我的官职愈高，他的身份就愈低。你说这种酸腐气好笑不？他只比我大五六岁，做过我两三个月的先生，我叫他季直兄，自认为也没有多大的不敬。我见他太小肚鸡肠了，犯不着向他解释。就这样，我们二十多年里断了往来。"

袁世凯说到这里，轻松地笑了笑，拈起一块核桃仁放到嘴里嚼着。杨度听得很有味道，他也觉得张謇的心眼是小了点。不称先生改称兄，也够不上忘恩负义，何况在幕府里指导诗文的先生，与正式磕头拜师的先生究竟还是不同的。

袁世凯继续说下去："那天，我突然接到他从汉口发来的电报，说十号下午车过彰德，欲下车与我见面，叫我莫外出。季直这人也难得。我当督抚军机大臣时，他不与我往来，现在我倒霉了，他来看我，够朋友！我亲自去车站把他迎来洹上村，二十多年的隔阂一杯酒给冰释了。"

"痛快！"讲交情重朋友的杨度觉得自己身上的血都滚动起来。

"叙了旧，又说了他这些年办纱厂的酸辣苦甜，还说起了立宪和咨议局的事。"

杨度挺直腰杆听着，心想张謇来洹上村，绝不只是叙旧释嫌，看来谈局势才是他真正的目的，说："季直先生虽只是江苏一省的咨议局议长，其实是各省立宪派众望所归的领袖。他在京师跟我说过，非要倒掉皇族内阁不可。"

"他也跟我这样说。"袁世凯诡谲地眨了眨眼睛说，"皙子，你想他还对我说了些什么话？"

"什么话？"

"他说倒掉皇族内阁后由我来做内阁总理。这不是异想天开吗？"

哦，杨度明白了，原来立宪派的领袖早已许了他内阁总理，怪不得他对湖广总督不屑一顾。不过，张老夫子的话也是实话，倒掉了皇族内阁后，当今天下能任总理的，除开他袁慰庭，还会有谁更合适呢？眼下这乱糟糟的局面，怕是哪一个都驾驭不了！

"这不是异想天开，除季直先生外，据我所知，湖北的汤化龙、湖南的谭延闿、四川的蒲殿俊、直隶的孙洪伊，他们可能都会拥戴您出任总理大臣。"

"皙子，你看以庆王为首的这个皇族内阁什么时候会倒呢？"袁世凯侧着脑袋问。

皇族内阁遭到普天下的反对，杨度也认为它非驴非马，一定命不长，但什么时候倒台，他却没认真想过。寻思一会儿，他忽然灵机一闪，兴奋地说："宫保大人，叫他眼下就倒如何？"

"眼下就倒？"袁世凯睁圆了两只大眼睛，"可能吗？"

"完全可能！"杨度断然说，"现在早倒迟倒，就凭您一句话了。荫昌是绝对办不了武昌的事的，摄政王只能求助于您。暂不出山，坐山观虎斗，到时您就提出，非责任内阁不能应付这个局面。皇族内阁不就倒了吗？”

“皙子，你这是要挟朝廷呀！”袁世凯站了起来，大声笑道，“庆王派你到彰德当说客，想不到你却拆他的台。”

杨度知道自己这个主意已经完全得到了袁世凯的赞同，也高兴地站起来说：“我不是庆王一人的说客，我要对国家负责，为天下苍生着想！”

“说得对！”袁世凯对这句话大为赞许，“皙子，你到窗口边来看看！”

杨度跟着袁世凯来到书房大窗边，顺着他的手势向外面看去。哟，窗外的气象果然不俗。

近处，袁府的养寿园亭阁巍巍，碧波粼粼，几只小渔舟在水面上轻悠悠地浮动。稍远处，洹上村的农舍屋顶上炊烟袅袅，一排排笔挺的白杨树枝繁叶茂，三五只雪白的绵羊在树底下啃着青草。放眼远眺，雄伟的太行山余脉依稀可见。那轻轻淡淡的山影，仿佛是神仙画在天幕上的杰作，既气势壮阔，又幽深静穆。忽然，一道强烈的红光把眼前的一切照得通明透亮。这是即将落山的太阳穿过了最后一片云层所发出的余晖。夕阳真美呀，它又大又圆，血红血红的，四周的云层被它照耀得五彩缤纷、鲜艳斑斓。它在暂时告别世间的时候，竟然表现得如此辉煌，如此壮观，真使人觉得它无比崇高，无比伟大！

“皙子！”正当杨度陶醉在洹上村晚景之中时，袁世凯又拍了一下他的肩膀，“你看到了吗，那太阳就在我的窗户之下。我这首登楼的五绝，结尾两句原来就是写的眼下的这个景象。”

“怎么写的？”杨度急切地问道。

“凭轩看北斗，转觉夕阳低。”

“好！”杨度脱口说，“这两句比现在的好得多，为什么要改它？”

“克文说这两句太招人显眼了，建议改为现在这两句。我觉得也可以，太行山在我的窗户底下，也是吟的实景。”

“啊！”杨度点点头，拖长着声调说，“都好，都好！”

杨氏轻轻推开门，走了进来，对着袁世凯的耳朵悄悄说：“朝廷派人送来了谕旨。另外，到武昌去的冯国璋统制正在会客室里等你。”

“哦，华甫来了。”袁世凯似乎并没有理会谕旨，倒是对过去的老部下冯国璋表示极大的兴趣。他起身对杨度说：“皙子，你在我这里多住几天，好些事，我都想和你商量商量。前天杏城托人送来了一部德国电影片子，晚上叫他们放给你看看。”

说罢走出书房，楼梯上随即响起一串沉重的脚步声。

吃了晚饭后，电影房专门为杨度放了一场德国电影，内容是关于德皇威廉一世巡视波恩城堡的事。那时电影在中国还是极其罕见的，京师除少数几个王府外，其他人家都没有。袁府里的电影房，也只为贵宾的到来而开放。看完电影后回到客房，虽然夜已很深，但杨度却毫无睡意。

他隐隐约约觉得眼下武昌城里的暴动，将会为自己与洹上村的主人提供一个新的合作环境。三十六岁的宪政馆提调杨度，这几年虽一直在为中国的宪政而孜孜探求，但他一时一刻也没有忘记湘绮师传给他的帝王之学，没有忘记自己平生所追求的辅佐明君一匡天下的人生理想。四品京堂，在石塘铺的乡下人看来，真是高不可攀的大官，而在京师官场中却是微不足道的芥末籽儿。倘若在清明时代，杨度相信凭着自己的才具和勤奋，十年八年后做个侍郎尚书也不会有多大的困难，那时作为国家的栋梁，自然可以一展抱负。可是现在，朝廷昏庸，局势混乱，自己的满腹宪政学问并无多少用武之地。像这样下去，何年何月才有出头之日？国家要改观，需要一番大的变动；人要出头，也要一番大的变动。武昌的暴动显然是革命党发动的，旨在推翻朝廷，建立民主共和国。变动固然是翻天覆地的，但一则自己一向不主张民主，二来这些年与革命党中的老朋友已断了联系。革命党即使成功，自己也成不了什么事，何况多少次暴动都没有成功，这次能否得手也很难说。眼前这位洹上村的主人即将结束蛰居生涯，东山再起，再次担当重任。尽管朝野对他的为人处世多有指责，但不管怎样，面对这突发的巨变，还只有他能扶危定倾稳住乾坤。想到这里，杨度十分庆幸自己早在十多年前便看出此人是官场中的凤毛麟角，在他最倒霉的时期里仍与之保持联系，为自己预留了一条仕途捷径。现在，自己要充分利用这些有利条件，在时局处于重大转折关头，为这位目前系天下安危于一身的人物分析形势，出谋划策，帮助他登上中国政坛的最高点，然后自己也就有了实现理想的可靠保证。

杨度精神亢奋起来，点燃一支雪茄，进入了下一步深层次的思索。

四　杨度没有料到，袁世凯居然想当大总统

全中国的视线都被武汉三镇吸引过去了。这里所发生的一切都牵涉着所有关注国事的人们的心。表面看来，位于江北的汉口成天硝烟弥漫，炮声不绝，其实，战事没有丝毫的进展。革命军虽然热情很高，但组织松散，

战斗力不强。黎元洪名为都督，心底里仍在观望，并未切实履行职能。北洋军武器精良，训练有素。按理说，革命军不是北洋军的对手。但北洋军的统帅荫昌无实际指挥能力，一直缩在北京不敢南下。第二军统领段祺瑞还正在赴任途中，前线的指挥官为第一军统领冯国璋。

这位当年小站核心人物对昔日的主子仍忠心耿耿。那一天，当他出现在洹上村的时候，袁世凯又惊又喜。谈旧情，谈形势，二人足足畅谈了两个多钟头。冯国璋告辞时，请袁世凯指示机宜。袁送他六个字：慢慢走，等着瞧。冯对这六个字背后所包藏的内容心领神会。他让副手带着军队先走，自己则借口查看军备，走走停停，五六天后才到达孝感。冯国璋将指挥部设在孝感城里，便再不南下了。

武汉战场出现了奇怪的外紧内松的局面。与此同时，一场没有枪炮硝烟的权力争斗，却在紫禁城与洹上村之间外松内紧地进行着。

袁世凯接到授他为湖广总督立即出山督师的谕旨后，马上给朝廷回了一个电报。先说了一段面子话：世受国恩，愧无报称，捧读诏书，弥增感激，值此时艰孔亟，理应恪遵谕旨，迅赴事机。再来一番戏弄：旧患足疾，尚未大愈，又牵及左臂，时作剧痛，情形困顿，实难支撑。袁世凯接到湖广总督的任命诏书后上奏朝廷：“闻命之下，惭赧实深。伏念臣世受国恩，愧无报称，我皇上嗣膺宝录，复蒙渥沛殊恩，宠荣兼备，徒以养疴乡里，未能自效驰驱，捧读诏书，弥增感激。值此时艰孔亟，理应恪遵谕旨，迅赴事机。惟臣旧患足疾，迄今尚未大愈，去年又牵及左臂，时作剧痛……现既军事紧迫，何敢遽请赏假，但困顿情形，实难支撑，已延医速加调治，一面筹备布置，一俟稍可支持，即当力疾就道，借答高厚鸿慈于万一。”

载沣接到这个电报后哭笑不得，只得硬着头皮又下一道谕旨，劝他以国事为重，力疾就道。袁世凯回电讨价：赤手空拳，无从筹措，请俯允就地招募一万二千名防军，拨银四百万两，并请调王士珍、倪嗣冲、段芝贵等人同赴武昌。载沣明知袁世凯是在要挟，也只得一一答应。但袁世凯仍在养寿园里吟诗垂钓，并不出洹上村一步。载沣急得拿不出主意了，只好请来奕劻商量。奕劻已从杨度的密报中摸到了袁世凯的心思，但自己不好代他说出，于是打发徐世昌亲自到彰德去一趟，让徐世昌来充当袁世凯的代言人。

与此同时，袁世凯当年的僚属旧友，从京师，从各地纷纷来到彰德。他们中有的是原就暗中有联系，但不敢明里走动，现在已没有这个顾虑了，赶在袁世凯出山之前来加重情谊，求得更进一步的高升。有的这两年间怕招引麻烦，完全断绝了往来，眼看袁宫保又要重抖威风了，便急着来巴结，叙旧表心迹，求取日后的看顾。一时间，从彰德车站到洹上村的大道上，车马奔驰，尘土飞扬，达官大员们如朝圣似的前来拜谒，把个安安静静的洹上村弄得汤沸火爆般的热热闹闹，煞是认真地又演出了一幕人世间冷暖炎凉的喜剧。不管什么人，袁世凯一律热情接见，笑脸相待，让他们有求而来，满意而去。对于那些真正的心腹，则留他们住下来，让他们参与军机赞画。一个小小的极不起眼的洹上村，在中国历史新纪元即将揭幕的最初那些日子里，几乎成为全国真正的政治中心。

“皙子，菊人明天上午就要来了，你说我该如何应付他？”傍晚，袁世凯邀杨度一起在养寿园散步，走着走着，他突然停下来问杨度。

“宫保大人，这两天我有些想法，您实在太忙了，没有工夫听我说。”杨度指了指附近停泊着的小渔舟说，“我们坐到船上去说吧！”

“行！”袁世凯高兴地答应。

杨度走到船边，扶着袁世凯上了船后，解开缆绳，拿起竹篙，轻轻地对着岸边的石头一抵，小渔舟便平平稳稳地向池塘中心前进了两三丈。

袁世凯说：“皙子，你原来还是个撑篙的能手啊！”

“湖南人天生都会驾船，不然何来威震天下的湘军水师？”杨度不无得意地说。他把竹篙放下，坐到袁世凯的对面，任渔舟在水上漂浮。

“菊人这次来，无疑是来催我的。你说载沣他能出多大的价？”

袁世凯坐在渔舟中，双手扶着一根藤手杖。袁世凯的左腿在朝鲜时受过伤，治好后并没有留下多大的痕迹，平时走路与常人无异，只在快步前进时才可看出不太灵活。先前他从来不用手杖。载沣以足疾为名开缺他回籍，他庆幸自己没有被杀头，为了表示对朝廷的恭顺，从那以后他一直拄着一根藤手杖，俨然真的患有足疾似的。

“依我看，只要您不坐他们父子俩的位子，载沣什么价都可以出。”杨度答得甚是痛快。

“皙子，你说说，我该提出哪几点？”袁世凯十分认真地问，藤手杖在船板上“噔噔”响了两下。

杨度神情昂奋起来。这几天他对政局想了很多很深。

“有几点，我想您一定早已想到了，既要出山做事，权力和银子两样东西必不可缺。”

袁世凯点了点头。他三十年来在官场上之所以能一帆风顺，左右逢源，根本诀窍就是用好了“权”和“钱”这两个字。杨度一语道破天机，他不觉暗自佩服。

“从权力这方面来说，可以提出组织新内阁。以庆王为首的皇族内阁遭到普遍的攻击，您提出这个要求来是顺应人心的。”

“这个可以提，新内阁成立后，不一定我做总理大臣，让菊人出面也好。”袁世凯似乎很诚恳地说，“我只要有指挥全国军队的权力就行了。”

杨度心里冷笑，脸上却严肃地说：“宫保大人乃众望所归，新内阁由您出面这自然是没有话说的。徐中堂他也应付不了这个场面。至于军费方面，那一定要有充分保证。”

“国库这两年大概也被他们掏空了，银子看来要向洋人借，有几个外国银行已经对克定表示这个意思了。”

袁世凯这句不经意的话，令杨度十分吃惊，眼前这扶杖危坐的半老头子，真不愧是个斫轮老手，他已经不声不响地在经办最现实又最棘手的事情了。

“还有一个更重要的事情需要您考虑，不知想到没有？”

“啥？”袁世凯把藤手杖收回胸前，专注地听着。

“人心。”杨度将身子向着袁世凯倾斜，说出一番他思虑至深的话来，“宫保大人，十多年前，我在小站初次会晤您，便知道您是一位见识通达、胸怀大志的英雄。我想，您一定不会反对我说的这句话：武昌的事是朝廷逼出来的，革命军不是乱党，他们的头领是爱国者。”

袁世凯沉吟着，没有做声。突然，他哈哈大笑起来：“皙子，我总算知道了，你为何要把船撑到这水塘中心来，原来是怕别人听到你这番反叛朝廷的话，你难道就不怕我告发吗？”

杨度反问：“一个小小的四品京堂，也值得您去告发吗？”

“说下去吧，杨京卿！”袁世凯笑着挥了挥手。

“以载沣、庆王为首的朝廷实际上已经失去了人心，倘若他们稍微听得进几句忠言，早开国会，早行宪政，也不至于闹到今日这个地步。革命党的头面人物，我和他们都有过接触。尽管我不赞成他们用暴力手段改变国体，但我确信他们都是热情的爱国者。”

“听说孙文、黄兴都是你的朋友？”袁世凯盯着杨度，两只眼睛里包含着不可测试的深意。

“不错，他们都是心地坦诚的大丈夫，我与他们虽然政见不同，但私交都很好。”杨度坦然承认，“但是我不主张暴动，中国虚弱已极，经不得大战争了，一旦全面开仗，马上就会亡国。”

“为何？”杨度说得这般严重，倒使袁世凯觉得意外。

“战争一开，国内就会大乱，外国列强觊觎已久，早想瓜分吞并。中国一乱，正好借维持和平为名，明目张胆来干涉内政，进而把锦绣河山据为己有。因此我以为武汉的战争，决不能让它扩大，只宜迅速解决。解决的办法宜和不宜战。要和,就能先收揽人心。宫保此次出山,揭橥这面旗帜，使武昌之事不战自平，则于社稷苍生功莫大焉！”

杨度说得激动起来，胸腔里充满真诚：“当前最能得人心的事，莫过于速开国会，解除党禁，倘若能进一步提出宽免此次肇事人员，则战事的平息将更容易。”

袁世凯思忖片刻说：“皙子，天下事大概没有这样简单。我告诉你吧，据可靠消息，湖南、江西、陕西、山西、云南以及江浙一带的革命党，在武昌的影响下都已蠢蠢欲动，随时都有宣布独立于朝廷的可能，假使他们联成一气，便会造成半壁江山易帜的局面。到时候，人心，就不是几句空话能够收拾得了的。”

武昌之火可以在全国燃成燎原之势，这一点，杨度心里是有数的。看来这位洹水钓翁真的是全局在胸。他一时语塞，不知如何说下去。暮色已笼罩了养寿园，水中的亭台楼阁，岸上的花木山石在若显若隐之间，使得四周的景致更加迷人。

袁世凯猛地站起，发出感叹：“皙子，你看这洹上村多么闲雅舒适，我何必要多管闲事。国家也不是我袁某人的，我看我还是终老此处算了！”

天天会见各方宾客，时时与武昌前线保持联系，又是招募军队，又是伸手要银子，连外国银行都已在联络了，却为何又突然发出此番感慨？真让杨度摸不透此人的胸中城府。

“国家也不是我袁某人的。”他突然从这句牢骚中联想到被换掉的“凭轩看北斗，转觉夕阳低”的诗句来。这诗不仅有魏武帝横槊夜吟的气概，也有宋太祖“赶却残星赶却月”的豪迈。难道说，这位洹上村野老连内阁总理也不能满足其胃口，他要做曹操、赵匡胤？蓦然间，明杏斋火烧烟熏的那个夏夜的情景又浮现在杨度的脑中。历史真是惊人的相似，面前坐着的这位袁宫保，不就是五十年前的肃中堂吗？比起当年的肃顺来，袁世凯手里掌握着强大的北洋六镇新军，这是肃顺的实力不及之处，而现在的隆裕、载沣又未得半点慈禧真传。湘绮师苦苦研究的帝王之学，可惜找错了对象而不能成功，但不久的将来，则可以由他的学生来付诸现实了。

杨度一阵狂喜，激动地说：“宫保大人，您干脆把这个国家接过来如何？”

“我？”袁世凯瞪大着眼睛，“皙子，你今天并没有喝醉酒呀，为何讲起胡话来？”

“这不是胡话。”杨度平静下来，“满人气数已尽，已不能有任何作为了，江山早应归汉人之手，无论是孙文还是黄兴，我看都不是坐天下的人物，这座动荡的江山，还只有宫保大人您才能坐得稳。”

“皙子，你不要再说了，这是杀头灭族的事。我袁家世受国恩，只有尽忠朝廷的道理，何况从孤儿寡妇手中取天下也不光彩。”袁世凯一本正经地说，“再说，眼下革命党口口声声要建民主共和国，个个都想当大总统，又哪能允许我袁某人称孤道寡。”

这话说得不错。杨度心里想：革命党要建民主国家，不再允许有皇帝存在，倘若袁世凯一旦称帝，必然会与革命党有一场你死我活的争斗，国家马上就会大乱，外国人立即会干涉。看来不行！

“皙子，跟你说句笑话吧，假使革命党推举我当大总统的话，我也不妨和他们合作合作，在中国试办一下民主共和国。”

袁世凯这句话，使杨度深感惊讶，他压根儿也没有想到这位自称世受国恩的袁宫保还有当大总统的念头！

袁世凯的心机哪里是书生杨度所能摸测到的。就在两年多前，袁世凯刚削职回籍的时候，他担心朝廷不会轻易放过他，决定来个先下手为强。他打发一个忠诚仆人持着他的亲笔信，悄悄地去日本找革命党，表示愿意与他们合作。当时同盟会东京本部将此事报告了黄兴，黄兴对袁的这种反常态度甚表怀疑，没有同意。于是，中国民主革命派与袁世凯的合作推迟了三年。

侯宜杰著《袁世凯评传》：“1910年他（按：指袁世凯）曾想利用革命力量达到不可告人的目的，派人秘密会见孙中山，表示愿意公开和孙一致行动。孙回答说：‘请回禀贵主人，我艰苦奋斗十五载，历尽险阻，不是为了轻易受骗。’认为袁在耍花招，给顶了回去。”

袁世凯的这个离奇想法，杨度难以接受。中国只能实行君主立宪而不能实行民主立宪，这是他多年来所坚持的政治信仰，但由爱新觉罗氏来行君宪，不仅全国人心通不过，且这几年的所作所为，使杨度也很失望。此时若换一个君主，又会引起天下大乱，也不行。若真的由革命党来推举袁做大总统，则战乱马上可以平定，国会马上可以召开，宪政马上可以建立，这的确不失为眼下一个最可采纳的方案。但革命党会同意吗？京师里那个五岁小皇帝又摆到哪里去？杨度觉得这些事都很难办。

“皙子，你与革命党的头领都很熟，我委托你与他们联系一下如何？”

“行。”杨度一口答应下来，“不过，眼下跟谁联络呢？孙文，据说在美国，黄兴在香港，刘霖生在日本，都无法和他们接上头。”

“武昌的头面人物中，你有朋友吗？”

“我只认识一个汤化龙，但他不是革命党。其他人都不认识。”稍停一下，杨度又说，“对了，有一个胡瑛我认得，刚从监牢里出来，当上了外交部长。不过与他相交不深，且他在革命党中威望也不够，左右不了局面。”

杨度使劲地搜索着自己过去所结识的革命党中的朋友，要么不在国内，要么地位不高，一时间居然找不出一个合适的人来。忽然，他想起了一个。

“您知道一个叫汪兆铭的人吗？”

“知道。就是去年谋刺载沣不成而被关在牢里的那个革命党吗？”

“正是，正是。”杨度连连点头。

“你与他关系如何？”

“我和他在日本法政大学里是同班同学，很要好。此人在革命党里极有威望。您不妨先要载沣放他出牢，然后我再去看他。”

“行。”袁世凯下意识地摸了摸胡须说，“皙子，你也不忙着回北京见汪兆铭，还安心在我这里住几天，看看局势的发展如何，我们再定下一个步骤。今天就说到这里吧，明天菊人来，我还有些事情要安排。”

中国的历史车轮在那一段短短的时间里，以旷古未有的快速度在前进着，几乎每一天都有举世瞩目的大事发生。

十月二十日，徐世昌匆匆来到彰德会晤了袁世凯。二十一日，朝廷全盘接受袁世凯所提出的六个条件：一、明年即开国会，二、组织责任内阁，三、宽容参与此次事变的人，四、解除党禁，五、委以指挥水陆各军及关于军队编制的全权，六、给予十分充足的军费。二十二日，湖南宣布独立，共进会员焦达峰被推举为都督。二十三日，九江宣布脱离清政府，新军标统马毓宝被立为都督。二十四日，陕西独立，士官生出身的新军管带张凤翙为都督。二十七日，姗姗来迟的荫昌被朝廷从武昌召回京师，袁世凯被任命为钦差大臣，全权节制全国水陆各军。当天，袁世凯指示冯国璋发动攻击，汉口大智门被北洋军夺取。

二十八日，黄兴、刘揆一、宋教仁等人分别从香港和日本赶到上海会合后抵达汉口。二十九日，山西独立，阎锡山被推为都督。同日，驻在河北滦州的第二十镇统制张绍曾联合第三镇协统卢永祥、第二混成协协统蓝天蔚、第三十九协统伍祥祯、四十九协统潘榘楹通电朝廷，要求在本年内召开国会，起草宪法，废除皇族内阁，重组责任内阁，朝廷若不答应，将进京兵谏。三十日，在这道最后通牒的威胁下，载沣不得不以皇帝的名义下罪己诏。又下令释放戊戌政变以来一切政治犯，命资政院连夜起草宪法。载沣担心张绍曾真的兵谏，不仅不指责他，反而下令嘉奖，又授张侍郎衔，派为长江宣抚大臣。

载沣的朝廷已到了摇摇欲坠的地步了。

十月三十一日，西南边陲又爆出新闻：云南独立，蔡锷被推举为都督。

蔡锷从日本回国后，先是在江西、湖南军事学校任教职，后来到了广西，历任新军总参谋官兼总教练官、陆军小学总办。蔡锷以卓越的军事才干和严格自律的品德，在新军中享有很高的声誉，升迁很快，二十七岁便升为协统。今年年初奉调赴云南，任驻滇新军十九镇三十七协协统。在武昌起义及湘赣秦晋等省纷纷独立的影响下，他在昆明率部拥护革命，被部下一致推举为军政府都督。

得到云南独立的消息已是半夜了，载沣连夜急电洹上村，几乎以哀求的口气请袁世凯捐弃前嫌，火速出山。同时告诉袁，只要他一旦受命，奕劻内阁即刻辞职。

第二天清晨，见朝野内外一切时机都已成熟了，袁世凯这才公开宣布出山视事。

如同皇帝出巡似的，从洹上村到彰德车站，沿途摆开了异乎寻常的隆重仪式。披红挂彩的专车在站台上发出高昂的鸣叫，从德国进口的全套西洋军乐器奏起凯撒得胜曲。临登车时，袁世凯握着杨度的手说："皙子，我到汉口停留几天后就会回京师去，麻烦你先期会见汪兆铭。新内阁里我已经给你留了一个位置。"

第二天下午，杨度回到了北京，袁世凯在彰德车站的许诺给了他无比的喜悦。想起再过几天后，自己就是新内阁的成员了，一股踌躇满志的激情全身涌动。他觉得这次彰德之行为自己人生目标的实现，已跨出了关键性的一大步。他无暇与静竹、亦竹道别后的离情，他要马上找到汪兆铭，和这位老友商量关系中国前途和命运的大事，而此时的汪兆铭还蹲在刑部大牢里。

五　茶叶蛋里的四字情书：忍死须臾

同盟会在东京成立时，汪兆铭便以法政大学生的身份参加它的活动。

法政大学毕业后，他并没有回国，成了一名职业革命家。他奉行激烈的革命排满主义，与杨度君主立宪的主张截然相反。汪兆铭少年气盛，爱憎分明，没有杨度那种兼容并蓄的气度。因为政治信仰不同，他后来不愿意跟杨度多往来。杨度几次主动找他，他的态度都很冷淡。于是二人虽同在东京，却几乎断绝了联系。

出身师爷家庭的汪兆铭，从小练就了一手好文章，口才也极好，说起话来有条有理滔滔不绝。当他的文章和论辩以革命大义充实起来后，便格外的气势磅礴锐不可当。他因此受到了孙中山、黄兴的特别器重，担任同盟会三部之一评议部的部长。又主办《民报》，与梁启超的《新民丛报》展开针锋相对的斗争，一时间弄得饮冰子在他的面前相形见绌。

汪兆铭在《民报》上发表文章时以“精卫”二字作笔名，时间久了，大家都叫他汪精卫，本名反而不多叫了。“精卫”二字无疑来自《山海经》中“精卫填海”的典故，意欲效精卫鸟衔西山之石以填东海之水。但汪兆铭其实不是这种性格的人。他渴望一举成大名，只想做轰轰烈烈声动四海的大事，受不了默默无闻持之以恒的艰难折磨。他多次对人说，革命好比煮饭，火和锅共同使得生米变成熟饭。火的功能在一烈字，炬火熊熊，光焰万丈，但很快就熄了。锅的功能在一恒字，水不能蚀，火不能融，水火交迫，皆能忍受。火如同革命党人的一往无前，舍生取义。锅如同革命党人的百折不挠，再接再厉。汪精卫自认缺乏恒心与耐心，他愿做火，燃出夺目光焰来，随即很快毁灭，也是很荣耀的。

在这种思想的指导下，他极为仰慕古代的荆轲、聂政，视“流血五步，伏尸二人”为最为壮烈的事业。那个时代持汪这种思想的人并不少，暗杀之风因而在革命党人中盛行。万福华行刺王之春，吴樾行刺出洋五大臣，徐锡麟刺杀恩铭，都是轰动一时的大案。当同盟会内部闹矛盾，章太炎攻击汪精卫只可做白面书生而不配做革命家时，汪久蓄于胸的豪气顿发。他决计离开香港北上，马上去做一番真正革命家的豪壮事业。

汪精卫有几个志同道合的好朋友。一是四川隆昌人黄复生，一是四川内江人喻培伦。还有一个女士，原籍广东番禺，出生在南洋槟榔屿的陈璧君。

陈璧君的父亲为南洋巨商，思想颇为开明。她的母亲倾向革命，参加了同盟会。在这种家庭里长大的陈璧君迥异于一般女子。她热心国事，胸怀大志，虽身处异乡，爱国之心却十分强烈。当汪精卫在南洋鼓动革命宣传排满时，陈璧君和她的父母都去听演讲。汪精卫充沛的革命激情，口若悬河的辩才，吸引了陈氏一家。尤其是汪精卫的堂堂仪表翩翩风度，更是紧紧地勾住了这位待字闺中的少女芳心。为了国家，为了爱情，陈璧君毅然舍弃富裕的家庭、平静的生活，跟着汪精卫做起时时都有杀头危险的革命家来。他们几个人组成一个暗杀集团，暗杀的对象是满人大官。

那时两江总督端方是革命党人的大敌，他正奉命移督直隶。汪精卫估计他会从南京坐船到汉口，然后再坐火车北上。于是来到汉口，选择大智门车站下手。谁知端方不走此路，而是从南京到上海，再坐海轮到天津。汪精卫失望之余，转而决定去北京。汪精卫抱着一死成仁的决心进京，他咬破指头给挚友胡汉民写了八个字：我今为薪，兄当为釜。要胡在他死后交《中兴日报》发表。又给在南洋的同盟会员写信："弟虽泣血于菜市街头，犹张目以望革命军之入都门。"

到了北京后，会照相术的黄复生在和平门外琉璃厂火神庙开了一家守真照相馆，作为掩护。他们就在照相馆里住下来，做各种准备工作。

汪精卫把目标选定为奕劻。但奕劻每次出王府都前呼后拥，警卫森严，无从下手。后来恰逢载洵、载涛从欧洲考察海军回来，他们便到前门车站等待。又不巧，载洵兄弟随从极多，他们从未与两位皇叔见过面，认不出谁是载洵兄弟，也只得作罢。最后，他们决定一不做，二不休，干脆擒贼先擒王，杀掉满人第一号头目——载沣。

几经周折后，他们看中了离醇王府只有几十步远的银锭桥。这里清静，又是载沣入朝的必经之路。去年四月的一天夜里，喻培伦和黄复生偷偷来到银锭桥。他们先把炸弹安在桥上，然后再去装电线。谁知事先没有测准确，临时才发觉线短了几尺，只好把线收起。正准备取出埋在土中的炸弹时，看到有一个人蹲在桥边，于是只得暂时避一下。就在这个时候，王府大门打开，走出几个打灯笼的人。黄、喻怕被发觉，就离开了银锭桥，打算明晚再来取炸弹。待到第二天晚上再去取时，炸弹已被人挖走了。

汪精卫分析有两种可能。一种可能是被王府的人取走了，那必定会兴师动众，闹得满城风雨。另一种可能是被老百姓取走了，老百姓一般都不会报案，则无事。一连过了四五天，风平浪静，一点事都没有。汪断定炸弹是落在老百姓手里了，便派喻培伦、陈璧君去日本再取炸药来北京制造炸弹。

谁料他们判断错了。炸弹当夜即被王府那几个打灯笼外出的人取走。王府严密封锁消息，将炸弹送到外国使馆去鉴定。洋专家鉴定后说："炸弹威力很大，中国造不出，必定是外国造的。外壳大而粗糙，应是就近制的。"

王府依据外壳的线索，找到了制造这颗炸弹的铁工厂。又由铁工厂的老板带着便衣侦探在琉璃厂附近认出了黄复生。这样，黄复生连同照相馆的所有伙计都被抓了起来。汪精卫本住在另一个地方，伙计中有一个人曾给汪送过饭，于是汪也没躲过。

当报纸将这一特大案子公布于世时，海内海外都震惊了。在日本的陈璧君悲痛欲绝，立即就要只身入京营救，被孙中山、胡汉民等人劝止。同盟会决定设法救援，但一时却无从下手。然而，汪精卫、黄复生命大，他们遇到了一个较为开明的审判官，此人便是肃亲王善耆。

善耆时任民政部尚书，案子落到了他的手里。善耆知道人心同情革命党，为收揽人心，他主张从轻发落。又模仿西方对待政治犯的态度，审讯时让汪精卫站着说话，而不按通常的跪着的方式说话。汪精卫既然抱定杀身成仁的决心，便毫不害怕，在公堂上并不乞求宽免，而是侃侃高谈革命排满的主义，又替黄复生开脱，把一切责任都往自己身上拉。羁押期间，他料定自己必死无疑，在狱中作了四首五言绝句。有敬佩他的狱卒将这四首诗带了出来，一时广传人口，交相称誉。尤其是其中第三首“慷慨歌燕市，从容作楚囚。引刀成一快，不负少年头”，更是光彩耀人，足可以跟谭嗣同的就义词媲美。汪精卫刺杀摄政王的壮举和他视死如归的革命气节，使得他成为全国人人景仰的英雄。无论是革命党还是立宪党，无论是官场还是市井，只要提起汪精卫，大家都敬佩不已。

不久判决下来，汪精卫、黄复生终身监禁。消息公布后，革命党人松了一口气，陈璧君更是大喜过望，现在可以来从容设法营救了。陈璧君和胡汉民等分头募款。陈母拿出四千块私房钱，她自己更是翻箱倒箧，凡可动用的全部拿出，打点上上下下管牢狱的人员，请给汪、黄生活上以照顾。然后再去官场活动，希望能给予减刑，但钱花了不少，进展则不大。

前几天，皇帝下了罪己诏，并宣布要赦免戊戌政变以来的政治犯。陈璧君欣喜异常，她寻思着要把这个消息告诉大牢中的情郎。挖空了心思，她终于想出了一个主意。昨天她煮熟了十多个鸡蛋放在一个竹篮里，请一个打了几次交道的牢卒送给汪精卫，又悄悄地塞给这个牢卒五块银元。牢卒接过钱，仔细看了看篮子，见除鸡蛋外的确再无其他东西，便带了进去交给汪精卫。

汪精卫接过鸡蛋，心里很高兴，他剥开蛋壳吃起来。鸡蛋用盐茶五味煮过，很好吃。他一连剥开几个。忽然，他发现其中一个蛋壳像是经人剥开过。他小心地将这个鸡蛋的壳子剥开，意外地看到里面夹着一张小小的纸条。纸条上写着四个字：忍死须臾。不用多看，他一眼就认出这是陈璧君的笔迹。汪精卫欣喜若狂。这四个字分明告诉他，只要再稍微忍耐一下，便有出狱希望了。

想起马上就可以获得自由，马上就可以见到一直在外面关心、援救自己的心上人和革命同志，汪精卫兴奋得彻夜不眠，他要准备一件珍贵的礼物来回报情深意厚的恋人。望着铁窗外流泻清辉的明月，他一字一句地填出了一阕《金缕曲》：

> 别后平安否？便相逢，凄凉万事，不堪回首。国破家亡无穷恨，禁得此生消受。又添离愁万斗。眼底心头如昨日，诉心期夜夜常携手。一腔血，为君剖。　泪痕料渍云笺透。倚寒衾，循环细读，残灯如豆。留此余生成底事，空令故人僝僽，愧戴却头颅如旧。跋涉关河知不易，愿孤魂缭护车前后。肠已断，歌难又。

快要天亮的时候，他矇矇眬眬地睡着了。醒来时已是日上三竿，夜间填的《金缕曲》又浮上心头。他觉得这首词情意是再深切不过了，但是略显得伤感了一点，应该把调子提高些才好。正在琢磨着，狱卒打开铁门进来了："汪兆铭，随我出去，有一个老爷要见你。"

汪精卫从地铺上爬起来。狱卒走上前，拿出钥匙来打开他手上和脚上的镣铐。汪精卫感到奇怪：坐牢一年半了，多次提审，从来都是戴着镣铐的，这个老爷是何许人？

汪精卫随着狱卒走到一间简陋的会客室。刚进门，一个服饰考究的中年人忙起身走前几步，一边说："精卫，你受苦了，还认得我吗？"

这不是杨度吗，五六年没有见到他了，他怎么会来牢里看我？汪精卫正在寻思着，杨度已走到他的身边，双手握着他的手，将他上上下下仔细地看了看，面色悲戚地说："你瘦多了，来，坐下说话。"

说着，扶他在桌边坐下。杨度诚恳的关心，使汪精卫颇为感激。他问："听说你在朝廷做了大官，为何要来这里看我？"

杨度笑着说："这些事以后再说。我今天特为来告诉你，你明天就要出狱了，恭喜你！"

"明天，明天就要出狱了？"尽管接到陈璧君"忍死须臾"的纸条，他已估计到坐牢的日子快要到头了，但决没有想到明天就可以出狱，更没有想到前来告诉这个消息的，不是典狱官，而是多年来已无交往的杨皙子。

“是的，明天就出狱！”杨度双手压着汪精卫放在桌面上苍白干瘦的手，点着头说，“法部的特赦令明早就会宣布，我刚从法部出来，亲眼看着他们盖了印后，赶紧来到这里告诉你。”

“你在法部亲眼看了他们盖印？”汪精卫怎么也不可能想到自己的案子会与杨度联系在一起。自己是推翻朝廷的革命党，杨度是朝廷的官员，虽说过去曾经是好朋友，但因政见不同早已分道扬镳了，坐牢一年多，也没听说他问过，怎么会突然管起自己的事来，真不可思议，“这么说，是你帮忙放我出牢的？”

“另有人在帮你的忙，我不过走脚跑腿罢了。”杨度依然笑着说。

“谁帮我的忙？”汪精卫追问。

“过几天我会告诉你的。”杨度松开手，说，“宣武门外大街小羊角胡同里，已为你准备了一套四合院，明天中午会有一辆大马车来接你。你先住进这套院子，若不满意再换。”

“皙子兄，你能不能通知到陈璧君，要她明天来接我。”汪精卫顾不得细问杨度为何为他准备房子和马车，便急着提出了这个要求。他太想念陈璧君了，他盼望出牢门第一眼见到的便是令他魂牵梦绕的情人。

“陈璧君是谁？”汪精卫的案子里没有陈璧君的名字，杨度不知道她的身份，“她住在哪儿？”

“陈璧君是我的同志，又是我的女友。”汪精卫的眼睛里放出了亮光，随即又摇摇头说，“不过，她住在哪里，我也不知道。”

听说是汪的女朋友，杨度立刻说：“不要紧，不管她住在哪里，我都会找到她。明天马车先去接她。”

“谢谢你了，皙子！”汪精卫脸上开始露出笑容，又问，“黄复生呢，他明天出不出狱？”

“明天和你一起离开这里！”杨度答得很干脆。

“太好了！”汪精卫又笑了起来，“出牢后我和他一起住。”

“行。”杨度说着，从衣袋里取出一张银票来说，“这是八万银元，你收下。”

“你这是做什么？”汪精卫大吃一惊，下意识地推了一下。

“你听我说，”杨度把银票再推过去，“你在牢中吃了一年多苦，身体摧残得很厉害，出狱后要好好滋补滋补，疗养疗养，这就需要钱。另外，你现在是一个全国闻名的大英雄了，出狱后各方人员都会来拜访你，你也得回拜回拜。这些应酬最要钱花，你先拿着用。”

“哲子，我怎么能用你的钱，你发财了？”汪精卫还是不接。

“这样好了，你觉得用这钱过意不去，暂且算我借你，以后你有钱了再还给我。”说着拾起银票硬往汪的手里塞。

汪精卫想想一出牢门就要钱用，而自己身上不名一文，到底不行，于是收下银票说：“好吧，先借我，以后再还你。”

杨度起身说：“我走了，你也回牢去准备一下，过些日子我再去小羊角胡同看你。”

第二天中午，当汪精卫一脚踏出牢门时，陈璧君喊了声“精卫”，便向他扑过来。一对患难情侣紧紧地拥抱着，半天说不出一句话来。汪精卫心里感激杨度的美好安排，也佩服他的本事：茫茫京师，他从何处这么快就把璧君找到了？

汪精卫出狱的消息，第二天便在各大报上刊登出来。人们敬仰这位活着的荆轲，都想一睹他的英姿。革命党人更是纷纷前来慰问。一时间，小羊角胡同车马不断，热闹非凡。

出狱后，汪精卫便和陈璧君同居了，另一间房子住着黄复生。陈璧君出身富商家庭，从小用钱大方，又喜欢讲排场，何况郎君光荣出狱，名动天下，一切安排自不能寒酸。置衣物，买补品，摆宴席，会宾客，钱如流水般花去。多亏了杨度这张银票，它真是饥中食，雪中炭。汪精卫想到这里，再一次涌起对杨度的感激之情。不过他也深感纳闷：晳子为何这般眷顾，是倾心结纳，还是别有所求？

就在汪精卫出狱的前前后后，中国境内惊天动地的大事一天也没有停止过。

十一月三日，资政院将宪法十九条议决奏上。载沣即刻公布，并择期宣誓太庙。同日，上海独立，同盟会会员、上海青帮大头目陈其美被推举为都督。四日，浙江独立，咨议局议长汤寿潜被推为都督。同日贵州独立，新军教练官杨荩诚被推为都督。五日，江苏独立，苏抚程德全被推为都督。七日，广西独立，提督陆荣廷被推为都督。九日，广东独立，胡汉民被推为都督。至此，已有十三省独立，大清江山已被革命党人夺去一半多。

这时，石家庄又出现一件意外之事：第六镇统制吴禄贞被刺杀。吴禄贞原本想联合山西都督阎锡山、二十军统制张绍曾等乘武汉交战之机攻打北京。谁知事机不密，大业不成身先死。

载沣面对着这样一个危机四伏的烂摊子实在无能为力，便只得拱手让权。袁世凯受命后立命冯国璋全力攻打汉阳，务必尽快拿下，然后带着一班子人马北上回京师。回京的第二天，便宣布新内阁名单。　袁世凯新内阁名单：　内阁总理大臣袁世凯　外务大臣梁敦彦，次官胡惟德　民政大臣赵秉钧，次官乌珍　度支大臣严修，次官陈锦涛　陆军大臣王士珍，次官田文烈　海军大臣萨镇冰，次官谭学衡　学部大臣唐景崇，次官杨度　法部大臣沈家本，次官梁启超　邮传大臣唐绍仪，次官梁如浩　农商大臣张謇，次官熙彦　理藩大臣达寿，次官荣勋袁世凯没有爽约，给杨度安排了一个学部副大臣的职务，同时把法部副大臣一职送给远在日本的梁启超。

杨度虽有点失望，想想副大臣也就是侍郎了，比起四品宪政馆提调来已经是连升四级，应该满意了，于是欣然接受。但梁启超却随即拍来电报，断然拒绝。袁又再去电相邀，但梁始终不受命。法部副大臣的位置便成了空缺。

杨度将遵命安置汪精卫的情况向袁世凯作了汇报，袁世凯叫他明天晚上带汪精卫来相见。

六　袁世凯隆重宴请刚出牢门的汪精卫

小羊角胡同整天宾客如云，高朋满座，汪精卫春风满面地接待各方朋友。听说杨度来访时，他立即亲往大门口迎接，将杨单独带到书房。刚落座，陈璧君便端着茶进来。汪精卫忙介绍："璧君，这就是杨先生。"

"哦！"陈璧君一惊，说，"精卫总在说你，我们太感激你了。"

"哪里，哪里！"

杨度说话间将陈璧君仔细地看了一眼。这位大革命家的女友是个典型的南国女郎：中等个子，略显得有点瘦，黑黝黝的面孔上五官端正，没有过多的打扮，举止干练洒脱，真有几分巾帼英豪的风度。

陈璧君并不回避，放下茶杯后便挨着汪精卫的身边坐下，大大方方地参与男人们的谈话。

"皙子，我这几天一直在盼望你来。你怎么突然关心起我的案子来，又是租房子，又是派马车，还有八万银子，这到底是怎么回事？"

汪精卫抛出一连串的疑问来。他只有二十七八岁，正是生命力最旺盛的时候，精神上充满着胜利者的喜悦兴奋，生活上有陈璧君的精心照料，出狱还不过几天，往日那个风采倾人的美男子形象便又恢复了。杨度在心里暗暗赞道：天地造化太偏爱他了，简直齐全得令人不可挑剔！转而又羡慕起坐在一旁的陈璧君来，一个女人能嫁得如许郎君，真正是百世修来的福气！

“看把你急得这样！”杨度笑了起来，“我告诉你吧，这些都不要记到我的头上，是另一个人在关心着你！”

“谁？”汪精卫急切地问。陈璧君一对清清亮亮的眸子也在望着杨度。

“袁世凯。”杨度有意压低声音。

“袁世凯！”汪精卫看了一眼陈璧君，转过眼来疑惑地问杨度，“他是满清的总理大臣，他为何要关心我？”

陈璧君的神态也颇为困惑。

“精卫，这不奇怪。”杨度端起茶杯，平静地说，“袁世凯虽然不赞同你行刺摄政王的举动，也不赞同你革命反满的主张，但他爱你的才华，尤其钦佩你为自己的信仰视死如归的气节。古往今来的大官员中，像袁世凯这样爱才重德的人也不少哇！”

汪精卫点了点头说：“倒也是的。如此说来，我要谢谢他才是。”

转脸对陈璧君说：“璧君，你说呢？”

陈璧君说：“谢谢他也是应该的。”

杨度忙说：“袁世凯正要见你，你去当面向他道谢吧！”

“好，那你给我引见引见。”汪精卫快活地说。

“明天晚上我来接你。”说罢，杨度起身告辞。

第二天晚上，北洋公署袁府大门口悬挂起八盏大红宫灯，门前又移来四五十盆花木：应时的秋菊开得茂茂盛盛，经霜的石榴红红艳艳，牛眼大的金橘黄黄澄澄，四季常青的松柏苍苍翠翠。大公子袁克定，二公子袁克文，三公子袁克良率领一班子幕僚清客，齐刷刷地站在门外恭候。

马车夫摇起清脆的铃声，胶皮大轮平稳地在门前停住。袁克定穿着簇新的长袍马褂来到车门边，微微弯腰，高声说：“请汪先生下车！”

汪精卫没有料到袁府的欢迎场面如此隆重，正不知对站在车旁的这个人如何称呼时，杨度忙介绍：“这就是袁大公子芸台先生。”

又指着克定身后的两个人说：“他们是二公子寒云先生、三公子规厂先生。”

见袁府三位公子迎候在旁，汪精卫颇为感动。他双手抱拳，边下车边说：“不敢当，不敢当！”

袁克定扶着汪精卫的手说：“家父极为钦佩汪先生，愚兄弟更是对汪先生崇敬不已。今日汪先生光临寒舍，乃我袁家的光荣。”

袁克定的话说得如此诚恳，令汪精卫心中暗自惊讶。这些天来他的双耳灌满了称颂之辞。革命同志的颂扬自在预料之中，普通百姓的赞扬也可以理解，袁府是什么人家？袁大公子是什么人物？居然也说出这样的话来，实在大出意外。

一起走到门边，正要跨进大门，只听见一声高喊：“汪先生到！”

喊声刚落，从门里左侧便房中走出一个人来。但见此人头大腿短，膀阔腰圆，脸上红光满面，双眼精光明亮，上下罩一身烟灰色长袍，粗粗一看，简直如同大钟寺里那座浑圆的古钟。

汪精卫正观望着，克定轻轻地说：“那就是家父，他从不到大门口迎接客人，今日为汪先生破例。”

汪精卫一听忙趋前一步，叫了声：“袁大人！”

袁世凯伸出双手，握着汪精卫的手，两眼将他上下打量了一番。

汪精卫今夜着一身浅灰色条纹西服，系一根红底起花软绸领带，脚蹬白色雪亮皮鞋。俊雅的仪表，配上这一身崭新的洋装，在一大群暗色古朴的马褂长袍面前，真像仙鹤来到群鸡之中。

袁世凯发自内心地叹道：“久闻汪先生有潘安、何晏之美，老夫总有怀疑，勇烈如先生者，怎会是那样的容貌？今日一见，果然名不虚传，在先生面前，小儿辈皆成寒鸦了。”

汪精卫连说：“袁大人过奖，过奖！”

袁世凯以这般隆重的礼仪迎接汪精卫，这是杨度所没有想到的。一个刚从牢房里放出来的谋刺摄政王的政治要犯，见上一面，对袁世凯这样身份的人来说已经是出格了。如此重礼相待，也不怕官场说闲话？这样敬重汪精卫，是真心，还是为了笼络利用？猛地，杨度想到汪精卫要杀的是载沣，载沣不是他的死对头吗？他要借礼遇汪来发泄对载沣的仇恨。是的，一定是这样！

众人一起走进袁府餐厅。这里，新安装的电灯正放出雪亮的光芒，大圆桌上早已摆满了山珍海味、玉箸银杯。袁世凯对汪精卫说：“今夜此宴特为汪先生而设，请上坐！”

若是换了别人，一个二十多岁的小子，无官无爵，谁敢领这个情？可是汪精卫毕竟是革命党人，又自视甚高，推辞几下后便大大方方地落座在上席。待袁世凯坐下后，袁氏兄弟、杨度等也依次坐下。

汪精卫说：“这些日子里，袁大人对我照顾备至，非常感激。这次来府上，是专门为道谢的，没想到大人这般客气，我愧不敢当。”

袁世凯说：“汪先生人品气节，老夫甚是尊敬，小小一点意思，不足以言谢。来，喝酒吧！”

袁世凯举起酒杯，大家都抿了一口。放下酒杯，袁世凯又命克定给汪精卫夹菜。席上，袁世凯绝口不提“革命党”三字，也不说南方的战事，一个劲地和汪谈家事，谈读书，又问汪有妻室没有。汪将陈璧君介绍给袁氏父子。袁世凯听后连连说：“难得难得，好一个奇侠女子。”又说，“我有十多个女儿，没有一个像样的，以后得便，还得请陈女士光临敝舍，让我的女儿们见见她，也让她们开开眼界。”

袁世凯这样夸奖陈璧君，汪精卫心花怒放。他觉得袁与一般陈腐官僚大不相同。

吃完饭后来到茶室喝茶。克文、克良告辞，克定和杨度陪坐。闲谈几句后，袁世凯说：“听汪先生刚才所说，老夫方知汪先生也是书香宦门出身，又抱着一腔爱国之心，自与江湖上打家劫舍的草寇不是一类人。世上以为老夫身为总理大臣，会坚决反对革命党，其实他们看错了，我只不过是厌恶那些混入革命党内部的青皮强盗而已。”

汪精卫大吃了一惊，心里想：袁世凯竟然不反对革命党，此话从何说起！

“老夫三十多年来为国家办事，深知国事弊端重重。”袁世凯继续说，“汪先生年纪轻，可能不知道。早在康有为初到北京的时候，我就为他代递过变法奏折，以后又参加了强学会。两宫回銮后，我和张文襄公一起上变法三疏。后来在山东在直隶练新军办新政，这一切为了啥？还不都是为了国家的富强！”

袁世凯说到这里，拿眼睛盯了一下汪精卫。汪精卫感到这眼神里有一种威慑力量，似乎又藏着很深的潜台词。

杨度插话：“是的，宫保大人为中国的新政办了很多实事。好比前年全线通车的京张铁路，就是宫保大人在直督任内委任詹天佑修建的，詹天佑，字眷诚，安徽婺源人，出生于广东南海。同治十一年以幼童身份留学美国，为中国首批留美学生之人。光绪七年毕业于耶鲁大学，回国后服务于海军部门，光绪十四年任中国铁路公司工程师，光绪三十一年主持修筑京张铁路，长期任职于铁路建筑界。全部铁路完全是我们中国人自己设计自己施工的。老百姓都说，这条铁路长了我们中国人的志气。”

杨度这段话说得袁世凯很高兴，接着这个话题说：“汪先生那时在日本求学，可能不太清楚。这条铁路虽只有三百多里长，但中间经过居庸关、八达岭，穿山过水，地形复杂，工程浩大。洋人说，中国修造这条铁路的工程师还未出世。我鼓励詹天佑大着胆子干，要什么东西，我为他采购，经费我提供，别人说闲话，我给他支撑。也是詹天佑争气，到底建成了。詹天佑就是当年曾文正公派出去的留美幼童。曾文正公很有远见，为国家培养了很多人才，少川也是这批人之一。” 侯宜杰《袁世凯评传》在谈到袁世凯在直隶总督任上兴办实业时说：“督修京张铁路。京张铁路是中国自筹资金、自行设计、独立修筑的一条铁路，清政府决定官办，1905 年由袁世凯督修。袁接受任务后立即设立路局，筹措资金，委詹天佑为总工程师兼会办路务，奏准所用钢轨、枕木、机器、车辆等材料免纳厘税，降低成本。该路 1905 年 6 月动工，1906 年 2 月丰台至南口段通车，1909 年 10 月全线通车。”

少川是唐绍仪的表字。他是袁世凯在朝鲜时的老部下，袁很赏识他的才能。袁回国在小站练兵，又调他在营务处办事。袁做直督，调他做天津海关道。以后历任外务部侍郎，沪宁和京汉铁路总办，邮传部侍郎，奉天巡抚，去年任邮传部尚书。这次袁组阁，又任命他为邮传部大臣。

詹天佑修造京张铁路，这事汪精卫知道，但其中细节他不知道，听了袁这番话后，他想袁这个人还真的会识人用人，有领袖群伦的胸怀。于是说：“詹天佑做成这番事业，也多靠了您的支持与信赖。”

袁世凯微微笑了一下说：“凡是有真才实学，愿意为国家出力的，老夫一向都支持。革命党如果真正是为了中国在办事，如果行民主办共和真的能使中国富强的话，老夫也一定支持。”

热情年轻的革命家被总理大臣说得激动起来，兴奋地说：“袁大人，您若真的支持中国行民主办共和，这是中国人的幸运。我相信我们革命党人也会乐意与您交朋友的。”

“谢谢。”袁世凯摸了摸胡须，说，“那就请汪先生把我这个意思转告给贵党的领袖们，尤其要赶快告诉在武昌的黄克强先生。”

“好！”汪精卫满口答应。

“我还想请汪先生你帮我一个忙。”袁世凯伸出一只粗短的手臂来，将肥厚的手掌扬了扬，“关于民主共和方面的学问，老夫一无所知，想请汪先生给我传授一下。”

听说袁世凯要向他请教关于民主共和的学问，汪精卫的情绪大为高涨起来。他有满肚子这方面的知识，可以不做任何准备，接连讲三天三夜不会重复。多年来他在海外华侨之中卖力宣传的，也主要是民主共和的学说。汪精卫清醒地知道袁世凯在今天中国政坛上的地位和作用，心想：倘若通过自己的宣讲，使得袁接受民主共和，将会避免许多流血牺牲，革命道路将要因此而变得大为通畅。他太乐意做这种事了：“袁大人，什么时候开始讲？”

袁世凯略为思考了一下，说：“白天，我事情多，实在抽不出空。这样吧，每天晚上十点到十一点，你给我讲一小时，三个晚上把民主共和的要点讲完，行吗？”

“行！”汪精卫满口答应。

“那就从明天开始，我派车接你，请汪先生准时前来。”

汪精卫知道袁世凯忙，便起身告辞。袁又亲自将汪送到大门口，杨度陪汪上了车，离开袁府。

袁克定随着父亲回到房间。袁世凯对儿子说：“你明天去找几本革命党人写的小册子来，我要看看，你们兄弟也要看看。”

“爹！”袁克定大惑不解，“您真的对民主共和感兴趣？”

“克定呀，你今年三十三岁了，一直在我身边长大，怎么就不多用点心思学学呢？”袁世凯皱起眉头，一脸正经地对儿子说，“民主共和，你想想我会行民主共和吗？中国又能行民主共和吗？但现在革命党闹事，半个中国都响应，能用武力镇压得了吗？唯一的一条路，是与他们和谈。他们口口声声讲民主讲共和，我若一点都不懂，如何与他们谈话？”

袁克定说：“哦，我懂了，爹是为擒虎子而入虎穴。”

袁世凯指了指自己的脑袋说：“你还是这里不开窍。”

袁克定又疑惑了：明明你刚才说的是这个意思嘛，为何又不是？在袁大公子的心目中，他的这个老子真是不可企及。十七八岁开始，他就立志要做父亲这样的实力人物，甚至还想超过。十多年来，他亦步亦趋地向父亲学习，细心观摩，用心揣测，希望把老子的一套学到手，但他又觉得与老子之间的差距太大了。父亲的心思、手段，真是可望而不可即。不过他从不灰心，他相信总有一天会青出于蓝而胜于蓝。

“请父亲指点。”袁克定恭敬地垂立在父亲身旁，一副虔诚的领教神态。

袁世凯对儿子们管教甚严，总盼望他们能成大器，今后能接他的班，但这些年来他渐渐失望了。年岁小的且不去说，已长大成人的几个：二公子克文风流放荡，甘愿做个诗酒文人，他不喜欢；三公子克良成天嘻嘻哈哈，傻小子似的，他也不喜欢；四公子克端性格古怪孤僻，他担心这个儿子有神经病；五公子克权热衷在书斋里做学问，六公子克恒、八公子克轸都想办实业，七公子克桓一门心思想赚大钱，都令他不满意。比来比去，还只有老大勉勉强强。克定天性好谈国事，袁世凯认为此子有大志。克定也的确有时能给他出点主意，替他办些事情，故他也对这个长子素来看得重。

尽管袁克定不是他理想中的接班人，但十五个儿子中，今后也只有指望这个嫡长子了。复出以来，他更有意对克定加以培植，自己心里想的一些事情也常跟克定说说，企盼儿子更快成熟。

“克定，你想过没有，眼下的战事会如何结局呢？”袁世凯盯着儿子问。

“儿子没有很好地想过，请父亲赐教。”其实袁克定想过，而且想过很多，只是他不便说，他要先听听父亲对这桩大事的看法。

“结局不外乎这么几种。”袁世凯从茶几上的烟盒里拿出一支雪茄来，克定忙划燃洋火，帮父亲点燃。喷出一口烟后，袁世凯继续说下去，“一种是革命军将汉口再夺回，冯华甫、段芝泉他们败在黄兴手里，然后河南、山东、直隶、东三省都学南方的样，宣布脱离朝廷独立。那时，朝廷完了，我们袁家也完了。”

袁克定说：“不能这样结局。”

袁世凯浅浅地笑了一下，说：“第二种是冯、段立即把汉阳、武昌拿下，再派出十几路大军征讨已独立的各省，将革命党一一荡平，还一座完整的江山给皇上。”

袁克定摸了一下后脑门说：“这是一件挺难的事。”

“哼！”袁世凯从鼻孔里重重地喷出一口浓烟，“岂止是难，而且我也不情愿，我犯得着为他载沣出这个力吗？天下无事，把我削职为民，天下有事了，又要我来带兵上前线。他想要我做第二个曾国藩，打错了算盘。我袁某人不是曾国藩，也不想做曾国藩！”

袁克定心里有点惊讶：父亲这样明明白白地表示不愿效忠朝廷的话，这还是第一次。他点点头说：“是的，载沣欺人太甚。他不值得我们袁家替他卖力。”

“眼前只剩下第三条路了，与革命党谈和。”袁世凯将小半截雪茄掐灭在烟灰缸里，从沙发上站起，把两手叉在腰间，那神情分明表示他的决心只下在这步棋上。

袁克定小心翼翼地问：“既为和谈，双方就都得接受对方的条件，爹准备接受革命党人什么条件呢？”

“我接受他们的民主共和！”袁世凯以斩钉截铁的口气说，“他们不是说民主共和是他们的最高目标吗，我就接受这个最高目标。”

“爹提出什么条件呢？”袁克定最关心的是这个。

“他们也得拿最高地位来酬劳我。”

“他们的最高地位是大总统。”

“对，叫他们让出大总统来。”袁世凯摸了摸横在鼻子下的胡须，似笑非笑地望着儿子问，“你爹做中国第一个大总统如何？”

“好极了！”袁克定高兴得几乎要跳起来，“孙文、黄兴哪里是做大总统的料子，全中国也只有爹才能做大总统。”

稍停一会儿，袁克定又提出一个问题：“爹做了大总统，皇上怎么办呢？一个国家，能既有大总统，又有皇上吗？”

“这是个难题。”袁世凯重新坐到沙发上，说，“所以我要你去找革命党人的小册子来看看。要皇上嘛，想来革命党人不会同意。不要皇上嘛，我袁家毕竟世受国恩，今后有人说袁某人欺负寡妇孤儿，不仁不义，我也不愿背这个恶名，要找个两全其美的法子才好。”

袁克定想不出什么法子来，呆呆地站着。袁世凯一时也没有好主意。他对儿子说：“克定，你去跟皙子商量一下，看他有什么好点子没有。你也要皙子向汪精卫透个风，看我提出的这个条件，他们接受得了不。”

“儿子遵命。”袁克定满心喜悦地答应了。

七 杨度和汪精卫联合发起国事共济会

一连三个晚上，杨度陪着汪精卫准时到达袁府，开始讲民主共和制，十一点准时离开。汪精卫最擅长言辞，又激情满怀，把个民主共和说得千好万好，完美无缺，如同天女散花似的把他的美好理想洒向在座的三个听众。

袁世凯听得很认真，也很少插话，雪茄烟一支接一支地抽，两只圆鼓鼓的大眼睛没有合过一下。大公子显得有点心不在焉，常常走出去吩咐仆人办事。他俨然是府里的大总管，一时一刻都缺不了他，坐在这里听讲，纯粹是因为遵父命。杨度一丝不动地坐在椅子上听。汪精卫说的这些对他来说都不新鲜。关于民主共和，他懂得并不少。在听讲的过程中，他发觉汪精卫有点夸夸其谈，言过其实。有时不像是在解决中国的现实问题，而是着重在描绘一幅超凡脱俗的美妙宏图。相比起来，孙中山、黄兴、刘揆一等人的民主共和理论要朴实得多。杨度甚至觉得，孙、黄才是真正的务实革命家，而汪精卫的才子诗人的气息太重了点。

到了第三个晚上快要结束的时候，袁世凯对汪精卫说，如果不嫌弃的话，你和克定换个帖子吧。汪精卫没有料到袁世凯有这么一手，仓促之间也不便拒绝，于是两人成了结拜兄弟。克定长汪精卫五岁，汪按袁家的排行叫他大哥，克定按汪家的排行称汪为四弟。袁克定随即端出一个碟子大的灵芝来送给四弟，又捧出一件精制貂皮大氅送给四弟妹。汪高兴地接受了。

袁克定又悄悄地告诉杨度，说他父亲对战事的处置立足在一个“和”字上。又讲了愿以民主共和制和大总统作为互相交换的条件，请杨度将此风透露给汪精卫。

接到这个使命后，杨度自己做了深刻的思考。民主共和也并非不好，事实上世界上也有行民主立宪制成功的国家，美国、法国就是明显的例子。但中国不具备美、法等国的条件，国家穷，人口多，不识字的老百姓占十之八九，而且几千年来都习惯于在专制制度下生活，骤然在一夜之间改行民主，民主如何行得起来？其结果必然是大家都想做主，实际上没有主，国家更会四分五裂，一盘散沙。何况中国是满、汉、蒙、藏、回五族共处，只是靠一个真龙天子才聚合在一起，倘若一旦天子没有了，谁成为赖以结合的核心？这四族一与中央离心，必定是满投日本，藏投英国，蒙回投俄，中国就真正地被洋人吞没了。民主立宪，说起来美好，一旦真的实行起来，则隐患四出，但现在能反对革命党人的这个主张吗？不要说革命党人的主张得到老百姓的普遍拥护，眼下明摆的事实是大半个中国已转向了革命党，真要实行君主立宪，还得指望袁世凯去平息叛乱，挽回局势，这实在是太不现实了。

首先，满人的朝廷这几年的假立宪，已使得绝大部分立宪派心灰气沮。从君宪这个角度来看，载沣真是一个扶不起的刘阿斗。汉民族仇满排满的心理已经形成，满人的皇帝已不能像日本的天皇那样成为大和民族的象征。再其次，若要实行君宪，必然要与行民宪的革命党武装斗争，其结果是国家和老百姓受苦。不主张暴力行动的杨度不希望流血的现实再延续下去。最后，也是根本的一点是，真正有实力在中国行君宪的人自己并不愿行君宪，反而转为拥护民宪。现在，倘若要坚持君宪的话，在杨度的面前只有一条路可走，即脱离袁世凯去做一个维护自己信仰的洁身自好的布衣。

但这条路杨度不能走，他不能脱离袁世凯。无论是袁世凯对他个人的知遇恩德，还是这些年来与袁家所结成的患难之交，都使得他不能离开袁世凯。尤其是这些日子里，他从袁世凯东山复起的烜赫气势及主宰天下的实力上，看出此人大大地超过历史上那些倒而复起的大臣。

杨度一天也没有忘记过湘绮师所传授的在他的心中已是根深蒂固的帝王之学。杨度不甘于寂寞，他也不能忍耐寂寞，倘若在寂寞中做平民百姓，他杨皙子不如死去。袁世凯既然想做大总统，如果辅佐他成就了这番事业，老师的帝王之学不就在自己的手里成功了吗？

杨度想到这里，早已热血沸腾。没有别的路子可走了，也不需要再走别的路子，眼下跟着袁世凯走，帮助袁世凯成大事，就是一条充满光辉与成就的大道！杨度血气奔涌，一跃而起，便要立即去找汪精卫。

刚一起身，他又想，中国是行君宪，还是行民宪，是件关于国家体制的头等大事，应该诉之于国民公意才是。如何诉诸呢？他摸着脑袋想了很久，终于想出一个办法来：发起一个团体。这个团体由君宪和民宪两党组成，各自吸收会员参加。由君宪党请愿朝廷，由民宪党请愿武昌军政府，双方先停战，再开国民会议，由国民会议公决国体。

他觉得这个主意很好，自己充当君宪党的代表，汪精卫充当民宪党的代表，马上在报上公开宣布。杨度寻思，主张民宪的会居多数，因为独立之省已达十四个，未独立之省只有八个，十四省中产生的代表必定要超过八省所产生的代表，这样自己由君宪转民宪，也就从里到外都合情合理、冠冕堂皇了。

杨度越想越得意，他来到静竹的房间里，把自己的构想告诉她。

这一年来静竹的病大有好转，在院子里走路已不用拐杖了。亦妹去年又生了一个男孩，家里也没有再添女佣，她便和亦竹一起照料两个孩子。在静竹的心目中，这一男一女两个孩子就如同她自己所生的一样。看着他们稚气的欢笑，听着他们的哇哇啼哭声，她从心底里感受到一种生活的乐趣。

皙子没有辜负她的期望，真正是大有出息了。来家里的朋友，哪一个不称赞皙子的才华！她也常从报纸上读到皙子的文章。这些文章多是议论宪政的，她有些看不大懂。她喜欢皙子间或发表的诗词歌赋。她仿佛天生对这种文字有灵感似的，看起来悦目，读起来赏心。父亲在日，她在父亲指导下作过一些诗词。父亲去世后，她沦落风尘，就再也没有心情吟咏了。这两年，她常常有种诗情萌动。写出来，皙子给她略加润色，居然也很像个样子。日子过得这样安宁而有情趣，苦命的静竹已经很满足了。

但亦竹却总感到欠了静姐一笔很大的债，这个幸福的家庭原本是属于静姐的，自己有点鸠占鹊巢的味道。她多次跟静竹说，要亲手张罗，为皙子和静竹完婚。每一次，静竹都摇头拒绝。前几年，静竹也还存着这个念头，一旦自己的病好后，就跟皙子圆房，让多年梦寐以求的理想变为现实。这两年来，这个念头她慢慢地打消了。她首先为远在湖南老家的那位黄氏大姐着想。大姐在家侍奉婆婆，抚养儿子，多么不容易。亦竹已经分了她的爱，如果再增加一个，不要又分出一份吗？作为一个女人，静竹知道，哪一个女人都不愿意把本属于自己的一份完整的爱分割出去，黄氏大姐同意杨度在京师娶亦竹，一方面固然是贤惠，另一方面也是无可奈何。静竹觉得应当早日把石塘铺乡下的祖孙三代接到京师来一起住。还有那位叔姬姐一家，如果也能一起来就更好了。叔姬姐才学好，将会是自己的好老师。她们来后，自己以亦竹姐姐的身份而不是以皙子如夫人的身份，在整个家庭中相处会显得自然些。

再者，静竹也为自己着想。她知道自己今后很可能不会生育。一个女人有丈夫而不能生儿育女，那会更难受，也会遭到各方的闲言冷语，不如干脆不嫁人，心里反而清静得多。就这样，静竹说服了亦竹，又要皙子接黄氏大姐母子进京来。

静竹比亦竹有见识，也关心国家大事。许多事，杨度常常和她商量，听取她的意见，她也的确会给他一些帮助。为朝廷制定宪政是件很麻烦的事，宪政馆里的同寅大多是无聊之辈，杨度常常心烦。静竹就劝他，要他看看拜砖，想想当年妙严公主礼佛的恒心。杨度常能因此而增添一份力量。

当杨度把组织国事共济会的想法说出时，静竹笑了起来："这不是办的书呆子事吗？战争打得你死我活，哪有心思来开国民会议！再说，就是开，也要袁宫保和黄克强他们为头倡议呀，你和汪精卫两个人都无兵无权，发起这个会，谁听你的？"

杨度说："打仗归打仗，一个省推几个代表开会还是可以的，至于倡议人，当然要局外者合适。袁宫保和黄克强都在局中，不宜做发起人。"

静竹说："你和汪先生的两党代表，都是自封的呀，别人承不承认呢？"

"谁说是自封的！"杨度一本正经地说，"精卫是同盟会的要员，又名满天下，他难道还不够资格充当民宪党代表？我主张君宪六七年，我的宪政纲领，各省君宪派都奉为圭臬。我做君宪党的代表，谁还有异议！"

静竹"扑哧"一声笑起来："我说皙子呀，我不是给你泼冷水，也不是说你无资格代表君宪党，但愿你的设想能得到大多数人的支持才好。只是目前这种开会呀，请愿呀，大概都没有作用。你不记得上半年那些请愿吗，哪一个成了事！"

静竹说得不错，但她不能理解自己的深层用意。先办起来，日后再慢慢跟她说吧！

杨度再次去小羊角胡同找到汪精卫，把袁世凯的想法透露给他。

汪精卫说："袁项城支持革命派的主张，办民主共和，那是再好不过的事了。只是他想做民国的大总统，革命派内部能不能通得过就不知道了。"

袁项城就是袁世凯，对于有地位有名望的人物，不直呼其名而称其籍贯，乃是一种尊崇的表示。

杨度说："我也知此事不大容易，但假设革命派不让出总统来，袁项城他又怎会支持民主共和呢？"

汪精卫说："这也是的。不过，革命党人流血奋斗而换来的国家，竟由满清的总理大臣来当总统，这在感情上总说不过去。"

"这有什么说不过去的。"杨度说，"湖北军政府的都督黎元洪不就是满清的协统吗？除开上海的陈其美外，哪个独立省的都督不是过去的大员？湖南的焦达峰就因为资望浅了坐不稳，还得由贡元出身的议长谭延闿来做才行。看来，民国的大总统还只有让袁项城来做才镇得住，别的人暂时还没有这个威望。这个道理还请精卫兄向贵党的同志们讲清楚，先写封信给黄克强传递信息，要他出面在贵党内部协商。"

汪精卫这些日子里得到袁的不少好处，又见袁是一副真心拥护民宪的架势，对袁很有好感。同时，现实摆在这里，袁也是总统的最合适人选。于是答应给黄兴写信。

杨度又将联合发起国事共济会的事与汪精卫商量。汪立即意识到，杨度是想通过这个会来表明自己是君宪党的领袖，日后转而支持民主，民国政府就得用高官为酬劳，暗自称赞杨想得深远。既然他可以借此来确立自己的领袖地位，我何不也借此来显示自己在民宪党里的领袖地位呢？于是也答应了。

几天后，一份由杨度起草、汪精卫略作修改的《国事共济会宣言书》在《经纬报》上登了出来。 《国事共济会》宣言书的落款为：发起人君主立宪党杨度等、民主立宪党汪兆铭等。 国事共济会简章共七条，要点为：要求双方停战，组织临时国民会议；入会须得会员二人介绍；本部暂设天津，各省设支部；设干事四人，两党各举二人等。

宣言书说，中国自有立宪问题出现，国内就分为君主立宪和民主立宪两党。君主立宪党认为，中国以满、汉、蒙、回、藏五族人集合而立国，蒙、回、藏人之能与汉人同处一个政府之下者，全恃满洲君主的羁縻，若满洲君主一旦去位，则汉、蒙、回、藏即刻分离，洋人则会乘机瓜分中国。若要中国不被瓜分，非留现今君主名义不可。民主立宪党认为，别国可行君宪，中国则不能。不是说君主为满人，必欲以种族相仇之见而排除，而是因为君民之种族不同，则人民之权利必为君主所吞没。故君主一日不去，则宪政一日不能确立。

宣言书又说，两党相争在民主、君主这一点上，其他方面，如行宪政，发挥民权，国家领土不得分裂，满、汉、蒙、回、藏必须在同一政府之下等则是共同的。两党的最后目标，即建立宪政国家以救亡图存是一致的。

宣言接着说，现在革命军兴，东南响应，北京政府与武昌军政府各以重兵相持，两不相下，不管谁胜谁负，都必然使得民生涂炭，财力困穷。若以保一君主为目的而使全国流血，君宪党人不忍为。若以保一民主为目的而使全国流血，民宪党人不忍为。两党都不愿眼看南北相斗而让外人得利的后果出现。

宣言书最后说，两党之政见何去何从，非两党所自决，必也诉之于国民公意。因而两党人联合发起国事共济会，意在使民主、君主这一问题不以兵刃而以和平解决，故发起国民公议，以国民之意公决之。无论所决如何，两党都必须遵守，不服从者即为国民公敌。实行本会宗旨之时，其对于北京政府之行动，由君主立宪党任之；其对于武昌军政府之行动，则由民主立宪党任之。

宣言书之后，又附了一个国事共济会的简章。

宣言书登报第二天，方表来杨度家，表示愿意入会。杨度很高兴，马上封他一个干事，拿出五百银元出来，叫他到天津闹市区租一间房子，挂牌办公。自从杨度离开湖南后，方表几乎成了一个失业者，没有经济来源。现在好了，他怀揣着五百大洋，兴高采烈地赴天津走马上任。

汪精卫对此事本不热心，他有许多事要做，登过报后，便不再过问了。

杨度则希望有很多人来参加国事共济会，把这个会办得热热闹闹。他又起草一个致资政院陈情书，请资政院议决具奏请旨，召集临时国民会议以决民主、君主问题。又起草一个呈请内阁代表书，请内阁代奏皇上，明降谕旨停战，开国民大会。

谁知七八天过去了，方表从天津来信说，天津本会无一人前来申请入会，问北京进展如何。杨度看到这封信后，心里只有苦笑。登他的门的人虽有，但都不是前来入会的，而是来指责他的。指责他凭什么自封君宪党代表，又讥笑他是哗众取宠，想出风头，这一纸宣言书于时局有何用？张謇、汤化龙等人则来电说，他们原来主君宪，而现在早已和民宪党一起干了，劝杨度改弦易辙。接下来是资政院根本就不开会讨论他的陈情书，内阁也不替他代奏。社会各界是如此的不合作，令杨度大为扫兴。

汪精卫来槐安胡同告诉杨度，武昌那边对他这个宣言书反对甚为激烈，一批同盟会的老战友甚至大骂他出狱后被朝廷收买了。同志们批评他，宣言书上说什么“以去一君主为目的而使全国流血，此民宪党所不忍为也”，这种话居然出自一个同盟会评议长之口，岂不是彻底背叛了同盟会的革命宗旨？推翻满虏君王就得流血，不流血，满虏小皇帝会自动退位吗？革命党人就是要以流血牺牲来唤起人民的觉醒，来驱逐满虏君王和他的大大小小的走狗，中国只有经过一段时期的流血后才会有新生的到来。关于国体的事，没有什么公决不公决的。老百姓昧于长期的君主制度，不知民主为何物，很多人只会赞成君主而不会赞成民主。革命党人是先知先觉，应当教育后知后觉。还有人怀疑此事不会是汪兆铭做的，汪兆铭的大名被杨度盗用了。

于是汪精卫对杨度说，取消这个会算了吧，没有一点实益，徒招无穷口舌。杨度说看看吧。又过了七八天，入会的没有增加一个，说风凉话的越来越多。看来这国事共济会是绝对共济不出一个名堂来了，杨度无奈，只得吩咐方表摘牌回京。他自己写了一段简短的解散宣言，说几句“今者武汉血流，兵事方殷，和平解决之难已为天下所共见，共济会之所主张已归无效，特宣告解散，唯天下伤心人共鉴之”一类的话，交《民主报》发表了事。 《民立报》1911 年 12 月 11 日发表《国事共济会解散宣言书》：“自战事开始以来，两党之人皆知战事延长于中国前途有无量之危险，故欲以国民会议解决君主、民主问题，以息将来之战祸。两党之人持此目的发起斯会。一面由度陈请资政院议决，呈请内阁代奏，舌敝唇焦，以求主张之通过。一面由兆铭电达上海军政分府转武昌军政府，请求承诺所主张。乃资政院不为议决，内阁不为代奏，而武昌军政府亦无回电，上海回电只承诺国民会议，于停战与否并未提及。今者武昌血战，兵事方殷，平和解决之难，已为天下所共见。在君主立宪党之意，始终不愿以杀人流血解决君位问题，北军进攻实所反对。在民主立宪党之意，则以为若别无平和解决之法，惟有流血以护其宗旨。是共济会之所主张已归无效。用特宣告解散，惟天下伤心人共鉴之。发起人杨度、汪兆铭等同启。”

杨度想：既然君宪党人不愿意与他合作共济国事，自己日后跟着袁世凯改行民主立宪，他们也没有资格指责自己背弃主义了。公开的目的虽没有达到，私下的目的则已达到了。

北京的国事共济没有任何收效，武昌对袁世凯却做出了出人意外的接纳。

已独立的十四个省都有一个共同的愿望，即尽快组织一个临时政府，以便联合对付清廷。这个建议首先由湖北军政府都督黎元洪提出，电请革命军各省区派代表来武昌商量。

由于当时交通混乱，这个电报八天后才到上海。早在六天前，江浙两省都督就已经联名致电上海都督陈其美，建议在上海召开独立省代表大会，讨论组织全国性的统一机构问题。第二天江浙两省的代表就到了上海，并致电各省，派人来上海开会。不久，各省代表陆续到了上海，通过代表大会组织提纲，规定每省派两人作为该省的代表，其中一人为都督指定，另一人由咨议局指定。黎元洪的电报到达上海后，各省都尊重武昌的首义地位，认定武昌为中央政府所在地，每省的两位代表中一人去武昌参加会议，一人留在上海专事联络。

代表们到了汉口后，正值武昌城里战火激烈，于是借汉口英租界顺昌洋行召开各独立省区第一次代表会议，公推谭人凤为议长。谭人凤与黄兴、刘揆一、宋教仁等人关系亲密。黄兴接到汪精卫从北京托人带去的信后，与谭、刘、宋等人商量。大家都认为从实力来说，民军远不如北洋军，战争继续下去，将对革命党极为不利，停战和谈是最好的办法。尤其是袁世凯赞成民主共和，则更是难得。谭人凤对袁的突然转变立场尚有点怀疑，黄兴等人则以两年前袁向东京革命党输诚一事证明袁早有民主倾向。至于黎元洪，他觉得由袁来领导这场革命，比起革命党中任何一个人来，无论从哪方面来说都要对自己的胃口，他力主让袁世凯做未来的大总统。黄兴等人则认为让大总统给袁世凯可以，但必须有条件。革命党当前最高的目标是推翻朝廷，袁世凯要以推翻朝廷作为换取大总统的先决条件。谭人凤同意将此事交代表大会讨论。

与此同时，袁世凯又通过英国公使朱尔典指示该国驻汉口领事葛福向代表施加压力。

早在袁世凯任驻朝鲜通商大臣的时候，朱尔典便是英国驻汉城领事。从那时起两人便结下了友谊。二十余年来，朱尔典一直以英国代表的身份支持袁世凯，这也是袁世凯走红官场的一个重要原因。葛福受命向会议代表转达北方提出的两个和平方案。一个是全国性的和平方案，由袁内阁代表清政府与一个能代表全部独立省区的组织谈判。一个是局部性的停战方案，由北洋军在武汉方面的最高统帅冯国璋与湖北军政府都督黎元洪进行以湖北地区为限的停战谈判。 侯宜杰著《袁世凯评传》所附年表：宣统三年十月初七日，即公元1911年11月27日，袁世凯在北京会晤英国驻京公使朱尔典，请其电告驻汉口领事葛福，向民军提议停战三天。

葛福在转达这两个和平方案后，又代表朱尔典透露了大英王国政府对中国战事的看法：希望早日停战，由袁世凯妥善处置善后事宜。

英国明摆着支持袁世凯，这给与会代表很大的心理压力。既然革命党的核心人物也都同意停火，并以推翻朝廷作为条件同意袁世凯为大总统，而与会的各省代表们又何尝不想战火早熄，新政府早日成立，以便在中央政府或在省政府里获取重要的职务？遂一致通过了“虚临时总统之席以待袁君世凯反正来归”的决议案。

决议案由黄兴亲自派人送至北京交给汪精卫过目，汪立即转给杨度，杨又连夜告诉袁世凯。袁自然很高兴。但这是一个非常大的问题，尚有许多具体事情要考虑，要商谈。独立省区推出伍廷芳为和谈全权代表，又推举汪精卫为伍的参赞。

伍廷芳为广东新会人，年轻时即赴英国留学，得法学博士学位。后经张之洞推荐，历任出使美国、西班牙、秘鲁等国钦差大臣。伍廷芳长期受西方文化影响，对民主宪政甚是景仰，为革命党人所尊敬。恰好他三年钦差大臣期满回国，幸运地担负起历史所赋予他的重任。 伍廷芳，字文爵，广东新会人，出生于新加坡，香港圣保乐书院毕业。同治十三年留学英国，毕业后在香港任律师、法官等职。光绪八年入李鸿章幕府，襄办洋务。二十二年出任驻美国、西班牙、秘鲁等国公使。二十八年回国后任会办商务大臣、外务部侍郎等职。三十三年复任美国、秘鲁等国公使。武昌起义后，被推为南方民军全权代表参加南北会谈。后历任司法总长、外交总长、广东省长等职。

袁世凯任命他的老友唐绍仪为总代表，又要杨度充当唐绍仪不公开的助手，秘密斡旋南北议和。

八　杨度对革命党人亮了底牌：袁世凯不是曾国藩

杨度的学部副大臣其实没有做多久便被免去了，袁世凯许诺将有要职相委。学部是个冷清的衙门，杨度对它本没有多大的兴趣，更何况是个副职，因此他并不在乎。他要为即将诞生的新国家建立更大的功劳，以便在未来的内阁中占取一个更重要的席位。

由袁内阁邮传大臣唐绍仪率领的北方谈判团，气势庞大、排场阔绰地乘坐专车南下，杨度不是代表团的正式成员，而是作为一个宪政专家身份随团出发。 侯宜杰著《袁世凯评传》：“1911 年 12 月 7 日，清廷授袁为对民军和谈的全权大臣，袁即日委唐绍仪为总代表，率领杨士琦、杨度等南下议和。”专车开得很慢，每到一个较大的车站，便有当地的官员们在站台上等候，恭请赏脸下车休息。谈判大员们也不谦让，大吃大喝一顿，然后再带着大箱大箱当地土产上了车。有的甚至还提出要看看名山胜水，观赏前朝古迹，说是机会难得不可错过。唐绍仪觉得在路上耽误太久，毕竟与目前的形势不相宜，不得不扫扫这些大员们的雅兴。杨度很气闷：这些人的心目里简直没有国家的概念，让他们去担负着如此重要的谈判，岂不是笑话！

一路上走走停停，五天后才到达汉口。武汉三镇的战事虽早已停止，但一个月来的战火已把这座中南重镇烧得不成样子了。映入眼帘的尽是残垣断壁、废墟荒冢，街道被炮弹炸得坑坑洼洼，大部分店铺都关了门，市面一片萧条。到处可见流离失所的市民，蜷缩在墙边树下，架起铁锅烧火煮饭。杨度看在眼里，很觉得过意不去，心想：这便是战争造成的后果，倘若不用这种暴力革命就达到立宪救国的目的，岂不可以免去老百姓的许多苦难？战火不能再起了，更不能蔓延！

昔日繁华的汉口镇居然找不到一家像样的客栈来接待谈判团，北洋军前线统领冯国璋只好将他们安置在英国租界内。因为风闻孙中山将挟巨资从美国回国，前一向在汉口开会的代表们都离开汉口，乘船东下上海去欢迎孙中山，顺昌洋行空了下来。于是北方谈判团就住进去，填补了他们留下的空缺。英租界没有受到战争影响，洋行里又全是西式摆设，从北京来的大员们很觉得满意。

次日上午，湖北军政府都督黎元洪派原共进会领袖、现军政府军务部长孙武过江来迎接。人们盛传孙武是孙文的弟弟，谈判大员们也信以为真。大家都怀着好奇的眼光仔细端详这位大革命家的兄弟，纷纷向他献殷勤、套近乎。后来得知孙武就是汉口人，与孙文毫无关系，于是又都很失望。

武昌阅马厂原咨议局衙门，现在成了湖北军政府办公之地，黎元洪在这里为北方谈判团举行了隆重的接风宴席。尽管武昌城许多老百姓已断粮断炊，但接风宴席上却是山珍海味应有尽有。鄂省的头面人物，无论是革命军中的新贵，还是原主君宪的咨议局议员，以及革命兴起后没有来得及逃离转而拥护军政府的前朝命官，都济济一堂。大家不分革命先后，也不分南方北方，频频举杯，互相敬酒，预祝会谈成功，仿佛干戈早已化为玉帛，南北已经亲善，融为一家子了。

谈判的地点选定在上海，且黄兴等人已离开武汉，黎元洪又是一个武人，一向不善言谈，武昌起义的领导人孙武、张振武、吴兆麟等人在革命党中原本没有多高的地位，所以武昌的会见实质上只是应酬而已。吃过饭后随便聊聊天，闲谈闲谈，轻轻松松地将一个下午打发过去了。晚餐又是大鱼大肉地嚼了一顿。黎元洪派人四处找戏子来唱堂会。打了一个月的仗，戏园子都关了门，找不到名角，便只得拉了几个唱楚剧的来应付。这楚剧是江汉一带的地方戏，如何能跟京师的皮黄相比，谈判大员们一个个听得没精打采。有年轻的随员耐不了寂寞，便悄悄地打听还有没有正在做生意的妓院。军政府的接待人员满脸堆笑地答应："好说，好说。那种地方人多眼杂，不太方便，武昌城里漂亮的女孩子多的是，明晚去叫几个来陪陪各位大人。"

杨度见此情景，忙对唐绍仪说："少川兄，武汉不要久留了，最好明天就开船。"

"这里是不能久停，明天走吧！"随从们的表现和已独立的武汉的面貌都使唐绍仪很失望，"皙子，这次谈判不能指望他们那些人，你我都是项城的老朋友了，即使不为国家，就为酬答项城的知遇之恩，也不能像他们那样。你与革命党的领袖们都熟，到上海后，我这个总代表一切都还要仰仗你。"

杨度说："我会尽力而为的。"

航行顺利，两天三夜后抵达上海码头。着一身深色西服的伍廷芳率领一批人早已恭候在黄浦江码头上。伍廷芳虽然六十多岁了，却红光满面，精神很好。

上海城的光复似乎来得很容易，只在制造局打了半天的仗，革命军便控制了上海的局面。除几个大衙门换了人马外，其他一切依旧。城市完好无损，市面繁华如昔。老百姓没有受任何惊骇，一夜之间便从奴仆变为主人了。只不过是光复一个多月了，除开革命军中的大小头目们分到了革命成果外，这些主人公们似乎还未得到丝毫实惠。

北方谈判团下榻在外滩一家豪华的法国人开的大饭店里，享受着高规格的接待。在各处观光了几天后，南北两个谈判团开始坐下来，在英租界市政厅举行会谈。

杨度不参加正式谈判，而是私下频频拜访革命军中的旧日朋友。有时他也和汪精卫一起去，但通常都是他一人单独前往。

南北会谈并不顺利。由伍廷芳牵头，有汪精卫、王宠惠、 王宠惠，字亮畴，广东东莞人，出生于香港。1900 年毕业于北洋大学，1905 年毕业于美国耶鲁大学，获法学博士学位。1911 年加入同盟会。先后出任过南京临时政府外交总长、北洋政府司法总长、大理院院长、国民党政府司法部长、司法院长、外交部长、代理行政院长等。钮永建、胡瑛参加的南方谈判团是一个强有力的会谈团体。他们个个新学知识丰富，能言善辩。以唐绍仪为首，由杨士琦、章宗祥、傅增湘、张国淦等人组成的北方谈判团，不是谈判桌上的对手。他们知道袁世凯有独断专行的个性，便常常用电报请示远在北京的总理大臣。这样一来，既降低了他们自己在谈判桌上的信誉，也使得整个谈判进行得艰难。

南方谈判团提出和谈的基础在于双方都赞成实行民主立宪制度。唐绍仪说他个人赞同，袁项城也不反对，但国体问题重大，宜召开国民会议决定。南方同意唐的意见。于是唐电请示袁。袁请皇上颁旨召开国民会议，但载洵、毓朗等皇室成员坚决反对。此事便胶住了。

以后，南北双方还进行过四次会谈，涉及了一些具体问题。例如，谈判期间清政府不得提取已借定之洋款，亦不得再借洋款，以及国民会议代表的组成方式等。但会谈成果不明显。

《胡汉民自传》："当时最大问题，无过议和。议和之目的乃清帝退位，而清室以取得优待为条件，袁世凯以取得政权为条件。袁一方挟满族以难民党，一方则张民党以迫清廷，时人谓之新式曹操。"

与南北会谈同时进行的，是革命军内部权力重新分配的激烈争斗。南京光复后，独立各行省留沪代表召开会议，议决以南京为临时政府所在地，选举黄兴为临时政府大元帅，黎元洪为副元帅，并由黄兴负责组织中华民国临时政府。在汉口的代表得知后，认为留沪代表无此权利，对选举结果予以否定。待到在鄂代表与在沪代表同时抵达南京后，又决定将正副元帅颠倒位置，即由黎任大元帅，黄任副元帅，因为黎在武昌，便由黄来代替。又有人公开表示，黄兴在武汉战役中指挥失误，丢失了汉口，乃败军之将，无资格充当中华民国的领袖。黄兴十分生气，宣布无论是大元帅还是副元帅，他一概不就。

这样，为了一个领袖的问题，竟弄得中华民国几乎不能诞生。幸而这时孙中山由美国回国。孙是众望所归的大革命家，大家公推他为中华民国临时大总统。十二月二十七日，在南京的十七省代表，十六票投给了孙中山，只有谭人凤将代表湖南省的一票投给了他的多年老战友黄兴。同时确定南京为中华民国首都，明年元月一日，在南京举行临时大总统就职仪式，向全世界宣布中华民国正式成立。

袁世凯得知这个消息后勃然大怒。他一心一意在等待南北双方一致推举他为大总统的喜讯，却不料让刚刚回国的孙文抢了去。他先是恨黄兴等人玩弄了他，继则埋怨唐绍仪无能，便来电指责唐越权办事。唐引咎辞职，袁随即批准，同时给杨度一个密电，要他务必疏通南北，莫负使命。

杨度接到密电后，既感觉到使命沉重，又不免有几分得意感。

决定南北会谈伊始，他就认为北方谈判团的总代表应以自己最为适宜。因为他不仅具备总代表谈判的才能，还因为他与革命军的要员们都有着非比寻常的友谊，而一直为朝廷官员的唐绍仪缺乏这种条件，他不明白袁世凯为何不将这个重任交给他而交给唐绍仪。好了，现在事实证明唐谈判失败了，下一步看我的了！

杨度决心把这件事情办得相当漂亮，让南北两个政府里的人都知道世上有个杰出的人才。他仔细地分析当前的形势：在袁世凯方面，只要让他当大总统，其他条件估计他都会接受。至于革命党人方面，通过这些日子的多方接触，杨度隐隐看出内部似乎有两个派别。一个是以孙中山为首的粤派。这派的主要人物有胡汉民、汪精卫、王宠惠等。另一个是以黄兴为首的湘派。这派的骨干有谭人凤、宋教仁、刘揆一等。湘派早已明确表态同意袁做大总统，而现在孙被推出来，必定是粤派人在各省代表中活动的结果。要改变这个现实是不可能的了，唯一能做到的，是说服孙公开表示，他做总统只是暂时的，以后一定把这个位置让给袁。若这样，袁必定满意，南北会谈也就达到了它的预期效果。离孙中山赴南京就职只有三天了，时间是如此的仓促，该怎样办才好呢？杨度想，无论如何得见一见孙先生，见面之前必须做好充分准备，以期一举成功。

他先找到汪精卫。自从孙中山回国后，汪便做了孙的私人秘书。此时的汪在孙心目中地位甚高，孙每件大事都跟汪商量，由汪草拟的文件，孙也基本上不加修改便签发。汪本人自是赞同袁做大总统的，在孙未回国之前，他在各省代表中也替袁说了不少好话。杨度对汪说明了自己的想法。

汪精卫说：“孙先生这几天忙得吃饭睡觉都没有时间，他能抽得出空吗？”

杨度说：“这就要请你帮忙了，务必请孙先生在百忙之中抽出点时间来。另外，我想你一定不会忘记袁项城的知遇之恩，在孙先生面前多多为袁项城美言美言，促成孙先生作出这个决定。”

汪精卫说：“那是自然的。我也认为在目前的形势下，以袁项城做总统更合适些，孙先生做一个过渡时期的大总统。”

杨度说：“还请精卫兄也给胡汉民、王宠惠两位先生说说这个意思，让他们也帮着说几句话。”

汪精卫说：“我会说的，但他们二位会不会同意，就很难说了。”

出了汪宅后，他又去找刘揆一。对刘揆一说：“霖生，你还记得那年我们在时务学堂饮酒时，对着神明起的誓言吗？”

“记得呀！”已过而立之年的刘揆一依然是一副胖墩墩的娃娃脸，给人一种大孩子似的感觉，“当时我们举杯说，今后不论是谁，只要他做的事有益于中国，我们大家就都支持他。”

“是的。”杨度很欣慰，这位如今亦被视为中华民国开国元勋之一的革命家，没有一点胜利者的骄矜之气，“眼下你们倡导的民主立宪得到大多数人的拥护，我放弃自己多年的君宪主义支持民宪，我应该是履行了自己的诺言吧！”

刘揆一笑着说：“你这种识时务的态度很可贵。”

杨度说：“现在袁项城也识时务了，转而支持民主共和，前向你和克强、遯初都认为只要他真心转变，并推翻朝廷，就拥护他做大总统。我想，你们的这个主张也必定是为了中国的最大利益而生发的。”

“当然是这样。”刘揆一正色说，“我们与袁项城都无私人关系，何况从私人感情来说，我们都不喜欢他。再说大总统吧，谁不想做？我刘霖生也想，但我自知够不上。现在革命党人中，论威望孙中山够，论功劳黄克强够，论品德汪精卫够，论才华宋遯初够。要论条件，无论从哪方面来说，他袁项城都不够。但从国家利益来考虑，袁又比谁都够。”

杨度拊掌道：“霖生你这番话真是深明大义之言，同时也是恳挚实在之言。我希望你也对各省代表说说。现在孙中山被推举为临时大总统，袁项城有怀疑，这对国家不利。”

刘揆一爽快地对杨度说：“行，我要把这个利害关系给大家说清楚。”

第二天下午，汪精卫告诉杨度，孙先生同意今夜在寓所会见他。

宝昌路四〇八号原是法国人屠榭的房子，现在是孙中山先生在上海的下榻之处。这是一座绿瓦红砖西式小洋楼，上下两层。上层为书房、卧房、办公室，下层为会客室、餐厅、厨房。洋楼四周种着树木花草，黑白相间的鹅卵石铺出一条环楼小路。一道一人多高的围墙将它与街市隔开。围墙内一片安宁、幽静、高雅的气氛，与不远处的喧嚣、浮躁、庸俗的十里洋场仿佛是两个世界。自从孙中山五天前住进来后，这里便成了各独立行省乃至整个中国的灵魂所在。正当革命派内部因为领袖的推举而陷于僵局的时候，孙中山从国外及时赶回来了。大家庆幸革命航船有了掌舵的人，中华民国有了公认的领袖。历史在这里再一次证明，威望素著众心拥戴的领袖，对一个欲成大事的政党来说是多么的重要，在一定的时候，它甚至可以决定这个政党的聚散成败。

连日来，无数大事小事都涌进这座楼房，等待它的主人作出决断。即将上任的中国有史以来的第一位大总统，以超人的智慧和精力有条不紊地处理这一切。过度的劳累使他的面孔更加黑瘦，然而两只洞察秋毫的明眸，却比往日益添炯炯神采。

是的，孙中山的心情确实亢奋异常。从就读于博雅医院与朋友私谈推翻满清到考察北方形势图谋大举，从组建兴中会到周游世界各地在华侨中宣传革命募集款饷，从蒙难伦敦到创办同盟会，从单一的民族革命发展到三民主义学说，从密谋袭取广州的失败到黄花岗七十二烈士的捐躯，二十多年来走过的是一条多么艰难曲折充满流血牺牲的道路！不论在多大的困难面前，不论处何等挫败之下，也不管周围同志们的急躁气沮误会乃至内讧，孙中山始终对革命的胜利满怀信心，永远保持高昂的斗志。他高瞻远瞩，成竹在胸，他豁达大度，不谋私利，长期苦难的革命生涯，为中华民族锻造了一位真正的领袖和伟人。今天，当他看到为之奋斗二十多年的民主共和的构想已为大多数的中国人民所接受，当他看到大半行省已脱离了满清王朝而宣告独立，当他看到中华民国即将成立，两千多年的封建专制就要彻底覆没的时候，这位伟大的先行者的内心该是多么的快慰无比！

但是，就在这短短的几天里，孙中山睿智的目光已看出了一片胜利中所潜伏的隐患。

革命酝酿运作的时间是那样的漫长而痛苦，但革命胜利的一天居然来得如此快捷而突然，这是孙中山所没有预料到的。这固然是好事，但随之而来的问题则很多。

真正的由革命党人领导的独立行省没有几个，许多所谓的独立只是换了一个招牌而已，军政府的人依然是先前巡抚衙门的原班人马，或者是只换一两个首脑，其他人都照旧。孙中山革命的目的不仅仅在于改换一个朝代，而是要建立一个全新的社会秩序。这个全新的社会秩序，能依靠那些全然不懂三民主义，满脑子封建陈腐，昨日巡抚统制今日都督的人去建立吗？除开旧官吏外，各省军政府里还有不少会党头目和投机看风向的士绅，这些人都不是真正的革命者。即使在革命党人内部，眼前的局部胜利，也使其中不少人头脑昏昏意气飘飘。他们认为革命成功了，多年的辛苦应该得到酬劳了，为官位为地盘而争斗甚而火并的事不断发生。还有人高喊革命军兴革命党消，居然要取消革命党了！另有不少人在为新生的省军政府和中央临时政府的前途担忧。他们一则畏惧袁世凯的实力，二则对银钱的匮乏束手无策，许多省的藩库空空如也，不但军饷，就连军政府工作人员的薪水都发不出。有些省的代表之所以投孙中山的票，是因为听说他挟巨资回国。孙中山苦笑着说：“我身上实一文不名，带回的只有革命精神。”他们于是很失望。对于革命队伍中的这种企盼，孙中山也很失望。

孙中山一脚踏上黄浦码头，就听说黄兴和在鄂各省代表有“虚位以待袁世凯”的议决，心里甚是不快，对身边的人说:“克强同志怎么能这样做！多少烈士生命换来的革命果实，如何能拱手让给袁世凯？”

这几天接触多方人员，与他们倾心交谈局势和前途，才发现多数人都同意黄兴等人的观点。孙中山虽然对这种妥协情绪极不满意，但知道已无法扭转。他清醒地认识到革命并未成功，仍需继续努力。因而，临时大总统也无须久当。昨天汪精卫告诉他，袁世凯对他即将就任颇为不满，袁的私人代表杨度想前来拜见。孙中山也想进一步了解袁的态度和北方的实力，何况杨度又是老朋友，尽管他忙得废寝忘食，但还是决定接见杨度。

傍晚时分，杨度在汪精卫的陪同下来到宝昌路四〇八号。刚进大门，孙中山便从房间里走出来，伸开双臂迎上前，用洪亮的广东官话打招呼:“皙子先生，你好哇，我们又见面了！”

杨度快步走上前，抱住孙中山的双肩，笑着说：“中山先生，我特为前来祝贺你。后天，你就是中华民国的大总统了，你是伟大的中国的华盛顿！”

“谢谢你，你过奖了，我哪能与华盛顿相比。”孙中山松开双臂，端详着杨度说，“五六年没有见面，你发福了。”

杨度也仔细地把孙中山看了看，说：“你比在东京时瘦了些。”

“是吗？”孙中山哈哈笑道，“做革命家没有发胖的福分。”

汪精卫说：“我们都进屋吧！”

考究的会客室里已亮起了柔和明亮的电灯光。三人坐在松软的牛皮沙发上，喝着香甜的美国咖啡，闲聊起来。正要转入正题时，胡汉民、王宠惠进来了。

胡汉民，字展堂，广东番禺人。1902 年留学日本，1905 年加入同盟会，任《民报》编辑。辛亥革命时被推举为广东都督。1914 年随孙中山组织中华革命党。1924 年孙中山北上后留守广州，代理大元帅兼广东省长。以后还任过立法院院长、国民党中常会主席。

胡汉民与杨度是东京法政大学的同学，老熟人了。多年不见，彼此都很高兴。王宠惠虽与杨度是第一次见面，但神交已久。那年为粤汉铁路收回自办一事，王宠惠作为留美学生的领袖，致信东京留日学生会总干事长杨度，承认杨度兼作留美学生代表的身份。杨度回信给王宠惠，表示不负大家的期望。因为有这层关系在内，彼此也可以算是老朋友了，所以也很亲热。

孙中山笑着对大家说：“都是老友重逢，难得！皙子今夜要多谈些北方的事，展堂、亮畴也一起听听。”

胡、王说：“正要听皙子谈谈北方，这是当前的大事。”

杨度心里想：粤派的主要人物都到齐了，这是一个很好的机会，便放下咖啡杯，开始谈起正事来：“关于北方对局势的看法，想必诸位已经从南北会谈中了解了一些。”

王宠惠说：“南北谈判，精卫兄和我都参加了，只是北方的代表谈得并不详细，总理刚回国，展堂兄前天才从广州赶到上海，他们都想多了解些北方的内情。皙子先生，你既是清廷的要员，又是我们的朋友，你要多提供些绝密消息哟！”

杨度笑了笑说：“哪有绝密消息可提供，只不过是和老朋友们随便聊聊罢了。”

胡汉民烟瘾很大，因为孙中山不抽烟，前两天在这个会客室里不敢抽。正在烟瘾发作的时候，他有了一个借口：“我记得皙子是喜欢抽雪茄的，总理，让我陪他抽几支吧！”

孙中山笑着说：“你这个烟鬼，我就知道你熬不过了。好吧，算是招待多年不见的老朋友，我批准你陪皙子抽。”

胡汉民忙掏出一盒从日本进口的雪茄来，递一支给杨度，自己也叼起一支。屋子里顿时冒出一股香喷喷的烟味来。

抽了几口雪茄后，杨度的精神更足了，他侃侃而谈：“对待南方的相继独立，北方政界大致有三种态度。一种是主张坚决镇压，一定要维系以大清王室为首脑的君主立宪国体。另一种是游弋观望，看到底谁的实力强，再决定倒向哪方。还有一种是倾向于民主立宪，但出于各种因素的考虑，目前还不能公开表明态度。”

孙中山插话：“皙子，请你坦率地说，据你所知，北方目前究竟有多大的力量。”

杨度又抽了一口烟，说：“说句不客气的话，假若北方真的要跟南方打硬仗，南方不一定打得过。”

“何以见得？”胡汉民似乎不大乐意听到这样的话。

“我们先来看看军事上的力量。”杨度将大半截雪茄搁在烟灰缸上，以便腾出右手来打手势，“目前北方尚有新军八镇八协一标约十三万人，旧巡防营二十七万人，新募巡防营七万人，另有八旗兵二十二万五千人，绿营兵十三万五千人，总计八十万出头。南方独立各省的新军为六镇十二协三标近九万人，参战的会党和民众都不能算做正式的作战力量，他们今日来，明日散，只能助声势，不会听调遣。仅从兵力来说，北方的兵力便是南方的九倍左右，即使把其他参战人员算在内，也不足北方的一半。”

孙中山默默地听着。全国各省新军的分布他心里是有数的，杨度的分析大致符合事实。说句实在话，各省独立的成功，决定的因素是人心所向，并不是战场较量的结果。倘若在战场上作一番殊死的搏斗，大部分的独立省军政府未必能维持得下去。当然，最后的胜负还是要取决于人心所向，但那必定是在长期的流血奋斗、千百万人的牺牲之后的事，国家和人民怎能经受得起那场浩劫！

“从装备上来说，”杨度看到他们都在认真听他的话，很有兴致地说下去，“南方新军的装备大多为八八式毛瑟枪和汉阳造，机关枪很少。火炮也都是老式落后的。北方的新军，尤其是北洋六镇是袁世凯的嫡系，都是一色的德国八九式步枪，而且配备了相当数量的马克辛重机枪与麦德森轻机枪。”

杨度对军队的装备掌握得这样清楚，颇令孙中山吃惊。他一向在革命党的思想建设、组织建设，对民众的宣传鼓动和对今后民主共和国的规划设计上倾注了大量的精力，至于军事方面，尤其是指挥战争、调配武器弹药等具体事项上，他考虑得不太多，也不太擅长。军事上，黄兴是革命党中的第一号大将军。胡汉民也是文人出身，这一个多月当都督，职务所迫，使他对军事情况了解得多些。他插话说:“克强对我说，汉口和汉阳的陷落，关键的原因是北洋军拥有机枪和子母弹，而我们没有。”

王宠惠也说：“各省代表都说，武器是个很大的问题。过去清廷从洋人那里买来的武器都优先装备了北洋六镇，然后再分一点给直隶巡防营及八旗驻防兵。南方各省新军领的都是从前湘淮军留下的老旧破枪，汉阳造对他们来说就是新式武器了。”

胡汉民说：“广东新军里的汉阳造步枪，连发两三百发子弹后枪筒就烧得烫手，要冷一两个钟头才能再用，真的打起硬仗来，汉阳造也不管用。”

“这是讲军事方面，至于财政方面，北方也仍旧占有优势。”杨度继续说，“清廷虽说帑藏空虚，但为了保命，还是可以挤出几千万两银子来的。前两年连续借了三千一百万两外债，紧急时都可以挪用来鼓舞士气。四国银行已公开表示，只要清廷今后与他们友善合作，他们愿意维持这个政府，马上提供七百万两贷款。再加上关税、盐税，清廷短期还可凑出七八千万两银子。重赏之下，必有勇夫，那些毫无政治头脑只知升官发财的丘八们，会为打赢这场战争而拼死上前的。”

杨度端起咖啡喝了一口。他发现革命党的领袖们个个面容严峻，知道他们的内心在紧张地思考。他不愿意被他们看做是清廷的说客，于是说："我说的都是实际情况，并无半点夸大不实之处。我和各位都是相知多年的老朋友，深知各位革命的目标是为了国家和人民。我真诚地认为，当前南北议和是为国家和人民的福祉所做的最大好事。"

"我们是愿意和谈的。南北和谈谈得好好的，为什么少川先生突然要辞职呢？"孙中山目光锐利地望着杨度问。

谈话已进入实质阶段了。杨度放下杯子，郑重地说："我说穿了吧，唐少川的辞职，其实已意味着南北和谈的破裂。南北和谈破裂的真正原因在于袁项城知道了中山先生已被推举为大总统，袁认为革命党人不相信他。"

孙中山笑道："原来是这样！我这个大总统是临时的，什么时候都可以不当。我孙某人几十年奔走革命，从来没有想到要由自己来做新国家的总统。革命是危险的事，随时都有可能牺牲，若为一己利益着想，我早就不革命了。"

孙中山转过脸对他的战友们说："我们革命党人都没有为个人谋利益的想法。比如说精卫同志吧，他去刺杀载沣前，连以身殉国的血书都写好了。"

汪、胡、王都笑了笑，点了点头。

杨度说："革命党人这种舍身为国的精神，深为国人敬仰，也为我本人所敬仰。但袁项城，尤其是袁项城手下的北洋军将士们，却没有这种宽广的胸襟。他们放弃了自己奉行多年的忠君思想转而拥护民宪，若个人无好处，他们会干吗？"

王宠惠问："晳子先生这些年与袁世凯的关系较深。他到底是个什么人，值不值得相信，我想请你以一个老朋友的身份对我们说实话。"

孙中山也说："亮畴刚才提出的问题，不只是他个人的疑问，革命党中有不少人都有这个疑问。袁世凯早些日子还一再公开表示，要留存满虏小皇帝，要为君宪而效力，为什么又突然转而赞成共和呢？"

杨度笑笑说："要问袁项城是个什么人，我可以一言以蔽之，乃一识时务之俊杰。从他一贯主张变法维新、训练新军、力办新政可以看出，他思想绝不陈腐守旧。这次出山前向清廷提出的六条要求，比如明年即开国会、组织责任内阁这两条，从施政大计来看，均与革命军的方针无多大区别。第三、第四条，宽容参与此次事变的人，解除党禁，很明显地表现出同情革命党。诸位可以从这里看出袁项城绝不是一个冥顽不化的旧官僚，也绝不是一个一心要与革命军为敌的人。”

胡汉民说：“我看袁世凯不会死心塌地为满虏效力，削职为民的前嫌他哪里会忘记得了。”

汪精卫说：“要说袁项城识时达变也还说得过去。我出狱之后，他就请我给他上民主立宪的课。我接连给他讲了三个晚上，他也听得进，最后还说：看来行民主宪政也不是坏事。”

胡、汪的插话无疑为杨度提供了论据。他接着说下去：“至于袁项城前些日子还说要行君宪的话，我想诸位应体谅他的处境。他身为朝廷的内阁总理大臣，在公开的场合不说拥护朝廷拥护君宪的话，他的总理大臣能当得成吗？因为他识时达变，他能看得出民主立宪是为多数人所接受的国体，所以他的内心是赞同这个国体的。这点他跟我说过，也跟精卫说过。”

孙中山问：“虽有削职前嫌，但袁家毕竟三代受满虏之恩，他自己也是靠满虏的赏赐才位极人臣，亲友故旧全是满虏的高官大员，要他彻底背叛满虏，能做得到吗？”

杨度冷笑了一下，断然说：“世受国恩、忠于皇上这一类的话，只是曾国藩那样的人的信条。我今天向孙先生和各位亮个底牌吧，袁项城决不是曾国藩，他也决不想做曾国藩……”

“先生，有紧急电报。”

杨度正要说下去，一个身着西服的年轻秘书进来，扬起手中的纸片对孙中山说。

汪精卫起身接过纸片，迅速地瞟了一眼，赶忙递给孙中山。

“威胁，这是威胁！”孙中山气愤地将纸片丢到茶几上。

胡汉民从茶几上拿过电报，王宠惠也凑过去，轻轻念道：“据北京消息：冯国璋、段祺瑞等四十八个北洋军高级将领将联名通电全国，全力捍卫君宪，誓死抵抗共和。”

杨度心里暗自得意。他估计此电必是出自袁世凯的授意，这个老练的政治家真有过人的精明和手腕。此时此刻这个电报到达此处，对他的帮助太大了。他做出一副早知内情的神态说：“在汉口前线，冯华甫、段芝泉便对我说过，他们只知有君宪，不知有共和。这些军人脑子僵化，拿他们真没办法。”

汪精卫说：“这些人都是袁项城的袍泽，对袁的影响很大。”

杨度接过汪精卫的话说：“正是这样。我刚才说袁项城的本意是不想做曾国藩，为清廷效力尽忠。但如果他手下的这些将领坚决不同意共和，怂恿他维护君宪，那也可能将他逼上曾国藩的道路。倘若袁项城做第二个曾国藩，凭借北方的军事和经济的实力，南方能不能取胜还很难说。”

“哼！”孙中山突然愤怒地站起来，大声说，“北洋将领誓死抵抗也好，袁世凯做第二个曾国藩也好，大不了战争重新打起来，我孙某人奉陪到底！”

会客室的空气一下子紧张起来。孙中山从上衣袋里掏出一块白绢擦着嘴唇，面孔绷得紧紧的。胡汉民、王宠惠拿眼睛望着，一时都不说话。汪精卫起身，对孙中山说：“总理，莫发怒，坐下吧！”

说着便扶着孙中山坐到沙发上，又端起咖啡杯递上去。孙中山接过喝了一口，脸色开始缓和下来。

汪精卫轻言细语地说：“正如总理所说的，北洋将领此举无疑是对我们的恫吓威胁，不过，若真的战事重开的话，我们会面临着武器和经费方面的严重困难。这尚在其次，更重要的是南方各省的老百姓将要承受战争给他们带来的巨大痛苦。”

杨度立即附和：“还有一点，中国若长期内战，正好给洋人以可乘之机。洋人若一旦介入战争，中国将有可能四分五裂，后果不堪设想。”

“现在看来，即使损失很大，仗也是非重开不可，难道我们还能屈服于冯国璋这批北洋将领的压力不成？”孙中山余怒未消，说起话来仍火气很大。

“北洋将领的情况我知道。”杨度说，“他们最关心的并不是国体政体，而是自己的官位权力。只要有官有权，至于行什么体制他们并不在乎。多年来北洋军习惯于听袁项城的话，所以大家都说北洋军是只知有袁宫保不知有朝廷。他们所谓的誓死捍卫君宪制，那只是一个幌子，实际上要捍卫袁项城的地位。我可以担保，假若临时政府公开宣布，将大总统一职给袁项城，北洋将领们什么捍卫君宪反对共和的高调就决不会再唱了。”

汪精卫忙接着说：“皙子这几句话倒是说到冯、段等人的心底里去了。”

经此点破，孙、胡、王也很快明白过来。但袁世凯只是表示他拥护共和，并没有具体行动，凭他这句空话，就把大总统让给他，革命军岂不太软弱了？

这时年轻秘书又进来了：“先生，张季直先生有要事禀报。”

“请他进来吧！”孙中山的心情已基本平静下来，他微微扬了扬手说。

将近花甲的张謇身穿一件金花黑底缎面长袍，拄一根时新的弯头文明竹杖，迈着方步跨进会客厅。江苏独立时，张謇以省咨议局议长的身份首先响应革命。前几天，他和原江苏巡抚、现江苏军政府都督程德全，革命元老、光复会会长章炳麟一起组建统一党。章炳麟，号太炎，浙江余杭人。1897年因参加维新运动遭通缉，逃亡日本。1903年因为邹容的《革命军》作序被捕入狱。1904年与蔡元培等发起成立光复会。1906年在日本参加同盟会，主编《民报》。1911年出任孙中山总统府枢密顾问。1917年任护法政府秘书长。1935年在苏州开设章氏国学讲习会，以讲学为业。张謇集名士、实业家、统一党党魁于一身，又年居长辈，孙中山对他非常尊敬。

见他进来，会客厅所有人都站起迎接。孙中山走上前，双手扶着他，把他送到沙发边，客气地问："直老有何贵干？"

张謇分开两腿坐在沙发上，两手扶着支起在两腿之间的文明拐杖，俨然一副长者的派头，也不向四周的年轻人打招呼，只面对着孙中山一个人说话："前几天，袁慰庭给我来了一份电报，问我今年夏天对他说的话还算不算数。"

"直老夏天对他说了什么话？"孙中山问。

杨度心里想，是不是袁说的江浙立宪派抬他出山的事？遂倾耳恭听。

"夏天我进京时，特为在彰德下了车，去洹上村看了看袁慰庭。我们二十多年没见面了。他那时革职乡居，心情有点颓废。我打他的气，说大家都希望他早点出山收拾残局。"

胡汉民笑着说："直老有远见，那时就知道他会复出。"

"不是在你们这些后生子面前吹牛皮，"张謇扫了四周一眼说，"我张某人别的能力没有，要说看人，倒是八九不离十。二十多年前，袁慰庭不过一落拓无赖，吴军门若不是看在故友的情谊上，根本不会收容他。我观察一段时期后，发现这小子不是等闲人，便推荐给吴军门，要吴重用。吴将他带到朝鲜，这以后才有慰庭的发迹。好了，这些老话不说了。"

张謇端起杯子，看了看，摇摇头说："孙先生，你这是什么洋东西，我喝不惯。"

孙中山忙从他手里拿过杯子，对着门外说："阿桥，你去给直老换一杯好龙井茶来。"

张謇双手在拐杖上下摸了摸，说："我今天特为来告诉孙先生，我们统一党上午开了一个会，会上议决要袁慰庭办一件事。"

"什么事？"众人异口同声地问。

"要慰庭劝皇上退位。只要皇上一退位，我们统一党就举他做大总统。

大家推我拟一个电文。我给慰庭吃一颗定心丸：甲日满退，乙日推公，东南诸方一切通过。”

大家一齐看着张謇，愣住了。杨度简直想冲上前去拥抱这位倚老卖老的大名士，正是他这句话，给南北会谈由破裂转向实现预期效果提供了一条好途径。胡汉民和王宠惠心里突然对这个老头子生出反感来。如此大事，居然不先征求一下已被推举为临时大总统的孙先生的意见，就擅作主张，甚至还用什么“甲”呀、“乙”呀、“一切通过”呀这类字眼，这不明摆着将统一党置于同盟会之上，置于中央临时政府和孙大总统之上吗？太狂妄不自量了！太讨好巴结袁世凯了！两位年轻的革命家顿时愤慨起来。

孙中山听了，一股悲凉之感油然而生。这件事充分说明了革命军中许多人还只知一个民族革命而不知其他，以为只要推翻了满洲皇帝，中国的一切问题便都解决了。革命意识浅薄得可怜。同时也充分说明革命阵营中原本存在的山头派性，将会随着暂时的胜利而愈加明朗对立，即将诞生的中央政府会很难有一个统一的意志，统一的行动。杨度所分析的军事财政两方面南北力量悬殊也是实情。一个决定已在孙中山的脑子里慢慢形成了：让位给袁世凯，用武昌起义和十四省独立来换取满洲皇帝的退位也是一个重大的胜利，真正的民主共和再靠尔后的斗争来获取。

想到这里，孙中山断然对张謇说：“我同意统一党的意见，只要满虏退位，我就把临时大总统一职交给袁慰庭。”

又转过脸对杨度说：“烦你也给袁慰庭拍个电报，一是把我刚才说的话告诉他，二是请他转告冯、段等北洋将领，要以国家和百姓的利益为重。中国的出路只有民主共和，舍此之外别无前途！”

九　静竹的鼓励，自我的检讨，使杨度相信自己的转变没有错

两天后，中国的纪元是宣统三年十一月十三日，而在世界大多数国家里则是新一年的元旦。就在这一天，孙中山在南京宣誓就任中华民国临时大总统。孙大总统的就职誓词很短：“倾覆满洲专制政府，巩固中华民国，图谋国民幸福，此国民之公意，文实遵之，以忠于国，为众服务。至专制政府既倒，国内无变乱，民国卓立于世界，为列邦所公认，斯时文当解临时大总统之职。谨以此誓于国民。”

刚就职就提到解职，而且信誓旦旦地公之于世，这可能是全世界所有总统就职典礼上没有过的怪事。与此同时，北京各大报纸刊出了冯、段等

四十八个北洋高级将领抵死捍卫君宪的通电。孙中山不得不亲自致电袁世凯："文虽暂时承乏，而虚位以待之心，终可大白于将来，望早定大计，以慰四万万之渴望。"

这些现象使中国老百姓明显地看出，以孙中山为首的民国政府是很虚弱的，真正的中国之主乃是北洋军的首领袁世凯！

杨度圆满地完成了袁世凯的使命，高高兴兴地离沪回京。袁大公子代表他的父亲来到车站迎接，并转告他父亲的话："皙子能干，今后还要多多借重。"杨度听了更是得意。

他想起袁世凯一旦做了总统，自己也就是民国政府的大员了。自己过去一向主张君宪，上个月与汪精卫联合发起国事共济会，隐隐地做了全国君宪党的领袖。一下子改做民国的大官，不是背叛了自己的主义吗？应该把这个转变向社会说清楚。国事共济会已解散，不如找几个原先也持君宪主义的朋友，再发起一个会，来一篇宣言书。

他把这个想法与薛大可、刘鼐和、王赓等人商量。这些人近来看到袁世凯都赞成共和，知君宪已无出路，正寻思着要改换门庭入民宪，杨度这个想法正合他们的心思。遂一起计议，干脆激进点，定这个会为共和促进会。

宣言书仍由杨度起草。文章说，前主君宪，乃以救国为前提，而并非以保卫君位为目的，乃为促政治之进步，而绝不愿以杀人流血来勉力换取君位。现在发起本会，是应时势之要求，鉴国民之心理，尽匹夫报国之责。文章最后说："生民涂炭，已濒水深火热之域；外侮方殷，行见豆剖瓜分之惨。求内部之统一，免外人之割裂，安危存亡，系此一举。凡我同胞，奋袂兴起，以尽国民之义务。"

大家看了这篇宣言书，都称赞文章做得很好，把众人一片为国家利益而牺牲个人主义的公心说清楚了。薛大可便将它拿到《帝国日报》上去发表。

这天傍晚，全家人围着饭桌吃饭。杨度对家人谈起外间的事。说袁项城现在很为难，制定了一个优待皇室的条款，又不敢给太后和摄政王看，怕他们骂他背叛朝廷。又说朝廷中有一部分人组织了一个宗社党，坚决反对皇上退位，要与南边拼命。

何三爷说："昨天我在长兴茶楼上听茶客们说，袁宫保就是今天的曹操，欺负孤儿寡妇，明明有力量可以制伏革命党，但他偏要和谈，借革命党来压朝廷。"

杨度说："也不能担保袁宫保就一定可以制伏革命党。革命党不是长毛，袁宫保做不成曾国藩。"

静竹说："既不能做曾国藩，做曹操也可以，何况满人的孤儿寡妇也没有一定要保卫的道理。他们没有治理国家的本事，让有本事的来治理有何不可，凭什么这江山就永远是他一家一姓的？"

亦竹平素一向不谈国事，这时也插话了："皇上是个六岁小孩子，哪里知道管理国家？说句什么话都是圣旨，别人都得听他的，真好笑。前天我去酱园打醋，听一个家里有人在宫中做太监的大哥说，有天皇上玩得兴起不愿睡午睡，总管太监哄他去睡。他讨厌太监扰了他的兴致，突然对身边的小太监说：'传我的旨意，把他杀了！'吓得那个老太监连连磕头饶命，皇上就是不准，非杀不可。小太监赶紧禀奏隆裕太后，太后慌忙过来制止了。假若小皇上死命都不同意呢，那个老太监不就丢了命？"

说得大家都笑了起来。

亦竹得出了结论："我看这君主制是要不得，革它的命是对的。"

静竹说："皙子，昨天《民视报》上登了一封给你的公开信，骂你不该放弃君宪转向民宪。"

"是吗，报纸在哪里？"杨度放下碗筷。

"在我房里，放在梳妆台上。"

杨度忙起身离席。

杨度找到《民视报》，报上的公开信是两个不相识的人写的。信上说他前不久还标举君宪，一下子忽又变为共和，好比一个得一夜之欢就改变贞节的寡妇。这个比喻，让杨度看了很觉恶心。他气得把报纸扔到地上。想一想，又捡起来看下去。

信上的语言真是刻薄极了。说什么若真有见地，不为利害所动，则无论持君主还是持民主，其人可贵而其言可信。假使那年从日本回国后不受朝命，不拜官爵，始终和革命党携手合作，那么今日名不在孙黄之下。又如事变刚起就与政府断绝关系，投身民党提倡共和，虽蒙寡妇再醮之嫌，尚不得与娼优并论。如今朝三暮四，反复无常，是自取其辱而为社会所轻。

公开信甚至还说，中国之所以闹到这般地步，正是因为士大夫轻节义，毁廉耻，倾危反复，追逐一己之名利的缘故。现在这些人又见风使舵，往共和政府里钻。若共和今后在全国建立，这些绝无心肝绝无廉耻之徒充塞其间，那中国的前途真堪痛哭。

下面还有几段话，杨度实在无力看下去了。他的手脚已发软，背上冒出冷汗，终于瘫倒在静竹的床上。过一会儿，略觉好些了，他坐起来细细地咀嚼着这封信。他发现这封信里有不少似是而非的东西，他想写篇文章答复，又难以着笔。上海回来后满肚子的热情，被这勺冷水一浇，差不多去了多半。　北京《民视报》1912年1月31日发表黄光焯、陆廉钦致杨度的公开信。信上说："今日之言君主、民主，其真有见地真有宗旨者，皆有死生不可夺之节，故其人可贵而其言亦可信也。假使足下当留学日本归国时，不受朝命，不拜官爵，一意与民党携手，为革命之运动始终不渝，则今日之见重于社会者，岂在孙文、黄兴下耶？又或事变初起，即翻然改图，与政府断绝关系，投身民党，提倡共和，虽蒙寡妇再醮之嫌，尚不得与娼优并论。若中无所主，徒与势利为转移，朝三暮四，反复无常，徒为社会所轻贱而自辱耳，曷足贵耶？夫今日中国之所危亡者，目前之变乱，不过症之发现者耳。究之所以酿成此症者，正由士大夫轻节义毁廉耻，倾危反复，惟利所在，遂成此污秽昏乱之国家。"　"若使共和成立，尽使此辈绝无心肝绝无廉耻之徒充塞其间，真可为中国前途哭矣！"

杨度心里怏怏的，一连几天打不起精神。谁知破船偏遇打头风。湖南传来消息，一个新成立的名叫国民协进会的团体通电全国，说杨度在武昌起义后奔走南北，比附满酋，力请袁世凯出山，是一个大汉奸。按照他们的会章，判处杨度死刑，并没收他在湖南的家产，拘捕他的妻子儿女。

杨度得知此事，又气又急，赶紧给杨钧拍个电报，要他把嫂子和侄儿女暂送到湘绮师那里躲避一下，以后再接他们进京来住。

幸好第三天，胡汉民、汪精卫便在南京联名发出通电，为杨度说情。孙中山也亲自致电湖南都督谭延闿，请他派兵保护杨度的家属。

原来，国民协进会是几个激进的革命党人组织的团体。他们绝对排斥满人，排斥为满人做过事的旧官僚。杨度那年为粤汉铁路事得罪了一批湖南士绅，他们向该会进谗言。这个会的过激言行得不到人们的拥护，没有几天便自行解散了。所谓判处杨度死刑一案，自然也没有人去执行。

但此事又给杨度一个刺激。放弃君宪转向共和遭人讥嘲，协调南北和谈成功也遭人诬骂，为国家办事真是艰难呀！

杨度意志消沉下来。他关起门来读诗练书法，一天到晚几乎不说一句话，烟灰缸里的纸烟头堆得高高的。静竹、亦竹看在眼里，疼在心头。十来天过去了，杨度的情绪仍未好转。静竹实在忍不住了，这天午后她走进书房，只见杨度又在闷头吸烟。她轻柔地叫了声"皙子"后，便在他的对面坐了下来。

"心里还不舒畅吗？"静竹美丽的丹凤眼里满是爱怜。

杨度微微点了点头，没有做声。

"不要老是这样。"静竹软软柔柔地劝道，双手托起他的下巴，细细地端详许久，"皙子，这些天来你瘦多了。"

这双纤纤的女人手里似乎蕴藏着炽烈的热源，情绪冷落的前秘密使者顿时浑身温暖起来，疲软的身躯里像是灌进了一股强大的气流。他紧紧地抓住静竹的手。他已经很久没有这样握过她的手了。静竹心头滚过一阵幸福感，略显憔悴的面孔上荡起一层浅浅的红晕。很长时间，两人就这样手握着手，眼望着眼，不说一句话，彼此都觉得心灵在沟通，情感在交融。杨度感到自己的心情突然变得开朗起来，半个月来的抑郁被驱散了不少。

“皙子，你不要老是这样。”静竹又轻柔柔重复了一句。她解开左臂下的衣扣，从棉衣口袋里取出一个绿绸包来，“皙子，这块潭柘寺里的拜砖，你已经很久没有看它了。看看它，想想妙严公主吧！”

杨度从静竹手里接过绿绸包。打开绿绸，那块小小的三棱形砖头露了出来。他凝视着它。十二年前同游潭柘寺的情景又出现在眼前。观音殿里，如花似玉的静竹郑重地捧起这块拜砖送给他，希望他今后以妙严公主那样的恒心对待自己的事业。就是在那一刻，杨度的心中升腾起对这位沉沦底层的陌生女子的敬重之情，也就在那一刻，奠定了他们之间心心相印的永久爱情。杨度的眼睛慢慢地湿润了。

“皙子，说实在话，你过去致力君主立宪，我心里总觉得不甚妥帖。这个满人朝廷，大家都说它气数已尽了，已走到头了。我老是在想，我们志大才高的皙子为什么总要维护这个小儿朝廷呢？只因为这是男人的事业，所以我们姐妹并不干扰你。眼见得这几个月来你转而支持民主共和，为使国家和民众少受苦难，劳累奔波，促使南北和谈成功，我们心里欣慰得很。我几次和亦竹说，皙子支持共和，这条路走对了。国家是民众的，民众是国家的主人。这是天经地义的。为什么千千万万的人都要听一个人的呢？难道皇上一个人就比千千万万的人都要高明吗？正如那天亦竹所说的，六岁小儿懂得什么？他一旦登上龙位做了皇帝，一国就都得听他的，他说浑话都是圣旨，这合道理吗？皙子，行民主共和，这一定是对的，你放心大胆做下去，不要怕别人说闲话。报上登的公开信，你就当它是混账话好了。说不定那些人正是从朝廷那儿得到了大大的好处，反过来说别人是为利而变节。这些人的心地最卑鄙龌龊，你完全可以鄙视他们。湖南那班子人自己都散了伙，你还管他什么？明年开春了，京师暖和了，叫何三爷到湘潭去，把母亲、嫂子都接过来住好了。皙子，要学妙严公主那样，看准了目标，就坚持不懈地走下去，莫为闲言闲语动心。”

静竹这段细声细气的贴心话，真如同一股春风吹化了压在杨度心口上的霜雪。他又一次紧紧抓住静竹的手说：“静竹，多亏你提醒了我。你说得好，应该要有当年妙严公主那种恒心。倘若遇难便止，不思奋斗，的确是干不成大事业的。”

“好了，听到你这句话，我心里真像喝了蜜糖似的。这就好了，今夜好好睡一觉，明天一早还我一个生龙活虎的皙子！”

静竹站起来，弯腰在杨度的额头上甜甜地一吻，又嫣然一笑，走出了书房。

疾病的折磨，精神上的抑郁，使得静竹过早地进入中年，当年那婀娜多姿的体态、轻盈优美的步履已不复存在，唯有这嫣然一笑，仍是江亭、潭柘寺那两天的静竹。它给杨度带来无限甜美的回忆，也夹杂着韶光易逝的深重惆怅！

杨度的精神大大振奋起来。他认真地对武昌事变以来自己的行为作了一番检讨。

自从第二次日本留学回来后，杨度通过对各国宪政的研究和对中国国情的分析，认定虚君立宪是中国最宜采用的国体。回国三四年来，他一直在为中国第一部宪法的制定和促使国会早日召开而努力。不料，革命党排满激进的救国方略得到了多数人的拥护，武昌起义赢来了十四个省的独立。尽管各省独立的背景不尽相同，大部分都督亦非革命党人，但厌倦满人朝廷的情绪则是一致的，人心向着民主，向着共和，已成了时下中国的政治潮流。

面对着这种巨大的一夜之间发生的突变，杨度有几种选择。一是固守一贯的主张，坚持虚君立宪，与革命军势不两立。二是守“道不同不相与谋”的古训，在革命党民主共和大行天下的时候退出政坛，不闻世事。三是放弃自己的主张，投入民主共和的时代潮流，在此潮流中再展身手。

战火已起之时，势不两立者，必定鼓动以暴力对暴力，其结果只能给国家带来内战之祸，置百姓于水火之中，启列强瓜分吞并之心。主义可贵，但国家和人民更可贵，不能将主义置于国家和人民之上。第一种选择他不愿采取。

假若换一个功名事业心淡泊，只想做研究政治学的书生，或者是年高体迈心有余而力不足的老者，因为所抱主义不同，他可以不卷入争斗旋涡，退而在书斋里著书立说，传诸后世；或者连名山事业也不做，隐居山林，混迹于渔樵之间，像陶渊明那样“采菊东篱下，悠然见南山”。杨度不是那样的人。

帝王之学的忠实信徒，其内心深处有一股强烈的建功立业的躁动。他自己很清楚，这股渴望建立功业之心要超过对主义的信仰。主义可以改变，功业却非建立不可。历史上那些做出轰轰烈烈大事业的人，且不说苏秦、张仪朝秦暮楚，就是备受人们赞扬的魏徵、刘基，不也是改变了原先的主义才有日后的大业吗？

三十六岁精力充沛热衷国事的杨度，决不愿做那种为了坚持主义而老死山林的隐逸之士，他要奋进，他要闪光，他要出人头地，他要做热热闹闹的大事业，他要做王氏帝王之学的成功传人。如此，在他的面前就只剩下一条路可走了，那就是弃君宪而拥护共和，汇入当前这股汹涌澎湃的大潮流中去，佐袁世凯去做一番民主共和的大业。

正在这时，有一件事使他矛盾痛苦的心灵获得了安慰。前两天，梁启超在日本公开宣布拥护民主共和政府，他痛痛快快地承认君宪在中国行不通，应该改行民主共和。梁启超既不为自己鼓吹宪政的过去遮掩，也无半点改变主义的愧疚，他大言不惭地宣布，他常常是不惜以今日之启超攻昨日之启超，因为这是为了追求真理。只要得到了真理，一己的名声可不必顾惜。

梁启超说得有道理。杨度想，君主立宪也好，民主立宪也好，关键在立宪。世上有君宪成功的国家，也有民宪成功的国家。国体应由国情决定，而全国多数人的选择就是国情。今天中国多数人拥护民宪，那就意味着国情宜于民宪，自己过去的君宪主张不合国情，应当抛弃。梁启超可以这样改变，我为什么不能改变呢？还有张謇、汤化龙、谭延闿等人，他们过去都是高唱君宪调子的，现在都转而支持民宪了。他们可以转化，我为什么不可以转化呢？想到这里，杨度平添了胆气，他深为自己这十多天来的虚怯而羞耻。

杨度的这番自我检讨，究竟是体现了中国士人顺应潮流的明智呢，还是体现了中国士人缺乏力量的悲哀呢？这是一个很难说得透彻的问题。只是杨度经过这番自我调整，失衡的心态重新获得了平衡。他铺开纸张，奋笔疾书，理直气壮地申明自己转变主义、支持共和的缘由，叫何三爷立即送《民视报》发表，作为对攻讦者的公开答复。

十　南下就职前夜，北京城闹起了兵变

宣统三年十二月二十五日，对于大清皇室和一切忠于大清皇室的人来说是一个最痛苦最屈辱最不堪回首的日子。这一天，六岁小儿皇帝溥仪向全国人民颁布退位诏书，统治中国大地二百六十八年的清王朝正式宣告结

束。对于广大的中国人民来说，这一天则是最值得庆祝最值得纪念的日子，因为这不仅仅是一个丧权辱国的清王朝的结束，同时也是沿袭了两千多年之久的整个封建社会的最终了结。

与历史上所有被迫退位的帝王的诏书一样，溥仪的退位诏书里写的也不是他本人想说的话，那些话都是逼迫者借他的口气说的。早在一个月前，袁世凯就密电张謇代拟一份退位诏书。

状元张謇当然是最有资格写这种东西的，但他太忙，实在抽不出时间，受命后就将此事交给他的朋友杨廷栋。杨廷栋是江苏吴江人，中过举，又留学过日本，张謇器重他的文才。

杨廷栋躲进苏州阊门外的维瀛旅馆，花了三天三夜的工夫，逐字逐句地斟酌考虑，写出了一份初稿。初稿誊抄后，他的一个名叫曾奋的好友又作了修改，最后由张謇审阅定稿，派曾奋送到北京。袁世凯看完后很满意，只在其中加了一句话：“即由袁世凯以全权组织临时共和政府，与民军协商统一办法。”

这个被张謇视为不会读书作文的内阁总理大臣，恰恰在这篇由张本人定稿的历史文献上，添上了最为重要最为关键的点睛之笔。有了这一笔，袁世凯的大总统之位便是得之于清皇室的禅让，而不是革命派的转送。他既可以不受欺负孤儿寡妇的指责，又可以不必感激革命派的恩德。张謇当年真是低估了学生的文才，没有看出不喜为文的袁世凯其实是做大文章的高手！

南京的临时政府见袁世凯真正把皇帝逼下了龙庭，当然不能失信，但以孙中山、黄兴等人为首的革命党人，总对这位在满虏官场中混了三十多年，几个月前还一再声称在中国应行君宪不能行民宪的袁世凯很不放心，他们决定要对他实行一些制约。独立省区的代表们在皇帝未退位之前，几乎都一致认为把大总统一职让给使皇帝退位的袁世凯是应该的，现在真的要让他做总统了，大多数代表又担心起来。他们怕袁世凯说话不算数，会剥夺他们既得的权利地盘，更怕他哪天翻脸不认人，对他们打击迫害。于是紧急开会，制定条款，试图给袁世凯套上枷锁，令套上枷锁的袁大总统始终不敢偏离民主共和的轨道。

第一条款，是匆忙制定《临时政府约法》。临时约法规定国家的政体为内阁制，内阁总理及各部总长称为国务员，中华民国以参议院、临时大总统、国务员、法院行使其统治权。第二条款，中华民国的首都定在南京，不得改变。第三条款，临时大总统辞职后，俟参议院举定新总统亲到南京受任之时，临时大总统及国务员始行解职。

孙中山的临时政府实行的是总统制，没有设总理，各部总长直接向总统负责。宋教仁热衷于政党内阁，刘揆一附和他的主张。各省代表便以为宋教仁有做总理的野心，结果，不仅总理内阁制被否定，连宋教仁的内务总长也被否定了。现在袁世凯要做总统了，为了制约他，又将总统制改为总理制，以便分他的权。北京既是清廷的都城，也是袁世凯的地盘，革命党人怕袁在北京，他们管不了，便坚持南京的首都地位不能改。再来第三条款加以限制：不来南京不交权。

袁世凯老于宦术，见南京又要出这几道把戏来，心中大为不快。他将唐绍仪、杨度叫去，指着刚收到的电报质问："你们看看，孙文他们来这一手是什么用意？"

唐、杨把电报看了下，一时做声不得。

"他孙文做总统就不要总理，我袁某人做总统，就来个总理牵制我，这像话吗？"

唐绍仪在上海办谈判，谈到中途，以越权之咎被免去了总代表的职务。他一回到北京，袁世凯就对他大加抚慰，说明了此中原因。唐绍仪当然能体谅老上司的苦衷。他见电报上写着总理制，心里颇为兴奋，因为只要设总理一职，他自度此职就非他莫属。他要促成总理制实施。

"慰庭兄，关于总理内阁制，你不妨接受，只是加上一条：不能行政党内阁制。因为若行政党内阁制，内阁总理则由执政党产生，明摆着总理便落到南边去了。不行政党内阁，则总理由总统提名，那么事情就好办多了。"

杨度本是最早提出政党内阁制的，但现在显然不能再提这码事了，况且他也有一丝做总理的念头。他知道袁世凯喜欢独断专行，话便说得委婉些："中国目前的情况，其实最宜行美国式的总统制，不宜行法国的内阁制。不过，南方坚持要改内阁制，也犯不着为此事而影响大局。正如少川刚才说的，只要坚持总理由总统提名，则总统制与总理制实际上是一回事。"

"哦，我明白了。"经唐、杨这么一指点，袁世凯马上就想通了，只要不行政党内阁制，设一个总理对自己并无坏处，假若总理敢唱对台戏，罢免他就得了，"好，这一条接受，附上一个条件，内阁是超党派的，不能行政党内阁。"

他拿起电报又看了一下，皱着眉头说："到南京去就职，是想要我到他们的地盘上去做傀儡，我袁某人从来要自己做主办事。与其做革命党的傀儡，我不如做清廷的内阁总理大臣。这南京是万万不去的，你们看有什么好主意可以对付？”

唐绍仪一心巴望新政府早登场，生怕再出乱子，于是劝道：“我看首都设在南京也不错。南京龙盘虎踞，六朝旧都，明代的开基发皇之地，做首都是个好地方。只要权在手里，到哪里都不会做傀儡。”

唐绍仪的心机远不及袁世凯，袁心中的名堂他如何猜得透！在南京与在北京大不相同之处，三言两语也说不清楚。袁世凯望着唐绍仪苦笑了一声说：“南京这么好，干脆你去那里就任大总统好了。”

这句挖苦话说得唐绍仪面色尴尬，竟不能再开口了。杨度在心里谋划了很久，总想不出一个两全其美的法子来。正在这时，一个贴身副官进来禀报：“民政大臣赵秉钧有要事求见。”

袁世凯起身，对唐、杨说：“我到隔壁去见见智庵，你们再帮我想想。”

说着出去了。一会儿袁世凯进来，一屁股坐在沙发上，生气地说：“王府井一家珠宝店被抢了。这点小事也来问我，抓起来杀头就是了。对付这些人，只能用曾文正公的办法，重刑重典，宁可失之于严，不可失之于宽！”

正当革故鼎新之际，北京城比过去更显得混乱，打家劫舍的事时有发生。一到天黑，老百姓都不敢出去，家家户户把大门关得紧紧的。“有了，就从这点上做文章！”杨度猛地灵机一动。

“有法子了！”他兴奋地对袁世凯说出一个主意来。

“晳子能干！”袁世凯听后满口称赞，当即作出决定，“行，就按你说的办！”

第二天，袁世凯向南京回电：一切依照参议院决议办事。

于是南京参议院开会，接受孙中山的辞呈，十七张选票全部投给袁世凯。两个多月前，革命领袖孙中山当选为临时大总统时，还只得了十六票。现在前清总理大臣袁世凯却真像美国的华盛顿一样，获得了全票！这真是一件令千千万万革命党人难以预料的怪事。

南京参议院决定派出一个高级别的专使团，前往北京专迎袁大总统南下就职。专使团以革命元勋蔡元培为首席专使，宋教仁、汪精卫、魏宸组、钮永建四人为专使组成，即日离宁赴京。

专使团到达北京时，袁世凯命唐绍仪代表他在前门车站迎接，又特为打开正阳门，以当时最为崇高的礼仪将蔡元培、宋教仁等人请进北京城，下榻在贤良寺里。

当夜，袁世凯设盛宴于六国饭店，为专使团洗尘。袁频频举杯向专使们一一敬酒，又极力称赞他们襄助孙中山创建临时政府的功绩，尊他们为中华民族的伟大功臣。说得书生气极重的蔡元培感动不已，连连说：“袁大总统不愧为中国的华盛顿，中华民国有袁大总统领导，此乃民国政府和中国人民之福。”

第二天，唐绍仪率领一批人来到贤良寺，与专使团正式会谈。

唐绍仪郑重其事地拟定了袁世凯离京的日期，规划南下的路线及临时休息的落脚点。蔡元培也把南京城里住所的安排作了说明，又带着歉意地说，袁大总统内眷多，目前南京临时政府所在地原两江总督衙门里面房子可能不够，先将就着住，以后再专款修造。

下午，唐绍仪对专使团说，上午所讨论的已报告了大总统，大总统对南京方面的安排甚为满意。蔡元培等人放心了。于是又商量就职典礼定在哪一天，请哪些外国公使参加等。双方谈得很顺利、很投机、很融洽，毫无一点芥蒂。专使团里五位专使，除汪精卫见过袁世凯外，其他四人过去都未与他谋过面。他们长期为一介平民，对前清官场，对袁世凯多少有些敬畏。这两天来亲见袁平易近人，态度诚恳，唐绍仪及其助手们也都谦和有礼，很好说话，专使们的心里装满了好感。

夜晚的项目是在吉祥大戏院看时下京师最走红的花旦梅兰芳的《宇宙锋》。

这梅兰芳其实是个男人。他家祖传三代唱皮黄。祖父梅巧玲不仅唱花旦，也唱青衣，最得慈禧的喜欢，是同光年间著名的十三名伶之一。梅兰芳今年才十八岁，却有十一二年的戏龄。他身材窈窕，扮相俏丽，祖传的绝技再加上本人的聪慧勤奋，使得他年纪轻轻便已压倒群芳，在京师菊坛旦角界独步一时。一曲《宇宙锋》真正唱得甜润清亮、缠绵婉转，这几个南方籍的专使听得如醉如痴。三十岁湖南才子宋教仁眼睁睁地盯着台上那个如弱柳娇花的旦角，他简直不能理解，一个大男人怎么会比一个美女还要妖媚迷人！

正看得出神，戏园子里突然嘈杂起来，只听得有人大声说了句：“不好了，闹兵变了，丘八们要打进戏园子来了！”

就这一句话，把大家弄得惊慌失措起来，纷纷离席向太平门奔去，吵闹声、哭骂声、喊叫声混在一起，好端端的戏园子如同来了瘟神，遭了火灾，老板在台上苦苦哀求他们安静，坐好，但没有一个人听他的，戏园子里乱得一塌糊涂。

坐在前排的专使团起先还想保持点威仪，坐着不动，后来眼看越来越不行了，心里也慌起来。陪着看戏的唐绍仪一面稳定他们的情绪，一面吩咐担负保卫职责的巡警们务必保护专使们的生命安全。五六个巡警架起亮晃晃的刺刀，大声地在前后左右吆喝，把挤在旁边的听戏者赶开，护送他们出了大门，又送上马车。三辆马车上分坐着唐绍仪和蔡元培等五位专使，每辆车上再加派一个荷枪实弹的巡警。车夫扬起鞭子，马车离开吉祥大戏院向贤良寺奔去。

此时还不到九点钟，街上便一点灯火也看不见了，漆黑得如同天地都死去了一样，坐在马车里的专使们心里都忐忑不安。突然，他们看见前面不远处有一堆亮光。再向前走十几丈后才看清楚，那是一群火把。火光照出三四十个人来，一个个身上穿着凌乱的军装，手里拿着刀枪棍棒，凶神恶煞地敲门打户，高声喊叫："有值钱的家伙都扔出来，老子要破门杀人了！"

喊声中，只见窗户里不时抛出些东西来。有一家当铺门被撞开了，里面传出惨痛的呼叫声。专使们目睹此情景，吓得毛骨悚然。唐绍仪忙对车夫说："左转，向左转，从那个小胡同里穿出去！"

三辆马车驶进一个只有丈把宽的小胡同里，天又黑，路面又不平稳，马车东拐西扭颠颠簸簸的，专使们坐在里面，好像五脏六腑都要从喉咙里涌出来似的。还没走出一里多路，又见一队人群，比刚才的人要多得多。他们中许多人的胳膊里挟着包袱，肩膀上扛着箱子，又对空放枪，哇哇乱叫。显然这也是一批已饱掠财物的兵痞子。

"真的是闹兵变了！"蔡元培神色不安地对坐在身边的唐绍仪说。

"这两个月来北京城就没有安定过。"唐绍仪的嘴巴也有点抖，"这两天因为专使们来，已派了几千个巡警加强警戒，都没有压住。不知这又是哪一部分的兵在闹事。"

唐绍仪边说边指挥马车夫再拐弯。没有走多远，又远远地看见一队敲门打户乱喊乱叫的兵痞子。马车夫赶快避开。这一行车队在漆黑一团的胡同小街里转了一个多小时，碰见了七八起明火执仗打家劫舍的兵变队伍。犹如行走在深浅不明死生不测的魔窟中，专使们时时刻刻都在心惊肉跳。好容易回到贤良寺，一个个早已面色惨白，气喘咻咻。唐绍仪说了好多句抱歉的话后，告辞走了。

正庆幸终于逃离了险境，谁知外面又是一阵喧闹响起。隔着窗棂看时，一群歪戴军帽斜背刀枪面目狰狞的人，举起烟雾腾腾的火把，站在矮墙外的大门边。"开门，开门！"凶恶的喊叫声伴着沉重的敲打声，专使们听了直吓得气都不敢出。

一个管理贤良寺的低级官员赶紧走过去，隔着门大声说："老总们请不要吵闹，这里住着南方来的专使团！"

"什么专使团不专使团，老子不管这多！"

"爷爷们几个月没关饷了，拿钱来，万事罢休，没有钱就莫怪爷爷们乱来了！"

"叫专使团出来，先专（捐）几千两银子给老子再说！"

门外七嘴八舌地吵作一团，专使们不知如何应付才好，心里都在嘀咕：北京城里怎么乱到这种地步？

那小官员又说："老总们别吵了，这些南方专使都是袁大人请来的客人，得罪了他们，袁大人那一关可不好过。"

吵闹声停下来，一个为头的人说："既然是袁大人的客人，那就算了，弟兄们，咱们走吧！"

看到一只只火把渐渐远去，专使们才重重地出了一口气，脱衣睡觉。躺在床上，还不断地听见外面的枪声和隐隐传来的喧闹声。整整一个夜晚，北京城里就这样闹腾着。 刘成禺撰《世载堂杂忆》："辛亥革命，南北在沪议和，伍廷芳代表南京，唐绍仪代表北京。南京临时参议院，先议定都南京，翻案决定定都北京，再翻案决定定都南京，又再翻案定都北京。都城决定，一致请袁大总统来南京就职。是时南方代表蔡元培、王正廷、汪精卫、宋教仁等，与唐绍仪同入北京，迎大总统南下。代表抵北京，要求由正阳门正门入城，许之。在京以东城贵胄学校为代表驻节地，始终请大总统南下，袁氏不愿南来就职，乃密令部下造成兵变，围吓南来诸使。蔡元培等乃连电临时政府及参议院，略谓北京兵变，外人极为激昂，日本已派多兵入京。设再有此等事发生，外人自由行动，恐不可免。元培睹此情形，集议以为速建统一政府，为今日最要问题，余尽可研究，以定大局。参议院允袁在北京就职总统。三月十日，袁乃在北京就职，电南京参议院宣誓，所牺牲者京、津、保无辜之人民兵士耳。" 何汉文、杜迈之著《杨度传》一书，据白蕉撰《袁世凯与中华民国》文说："也有人说，这次'兵变'出自杨度的策划。"

第二天上午，唐绍仪和赵秉钧来了。专使们忙问昨夜到底发生了什么事。赵秉钧告诉他们，昨夜北洋第三镇闹兵变，有两千多士兵上了街，一直闹了一夜，被打劫的民舍有三四千家，具体损失还不清楚，巡警正在安定城里秩序。唐绍仪怀着歉意对专使们说，今天要协助大总统处理兵变的事，会谈中止一天。蔡元培连连说："好，好，处理兵变要紧，赶紧安定人心，维持好秩序。"

专使们整天待在贤良寺里不敢出去。待到下午又传来消息：兵变蔓延到天津、保定、通州一带，百姓受害惨重。次日上午，革命党派驻北京的密谍来贤良寺报告情况，说变兵全是第三镇的。又说第三镇的统制曹锟是个布贩子出身，为人粗鲁不讲军纪，手下军官良莠混杂，士兵更多流氓无赖。他本人因为是小站期间的骨干，故深得袁世凯信任，也只有袁才约束得住他。这次闹事的原因是因为有几个标统克扣战时特别军饷。密谍还告诉专使团，东郊民巷的外国公使馆昨天召开紧急会议，鉴于北京发生的兵变，害怕再出庚子年的事，决定调兵进京保护使馆区。日本最先行动，已发出命令，调山海关及南满驻屯军一千五百人火速来京。

下午收到的京师各报，均以特号标题刊登北洋第三镇兵变的消息，并报道北京、天津受害情况。《帝国日报》还刊登了英国公使朱尔典的讲话。朱尔典说兵变的原因是传闻袁世凯要南下就职，英国政府支持中国实行民主共和制度，但为了中国局势的稳定，希望袁氏在北京就职，不要去南京。

南方专使们看了朱尔典的讲话后商量着。他们都认为朱尔典的讲话，实际上代表所有驻华外国公使们的意见。新生的中华民国，当务之急是要得到世界各国，尤其是英、美、德、日等列强的承认。若因袁世凯的南下就职而引起北方的动乱，使得列强们不承认中华民国，那就将因小失大。

正计议间，唐绍仪来贤良寺，对蔡元培等人说："这两天实在抱歉得很，总统日夜忙于处理兵变，我也被支使得团团转。总统命令曹锟务必严肃处理。刚才曹锟禀报总统，说克扣军饷的两个标统都已拘捕了，闹兵变的首要也抓起了几十个。总统气得大骂曹锟，说我还没有离开北京，你们就闹成这个样子，我若南下了，你们不要把北京闹翻了天？曹锟请求总统不要去南京，说不定北京城里真的会出大乱子。总统命令曹锟，将扣饷的标统和为首的闹事者一律就地正法。"

蔡元培忙说："好，好，袁大总统有魄力，兵变的事绝不能再出现。"

唐绍仪说："总统本来要亲至贤良寺与各位商谈，因为出此意外，不能来了，特命我来接各位到他那里去，委屈各位放驾。"

蔡元培等五人登上马车，随唐绍仪来到北洋公署。原袁内阁一班子人马：外交梁敦彦、民政赵秉钧、度支严修、陆军王士珍、海军萨镇冰、学部唐景崇、法部沈家本等都齐斩斩地随着袁世凯在门口恭迎。

大家进了会议室。坐下后，袁世凯十分诚挚地说："各位革命元勋亲来北京迎接，世凯实不敢当。少川已代表我与各位协商了南下各项细节，我也已将南下就职之事公之于众。不料曹锟约束不严，士兵闹饷，不但骚扰京津市民，更惊动了各位革命元勋，世凯心里十分过意不去，已命曹锟将为首肇事人员依法惩处。现不得不推迟南下日期，今特邀各位商量此事。"

袁世凯的话刚落，原陆军大臣王士珍说："第三镇闹事实因克扣军饷的缘故，而克扣军饷的不只第三镇，第一镇、第二镇、第四镇中都有此类情事，士兵们早憋了一肚子气。尽管这次对肇事者作了严肃处理，但难保以后不出事。陆军部希望总统不要南下，就在北京就职算了。"

原海军大臣萨镇冰接着说："我们海军部的看法与陆军部完全一致，恳请总统不要南下。这两天的情形专使们都看到了，望专使们能体谅，并向孙文先生婉达此意。"

其他人都说："北京不可一日缺总统，总统决不能南下！"

袁世凯拈须微笑，看着部属们你一言我一语，他自己再不说一句话。

蔡元培、宋教仁等你看看我，我看看你，心里都在想：看来袁世凯的本意是不愿南下，自己不好开口，叫部下们说出来，但奉命专来迎接，又怎好同意他这个主意呢？

汪精卫也揣摸到了袁的心理，见袁正看着他，分明是示意他先开口。他略为思忖一下说："北洋军竟然敢于在北京城里如此寻衅闹事，这的确是我们没有预料到的。我们奉命迎接袁大总统南下，原是为了让南北早日安定，国家早日进入治世。若因袁大总统南下而造成北京动荡，并引起外交使团的惊疑，则殊与我们的最高使命不符。但中华民国首都定在南京，此为各省代表所议定，亦不宜轻率更改。我看这样吧，鉴于目前的时局，从权处理此事。袁大总统先在北京宣誓就职，待北方局面稳定后，再将政府迁移南京。"

汪精卫这几句话，虽未在专使团里形成共识，但与大家初步的看法也差不了多少。作为首席专使，蔡元培总觉得未完成使命，心里不安，但一时又拿不出更好的主意。宋教仁也有同感。这位华兴会副会长、同盟会庶务、南京临时政府法制院院长，虽年纪轻轻，却革命资历深长，富有政治谋略。他也知道目前要袁南下就职是不可能的，但不能完全迁就，必须要有另外的条件来挽回南京政府的影响，同时也得为专使团争一点面子。他想出了一个主意。

"南北一家的民主共和国必须尽早向全世界公布，因此，袁大总统就必须尽快就职。北京的时局既不宜袁大总统离开，那么在北京宣誓也可以，但袁大总统的内阁组织必须通过南京参议院的同意。袁大总统在北京宣誓后，即委派所任命的总理去南京，将内阁名单与南京临时政府协商，然后交参议院通过。最后向全世界公布：袁大总统的内阁在南京组成。"

这的确是个好主意。学者出身的蔡元培十分佩服这个比自己小十多岁的湖南青年的聪明灵活。他以首席专使的身份表态："就这样吧，袁大总统在北京宣誓就职，待时局安定后再将政府迁移南京。新内阁总理随我们一道去南京，在南京组织并宣布新内阁的成立。"

袁世凯在心里冷笑：这班毛头革命党，既无实力又爱面子，想要老夫入你们的圈套，还嫩了点！只要我做总统，这个政府就只能在北京，内阁名单在南京宣布与在北京宣布还不是一回事！脸上却带着真诚的笑意说："世凯真心感谢各位专使的宽宏大量。内阁总理一旦确定，即遣之赴南京，与南京方面妥商各部总长、次长。北方局势略为安定后，世凯即率全体内阁成员南下江宁，永奠共和之基！"

一九一二年三月十日，在有南方专使团参加的盛典中，中华民国第二任临时大总统袁世凯在北京宣誓就职，向全中国全世界宣布"愿竭其能力，发扬共和之精神，涤荡专制之瑕秽"。

杨度献兵变密计，成全了袁世凯不南下就职的心愿，原以为袁会将内阁总理一职酬谢给他。谁知，这个职务却让唐绍仪如愿以偿了。

上次上海游说革命党人的成功和这次对付专使团的绝妙好计，杨度的政治才华和谋略既让唐绍仪钦佩，也使他嫉妒。唐绍仪赴宁前夕，袁世凯给他开了一张内阁名单：陆军段祺瑞、外交陆征祥、内务赵秉钧、财政熊希龄、海军刘冠雄、教育杨度、交通梁如浩，这些都是重要部门，袁世凯要抓在自己手里。另外还有三个部——司法、农林、工商，则交给南方革命军，让他们自己决定。

内阁人员的安排，唐绍仪当然只能听袁世凯的。但他看到杨度列名教育总长时，心里有点不舒服，但又没有理由直接否定。沉吟片刻，他想出了一个好主意："总统，这个内阁名单我很拥护，只是有两点小小的看法。"

袁世凯说："内阁总理是你在做，有什么不同的意见，你只管说。"

唐绍仪说："第一点，总统留给南方的几个部，由南方自己来决定，这是很尊重南方的做法。不过，以后这几个部的总长就不会感激总统，他们只会感激自己的党派。不如干脆也由总统提名，当然提的是革命党。这样，他们本人就会感激总统了。"

袁世凯笑道："少川，你竟然这样精明，将来可别用总理的职权来算计我哟！"

唐绍仪一惊，随即笑道："哪能呀，到时若不称你的意，你一句话不就免了我的职！"

袁世凯收起笑容，说："好，不说闲话了，就依你的办。我来提几个名字，你斟酌。”

袁世凯摸了摸胡须，思考了一会儿，说：“你上次从上海回来后说王宠惠年轻有为，北洋大学法科毕业后又在美国得法学博士，那就由他来当司法总长吧！宋教仁这个后生子，我看他骨相清奇，不同流俗。他长期在革命党内任要职，这次又是专使，就让他做农林总长吧！”

唐绍仪忙恭维道：“总统这两个人选都提得好，尤其是宋教仁，他上次的内务总长未获南方政府通过，这次总统提他的名，他一定感激得很。”

“革命党中有一个陈其美，上次孙文组阁没用他，其实此人值得一用。他是革命党，又是青帮大头目，上海商会被青帮控制，他掌握了青帮，商会也就在他的手里了。中国的工商，上海要占三分之一，让陈其美当工商总长是最合适的。”

袁世凯对陈其美的了解，令唐绍仪大为惊讶。因为陈其美在革命党的头面人物中并不很出名，唐绍仪自己就不知道陈的青帮大头目的身份。这位老上司的政治才能真不可企及。唐心悦诚服地说：“总统识人用人之才，绍仪万不及一。陈其美比起张謇来又有超过之处。”

袁世凯颇为自得地说：“少川呀，领袖群伦的要诀首在识人用人。这方面，近世唯曾文正公做到家了。你以后当总理，也是行政领袖了，要好好读读《曾文正公全集》，这书能给你很多教益。”

唐绍仪说：“总统的话实为金玉良言，《曾文正公全集》我过去浏览过一遍，没有细读，今后要遵照总统指示，好好读通。”

“少川，刚才我们所说的，都算是第一点，你的第二点看法呢？”

“总统，绍仪想内阁十个部，南方只占三个，他们可能会嫌少。教育部是个冷衙门，我们不如大方点，让给他们算了，而且南方有一个现成的教育总长，极孚人望，舍掉他不用也可惜。”

“你是说蔡元培吧！”袁世凯摸了摸刮得铁青的脸颊说，“我看蔡元培的确有一种雍容静穆的学者气度，身为革命党，能有这种禀赋，的确难得，且翰林出身，当教育总长自是很好的。只是杨度也出了不少力，应当重酬。他以前是学部副大臣，现在出任教育总长也合适。他这人书生气很浓，做别的总长都不宜，也只有出长教育，算是人地两宜了。”

唐绍仪说：“杨度长教育当然不错，但若与蔡元培比起来，资历上则差多了。蔡是前清的翰林，又做过学堂的监督，这些都比皙子强。另外，最重要的是，南方肯定认为三个部少了，要增加，如果他们提出要长陆军部怎么办？据说南京方面是要竭力推出黄兴做陆军总长的。”

唐绍仪这几句话打动了袁世凯。袁世凯用人，向来看重出身资历，翰林出身的蔡元培的确要高过只有举人功名的杨度。况且要让出一个部的话，也只有教育了。不仅陆军部是命根子不能让，其他海军、外交、内务、财政、交通都是要害部门，一个都不能让。好吧，只有委屈皙子了。

过几天，唐绍仪和南方专使团一起来到南京，通过参议院认可后，正式向国人公布南北联合的新内阁。 唐绍仪内阁名单： 国务总理唐绍仪 外交总长陆征祥 内务总长赵秉钧 财政总长熊希龄 陆军总长段祺瑞 海军总长刘冠雄 司法总长王宠惠 工商总长陈其美 农林总长宋教仁 教育总长蔡元培 交通总长唐绍仪（兼）

杨度看到内阁名单，大为失望。尽管袁世凯向他作了解释，并以四十万元作为酬劳，他心里仍然怏怏的。他用二十万元在青岛买了一座洋人造的豪华别墅，留下何三爷在槐安胡同看家，带着静竹、亦竹和儿女们到这座别墅里度假去了。

就在杨度离开北京的时候，他的一个老朋友正千里迢迢跋山涉水来到京师，此人即天童寺住持寄禅大法师，现已成为佛教界第一号人物的八指头陀。